혁명을 쓰다

사회주의 문화정치의
기록과 그 유산들

엮은이_민족문학사연구소 프로문학반

민족문학사연구소 창립 20주년을 맞은 2010년 2월에 결성하였으며, '매체'와 '소설'을 중심으로 식민지 조선의 프로문학에 대한 집중적인 연구를 진행하였다. 『아성』, 『공제』, 『신생활』, 『조선지광』, 『신계단』, 『비판』등 식민지시기에 간행된 사회주의 잡지에 대한 총체적인 검토 위에, 사회주의 담론의 실천적 개입으로 식민지 지식장이 형성, 전개, 변화하는 동역학을 공부하고 토론하였다. 운동사 및 이념사 등 기존의 연구성과와 공명하면서도, 식민지 조선에서 사회주의 문화가 생산, 유통, 소비되는 과정을 보다 입체적으로 파악하는 연구의 시각을 갖추기 위해 노력하였다. 2013년 10월 5일 성균관대학교 동아시아학술원과 함께 학술대회 '식민지 지식장의 변동과 사회주의 문화정치학'을 개최하였다. 주요 참가자는 윤진현, 김은정, 손유경, 박정선, 최병구, 최명석, 허민, 김민정, 장문석, 배상미, 유승환, 최은혜 등이다.

글쓴이(수록순)

유승환(劉承桓, Yoo Sunghwan)
이민영(李旼映, Lee Min-yeong)
가게모토 츠요시(影本剛, KAGEMOTO Tsuyoshi)
최명석(崔茗鳥, Choi Myeongseok)
이소영(李昭映, Lee So-young)
최병구(崔竝求, Choi Byoung Goo)
배상미(裵相美, Bae Sangmi)
허 민(許閔, Heo Min)
최은혜(崔銀惠, Choi Eun-hye)
김민정(金珉廷, Kim Min-jeong)
박형진(朴炯振, Park Hyung-Jin)
이은지(李銀池, Lee Eunji)
김윤진(金潤辰, Kim Yoon-jin)
장문석(張紋碩, Jang Moon-seok)

민족문학사연구소 연구총서 04
혁명을 쓰다—사회주의 문화정치의 기록과 그 유산들

ⓒ 민족문학사연구소
초판인쇄 2018년 11월 9일 **초판발행** 2018년 11월 23일

엮은이 민족문학사연구소
펴낸이 박성모 **펴낸곳** 소명출판 **출판등록** 제13-522호
주소 서울시 서초구 서초중앙로6길 15 란빌딩 1층
전화 02-585-7840 **팩스** 02-585-7848 **전자우편** somyungbooks@daum.net **홈페이지** www.somyong.co.kr

값 38,000원
ISBN 979-11-5905-282-8 93810

민족문학사연구소
연구총서 04

혁명을 쓰다

사 회 주 의 문 화 정 치 의
기 록 과 그 유 산 들

WRITING A REVOLUTION:
RECORDS OF SOCIALIST CULTURAL POLITICS AND THEIR LEGACIES

민족문학사연구소
프로문학반 엮음

소명출판

1.

프로문학과 그 주변에 대한 젊은 연구자들의 최근 연구성과를 모아 '혁명을 쓰다―사회주의 문화정치의 기록과 그 유산들'이라는 이름의 책으로 엮었다. 프로문학을 1920~1930년대 식민지 조선에서 혁명과 문학에 대해 고민했던 사람들이 남긴 일단의 기록으로 여길 때, 이 책의 저자들은 공통적으로, 혁명을 썼던 사람들이 남긴 이러한 기록들을 다시금 혁명을 사유하기 위한 유산으로 재구성할 수 있는 방법과 관점을 고민하고 있다. 말하자면 이 책은 혁명을 썼던 사람들을 다루고 있는 책이면서, 동시에 그들이 남긴 혁명의 기록들을 지금-여기의 관점에서 다시 쓰고 있는 책이기도 하다. 그러니까 이 책의 다소 거창한 제목은 책에서 다루고자 하는 대상과 함께 저자들의 문제의식을 중의적으로 드러낸다.

프로문학에서 혁명의 기록을 읽으려고 하는 것은 새삼스러운 일일지 모른다. 프로문학에 대한 본격적인 연구가 시작되었던 1980년대 후반부터 이미 프로문학은 주로 그것이 가지고 있다고 전제되었던 혁명적인 진보성을 중심으로 논의가 되어 왔고, 반대로 그 진보성이 의심되기 시작되던 순간부터 논의 대상으로서의 매력을 잃었기 때문이다. 여러 선배들은 일찍이 프로문학으로부터 혁명의 정당한 원칙과 이론, 그리고 한국 근대문학사에 존재하는 혁명적 문학의 기원과 전통을 확인하려고 하였으며, 그로부터 얼마 뒤 반대로 적지 않은 사람들이 프로문학의 전통에 존재하는 치명적인 한계들을 성찰하고 그로부터 혁명의 실패의 필연성에 대해 이야기하려고 하였다.

이러한 시도들은 아마도 그때-그곳에서 혁명을 고민하는 나름의 방식으로서, 1980년대 후반이라는 혁명의 시기, 그리고 뒤이은 환멸의 시기를 살아갔던 선배들의 자의식과 고민들이 일정하게 반영된 결과물이라고 생각한다. 때문에 아쉽게도 그것은 지금-여기의 관점으로 보이지 않는다. 이 책은 프로문학에서 현재 진행 중인 혁명의 원칙과 전술을 배우는 것에도, 더욱이 프로문학의 필연적인 실패의 원인을 비판하는 것에도 사실은 큰 관심을 보이지 않는다. 우리에게 혁명의 종료와 실패는 너무나 자명하여 더 이상 논의할 필요가 없기 때문인데, 이때 문제는 우리가 느끼는 자명함이 역사에서 배운 인식이라기보다는 차라리 지금-여기 우리의 삶을 통해 얻게 된 자연스러운 감각에 가깝다는 점이다.

이 책의 저자들의 관심사는 조금 더 단순하다. 그 시기에 ― 놀랍게도 ― 혁명을 쓰려고 했던 사람들이 있었던 사실 자체에 대한 ― '어떻게 그런 일이 가능했을까?' ― 의문은 이 책에 수록된 글들의 가장 기본적인 문제의식이다. 혁명을 상상하고 쓰는 일의 어려움 내지 무모함을, 앞서 말했듯이 우리는 역사가 아니라 지금-여기에서의 삶을 통해 지나치게 잘 알고 있기 때문이다. 프로문학에 대한 과거의 관점이 그때-거기를 살아갔던 사람들의 문제의식과 가깝게 닿아 있었던 것과 마찬가지로, 프로문학에 대한 이 책의 질문은 지금-여기를 살아가는 우리의 감각에 이어져 있다.

우리의 이러한 감각에 배어 있는 어떤 어두움에 관해 말하고 싶다. 여기서 '우리'를 너무 넓혀 이해할 필요도 없다. 이 책의 저자들은 모두, 소위 학문후속세대라고 불리는 30대의 젊은 연구자들이다. 여기서 젊다는 것은 흔히 연상되는 자신만만한 패기나 신진기예^{新進氣銳} 같은 것과는 거리가 멀다. 현재의 인문학 연구환경에서 젊다는 것은 무엇보다도 우선 생활의 곤란과 미래에 대한 불안, 즉 자기재생산의 위기를 의미하지만, 그것이 전부는 아니다. 더욱 곤란한 것은 어쩌면 우리가 외따로 떨어져 있다는 한없이 막막한 고립감이 아닌가 한다. 아무도 더 이상 혁명의 이념에 대해 말하지 않는 시대에, 경쟁과 효율의 원리를 중심으로 재구축된 연구 풍토 아래 공부를 시작한 우리는 좀처럼 공통의 관심사를 찾아내지 못한다. 논쟁을 해본 지 굉장히 오래된 것 같은 느낌이 드는 것은 사실은 우리가 서로 무엇을 읽고 쓰고 있는지를 잘 모르기 때문이다. 세상이 무엇인가 굉장히 급박하게 변하고 있다는 이야기가 풍문의 수준을 넘어 위협적인 협박처럼 들려올 때, 가령 프로문학과 같이, 우리가 읽고 있는 것들이 이제는 낡고 쓸모없는 것일지도 모른다는 불안감은 각자가 오롯이 감당해야 할 몫일 뿐이다. 우리가 읽고 씀으로써 만들어 내고자 했던 의미들은 최근 몇 년간 몇 퍼센트의 실적이라는 식의 알기 쉬운 수치로 간단하게 바뀐다. 우리가 같이 읽었던 식민지시기 한 사회주의 잡지 기사의 표현을 빌린다면, 우리는 마치 '백지부락^{白紙部落}의 미조직농민^{未組織農民}'처럼 세상으로부터, 심지어는 동료들로부터도 외따로 떨어져, 막막한 불안에 시달리는 무력한 개인으로 고립되어 있다.

역설적으로, 우리의 어두움은 프로문학을 대하는 이 책의 욕망과 관점을 결정한다. '그럼에도 불구하고' 혁명을 쓰려는 사람이 있었다는 것은 우리에게 우선 하나의 경이로서 발견된다. 도대체 어떻게 그런 일이 가능했을까? 지금-여기의 맥락에서 이 질문에 답하기 위해 이 책에 수록된 글들은 프로문학을 그 자체로서가 아니라, 프로문학이 그 바깥에 존재하고 있었던 다양한 외부적인 계기들과 마주치고 접속하는 광경을 드러내는 방식을 취하며, 이는 이 책이 기존의 프로문학 연구에 대해서 가지는 가장 중요한 차이점이다. 이 책의 저자들이 프로문학을 이해하기 위해 경유하고 있는 것들은 가령 우정, 일상, 룸펜, 예술영화, 젠더, 낭만성, 조선어, 4·19혁명 등으로, 이전의 프로문학 연구에서는 그다지 돌보지 않았던, 사실은 식민지 프로문학의 외부에 그다지 질서정연하지 않게 놓여있는 것들이다.

이 책에서 프로문학의 외부에 주목하는 것은 단순히 이전의 프로문학 연구에서 배제되어 온 주변적인 것들의 의미를 복원함으로써, 프로문학이 흔히 받아 온 편협하다거나 권위적이라는 비판을 불식시키기 위한 것이 아니다. 애초에 이 책의 관점에서 이러한 프로문학의 외부는 혁명을 썼던 기록으로서의 프로문학의 구성에 있어 주변적인 것이 아니라, 오히려 가장 핵심적인 것이다. 다시 말해 프로문학이 기획했던 사회주의 문화정치의 장은 프로문학의 내적 논리가 관철되며 그 외연이 확장되어나가는 과정이 아니라, 식민지 프로문학이 그 외부와 끊임없이 마주치면서 그것을 혁명의 계기와 조건으로 혹은 혁명을 위한 자원과 유산으로서 다시 사유함으로써, 프로문학의 바깥에 놓인 세계와의 관계를 갱신하는 과정을 통해 구성되었다는 것이 이 책의 기본적인 관점이다.

이 책에 수록된 글들에 따르면, 프로문학에서 혁명은 혁명가들의 비밀스러운 골방에서 불온한 사상서를 읽는 것만으로 쓰이지 않는다. 혁명은 때때로 주의자가 아닌 사람들을 포함한 여러 친구들과의 우정어린 교류로부터도, 어느 날 프랑스 영화를 관람하다 발견한 식민지 알제리 뒷골목의 기괴한 이미지로부터도, 거리의 걸인과 유곽의 성노동자의 모습으로부터도, 해방 이후 금지된 〈인민항쟁가〉를 만취하여 부르는 위험한 주벽으로부터도 쓰인다. 이러한 모습들을 사회주의라는 맥락에서 설명하는 것은 퍽 어려운 일이지만, 그럼에도 불구하고 우리는 이를 이들이 혁명을 쓰려고 했고 쓸 수 있었던 가장 중요한 동력 중 하나라고 생각한다.

요컨대 우리는 프로문학이 식민지 기간 내내 — 그리고 그 이후까지 — 이어진 여러 가혹한 현실적 어려움에도 불구하고, 끝내 고립되지 않았다고 생각한다. 그리고 우리가 프로문학을 이런 것으로 보려고 하는 것은 물론 우리가 지금 현재 고립되어 있기 때문이다. 따라서 프로문학을 이러한 방식으로, 다시 말해 프로문학이 그 외부와 마주치고, 접속하고, 교류하면서도, 여전히 세계와 자신 양쪽 모두의 변혁과 해방을 위한 문화적 기획을 만들어 나갔다고 보는 것은 실은 지금-여기의 우리들이 좀처럼 해결하지 못하고 있는 어떤 고민들의 투영이기도 하다. 아주 작은 발견을 가지고 호들갑스럽게 구는 것일 수도 있고, 실제로 있었던 것이 아니라 있었어야 했다고 생각되는 것에 대해 말하고 있는 것인지도 모른다. 그럼에도 혁명의 기억들이 형해화되어, 그 흔적조차도 쉽게 찾을 수 없다고 생각되는 시기를 몸으로 감각하며 살아가고 있는 우리들이 혁명을 다시 사유하기 위해서는, 우선은 여기에서 시작할 수밖에 없다. 여러 비판의 가능성이 존재함에도, 우리는 결국 이 책이 과거의 혁명의 기록들을 지금-여기의 관점에서 다시 혁명의 유산으로 세워낼 수 있도록 다시 쓰고자 하는 우리

— 젊은 연구자들 각자의 필사적인 노력을 담았다고 믿는다. 이러한 문제의식 아래, 이 책에 수록된 14편의 글은 혁명을 쓰려 했던 식민지 프로문학의 조건과 계기·구체적인 실천·그 유산에 대한 당대 및 이후의 성찰들을 각자의 새로운 관점을 통해 재구성하고 있다.

2.

먼저 제1부 '혁명의 조건과 변혁의 계기'에는 프로문학이 전개한 혁명과 변혁에 대한 사유의 조건이 되었던 몇 가지 계기들을 새롭게 발견하고 있는 5편의 글을 묶었다.

유승환의 「1923년의 최서해—빈민 작가 탄생의 문화사적 배경」과 이민영의 「평양 프로극단의 기억과 공간의 정치학」은 프로문학의 성립과 실천의 중요한 조건으로서 당대 식민지 조선에 열렸던 대중적 문화·정치 공간의 의미를 부각시킨다. 유승환의 글은 1923년 회령에서의 최서해의 행적에 대한 검토를 통해 프로문학이 출발한 1920년대 초반 최서해와 같은 빈민 출신 작가가 탄생할 수 있었던 것은 3·1운동 이후 식민지 조선 전역에 대중의 참여가 가능한 문화적 공간이 새롭게 열렸던 현상과 관계되어 있었다는 것, 또한 최서해 뿐만 아니라 적지 않은 빈민·고학생들이 이러한 공간을 적극적으로 활용하며 고유한 빈민의 교양을 갖춘 새로운 앎의 주체로 비약하고 있었다는 것을 보여준다.

한편 1930년대 초반 마치극장을 중심으로 한 평양의 프로연극 운동에 대한 기록을 매우 정밀하게 검토하고 있는 이민영의 글은 특히 평양 지역 프로연극 운동의 경우, 평양고무공장파업으로 대표되는 대중적 노동운동, 노동자들 사이에 조직된 연극 써클 등 평양 지역 특유의 '공간의 정치성'을 통해 실현되었다는 점을 매우 설득력있게 제시하고 있다. 이 글에 의하면 평양 프로극단의 기억에 쌓인 "두 차례에 걸친 평양고무공장 총파업 및 수많은 노동쟁의의 경험은" "평양의 프로극단들이 유연하고 급진적인 방식으로 실천의 길을 걸어갈 수 있었던 가장 중요한 동력"이었다. 이처럼 유승환과 이민영의 글은 식민지 조선에서 다양한 형태로 존재했던 실제 대중운동과 프로문학의 성립 및 실천과의 관계를 새롭게 밝힘으로써, 혁명의 기록으로서 프로문학이 성립할 수 있었던 사회적 동력을 인상 깊게 드러낸다.

이와 달리 가게모토 츠요시의 「식민지 조선의 또 하나의 프롤레타리아 문학—룸펜 프롤레타리아, 농업노동자, 유곽의 여성들」과 이소영의 「1930년대 후반 김남천 소설의 이체異體—「장날」과 「이리」에 나타난 몽타주montage와 구상력構想力을 중심으로」는 프로문학에 나타난 혁명에 대한 사유의 또 다른 원천들에 대한 탐색을 통해 프로문학이 해방과 변혁을 상상할 수 있게끔 했던 외적 계기들을 조금 다른 방식으로 드러낸다.

가게모토의 글은 흔히 동반자 작가로 분류되었던 이효석과 채만식의 소설에 나타나는 '룸펜프롤레타리아'의 형상을 추적한다. 이 글이 주력하는 것은 정통적인 마르크스-레닌주의에서 혁명적 역량을 인정받지 못한 룸펜프롤레타리아의 위상을 재고하며 식민지 프로문학의 전통을 재검토하는 것이다. 왜냐하면 식민지 현실에 존재하는 실제의 존재가 프롤레타리아가 아니라 실은 룸펜프롤레타리아였으며, 이때 룸펜프롤레타리아의 "잠재적인 힘"을 가시화하며 "룸펜프롤레타리아를 직시하는 일은, 카프작가나 통속 맑스주의자가 전망하는 미래의 외부를 보는 일"이기 때문이다. 룸펜프롤레타리아의 프로문학은 이 점에서 전위—볼셰비키—소련의 시선을 벗어난 프로문학의 가능성을 암시한다. 때문에 '룸펜프롤레타리아 문학'은 '또 하나의 프로문학'으로서 프로문학 전통의 복수성複數性을 사유할 수 있게끔 하는 계기가 된다는 것이 이 글의 결론에 해당한다.

이소영의 글은 1930년대 후반 김남천 소설의 이체異體로서 김남천의 사유와 창작에 미친 영화의 영향을 검토하고 있다. 김남천의 영화 체험에 대한 꼼꼼한 검토도 그렇지만, 그보다 더욱 인상적인 것은 이 글이 영화에 대한 김남천의 사유를 곧 혁명에 대한 김남천의 사유와 유비적인 관계에서 파악하고 있다는 점이다. 이 글은 이중적인 의미에서, 그러니까 한편으로는 영화적 미학의 핵심인 '몽타주'가 에이젠슈타인의 예에서 보듯이 혁명의 이미지를 제시하는 주요한 장치였다는 점에서, 그러나 다른 한편으로는 그것을 식민지 조선에 그대로 적용하려 할 경우 한낱 도식적이고 이데올로기적인 것으로 추락하고 말지 모른다는 점에서, 김남천에게 있어 영화가 "코민테른의 테제"와 비견되는 "또 다른 국제성"이었다는 흥미로운 관점을 제시한다. 이점에서 이 글은 김남천에게 있어 영화를 보는 것은 곧 혁명을 사색하는 하나의 방법이었다는 과감한 결론을 제시한다. 김남천에게 있어 영화의 수법을 식민지 조선의 현실에 맞게 활용하여, 현실을 파악하고 재구성하는 작가의 '구상력'을 확보하는 작업은 곧 "혁명을 예술적으로 사색하는 힘"을 확보하려는 노력이었기 때문이다.

최명석의 「'주의자'와 우정友情의 향방−1920~1930년대 한국소설에 나타난 우정의 양상」은 식민지 프로문학에 나타난 '주의자'의 형상을 우정이라는 특유한 친밀성의 구조를 바탕으로 재구성한 글이다. 이러한 시도는 "사회주의는 배제와 투쟁의 정치로만 일관한 것이 아니라, '우리'가 어떻게 결속해야 하는가라는 문제, 즉 연대의 원리와 방법에 대한 물음을 본원적으로 내포"한다는 문제의식에 근거한다. 이러한 견지에서 이 글이 발견하고 있는 것은 "신념과 우정과 자기애와 동지애와 가정의 행복"을 조화시키지 못하는 "위태롭고 불안한 주의자들의 형상"이다. 요컨대 이 글은 우정과 같은 감정적 친밀성에 기반한 타인과의 연대라는 미완의 기획이 식민지 프로문학을 추동한 중요한 동력 중의 하나라는 것을 밝히면서, 이 점에서 식민지 사회주의자의 형상을 이념적 단일성에 기반하는 견고한 주체의 상으로 쉽게 환원할 수 없음을 설득력 있게 이야기하고 있다.

제2부 '혁명의 실천과 진보의 수행'은 프로문학이 기획한 사회주의 문화정치의 장에서 이루어진 구체적인 담론적 실천의 영역과 특징을 새롭게 조명하는 4편의 글로 이루어진다. 최병구의 「근대 미디어와 사회주의 문화정치」, 배상미의 「식민지 조선에서의 콜론타이 논의의 수용과 그 의미」는 각각 근대 미디어와 콜론타이의 사회주의적 연애론을 사회주의 문화정치의 담론적 실천의 중요한 대상으로 부각시키면서, 이를 통해 당대 사회주의 문화정치가 구성했던 담론의 의미망 및 담론적 전선戰線의 존재 형태 등을 새롭게 읽어낸다.

최병구의 글은 1930년 전후에 발간된 사회주의 잡지 기사에 대한 검토를 통해 당대 사회주의자들이 근대의 기계적·기술적 미디어에 대한 매우 예민한 감각을 가지고 있었다는 점을 지적한다. 물론 "기계와 미디어의 생산시스템을 장악하고 있는 주체가 식민권력"이었다는 점에서 근대 미디어에 대한 이들의 사유는 "자본주의 기계문명의 감각을 사유"하면서도, "바로 그 지점에서 탈주의 가능성을 발견"하려는 노력으로 이어진다. 『조선문예』와 『비판』에 나타난 근대 미디어에 대한 이들의 비판적 인식과 감각은 결국 "미디어에 의해 재현되는 삶—

정치적 관계를 통찰하고, 자본주의에 의해 점령당한 주체의 감각을 되찾고자" 하는 노력으로 귀결되는바, 이 글은 자본주의 근대문명의 감각에 대한 사회주의자들의 비판적 전유가 식민 권력에 맞서는 "주체의 정신과 의지를" 확보하기 위한 중요한 방법이 되었음을 강조한다.

『붉은 사랑』으로 유명한 콜론타이의 연애론이 식민지 조선에서 수용되는 양상을 살펴본 배상미의 글은 사회주의 문화정치의 담론적 실천 과정에서 젠더의 문제가 어떻게 개입하는지를 볼 수 있는 소중한 기회를 제공한다. 특히 주목되는 점은 콜론타이의 연애론에 대한 서로 다른 반응을 통해 사회주의 문화정치장 내부의 지형과 전선이 새롭게 구획되는 모습이다. 이 글에 의하면 대부분의 남성 사회주의자들은 콜론타이의 논의에서 "새로운 이성애 관계를 상상할 영감"을 얻기 보다는, 콜론타이의 논의가 사회주의와 성적 방종의 이미지를 결합시킴으로써 "사회주의자들에게 대한 위협"이 될 가능성을 발견한다. 그러나 이와는 정반대로 정칠성을 비롯한 여성 사회주의자들에게 있어 콜론타이의 연애론이 주장하는 정조 관념으로부터의 탈피는 이들이 "'사회주의자'라는 정체성을 획득"하기 위한 "첫 번째 관문"이었다. 이 점에서 당대의 여성 사회주의자들은 "당대 가장 불온한 사회주의와 성이라는 두 기표를 껴안고 시대 상황을 돌파해 나갈 수밖에 없었다". 이처럼 배상미의 논의는 사회주의 문화정치의 담론적 실천에 젠더의 문제가 개입해오는 과정에서 사회주의자라는 동일성으로 환원될 수 없는 사회주의 문화정치 내부의 지형과 전선이 성립되어 있음을 흥미롭게 보여준다.

최병구와 배상미의 글이 프로문학의 담론적 실천에서 논의되었던 주제들을 새롭게 발견하고, 이를 매개로 프로문학의 내/외부에 구획되었던 특정한 전선들을 살핀다면, 허민의 「적대와 연대—1930년대 '활자전선活字戰線'의 구축과 복수의 사회주의」는 사회주의 문화정치의 담론 투쟁 과정에서 적대와 연대의 다기한 '활자전선'이 구축되는 과정 자체를 추적한다. 1930년대 사회주의 잡지에 나타난 다양한 논쟁적 기사의 유형적 분류를 통해 이 글이 확인하는 것은 "1930년대 근대 지식으로서의 사회주의는 일관된 적들과 논전했던 것이 아니라, 오히려 그들의 역사적 조건이 야기하는 모순적 과정과 싸우면서, 그것의 인격적 대리자들과 각각의 국면마다 대결해" 나갔다는 것이다. 이는 물론 식민지 사회주의의 복수성 혹은 다면성에 대한 인식으로 이어지는데, 이때 이러한 복수성은 "식민통치에 기반을 둔 합법적 언설 공간이라는 한계 위에서도, 사회주의의 비판적 기획을 모색하기 위해 시도된 주체화의 다양한 결과들"이라는 점에서 사회주의의 '활자전선'이 구축되는 과정에서 생산된 효과에 가깝다. 요컨대 이 글은 1930년대 사회주의자들의 담론 투쟁을 "진영 내·외부의 '적대와 연대'의 망들을 변동시켜 가면서, 다양한 활자의 전선들을 구축"함으로써 '복수의 사회주의'를 산출해나간 과정으로 이해하는바, 이는 식민지 사회주의 문화정치의 작동 방식과 의미를 평가할 수 있는 흥미로운 모델로 기능할 수 있을 것이다.

최은혜의 「저변화된 낭만, 전면화된 사실」은 식민지시기 임화의 평론을 관류하고 있던 '낭만성'의 의미를 고찰한 글이다. 카프의 평론과 그간의 연구에서 모두 '낭만성'은 사실성에 대립되는 부정적인 자질로 이해되었으나, 그럼에도 이 글은 "임화의 문학론에서 낭만, 낭만주의, 낭만적 정신은 지속적인 화두로 자리하고" 있었다고 주장한다. 이때 "임화에게 낭만적 정신이란 예술가의 계급주의적 세계관과 문학 창작에 필요한 감정적 자질이 교합하여 이루어진 것"으로서, 이는 "부조리하고 부당한 현실의 변화를 믿는 미래지향적 문학 정신과 연결된다". 이 글에 의하면 임화의 '낭만적 정신'은 1930년대 중반에 이르면 '사실주의의 원리적 범주'로까지 확장된다. 왜냐하면 낭만적 정신은 삶과 세계의 사실주의적 반영을 넘어, "삶과 세계를 형성하는 것"과 관련되어 있기 때문이다. 이처럼 최은혜의 논의는 임화의 낭만적 정신을 매개로, 프로문학의 배후에 숨어 있는 어떤 자질과 함께, 프로문학이 최종적으로 겨냥한 것이 무엇이었는지를 다시 한 번 분명히 한다.

1부와 2부의 글이 혁명을 썼던 기록을 다시 쓰고 있다면, 3부 '혁명의 유산과 점화의 가능성'에 수록된 5편의 글은 혁명의 기록에 대한 기록을 다시 쓰는 형식을 취한다. 1935년 카프의 해체 이후—해방 이후를 포함하여—혹독한 역사가 숨가쁘게 전개되며, 한때 프로문학이 꿈꾸었던 혁명의 종료가 감각적으로 명확해지는 상황에서도, 적지 않은 사람들은 프로문학이 남긴 혁명의 기록을 혁명의 재점화를 위한 유산으로 다시 사유하려 했다. 말하자면 프로문학의 시대가 종료되었던 바로 그 순간부터, 이 책이 시도하고 있는 것과 같은 시도가 이미 이루어지고 있었던 셈인데, 이 점에서 이 책의 3부에서 다루는 김남천, 송영, 엄흥섭, 그리고 해방 이후의 김수영은 바로 우리의 직접적인 선배이기도 하다. 3부는 이들이 혁명의 기록에 대해 남긴 기록들을 다시 한 번 기록하는 데 할애되었다.

3부의 첫 머리에 배치된 김민정의 「리얼리즘의 강박, 증상으로서의 리얼리티—리얼리즘의 재인식과 전망의 모색」은 프로문학의 유산을 바라보는 기존의 관점에 문제를 제기하기 위한 일종의 시론이다. 이 글은 흔히 프로문학에 따라붙는 '리얼리즘'이라는 개념의 역사적 구성 과정을 검토하면서, 이를 통해 '리얼리즘'이 각각의 역사적 상황에 놓이는 '리얼리티'를 포착하기 위한 유동적인 개념으로서 결코 '자명한 문학사적 실체'가 아니었음을 강조한다. 그럼에도 '리얼리즘'이 좁게는 프로문학, 넓게는 한국근대문학의 가장 중요한 미학적 형식으로 인식되면서 "식민지 근대의 모순 해결 및 현실 비판의 기능"을 담당하는 리얼리즘에 대한 요청이 이루어진 것은 조선의 리얼리즘을 "서구의 리얼리즘과 이데올로기"와 동일시하는 태도에 기원한 일종의 문학사적 '강박'이라는 것이 이 글의 핵심적인 주장이다. 말하자면 이 글은 '리얼리즘'에 온갖 역능을 부과하는 주장과 2000년대 이후 나타난 시대의 변화를 명분으로 리얼리즘의 유산에 대한 일방적 폐기를 주장하는 태도를 함께 경계하면서, 한국 리얼리즘 문학의 유산을 다시 문제화하기 위해서는, 리얼리즘을 통한 역사적 실천의 과정에 잠복되어 있는 다양한 계기들을 섬세하게 복원해야 한다는 점을 역설한다.

박형진의 「과학, 모랄, 문학―1930년대 김남천 문학에서의 '침묵'의 문제」와 이은지의 「미분된 혁명―1930년대 송영 소설에 나타난 혁명관」은 조직이 소멸하고 전향이 강요되었던 1930년대 중반 이후의 시점에서 이루어진 김남천과 송영의 사상적 모색을 각각 다룬다. 이 두 편의 글에서 공통적으로 부각되는 것은 이들이 생활과 혁명 혹은 일상적인 삶을 살아가는 개별화된 자아와 사회와의 관계를 다루어나가는 방식이다. 카프의 소멸 이후에도 혁명을 상상하는 문학을 여전히 쓸 수 있는지가 바로 여기에 걸려 있기 때문이다.

박형진의 글은 1934~1937년 사이 '소설을 쓰지 못하는 소설가'로 살아야 했던 김남천의 '침묵'의 의미를 부각시킨다. 이 글에 의하면 이 시기 김남천의 침묵은 그를 비롯한 프로작가들에게 강요되었던 '전향', 즉 "사상통제하에서 재구조화되고 있던 언어 질서"의 반영으로서, 이때 이미 전향해버린 "나의 경험과 신체는 추상적 관념과 사회에 가닿을 수 없다"는 아포리아는 "'침묵'의 형상으로" 김남천의 "소설 안에 자리잡는다". 이 글은 이 시기 김남천의 '문학적 침묵기'에 이루어진, "일상생활까지 포식해 나가는 식민지 말의 사상통제 상황을" 견디어 나가는 방법을 마련하기 위한 김남천의 사상적 모색을 이 시기 김남천이 읽었을 것으로 추정되는 나카노 시게하루, 고바야시 히데오, 도사카 준 등 당대 일본문학에서 이루어진 자아와 사회, 문학과 과학에 관한 논의를 경유하여 설득력 있게 재구성한다. 그 결말은 우리가 익히 알고 있는 바, "주체의 분열을 고발해가는 가운데 "문학적 실천"과 "생활의 실천"을 일원화해야 한다는" 소위 고발문학론이겠지만, 그보다 중요하게 강조되어야 할 것은 이 글이 김남천이 보여준 침묵의 형식, 즉 "김남천의 침묵이 놓여 있던 시간과 그것이 언어로서 교착한 장소"를 발견하면서, 바로 이 장소에서 "'문학'이라는 예술 양식이 마땅히 가져야 할 형식에 관한 것뿐만 아니라, 정치적인 결단"이 함께 문제가 되고 있다는 점을 밝히고 있다는 점일 것이다.

이은지의 글은 카프 해소와 전향 이후 프로작가들이 일상적 생활인으로 탈바꿈해나가는 중에도 송영이 여전히 혁명을 그리는 소설을 쓰고 있다는 점에 주목한다. 이 글은 이를 송영이 1930년대 초반 이후 지속적으로 사유하고 발전시킨 송영의 독특한 혁명관에 기인하는 것으로 파악한다. 이 글에 의하면 송영의 혁명관은 무엇보다 혁명에 있어 일상의 중요성을 강조한다는 데 있다. 즉 "송영은 일상생활이 단순히 계급투쟁을 간접적으로 돕거나 계급투쟁의 형태로 수렴해가려 하는 부차적 영역이 아님을" 분명히 하면서, "계급투쟁은 알고보니 일상생활"이라는 관점을 고수한다. 이때 이 글의 제목처럼 혁명은 '미분'

된다는 관점을 제시할 수 있는데, 왜냐하면 "일상생활 가운데서의 작은 기여를 혁명의 일부로 인정하게 되면, 시간상 어떤 해방이 도래하는 과정은 그만큼 세분화"되기 때문이다. 이 경우 혁명은 전문적 혁명가에 의해 추동된 일회적인 사건의 발발에 의해 이루어지지 않는다. 그보다 "목표가 아닌 단계 전체로서의 혁명은 끊임없이 미래로 유예되는 것이라기보다, 수많은 '사건'들을 모으면서 이미 일어나고 있어온 것이"되는 바, 이 글은 정확히 송영 소설의 형식으로부터 이러한 관점에서 파악된 혁명의 역사를 기술하고자 하는 시도를 발견해낸다. 요컨대 이은지의 글은 송영의 소설에서 읽어낸 '미분된 혁명'이라는 개념을 통해, 프로문학 운동의 종료, 즉 "카프 해산 이후에도 혁명을 말하는 소설이 창작될 수 있었던", 우리 역시 참고해 볼 수 있는 혁명에 대한 사유의 한 사례를 인상적으로 제시한다.

김윤진의 「해방기 엄흥섭의 언어의식과 공동체의 구상」과 장문석의 「밤의 침묵과 자유의 타수—김수영의 해방공간과 임화의 4·19」는 해방기의 엄흥섭과 1950년대의 김수영을 통해 프로문학의 유산을 해방 이후 혁명을 재점화할 수 있는 가능성으로 다시 독해한 중요한 사례들을 제시한다. 김윤진의 글은 1940년의 엄흥섭이 조선어학회의 기관지 『한글』을 발행하던 중앙인서관을 경영하고 있었다는 흥미로운 발견으로부터 시작한다. 엄흥섭을 포함한 프로문인과 조선어학회와의 교류는 그 자체로 중요한 논의의 주제가 될 수 있겠지만, 이 글이 보다 강조하는 것은 조선어학회와의 교류를 통해 형성된 엄흥섭의 언어 의식이 해방 이후 엄흥섭이 인칭적 연대, 혹은 "타인의 고통에 몰입할 수 있는 감수성과 타인의 처지를 내 것으로 여길 수 있는 상상력"에 기반한 공동체에 대한 엄흥섭의 구상으로 이어졌다는 점이다.

특히 이러한 공동체에 대한 엄흥섭의 사유가 한글에 대한 문해력의 문제, 즉 '앎의 민주주의'에 대한 문제 의식으로까지 확대되고 있다는 지적은 눈여겨 보아야 할 지점이다. 이점에서 이 글은 이 책이 프로문학을 읽는 두 가지 방식, 즉 프로문학이 외부적 계기와의 접촉을 통해 사상적 다층성을 확보해 나가는 과정과 프로문학을 프로문학의 시기 이후 해방의 새로운 가능성을 상상하기 위한 유산으로 활용하려 하는 모습을 동시에 드러낸다.

장문석의 글 또한, 어느덧 남한의 중견시인이 된 김수영이 만취하여 임화가 작사한 〈인민항쟁가〉를 부르다 문우文友들에게 제지당하는 인상적인 한 장면으로부터 시작한다. 이 광경에서부터 "해방공간과 4·19혁명을 겹쳐" 읽어내기 위해, 이 글은 해방기 프로문학의 문화적 실천과 함께, 김수영과 그 뒤를 이은 4·19 세대의 대학생들이 각기 다른 방식으로 해방공간의 기억을 더듬고, 그 기록을 은밀하게 읽어나갔던 흔적들을 세밀하게 추적한다. 이를 통해 이 글은 "미학적 전위와 정치적 전위가 겹치면서도 어긋났던 시기"로서 해방공간에 대한 기억과 해방공간의 기록이 서구적인 시민혁명의 이념과는 또 다른 차원에서, 4·19혁명의 어떤 기원이 될 수 있었음을 보여준다. 다시 말해 "김수영에게 4·19혁명이란, 해방공간 전위의 실천과 혁명의 기억이 활성화되는 '지금시간 Jetztzeit'이었다." 동시에 그보다 어린 4·19 세대가 김수영과는 조금 다른 감각으로 해방 공간의 기억과 기록을 읽고 있다는 지적, 다시 말해 임화의 '실패'를 오히려 혁명의 정치적 상징으로 '오독'하고 있다는 지적도 흥미롭다. 이러한 맥락에서 이 글이 최종적으로 던지는, 우리의 세계인식을 "실패의 역사, 혹은 실패라는 '전통'을 통해 탈구축"할 수 있는지에 대한 질문은 이 글 뿐만이 아니라, 사실은 실패한 혁명의 기록을 다시 읽음으로

써 혁명을 재점화할 수 있는 사유의 가능성을 찾으려고 하는 이 책 전체의
마지막 문장으로 손색이 없는 것이기도 하다.

3.

위와 같이 이 책에 수록된 14편의 글은 혁명의 기록으로서의 프로문
학이 그 외부와 맞닥뜨리는 과정에서 발생한 복합적이고 다층적인 사
유를 놓치지 않으면서, 프로문학이 기록한 혁명의 조건과 계기, 혁명의
구체적인 실천, 혁명의 유산과 재점화의 가능성을 새로운 관점으로 다
시 쓰려 시도했다. 그럼에도 불구하고, 이 14편의 글이 한 권의 책으로
묶이기에 충분한 어떤 공통적인 것을 만들어내고 있다고 말할 수 있을
까? 다시 한 번 강조하지만, 이 책의 저자들은 모두 30대의―고립된―
젊은 연구자들이고, 반드시 그래서는 아니겠지만, 이 책에 수록된 글들
은 기본적으로 공동의 연구를 통해 함께 만들어낸 결과물들은 아니다.
젊은 연구자들의 글만으로 구성된 공동 연구서가 출간되는 것은 최근
에는 퍽 드문 일인 것은 사실이지만, 그것만 가지고 이 책이 충분히 의
미 있는 것이라고 말하기는 어려울 것이다. 관건은 고립된 우리들 사이
에 존재하는 어떤 공통성을 확인하고, 소멸해버린 공동의 논점들을 어
떤 방향으로든지 되살릴 수 있는지의 여부일 것이다.

프로문학의 성립을 다룬 최근의 중요한 한 논문에서는 프로문학의
성립 자체를 가족 유사성과 같이 느슨하게 묶인, 그렇지만 매우 강렬한
'미적 공통성'의 형성 과정에서부터 설명한다. 우리도 그렇게 될 수 있을
까. 그러니까 우리가 서로의 고립감과 외로움을 극복하고 어떤 '공통적인'
이야기를 만들어내며, 서로에게 가닿을 수 있을까. 프로문학이 남긴 혁명
의 기록을 지금-여기에 필요한 혁명의 유산으로 다시 세워내려는 이

책의 기획이 그 다음 단계로 진전될 수 있는지의 여부 또한 여기에 달려 있을 것이다. 물론 한 권의 책을 엮었다는 사실 자체보다는 그 이후의 일들이 더욱 중요할 것으로 생각한다. 다만, 혁명의 기록에 관한 젊은 연구자들의 관심을 엮어낸 이 책이 '공통적인' 어떤 것을 만들어내기 위한 추가적인 논의와 논쟁을 이끌어내는 하나의 계기가 되기를 바란다.

마지막으로 책의 발간 경위와 함께, 책이 나오기까지 수고를 아끼지 않으신 분들께 감사의 말씀을 올리려 한다. 이 책은 민족문학사연구소 연구총서 4권으로 기획되었다. 민족문학사연구소 내 프로문학연구반에서는 2010년부터 2015년까지 짧지 않은 기간 동안 특히 식민지시기 사회주의 매체를 중심으로 프로문학 및 식민지 조선의 사회주의 지식·문화운동에 대해 같이 공부하였으며, 그 성과 중 일부는 특히 2013년 10월에 열린 '식민지 지식장의 변동과 사회주의 문화정치학'을 주제로 삼은 한 학술대회를 통해 발표된 바 있다. 해당 학술대회에 발표된 글 중 4편이 책에 수록되기도 했지만, 꼭 그렇지 않았더라도 프로문학연구반을 통해 만들고 나누었던 식민지 프로문학에 대한 문제의식이 없었다면 이 책은 나오지 않았을 것이다. 이런저런 사정으로 이 책에 글을 싣지 못한 여러 선생님들을 포함하여, 함께 공부하는 동료로서의 자각을 가지게 해주신 프로문학연구반의 여러분들께 감사의 말씀을 올린다. 곧 다시 모여 예전처럼 함께 즐겁게 공부할 수 있는 기회가 생기기를 기대한다. 아울러 함께 공부할 기회와 공간을 제공하고, 학술대회 및 단행본 출간을 지원한 민족문학사연구소에도 감사드린다.

2013년 학술대회의 성과를 책으로 엮자는 계획은 직후부터 논의가 되었지만, 다시 여러 이유로 구체화되지 못하다가, 2017년에 새로 구성되어 1년간 활동한 민족문학사연구소 기획위원회의 활동을 통해 본격적으로 진행되기 시작했다. 2013년부터 2017년까지의 짧지 않은 기간 프로문학에 대한 젊은 연구자들의 흥미로운 논문이 적지 않게 출판되었으며, 이를 검토하면서 책을 새로 만들어 나가는 일은 즐거운 일이었다고 생각한다. 결과적으로 이 책은 연구반에서 활동하지 않았던 여러 선생님들의 글을 대거 포함하며 처음 학술대회를 통해 기획했던 것과는 전혀 다른 것이 되었지만, 결과적으로 훨씬 더 좋은 책이 만들어졌다고 믿는다. 흥미로운 글을 통해 공부할 기회를 제공해주신, 그리고 글을 싣는 것을 흔쾌히 허락해 주신 모든 저자 선생님들께 우정 어린 감사의 말씀을 올린다.

책에 넣을 글을 고르고 나누어 다시 묶는 일을 포함하여, 책을 엮는 일은 프로문학연구반에서 활동했던 유승환과 허민의 책임 아래 이루어졌다. 역시 프로문학연구반의 동료인 장문석은 책 제목과 각 부 제목에 대한 아이디어를 포함한 여러 중요하고 핵심적인 조언을 해주었으며, 또한 책을 만들 때 반드시 생기는 여러 번거로운 일들을 스스로 맡아, 책이 만들어지는 과정에서 어쩌면 편집자들보다도 훨씬 더 중요한 기여를 했다. 거듭 거듭 감사드린다. 아울러 명망없는 젊은 연구자들의 글로 이루어진 학술연구서의 출판을 기꺼이 맡아주신 소명출판 및 책의 실제 편집과 교정을 맡아 수고를 아끼지 않으신 소명출판의 윤소연 선생님께도 진심으로 감사의 말씀을 올린다.

2018년 10월
저자들을 대신하여, 유승환 · 최병구 씀

차례

책머리에 3

제1부 혁명의 조건과 변혁의 계기

유승환 —— **1923년의 최서해**−빈민 작가 탄생의 문화사적 배경 29
  1. 최서해의 등장이라는 '경이' 29
  2. 1923년 회령, '서해'의 탄생 37
  3. '회관'의 지식과 빈민의 교양 53
  4. 1920년대의 최서해들 65

이민영 —— **평양 프로극단의 기억과 공간의 정치학** 76
  1. 서론 76
  2. 평양의 특수성과 마치극장의 출현 81
  3. (비)합법 활동의 명암, 명일극장과 신세기 87
  4. 공간의 정치성과 주체의 탄생, 신예술좌 95
  5. 결론 102

가게모토 츠요시 —— **식민지 조선의 또 하나의 프롤레타리아 문학**
  −룸펜프롤레타리아, 농업노동자, 유곽의 여성들 106
  1. 룸펜프롤레타리아 문학 106
  2. 농업노동자−채만식의 정치경제학 비판 110
  3. 여공과 유곽의 연계 구조 114
  4. 비-전위의 눈−소련에 입각하지 않은 사회주의 120
  5. 룸펜프롤레타리아의 힘의 현행화 127

최명석 ── '주의자'와 우정友情의 향방
　　　　　　　 ─1920~1930년대 한국소설에 재현된 우정의 양상　132
　　1. '주의자'의 우정友情을 묻는다는 것　132
　　2. 우정, '주의자'의 초상　137
　　3. 전향 이후, 혹은 친구 이후　147
　　4. 우정은 환상인가─우정이라는 '감정'　154

이소영 ── 1930년대 후반 김남천 소설의 이체異體
　　　　　　　 ─「장날」과 「이리」에 나타난 몽타주montage와 구상력構想力을 중심으로　161
　　1. 기본자의 변화와 이채異彩로운 소설 두 편　161
　　2. 영화와 소설의 거리감　170
　　3. 혁명을 예술적으로 사색하는 힘에 대하여　188
　　4. 김남천의 이체異體들　203

제2부 혁명의 실천과 진보의 수행

최병구 ── 근대 미디어와 사회주의 문화정치　213
　　1. 근대 미디어와 사회주의　213
　　2. 사회주의 대중화의 논리─가속주의와 자기표현의 원리　217
　　3. 인쇄 미디어 비판, 정론성의 문화정치적 의미　226
　　4. 맺는 말　239

배상미 —— **식민지 조선에서의 콜론타이 논의의 수용과 그 의미** 244

    1. 일본의 콜론타이 수용과 조선으로의 유입 244

    2. 조선에서 콜론타이 이론의 소개 251

    3. 조선에서 콜론타이에 관한 논의의 전개 257

    4. 가부장적 성도덕에 저항하는 불온한 여성들 265

    5. 결론 273

허　민 —— **적대와 연대**－1930년대 '활자전선活字戰線'의 구축과 복수의 사회주의 277

    1. 논의의 전제－식민지 조선의 사회주의와 그 '적'들 277

    2. '활자전선을 구축하라'－1930년대 사회주의 담론투쟁의 위상과 잡지 『비판』의 역할 284

    3. 평론·보도·학술－사회주의 논쟁의 지형들 292

    4. 결론을 대신하며－식민지 지식장의 변동과 복수의 사회주의 316

최은혜 —— **저변화된 낭만, 전면화된 사실**

        －1920년대 후반~1930년대 중반 임화 평론에 나타난 '낭만성' 재검토 322

    1. 문제제기－임화 연구에서 낭만(성)의 위상 322

    2. 낭만주의와 그 미적 준거로서의 낭만성 비판 328

    3. '낭만정신론'의 생성 기반과 그 변주 338

    4. 사실주의의 원리적 범주로서의 '낭만' 352

제3부 혁명의 유산과 점화의 가능성

김민정 ―― 리얼리즘의 강박, 증상으로서의 리얼리티
― 리얼리즘의 재인식과 전망의 모색   363
1. 문제제기   363
2. 리얼리티의 인식과 근대문학의 탄생   371
3. 리얼리즘-생활의 긴박, 재현의 갈망   377
4. 전망, 그리고 남은 과제   389

박형진 ―― 과학, 모랄, 문학-1930년대 중반 김남천 문학에서의 '침묵'의 문제   395
1. 침묵의 사상과 그 장소-어느 실어의 고백으로부터   395
2. 소설 쓰지 못하는 소설가'들'   403
3. 자기自己와 사실의 시간   415
4. 결론을 대신하여   425

이은지 ―― 미분微分된 혁명-1930년대 송영 소설에 나타난 혁명관   430
1. 서론   430
2. '마음'에 기반을 둔 미완성이 주외主義   433
3. '옛날이야기'들의 축적과 시간에 대한 신뢰   446
4. 결론   460

김윤진 ── **해방기 엄흥섭의 언어의식과 공동체의 구상** 464

   1. 엄흥섭과 '경성부 안국정 중앙인서관' 464

   2. 글말과 입말, 해방전후 엄흥섭의 언어의식을 둘러싼 맥락들 469

   3. 의식적인 방언의 활용과 인칭적 연대 483

   4. '친밀권-공동체'에 대한 구상과 한글의 위치 497

장문석 ── **밤의 침묵과 자유의 타수**─김수영의 해방공간과 임화의 4 · 19 512

   1. 서─냉전의 시대, 임화라는 텍스트의 존재방식 513

   2. '원수와 더불어 싸워서 죽은 우리의 죽음을 슬퍼 말아라'

     ─취중진담, 만취하고도 못다 부른 노래 516

   3. 서울-몽마르트, 전위, 1946─조선문학가동맹의 문화적 실천에 관한 네 개의 주석 525

   4. '공산주의자' 임화의 '지금시간Jetztzeit', 4 · 19 549

   5. 결─실패의 '전통'으로 유비를 탈구축할 수 있는가? 571

필자소개 580

초출일람 584

찾아보기 586

1부

혁명의 조건과
변혁의 계기

유승환
1923년의 쳐서해 – 빈민 작가 탄생의 문화사적 배경

이미영
평양 프로극단의 기억과 공간의 정치학

가게모토 츠요시
식민지 조선의 또 하나의 프롤레타리아 문학
– 룸펜프롤레타리아, 농업노동자, 유곽의 여성들

최명석
'주의자'와 우정友情의 향방 – 1920~1930년대 한국소설에 재현된 우정의 양상

이소영
1930년대 후반 김남천 소설의 이체異體
– 「장날」과 「이리」에 나타난 몽타주montage와 구상력構想力을 중심으로

1923년의 최서해

빈민 작가 탄생의 문화사적 배경

유승환

1. 최시해의 등장이라는 '경이'

　서해曙海 최학송崔鶴松에 대한 논의는 활발하다고까지 말하기는 어렵겠지만 그동안 꾸준히 이루어져 왔다. 특히 2000년대 이후 비교적 최근의 연구에서 "조선의 소설단小說壇에 있어서 최저생활자 출신의 유일인唯一人"[1]이었던, 즉 당대 조선 유일의 빈민 출신 작가였던 최서해 문학의 고유성이 최서해가 활용하고 있는 독특한 서술 전략[2]과 최서

1　김동인, 「소설가로서의 서해」, 『동광』 36, 동광사, 1932.8, 98쪽. 표기법은 현대의 표기법으로 인용자가 수정하였다. 이하의 인용문도 마찬가지로 현대의 표기법으로 수정하여 인용한다.

2　특히 이경돈의 연구를 주목할 수 있다. 이경돈에 의하면 최서해는 소설이 "허구이어야만 하는 이론적 강박에서 벗어나 자신의 체험을 옮겨놓은 기록으로서 소설을 만들어"내는 "완전히 다른 창작방법을 개척"한 작가이며(이경돈, 「최서해와 기록의 소설화」, 『반교어문연구』 15, 반교어문학회, 2003, 132쪽) 최서해 소설이 문단에 승인되는 과정 속에서 발생한 충격은 "'실사(實寫)'로 요약되는" 새로운 '리얼리티'의 창출을 의미했다고 주장한다(위의 글, 138쪽). 한편 고인환·장성규는 최서해

해가 지닌 빈민 출신으로서의 고유한 의식[3]에 대한 천착을 통해 해명되고 있다는 점은 흥미롭다. 이러한 논의들은 "감각적 직접성"과 "전망의 부재"[4]를 지적하는, 혹은 서해가 "빈궁을 있는 그대로 체험한 자"이기 때문에 "빈궁에 대한 박진력있는 묘사"를 보여준다는 식[5]의 정형화된 문학사적 기술을 넘어 최서해 소설의 고유성을 빈민 출신 작가의 글쓰기에 나타나는 하위주체성의 발현과 연관지어 설명할 수 있는 가능성까지도 암시한다는 점에서 최서해 소설에 대한 논의의 수준을 한층 심화시켰다고 평가할 수 있다.

그럼에도 최서해에 대한 그동안의 연구에서 충분히 관심을 두지 않은 부분은 1924년이라는 시점에서 최서해라는 빈민 출신 작가가 나타날 수 있었던 동력 혹은 배경의 문제이다.[6] 최서해라는 작가가 지닌

....

소설에 나타난 이러한 "체험과 픽션간의 혼종적 양상" 및 환상적 요소에 주목하면서 이를 "자신의 상징자본으로 해석될 수 없는 사건에 대해 발화할 수 없는 것을 발화하려는 욕망"에 기초하여 "자신의 내러티브 형식"을 "문화적 엘리트의 형식과 구별"지으려는 디아스포라적 정체성의 발현으로 평가한 바 있다(고인환·장성규, 「식민지 시대 재만 조선인 디아스포라의 발화 전략—최서해와 강경애의 텍스트를 중심으로」, 『한민족문화연구』 46, 한민족문화학회, 2014, 293~296쪽).

3 특히 최서해의 소설에서 극단적인 생존의 위기로부터 발원하는, 부르주아적 윤리를 넘어서는 새로운 사회계약에 대한 상상을 읽어내는 김동식의 논의(김동식, 「1920년대 중반의 한국문학과 '끼니'의 무의식—김기진과 최서해, 그리고 '밥'의 유물론」, 『문학과환경』 11-1, 문학과환경학회, 2012, 189~192쪽)와 최서해의 소설로부터 '가난의 주체화'와 가난한 자들의 공동체적 연대에 대한 끊임없는 모색을 발견하려 하는 안용희의 논의(안용희, 「그늘에 피는 꽃, 최서해 문학의 아포리아」, 『민족문학사연구』 57, 민족문학사학회, 2015, 28~34쪽)는 흥미롭다. 한편 최병구는 1920년대 당대의 '행복론'이라는 다른 관점에서 접근하고 있기는 하지만, 최서해를 포함한 신경향파 문학이 "사회주의와 도덕, 그리고 행복이라는 개념이 결합"되어 형성된 "새로운 문화와 정치적 논의" 속에서 "근대국가의 계약조건이 갖는 정당성을 질문하기 시작"한다고 지적한다는 점에서 김동식과 유사한 관점을 보이고 있기도 하다(최병구, 「운명과 행복, 근대(인)의 자기인식과 그 매개」, 『국제어문』 72, 국제어문학회, 2017, 182~183쪽).

4 김윤식·정호웅, 『한국소설사』, 문학동네, 2000, 133쪽.

5 김윤식·김현, 『한국문학사』(개정판 6쇄), 민음사, 2000, 258쪽.

6 최서해가 문단에서 승인되는 과정을 깊이 있게 다룬 몇몇 논의(이경돈, 앞의 글; 박현수, 「최서해 소설의 승인 과정과 에크리튀르의 문제」, 『반교어문연구』 26, 반교어문학회, 2009)가 있지만, 이러한 논의들은 최서해를 문단의 일원으로 받아들인 당대 조선문학의 내적 논리를 규명하는 논의이

문제적 면모의 중요한 부분 중 하나가 바로 최서해가 빈민 출신의 무학자無學者라는 점을 생각해 보았을 때, 최서해의 작품 내용을 떠나 최서해라는 작가가 문단에 등장한 사건 자체 또한 하나의 중요한 문학사적 사건으로 바라보아야 한다. 이러한 맥락에서 이미 15년 전 박훈하가 제기한 다음과 같은 질문은 곱씹어 볼 필요가 있다.

> 1924년, '고국'으로 출발한 최서해의 소설 쓰기는 상당한 충격과 놀라움으로 받아들여졌다. 당시의 그러한 반향은 대략 두 가지 이유에서 기인했다. 하나는 기층민의 삶에 대한 놀라운 형상화 능력 때문이고, 또 다른 하나는 한갓 근대적 문물로 이해되었던 소설이라는 예술양식이 근대적 지식을 배운 바도 그럴 만한 경제적 여유도 없었던 일개 막노동꾼으로부터 생산되어 나왔다는 사실 때문이었다. 전자의 경우는 대체로 내용적 측면에 대한 것이었다. 단순하게 생각해 그 놀라움은 작가 개인의 생체험으로부터 얻어진 결과로 이해되었고 또 현재의 우리도 그렇게 받아들이고 있다.
> 그러나 전자를 그렇게 순진하게 해석하고 나면 후자의 경우가 그리 명확하게 설명되지 않는다.[7]

최서해의 등장에 대한 당대의 '충격'과 '놀라움'을 거론하면서, 서해가 어떻게 작가가 될 수 있었는지를 물어보는 이 질문을 곱씹어 봐야 하는 이유는 이 질문이 명확하고, 아직도 충분히 해명되지 않았으며,

··················
지, 최서해라는 빈민 출신의 작가가 탄생할 수 있었던 내적 배경 혹은 동력에 대한 논의라고 보기는 어렵다.

7 박훈하, 「탈식민적 서사로서 최서해 읽기」, 문학사와비평학회 편, 『최서해 문학의 재조명』, 새미, 2002, 105쪽.

매우 중요한 질문이면서도 동시에 잘못된 질문이기 때문이다. 이 질문은 다음과 같은 간단하고 명확한 몇 개의 전제로 이루어져 있다. ① '소설 쓰기'를 위해서는 일정 수준의 근대적 지식과 교양이 필요하다. ② 최서해는 일개 막노동꾼이었다. ③ 일개 막노동꾼은 근대적 지식을 배운 적도 없고, 그럴 만한 경제적 여유도 가지고 있지 않다. ④ 그럼에도 불구하고 최서해는 작가가 되었다. 그렇다면 어떻게?

전형적인 연역 추리의 형태를 취하고 있는 이 네 개의 전제 사이에서 모순이 발생하기 때문에 질문이 나타나고, 따라서 이 질문에 대한 대답은 질문이 취하고 있는 네 개의 전제 가운데 어느 하나가 잘못되었다고 말하지 않는다면 제출될 수 없다. 때문에 이 질문은 전제 자체가 잘못된 질문인데, 결국 중요한 것은 어떤 전제가 잘못되었느냐는 것이다.[8] ②와 ④가 부정할 수 없는 사실명제라고 할 때, 이 글은 이 질문에서 ③이 잘못되었다는 입장을 취한다. 다시 말해, 최서해는 정규적인 중등교육을 받지 못했고, 막노동꾼에 불과했지만, 그럼에도 불구하고 작가가 되기 위한 기본적인 지식과 교양을 습득할 수 있었다. 그렇다면 어떻게?

이 글은 1923년 회령에서의 서해의 행적에 대해 새롭게 발견한 몇

....

8　박훈하 스스로는 양식과 사회의 '구조적 상동성'이라는 개념을 중심으로 ①의 전제를 부정한다. 「홍염」을 예로 들어 설명한다면, '내면 탐색이 배제된 단순한 선악판단'을 그 핵심 구조로 하는 최서해의 소설은 근대소설로서 "형식 미달"이다. 그러나 "조선의 역사적 특수성에 비춰보며 「홍염」 같은 작품들이란 결코 피해 갈 수 없을 만큼 근본적인 미적 본질을 함유하고 있음을 부인하지 못한다." 왜냐하면 이러한 구조는 "조선의 식민지 억압구조와 구조적으로 일치"하기 때문이다(위의 글, 119쪽). 다시 말해 최서해가 사용하는 소설 양식은 '근대적인 지식'이 필요치 않은 "형식 미달"이지만, 양식과 사회의 구조적 상동성으로 인하여 그 양식은 근대소설이 될 수 있다는 것이다. 이러한 박훈하의 관점은 첫째, 최서해의 소설을 '형식 미달'이라는 '결여'의 관점에서 바라보고 있다는 점, 둘째, 최서해 소설을 그 고유성에서가 아니라 '민족문학'의 논리 속에 포획하면서 평가하고 있다는 점에서 동의할 수 없다.

몇 사소한 사실들을 중심으로 1924년 최서해의 등장을 빈민 출신 작가가 탄생할 수 있었던 당대의 문화사적 맥락이라는 보다 포괄적인 관점에서 살펴보는 것을 목적으로 한다. 당연히 최서해의 등장은 단순히 한 명의 작가가 조선문단에 추가되었다는 사실을 의미하는 것이 아니고, 가난 때문에 정규적인 교육 과정을 밟을 수 없었던 무학無學의 빈민이 그 이전 시기까지 유산자有産者 엘리트의 전유물이었던 조선문학의 중요한 주체가 될 수 있다는 가능성을 보여주는 문학사적 사건의 발생을 의미한다. 이 점에서 최서해가 작가가 되기까지의 과정은 특히 가난으로 인한 교육의 결핍을 어떻게 극복할 수 있었는지의 문제를 중심으로 보다 상세하게 논의될 필요가 있다. 서해에 대한 전기적 연구 자료가 지극히 제한[9]되어 있기 때문이기도 하지만, 최서해가 작가기 되기까지의 과정은 대체로 문학청년으로서 그가 가진 문학적 열정 혹은 향학열 등의 매우 피상적인 관점에서 논의되었던 것[10]이 사실이다. 이 점에서 최서해의 등장이라는 사건은 김동인의 표현처럼 최서해와 같은 사람이 조선문학의 작가로 존재한다는 사실 자체에 대한 '경이驚異의 시선'[11]이라는 차원을 넘어 충분히 해명되지 못했다.

하지만 1923년 최서해의 행적을 검토할 경우, 최서해의 등장이라는

----

9 최서해의 전기적 연구를 위한 자료는 최서해 자신의 회고와 특히 최서해가 요절한 이후에 이루어진 동류 문인들이 최서해에 대한 회고 및 최서해의 자전적 소설 정도로 제한되어 있어, 양적인 측면, 신뢰성이라는 측면 모두에서 상당히 빈약한 것이 사실이다. 또한 때때로 신뢰할 수 없는 회고들의 내용이 서로 충돌하는 경우도 있어, 혼란이 가중되기도 한다. 가령 최서해의 학력에 있어서도 소학교를 졸업했다는 회고와 소학교 3학년을 마치지 못하고 중퇴했다는 설이 대립하는 형국이다. 이른 시기에 이루어진 연구이지만, 최서해의 학력에 대한 이견에 대해서는 김기현의 정리(김기현, 「최서해의 전기적 고찰 (1)」, 『어문논집』 16-1, 안암어문학회, 1975, 76~77쪽)를 참고할 수 있다.

10 위의 글, 77쪽.

11 김동인, 앞의 글, 98쪽. 김동인이 사용한 정확한 표현은 "경이의 눈"이며, 이는 서해의 소설이 보여준 "암흑한 사회"(97쪽)의 모습에 대한 독자들의 경이라는 의미에서 사용한 표현이다.

문학사적 사건은 '경이'로서가 아니라 당대의 문화사적 배경 속에서 그 나름의 맥락과 필연성을 가진 사건으로 이해될 수 있다. 1923년 봄부터 다음해인 1924년 초까지는 간도 유랑 생활을 정리한 최서해가 서울로 올라가 본격적으로 작품활동을 하기 이전까지 함북 회령에 머물면서 회령역에서 노동 생활을 하던 시기 정도로만 알려져 있다.[12] 회령 시절의 최서해가 『동아일보』 등에 몇 편의 시와 산문을 투고했던 사실이 밝혀져 있기는 하지만 이 시기 최서해의 행적은 이전 간도 유랑 시절과 이후 경성에서 작가 활동을 하던 시기에 비해서 상대적으로 관심을 받지 못하고 있다.

그렇지만 1923년은 최서해에게 있어서 매우 중요한 시기이다. '서해曙海'라는 필명이 이 시기에 탄생했다는 것이 상징적인 의미를 가지고 있다면, 이 시기의 서해가 소속되어 있던 것으로 추정되는 노동단체인 회령 신우조新又組를 매개로 하여 당시 회령 지역 내에 존재하던 청년·사회운동과 직간접적인 관계를 맺고 있었다는 점은 보다 실질적인 의미를 지닌다.

즉 1923년 최서해의 행적에 대한 검토는 무엇보다도 정규적인 교육을 통한 지식과 교양의 획득 기회를 가지지 못한 최서해가 그 나름의 지식과 교양을 습득할 수 있는 경로에 접속되어 있었다는 암시를 발견할 수 있다는 점에서 흥미롭다. 위에서 살펴보았던 '일개 막노동꾼이 근대적 지식을 습득할 수 없다'는 전제가 거짓인 이유는 이 시기 지식과 교양을 습득할 수 있는 경로가 정규적인 학교 교육 이외에 상당히 다양하게 존재하고 있었기 때문이다.

....

12 이러한 관점은 주로 1925년에 이루어진 이 시기에 대한 최서해 스스로의 회고에 근거하고 있다. 최학송, 「그립운어린때」, 『조선문단』 6, 조선문단사, 1925.3, 75~76쪽.

천정환은 개항 이후 조선의 급격한 근대적 변동의 과정에서 나타난 새로운 정치적, 문화적 의식의 주체와 그들의 앎을 '대중지성'이라는 개념으로 포착한다.[13] 특히 3·1운동 이후 민족해방운동과 사회주의의 유행으로 사회운동이 활성화되며 식민지 조선의 '대중지성'은 급격히 발전하기 시작했다.[14] 이때 흥미로운 점은 이러한 대중지성의 형성이 "공적 교육의 현장에서만 이뤄지는 것이 아니"라 "오히려 교회, 학교, 단체 등 '사회적' 영역의 확대와 더 깊은 관련을" 맺는다는 점이다. 즉 "근대 초기의 문화와 앎의 변동을 가능하게 한 것은 새로운 지적 인간관계망의 창출과 거기에서의 새로운 앎─주체들의 장소"이다.[15] 보다 구체적으로 "사립학교, 서당, 야학, 독서회, 연설 토론회, 그리고 언론과 결사"는 대중지성이 공교육의 부재라는 식민지적 상황 속에서 자율적인 앎의 장소로 확보한 주요한 거점이다.[16] 그리고 1923년 최서해의 행적은 바로 최서해가 이러한 대중지성의 앎의 거점들과 밀접한 관련을 맺고 있었다는 점을 잘 보여준다.

실제로 최서해의 텍스트들에서는 1923년 회령에서 최서해가 경험했던 것과 유사한 앎의 장소들과 그 속에서 획득하는 앎의 편린들이 도처에서 발견된다. '회관會館의 지식' 혹은 '빈민의 교양'이라고 명명할 수 있는 이러한 편린들은 물론 자율적인 '대중지성'이라는 간단한 개념으로 쉽게 정리할 수는 없다. 최서해의 텍스트에서 드러나는 이러한 지식의 흔적들은 정규 교육 및 주류적인 문자 매체를 통하여 배타적으로 유통되는 정규적 지식들을 한편으로는 모방하면서도, 다른

13 천정환, 『대중지성의 시대』, 푸른사상사, 2008, 154쪽.
14 위의 책, 232쪽.
15 위의 책, 279쪽.
16 위의 책, 305쪽.

한편으로는 이를 전유하며 스스로를 이러한 정규적 지식과 구별짓기도 하는 복잡한 양태를 보인다.

때문에 이 글은 우선 1923년 회령에서의 최서해의 행적을 새롭게 검토함으로써 1920년대의 문화사적 맥락 속에서 최서해가 작가가 되기 위한 지식과 교양을 습득할 수 있는 나름의 앎의 장소들과 접촉하는 양상을 다룬 뒤, 최서해 텍스트의 도처에 파편적으로 나타나는 이러한 앎의 흔적들을 추적하면서 최서해가 습득하고 의존할 수 있었던 이러한 지식과 교양이 어떠한 성격과 특징을 가진 것이었는지를 검토하려고 한다.

이러한 작업을 통해 이 글이 최종적으로 의도하는 바는 최서해의 등장이라는 문학사적 사건이 하나의 '경이'가 아니었다는 점, 즉 돌발적이고 우연적이며 예외적인 사건이 아니었다는 점을 밝히는 것이다. 최서해가 등장하던 무렵, 즉 1920년대의 식민지 조선사회에는 수많은 '최서해들'이 존재했다. 이는 최서해와 같은 빈민이 많았다는 의미가 아니라, 최서해와 마찬가지로 가난하고 못 배운 '막노동꾼'에 가까운 삶을 살았으면서도, 1920년대 식민지 조선의 문화사적인 배경 아래에서 나름의 지식과 교양을 획득하고 성찰하며, 다시 이를 바탕으로 하여 삶에 대한 새로운 전망들을 모색하고 창출해 나갔던 적지 않은 사람들이 존재했다는 의미이다. 최서해의 등장은 '경이'가 아니다. 단지 이 시기에 새롭게 등장했던 수많은 최서해들 중 어떤 사람들은 그 기회가 주어질 경우 종래 엘리트 지식인들의 전유물로 생각되었던 조선 근대문학의 주체로 나아갈 수 있다는 것을 보여준 상징적인 사건일 뿐이다.

2. 1923년 회령, '서해'의 탄생

1923년 회령에서의 최서해의 행적에 있어 그동안 알려지지 않은 사실 중 하나는 최서해가 회령청년회 주최의 한 토론회에 연사로서 참석했다는 것이다. 8월 28일자 『동아일보』는 최서해가 참가한 토론회의 정황을 아래와 같이 간단하게 보도하고 있다.

> 會寧靑年會에서는 去十八日 午後 九時 該靑年會館에 討論會를 開하얏는데 當日은 雨天임도 不拘하고 聽衆이 三百餘名에 達하얏스며 演題와 演士는 如左하얏더라
> 人類生活이 利己主義냐 利他主義나
> 可便 演士 鄭麟德 康永植 崔鶴松
> 否便 演士 金熙均 金鶴錫 其眞會[17]

1923년 8월 18일, 그 해 여름에 지어진 회령청년회관[18]에서 회령청년회 주최로 열린 토론회의 주제는 당시 전국 각지에서 성행하던 토론회에서 흔히 올려지던 토론 주제인 "인류생활은 이기주의냐, 이타주의냐"였다.[19] 삼백 명의 청중이 운집한 가운데 최서해, 그러니까 최학송

17 「회령청년회토론회」, 『동아일보』, 1923.8.28.
18 청년회관 건축은 1922년 10월에 전창국, 진일완, 김장환 등의 발기로 설립된(「회령청년회 발기」, 『동아일보』, 1922.10.3) 회령청년회 초창기의 숙원사업이었으며, 여러 차례의 모금 행사를 거쳐 1923년 음력 4월 8일(양력 5월 23일) 상량식을 거행한다(「회령청년회관 상량」, 『동아일보』, 1923.5.31). 『동아일보』 보도상 회령청년회관 사용이 확인된 최초의 행사는 뒤에서 다시 한 번 언급될 '경성여자고학생 상조회 순회강연'으로 이 행사는 1923년 7월 20일에 거행되었다(「여고순강단에 동정」, 『동아일보』, 1923.7.28).

은 3명의 '가편可便' 연사, 즉 '인류생활은 이기주의'라는 주장을 펴기로 되어 있는 3명의 연사 중 아마도 마지막 순서로 연단에 올랐을 것이다. 이 당시 토론회의 일반적인 관습을 고려할 때 최서해에게 주어진 발언 시간은 10~15분 정도였을 것으로 추측된다.[20] 최학송의 발언이 끝나고 이어진 부편의 마지막 연사 구진회의 발언 이후 토론 내용에 대한 청중들의 자유로운 발언(속론續論)이 아마도 있었을 것이다.[21] 최서해는 토론회에 참석하기 위해 대략의 발언 내용을 담은 원고를 준비했을지 모르며, 어쩌면 이 원고는 사전에 검열을 당했을지도 모른다.[22]

· · · · · · · · · · · · · · · ·

19 1920년대의 토론회는 전국 각지에서 성행했다. 1920년부터 1930년까지『동아일보』, 『조선일보』, 『시대일보』(및 후신인『중외일보』), 『매일신보』 등 4개 주요 일간지에 보도된 토론회 기사들을 중심으로 확인한 토론회 개최 건수는 총 1,127건에 달하며, 신문에 보도되지 않은 토론회가 훨씬 더 많았을 것이라는 점을 감안하면, 실제 토론회의 개최 건수는 이보다 훨씬 더 많을 것으로 추정된다. 흥미로운 점은 전국 각지에서 개최된 토론회의 토론 주제가 비교적 한정적이며, 특히 경성 등 대도시의 큰 단체에서 논의한 토론 주제가 전국 각지로 확산되어 다시 논의되는 양상을 보인다는 점이다. 최서해가 참여한 회령청년회의 토론회의 토론 주제였던 '이기주의/이타주의'의 문제 또한 이 시기 토론회의 단골 토론 주제 중 하나였다. 다음의 예를 참고할 수 있다.(괄호 안은 출처) ① 1921년 2월 19일 중앙예배당 엡윗청년회 토론회(『동아일보』, 1921.2.21) ② 1921년 5월 10일 인천 엡윗청년회 토론회(『조선일보』, 1921.5.12) ③ 1921년 6월 23일 울진청년회 토론회(『매일신보』, 1921.7.7) ④ 1921년 8월 20일 마산구락부 토론회(『동아일보』, 1921.8.19) ⑤ 1921년 11월 13일 군산 진남정구락부 토론회(『동아일보』, 1921.11.11) ⑥ 1922년 5월 20일 이천 지하청년회 토론회(『동아일보』, 1922.5.29) ⑦ 1923년 5월 31일 종로 중앙기독교청년회 토론회(『매일신보』, 1923.5.31) ⑧ 1924년 4월 1일 서강 건흥구락부 토론회(『동아일보』, 1924.3.31) ⑨ 1927년 4월 27일 천안 기독교청년회 토론회(『동아일보』, 1927.5.3)

20 당대 토론회에서 한 명의 연사에게 주어진 발언 시간은 토론회의 규모와 일정에 따라 5분에서 25분 사이로 일정하지 않은 경향을 보이지만, 대체로 10~15분 정도가 표준적인 발언 시간이었을 것으로 보인다. 규칙이 비교적 엄격하게 적용되었을 것으로 생각되는 경성의 현상토론회(1923.2.10, 중앙엡윗청년회 주최 시내전문학교 연합토론회)의 경우 각 연사당 발언 시간으로 15분이 할애된 것을 확인할 수 있다. 「모임」, 『동아일보』, 1923.1.26.

21 토론 주제에 대한 가부편(可否便) 연사의 교차 발언이 종료된 후 청중들의 자유 발언인 '속론'이 진행되고, 속론이 끝난 후 토론에 대한 강평과 승패 판정이 이루어지는 것은 1920년대 토론회의 일반적인 진행 절차였다.

22 토론회 발언 내용의 원고가 사전에 제출되고, 해당 원고에 대한 사전 검열이 이루어진 예는 1924년 8월 7일 대구소년회 주최 토론회에서 발견된다(「경관감시하에 소년토론회」, 『동아일보』, 1924.8.10). 원고의 사전 검열이 1920년대 토론회 전반에 적용되었던 것인지, 아니면 해당 토론회에 대해서만 이루어졌던 것인지는 확인하지 못했다.

이 토론회에서 최서해의 발언 내용이 무엇이었는지, 그리고 토론회의 승패가 어떻게 결정되었는지는 기록에 남아 있지 않다. 그럼에도 이 시기 한낱 일용직 노동자에 불과했던 최서해가 회령청년회가 주최한 토론회라는 거창한 행사에 참여했다는 사실 자체가 관심의 대상이 될 수 있다. 물론 토론회 자체는 강연회, 신문·잡지·도서열람소 설치, 야학 및 강습소의 운영 등과 함께 1920년대 초반 크게 발흥했던 청년회운동의 주요 교양사업에 해당한다.[23] 그럼에도 다른 연사들의 경력과 비교해 보았을 때, 최서해가 청중도 아닌 연사로 참석한 것은 사뭇 이례적인 일이다. 토론회에 참가한 다른 연사들은 대체로 회령청년회의 간부 혹은 주도적인 활동가들이었으며, 또한 재산 보유 정도, 학력, 사회적 명망 등에서 당시의 최서해에 비해 월등한 지위에 있는 지역 유지에 가까운 인물들이었다. 가령 정인덕은 1923년 당시 회령청년회에서 관여했던 주요 사업 중 하나였던 조선민립대학기성회 회령군 지방부 준비위원회 집행위원으로 피선되어 활동한 경력이 있으며[24] 이후 회령군 내에서 다양한 사회활동에 참여하였고, 1930년대에는 회령부읍장을 역임하기도 한다.[25] 1923년 당시 21세로 추정되는 강영식은 6세에 함남신포에서 회령으로 이주한 뒤 농업학교를 졸업하고 상업에 종사하고 있었으며 1928년에는 『동아일보』 회령지국장을 지낸다[26] 1930년대에는 회령의 한 인쇄소를 인수하여 회령의 대표적인 인쇄업자로 활동한다.[27] 김희균은 1921년 상해임시정부와 관련된 폭탄사건으로 검거되어 2년 징역을 받았으며, 이후 신간회

....
23 박철하, 『청년운동』, 독립기념관 한국독립운동사 연구소, 2009, 23쪽.
24 「민대회령군부」, 『동아일보』, 1923.5.9.
25 「회령지국 주최 빙상경기 성황」, 『조선중앙일보』, 1934.2.24.
26 「사고」, 『동아일보』, 1928.8.16.
27 「인쇄업에 독보, 명동인쇄소주 강영식 씨」, 『동아일보』, 1936.8.18.

회령지회에서 활동한 인물로 1921년 사건과 관련된 보도에서 직업이 '농업무역상'으로 기재되어 있다.[28] 김희균은 1923년 회령청년회가 주최한 한 추도회에서 회령청년회 대표로 추도사를 발표[29]한 것으로 보아 당시 회령청년회의 주요 활동가 중 한 명으로 추정된다. 김학석 또한 정인덕과 마찬가지로 민립대학기성회 준비위원회의 상무집행위원으로 피선되어 활동했으며[30] 1923년 회령청년회에서 설치한 사설 중등교육기관인 '사설학술강습회'의 강사로 내정된 기록[31]이 있는 것으로 보아 적어도 중등교육 이상의 학력을 갖춘 사람으로 생각된다.

애초에 회령청년회 자체도 1920년대 초반 초기 청년회의 일반적인 경우와 마찬가지로 "지주와 상공인·신문기자나 교사" 등 "지역사회에서 경제적·사회적 지위가 높은 계층에 속하는 최고 지식인들이 중심"[32]이 되어 창설된 것으로 생각된다. 가령 회령청년회의 발기인이자 이후 청년회 활동에서 중심적인 역할을 수행하는 전창국·진일완 등은 일정한 경제적 기반을 갖춘 회령의 지역 유지였으며,[33] 또한 회령청년회는 1922년 청년회연합회의 분열[34] 이후에도 민립대학설립운동을

----

28 「함북독판부사건」, 『동아일보』, 1921.9.25.
29 「고 라시규 군 추도회」, 『동아일보』, 1923.9.4.
30 「민대각지군부」, 『동아일보』, 1923.5.31.
31 「사설학술강습」, 『동아일보』, 1923.12.9.
32 박철하, 앞의 책, 22쪽.
33 가령 전창국은 신간회 회령지회 회장을 지낸 뒤, 1931년 5월 회령 읍의원 선거에 출마하여 당선되는 등 회령의 대표적 유지로서 활발한 사회활동을 펼친 인물로 추측된다(「조선인 우세」, 『동아일보』, 1931.5.2). 진일완은 회령에서 상업에 종사하던 인물로 추측되는데, 회령의 상업 종사자의 친목단체인 회령 상무회의 임원으로 활동한 경력이 확인되기 때문이다(「상무회라 개칭」, 『동아일보』, 1925.2.26).
34 전국적인 청년조직으로 출범했던 조선청년회연합회는 1922년 4월 총회에서 문화계몽운동을 중심으로 한 온건한 활동 방안을 제시한 장덕수의 건의문에 대해 김사국 등 무산자운동을 염두에 둔 서울청년회계열 인사들이 반발하면서, 서울청년회 등 9개 단체가 탈퇴하며 분열된다. 이후 1923년에 들어오며 청년회연합회의 주요 사업은 물산장려운동과 민립대학설립운동이 그 중심에 놓이게 된다. 박철하, 앞의 책, 19~20쪽.

주요 사업으로 설정하는 등 상대적으로 온건하고 보수적인 청년회연합회의 노선을 충실하게 지키고 있었다. 말하자면 회령청년회는 대체로 최서해와는 계급적·경제적 기반이 다른 인물들로 구성되어 있었으며, 토론회를 비롯한 청년회의 주요 사업들도 이들에 의해 주도되었다. 그럼에도 최서해가 회령청년회가 주최한 토론회에 출연할 수 있었던 이유는 무엇일까? 이를 이해하기 위해서는 1923년 회령에서 최서해가 했던 '노동'이 어떤 형태의 것이었으며, 어떤 조직을 매개로 했던 것인지 조금 더 구체적으로 확인해 볼 필요가 있다.

위에서 언급했듯이 1923년 귀국한 최서해는 1924년 상경하기 전까지 회령역에서 노동자 생활을 했다고 알려져 있다. 이 시기의 노동체험에서 얻은 소재를 통해 쓴 「무서운 인상」[35]과 같은 소설에 잘 나타나 있듯이 이 시기 최서해가 했던 일은 주로 간도에서 회령역을 경유하여 수입되던 대두 등의 곡물짐을 운반하던 운수 노동이었던 것으로 보인다. 하지만 보다 결정적인 단서는 1929년작 「차중에 나타난 마지막 그림자」[36]의 연재 첫 회에 나온 "내가 회령 신우조會寧 新又組라는 노동조에 있을 때였다"[37]라는 진술이다. 이 소설은 작품에 나타난 주인공 '나'의 경력이 실제 최서해의 경력과 대체로 일치한다는 점, 그리고 "방군이 경영하는 조선문단사"[38]에 관한 언급이 나온다는 점에서 자전적인 성격을 가진 소설로 볼 수 있다. 그렇다면 1923년 회령에서 노동자 생활을 하던 최서해가 몸담고 있던 곳은 신우조라는 노동조라는 추정이 가능하다.

35 최서해, 「무서운 인상」, 곽근 편, 『최서해 전집』 상, 문학과지성사, 1987.
36 최서해, 「차중에 나타난 마지막 그림자」, 『조선일보』, 1929.4.14~23.
37 최서해, 「차중에 나타난 마지막 그림자 (1)」, 『조선일보』, 1929.4.14.
38 최서해, 「차중에 나타난 마지막 그림자 (6)」, 『조선일보』, 1929.4.20.

회령 신우조가 1920년대 회령에 실재했던 노동조였다는 사실, 그리고 특히 회령역 부근에서 영업하는 운수회사들에 화물 운수 노동자를 독점적으로 공급하는 노동조직이었다는 사실은 이러한 심증을 더욱 굳게 만든다. 신우조의 연원과 조직에 대해서는 1930년 10월의 다음과 같은 보도를 참고할 수 있다.

회령역 구내에는 여름이면 칠팔십명 겨울이면 수백명의 노동자가 철도 화물적사사업(積卸事業)에 종사하고 있다. 그들은 여름이면 매월 삼사십원 겨울이면 사오십원의 노동대가(勞動代價)를 받고 하루종일 무거운 짐하고 싸우는 것이다. 그러나 그들의 피와 땀에 임금(賃金)은 그들 노동자를 고용하고 있는 일개 청부업자의 손을 거쳐 1할을 삭제당한 후에 다시 그 고주에게서 가져온 쌀값과 빚을 제한 후에야 그들의 수중으로 들어가는 것이다. (…중략…) 이야기는 멀리 지금으로부터 십구년전인 대정 6년 회령 천지에 처음으로 기차의 기적소리가 들릴 때에 현재의 청부업자인 조경옥(曹景玉) 씨는 수십명의 노동자를 데리고 그 당시의 대운송점이든 내국통운(內國通運) 북선운수(北鮮運輸) 등 회사에 승인을 얻어 화물적사사업을 시작한 이후 여러가지 파란도 있었지만은 도문철도(圖們鐵道)가 개통된 후에는 전긔 조경옥 씨는 신우조(新友組) 만철조(滿鐵組) 회운조(會運組)를 통하여 두목의 지위를 가지고 내려오면서 노동자 일인분의 보수를 다 받았다. 그 후 소화 이년부터는 일인분씩 받던 청부인의 보수가 일약으로 전임금의 일할로 고치우게 되었다.[39]

··················
39 「수백 노동자 충돌을 未免?」, 『동아일보』, 1930.10.30. 인용문 후반부 신우조의 한자 표기 '新友組'는 '新又組'의 오식으로 판단된다. 회령 신우조와 관련된 다른 보도에서 위 기사에 나오는 조경옥(曹景玉)이 신우조(新又組)의 조장으로 나오기 때문이다(「회령 민대 선전 강연」, 『동아일보』,

위 기사에 따르면 회령 신우조는 1917년 조장 조경옥을 중심으로 수십 명의 노동자들에 의해 결성된 노동조이다. 노동조는 "일정 구역을 중심으로 노동 공급권을 배타적으로 확보한 십장"을 중심으로 "봉건적 노동관계를 기반으로 한 온정주의적 노동 관계"에 기초하여 "의형제 혹은 만동생 등의 자연 발생적이고 원시적인 형태로 결합"한 노동조직이다. '도중'이라고도 불렸던 이러한 노동조들은 개항 이후 1920년대까지 부산, 인천, 원산, 청진, 군산 등 주요 물류 중심지의 운수 노동에 있어 지배적인 노동 형태였던 것으로 보인다.[40]

즉 1923년 최서해가 몸을 담고 있었던 회령 신우조는 회령역의 주요 운수업체에 대해 배타적으로 운수 노동자를 공급하는 것을 주업으로 하는, 전근대적 유대에 기초한 노동조직이었다. 1930년에 작성된 위 기사에는 신우조 조장 조경옥을 "청부업자"로 부르면서, 신우조를 저임금 노동자를 이중적으로 착취하는 조직으로 묘사하고 있지만, 이 시기의 신우조가 조원들의 권익을 옹호하는 노동조합적 성격이 더 강했는지, 아니면 저임금 노동력의 제공을 대가로 수수료를 챙기는 사익 추구의 수단이었는지는 쉽게 판단하기 어려운 문제이다. 신우조가 회령역 부근의 운수 노동에 대한 노동력 공급의 배타적 권리를 가지고 있었다는 점은 한편으로 조원들에 대한 조장의 횡포를 유발할 수 있는 것이지만, 동시에 고주雇主의 횡포에 맞서 조원들의 고용 안정성을 보장하고, 일정 수준의 임금을 유지하기 위한 교섭력을 발휘할 수 있는 조건이기도 하기 때문이다. 단정할 수는 없지만 회령 신우조의 경우 1927년을 기점으로 조합적 조직에서 영리적 조직으로 바뀐 것

....
1923.6.13).
40 김경일, 『한국 근대 노동사와 노동운동』, 문학과지성사, 2004, 337~338쪽.

이 아닐까 추측해 볼 수 있다. 위 기사에서 확인할 수 있듯이, 1927년까지 신우조 조장 조경옥은 하청인력을 파견하는 대가로 노동자 1인의 임금에 해당하는 보수를 받았던 것에 반해, 1927년 이후에는 고용주로부터 지급되는 총임금의 10%를 지급받는 형태로 조장에 대한 보수가 크게 오르기 때문이다.

그런데 적어도 최서해가 회령에 머물던 1923년의 시점까지 신우조는 회령의 사회운동·청년운동에 비교적 긴밀하게 참여하고 있었던 것으로 생각된다. 예컨대 신우조는 1922년 가을에 창립된 회령청년회의 가장 중요한 사업 목표였던 청년회관 건립사업에 20원의 돈을 기부하기도 했으며,[41] 민립대학설립운동의 일환으로 창설된 조선민립대학기성회 회령군 지방부의 선전부 소속 전창국의 강연을 단체로 청취한 뒤, "노동자도 차此에 희생치 않으면 불가하다는 취지에서" 조원 전원이 기성회에 입회하는 동시에 조장 조경옥의 경우 10원을, 기타 조합원 합동으로 거금 50원을 기부하기도 했다.[42] 그런데 앞서 언급했듯이 민립대학기성회 회령지부 조직은 회령청년회와 긴밀한 관련을 맺고 있었다. 기성회 회령지부의 중심인물인 전창국은 회령청년회의 발기인이자 주요 활동가였으며, 1923년 4월 21일 회령공립보통학교에서 열린 민립대학 선전 강연회의 경우 아예 회령청년회에서 주최한 사업이기도 했다.[43] 이러한 점들로 미루어 보았을 때 최서해가 소속되어 있었던 것으로 추정되는 회령 신우조는 1922~1923년 사이 회령청년회와 일종의 조직적 협력관계에 놓여 있었던 것으로 추측된다. 한낱 짐꾼

....

41 「청년회관 신축 의연」, 『동아일보』, 1923.4.9.
42 「회령 민대 선전 강연」, 『동아일보』, 1923.6.13.
43 「민대 선전 강연회」, 『동아일보』, 1923.4.30. 이 강연회의 연사로 나선 사람은 전창국과 김학석이다. 이 중 김학석은 1923년 8월 18일의 토론회에 최서해 등과 함께 연사로 등단한 사람이다.

에 불과했던 최서해가 토론회에 출연할 수 있었던 것도 이러한 맥락에서 생각해 볼 수 있다. 즉 1922년 회령청년회의 설립 이후 강연회, 토론회 등 새롭게 등장한 지식과 교양의 유통 장소는, 회령청년회와 노동조직인 신우조 사이의 유대관계 속에 서해와 같은 노동자들에게도 부분적으로 개방되어 있었던 것이다.

축자적인 의미에서 '서해'의 탄생, 그러니까 최학송이 '서해'라는 필명을 사용하기 시작한 일과 신우조가 관련이 있다고 볼 수 있다는 점은 흥미롭다. 최학송이 '서해'라는 필명을 사용하기 시작한 것은 서해가 회령에 체류하던 1923년부터이며, 서해 스스로의 회고에 의하면 그 계기는 『북선일일신문』에 서해라는 필명으로 「자신自信」이라는 시를 발표한 일이다.[44] 그런데 최학송이 '서해'라는 필명을 사용하게 된 것에 대해 서해의 친구 박상엽은 재미있는 에피소드를 하나 소개하고 있다.

어떤 여름 고국에 돌아와 지방 순회를 다니던 동경 유학생 일행이 청진이었다던가 북청이었다던가(분명히 기억되지는 않으나) 들러서 강연회가 있었을 때 그 일행 중의 한 사람이었던 여자가 독창을 하였는데 그 가사가 바로 어떤 잡지(『학지광』이었다고 기억한다)에 발표되었던 시이었었다고 한다. 그리고 그 가사의 작자를 서해라는 이름을 붙였더라. 서해는 이 소리를 듣고 자기의 시를 노래불러 주려는 친절하고 마음씨 고운 시악시는 누구인가 하는 일종의 로맨틱한 마음을 가지고 그 강연회에 가려고까지 하였으나 거리 관계로 그의 꿈은 그만 물거품으로 사라지고 말았다고 한다.[45]

....
44 최학송, 앞의 글, 76쪽.
45 박상엽, 「감상의 칠월 (7)」, 『매일신보』, 1933.7.21.

최서해의 시를 노래로 부른 여학생이 시의 작자에게 '서해'라는 이름을 붙였기 때문에 서해가 '서해'라는 필명을 사용했다고 하는 이 에피소드는 재미있는 가십이지만, 정확하지는 않다. 아마도 오래전에 서해에게 들은 이야기를 옮기는 과정에서 심한 혼동이 생긴 것으로 보인다. 『학지광』에 발표된 서해의 시는 서해가 『학지광』 1918년 3월호에 "최학송"이라는 이름으로 투고했던 '산문시' 3편 「우후정원雨後庭園의 월광月光」, 「추교秋郊의 모색暮色」, 「반도청년半島靑年에게」[46]를 말하는 것인데, 실상 이는 산문시라기보다는 감상적 산문(「우후정원의 월광」, 「추교의 모색」)과 논설문(「반도청년에게」)에 가까운 것으로서[47] 도저히 노래의 가사로 쓸 수 있는 글들이 아니다. 또한 실제 텍스트를 확인할 수 없는 「자신」을 제외하고, 서해가 '서해'라는 필명을 최초로 쓴 것으로 확인되는 글은 1923년 6월 10일 『동아일보』에 "회령 최서해會寧 崔曙海"라는 이름으로 발표된 시조 「춘교春郊에서」이다. 후술하겠지만 이때 박상엽이 이야기하는 동경 유학생 일행의 강연이 1923년 7월 17일부터 시작되었던 조선여자고학생 상조회의 하기 북선지방 순회강연이었음[48]이 확실하다고 한다면, 여름의 강연에서 '서해'라는 필명이 정해졌다는 박상엽의 회고는 시간적으로도 맞지 않다.

그런데 박상엽이 소개하고 있는 이 에피소드는 1925년이라는 비교적 이른 시점에서 무명 시절 자신의 시가 노래로 불렸던 경험에 대한 서해 스스로의 회고와 겹치는 부분이 있다.

----

46 모두 『학지광』 15, 1918.3.
47 곽근이 정리한 최서해 작품 목록에서도 이 작품들은 '수필'로 분류되어 있다. 곽근, 「작품연보」, 곽근 편, 『최서해 전집』 하, 문학과지성사, 1987, 442쪽.
48 「여자고학생 하기지방순강 함경도 지방에」, 『동아일보』, 1923.7.13.

계해년 봄에 다시 고국을 밟게 되었으나 노동자의 무리에서 비지땀을 짜게 되매 역시 붓과 인연이 멀었다. 그러다가 한석룡군의 뜨거운 사랑에 용기를 얻어 「자신」이라는 시 1편을 북선일일신문에 서해라는 익명으로 투고하였다. 즉시 발표는 되었으나 그리 큰 느낌을 못받았다가 그 해 여름 나남에 음악대회(?)가 열렸을 때 이정숙(李貞淑)이라든지 나는 알지도 못하는 여자가 나의 작 「자신」에 보표(譜票)를 붙여서 음악대회에서 연주한 것이 대환영을 받았다고 역시 일일보에 굉장한 보도가 있었다.[49]

이 에피소드는 서해 스스로가 비교적 최근의 일을 회고하고 있다는 점에서 박상엽의 진술보다 상대적으로 신뢰성이 높은 것으로 판단된다. 이때 서해의 회고와 박상엽의 회고를 종합해보면, 박상엽의 회고는 최서해에게서 들은 여러 이야기들, 즉 예전에 『학지광』에 '산문시'를 투고한 적이 있었다는 것, 자신의 시가 어떤 집회에서 노래로 불린 적이 있다는 것 등의 정보들이 마구잡이로 섞여 만들어진 것이라고 추측할 수 있다. 여기서 염두에 두어야 할 것은 박상엽이 완전히 없는 이야기를 지어내고 있는 것은 아니라는 점이다. 그렇다면 박상엽의 회고에서 '동경 유학생 일행의 강연'이라는 정보는 갑자기 왜 튀어나오게 된 것일까? 박상엽의 회고 자체가 최서해에게 들은 이야기를 무질서하게 조합함으로써 만들어진 것이라는 점을 감안하면, '유학생 일행의 강연'에 관한 정보도 사실은 최서해에게서 나온 것일 가능성이 있다.

먼저 최서해의 회고를 검증해보자. 최서해가 언급하고 있는 나남의 '이정숙'이라는 여성은 1920년대 나남 나일청년회羅一靑年會에서 활동

....
49 최학송, 앞의 글.

했던 실존인물로 생각된다. 1923년 6월에 나남 나일청년회 주최로 열린 부녀강화회婦女講話會에 이정숙이 연사로 출석한 기록이 확인되기 때문이다.[50] 하지만 1923년 여름 나일청년회에서 주최한, 혹은 이정숙이 참여한 '음악대회'에 관한 기록은 확인되지 않는다.[51]

그렇다면 박상엽이 말한 대로, 최서해의 시가 학생 강연단의 강연회 중 노래로 불렸을 가능성은 없을까? 박상엽이 말한 유학생 강연은 앞서 언급했듯이 조선여자고학생 상조회(이하 상조회)의 1923년 하기 지방 순회강연임은 확실하다. 상조회의 1923년 하기 지방 순회강연은 동정금 마련을 위해 기획되었으며, 함경도를 순회하는 북선강연단과 경상도를 순회하는 남선강연단[52]이 동시에 파견되었다. 이 중 북선강연단은 상조회장이었던 정종명鄭鍾鳴을 중심으로, 강성해姜性海, 주영애朱寧愛[53]의 3인으로 구성되었으며, 7월 17일 청진 강연을 시작으로 8월 10일 철원 강연으로 마무리하는 일정이었다.[54] 강연 내용은 매강연마다 조금씩 달랐는데, '상조회 상황 보고'는 반드시 포함되었고, 그 외 '현대와 여성', '여성과 남성', '여성운동과 여성해방' 등이 주요한 주제가

....

50 「나일청년여자강화회」, 『조선일보』, 1923.6.11; 「나일청년부녀강화회」, 『동아일보』, 1923.6.14.

51 물론 보도되지 않은 것일 수 있다. 또한 나일청년회에서 1923년 단오절(양력 6월 18일)을 맞이하여 씨름대회를 개최하면서 그 부대행사로 소인극 공연 등이 이루어지는데(「나일청년회의 각희회」, 『조선일보』, 1923.6.29), 이정숙의 연주가 부대행사 속에 포함되었을 가능성도 완전히 배제하기는 어렵다.

52 「여자고학생 남선지방강강」, 『동아일보』, 1923.7.22.

53 주영애는 경남 창원 출신으로 당시 동덕여학교 고등과에 재학하며 고학을 하던 주인석(朱麟碩)으로, 영애(寧愛) 혹은 영애(榮愛)는 그가 상조회 등의 학생단체에 활동을 할 때 쓰던 이름인 것으로 생각된다. 「연약한 몸으로 벌며 배우며」, 『시대일보』, 1924.4.3.

54 「여자고학생 하기지방순강 함경도 지방에」, 『동아일보』, 1923.7.13. 이 일정은 중간 중간 지연되었으며, 실제로 마지막 철원 강연이 이루어진 날짜는 1923년 8월 21일이었다(「여자고학순강 내철」, 『동아일보』, 1923.8.27). 한편 강연단 중 강성해(姜性海)의 경우 이 보도에서는 강아영(姜亞英)으로 나오지만, 다른 모든 보도에서는 강성해로 기록되어 있다. 위 보도가 잘못되었거나 강성해가 강아영의 다른 이름일 수 있을 것이다.

되었다. 주목할 수 있는 점은 당시 많은 여학생 강연이 그랬듯이 강연회의 구성 중 여학생(주영애)의 독창이 포함되는 경우가 자주 보였다는 점이다.[55] 그렇다면 최서해의 시가 바로 상조회 순회강연의 독창 순서에 노래로 불렸을 가능성을 생각해 볼 수 있다.

상조회 순회강연은 각 지역 사회 단체 및 언론 기관의 협조를 얻어 진행되었으며, 이는 나남 강연에서도 마찬가지였다. 순회강연단의 나남 강연은 나일청년회, 우리친목회, 『조선일보』나남지국 등 3개 단체의 후원을 얻어 1923년 7월 23일 진행되었다.[56] 바로 이 부분에서 이정숙이 활동하던 나일청년회와 상조회 강연회가 마주치는 부분, 즉 얼핏 모순되어 보이는 최서해의 회고와 박상엽의 회고가 교차하는 부분이 생긴다. 즉 최서해의 시는 7월 23일 나남에서 개최된 여자고학생 강연회에서 주영애에 의해서 노래로 불렸고, 나일청년회의 이정숙은 그 노래에 반주를 하는 등의 형태로 여기에 참여했던 것은 아닐까?[57]

....

55 가령 8월 8일의 이원 강연에 관한 보도, 8월 17일 원산 강연에 대한 보도에서 주영애의 독창이 강연회 구성에 포함되었음을 확인할 수 있다. 「여자고학순강성황」, 『동아일보』, 1923.8.24.; 「여자고학순강 내원」, 『동아일보』, 1923.8.27.

56 「여자고학생 순강 성황」, 『조선일보』, 1923.7.31.

57 자료가 제한된 상황에서 이는 물론 불확실한 추측이지만, 최서해와 박상엽의 회고의 사소한 내용들은 이 가설에 개연성을 높인다. 첫 번째로 최서해가 나남의 이정숙이 자신의 시를 노래로 불렀다고 언급하지 않고, "보표를 붙여 연주"라고 언급한 부분이다. 이는 최서해의 시가 노래로 불리는 과정에서 이정숙이 맡은 역할이 '독창'이 아니라 '반주'였음을 시사하는 부분이다. 둘째로 위에서 인용한 박상엽의 회고에서 박상엽이 '청진' 혹은 '북청'을 거론했다는 점이다. 이는 박상엽의 착각과는 달리 최서해의 시가 노래로 불리어진 장소가 아니라, 자신의 시가 노래로 불리어졌다는 소식을 접한 최서해가 가려고 했던 "그 강연회"가 열린 장소를 의미하는 것으로 생각될 수 있다. 나남 강연회는 예정보다 하루 늦게 7월 23일에 개최되었으며, 강연단은 그 이후 원래 일정상으로는 7월 23일 경성, 27일 명천, 30일 길주, 8월 1일 임명 강연을 거쳐 8월 6일 북청 강연을 예정하고 있었다. 최서해의 회고대로 최서해가 신문보도를 보고 나남 강연의 소식을 알았다면 강연회 행사와 신문보도 사이의 시차(『조선일보』의 경우 나남 강연 소식은 7월 31일자 신문에 보도되었다)를 생각할 때, 최서해가 갈 수 있는 강연은 8월 6일의 북청 강연이었다고 생각하는 것이 자연스럽다. 또한 이 소식을 들은 서해가 강연회에 가려고 했다는 점 자체에서 이 강연회가 연속적으로 열린 강연회라는 점, 즉 순회강연이었다는 점을 추측해 볼 수 있다.

하나 더 흥미로운 점은 최서해가 소속되어 있던 회령 신우조에서 상조회 순회강연에 참석한 기록이 확인된다는 것이다. 순회강연단의 회령 강연은 1923년 7월 20일에 회령청년회관에서 개최되었다. 회령 청년회가 후원한 행사였으며 강연회 사회는 회령청년회 지육부장智育部長 진일완이었다.[58] 이때 신우조는 신우조 명의로 이 행사에 5원의 동정금을 출연한다.[59] 즉 신우조는 이 행사에 대표자를 파견했거나, 혹은 단체로 참석을 했으며, 신우조의 일원이었던 최서해 또한 이 행사에 참석하였거나, 직접 참석하지는 않았다고 하더라도 높은 확률로 이 행사에 대한 여러 소식을 들었을 것이다. 박상엽의 회고에 등장하는 '유학생 강연회'에 대한 정보들은 이 과정에서 최서해가 얻은 정보들이 이후 박상엽에게 구두로 전달되어 나타난 것일 확률이 높다.[60]

서해라는 이름으로 발표한 시가 여학생에 의해 노래로 불리었기 때문에 '서해'가 탄생했다는 박상엽의 회고는 그저 웃고 넘길 이야기로 치부할 수 없다. 왜냐하면 이 사건은 서해에게 있어 예술을 포함하는 지식과 교양의 순환 과정에 주체적으로 참여했던 최초의 경험이었기 때문이다. 초등교육 밖에 받지 못한 저학력 노동자였던 서해가 발표

....

58 「여자고학생상조회 강연상황」, 『조선일보』, 1923.7.30.
59 「여고순강단에 동정」, 『동아일보』, 1923.7.28.
60 그렇다면 혹시 서해의 시는 사흘 뒤 나남에서가 아니라 회령에서 이미 노래로 불렸던 것은 아닐까? 순회강연단에서 독창 레퍼터리를 준비할 때, 아무런 연고도 없는 무명의 서해의 시를 선택한 이유를 생각해본다면 그렇다. 확신할 수는 없지만, 강연단에서 북선 순회를 하고 있기 때문에 청중을 배려하기 위한 의도적 전략으로 북선인(北鮮人)에 의해 창작된 것으로 간주될 수 있는 『북선일일신문』에 발표된 시를 선택했다고 보는 것이 가장 자연스럽다. 특히 최서해가 이 시기 『동아일보』에 발표한 시조 「춘교에서」와 산문 「고적」(『동아일보』, 1923.7.29)의 경우 저자 이름이 각각 "會寧 崔曙海"와 "會寧 曙海生"로 저자의 거주지가 분명히 밝혀있다는 점도 생각해 볼 수 있다. 만일 그렇다면 나남 강연 이전 청진과 회령에서 강연회가 개최될 때, 서해의 시를 노래로 부르지 않았다면 오히려 어색한 일일 수 있다. 그렇다면 서해는 자신의 시가 강연회에서 노래로 불렸다는 사실을 관련 보도를 읽기 전에 이미 알고 있었을 확률도 배제하기는 어렵다.

한 시는 중등교육 이상을 받았거나 받고 있는 문화적 엘리트들에 의해 노래가 되어 돌아왔다. 이는 다분히 우연적인 사건이었지만, 그럼에도 이러한 사건이 발생할 수 있었던 것은 회령청년회가 후원하는 상조회 강연이 개최되었기 때문이었고, 서해가 신우조라는 노동조직을 매개로 이러한 강연에 참여하거나 접근할 수 있었기 때문이었다. 다시 말해 3·1운동 이후 사회·청년운동의 발흥이라는 새로운 정세 속에, 강연회·토론회와 같이 지식과 교양이 유통될 수 있는 새로운 문화적 공간이 창출되었고, 다시 이를 뒷받침하는 사회적 관계망에의 참여라는 매개를 통해 서해는 이러한 문화적 공간에 접근할 수 있었다. 이러한 과정 속에서 서해와 같은 막노동자 또한 지식과 교양의 순환 과정 속에 능동적으로 참여하며, 지식과 교양을 습득하고 때로는 생산해내는 경험을 공유할 수 있었다. 이러한 문화적 상황 속에서 서해와 같은 존재들은 경제적 고통과 지식의 한계를 넘어 존재의 비약 혹은 변이를 꾀할 수 있는 가능성들을 보유한 자로 변할 수 있었던 것이다. 때문에 이 사건이 서해가 가지는 작가적 자신감의 한 원천으로서 '서해'를 탄생시키는 데 기여했다고 말해도, 이는 그렇게 우스꽝스러운 일만은 아니다.

기존의 논의에서 지적되었던 것처럼, 1923년 귀국하여 회령에서 노동을 하던 최서해는 이광수에게 이따금씩 편지를 썼고, 꾸준히 습작을 했으며, 『동아일보』를 비롯한 여러 신문에 가끔 원고를 발표하기도 하였다. 그 뿐만은 아니다. 최서해는 토론회에 연사로 참석하여 충분한 교육을 받은 지역의 유망한 청년들과 나름의 논전을 펼치기도 하였으며, 자신이 몸담고 있는 노동조직을 매개로 하여 당시 빈번하게 벌어지고 있었던 여러 강연회에 관한 소식들에 접할 수도 있었다.

최서해는 중등교육을 받지 못했지만, 그럼에도 1920년대 조선의 새로운 문화적 상황 속에서 최서해에게는 지식과 교양의 습득을 위한 다양한 미디어들이 주어졌고, 1923년 회령에서 노동을 하던 최서해는 자신에게 주어진 이러한 새로운 미디어들을 가능한 최대로 활용했다. 회령 시절의 체험을 소재로 한 단편 「무서운 인상」에 나타난 아래와 같은 진술은 "가난한 가정에서 상놈이라는 명명 아래서 큰 까닭에 공부라는 것이 어떤 것인지 학교 문 앞에도 못 가" 본 최서해와 같은 존재들에게, 여러 어려움과 낯설음에도 불구하고 "신문 잡지", "강연회 기도회"와 같은 새로운 미디어들의 활용 가능성이 주어졌음을 역설적으로 보여준다.

우리들은 가난한 가정에서 상놈이라는 명명 아래서 큰 까닭에 공부라는 것이 어떤 것인지 학교 문앞에도 못 가 보았읍니다. 우리는 무슨 주의가 주의인지 신문 잡지가 무엇인지 강연회 기도회―그런 것은 모릅니다.[61]

1923년 회령의 이러한 문화적 상황은 막노동꾼 최학송을 빈민 작가 최서해로 탄생시킬 수 있는 중요한 기반이 되었다.

61 최서해, 「무서운 인상」, 곽근 편, 『최서해 전집』 상, 문학과지성사, 1987, 309쪽.

3. '회관'의 지식과 빈민의 교양

최서해라는 빈민 작가의 탄생이 정규적 학교 교육과 문자 미디어를 넘어 지식과 교양의 습득 경로가 새롭게 열린 1920년대의 문화적 상황이라는 배경 속에서 이루어진 것이라고 할 때, 최서해의 텍스트 곳곳에서 이러한 방식으로 습득되는 앎의 편린들이 편재해 있다는 점은 흥미롭다. 이러한 편린들을 살펴보는 것은 이 시기 새롭게 형성되기 시작했던 '대중지성' 혹은 빈민의 지식과 교양의 습득방식을 생각해 볼 수 있게 하는 동시에, 빈민 출신 작가로서 최서해가 가졌던 고유한 의식과 지향이 어떤 과정을 거쳐 탄생되었는지를 새롭게 살펴볼 수 있는 단조를 제공하기 때문이다.

물론 이 과정은 정규적이며 엘리트적인 지식과 구별되는 고유한 대중지성의 발현으로 손쉽게 설명될 수 있는 것은 아니다. 회령청년회의 계급적 기반이 최서해의 그것과는 달랐으며, 최서해는 회령 신우조라는 매개를 통해서야 회령청년회를 중심으로 벌어지는 새로운 지식과 교양의 미디어에 참여할 수 있었던 상황이 암시하듯이, 1920년대 초반 식민지 조선사회의 대중지성은 여전히 문화적 엘리트들에 의해 주도되는, 그러나 최서해와 같은 빈민들에게도 참가의 기회가 새롭게 열린 미디어 환경 아래에서, 상이한 층위의 '앎들'이 마주치고 교차하는 역동적인 환경 속에서 형성되었다. 최서해의 텍스트에 나타나는 앎의 형성과 변화의 과정은 이러한 역동적인 환경 속에서 빈민 작가 의식의 고유성이 어떻게 창출되는지를 잘 보여준다.

최서해의 텍스트에서 먼저 주목할 수 있는 것은 빈민의 교양을 가능하게 하는 앎의 장소와 사회적 관계망에 대한 강조이다. 「탈출기」, 「폭풍우시대」, 「호외시대」 등 최서해의 적지 않은 작품에서 사립학교, 야학 등 정규적인 공교육과 대비되는 대안적인 교육 공간에 대한 전망이 등장하는 것도[62] 눈여겨 볼 수 있겠지만 보다 중요한 것은 새로운 형태의 사회적 관계망에 근거하고 있는 앎의 장소로서의 '회관'의 존재이다. 최서해의 소설에서 빈민의 교양을 가능하게 하는 사회적 관계망은 주로 '○○회'의 형태로 나타난다. 대표적으로 「먼동이 틀 때」[63]는 계급적 연대와 경제적 이해관계 사이에서 고민하는 주인공 '허준'의 번민을 소재로 한 작품이다. '김 씨'가 해고당한 자리에 들어가라는 옛 친구이자 자본가인 '김관호'의 제안에 번민하던 허준이 소설의 결말에서 택하는 행동은 김관호의 요청을 거절하고, 그 대신 김 씨를 자신이 소속되어 활동하고 있는 '상부회相扶會'에 가입시키는 것이다. 상부회는 허준과 같은 무직의 도시 빈민들이 결성한 단체로, 이러한 상부회의 모습은 「호외시대」의 주인공 '양두환'이 소속되어 있었던 "고학생, 공장직공, 실직자들이 모여서 조직한"[64] '삼우회三友會'의 모습에서 거의 유사한 형태로 다시 나타나기도 한다. 상부회와 삼우회 모두 사정이 어려운 회원들의 경우 그 회관에서 공동 숙식을 한다는 점에서 일종의 공동체적 조직인데, 이때 이 '회관'은 이들의 공동체 생활의 거점일 뿐만 아니라 공동체적 생활과 동시적으로 이루어지는 앎의 획득을 위한 장소이기도 하다. 이 점에서 빈민의 교양을

....

62 특히 「호외시대」에 나타난 '야학'의 의미는 조윤정과 장성규에 의해 논의된 바 있다. 조윤정, 「식민지 조선의 교육적 실천, 소설 속 야학의 의미」, 『민족문화연구』 52, 고려대 민족문화연구원, 2010; 장성규, 「식민지 시대 소설과 비문해자들의 문학사」, 『현대소설연구』 56, 한국현대소설학회, 2014.

63 최서해, 「먼동이 틀 때」, 『조선일보』, 1929.1.1~2.26.

64 최서해, 「호외시대 (33)」, 『매일신보』, 1930.10.23.

위한 사회적 관계망과 앎의 장소는 긴밀하게 관련된다.

> 회원들 그림자는 차츰 많아졌다. 회관은 끓기 시작하였다. 한쪽에서는
> 이론 투쟁이 벌어지고 한쪽에서는 성강연(性講演)이 벌어졌다. 양키라는
> 별명을 듣는 키 크고 눈알이 노란 사람은 마룻 바닥을 텅텅 울리면서 댄
> 스를 하고 있고 배지라고 온 몸뚱이에 배만 보이다시피 된 사람과 늦잠장
> 이는 볕발이 쨍쨍한 마당에서 볼을 던지고 있다.
> 이렇게 각인 각양으로 떠들면서도 거개 아침 먹을 걱정을 한마디씩은
> 하고 있다.[65]

상부회관의 아침 풍경에 대한 「먼 동이 틀 때」의 위와 같은 묘사는
인상직이다. 음남패설을 수고받고, 아침운동을 하고, 끼니에 대한 걱
정을 하는 일상적 풍경의 한 컷에 이론 투쟁, 즉 토론을 통해 서로의
앎을 교환하고 공유하는 모습이 배치된다. 앎의 획득은 이들의 삶과
유리된 특권적인 공간에서 위계적으로 이루어지지 않고, 이들의 일상
과 동시적으로 그리고 같은 곳에서 지식의 자율적인 교환과 공유라는
방법을 통해 이루어진다. '회관'이라는 새로운 앎의 장소에서 이루어
지는 이러한 앎의 획득방식은 빈민의 참여가 가능했던 새로운 사회적
관계망을 기반으로 하여 창출된 새로운 공적 영역 속에서 앎의 또 다
른 경로들을 만들어 나가고자 했던 1920년대의 상황과 상응하는 것
이자, 최서해 소설에 나타난 빈민의 지식과 교양의 가장 기본적인 특
성을 이룬다. 최서해 소설에 나타난 빈민의 교양은 많은 경우 이러한

....
65 최서해, 「먼동이 틀 때 (2)」, 『조선일보』, 1929.1.2.

'회관의 지식'을 통하여 습득된다.

오해하지 말아야 할 것은 이러한 '회관의 지식'이 소규모의 빈민 공동체 안에서 계급적으로 동질적인 존재들이 가진 앎의 교환 과정을 통해 형성되는 지식만을 의미하지는 않는다는 점이다. 1928년작 「용신난」과 같은 소설에서 「먼동이 틀 때」의 상부회보다 훨씬 더 확장된 조직인 노동동맹과 청년회의 모습이 나타나는 것에서 알 수 있듯이, 최서해의 소설에 나타난 사회적 관계망에 대한 상상은 상당히 다양한 수준에서 이루어진다. 이때 회관은 보다 확장된 사회적 관계망에 대한 상상속에서 서로 다른 계급적 기반을 가진 상이한 존재들이 가진 서로 다른 수준의 지식과 교양이 마주치며 교차하는 공간이기도 하다. 「호외시대」에서 삼우회 출신의 고학생인 두환과 서울의 부호 홍재훈의 아들인 찬형이 처음 마주친 공간이 중앙기독교청년회에서 설치·운영했던 "청년학관"이었다는 점[66]은 시사적이다. 1920년대 조선에 새롭게 열린 '회관'이라는 공적 공간은 빈민이 지식과 교양을 습득하기 위한 거점이기도 했지만, 동시에 상이한 존재와 의식의 마주침과 그로 인한 갈등의 가능성을 내포하고 있는 공간이기도 하였다.[67]

최서해 소설에서 빈민의 교양은 많은 경우, 정규 교육에 기반을 둔 문화적 엘리트의 지식 및 교양과의 마주침이라는 상황 속에서 형성되며, 이에 따라 매우 복잡한 특징들을 가지게 된다. 뿌리 깊은 지식의 위

....

66 최서해, 「호외시대 (30)」, 『조선일보』, 1930.10.19.
67 이와 관련, 식민지시기 대표적인 공적 공간으로서 '공회당'에 내포되어 있는 식민성에 대한 황병주의 논의를 참고할 수 있다. 황병주에 의하면 "공회당은 식민지 조선의 대표적인 공적 공간"이었지만, 동시에 "가치중립 또는 객관적인 곳이 아니"며 "식민-피식민, 지배-피지배가 재현되고 권력의 위력과 대중의 역능이 부딪히는" '균열'의 지점들을 가지고 있는 공간이기도 했다. 황병주, 「식민지기 공적 공간의 등장과 공회당」, 『대동문화연구』 69, 성균관대 대동문화연구원, 2009, 291~292쪽.

계는 쉽게 극복되지 않으며, 따라서 최서해 소설 속의 빈민들은 그 최초의 단계에서 새롭게 마주치는 문화적 엘리트의 지식과 교양을 내면화하며 이를 모방하려 한다. 문화적 엘리트에 대한 선망과 열등감은 이 과정에서 지배적으로 나타나는 정서이다. 이는 최서해 스스로 밟아나갔던 과정이기도 했던 것으로 보이는데, 자전적 소설이라고 보기는 어렵지만 가난한 고향의 가족들을 버리고 서울로 올라가 작품활동을 하고 있는 한 빈민 출신의 작가의 고백을 기록하고 있다는 점에서 최서해의 체험이 어느 정도 반영되었다고 할 수 있는 「전아사錢迓辭」[68]는 이를 전형적으로 보여준다. 홀어머니 밑에서 가난하게 자라나 중등교육의 기회를 받지 못한 주인공 '내'가 느끼는 것은 "함께 소학교와 글방에 다니던 친구들은 어느새 서울 어느 학교를 졸업하였다는 둥 동경 어느 대학에 입학하였나는 둥 하는 소리를 들을 때"[69] 느끼는 보다 높은 교육을 받은 사람들에 대한 선망과 열등감이며, 이는 다시 문화적 엘리트의 지식 체계에 대한 모방과 내면화로 이어진다.

이 뒤로부터 나는 나의 존재와 사회적 관계를 더욱 생각하였습니다. 적자생존과 자연도태설을 그제야 절실히 느끼었습니다. 그것을 어떤 잡지에서 읽고 어떤 친구에게서 처음 들을 때는 이론상으로 그렇거니 하였다가, 공부한 친구들은 점점 올라가고 나는 점점 들어가는 그때에 절실히 느끼었습니다. 그리고 또 한 가지 생각이 일어나는 것은 불공평한 사회라는 것이었습니다.

'나도 남과 같이 적자가 되자. 자연도태를 받지 말자. 시대적 인물이 되자.'

----

68 최서해, 「전아사」, 『동광』 9, 동광사, 1927.1.
69 위의 글, 32쪽.

하다가는 그렇게 될 조건이 없는 것—적자가 될만한 공부할 여유가 없어서 하면 될만한 소질을 가지고도 할 수 없는 내 처지를 돌아볼 때에 나는 이 불공평한 제도를 그저 볼 수 없었습니다.[70]

가난 때문에 홀어머니의 환갑잔치를 치르지 못했던 일을 겪으며 자신과 자신을 둘러싼 사회적 관계를 고민하기 시작하는 '내'가 일차적으로 내린 결론은 "잡지에서 읽고 어떤 친구에게서" 들었던 적자생존과 자연도태설의 수용, 즉 3·1운동 이후 1920년대 초반[71]의 새로운 문화적 환경 속에서 '나'에게 새롭게 주어졌던 지배적 지식 체계의 모방적 내면화이다. 물론 이는 지식과 교양의 획득을 불가능하게 만드는 불공평한 사회적 조건에 대한 인식을 수반하고 있다는 점에서 이러한 지식들에 대한 전유의 계기를 내포하고 있는 것이기도 하다. 하지만 이는 조금 더 나중의 일이다.

이러한 생각 끝에 「전아사」의 '내'가 택하는 것은 무작정 상경하여 본격적으로 '공부'할 수 있는 방법을 찾는 것, 즉 문화적 엘리트들의 삶을 실제로 모방하는 길이다. 이때 이러한 행동이 「전아사」 혹은 「백금」과 같은 작품에서 어머니와 가족을 저버리는 과정을 경과하여 나타난다는 점은 흥미롭다. 이는 자신의 기원을 부정하는 일종의 자기부정으로 볼 수 있을 텐데, 이러한 자기부정에는 빈민으로서의 자기에게 주어졌던, 근대적 변화의 과정 속에서 도태된 전통적인 문화적 환경과 이를 통해 습득한 전통적인 지식체계에 대한 분명한 인식과

....
70 위의 글, 33쪽.
71 「전아사」의 서술 시점은 1927년 현재이며, 위의 인용문에 나타난 '나'의 생각이 이루어지는 시점은 그로부터 5년 전, 즉 "기미운동이 일어난 뒤 삼년"(32쪽) 뒤로 제시된다.

그 부정이 포함되어 있다. 가령 「해돋이」의 '만수'는 "귀여운 아들을 곁에 두고 보고 잘 먹이고 잘 입히고 글방에 보내고 장가들이면" "부모의 직책은 다할 줄만" 아는 부모 밑에서 자라났다. 이러한 환경 속에서 그가 습득한 것은 기초적인 한문 교양[72]이겠지만, 이는 만수에게 "공부 못한 것"에 대한 부끄러움과 슬픔의 정서를 환기할 뿐이다. 때문에 만수는 이 모든 것을 "어머니의 허물"로 생각하면서 "어머니가 밉고 어머니를 영영 버리고" 싶다는 충동을 느낀다.[73] 최서해의 소설에서 빈번하게 나타나는 가족으로부터의 탈출을 통한 존재의 비약은 이처럼 자기에게 원래 주어져 있던 문화적 환경과 그로부터 산출된 지식과 교양의 체계에 대한 자기부정 및 이로부터의 탈주를 통한 새로운 사회적 관계망과의 접속이라는 문제와 결부되어 있다. 물론 이러한 자기부정은 고통스럽고, 때로는 이율배반적인 행동을 유발한다. 농민들의 봉건적인 미신을 혹독하게 비판했던[74] 최서해가 실은 틈만 나면 관상과 무꾸리를 보러 가는 점복술의 애호가였다는 점은[75] 이를 잘 보여준다.

그러나 앞서 언급했듯이 이러한 모방의 과정은 빈곤이라는 사회적 환경의 문제로 인한 완전한 모방의 불가능성에 대한 인식을 수반한다는 점에서 전유의 가능성을 포함하고 있기도 하다. 「전아사」의 경우 이는 가난으로 인한 연애의 실패와 매문의 경험을 통해 드러난다. 문화적

....

72 박상엽의 회고에 따르면 최서해는 어린 시절 "아버지 밑에서 한문을 많이 읽었"으며, 그 결과 "남보다 뛰어나진 못한다 하더라도 남에게 과히 부끄럽지 아니한 한학에 대한 조예"를 가지고 있었다. 박상엽, 「감상의 칠월 (6)」, 『매일신보』, 1933.7.20.
73 최서해, 「해돋이」, 곽근 편, 『최서해 전집』 상, 문학과지성사, 1987, 201쪽.
74 최학송, 「노농대중과 문예운동 (4)」, 『동아일보』, 1929.7.8.
75 이승만, 「학이 소나무를 잃었구나」, 곽근 편, 『최서해 전집』 하, 문학과지성사, 1987, 423~424쪽.

엘리트의 지식 체계에 대한 체계적인 획득의 기회도, 그리고 "교사" "혹은 군주사 나으리"[76]라는 말로 표상되는바, 지식을 매개로 한 사회적 혹은 물질적 보상에 대한 획득의 기회 또한 이들에게는 제한되어 있었다.

> 이듬해 봄에 이르러서 어떤 잡지사에 들어가서 원고도 모으고 교정도 보게 된 뒤로 생활이 좀 편하였으나, 그때는 또 일에 몰리어서 공부할 여지가 없었습니다. 집에서 떠날 때에는 아무쪼록 학교에 입학하여 체계 있게 공부를 하려고 하였으나, 그것은 유한 계급에 처한 이로서 할 일이요, 우리 같은 사람으로는 할 일이 아니라는 느낌을 받았습니다. 이렇게 생각한 뒤로부터 나는 있는 대로 책이 손에 닥치는대로 가리지 않고 읽었읍니다마는 그것조차도 자유롭지는 못하였습니다.[77]

이러한 상황에서 정규적인 지식에 대한 소외감 혹은 거리감은 위와 같은 방식으로 보다 심화되어 나타난다. 위 인용문에서 볼 수 있듯이 체계적인 '공부'는 "유한 계급에 처한 이로서 할 일"이지, "우리 같은 사람으로는 할 일이 아니라는 느낌"이 그것이다. 「호외시대」와 같은 경우 이러한 거리감은 문화적 엘리트들에 대한 보다 노골적인 적대감과 분노의 감정을 통해 드러난다.[78] 이러한 거리감을 기반으로 하여

....

76 최서해, 「전아사」, 앞의 책, 32쪽.
77 위의 글, 37쪽.
78 가령 두환이 여류화가이자 독일 의학박사인 남편을 두고 있는 숙경을 처음 만나서 숙경의 양행(洋行) 이야기를 들을 때 보이는 다음과 같은 최초의 반응에서 이러한 거리감이 적대감으로 변화되어 나타나는 양상을 살펴볼 수 있다. "처음에는 숙경의 양행한 이야기가 두환의 귀에 거슬렸다. 현대 청년으로서는 거의 보다 싶허한 동경(東京)도 가보지 못한 두환의 귀에는 남자도 아니오 여성의 입으로 흘러나오는 양행한 이야기가 듯기 괴로웠다. 그는 그러한 외래의 자극을 받는 때마다 본능적으로 머리를

최서해 소설의 빈민들은 문화적 엘리트들과의 접촉 과정에서 새롭게 획득한 근대적 지식들을 전유한다. 빈민의 지식과 교양의 독자성과 자율성은 바로 이러한 과정에서 새롭게 모색된다.

이러한 전유의 주된 방식은 근대적 지식의 체계를 외부화하며 이들의 앎의 원천을 일상적인 생활의 체험으로 돌려보내는 것이다. 이러한 과정 속에서 문화적 엘리트의 근대적 지식은 지식의 위계에 바탕을 둔 권위를 상실하며 일상적인 생활의 체험으로부터 얻은 자각과 깨달음에 대한 비교와 참조, 그리고 성찰의 대상으로 뒤바뀐다.

> 나는 이때에 이르러 더욱더욱 느끼는 바가 있었다. 참담한 생활을 생각하는 때마다 알 수 없는 굵은 줄이 내 몸, 내 식구의 몸, 나와 같이 일하는 이의 몸을 휘휘친친 얽은 듯한 그림자가 머릿속에 떠오를 듯 떠오를 듯하다가는 같았고 같았고 하던 것이 이때에 와서는 뚜렷이 마르크스의 『자본론』보담도 더 밝게 떠올랐다.[79]

「백금」의 위와 같은 서술은 빈민들이 획득하게 된 사상의 자생성을 강조하고 있다. 그렇지만 보다 정확히 말해 이러한 자생성은 존재하기

....
드는 분노와 불만을 느끼지 않을 수 없었다. 말하자면 그것은 모순당착이 심한 환경과 감가불우한 자기의 신세에 대한 분노이오 불만일 것이다. 그 분노외 그 불민은 그러한 자숙을 주도록 남달리 유복한 처지에서 남은 꿈도 못꾸는 호화로운 구경을 혼자만 한듯이 자랑삼아 말하는 그사람에게 대한 미운 마음까지 유발하였다."(최서해, 「호외시대 (125)」, 『매일신보』, 1931.1.31)「호외시대」는 실제로는 66회에 해당하는 30년 11월 26일의 연재본이 지면상으로는 67회 연재로 잘못 기재되었고, 실제로는 108회에 해당하는 31년 1월 13일 연재본이 110회 연재로 잘못 기재되었다. 때문에 이후 텍스트에 기재된 연재회수는 실제 연재회수에 비해 2회씩 밀려서 기재된다. 실제로는 125회에 해당하는 1월 31일자 연재본은 지면상으로는 127회로 기재되지만, 이 글에서 서지표기를 할 때에는 실제 연재회수를 기준으로 삼기로 한다.
79 최서해, 「백금」, 곽근 편, 『최서해 전집』 상, 문학과지성사, 1987, 176쪽.

때문에 강조된다기보다는, 강조됨으로써 창출된다. 서술자가 마르크스의 『자본론』에 대한 최소한의 정보를 가지고 있지 않다면 위와 같은 서술은 불가능하기 때문이다. 이 점에서 위와 같은 서술은 그 자체가 사회주의를 포함하는 문화적 엘리트들의 근대적 지식을 빈민의 고유한 사상이 형성되는 과정의 외부에 재배치함으로써 그 권위를 박탈하려는 전유의 시도이다. 이러한 시도는 「전아사」에서도 비슷한 방식으로 이루어진다. '나'는 지식의 습득 과정에 작용하는 사회의 불평등에 대한 지각으로부터 사회주의 사상에 가까운 사상을 가지게 된다. 그러나 그 사상의 원천이 사회주의 사상의 학습이 아니라는 점은 표나게 '강조'된다. '나'는 "그것이 사회주의 사상인지 무언지 모르고 다만 내 환경이 내게 가르친 생각"[80]으로서 사회주의적인 사상을 갖는다. 때문에 '내'가 가진 사상은 당연히 "어떠한 계통을 찾아서" 습득한 "과학적"인 것과는 거리가 멀다.[81] 그렇지만 그것은 문제가 되지 않는다. 문화적 엘리트의 근대적 지식에 대한 거리감 속에서 사상의 원천의 외부에 재배치되어 진리의 기준으로서의 권위를 상실한 사회주의는 「전아사」에서 서술되고 있는 바, 고통스러운 생활의 체험을 통해 자율적으로, 그리고 독자적으로 형성·변화하는 '나'의 사상을 보다 손쉽게 설명하기 위한 참조물에 불과하기 때문이다. 최서해 소설에서 변혁적 사상으로서의 사회주의 사상은 여전히 중요하다. 하지만 그 중요성은 독자적으로 모색되는 삶에 대한 빈민의 새로운 전망을 설명하고 실현하는데 활용할 수 있는 도구적인 의미에 국한된다.

　　최서해 소설에서 이루어지는, 근대적 지식에 대한 전유를 통한 빈

80　최서해, 「전아사」, 앞의 책, 34쪽.
81　위의 글.

민의 지식과 교양의 독자성에 대한 모색이 이전에 이루어진 자기부정을 다시 극복하고, 빈민들에게 주어졌던 문화적 형식의 의미를 복원하는 데까지 나아가고 있다는 점을 간단히 언급할 필요가 있다. 최서해 소설의 주류적인 경향이라고 하기는 어렵지만 「그믐밤」, 「저류」와 같은 소수의 작품에서 최서해가 구비설화의 전통을 적극적으로 활용하고 있다는 점은 잘 알려진 사실이다. 가뭄에 시달리는 어느 시골 마을의 노인네들이 아기장수설화 이야기를 주고받는 광경 자체를 서사의 대상으로 삼고 있는 「저류」[82]에서 의도하는 바는 물론 아기장수 설화 속에 담긴 사회적 변혁의 의지가 가장 낙후된 시골의 가장 고루한 노인들의 마음 속 '저류'에까지 면면히 흐르고 있다는 점을 보여주는 것이다. 최서해가 전통적인 문화적 형식으로서 구전설화가 유통되는 장소 자체를 소설의 소재로 삼으며, 이러한 장소에서 유통되는 지식들의 의미를 재해석하려고 했다는 점은, 최서해가 문화적 엘리트의 근대적 지식을 전유하며 빈민의 지식과 교양의 자율성을 확보해 나가려는 과정 속에서 빈민의 교양의 원천이 될 수 있는 다양한 경로를 깊이 고민했다는 방증이 된다.

　이러한 전유의 방법을 통해 창출되는 독자적인 빈민의 지식과 교양은 궁극적으로 삶에 대한 새로운 전망과 새로운 사회적 관계망에 대한 적극적인 상상으로 나아간다. 많이 언급되었듯이 「탈출기」의 '내'가 'ㅈㅈ단'으로 탈출하는 것도 좋은 예가 될 수 있겠지만, 「전아사」에서 '나'의 탈출이 두 차례에 걸쳐 이루어진다는 점에도 주목할 수 있다. 「전아사」의 결말에서 '나'는 결국 서울에서의 작가 생활을 청산

----

[82]　최서해, 「저류」, 『홍염』, 삼천리사, 1931.

하고, '구둣집'에서 '갓바치' 노릇을 하는 빈민 자유노동자로 다시 돌아간다. 즉 '나'는 '내'가 이미 이전에 한 번 버렸던 빈민의 정체성으로 다시 돌아가기를 선택한다. 물론 내가 새롭게 선택한 빈민의 정체성은 그 이전에 자신이 지니고 있었던 빈민의 정체성과는 다른 새롭게 창출된 성질의 것이다. 빈민의 삶을 살아가기로 새롭게 결심한 나의 생각은 여전히 '내'가 "남과 같이 군수나 교사나"[83] 되기를 바라는 '형님'의 의식과는 많은 부분이 다르다. 자신에게 주어진 근대적 지식인의 습득 기회를 이용하여 문화적 엘리트의 지식과 교양을 모방하면서도 동시에 그 모방의 불가능성을 절감하고, 다시 이를 전유하는 일련의 과정에서, 즉 '내'가 근대적 작가의 생활을 경유하는 과정에서 빈민의 지식과 교양은 재구성된다. 그리고 이는 다시 군수나 교사의 삶을 "허위의 생활과 취한 생활"[84]로 단정하고, 새롭게 창출된 빈민의 정체성을 바탕으로 이러한 생활과 계속 싸워나가겠다는 삶에 대한 새로운 전망으로 이어진다. 그리고 이러한 전망의 연속성에서 「먼동이 틀 때」에서의 '상부회' 존재와 같은 빈민들의 연대에 기반한 새로운 사회적 관계망에 대한 적극적인 상상이 다시 새롭게 이루어지는 것은 물론이다.

요컨대 최서해 텍스트에 나타난 앎에 대한 인식, 그리고 이에 기반한 빈민의 의식적 변화 과정은 빈민 작가를 탄생시킬 수 있었던 1920년대의 새로운 문화적 상황 속에서 빈민의 지식과 교양이 어떠한 방법을 통해 재구성될 수 있었는지를 잘 보여준다. 이러한 과정은 결코 단순하지 않다. '회관의 지식'이 빈민에게 새롭게 개방되고, 이 새로

---

83 최서해, 「전아사」, 앞의 책, 42쪽.
84 위의 글.

운 앞의 장소에서 이질적인 계급적 기반을 지닌 존재들의 상이한 수준의 지식들이 교차하는 상황에서 최서해 소설의 인물들은 때때로 자신에게 주어졌던 문화적 형식들을 부정하면서 문화적 엘리트들의 지식과 교양을 모방하는 동시에, 이를 전유하는 과정에서 빈민의 지식과 교양을 새롭게 구성한다. 이 과정에서 선망과 열등감, 부끄러움과 분노와 적대감을 모두 포함하는 복합적인 감정들은 최서해의 텍스트에서 때로는 모순적으로 느껴질 정도로 혼란스럽게 나타난다. 그럼에도 불구하고 최서해의 소설들은 문화적 엘리트들의 그것과는 대비되는 새로운 삶의 전망과 사회적 관계망에 대한 적극적인 상상들을 드러내는 바, 이 점에서 최서해의 소설에 나타난 회관의 지식과 빈민의 교양의 모습은 1920년대의 새로운 문화적 조건 속에서 부분적으로 빈민들에게까지 주어졌던 근대석 앎의 주체로 전이해 나갈 수 있었던 새로운 가능성들이 구체적으로 어떻게 활용되고 실현되어 나갔는지에 대한 몇 가지 중요한 사례를 우리에게 보여준다.

4. 1920년대의 최서해들

김길인金吉仁이라는 사람이 있다. 1920년 당시 용산철도공장에서 철공일을 하던 노동자였다. 그런데 조금 특이한 사람이다. 당시 경성에서 활발하게 열렸던 각종 강연회, 토론회와 관련된 기록에서 이 사람의 이름을 빈번하게 발견할 수 있기 때문이다. 그 최초의 기록은 1920년 5월

1일에 열린 조선 최초의 전국적 노동단체인 조선노동공제회 창립기념 대강연회에 대한 보도이다. 강연회가 열린 종로청년회 대강단은 일찍 감치 만원이 되었다. 박이규, 김명식, 정태신 등 쟁쟁한 인사들이 현대의 노동 문제에 대해 일장연설을 토한 뒤, 그 중에서도 가장 거물이라고 할 수 있는 장덕수가 '노동조합의 문제와 세계의 현상'에 대해 강연할 차례가 되었으나, 그만 사고로 출석하지 못하였다. 대타로 염상섭이 연단에 잠시 섰으나 준비한 것이 없다고 변명하며 곧 연단에서 내려갔다. 그때 청중에 섞여 있던 한 청년이 회장을 부르며 단상에 난입하니, 그가 바로 김길인이다. 그는 "민첩한 몸가짐과 쾌활한 말로" 자신이 노동자임을 소개하고, 장덕수 대신 노동의 신성한 가치에 대하여 일장연설을 토했다. "만장청중이 감읍"하여 "박수 소리는 대강당이 무너질 듯 하였고" 폐회 이후 "그 청년에 악수를 청한 이가" 속출했다.[85]

인상적인 광경이지만, 실은 그가 더욱 재능을 발휘했던 분야는 토론이었다. 1920년 5월 22일 "조선의 경제를 진흥함에는 상업이냐? 공업이냐?"라는 주제로 정동예배당 엡윗청년회에서 주최한 남녀 연합 현상대토론회는 청중이 무려 700~800명에 달할 정도로 큰 행사였다.[86] 연사는 경성 지역 각 감리교회 엡윗청년회에서 특히 "변설의 특장을 가진 사람"으로 가려 뽑았으며, 특히 당시 휘문고보의 수재였던 정지용이 동대문예배당 대표 연사로 출석한 것이 흥미롭다.[87] 이렇게 큰 행사답게 심사위원도 YMCA의 거물인 "변론계의 원로"[88] 월남 이상재와 신흥우가 직접 담당했다. 후에 문제적 여성연사로 이름을 날리는 권애

85 「노동공제회강연」, 『동아일보』, 1920.5.3.
86 「토론회성적」, 『동아일보』, 1920.5.24.
87 「현상토론회」, 『동아일보』, 1920.5.21.
88 「여자현상토론회」, 『동아일보』, 1924.7.14.

라[89]가 1등을 수상한 이 토론회에 김길인도 참석하여 속론 부분 3등에 입상하고 사회학·경제학 서적을 상품으로 타간다.[90] 또한 1921년 2월 19일 "인생의 존재는 자기를 위함인가? 타인을 위함인가?"를 주제 삼아 중앙예배당 엡윗청년회 주최로 열린 남녀 연합 현상토론회에서 김길인은 정마리아와 함께 1등 입상을 하고 "종교와 철학에 관한 서책"을 상품으로 받는다.[91] 당시 2등은 이선근과 홍백후로 기록되어 있다.[92] 1921년 7월 2일 중앙여자엡윗청년회가 "남녀 동권同權을 실현치 못함은 남자의 결점이냐? 여자의 결점이냐?"를 주제로 개최했던 남녀 연합토론회에도 김길인은 참석한다. 후에 사회주의 여성운동가로 이름을 떨쳤으며, 2절에서 언급했듯 2년 뒤 조선여자고학생 상조회 순회 강연단을 이끌고 최서해가 머물던 회령을 방문했던 정종명도 이 토론회에 출석했음이 확인된다. 이 토론회는 선정적인 주제 때문에 꽤 큰 관심을 얻었던 것으로 보인다. 토론회에서 논의된 내용들이 당대 토론회에 관한 보도로는 이례적으로 『매일신보』 지면을 통하여 비교적 상세하게 묘사되어 있기도 하다.[93]

철공 노동자였던 김길인의 이러한 활동은 '회관'으로 대표되는 바, 1920년대 새롭게 열린 공적 공간을 새로운 앎의 장소로 삼아 이루어지는 지식의 순환 과정에 노동자 혹은 빈민이 참여할 수 있는 기회가

---

89 1920년대 권에라의 연사도서의 활동 및 그 문제성에 관해서는 신지영의 논의(「신체적 담론공간을 둘러싼 사건성」, 『상허학보』 27, 상허학회, 2009, 329~337쪽)에 비교적 잘 정리되어 있다.

90 「토론회성적」, 『동아일보』, 1920.5.24.

91 「교회연합토론」, 『동아일보』, 1921.2.21.

92 이선근은 당시 휘문고보에 재학 중이었으며 후에 언론인이자 사학자로 활동하면서 해방 후 서울대 교수를 역임한 이선근으로, 홍백후는 독실한 기독교 집안에서 자라난 홍난파의 여동생 홍백후로 추정되지만 확실하지는 않다. 『동아일보』 원문 자료 상태 때문에 두 명 모두 이름 첫글자의 한자 표기가 정확히 무엇인지 확인할 수 없기 때문이다.

93 「남녀가부편의 대토론」, 『매일신보』, 1921.7.4.

있었고, 실제로 이러한 새로운 앎의 장소를 능동적으로 활용하면서 지식의 순환 과정에 주체적으로 참여한 노동자 혹은 빈민이 실존했음을 보여준다. 1923년 회령에서 최서해가 경험했던 것과 마찬가지로, 1920~1921년 사이 경성의 용산철도공장 노동자 김길인은 1920년대의 새로운 문화적 상황에서 형성된 지식 순환의 새로운 경로에 능동적 주체로서 참여하는 경험을 겪었다. 김길인은 당시 경성에서 성행하던 각종 강연회, 토론회에 적극적으로 참석하면서 당대 유통되던 최신의 근대적 지식들을 학습하는 한편, 이러한 새로운 앎의 공간에서 마주친 정지용과 같은 유망한 엘리트 청년들과 지식을 교환하고, 자신의 논리의 합당성과 변설의 우수성을 인정받았다. 몇몇 현상 토론회에서 김길인이 받아온 서책류의 상품들은 노동자 출신인 그가 새로운 지식을 습득할 수 있는 사소한 물질적 기반이 되어 주었을 것이다. 이러한 점에서 1920~1921년 사이 경성의 김길인은 1923년 회령의 최서해와 유사한 존재라고 할 수 있다.

물론 노동자인 그에게 주어진 기회는 완전하거나 평등한 것은 아니었다. 김길인의 참석이 확인되는 세 건의 토론회 기사에서 주목할 점은 김길인의 참가 자격을 확인할 수 없는 1921년 2월 19일의 토론회를 제외하고, 나머지 두 건의 토론회 모두에서 그가 어디까지나 '속론' 연사로서 참여했다는 점이다. 위에서도 한 번 언급했지만, 당대 토론 문화에서 속론은 가부편可否便 지정 연사들의 발언이 끝난 뒤 청중들을 중심으로 이루어지는 보충 발언을 뜻한다. 노동자 출신의 김길인은 현상토론 대회에서 여러 차례 입상했지만, 끝내 연사로 초청받지 못했다. 1920년대의 새로운 앎의 장소는 김길인과 같은 노동자에게 어디까지나 제한적으로만 열려 있었다. 연사의 권위를 틈타 연단으로 달려나가는 특유의 적극성이 없었다면, 김길인은 끝내 이러한 지식의 순환 과정에 참여하지 못했을 것이다.

1923년 회령의 최서해는 1년 뒤 경성에서 작가가 되고, 『조선문단』, 『현대평론』, 『중외일보』, 『매일신보』를 거치며 언론인으로 활동했다. 그렇다면 김길인은 어떻게 되었을까? 확실한 것은 아니지만 김길인도 기자가 되었던 것으로 추정된다. 1921년 7월 2일 토론회에 관한 『매일신보』 보도 이후 한동안 소식이 끊긴 김길인이라는 이름은 1925년 7월 『매일신보』 강릉지국 기자로 다시 신문에 등장한다.[94] 이후 『매일신보』 영동지국, 강릉지국 기자로 활동하던 김길인은 1928년 2월 이후 『중외일보』 강릉지국장으로 자리를 옮겨[95] 꾸준히 언론인으로 활동한다. 이 동안 김길인은 강릉청년회 활동에 참여[96]하기도 하고, 『동아일보』 기자이자 1920년대 강릉 지역 사상운동의 핵심인물 중 한 명이었던 정윤시鄭允時[97] 등과 함께 언론인 단체인 강릉 철필단에서 활발히 활동[98]하는 등 다양한 사회적 활동을 펼친다. 해방 이후 김길인은 반민족행위특별조사위원회 강원도 조사부의 조사관을 역임하기도 했다.[99]

1920~21년 경성의 노동자 김길인과 1925년 이후 강릉의 기자 김길인이 동일인물인지는 확신할 수 없다. 그러나 이 두 명을 동일인으로 가정한다면, 김길인은 최서해와 마찬가지로, 1920년대의 새로운

----

94 「사고」, 『매일신보』, 1925.7.9.
95 「졸업식 일속」, 『중외일보』, 1928.3.24. 이 기사에 어느 유치원 졸업식에 참석한 김길인을 "본보 강릉지국장"으로 표현하고 있다.
96 「동북지방」, 『동아일보』, 1926.5.7.
97 최홍준, 「1930년대 강릉지역 조선공산당 재건운동 연구」, 『북악사론』 3, 북악사학회, 1993, 368~369쪽.
98 「강릉철필단 창립총회」, 『매일신보』, 1927.4.9.
99 「반민족행위특별조사위원회 강원도 조사부, 시무식 거행」, 『조선일보』, 1949.3.5.

앎의 장소로부터 획득한 지식과 교양을 바탕으로 하여 자기 존재의 전이를 이루어 낸 사람으로 생각할 수 있다. 불확실한 가정에 입각하고 있기는 하지만, 이 점에서도 김길인은 최서해적인 존재이다. 1920년대 조선의 새로운 문화적 상황은 최서해라는 빈민 출신 작가와 동시에 노동자 출신 기자를 탄생시킬 수 있었던 기반이었던 것이다.

1923년부터 1931년까지 존립했던 무산자를 위한 사설 중등교육 기관이었던 '경성고학당'에 관한 한 연구[100]에서는 경성고학당 출신 비전향 장기수非轉向長期囚 이종의 구술을 소개하고 있다. 이종은 1911년생으로 고학을 목적으로 상경하여 경성고학당에서 수학한다. 고학당이 해산당한 후 이종은 고향인 충북 영동으로 귀향하여 1931~1936년 사이 야학을 중심으로 한 농촌계몽운동을 전개했으며, 해방 이후 청주시 남로당 부위원장을 지내다 월북하고, 한국전쟁 뒤 정치공작원으로 남하 후, 1959년 피검되어 비전향 장기수의 삶을 살았다.[101] 그는 10대였던 20년대 후반 가출하여 경성의 고학생 무리에 합류하는데, 이종 스스로는 그 동기를 조혼 등의 폐풍을 가진 가정에 대한 불만과, 『개벽』 등의 잡지를 우연히 읽게 되면서 얻은 신문화에 대한 동경으로 설명한다.[102]

이러한 가출 동기는 남신동이 지적하는 바 이 시기 고학생들의 일반적인 고학 동기였던 "지적 문화적 차원의 갈망"[103]과 일치하는 것이었

....

100 남신동, 「최초의 사회주의 학교, 경성고학당」, 역사학연구소 편, 『노동자, 자기 역사를 말하다』, 서해문집, 2005.
101 위의 글, 452쪽.
102 위의 글, 318쪽에서 재인용.
103 위의 글, 319~320쪽. 그에 의하면 이 시기 고학생들의 고학 동기는 "경제적 물질적 차원의 '합리적 교육투자 행위'라기보다는 지적 문화적 측면의 갈망에서 비롯된 측면이 강하다." 이 점에서 "1920년대 고학생들의 출현이라는 사회적 현상은 사회경제적 문화적으로 '반봉건' 상태에 있었던 식민지 사회조건 아래서 '근대적' 부문에 대한 포부를 가지고 있던 하층 출신 청년들이 주체적으로 선택한 교육행위의 결과다."

지만, 동시에 이러한 동기가 최서해의 소설에 나타난 '탈출'과 '상경'의 동기와 거의 유사하다는 점도 생각해 볼 수 있다. 위에서 살펴보았듯이 「해돋이」에서 서해는 "개성이 눈 뜨고 신사상에 침염될 수록" "공부 못한 것이라든지 사랑 없는 장가든 것이 모두 어머니의 허물이거니 생각하면 어머니가 밉고 어머니를 영영 버리고 싶었다"[104]고 이야기하는데, 이는 이종이 가출을 결행했던 이유와 거의 완벽하게 일치한다.

중요한 것은 최서해에게, 그리고 김길인에게 그랬듯이, 1920년대 조선의 문화적 상황은 이종에게도 이러한 지적·문화적 차원의 갈망을 어느 정도 해소시킬 수 있는 앎의 장소를 제공했다는 점이다. 고학생들에게 무료로 중등교육 수준의 교육 기회를 제공[105]하며, 또한 학교 운영과 교육 방법 양쪽 모두에 있어 높은 수준의 학생 자치를 시행했던 경성고학당[106]의 존재가 그것이다.

물론 이종은 최서해나 김길인과는 달리 작가·언론인이 되지 않는다. 그 대신 이종이 선택한 것은 정치운동가의 삶이다. 그러나 이러한 삶의 선택 또한 빈민-고학생 출신으로 1920년대 후반 조선의 문화적 상황이 제공한 지식과 교양을 그 나름대로 수용하면서 삶에 대한 독자적인 전망을 모색한 결과로 볼 수 있다. 이종은 경성고학당에서 자신의 얻은 경험에 대해 다음과 같이 진술한다.

---

104 최서해, 「해돋이」, 곽근 편, 앞의 책, 201쪽.
105 남신동, 앞의 글, 329쪽.
106 위의 글, 335~340쪽. 특히 고학당에서 사회주의적 정치교양을 위한 "자치적 교양방법"이 시행되었다는 점은 흥미롭다. "이종 선생의 증언에 따르면, 당시 사회과학학습은 기숙사에서 진행되었는데 기숙사 방별로 대략 7~8명이 한 개 팀으로 조직되어 주 1회 정도 토론회를 가졌다. 저학년 학생들은 『자본주의의 기교』, 『사회주의 대요』 등과 같은 사회주의 입문 서적류를 읽고 토론했다."(340쪽) 기타 경성고학당과 관련된 여러 사항에 관해서는 위의 글을 참조.

이러한 새 환경과 학습에서 나는 막연하던 희망과 앞길에 주관이 서고 의식화되어갔다. 지금까지 허위와 불신, 증오와 공포의 콤플렉스 속에서 살아왔고, 인간 관계가 그런 것으로 여겨왔는데 진실과 신뢰, 애정과 화합의 세계를 체험한 것이다. 미로의 협곡에서 트인 지평을 본 셈이다. 세속에서 추구하는 부귀에 아랑곳하지 않고 갖은 고난을 겪으며 소외된 청년들을 바른 길로 이끄는 사도와 각 지방에서 올라온 팔면부지의 얼굴들이 한뜻 같은 길에 어울리는 동지애의 삶의 보람을 느끼었으며, 듣고 본 사회주의 세계관이 이상을 갈구하는 젊은 피에 신화로 스며들었다.[107]

때문에 경성고학당이 해산된 후 이종은 경성고학당에서의 체험을 그 원형으로 하고 있는 "동지애의 삶의 보람을" 추구하는 운동가의 길로 접어든다. 즉 이종이 경성에서 고학 생활을 하면서 획득한 지식과 교양은 최서해의 많은 소설들과 마찬가지로 새로운 사회적 관계망에 대한 적극적인 상상으로 이어진다. 이러한 점에서 1911년생으로 최서해보다 열 살 어린 이종 또한 1920년대에 존재했던 최서해적 존재의 한 유형이라고 할 수 있을 것이다.

위에서 언급했지만, 최서해가 「호외시대」에서 언급한 삼우회의 구성원들은 고학생, 공장직공, 실직자들이다. 1920년대의 최서해적 존재인 김길인과 이종의 삶은 「호외시대」에 암시적으로만 언급된 삼우회 회원들의 삶이 어떤 방식으로 이루어졌는지를 짐작하게 한다. 비단 이들만은 아니었을 것이다. 삼우회 회원들과 유사한 존재가 얼마든지 있었기 때문에 최서해는 「호외시대」에서 삼우회를 언급했을 것

----

107 위의 글, 341쪽에서 재인용.

이며, 그리고 이들은 모두 1920년대의 또 다른 최서해들이었을 것이다. 단순히 빈곤하다는 의미에서가 아니라, 1920년대 조선의 새로운 문화적 상황을 능동적으로 전유하면서 빈민의 지식과 교양을 재구성하고, 이를 바탕으로 하여 삶에 대한 고유한 전망들을 창출하려 한다는 의미에서 말이다.

때문에 최서해는 예외적인 존재가 아니며, 최서해의 탄생은 기적적인 일도 경이로운 일도 아니다. 혼종적이고, 때로 모순적으로 느껴지는 최서해 소설의 복잡한 의식과 감정은 이들 1920년대의 최서해들이 가지고 있었던 복잡한 내면에 대응하며, 최서해라는 빈민 출신 작가의 탄생은 이런 1920년대의 최서해들이 앎의 새로운 주체로서 탄생할 수 있는 가능성이 무르익었음을, 그래서 심지어 이들이 작가도 될 수 있었음을 상징적으로 보여주는 중요한 문학사석 사건이다. 1923년의 최서해의 행적은 이러한 빈민 작가 탄생의 문화사적 배경의 단면을 보여준다.

참고문헌

기본 자료

『동아일보』, 『매일신보』, 『조선일보』, 『중외일보』

곽근 편, 『최서해 전집』 상·하, 문학과지성사, 1987.

김동인, 「소설가로서의 서해」, 『동광』 36, 동광사, 1932.8.

박상엽, 「감상의 칠월」, 『매일신보』, 1933.7.14~28.

최서해, 「春郊에서」, 『동아일보』, 1923.6.10.

_____, 「고적」, 『동아일보』, 1923.7.29.

_____, 「錢迓辭」, 『동광』 9, 동광사, 1927.1.

_____, 「먼동이 틀 때」, 『조선일보』, 1929.1.1~2.26.

_____, 「차중에 나타난 마지막 그림자」, 『조선일보』, 1929.4.14~23.

_____, 「호외시대」, 『매일신보』, 1930.9.20~1931.8.1.

_____, 『홍염』, 삼천리사, 1931.

최학송, 「雨後庭園의 月光」, 『학지광』 15, 1918.3.

_____, 「秋郊의 暮色」, 『학지광』 15, 1918.3.

_____, 「半島青年에게」, 『학지광』 15, 1918.3.

_____, 「그립운어린때」, 『조선문단』 6, 조선문단사, 1925.3.

_____, 「노농대중과 문예운동」, 『동아일보』, 1929.7.5~10.

단행본

김경일, 『한국 근대 노동사와 노동운동』, 문학과지성사, 2004.

김윤식·김현, 『한국문학사』(개정판 6쇄), 민음사, 2000.

_____·정호웅, 『한국소설사』, 문학동네, 2000.

문학사와비평학회 편, 『최서해 문학의 재조명』, 새미, 2002.

박철하, 『청년운동』, 독립기념관 한국독립운동사 연구소, 2009.

역사학연구소 편, 『노동자, 자기 역사를 말하다』, 서해문집, 2005.

천정환, 『대중지성의 시대』, 푸른역사, 2008.

논문

고인환·장성규, 「식민지 시대 재만조선인 디아스포라의 발화 전략」, 『한민족문화연구』 46, 한민족문화학회, 2014.

김기현, 「최서해의 전기적 고찰 (1)―그의 청소년 시절」, 『어문논집』 16-1, 안암어문학회, 1975.

김동식, 「1920년대 중반의 한국문학과 '끼니'의 무의식―김기진과 최서해, 그리고 '밥'의 유물론」, 『문학과환경』 11-1, 문학과환경학회, 2012.

박현수, 「최서해 소설의 승인 과정과 에크리튀르의 문제」, 『비교어문연구』 26, 비교어문학회, 2009.

신지영, 「신체적 담론공간을 둘러싼 사건성」, 『상허학보』 27, 상허학회, 2009.

안용희, 「그늘에 피는 꽃, 최서해 문학의 아포리아」, 『민족문학사연구』 57, 민족문학사학회, 2015.

이경돈, 「최서해와 기록의 소설화」, 『비교어문연구』 15, 비교어문학회, 2003.

장성규, 「식민지 시대 소설과 비문해자들의 문학사」, 『현대소설연구』 56, 한국현대소설학회, 2014.

조윤정, 「식민지 조선의 교육적 실천, 소설 속 야학의 의미」, 『민족문화연구』 52, 고려대 민족문화연구원, 2010.

최병구, 「운명과 행복, 근대(인)의 자기인식과 그 매개」, 『국제어문』 72, 국제어문학회, 2017.

최홍준, 「1930년대 강릉지역 조선공산당 재건운동 연구」, 『북악사론』 3, 북악사학회, 1993.

황병주, 「식민지기 공적 공간의 등장과 공회당」, 『대동문화연구』 69, 성균관대 대동문화연구원, 2009.

평양 프로극단의 기억과 공간의 정치학

이민영

1. 서론

1930년 3월 평양에서 마치극장ハンマー劇場이라는 이름의 프로극단이 등장했다. 망치ハンマー, hammer[1] 즉 노동자를 상징하는 이름을 가진 이 극단은 동경 무산자극장 한택호(한재덕)의 귀국을 계기로 만들어졌다.[2] 이후 대구 가두극장(1930.11), 개성 대중극장(1931.2), 해주 연극공장(1931.4), 경성 청복극장(1931.4) 등이 속속 등장하면서 프로극단의 시대가 본격적으로 열리기 시작했다.

....

1 '마치'는 성냥을 의미하는 'マッチ'(안막, 「朝鮮プロレタリア藝術運動略史」, 『사상월보』, 1-10, 고등법원검사국사상부, 1932.1, 186쪽)와 망치를 의미하는 'ハンマー'(「演劇運動社員竝映畫部隊社員等檢擧に關スル件」, 『京鍾警高秘』, 1937, 경성지방법원검사국, 1933.2.10) 등으로 혼란스럽게 표기되어 있다. 이러한 표기상의 혼란은 순우리말 마치(망치)를 일본어로 표기했기에 발생한 문제로 추정된다. 우리말 표기에서는 '마치'와 '맛치'가 혼용되고 있는데, 이 글에서는 표준어 규정에 따라 '마치'로 통일해 사용하기로 한다. 극단의 성격과 활동 방식 등을 고려하면 '마치'는 노동자를 상징한다고 보는 것이 더 적절하기 때문이다.
2 「「맛치」극장 창립 평양에 설립」, 『중외일보』, 1930.3.28; 「平壤에 맛치劇場 創立, 푸로레타리아 극운동을 목적 삼고」, 『조선일보』, 1930.3.28.

이제까지 마치극장은 전문성을 띤 최초의 프로극단으로 동경 무산자극장과 카프 그리고 1930년대 프로극단들이 조직적으로 연결되었다는 증거로 제시되어 왔다. 그래서 이 극단은 일제강점기 프로연극사의 첫 극단으로 중요하게 거론되었다. 그러나 이러한 연극사적 중요성에도 불구하고 마치극장에 대한 논의는 의외로 진전된 바가 없다. 이 극단은 양승국에 의해 프롤레타리아예술동맹 동경지부 '프롤레타리아극장'의 영향을 받은 최초의 프로극단으로 연극사에 기입되었으며[3] 그 후 박영정,[4] 안광희[5] 등에 의해 극단의 창립 과정이 어느 정도 재구되었지만, 구체적 활동 및 이후의 정황은 여전히 베일에 싸여 있다.

공식적인 공연 기록이 없다는 것은 마치극장에 대한 논의를 진척시킬 수 없었던 중요한 이유 중 하나였다. 그러나 동시기 다른 프로극단들 역시 공식적으로 공연을 올린 기록이 없는데 이러한 사실은 이들 일제강점기 프로극단에 대한 중대한 오해를 만들어냈다. '검열 및 주체적 역량의 미비로 인해' 다만 조직되었을 뿐 '아무런 활동도 해보지 못하고 해산되고 말았다'는 선입견이 바로 그것이다. 그리하여 1930년대 프로연극사에서 공연을 성사시켰던 프로극단은 이동식소형극장과 메가폰, 신건설 정도로만 정리되었다. 그렇지만 이동식소형극장이 카프와 별개로 출발한 극단이었고 메가폰이 동반자적 성향의 극단이었다는 점을 상기한다면, 결국 1930년대 카프 계열 프로극단의 공식적인 극장 공연은 신건설의 〈서부전선 이상 없다〉를 비롯한 몇 편의 작품이라는 미미한 성과로 요약할 수 있을 것이다.

....

3 양승국, 『한국근대연극비평사 연구』, 태학사, 1996, 70쪽.
4 박영정, 「카프 연극부의 조직 변천에 관한 연구」, 『한국 근대연극과 재일본 조선인 연극운동』, 연극과 인간, 2007, 232~233쪽.
5 안광희, 『한국 프롤레타리아 연극운동의 변천 과정』, 역락, 2001, 92~94쪽.

그런데 일제강점기 프로극단의 활동을 이렇게 정리하는 것이 과연 합당한가. 검열의 문제를 극복하기 위해 비합법적인 공연 활동의 가능성을 타진했던 1930년대 연극대중화론의 결과물이 전적으로 식민지 조선의 실정은 고려하지 않고 프로트プロット, PROT의 성과만을 수용하고자 한 데 그쳤다거나, 카프 연극부의 미미한 조직력과 경직된 사고방식으로 실천도 해보기 전에 막을 내렸다고 설명하기에는 미심쩍은 정황이 여러 곳에서 발견되기 때문이다.

마치극장은 1929년 여름, 무산자극장의 전신인 카프 동경지부 연극부 프롤레타리아극장의 전조선 순회공연 계획이 낳은 결과물로 알려져 있다.[6] 프롤레타리아극장의 순회공연이 각본 검열로 인해 실패로 돌아가자[7] 카프 평양지부에서는 1929년 9월 8~9일 평양 백선행기념관에서 카프 맹원이 중심이 되어 프로연극을 공연하기로 결정한다. 공연 준비는 카프 동경지부 회원이었던 한재덕을 비롯해 황만봉, 이관엽, 박영화, 장경섭 등이 주도했으며,[8] 공연은 결국 이루어지지 못했으나 이들의 시도는 마치 극장의 설립에 큰 영향을 끼쳤다.

흥미로운 점은 당시 프로극단들이 설립된 지역이 프롤레타리아극장의 순회 예정지역과 상당 부분 겹친다는 사실이다. 경성→평양→개성→수원→원산→함흥→대구→신의주로 이어지는 프롤레타리아극장의 순회 예정지[9] 중 수원,[10] 원산,[11] 신의주[12]를 제외한 전 지역에서

....

6 박영정, 앞의 책, 231~233쪽 참고.
7 「푸로劇場 公演 中知」, 『조선일보』, 1929.7.26.
8 「平壤에서 푸로劇 開演 藝盟支部主催」, 『조선일보』, 1929.7.30.
9 「「푸」藝東京支部 푸로劇場 全朝鮮 巡廻公演」, 『동아일보』, 1929.7.16; 「푸로藝盟東京支部 푸로劇場 來演」, 『조선일보』, 1929.7.16.
10 카프 평양지부의 경우와 마찬가지로 카프 수원지부 역시 1929년 8월 24일 프로연극 공연을 시도했다 (「水原 푸로劇 延期」, 『조선일보』, 1929.8.23). 이는 수원에서도 프로극단을 설립하고자 했던 흔적이

프로극단이 설립되었다.

〈그림 1〉 프롤레타리아극장 순회예정지와 지역 프로극단

....

라 할 수 있다.

11 원산의 경우는 다른 맥락에서 살펴볼 필요가 있다. 원산에서는 이미 원산총파업이라는 동시대적 경험을 안고 'MS극예술연구좌'(1929.3)라는 단체가 탄생한 바 있다. 이 단체가 프로극단을 표방했는지는 알려져 있지 않지만 단체를 주도했던 인물이 박영호이었다는 점은 매우 의미심장하다. 또한 이 단체가 원산시국의 악화와 비밀결사 획책이라는 이유로 일제에 의해 강제로 해산당했다는 점을 미루어 본다면(「劇研究座 解散, 원산서에서」, 『동아일보』, 1929.3.24), MS극예술연구좌의 성향을 어느 정도 짐작힐 수 있나. 이후 원산에서는 MS극예술연구좌를 주도했던 박영호를 중심으로 대중연극계를 기반으로 한 연극운동이 진행되었다. MS극예술연구좌와 박영호의 관련성에 대해서는 이민영, 「대중극의 정치학, 박영호의 전략」, 『한국연극학』 47, 한국연극학회, 2012, 99쪽 참고.

12 신의주의 경우 카프와 직접적인 연결고리를 찾기는 힘들다. 다만 신의주양복기공조합의 5주년 기념 소인극 공연마저 경찰의 금지로 무산된 것으로 보아 국경이라는 특수성을 감안해 볼 필요가 있다. 국경에 위치한 신의주는 다른 지역에 비해 일제의 검열 및 감시체제가 훨씬 심하게 작동했을 수 있기 때문이다. 「洋服技工總會 素人劇도 公演」, 『동아일보』, 1931.3.27; 「洋服技工의 素人劇 禁止, 대회만 개최」, 『동아일보』, 1931.4.5.

그런데 프롤레타리아극장이 계획했던 이동 노선을 살펴보면 조금 기묘한 부분을 발견할 수 있다. 프롤레타리아극장의 순회 예정지는 경기도, 황해도, 함경도 일대에 몰려 있는데, 이러한 순회 예정지와 거리상 멀리 떨어진 대구와 신의주는 이동 라인에 포함되어 있는 반면, 이동 시 어떤 경로로든 거치게 될 수밖에 없는 항구도시 인천이나 부산은 제외되어 있다는 점이다.

프롤레타리아극장의 공연 예정지가 이렇듯 부자연스럽게 선정된 이유는 무엇이었을까. 여기에서 프롤레타리아극장이 식민지 근대의 명암을 드러내는 공업도시를 중심으로 순회 예정지를 선정했을 것이라는 하나의 가설을 세워보자. 노동쟁의의 발생 가능성이 높은 곳, 노동조합의 결성이 원활하게 추진될 수 있는 공업도시야말로 프롤레타리아극장의 순회 목적에 적합했던 것은 아닐까. 일제의 공업화 정책이 본격적으로 시행되었던 평양, 함흥, 대구 등지에서 프로극단의 설립이 시작되었다는 것은 결코 우연만은 아닐 것이다.

최초의 프로극단인 마치극장(1930.3)은 일제강점기 최대의 공업도시였던 평양이라는 특수한 지형 위에서 탄생한다. 더구나 마치극장의 후신後身이자 그와 긴밀한 관계 속에서 등장했던 명일극장(1932.3. 추정),[13] 신세기(1933.8), 신예술좌(1934.4)는 모두 평양이라는 지역적 특수성을 기반에 두고 활동했던 프로극단이었다. 따라서 이 글은 공업도시 평양

13 평양의 명일극장은 비슷한 시기 경성에서 만들어진 명일극장과는 별개의 단체이다. 경성 명일극장에 대해 김재철은 이름만 같은 '사이비한 유령극단'(김재철, 『조선연극사』, 경성조선어문학회 (한성도서주식회사), 1933, 148쪽)으로 적고 있는데, 경성 명일극장은 1932년 12월경 태양극장의 관계자들과 극예술연구회 회원이 중심이 되어 설립된 단체이며(「劇運動 새團體, 明日劇場 出現」, 『매일신보』, 1932.12.6), 이후 춘추극장으로 개칭해 활동했다(「春秋劇場 공연」, 『중앙일보』, 1933.1.23; 「明日劇場 後身 春秋劇場 공연」, 『동아일보』, 1933.2.8).

이라는 지역적 특수성을 고려하면서 일제강점기 평양 프로극단들의 등장 배경과 그들의 활동을 고찰함으로써 평양 지역 프로연극계의 활동 전략과 실천의 방식을 읽어내고자 한다. 이러한 논의를 통해 일제강점기 프로연극 운동의 전개 과정에 대한 새로운 해석의 국면을 만날 수 있으리라 기대한다.

2. 평양의 특수성과 마치극장의 출현

罷業 一週日에 新職工 募集을 하로 압둔 工場側은 十三日에 이르러 十四日까지 復業치 안흐면 解雇하고 新職工을 募集한다는 正式通知를 職工側에 發하고 쬍日에는 十大 工場의 停止되엇든 汽笛이 早朝부터 요란히 울면서 職工의 就業을 促하얏스나 復業職工은 僅히 다섯 工場에 三十餘名이 就業하얏슬 쑨 多數의 職工들은 工場附近에 보히지도 아니하야 嚴戒를 極한 京察의 사벨소리만이 보는 者의 눈을 씌으럿슬 쑨이오[14]

위 글은 경찰의 사이렌소리만이 요란하게 울렸던 1930년 8월 평양 공장가의 풍경을 그리고 있다. 고무공장 노동자들의 동맹파업이 공장 포위 및 습격이라는 폭력적인 단체전 양상으로 점화되기 직전의 순간을 묘사한 이 글은 개인의 일상이 권력의 규율과 통제 속에 있음을 여

----

14 「平壤고무爭議 眞相 (2)」, 『동아일보』, 1930.9.5.

실히 보여주는 사례라 할 것이다. 적막이 감도는 공장가와 그곳을 가득 메운 경찰의 사이렌소리는 노동자들의 일상 공간이 사실은 거시 정치의 영역에 속한 것이었음을 깨닫게 만든다.

이러한 공간의 정치성은 역逆으로 노동자라는 주체를 탄생시킨 배경이 되었다. 당시 평양에는 노동자들의 집단 거주지가 여러 곳 있었는데, 부평리 병기제조소 부근에는 대규모의 '노동자 거리'가 형성되어 있었으며, 평양 부내 각 공장가를 중심으로 노동자 밀집지구가 산재해 있었다. 즉 공업도시 평양의 특수한 지형이 노동자 주체를 탄생시킨 배경이었던 셈이다.

마치극장은 바로 이러한 공업도시 평양 곳곳에 산재하던 '노동자 거리'와 평양 곳곳에서 발생했던 대대적인 파업의 시공간 속에서 탄생했다. 한재덕의 귀국 후 창립된 마치극장은 신흥영화동맹 평양지부에서 창립식을 가진다. 극단 창립을 보도했던 당시 기사에는 두 가지 흥미로운 내용이 담겨 있는데 하나는 마치극장이 '미구未久에 연극동맹演劇同盟으로 개칭'할 계획을 가졌다는 점이며,[15] 또 다른 하나는 단원들의 연습 시간대가 '밤'이었다는 점이다.[16]

1930년 4월, 카프는 기술부를 중심으로 조직을 개편하면서 여러 장르의 동맹체를 하위에 둔 조선프롤레타리아예술단체협의회朝鮮プロレタリア藝術團體協議會의 형태를 입안한다.[17] 이것은 각지에 산재한 예술단체를 하나로 묶어냄으로써 운동의 역량을 강화·집중시키고자 했던 카프의 개편 방안이다. 이러한 카프의 조직 개편안이 발표되기 전, 마

· · · · · · · · · · · · · · · · · ·
15 「「맛치」극장 창립 평양에 설립」, 『중외일보』, 1930.3.28.
16 「「맛치」劇場 第一回 公演」, 『조선일보』, 1930.4.5.
17 안막, 앞의 글, 186쪽.

치극장이 연극동맹으로 개칭할 계획을 발표했다는 것은 카프 지도부와 마치극장이 긴밀한 관계를 맺고 있었음을 보여준다. 그러나 이 사실만으로 마치극장의 성격을 단정짓기는 어렵다.

마치극장 단원들의 연습 시간대를 주목해 보자. 마치극장의 제1회 공연 준비를 알렸던 기사에는 "밤마다 극장원 전부가 열심히 준비 중"이라고 적혀 있는데, 이것은 마치극장 단원 다수가 직업 연극인이 아닌 아마추어였을 가능성을 암시하는 문구이다. 서무 및 재무부에 변하, 각본부에 김오, 연출부에 현미산(현연진), 미술부에 최광천, 연기부에 고국원을 비롯하여 한재덕, 최태홍[18] 등이 관련되었다고 알려진 이 극단의 구성원 중 한재덕과 최태홍을 제외한 나머지 단원들의 인적 사항은 확인한 길이 없다.[19] 다만 당시 각지에서 만들어지기 시작했던 프로극단의 단원들이 진문 연극인들로만 구성된 것은 아니었다는 점에 착안한다면 마치극장 역시 비슷한 상황이었으리라 짐작할 수 있다.

민병휘가 개성 대중극장의 대표를 맡았을 당시, 대중극장은 이미 공장 내 노동자들의 서클을 중심으로 조직된 상태였으며, 원산총파업기념 연극대회 역시 원산노동협회 간부였던 김명선이 연출을 담당했을 뿐 '출연 배우들 모두가 노동자였다'[20]는 사실은 지역 사회 및 노동계의 기층에 연극서클이 활동하고 있었음을 말해 준다. 평양 역시 마찬가지 상황이었을 것으로 추정된다. 조선노동총동맹 평양연맹이 1930년 메이데이를 기념하기 위해 기획했던 기념행사, 총휴업, 시위 등이 경찰 당국의 압력으로 무산되었을 때, 기념 강연과 연극 및 시 낭독으로 행

18 한효, 『조선연극사개요』, 평양 : 국립출판사, 1956, 294쪽.
19 「「맛치」극장 창립 평양에 설립」, 『중외일보』, 1930.3.28; 「平壤에 맛치劇場 創立, 푸로레타리아 극운동을 목적 삼고」, 『조선일보』, 1930.3.28.
20 「元山제네스트 記念 講演과 演劇」, 『조선일보』, 1931.1.14.

사 내용이 빠르게 대체될 수 있었던 것은[21] 다양한 문예서클이 있었기에 가능한 일이다. 따라서 추정하건대 마치극장은 한재덕의 총지휘 아래 아마추어들로 구성된 극단이었을 확률이 매우 높다.[22]

마치극장에서 한재덕은 매우 중요한 역할을 했다. 프롤레타리아극장의 전조선 순회공연 레퍼토리 중 〈탄갱부〉(르 메르텐 작), 〈하차〉(오토 뮐러 작), 〈전선〉(무라야마 토모요시 작) 등 무려 3편의 작품이 마치극장의 레퍼토리에 그대로 등장하고 있으며, 〈민란 전날〉(각본부 작), 〈세탁쟁이〉(각본부 작), 〈미물의 치료〉(각본부 개작), 〈트락크와 선물〉(히사이타 에이지로 작) 등 상당수의 각본이 자체적으로 제작되거나 프로트PROT 계열 작가의 작품으로 선정되었다는 것은 마치극장이 전문적인 프로연극인의 지도 아래에서 활동한 정황을 보여주기 때문이다. 그러나 이것만으로 마치극장의 성격을 설명하기에는 역부족이다.

過去에 平壤의 '마치劇場'이 成立을 傳하엿슬 쑨으로 何等의 活動을 못뵈여주엇고 元山에서도 勞動者劇의 上演을 傳한 바 잇섯스나 이 亦 그 뒤의 活動이 업고 '캅프' 東京支部의 '無産者劇場'은 '올컷트'의 宣言으로 그 存在까지 喪失하엿스며 大邱의 '街頭劇場'도 (뭉)의 干涉으로하야 즉 一次의 活動도 試하지 못하엿다 (…중략…) 最近에는 開城에서 '大衆劇場'이 結成되엿다하드니 아즉도 實質的 活動을 뵈여주지 안흐며 海州에

....
21 당시 집행위원에는 이관엽을 비롯해 김정덕, 전태성, 명덕상, 이상섭, 현익겸이 참가했다. 「五月 一日 總休業과 示威行列은 逢禁止－로총평양련맹 주최 紀念講演과 劇演出」, 『중외일보』, 1930.4.25.
22 민병휘 역시 개성 대중극장에서 비슷한 역할을 했던 것으로 짐작된다. 설립 초기의 대중극장은 연극서클의 형태가 매우 강한데 민병휘는 바로 이런 대중극단에서 총책임자로 활동했다. 이에 대해서는 이민영, 「프로연극 운동의 또 다른 지층－민병휘와 개성 대중극장」, 『상허학보』 42, 상허학회, 2014, 322~324쪽 참고.

서는 '演劇工場'의 第一回의 公演을 準備한다드니 그 後報를 아직 듯지 못하겟다. 다음 우리의 演劇運動의 中央的 헤게모니와 指導權을 掌握할 重大한 役割을 가지고 出生한 京城의 '靑服劇場'은 上演할 '레퍼一토리' 까지 發表한 뒤 아즉 아모 活動을 報하지 안흠은 '無産者劇場'이 過去에 當한 同一한 運命에 잇슴인지 매우 궁금하다.[23]

일본 동지사 및 코프 조선협의회에서 활동하고 있던 신고송이 프로트에 조선 프로극단의 정황을 보고했을 때, 그가 지역 프로극단의 상황을 세세하게 파악하지 못했을 가능성은 고려해 볼 필요가 있다. 예를 들어 노동자극을 상연한 원산의 경우가 박영호가 이끌었던 WS연예부의 〈하차〉와 〈과도기〉의 상연[24]을 말하는 것인지 원산총파업 2주년 기념으로 원산노동연합회가 공연했던 〈하차〉(김명선 연출)[25]의 상연을 말하는 것인지는 불분명하지만, 어쨌든 이 시기까지 원산에서는 최소한 2회 이상의 프로극 공연이 이미 이루어진 바 있었다. 또한 민병휘가 연극서클 내의 '연습 그 자체'를 하나의 '연극행동'으로 인식했던 것[26]을 상기한다면, 대중극장도 활동 중에 있었던 극단으로 보아야 한다. 따라서 신고송의 기록에 약간의 의심을 보태보면, '카프가 지역의 예술단체에 대해 어떠한 조사도 없고, 같은 깃발 아래 창립된 단체에 대해 하등의 우선 편의도 돕지 않고 있다'[27]라고 했던 민병휘의 비판은 이들 지역

----

23 신고송, 「演劇運動의 出發 (1)」, 『조선일보』, 1931.7.29.
24 1930년 11월 11일 원산관에서 공연된 이 공연은 결국 WS연예부의 해산과 박영호의 구류로 끝이 났다. 1930년 11월 12일 내용의 불온성이란 명목으로 배우들이 소환되고 공연이 중지된 것으로 보아 첫날 공연은 성사되었던 것으로 보인다. 「脚本이 不穩타고 俳優 十餘名 取調」, 『조선일보』, 1930.11.19.
25 「元山제네스트 記念 講演과 演劇」, 『조선일보』, 1931.1.14.
26 민병휘, 「無題錄─演出者의 苦言」, 『동광』 36, 동광사, 1932.8.

의 프로극단들이 카프의 주도 아래에서 조직적으로 활동하지 못했다는 증거는 될 수 있지만, 아무런 활동도 하지 않았다는 증거는 될 수 없다.

그렇다면 마치극장의 경우는 어떠했는가. 이와 관련해 동경 3·1극장의 김파우는 매우 흥미로운 기록을 남기고 있다. 그는 마치극장에 대해 "농민조합, 노동조합 청년부, 조합소속 야학교 등에서 성행하고 있던 자립적인 연극 활동이 자립적 극단으로 발전한 대표적인 예"이며, "평양고무 제네스트 당시 수회의 이동 활동을 한 극단"[28]이라고 설명했다. 이러한 김파우의 기록은 그간의 평가와 전혀 다른 마치극장의 모습을 보여준다.

만약 김파우의 말처럼 마치극장이 연극서클에서 자립극단으로 발전한 단체이며, 평양고무공장 동맹파업 당시 여러 번의 이동공연을 했던 극단이라면, 마치극장은 카프의 지도노선을 따랐던 단체라는 것과는 별개로 평양이라는 지역적 특수성 속에서 출현하고 활동했던 극단으로, 또한 연극서클에서 발전한 자립극단이자 이동극단으로 그 성격을 새롭게 규정해야 한다. 따라서 평양고무공장 동맹파업을 측면에서 지도했다고 알려진 한재덕, 김남천[29] 등 카프 측 핵심 인사의 영향력을 인정하더라도 마치극장에 대한 평가는 조정될 필요가 있다.

즉 마치극장은 평양 노동운동의 지층 위에서 노동자들의 연극서클을 모태로 탄생한 극단이며, 투쟁의 현장 속으로 이동하며 활동했던 이동극장의 가능성을 보여준 극단이다. 그리고 이러한 이동극장의 가능성은 명일극장에 와서 보다 체계적인 형태를 갖추기 시작했다.

---

27 민병휘, 「演劇漫話 (上)」, 『조선일보』, 1931.3.4.

28 김파우, 「國際演ニュース」, 『プロット』 1-8, 1932.7, pp.160~161.

29 「朝共再建設을 目標로 結社協議會를 組織, 프로藝盟 事件 內容 – 平壤 고무罷業과 合倂日 檄文 다수 등쇄 배부하여」, 『조선일보』, 1931.10.6.

3. (비)합법 활동의 명암, 명일극장과 신세기

마치극장이 명일극장으로 이름을 바꾼 정확한 시기는 불분명하다. 한효는 공연을 쟁취할 수 없었던 마치극장의 경험과 이동식소형극장의 모범을 살려 명일극장이 등장했다고 적고 있는데[30] 이러한 정황을 토대로 마치극장의 설립 시기를 이동식소형극장이 서북조선 이동 공연을 떠난 1932년 2월[31] 이후로 추정할 수 있을 뿐이다.

그렇지만 평양고무공장 동맹파업 당시 마치극장이 공연을 했던 정황으로 미루어 보았을 때 한효의 서술을 전적으로 신뢰하기는 힘들다. 가장 큰 이유는 명일극장이 이동식소형극장을 모델로 했다고 보기 힘들기 때문이다. 명일극장은 1932년 12월 10일 해주경찰서로부터 강제 해산 명령을 받기까지 평양 내 고무공장들과 광산, 농촌 등 실제 노동 현장에서 노동 대중을 상대로 순회 흥행을 한 이동극장이었다.[32] 반면 이동식소형극장은 개성좌(개성), 동명극장(함흥) 등 지역의 극장(건물)을 위주로 순회했던 단체이다.[33] 당시 민병휘나 신고송이 제안했던 이동극장이 '지역에 상주하는 공연단체가 인근 지역을 포괄하면서 현실에서 취재한 단막극 등을 가지고 현장에 가서 공연하는 방식'[34]이었던 점을 감안한다면, 명일극장과 이동식소형극장의 본질은 전혀 달랐

....

30 한효, 앞의 책, 294쪽.
31 추적양, 「移動式小型劇場運動－地方巡廻公演을 마치고」, 『조선일보』, 1932.5.6.
32 김재철, 앞의 책, 148쪽; 「內客 不穩타고 明日劇場 解散－海州警察에서」, 『중앙일보』, 1932.12.14.
33 「移動式小型劇場 開城서 첫 公演」, 『중앙일보』, 1932.2.25; 「開城서 期待만튼 移動小劇 禁止」, 『중앙일보』, 1932.3.3; 「小型劇場 咸興서 出演」, 『조선일보』, 1932.3.24.
34 김재석, 『일제강점기 사회극 연구』, 태학사, 1995, 221쪽.

다고 할 수 있다.

명일극장은 비합법적 활동을 펼쳤던 이동극장의 특성상 그 실체가 상당 부분 베일에 싸여 있다. 이 극단은 대동경찰서 고등계가 1932년 10월 20일 기림리 180번지를 급습하면서 세간에 노출된다. 당시 이관엽, 변효식, 조주남 외 1인과 경성에서 온 나웅, 정하보, 이라문 등 총 7명이 해외에서 잠입한 모 책동과 관련된 일로 검거되었는데, 기림리 180번지에서 대동서 순사들이 맞닥트린 것은 명일극장 단원들 및 공연 준비가 한창이던 극단 메가폰의 관계자들이었다.[35]

관련 기사를 종합해보면 이관엽, 변효식, 조주남은 명일극장의 관계자였으며, 나웅은 메가폰의 관계자였다. 이 급습의 현장에 나웅이 있었다는 점은 특기할 필요가 있다. 당시 나웅과 명일극장의 조우는 훗날 나웅이 제출한 자립극단 논의(1943.3)의 중요한 토대가 되었으리라 추측되기 때문이다. 프로-자립극단이었던 마치극장이 전문극단인 명일극장으로 발전했으며 이동극장 형태를 활동전략으로 삼았는데, 마치극장과 명일극장의 이러한 경험은 이후 나웅이 제시한 카프 연극 운동의 새로운 방향과 매우 흡사하다. 따라서 명일극장이 취한 연극 운동의 전략은 카프 연극부의 운동 방향이 새롭게 정리될 수 있었던 중요한 경험적 전사로 평가할 필요가 있다.[36]

....

35 「大同署突然活動 男女七名을 檢擧－예술회원 등 전부를 一제 검거 潛入者連絡情報로」, 『매일신보』, 1932.10.27.

36 이 사건 당시 메가폰은 해산했던 것으로 알려져 있다. 메가폰은 1932년 7월 인천 공연을 공지한 후 자취를 감추었으며, 1932년 8월 신건설 창립과 함께 신건설로 흡수된 것으로 알려져 왔다. 그러나 창립 당시 신건설의 명단에서 나웅을 발견할 수 없다는 점, 나웅이 신건설 명단에서 발견되는 것은 1933년 1월 신건설 재조직 당시에 이르러서였다는 점 등을 고려하면, 이 시기는 메가폰의 인력이 신건설로 완전히 흡수되기 전인 과도기였다고 볼 수 있다. 한 가지 더 특기할 것은 메가폰이 평양의 지역 연극인들과 어느 정도 밀접한 관계를 맺고 있었으리라 추정할 수 있다는 점이다. 메가폰은 조선극장의 마지막 날 공연이 중지되고 하루도 지나지 않아 지방 순회를 공지했는

결국 이 일로 인해 명일극장은 당국으로부터 해산 명령을 받게 된다. 흥미로운 것은 해산 명령 이후 명일극장 단원들이 취한 행동이다. 명일극장은 해산 명령을 받은 당일 밤, 평양을 탈출해 황해도 일대를 순회하기 시작했는데,[37] 이것은 명일극장이 비합법의 영역에서 지속적으로 활동했음을 보여주는 증거이다. 여기에 한때 카프 평양지부 집행위원장이었던 이관엽[38]이 명일극장의 핵심 멤버였다는 점을 상기해 보면, 명일극장이 비합법적 활동을 지속할 수 있었던 배경을 짐작할 수 있다. 이관엽은 평양노동연맹 및 평양면옥노조, 양말직공노조[39] 등 노동투쟁의 현장에서 노동운동을 조직하던 활동가였으며,[40] 그의 이러한 이력은 명일극장이 노동투쟁의 현장 속으로 파고들 수 있었던 추동력으로 작용했을 것이다.

명일극장이 세간에 다시 노출된 사건은 공장이나 탄광 등 노동현장이 아닌 해주극장에서 올린 공연 때문이었다. 황해도 봉산탄광에서 공연을 올린 후 신천을 경유해 1932년 12월 9일 해주극장에서 공연을 재개한 명일극장은 공연 중 내용의 불온성으로 인해 임석경관의 제재를 받게 된다. 다행히 관객들의 적극적인 개입으로 공연은 마칠 수 있었으나, 다음날 해주경찰서는 간부 변기호, 이관엽 외 4명을 검거하고 해산을 명령한다.[41] 검열과 감시의 테두리에서 비껴 있는 비합법적 활동의

데, 그 첫 경유지가 평양이었으며 심지어 공연 다음날 밤 바로 떠나려고 한 것을 보면 평양 지역 연극계와 모종의 연락망이 구축되어 있었을 것으로 추측할 수 있다. 그리고 그 대상이 명일극장이었던 것으로 추정된다. 이에 대한 심층적 논의는 이후로 넘긴다.

37 「平壤 靑年들이『新世紀』組織, 적극 활동 중」, 『조선중앙일보』, 1933.8.16.

38 「博覽會 압두고 密會타가 發覺」, 『동아일보』, 1929.8.16.

39 「洋襪職工組合 執行委員會」, 『중외일보』, 1930.4.19;「麵屋勞組員 暴動」, 『동아일보』, 1931.2.16;「平壤 麵屋爭議團 卅三名 今日 送局」, 『동아일보』, 1931.2.25.

40 「平壤 共産黨 事件, 被疑者 全部 放免」, 『동아일보』, 1929.8.28.

41 「內容 不穩타고 明日劇場 解散 -海州警察에서」, 『중앙일보』, 1932.12.14.

장점을 역설적으로 드러낸 사건이었다.

물론 해주극장에서의 공연은 명일극장이 현장의 이동식 공연만 추구했던 단체는 아니었다는 것을 보여준다. 〈조정안〉(김남천 작), 〈호신술〉(송영 작), 〈화〉(작자 미상)[42] 등 명일극장의 레퍼토리에서 알 수 있듯이 김남천의 〈조정안〉과 송영의 〈호신술〉은 합법적 극장 공연을 추구했던 카프 지도부의 노선에 적합하게 창작된 풍자극이었으며, 이러한 작품들이 주된 레퍼토리였다는 것은 명일극장이 합법적인 공연 역시 활동 범주에 넣고 있었다는 사실을 암시한다.

그러나 평양의 노동자들 앞에서 〈조정안〉이 공연되는 것을 상상해 보라. 이 작품의 풍자적 성격은 차치하더라도 평양고무공장 동맹파업 당시의 상황을, 그것을 직접 겪은 평양의 노동자들 앞에서 재연하는 것만으로도 관객들은 깊은 공감대를 느끼고 열광적으로 호응했을 것이다. 어쩌면 해주극장 사건의 진실은 여기에 있는지도 모른다. 해주극장과 봉산탄광의 경험이 뒤섞인 한효의 기록에서 반드시 기억할 것은 "연극을 계속하라!", "경찰은 물러가라!"라는 노동자들의 격분에 찬 고함소리와 공연장을 뜨겁게 달군 이들의 사나운 기세이다.[43]

해주 사태로 다시 강제 해산 상태에 처했던 명일극장이 여전히 해산하지 않고 법망 밖으로 숨어버렸다는 것은 놀라운 일이다. 명일극장이 해산한 시기는 1933년 7월경인데, 해주 사태 이후에도 거의 7개월 이상 극단의 명맥을 이어갔던 셈이다. 명일극장이 다시 당국의 시선 안에 포착된 것은 1933년 8월 반전데이(국제무산청년데이)를 앞두고 예민해

....

42 김파우, 앞의 글, pp.160~161.

43 한효는 이 사건이 봉산탄광에서 발생했다고 기술했으나(한효, 앞의 책, 294~295쪽), 당시 정황을 고려하면 해주극장에서 발생한 것으로 보는 편이 더 적절하다.

진 평양 고등계의 검거에 걸리면서이다. 더위를 피해 주암산 앞 대동강 강변에서 '벌거벗고' 연습을 하던 명일극장 단원들이 검거된 것이다.[44] 여기서 '벌거벗고'가 환기하는 기묘한 느낌에 주목해보자. 환한 대낮, 평양 사람들이 즐겨 찾는 산책로이자 해수욕장에서 여러 사람들이 벌 거벗고 돌아다니는 장면. 한여름 대동강변의 일상적인 이 풍경은 풍기 문란에서 불온한 집회의 소요로 단숨에 치환된다. 이 사건은 이후 대동 강에서 해수욕하는 모든 사람들을 감시의 대상으로 만들어 버렸다는 점에서 공간에 숨은 문화정치의 단면을 극적으로 드러내준다.

> 금년 너름에 대동강 변에서 벌거벗고 연극을 련습하다 동서에 검거된 바 금후는 절대로 허가를 마터 가지고 하면은 조타는 고등계 주임의 량해 가 잇서 당당히 창립대회를 열고 조직힌 깃으로 즉시 극단을 모집한 바 모혀든 동인이 二十명을 넘어 단연 활긔를 띄이고 주야겸행으로 연극 련 습을 하는 동시에 연극선(演劇線)이란 잡지까지 발행할려다[45]

결국 명일극장은 해산하고 만다. 그러나 곧 명일극장 단원들을 중심 으로 합법적 연극단체를 표방한 극단 신세기가 조직된다. 지속적인 해 산 명령으로부터 버텨 왔던 명일극장이[46] "허가를 받아 하면 좋다"라는 고등계 주임의 권고에 회유당한 것인지 아니면 평양의 프로극단으로

....

44 「大同江 沙場에서 프로劇 猛練習」, 『조선일보』, 1933.7.29.

45 「左翼藝術家 檢擧・依然 不休, 그러나 별 내용은 없는 듯, 平壤『新世紀』事件 後報」, 『조선중앙일보』, 1933.9.5.

46 명일극장 해산 명령은 현재 확인된 것만도 세 차례나 된다. 명일극장 1차 검거-1932년 10월 20 일 해외에서 잠입한 인사의 모 책동에 관한 건(메가폰 동시 검거), 명일극장 2차 검거-1932년 12월 10일 해주극장 공연 건, 명일극장 3차 검거-1933년 7월 29일 대동강변 공연 연습 중 집회 소요에 관한 건.

서 그 존재를 외부적으로 전시해야 할 필요에 의해서였는지 판단하기
는 어렵지만, 확실한 것은 극단 신세기가 창립대회까지 열면서 합법단
체라는 이름으로 법망의 표면 위로 당당하게 등장했다는 것이다.

신세기는 극장원 채용 시 '사상 불문'의 방침을 밝히고, 기관지『연극선』
발행을 계획했으며,[47] 단원과 레퍼토리를 발표했다. 구연수, 박맹, 임유,
최인호, 임동남, 이소웅, 변기석, 김련춘, 전명숙, 노영옥, 주달수가 극단
원으로 이름을 올렸으며, 예정 레퍼토리는 〈어디 두고 보자〉(각본부 작),
〈생의 고민〉(김남천 작), 〈보통벌〉(김남천 작), 〈칠월의 기록〉(임유 작), 〈장의
삼경葬儀三景〉(변기석 작), 〈일야一夜〉(이소웅 작), 〈서부전선 이상업다〉(레마르
크 작), 산신문, 슈프레히콜, 시 낭독 등으로 결정되었다.[48]

신세기의 결정에서 무엇보다 주목되는 것은 '극장원의 사상을 불
문'하겠다는 방침이다. 이것은 카프 평양지부가 프로연극을 공연하기
로 했을 때 맹원 중에서 참가자를 구했던 것과 비교하면 사뭇 달라진
태도이다. 신세기의 이러한 방침은 동반자 획득의 문제 및 기층 민중
의 조직화 문제와 직결된다는 점에서 특기할 필요가 있다. 더구나 신
세기는 산신문극, 슈프레히콜, 버라이어티 등 카프 연극부의 외곽에
서 제출된 연극대중화론의 다양한 양식을 시도했다.[49] 1933년 1월 신
건설에 가입했던 변효식, 구연수, 임정화 등[50]은 신건설의 공연이 계

....

47 동지들의 투고를 통해 만들 예정이었던 기관지『연극선』은 연극뿐 아니라 문학 일반까지 포괄적
　　으로 싣고자 한 특징을 지닌다. 이는 문예운동 전반의 역량을 모으겠다는 매체운동의 일환이었거
　　나 신세기의 위상을 과시하기 위한 일종의 전시적 행위였을 수 있다. 「平壤에서 演劇線 發行」,『조
　　선중앙일보』, 1933.9.3.
48 「平壤 靑年들이『新世紀』組織, 적극 활동 중」,『조선중앙일보』, 1933.8.16.
49 연극대중화론의 다양한 양식에 대해서는 이민영, 「카프의 연극대중화론과 정치연극의 대중적 형식」,
　　『한국극예술연구』 31, 한국극예술학회, 2010, 228~233쪽 참고.
50 「새로운 劇團『新建設』出現」,『조선일보』, 1933.1.7.

속 연기되자 평양으로 돌아와 신세기의 결성에 관계한 것으로 보이는 데 이것은 신세기의 레퍼토리에서 신건설의 흔적이 발견되는 이유일 것이다.[51]

그러나 신세기의 레퍼토리가 가지는 진정한 가치는 평양의 현실과 평양 사람들의 실생활을 다룬 창작극 공연을 시도했다는 데 있다. 검열로 문제가 되었던 〈평양 삼인남〉[52]뿐 아니라 김남천의 〈보통벌〉은 제목에서 충분히 짐작할 수 있듯이 평양과 평양 하층민의 삶을 그린 작품이었을 것으로 추측된다. 특히 평양 최대의 곡창지대였던 보통벌을 배경으로 한 희곡 〈보통벌〉은 연극의 현장성과 동시대성을 모두 담아낼 수 있다는 점에서 중요한 가치를 지닌다. 1933년 가을, 풍년이 든 보통벌 일대는 대륙군의 연습을 이유로 조기 추수를 강요당했으며,[53] 이러한 상황은 평양의 곡식 값을 폭등시켜 평양 하층민의 삶을 더욱 더 피폐하게 만들었다. 바로 그 가을, 평양에서, 극단 신세기가 보통벌을 소재로 한 연극을 기획했다는 것은 내용의 문제성 여부를 떠나 그 의도 자체만으로도 매우 불온한 것이었다.[54]

문제는 합법적 활동을 표명했던 신세기가 불과 한 달도 넘기지 못하고 당국의 탄압에 직면했다는 것이다. 1933년 9월 1일, 〈평양 삼인남〉

· · · · · · · · · · · · · · · · ·

51 극단 신건설의 레퍼토리에 관해서는 이민영, 「프로연극 운동의 방향전환, 극단 신건설」, 『민족문학사연구』 59, 민족문학사학회, 2015, 383쪽 참고.

52 극단 신세기의 레퍼토리 중 기사에 가장 많이 등장하고 있는 희곡 〈평양 삼인남〉은 〈패성삼인남(浿城三人男)〉, 〈패강삼인남(浿江三人男)〉 등 다양한 제목으로 기재되어 있다. 패성(浿城)은 평양의 다른 이름이며 패강(浿江)은 대동강의 다른 이름이므로 이 각각의 제목들은 동일 작품을 지칭하는 것으로 보면 된다.

53 「普通벌 秋夕煎에 거두라 郡廳과 聯隊에서 通達」, 『조선중앙일보』, 1933.9.15.

54 1934년 11월 『농민생활』에 실린 주영섭의 시 「보통벌」 역시 평양 보통벌을 배경으로 하고 있다. 이 시는 파탄이 난 농촌의 삶과 그곳을 떠나는 유랑민의 모습을 그리고 있는 시로, 이러한 분위기로 보아 보통벌은 이 시기 평양에서 일제의 수탈과 폭압의 정치를 상징적으로 보여주는 소재였다고 할 수 있다.

의 불온성,[55] 좌익 동지들을 규합해 모종의 불온한 계획을 획책했다는
명목으로 신세기 단원 전원이 검거되었다. 김남천, 한재덕, 변효식을
비롯해 배우 16명이 검거된 것을 시작으로 5~6명의 청년들이 더 인치
되었으며, 젊은 여자와 15세 소녀를 포함 총 20명이 넘는 사람들이 검
거되었다.[56] 각본 제공을 이유로 김남천, 임유, 한호가 검거되었으며,
한재덕, 변효식, 이관엽, 임정화, 조주남, 변기호, 김과진, 최태홍, 박중
구 등이 연루되었고, 슈프레히콜 〈열에 참가하라〉(시마 키미야스 작)와
〈버라이어티〉(김남천 제공), 〈평양 삼인남〉(김남천 제공) 등의 연극 대본
이 함께 압수되었다.[57]

흥미로운 것은 1933년 9월 29일 변효식을 마지막으로 신세기 관계자
전원이 석방되었을 때이다.[58] '별로 취조 받은 것도 없고, 다만 방향을
전환하라는 훈시가 있었을 뿐'[59]이라는 석방자들의 증언은 이 사건이
조작된 이유를 잘 보여준다. 이 사건이 암시하는 바는 명백하다. 잠행운동
단체였던 명일극장을 합법단체로 유도함으로써 그 조직적 실체를 드러내
고 만 신세기는 일제가 사상탄압을 보다 용이하게 할 수 있는 빌미를
주고 말았다.[60] 법의 테두리 안에서 신세기가 공식적으로 활동을 전개할

· · · · · · · · · · · · · · · · · ·
55 「平壤「푸로」俳優 十三名 檢擧, 劇團 新世紀의 受難時代, 脚本『三人男』이 問題」, 『동아일보』, 1933.9.3.
56 「左翼藝術家 檢擧・依然 不休, 그러나 별내용은 없는 듯, 平壤『新世紀』事件 後報」, 『조선중앙일보』, 1933.9.5.
57 당시 기사에는 〈버라이어티〉와 〈패강삼인남〉을 김남천이 제공한 것으로 되어 있는데, 김남천이 신세기에 각본을 제공하고 있었다는 점에서 〈패강삼인남〉의 창작자가 김남천이었을 가능성이 매우 높다. 「劇團을 搜索 劇本을 押收」, 『조선중앙일보』, 1933.8.31.
58 「平壤大小事」, 『조선중앙일보』, 1933.10.2.
59 「新世紀 劇團員 五名을 釋放」, 『조선중앙일보』, 1933.9.21.
60 이승희는 신건설사 사건을 예로 들어 각본 검열과 공연 검열을 통한 취체가 아닌 조직의 분쇄라는 적극적인 방법과 전향 유도라는 방식을 통해 연극계의 사상통제가 이루어졌으며, 탄압과 훈유(訓誘)를 위한 불온작가 블랙리스트 작성(「各道 高等警察課에서 『不穩作家』名簿 作成」, 『동아일보』, 1933.5.12)도 그 일환이었다고 설명한 바 있다(이승희, 「식민지시대 연극의 검열과 통속의

수 없었던 것은 당연한 결과였다. 감시가 용이한 합법의 영역에서 예술은 그것이 풍자든 직설이든가에 아주 작은 불온성만으로도 손쉬운 탄압의 대상이 되고 만다. 비합법의 영역에서 활동했던 명일극장이 훨씬 끈질긴 생명력을 가질 수 있었던 것은 그나마 이러한 방식만이 당대 프로연극운동 진영이 택할 수 있었던 유일한 전략이었음을 다시금 확인시켜 준다.

4. 공간의 정치성과 주체의 탄생, 신예술좌

미치극장, 명일극장 그리고 신세기에 이르기까지 평양에서 활동했던 프로극단들은 노동자들의 삶의 현장과 긴밀하게 연결되어 있었다. 그래서 이들은 삶의 현장 속에서 노동자를 투쟁의 주체로, 연극의 주체로 만들어 낼 수 있는 가능성을 가질 수 있었다. 이것은 곧 공연이 이루어지는 현장이 투쟁의 공간으로 바뀔 수 있다는 가능성도 내포한다.

평양의 사례처럼 공간이 가진 정치성이 노동자라는 주체를 탄생시키고 공간의 의미를 재구성할 수 있게 된 것은 노동자가 그 공간을 점유하고 있기에 가능해진 것이다. 이를 보여주는 대표적인 사례가 바로 평양 '공우회公友會' 사건이다. 1933년 12월 평양 고등계 형사대는 신년맞이 노동자 위안 연극을 연습하던 공우회를 습격했는데, 이 단체는 평양의 각 고무공장 직공들로 이루어진 고무공장연합 연극서클

....

정치」, 『대동문화연구』 59, 성균관대 대동문화연구원, 2007, 462쪽). 신세기 사건도 이와 같은 맥락으로 이해할 수 있다.

이었다. 각본이 온건했음에도 회원 전부가 인치·취조되었던 이유는 '혹시 있을 무슨 불온한 계획'에 대한 당국의 불안감, 노동자들의 집단 행동에 대한 경계심 때문이었다.[61] 고무공장 동맹파업의 기억을 가진 당국의 시선에 고무공장연합 연극서클이라는 공우회의 존재는 그 자체로 문제적으로 읽힐 수밖에 없었을 것이다.

이와 관련해 신세기 사건의 검거자에 포함된 '젊은 여자와 15세 소녀'의 존재를 떠올려 보자. 이들은 평양의 프로극단이 지역의 노동 현장에서 노동자를 극장원으로 수용하고 조직했던 정황을 보여준다. 당시 평양의 대표 산업이었던 양말 및 고무공업은 대부분 조선인 토착자본에 의해 경영되었다. 공장주들은 산업의 특성과 임금 절감이라는 경제성의 원칙에 의거 주로 여성 및 유년 여성노동자를 직공으로 고용했다.[62] 을밀대 고공농성을 통해 평양고무공장 동맹파업을 재촉발시켰던 강주룡이 평원고무공장의 여직공이었다는 사실은 이러한 평양 산업계의 특성과 관련이 깊다. 평양 노동계의 다수를 차지하고 있던 여성과 유년의 여성노동자가 신세기의 극단원으로 유입되었다는 점은 노동자가 연극의 주체가 되는 과정을 보여주는 한편 '노동자 극단'의 출현을 암시한다는 점에서 매우 중요하다.

1934년 3월 평양에 신예술좌라는 새로운 극단이 등장한다. 서평양 작공사稚工社(추정-판독 불가) 내에 임시사무소를 차린 신예술좌의 명단에는 최죽촌을 대표로 석량송, 권태양, 임수영, 박동남, 이성국, 벽상초인 등이 이름을 올렸다. 1934년 4월 중으로 첫 공연을 올리겠다고 선언했던[63] 신예술좌는 당국의 탄압으로 채 한 달도 되지 못해 활동이 불

....

61 「演劇準備하는 職工들을 檢束」, 『조선중앙일보』, 1933.12.19.
62 김경일, 『일제하 노동운동사』, 창작과비평사, 1992, 50~51쪽.

가능해진다. 1934년 4월, 메이데이를 앞두고 대동경찰서 고등계 형사대에 의해 총검거를 당했으며 경찰은 이 극단을 해산시키기 위해 극단원들을 오랫동안 구금했다.[64]

당국은 신예술좌를 창립 초기부터 주시하고 있었는데 신예술좌와 신세기의 관계에서 그 이유를 찾아볼 수 있다. 신세기와 신예술좌 두 극단에 모두 참가한 인물로 임정화가 있다. 표면적으로 신예술좌는 최죽촌을 대표로 내세우고 있었으나, 한효는 임정화, 남궁만, 이석진 등이 이 극단을 실질적으로 이끌었던 인물이라 적고 있다.[65] 임정화는 평양의 신세기, 경성의 신건설을 거쳐 신예술좌의 핵심 맴버로 활동한 인물이다. 이후 그는 신춘문예를 통해 중앙문단에도 진입하게 되는데[66] 무無학력이었던 그가 문단에 진입할 만큼의 역량을 갖추게 된 배경에 문예서클의 경험이 있었음은 간과할 수 없다.

남궁만 역시 임정화처럼 '문예서클에서 배출된 전문작가'의 탄생을 증명해주는 대표적인 사례이다. 15살 때부터 평양고무공장의 노동자로 일했던 남궁만은 1930년대 초 문예서클에 참가했으며 문예서클이 필요로 했던 현장 투쟁용 작품을 창작하기 시작했다. 남궁만의 작품이 연극서클의 합법과 비합법 공연에서 그 내용을 달리하면서 여러 번에 걸쳐 공연되었다[67]는 사실은 연극서클과 현장의 밀접한 관계뿐만 아니

....

63 「西平壤에 新藝術座 創立코 男女 俳優 募集」, 『조선중앙일보』, 1934.4.2.

64 「男女 左翼俳優 等 十六 名을 檢擧 取調, 평양 대동서 고등계의 활동 메이데이 관계인 듯」, 『조선중앙일보』, 1934.4.27; 한효, 앞의 책, 296쪽.

65 한효, 위의 책, 296쪽.

66 임정화는 1938년 〈호랑이 서커스〉란 작품으로 『조선일보』 신춘문예에 당선된다. 「新春懸賞文藝 入選者 略歷」, 『조선일보』, 1938.1.7.

67 남궁만의 희곡 〈청춘〉이 바로 그러한 작품이다. 노동자들의 파업 투쟁을 위해 창작된 이 작품은 노동자 동지들과의 토론 과정을 거쳐 수정·보완된 것으로 알려져 있다. 남궁만, 『(희곡집) 공산주의자』, 평양 : 조선작가동맹출판사, 1961, 225쪽.

라 연극서클과 평양 프로극단들 사이의 관계도 잘 설명해준다.

그러나 임정화와 남궁만의 사례에서 무엇보다 주목해야 하는 것은 서클원 중 전문연극인으로 성장하는 사례가 나오기 시작했다는 것이다.[68] 즉 임정화와 남궁만은 연극서클로부터 자립극단, 전문극단으로 변천해 온 평양 프로극단의 역사 속에서 노동자가 연극의 주체로 탄생하기 시작했음을 보여주는 상징적 존재라 할 것이다.

노동자극단의 느낌을 짙게 뿌리고 있는 신예술좌는 평양의 이전 프로극단들보다 훨씬 적극적인 기세로 투쟁 현장에 침투하고자 했다. 신예술좌가 임시사무소를 차린 곳은 서평양 지역인데 이 일대는 1933년에 접어들면서 전역에 걸쳐 대단위 개발사업이 시작된 곳이다. 전매국을 시작으로 철도, 전철, 군사시설까지 다양한 시설들이 유치되었으며, 대동강과 보통강의 '합류지 개수공사'가 대대적으로 시행되었다. 제2차 궁민窮民구제사업으로 홍보된 이 사업의 실질적인 목적은 운하사업과 함께 선교리 다음가는 제2의 공장지대를 만드는 것이었다.[69] 개발이 시작되자 서평양 지역의 토지 가격은 폭등했으며,[70] 지가地價의 상승은 토지 소유주들과 차지借地인들 사이에 심각한 갈등을 불러왔다. 갈등이 첨예화되면서 경창차지인조합을 필두로 각종 차지인조합들(경창, 신양, 만수대, 서평양, 기림리)이 잇달아 생기기 시작했으며, 쟁의 폭발의 기운이 고조되기 시작했다.[71]

....

68 만약 신예술좌의 대표였던 최죽촌이 연극서클로부터 활동을 시작했다는 것을 규명할 수 있다면 최죽촌 역시 동일한 사례가 될 것이다. 이후 최죽촌은 박춘명을 중심으로 만들어진 조선극예술연구회 평양지부에서 활동한다. 「新劇團體 平壤에 新設」, 『조선일보』, 1938.1.7.

69 「第二次 救窮費로 普通江 運河 實現—西平壤은 大工場地帶로 決定」, 『매일신보』, 1934.3.19.

70 「西平壤驛 附近 借地料 引上, 쟁의가 폭발될 염려가 잇어」, 『동아일보』, 1934.1.13.

71 「地價暴騰의 西平壤 中心 借地人結束 漸次 强化—차지인단체 날로 생기어, 지료인상에 대항운동」, 『동아일보』, 1934.3.14.

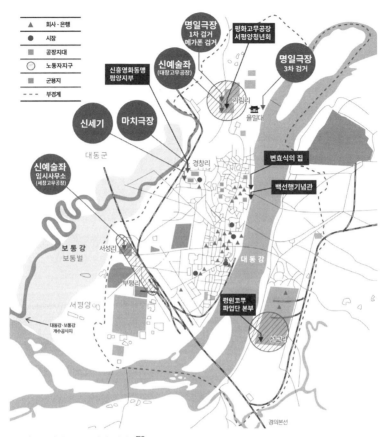

〈그림 2〉 평양 프로극단의 지형도**72**

이러한 상황에서 신예술좌의 임시사무소가 서평양 지역에 들어섰
다는 것은 중요한 점을 시사한다. 지역 개발은 자본가와 민중의 구별
을 강화해 빈부의 격차를 심화시키고 지역을 구획함으로써 거주지의

----

72 이 지도는 1927년 평양상공회의소가 발행한 『평양전지』에 실린 지도(『평양전지』, 평양상공회의
소, 1927)를 바탕으로 여러 지역들을 수정·보완하고, 평양 프로극단사의 중요한 장소들을 부기
해 만들었다. 1930년대 중반에 이르면 위 지도에 표시된 것보다 훨씬 많은 공단과 상업지구가 만
들어졌으며 더 넓은 범위의 노동자지구가 형성되었다. 표시된 지역들은 주소를 바탕으로 대략적
인 위치를 추정한 것이다.

차별을 심화시킨다는 점에서 문제적이라 할 수 있다. 특히 서평양 개발사업은 일제의 자원수탈 및 전쟁 계획이 본격화되기 시작했음을 암시한다는 점에서 더욱 심각한 문제였다. 따라서 자본과 제국의 지배논리 그 자체를 담고 있는 서평양 개발의 중심지에 신예술좌가 임시사무소를 열었다는 것은 개발 공간의 정치성을 저항공간의 정치로 치환시킴으로써 일제의 야욕에 정면으로 도전한 것이나 다름없다.

신예술좌의 흔적은 두 곳에서 발견된다. 한 곳은 신예술좌의 임시사무소가 설치된 서성리이며 다른 한 곳은 서북부 지역에 위치한 기림리이다. 두 지역은 평양의 공업지대 중에서도 노동자들의 집단적 움직임이 특히 활발하게 감지되는 공간이다. 신예술좌의 임시사무소가 설치된 서성리는 서평양과 맞닿은 곳으로 개발사업 이전부터 공장들이 밀집되어 있던 곳이며 노동자 거리가 있는 부평리와도 인접해 있다. 특히 서성리는 정달헌이 조직했다고 알려진 평양적색노조의 핵심 활동지 중 하나였고 그와 관계된 세창고무공장이 있던 곳이다.[73]

한편 신예술좌는 기림리에 있는 대창고무공장에서 1회 공연을 연습하던 중 검거된다.[74] 기림리는 명일극장이 메가폰과 함께 검거된 지역(기림리 180번지)으로 양말공장과 고무공장이 밀집해 있던 공장지대였으며 평양의 대표적인 노동자 밀집지구였다.[75] 이곳은 1930년 평양 고무공장 총파업이 낳은 유일한 성과인 직공 중심 공장, 평화고무공

....

73 「平壤赤色勞組事件, 鄭達憲 等 公判開廷」, 『동아일보』, 1933.10.31; 「旣成組合改造 工場罷業策動」, 『동아일보』, 1934.3.17.
74 한효, 앞의 책, 296쪽; 「男女 左翼俳優 等 十六 名을 檢擧 取調, 평양 대동서 고등계의 활동 메이데이 관계인 듯」, 『조선중앙일보』, 1934.4.27.
75 명일극장의 주 근거지는 정확하게 알려진 바 없다. 다만 기림리 180번지에서 메가폰 단원들과 함께 검거된 상황을 염두에 두면, 명일극장의 근거지를 기림리 부근으로 추정할 수 있다. 「大同署 突然活動 男女 七名을 檢擧—예술회원 등 전부를 一제 검거 潛入者連絡情報로」, 『매일신보』, 1932.10.27.

장(기림리 192번지)이 설립된 지역이기도 하다.[76] 평양의 공장지대 중에서도 특히 기림리가 가졌던 전복성은 특기할 만한데, 이 지역은 당시 서평양 개발사업에서 촉발되었던 평양차지인조합의 동맹과 투쟁을 선두에서 지휘했던 지역이며, 1933년 12월 서평양청년회가 창립된 곳이기도 하다. 즉 당시 기림리는 평양의 노동운동 및 사회운동을 조직·지휘하던 급진적 공간이었던 것이다. 신예술좌가 지리적으로 멀리 떨어져 있던 서성리와 기림리를 오가며 활동했다는 것은 이 극단이 투쟁의 현장에 보다 적극적으로 가담하고 있었음을 보여준다.

이러한 점은 마치극장 및 신세기의 활동 지역과 비교해 보면 좀 더 분명하게 드러난다. 평양 부내 중심가와 근접한 경창리에 사무소를 두고 있었던 마치극장과 신세기는 프로극단으로서 자기정체성을 외부적으로 과시하고 진시해야 할 필요성을 가진 극단이었다. 마치극장이 그 창립식을 평양 사회운동단체들이 중요 행사에 이용했던 백선행기념관에서 열었던 것은 최초의 프로극단으로 카프의 위상을 과시하고 프로극단의 탄생을 전시해야 했기 때문이다. 신세기의 경우도 마찬가지이다. 합법적 단체로 신세기의 창립을 전시하면서(위장의 가능성도 배제할 수 없다) 평양 프로극단의 건재를 과시했어야 했던 이 극단이 처했던 상황은 사무소의 위치를 선정하는 과정에 영향을 미쳤을 것으로 짐작된다.[77]

....

76 1930년 평양고무공장 총파업은 실패했으나, 이 파업의 결과 두 개의 직공 중심 공장이 설립되었다. 해직 여공들이 만든 평화고무공장과 교구정에 있던 일본인 공장 久田고무공장을 인수해 만든 공제고무공장이 그것이다. 공제고무공장은 이후 심각한 횡령 문제 등을 일으킨 것으로 보아 진정한 의미의 직공 중심 공장이었다고 보기 힘들다.

77 사건 당시 급습된 장소가 경창리에 있던 극단 신세기 사무실이었다. 「劇團을 搜索 劇本을 押收」, 『조선중앙일보』, 1933.8.31; 「平壤「푸로」俳優 十三名檢擧, 劇團 新世紀의 受難時代, 脚本『三人男』이 問題」, 『동아일보』, 1933.9.3.

마치극장과 신세기, 명일극장과 신예술좌의 지리적 인접성과 단체적 특성은 이들 극단이 추진했던 활동 방식의 유사성과 차이를 극명하게 보여준다. 특히 명일극장과 신예술좌가 주 활동무대로 삼았던 기림리 및 서성리의 지역적 급진성은 이들 극단이 현장 중심의 연극운동을 시도할 수 있었던 토대가 되었다. 그렇지만 무엇보다 중요한 것은 신예술좌가 노동자의 일상 공간에서 탄생해, 노동자들의 지지 속에서 공연을 준비했고, 공장에서 검거되었으며,[78] 노동자 출신 극작가 남궁만을 탄생시켰다는 점이다. 이러한 점은 신예술좌가 '노동자 극단', '노동자 자립극단'이었을 가능성을 짙게 암시한다.[79] 신예술좌의 이러한 특성은 당대 최대의 공업도시이자 노동자 밀집지구가 형성되어 있었던 공업도시 평양의 특성과 총파업의 경험을 축적하고 있었던 평양 노동운동계가 함께 빚어낸 중요한 성과라 할 것이다.

5. 결론

연극서클은 프롤레타리아 연극운동원을 획득할 수 있다는 장점이 부각되면서 1931년 10월 프로트 제4회 대회의 중요한 결과물로 채택되었다.[80] 1932년 7월에 이르러 프로트는 연극서클을 확대해 직장 내

---

78 한효, 앞의 책, 296쪽.
79 노동자 자립극단으로서 평양의 신예술좌와 유사한 성격을 가진 극단이 경성의 자립무대이다. 경성 자립무대에 대해서는 이민영, 앞의 글(2015), 399~400쪽 참고.

자립극단을 조직할 것을 요청한다. 노동자의 일상 투쟁과 유기적인 관계에 놓여 있다는 점에서 투쟁의 수단으로써 연극서클의 유용성이 발견된 것이다.[81]

이러한 프로트의 방법론이 카프에서 공식적으로 정리된 것은 1934년 3월 나웅이 「연극운동演劇運動의 신계단新階段 − 카프연극부演劇部의 새로운 발전發展을 위하야」를 발표하는 시점에 와서이다. 나웅이 제시한 자립연극에 대한 지원 및 연극동맹으로의 포용이라는 방침은 이전까지 카프 지도부가 고수하고 있었던 중앙집중식 운동방식에서 탈피해 민병휘, 신고송 등이 주장했던 유연한 연극대중화의 방법론을 수용한 것이었다. 나웅의 이 글은 당국의 탄압과 격변하는 정세 속에서 발표된 것이지만 그간 평양의 프로극단이 축적해 온 경험과 결코 무관하지 않다.

평양에서 활동했던 프로극단들은 카프 지도부의 방침과 별개로 활동한 흔적을 곳곳에 남기고 있다. 특히 이들의 활동 저변에서 끊임없이 도드라지는 노동자 연극서클, 이 연극서클을 토대로 만들어진 자립극단, 이동극장적 활동 등은 카프 지도부가 제시했던 새로운 방법론이 담론의 장보다 현실에서 먼저 실천되고 있었다는 사실을 잘 보여준다. 연극서클에서 자립극단으로 발전한 마치극장의 사례나 노동 현장을 기반으로 이동극장 활동을 했던 명일극장의 사례, 노동자를 극단원으로 수용한 신세기의 사례 등은 평양 프로연극계에 중요한 경험으로 축적되었다. 마치극장에서 신세기에 이르기까지 이들 평양 프로극단들이 쌓아 온 경험은 이후 노동자극단 혹은 노동자 자립극단의 향기를 짙게

....

80 「연극써클」, 『연극운동』 1-2, 1932.7.
81 日本プロレタリア演劇同盟 自立劇團對策委員會, 「自立劇團の問題」, 『プロット』 1-7, 1932.6, p.19.

풍기는 신예술좌가 탄생할 수 있었던 중요한 토대가 되었다. 더구나 파업과 투쟁의 현장에서 함께 활동하고자 했던 신예술좌의 급진적 면모는 그간 평양 프로연극계가 축적한 경험의 토대 위에서 산출된 결과라할 수 있다.

마치극장에서 신예술좌에 이르기까지 평양의 프로극단들이 시행한 연극운동의 전략은 일제강점기 최고의 공업도시라는 평양의 지역적 특수성에 기반을 두고 있다. 평양 곳곳에 산재했던 노동자의 거리는 일제의 근대화 및 산업화 정책에 의해 만들어진 차별적 공간이었다. 빈부를 기준으로 도시의 인구가 차별적으로 분리된 곳, 침략전쟁의 병참기지로 설계된 평양의 그늘에 불과했던 이 '노동자의 거리'는 그 공간을 점유한 노동자들에 의해 새로운 '저항 정치'의 영역으로, 일제강점기 가장 치열했던 파업의 현장으로 탈바꿈한다. 두 차례에 걸친 평양고무공장 총파업 및 수많은 노동쟁의의 경험은 평양 프로극단의 기억 속에 차곡차곡 쌓여 갔을 것이다. 이것이야말로 평양의 프로극단들이 유연하고도 급진적인 방식으로 실천의 길을 걸어갈 수 있었던 가장 중요한 동력이었을 것이다. 공간이 가진 정치성은 새로운 정치적 주체를 만들어낸다. 그것은 그 주체가 공간을 점유하는 바로 그 순간이다.

참고문헌

기본 자료

『동아일보』, 『매일신보』, 『조선일보』, 『조선중앙일보』, 『중앙일보』, 『중외일보』
『농민생활』, 『동광』, 『연극운동』, 『평양전지』
『사상월보』, 『京鍾警高秘』, 『プロット』

단행본

김경일, 『일제하 노동운동사』, 창작과비평사, 1992.
김재석, 『일제강점기 사회극 연구』, 태학사, 1995.
김재철, 『조선연극사』, 경성 조선어문학회(한성도서주식회사), 1933.
남궁만, 『(희곡집) 공산주의자』, 평양 : 조선작가동맹출판사, 1961.
박영정, 『한국 근대연극과 재일본 조선인 연극운동』, 연극과인간, 2007.
안광희, 『한국 프롤레타리아 연극운동의 변천 과정』, 역락, 2001.
양승국, 『한국근대연극비평사 연구』, 태학사, 1996.
한 효, 『조선연극사개요』, 평양 : 국립출판사, 1956.

논문

이민영, 「카프의 연극대중화론과 정치연극의 대중적 형식」, 『한국극예술연구』 31, 한국극예술학회, 2010.
_____, 「대중극의 정치학, 박영호의 전략-박영호의 초기 연극 활동을 중심으로」, 『한국연극학』 47, 한국연극학회, 2012.
_____, 「프로연극 운동의 또 다른 지층-민병휘와 개성 대중극장」, 『상허학보』 42, 상허학회, 2014.
_____, 「프로연극 운동의 방향전환, 극단 신건설」, 『민족문학사연구』 59, 민문학사학회, 2015.
이승희, 「식민지시대 연극의 검열과 통속의 정치」, 『대동문화연구』 59, 성균관대 대동문화연구원, 2007.

식민지 조선의 또 하나의 프롤레타리아 문학

룸펜프롤레타리아, 농업노동자, 유곽의 여성들

가게모토 츠요시

1. 룸펜프롤레타리아 문학

그들은 특수한 철학을 가지고 있으며, 우리와 함께 걸어갈 수는 없지만 그들이 우리와 함께 자본주의를 아래에서부터 잠식하기 시작하고 있는 것은 사실이다. 봉건시대의 낭인이나 부랑자가 그랬던 것처럼(구라하라 고레히토).[1]

프롤레타리아 문학운동의 시대, 프롤레타리아 문학의 실천은 카프에 속한 작가들에 의해서만 행해지지 않았다. 흔히 '동반자'라고 불린 작가들도 그 실천을 구성했다. 그런데 '동반자'를 규정하는 의미 역시 다양하다.[2] 비-카프문학에서 그들이 구체적으로 무엇을 도모했는지를

1　藏原惟人,「一九三二年八月二七日 山田清三郎宛」,『芸術書簡－獄中からの手紙』, 青木書店, 1975, p.31. 책 제목(『옥중에서의 편지』)이 제시한 바와 같이 구라하라 고레히토는 감옥에 들어간 후 비로소 같은 방을 쓰는 룸펜프롤레타리아의 존재를 직시할 수 있게 된 것이다.

논의해야 한다.

본고가 주목하는 '룸펜프롤레타리아'는 공산당을 중심으로 하는 사회주의운동에서 주체로 인식되지 못했던 존재들이다. 본고가 이 용어를 통해 보고자 하는 것은 '노동자'나 '프롤레타리아'가 아닌 존재이다.[3] 본고에서는 이를 프롤레타리아보다 위계적으로 하위에 놓지 않고, 그와 동등한 의미가 있다고 논의할 것이다.

'룸펜프롤레타리아'라는 용어 역시 다양한 의미로 쓰였다. 맑스는 룸펜프롤레타리아를 투쟁에서 쉽게 배신하는 사람들(『공산당선언』)이나, 쓰레기(『루이 보나파르트의 브뤼메르18일』)로 취급했다. 맑스의 말에 맹목적으로 따라간 집단에서는 이러한 규정이 공식적인 의미로 연결되었다. 본고에서 다루는 채만식은 이갑기에게 '룸펜 작가'라는 공격을 받았는데, 이 사례는 '룸펜'이 상대방을 위계적으로 비하하는 용어로 쓰였다는 증거이다. 이와 마찬가지로 인텔리겐차 스스로가 자기 비하로 '룸펜'이란 용어를 사용한 경우도 종종 있다(유진오, 「김강사와 T교수」에서 나오는 '룸펜 생활의 청산'

....

2 박영희는 카프 작가에 뒤진 존재로, 채만식은 프롤레타리아 이데올로기를 가지면서 조직에 가담하지 않은 존재로, 안함광은 카프가 지도해야 하는 존재로, 임화는 프로문학자의 예비군이라는 존재로 동반자를 규정했다(김영민, 『한국근대문학비평사』, 소명출판, 1999). '동반자' 논쟁에 대해서는 다음 논문을 참조했다. 곽근, 「동반자작가에 대한 논쟁 연구」, 『한국 현대문학의 이모저모』, 국학자료원, 2013(초출은 1985년). 프로 작가가 될 수 없음으로 "동반자작가에 불과"하다고 '동반자'를 프로문학과의 위계에서 논의하는 연구는 2000년대까지 이어졌다(이상옥, 『증보판 이효석의 삶과 문학』, 집문당, 2004, 185쪽).

3 "1920년대 초반 프롤레타리아라는 말이 엄밀한 개념으로서보다 식민지 조선에 존재하는 억압받고 착취당하고 핍박받는 모든 약자들의 이름"이었다는 지적은 카프=프로문학이라는 관념을 역사화시켰으며, '프로문학'을 재독할 실마리를 준다는 의미에서 참조할 만하다(차승기, 「프롤레타리아 문학과 대중화―또는 문학운동과 외부성의 문제」, 『한국학연구』 37, 인하대 한국학연구소, 2015, 209쪽). 방향전환을 거치면서 카프에서 호소되던 '프롤레타리아'는 그 의미가 좁혀지지만 원래 가지던 애매한 함의에는 룸펜프롤레타리아도 포함되어 있었다. 차승기는 20년대 중반부터 프로문학 운동에서 사용되는 '프롤레타리아' 개념이 달라짐을 제시했다(차승기, 「프롤레타리아란 무엇이었는가」, 『한국문학연구』 47, 동국대 한국문학연구소, 2014).

이라는 말 등). 이처럼 부정적이면서 위계적으로 하위에 있는 것이 '룸펜프롤레타리아'라는 말이 갖는 통상적인 의미이다.[4]

그러나 이러한 '룸펜프롤레타리아'의 이해는 일면적이다. 본고가 적극적으로 쓰고자 하는 '룸펜프롤레타리아'는 이러한 비하적인 의미로서가 아니다. 위와 같은 '상식적'인 '룸펜프롤레타리아' 규정을 한 카프와의 긴장관계를 만드는 개념으로 '룸펜프롤레타리아'에 주목할 것이다. 예건대 파농F. Fanon은 식민지 알제리에서 혁명 주체로 룸펜프롤레타리아를 규정했다. 어디에서 시작할 것인가 하는 물음을 던졌을 때, 현실에 존재하는 사람들은 프롤레타리아가 아니라 룸펜프롤레타리아였던 것이다. 룸펜프롤레타리아의 존재를 직시하기 위해서는 지금까지의 인식에서 배제해 온 존재를 역사상에 부각시켜야 한다.[5]

'룸펜프롤레타리아'는 전위가 아니며, 혁명 주체라고 말하기에는 애매한 존재들이다. 그러나 룸펜프롤레타리아를 직시하는 일은, 카프 작가나 통속 맑스주의자가 전망하는 미래의 외부를 보는 일이다. 룸펜프롤레타리아는 현행적인 집단이나 계층, 계급으로서가 아니라 잠재적인 힘으로서 존재를 나타낸다.[6] 채만식이 계속 그려낸 농업노동자(소작

....

4 이러한 '룸펜' 사용에 대해서는 다음 논문 참조. 강지윤, 「전향자와 그의 아내−룸펜 인텔리겐차와 자기반영의 문제들」, 『사이(SAI)』 8, 국제한국문학문화학회, 2010. 참고로 일본에서 이러한 방향으로 룸펜프롤레타리아의 위치를 고정시키기에 결정적이었던 글이 나카노 시게하루가 1931년에 쓴 「룸펜에 대해」였다. 나카노는 '룸펜'과 '실업자'를 분류하며, 혁명을 추진하기 위해 룸펜을 단절해야 한다고 호소했다. 金井景子, 「モチーフとしてのルンペン・プロレタリアート−昭和文学出発期における一課題」, 『日本文学』 32-10, 日本文学協会, 1983, p.62; 中野重治, 「ルンペンのこと」, 『中野重治全集』 9, 筑摩書房, 1977, pp.363~368.

5 細木かずこ, 「詠わない詩人、あるいは詠う実践家−船本洲治における試作と実践について」, 『寄せ場』, 25, 2012, p.204. 룸펜프롤레타리아는 앞에 제시한 당대 최고의 볼셰비키주의자 구라하라 고레히토의 눈에서도 보였던 실재하는 존재인 것이다.

6 冨山一郎, 『流着の思想』, インパクト出版会, 2013, p.213.

인 이하의 존재들), 그리고 이효석이 그려낸 유곽에서의 파업은 조선에서의 프로문학을 구성하기 위한 조건 찾기였다. 그들이 지향한 혁명의 전망은 카프문학에서 도모된 것만큼 의미를 가진다. 본고는 이들의 시도가 어떻게 카프와는 별개의 혁명적 상황을 현상화했는지 텍스트들을 통해 논의할 것이다. 그것은 카프를 중심으로 한 프로문학과는 별개인 또 하나의 프로문학이다. 본고는 채만식과 이효석만을 대상으로 하므로 본고에서 논의하는 '또 하나의 프로문학'은 매우 한정적인 것이다. 다시 말해 본고는 '또 하나의 프로문학'을 논의하기 위한 어떤 조각들을 구성하려는 시도이다. 이러한 문제의식 때문에 본고가 대상으로 하는 범위는 카프 해산까지의 시기(1935년까지)로 한정한다.

본고는 이러한 문제의식을 바탕에 두고 채만식과 이효석을 중심으로 그들의 35년까지의 글을 통해 농업노동자, 유곽의 여성들을 바라본다. 아울러 그러한 방법이 어떠한 식으로 비-카프 프로문학을 그려낼 수 있었는지를 확인하기 위해 소련에 대한 글쓰기나 전위를 지향하지 않는 프로문학 등을 몇 가지 관점에서 독해할 것이다. 마지막으로 룸펜프롤레타리아를 대상화함으로써 그 힘을 가시화하며, 나아가서는 현행화할 수 있는 의미를 논의하겠다.

2. 농업노동자 – 채만식의 정치경제학 비판

초기 채만식이 집요하게 그려낸 것은 전라도 농업노동자의 정치·경제적 분석이었다. '농업노동자'는 당시 공식적인 문서에도 쓰인 용어로,[7] 일정한 토지에 살지 않고, 소작인들의 농사를 보조하면서 이동하는 농민들을 말한다. '농업노동자'의 실태는 날품팔이에서 계절노동자, 머슴에 이르는 광범위한 것이었다. 이러한 존재는 농업 경영의 규모가 커지면 커질수록 늘어난다. 토지조사사업에 이어 수행된 산미증식계획으로 인해 조선 농촌사회는 크게 변화했고, 쌀 이출은 농촌에서의 인구이동을 유발했다.[8]

이처럼 일정한 토지와 연결된 소작인이 아닌 유랑하는 존재로서의 농업노동자들이 채만식 초기 소설에 계속 등장한다. 「농민의 회계보고」(1932)에서 등장하는 병문은 노동을 하러 서울에 온다. 그는 원래 토지를 가진 농민이었으나 소작이 되어 그리고 소작권도 없어지며 농업노동자가 되어 유민이 된다. 희곡 〈농촌스케치〉(1930)에서는 지주, 소작인, 농업노동자가 서로 대립된 이해관계를 가지는 존재로 그려진다. 농업노동자들의 눈에는 소작인이 "양반농민"[9]으로 보인다는 말도

----

7 大阪市社会部, 『なぜ朝鮮人は渡来するのか』, 1930. 다음 책에서 재인용했다. 金賛汀, 『朝鮮人女工のうた』, 岩波書店, 1982, p.22.

8 일본에도 많은 조선인 농민이 유입되어 1930년에는 일본 내에서 8,500명 가량의 조선인 머슴이 존재했다(安岡健一, 『「他者」たちの農業史 在日朝鮮人·疎開者·開拓農民·海外移民』, 京都大学学術出版会, 2014, p.43). 이 문헌의 저자인 야스오카는 이 숫자를 국세조사에서 도출하면서 다음과 같은 지적을 했다. 즉 국세조사는 농업에서 농업노동자 수가 가장 줄어드는 가을(10월 1일)을 기준으로 조사된 것이기 때문에 농번기에는 농업노동자 수가 더욱 많았을 것이라는 지적이다(위의 책, p.52).

나온다. 「조그마한 기업가」(『신동아』, 1931.12)에서는 지주한테 땅을 빌리지 못하게 된 "농군(농업노동자)"[10]이 등장한다. 이 농업노동자는 경작권을 잃은 소작인에게 미움을 사는 대상이 된다. 농업노동자는 소작인과 연대하지 않은 것이다. 이 글에 등장하는 '점잖은 사람'은 지주에게서 농지를 빌리지 못하게 된 구소작인에 대해 "생일꾼(노동자)이면 생일(노동)이나 해먹지 논을 부친다는 게 건방지다"[11]고 말한다. 나아가 「부촌」(『신동아』, 1932.7)에서는 "농사라고 지었대야 남은 것이라고는 배고픈 것하고 빚밖에는 없습니다"[12]라고 말하는 인물이 등장한다. 장편 『인형의 집을 나와서』(『조선일보』, 1933.5.27~11.14)에서도 시골 농군들을 상대로 하는 고리대금업의 이자가 가장 높다는 말이 슬쩍 나온다.[13] 이처럼 채만식은 농업노동자의 위치를 계속 그렸다. '농업노동자'들에게는 농사를 시을 수 없는 상황도, 농사를 지을 수 있는 상황도 땅에서 떠나는 충분한 이유가 된다.

이러한 농민들의 유랑은 다양한 모습을 띠면서 나타났다. 간도, 일본, 유곽, 항구, 공장 등으로 떠난 사람들은 곳곳으로 흘러나갔다. 「간도행」(『신동아』, 1931.11)에서는 간도로 갈 기차표 값조차 없는 빚진 사람이 등장한다. 그들의 이동은 다시 돌아올 것이 예정되지 않은 도망이다. 『염마』(『조선일보』, 1934.5.16~11.5)에서도 시골에서 살 수가 없어서 가평에서 서울로 온 "한 개의 룸펜"[14]이 빈집에서 자려고 하는 모

....

9 　채만식, 「농촌스케치」, 『채만식 전집』 9, 창작과비평사, 1989, 19쪽.
10 　채만식, 「조그마한 기업가」, 위의 책, 298쪽.
11 　위의 글, 300쪽.
12 　채만식, 「부촌」, 앞의 책, 335쪽.
13 　채만식, 「인형의 집을 나와서」, 『채만식 전집』 1, 창작과비평사, 1987, 225쪽.
14 　채만식, 「염마」, 위의 책, 368쪽.

습이 묘사되었다. 농촌에서 떠나는 사람들의 무리는 농촌에서 살 수 없는 경제적 분석과 함께 제시된다. 그들은 도시에 유입해도 프롤레타리아나 노동자가 되지 않으며 노동운동과도 관계를 가지지 않는다. 다음은 어민들의 경제 상황에 대해서 채만식이 분석한 글인데 그 분석 틀은 농촌 분석과 동일하다.

배를 가지고 그물을 가진 사람이 그들을 날삯으로 삼십 전 내지 사십 전에 사서 부린다. (…중략…) 실제로 고기를 잡는 어부는 전부가 임금에 팔려온 '어업노동자'들이다. (…중략…) 자작농의 소작농으로 전락 다시 소작농의 농업노동자에로 전락…… 농촌의 이러한 현상을 우리는 바다 위에서도 분명히 보았다.[15]

그러나 『인형의 집을 나와서』는 프롤레타리아를 주체로 내세운 카프 적인 프로문학을 지향한 나머지 채만식 특유의 정치·경제 분석이 연해 지고 말았다. 구체적으로 돈의 문제에서 그렇다. 주인공 노라는 '빚'이 없기 때문에 행동의 자유를 가질 수 있었다. 전라도 시골에서는 노라의 어머니가 빚이 없이 살고 있으며 노라의 안식처가 될 수 있었다. 어머니 의 경우 빚 준 사람이 돈을 떼어내기를 단념한 덕분에 소작인으로 살 수 있었다. 다시 말해 노라가 처해진 상황은 빚을 갚기 위해 살고 있는 채만식의 초기 소설의 인물들과 상당한 거리가 있다는 것이다. 다음 인

· · · · · · · · · · · · · · · · · ·

15 채만식, 「생활해전종군기」, 『조선일보』, 1935.8.13. 표기나 띄어쓰기는 인용자가 수정했다. 이 는 욕지도(欲知島)의 어민들의 생활을 보고한 글이다. 채만식이 1940년대에 들어 욕지도를 무대 로 한 소설을 쓰게 되는데, 이때 경험과 관련된다고 생각된다. 이 글은 전집과 선집에 수록된 바 없으나 채만식이 '노동자'를 정치·경제적으로 어떻게 분석했는지를 잘 보여준다.

용문은 노라 어머니에 대한 묘사이다.

> 영감이 죽고 나매 남은 것이라고는 갚을 수 없는 큰 빚과 이 집 한 채뿐
> 이었다. 빚 준 사람들은 무엇 남은 재산이 있는가 하고 처음에는 덤벼들
> 었으나 백 원짜리도 못되는 초가집 한 채밖에 없는 줄을 알자 모두들 단
> 념하고 물러갔다.[16]

이처럼 경제적인 조건을 슬쩍 무화하는 사례는 노라 어머니가 떡 장사
로 성공한다는 줄거리에서도 보인다. 그들에게는 어려움이 있으나, 빚
을 갚기 위해 시달리는 상황은 없다. 한편 노라는 '노동'이라는 용어를
소설 중반에서부터 쓰기 시작한다. 그리고 그가 도달한 곳은 다시 남편
한테 포섭되지 않을 근거지로서의 제본공장이며, '노동자'였다. 채만식
초기 소설 가운데 비합법운동에 관여한 인물과 공장노동자가 중요하게
다루어지는 것은『인형의 집을 나와서』밖에 없다. 즉『인형의 집을 나와
서』는 채만식 소설 가운데 카프적인 프로문학에 가장 가까운 소설이다.
그러나 이러한 소설을 서사적으로 구성시키기 위해서는 경제적 문제를
애매하게 봉합해야 했다. 즉 채만식은 의식화된 노동자의 상(노라)에 입
각해 프로문학을 시도했지만 거기에서는 경제적 분석을 하지 못했다.
그러나 채만식은 그 외의 초기 소설들에서 노동자에도 도달하지 못하는
농업노동자들을 통해 또 하나의 프로문학을 썼다고 논의할 수 있다.

채만식은 전위의 눈을 통해 소설을 구성하지 않았으며, '노동자' 자
체를 그려내기보다는 오히려 식민지 조선에서 '노동자'가 존립될 수 있

----

16 채만식, 「인형의 집을 나와서」, 『채만식 전집』 1, 창작과비평사, 1987, 38쪽.

는 조건을 검토했다. 「화물자동차」(『혜성』, 1931.10)에서는 노동자가 되기 위한 조건으로 공권력의 금전적 지원의 필요가 그려졌으며, 「인테리와 빈대떡」(『신동아』, 1934.4)이나 「레디메이드 인생」(『신동아』, 1934.5~7)에서는 아이를 강제적으로 노동자로 만드는 방법으로 노동자를 탄생시키려고 했다. 즉 1935년까지의 식민지 조선(특히 전라도나 서울)에서는 노동자가 탄생할 조건은 거의 없었던 것이다.

이처럼 채만식에게 있어 프로문학의 조건은 이론에서가 아니라 프롤레타리아가 없는 현실에서 찾아내어야 하는 것이었다. 그것을 위해 채만식이 부각한 것은 '농업노동자'였다. 이 존재는 소작인과 연대하지 않고 의식화한 농민의 모습이 아니지만 채만식의 사고의 원점이었던 것이다.

3. 여공과 유곽의 연계 구조

여성노동자에 대한 채만식과 이효석의 시선은 서로 다르지만, 흥미롭게도 그들은 일본인이 경영하는 유곽의 파업을 그렸다는 점에서 공통적이다. 요컨대 노동자로 취급되지 않았던 자들이 파업을 그린 것이다.

여성노동자가 유곽에 팔려가는 것은 구조적 문제에 기인한다. 채만식은 시골의 어린 여성이 여공이 되는 과정을 몇 편에 걸쳐 그린 바 있다. 「암소를 팔아서」(1930.1 집필)에서 제사공장이, 「팔려간 몸」(『신가정』, 1933.8)에서는 비단공장이 등장한다. 「팔려간 몸」은 여공 모집 과정에서 면장이 적극적으로 관여한 것이 그려졌으며 결국 등장인물의 직녀는 속아서 유곽에 팔린다. 여기에서 주목할 만한 것은 기생이 되는 것이 아니라 유곽의 창기가 되었다는 차이이다. 채만식은 유곽을 그려냄과 동시에 기생에 대해서도 썼다. 「레디메이드 인생」에 나타나는 동관 사창굴의 여성은 80엔으로 팔렸는데, 「팔려간 몸」의 직녀는 500엔으로 팔렸다. 뚜쟁이에게는 여성을 유곽에 파는 것이 더 큰 이익이 된 것이다.

여공과 유곽을 연결하는 재생산 구조는 누군가가 서사화하지 않으면 인식할 수 없다. 채만식은 글쓰기를 통해 여공 모집인들이 유포하는 공장을 아름답게 이야기하는 것에 대해 이데올로기적으로 대항했다. 채만식과 같은 해(1902)에 태어난 나카노 시게하루는 여공 모집인과 미디어가 일체화한 "뚜쟁이의 논리"를 반박하기 위해서는 사실을 제시할 뿐만 아니라 그 이데올로기를 문제로 삼아야 한다고 주장했다.[17] 표면에 보인 것에 대한 비판만이 아니라 구조적인 비판을 요구한 것이다. 이와 유사한 방식으로 채만식이 여공의 꿈이 깨져나가는 과정을 그리는 것은 이러한 이데올로기 투쟁의 일환이었다고 볼 수 있다. 시골에서 자라서 여공이 되는 일은 갑작스럽게 나쁜 환경 속에 들어간다는 것이다. 열악한 환경 때문에 여공들은 폐병을 앓을 비율이 높았다.[18] 몸이 망가지고 고향에 돌아갈 수밖에 없어진 여공들에게 기다리고 있던 것은 유곽에 가는 길이었다. 여공이 되어 현금을 벌어 부모님을 돕고 싶다는 여성들의 꿈은 여성들을 주체적으로 고향을 떠나게 만들었다. 그

17 中野重治, 「風習の考え方」(1934), 『中野重治評論集』, 平凡社, 1996, p.13.
18 柳田國男, 『明治大正史 世相篇 新装版』, 講談社, 1993, p.344.

러나 그 주체성을 돈벌이의 수단으로 삼은 뚜쟁이들은 면장과 연계되어 있다(「팔려간 몸」). 이러한 연계 구조를 그려냄으로 채만식은 여공들을 정치·경제적으로 보여준 것이다.

채만식 「팔려간 몸」과 이효석 「깨트려지는 홍등」(『대중공론』, 1930.4)에서는 유곽의 여성들이 파업을 하고 있다. 그런데 이 투쟁은 공장노동자들의 파업처럼 규율화된 투쟁이 아니다. 이는 어떤 지도도 받지 않았다는 점에서 완전히 자발적/자생적 투쟁이다. 게다가 고용주와 전면적으로 대립하면서도 내걸고 있는 요구는 조건 투쟁이었다.

이러한 조건투쟁은 이효석 「깨트려지는 홍등」에서 그려졌다. 염상섭이 "오직 기분!"이라고 평가했듯이, 이 소설에서 조직적 혹은 목적의식적 투쟁은 그려지지 않았다. 염상섭은 이 소설을 평하면서 "작가는 프롤레타리아작가로 출현하려는 모양이나 프롤레타리아의식이 몽롱하고 제작상 수련이 매우 부족하다"[19]고 진단했다. 물론 염상섭의 지적은 프로문학은 '기분'이 아니라 '의식'을 보여주어야 한다는 점에서 이론적으로 당연한 비판이다. 이효석은 염상섭의 비평에 대답하는 글에서 이 소설의 의도를 다음과 같이 설명했다. "이러한 사건을 통하여 그들로 하여금 더욱 사회의식에 눈뜨게 하고 투쟁의식을 눈뜨게 하자는 것이 이 작품의 의도였다."[20] "평자가 꼬집어 말하는 듯한 아지 프로 효과가 그다지 살멸殺滅되었다고는 생각지 않는다."[21] "이 작품이 그리고 작중인물들의 소행이 어디로 보아 기분적인가."[22] 이효석은 이 소설을

....

19 염상섭, 「4월의 창작단」,(『조선일보』, 1930.4.13~20), 『염상섭 문장전집』 2, 소명출판, 2013, 196쪽.
20 이효석, 『새롭게 완성한 이효석 전집』 6, 창미사, 2003, 209쪽.
21 위의 책, 210쪽.
22 위의 책, 210쪽.

목적의식을 강조한 것으로 설명했다. 그러나 이 소설에는 '노동자', '노동'이라는 용어는 한 번도 등장하지 않는다.[23] 혹은 '파업'이라는 용어도 통행인이 말하는 대목에 나올 뿐 여성들의 입에서는 한 번도 등장하지 않는다. 이효석은 염상섭에 대한 반론에서는 공식적인 프로문학의 수사를 썼지만 실제 소설에서는 자연발생적인 투쟁을 그린 것이다.

　이 소설에서 여성들이 원하는 것은 완전한 해방인 자유폐업이 아니라 유곽에 머물면서 조건 투쟁에서 승리하는 것이다.[24] 소설 외부의 자료를 보면 조건 투쟁이 유곽 자체에서의 해방만큼 절실한 문제였다고 알 수 있다. 조선에서 유곽의 파업은 1927년 2월(서울), 1926년 12월(마산), 1931년 4월(청진), 1931년 6월(평양) 등에 있었다.[25] 사례가 적기 때문에 일반화할 수 없으나 1926년과 1931년 즈음에 파업이 집중되었다고 말할 수 있다. 이는 일본에서의 유곽 파업이 1926년과 1931년에 집중했다는 지적[26]과 겹친다. 일본 경찰이 유곽 대우개선 방침을 발표한 1926년에는 파업이 잇달아 발생했다. 이때 유곽에서 일하던 여성들이 경찰서

23　선행 연구에서 배상미는 「깨트려지는 홍등」을 여성들이 "자신들의 정체성을 '노동자'라고 명명하고, 포주의 부당대우에 문제의식을 가지게 된다"고 논의했다(배상미, 「식민지시기 성노동자의 주체화 과정」, 『호원논집』 20, 고려대 대학원 총학생회, 2012, 67쪽). 여성들의 행동에 대한 해석은 논리적으로 동의할 수 있는데, 그것을 '노동'이라는 시각에서 분석하면 이 소설이 노동자로 취급받지 못한 자들의 투쟁을 그리고 있다는 점을 놓치게 될 것이다. 반면 선행 연구에서 이 소설은 "프로문학 방향과는 일단 구분된다"(최병우, 『한국 현대 소설의 미적 구조』, 민지사, 1997, 113쪽) 등, 위계적으로 프로문학의 하위에 있는 것으로 논의되었다. 배상미 논문이 제시한 '노동'이라는 관점은 이러한 선행 연구를 비판하는 의미를 가진다. 최병우의 연구는 이현주 논문(「이효석 문학의 배경에 대한 주석적 연구」, 연세대 박사논문, 2009, 101쪽)에서 재인용했다.

24　염상섭 역시 이 소설이 비판되어야 할 점으로 여기에 주목했다. "가장 영리한 일기(一妓)의 정부(情夫)에 주의자가 있어서 프롤레타리아 의식을 주입하고 자유폐업을 선동하여 일대 풍파가 일어나서 백병전이 지속한다면 이 작품은 어떠하였을까?" 염상섭, 앞의 글, 199쪽.

25　배상미, 앞의 글, 66쪽, 주 124번. 각주에 정리된 신문기사에 나온 파업 사례들을 참조했다.

26　山家悠平, 『遊郭のストライキ』, 共和国, 2015, pp.225~226. 이 단락의 역사적 사항은 모두 이 책을 참조했다.

로 가서 직접 호소하거나, 집단도주, 자유폐업선언 등을 했다. 한편 1931년부터 파업 급증의 배경에는 대공황과 노동운동의 고조가 있었다. 1931년부터의 파업에서는 불경기 때문에 자유폐업이나 도주가 거의 없었다. 그때 여성들이 유곽에 들어간 이유는 대부분 빈곤 때문이었으며 자유폐업을 할 수 있는 상황이 아니었다. "많은 여성들이 유곽에서의 '해방'을 희구하던 1920년대 후반과는 달리, 1930년대 초는 살아남기 위한 '노동'[27]을 선택할 수 없던 여성들이 스스로의 상황 개선을 모색해 행동한 시기였다고 할 수 있다."[28] 이효석이 「깨트려지는 홍등」을 발표한 1930년 4월은 이 지적에서 보면 두 번째의 시기에 해당한다. 파업에서 근본적인 인간해방으로 보이는 자유폐업을 선언하지 않고 조건투쟁을 선택한 것도 당시 상황을 반영시킨 것으로 읽을 수 있다.

「깨트려지는 홍등」에서 파업에 참여한 봉선은 '팔자'를 부정하기에 이르는데, 이는 계몽(혹은 의식화)의 단계라는 의미일 것이다. 그러나 흥미로운 것은 이 과정에서 문자를 통한 소통의 외부가 그려졌다는 점이다. 이 소설에서는 문자 외부, 혹은 계몽의 외부에 있는 감각적인 실천이 그려졌다.

"울지 말고 우리 한번 해 보자!"

"뭘 해 보노."

"우리 여덟이 짜고 주인과 한번 해 보자!"

"해 보다니, 어떻게 한단 말이냐."[29]

....
27 유곽 외에서 일하는 것을 가리킨다.
28 山家悠平, 앞의 책, p.227.
29 이효석, 김종년 편, 『이효석 단편 전집』 1, 가람기획, 2006, 161쪽.

"우리도 하자!"

"하자!"

"하자!"[30]

이처럼 여성들은 목적어가 확실하지 않는 발화에서 공감대를 만들어 나간다. 이는 어떤 명분(○○를)을 위한 이념적 연대가 아니라 어떤 동작/행동(하자!)에 의한 동사적 연대이다. 다시 말해 어떤 목적의식이나 이론에 의한 연대가 아니라 감각에 의한 연대인 것이다. 여기에서 의식은 행동을 통해 사후적으로 만들어지는 것이다. 역사적인 현실감을 보여준 이 소설은 의식화된 노동자의 외부에 있는 투쟁의 길을 보여준다. 남성 공장노동자들의 외부에서, 그리고 그들과는 별개의 파업의 사례를 비로 자발적 행동을 통해 보여준다.[31]

유곽을 통해 채만식은 여공과 유곽이 연계된 구조를 보여주었으며, 이효석은 그들의 실제 파업에서 노동자들의 파업과는 다른 투쟁의 형식/동작을 지녔다는 것을 보여주었다. 노동자로 취급받지 못하며, 변혁주체로도 인식되지 못한 여성들의 반란 역시 프로문학의 시도인 것이다.

· · · · · · · · · · · · · · · · · · · ·

30 위의 책, 162쪽.

31 이러한 외부성을 형성화하는 것이 카프문학에서 어려웠던 이유에 대해서 차승기는 다음과 같이 논의했으며 거기에 내포된 역설을 보여준다. "이미 혁명적 주체로 가정된 프롤레타리아에게, 그것도 문자를 매개하기보다 감각에 직접 호소하는 방식으로 이루어지는 소통은, 그것이 가장 효과적으로 이루어지고 있다고 생각되는 순간에 오히려 주체화를 저해하는 결과를 낳을 수 있고, 이소통을 통해 조직할 수 있으리라 여겨지는 '혁명적 프롤레타리아'는 스스로 사고하기를 멈춘 힘으로 대상화될 수 있다." 차승기, 앞의 글(2015), 210쪽.

4. 비-전위의 눈─소련에 입각하지 않은 사회주의

소련을 어떻게 바라볼 것인가. 이 문제는 당대 사람들에게 자신을 어떠한 정치적 위치에 매길 것인가와 관련된 일이다. 예를 들면, 일본의 아나키스트 오스기 사카에는 1922년에 "러시아의 혁명은 지지하지만 볼셰비키를 지지하지 않겠다"고 말했다.[32] 요컨대 소련을 지지하는 것과 사회주의를 지향하는 것은 나누어 논의해야 한다.

구라하라 고레히토가 직수입한 소련의 문예 이론은 일본의 예술대중화 논쟁을 통해 권위를 가지게 되었다. 이러한 소련의 문예 이론은 식민지 조선에서도 30년대 이후 카프에서 수용되었다. '전위의 눈'이나 '예술운동의 볼셰비키화' 등이 슬로건이 되었다. 이는 프로문학에서의 소련의 영향이다. 이에 따라간 프로문학이 있는 만큼 이에 따라가지 않은 프로문학도 있다.

이러한 맥락에서 카프와 거리를 가진 이효석과 채만식이 각각 소련에 대해 쓴 글을 보면 그들의 정치적 위치가 부각될 것이다. 본고가 검토할 텍스트는 이효석의 「북국사신」(『신소설』, 1930.9)과 채만식의 「막사과 야화」(『별건곤』, 1930.7)이다. 이효석의 소설에서 흥미로운 점은 블라디보스토크로 추정되는 도시의 카페에서는 '룸펜'이 없고 노동자만이 있다고 말하는 점이다.

카페 '우스리' (…중략…) 그곳은 온전히 노동자들의 오아시스였다.

32 大杉栄, 「生死生に答える」, 『大杉栄評論集』, 岩波書店, 1996, p.255.

모던 보이들이 재즈를 추고 룸펜들이 호장된 거염을 토하는 곳이 아니요, 그야말로 똑바른 의미에서의 노동자의 안식처였다.[33]

이러한 인식은 사회주의 혁명을 달성한 소련을 낭만적으로 이상화하고 있다. 그런데 채만식은 「막사과 야화」에서 그와 전혀 다른 모습을 그려냈다.

로서아에서는 아직도 걸인이 많다. 옛날 제정시대에는 더구나 걸인이 많았었다 한다. 남로(南露) 우크라이나 고가소(高架素)지방에 흉년이 들어 먹을 것이 없으면, 빈민들이 떼를 지어 도회지로 걸인 순례를 나섰고 여자들은 매음의 길을 밟았었다 한다. 그리고 아직까지도 그러한 습관이 다소 남아 있는 모양이다.[34]

채만식은 혁명 후의 소련에서도 조선과 같은 '룸펜' 문제가 여전히 남아 있다는 것을 보여준다. 일자리를 찾아 도시로 유입하는 현상은 사회주의가 되어도 생기고 있는 것이다. 그러한 유랑하는 사람들은 도시의 최하층민이 되어, 룸펜프롤레타리아의 구성요소가 된다. "노동하기 싫어서 걸인 영업을 하는 놈팽이도 많아서"[35]라는 구절은 소련에서도 노동자가 되려고 하지 않는 사람들이 있다고 말하는 대목이다. 소련에는 룸펜이 없으며 오로지 노농자만이 있다고 상상한 이효석과는 큰 차이가 보인다. 이효석이 소련을 지나치게 우상화시킨 것에 반해 채만식

....

33 이효석, 「북국사신」, 김종년 편, 앞의 책, 266쪽.
34 채만식, 「막사과야화」, 정홍섭 편, 『채만식 선집』, 현대문학, 2009, 297쪽.
35 위의 글, 298쪽.

은 소련을 우상화시키지 않았다. 그러나 두 작가가 소련을 조선에 대해 가르침을 주는 나라로 인식하지 않았다는 점에서는 공통된다. 이효석의 경우 경성鏡城에서 백계 러시아인 양코스키와의 교류도 있었다. 채만식은 레닌을 소개하는 글도 썼는데 흥미로운 인간으로서의 레닌을 보고 그의 사상이나 정치에 대한 언급을 하지 않았다.[36] 이러한 소련을 위계적으로 위로 설정하지 않은 거리두기는 카프의 외부에 있었기 때문에 가능한 것이다. 소련을 이상으로 삼아 그것에 따라가는 것이 아니라 조선의 현실 그 자체에서 공산주의를 모색하는 길을 그들은 카프의 외부에서 열어나갔다. 이러한 소련의 상대화는 김남천을 비롯한 일부 카프 작가들이 전향 후에 모색한 길이기도 하다.

이효석의 「프렐류드」(『동광』, 1931.12~1932.2, 전3회)는 주화가 지하운동가인 남죽과의 만남을 통해 의식화하는 줄거리이다. 이는 일견 프롤레타리아 소설이라고 할 수 있을지도 모른다. 주화가 남죽의 "영토"에 들어가는 것이 암시되었기 때문이다. 여기에서의 "영토"는 현행적인 법의 외부에 있는 비합법의 은유이다. 그러나 소설은 전위＝비합법에 제일의第一義적 가치를 두지 않으며 비-전위적인 면을 보여준다. 남죽은 주화의 명함을 주워 명함에 쓰인 주소에 감사의 편지를 보냈다. 누구인지 모르는 사람에게 자신 이름과 주소를 밝히며 운동 참여를 권유하는 일은 비합법 운동이라는 측면에서 보면 이해하기 어려운 행동이다. 이는 조직의 비밀보다 감사함의 감정을 우선시하는 일이다. 전위로서의 비밀(자신의 주소)을 지키지 않은 남죽의 행동을 전위적 행동이라고는 할 수 없다. 전위조직의 핵심은 비밀을 소수의 사람만이 공유한다는 것에

....

36 북웅생, 「유락동서 칠전팔기 위인 분전기－혁명 전후 레닌의 생활」(『별건곤』, 1930.1), 정홍섭 편, 앞의 책에 수록.

있다. 그리고 이 비밀을 아는 사람과 모르는 사람 사이에서 위계가 설정된다. 「프렐류드」는 최종적으로 주화를 비밀조직의 '영토'로 들어오게 만들었지만 그 과정에서는 비밀이 지켜지지 않았다. 이와 유사한 행동은 「오후의 해조」(『신흥』, 1931.7)에서 비합법적 삐라를 인쇄하러 간 한민이 지갑을 두고 나왔다는 데에서도 읽을 수 있다. 이는 엄밀하게 계획된 전위조직의 행동에서 간단한 실수를 해버린 것이다. 이효석은 전위보다 감정을 우선시킴을 통해 전위를 비전위적으로 그려낸 것이다.

「주리야」(『신여성』, 1933.3~1934.3) 또한 이효석의 '전위'와의 거리를 보여준 소설이다. 주리야가 지하운동과 교섭하는 모습을 그린 이 소설에서는 지하운동과 주리야의 거리가 계속 나타난다. 주리야는 지하운동에 관심을 가지지만 그 속에 들어가지 않았으며, 지하운동 또한 주리야와 비밀을 공유하려고 하지 않았다. 주리야는 결코 전위가 되지 않으며 전위적인 위계에 휘말리지 않는다.

서울로 올라온 주리야는 계획성이 거의 없었다. 주화는 갑작스럽게 찾아온 주리야를 어떻게 대해야 할지 고민했으며, 주리야의 위치를 언어화시키는데 곤란을 겪는다. 이 곤란은 "애인", "아내", "하우스 키이퍼(이렇게 부르기는 과남하나)"[37]라는 호칭들의 나열에서 잘 보인다. 주화는 정치 혁명을 목표로 가지는 전위적 주체이다. 주리야는 주화가 인지가능한 세계 외부에 있는 존재인 것이다.

주화는 주리야를 데리고 지하조직 모임에 나간다. 그때 주리야는 그곳에서 "지도에도 없는 땅속의 세상"[38]을 느낀다. 그곳에서 주리야는 남죽 동생인 남희에게 불어보다 에스페란토가 운동의 도움이 된다는 의미의

....

37 이효석, 『이효석 전집』 4, 창미사, 1983, 18쪽.
38 위의 책, 24쪽.

말을 들었다.

　　웬일인지 이 한 마디가 주리야에게 불현듯이 불쾌한 느낌을 주었다. 에
스페란토를 공부하는 남희와 불란서말을 공부하는 자기와의 의식의 정도,
피차의 생활양식의 차이—를 주리야가 생각하지 못한 바는 아니었으나, 그
는 이 말에서 받는 불쾌한 느낌을 마지 못하였다.[39]

　주리야는 남희가 보인 에스페란토와 불어에 위계를 매기는 태도에
불쾌감을 느낀다. 이 위계는 의식화된 사람과 의식화되지 못한 사람
사이에 설정된 것이다. 그러나 주리야는 혁명 '의식'을 나타내려 하지
않는다. 그 모임에서 활동가인 박 선생을 만난 주리야는 "바람도 쏘일
겸 놀러 왔지요"[40]라고 말한다. 이 말에 대해 박 선생은 "놀러……"라
고 밖에 반응할 수 없다. 비합법이며 경찰에 밝히면 안되는 장소에 오
는 일을 '놀러온다'고 말하는 것은 박 선생에게 생각할 수 없는 일이
었다. 왜냐하면 전위의 입장에서 보면 주리야가 "맡고 있는 역할은 좌
익운동을 역행하거나 적어도 해치"[41]는 일이기 때문이다.
　주리야는 전위조직의 비밀을 공유하지 않으므로 전위가 되지 않았
다. 게다가 전위조직의 도덕적인 위계도 수용하지 않았다. 지하조직
의 규율/위계에 말려들어가지 않는 주리야의 위치는 현행세계에서도
지하세계에서도 명백하지 않다.
　그러면 주리야에게 비밀은 무엇이었는가? 주리야가 명시적으로 '숨

....
39 위의 책, 26쪽.
40 위의 책, 28쪽.
41 이상옥, 앞의 책, 208쪽.

기는 행동'을 하는 것은 자신의 나체를 『자본론』으로 가리는 장면이다. 이 장면은 주리야가 비합법운동의 회합에 잠깐 다녀온 날의 밤에 있던 일이었다.[42] 전위라면 혁명의 의사인 『자본론』을 가려야 할 터인데, 주리야는 전위를 선택하지 않았으며, 그와 반대로 나체를 가린 것이다. 이와 함께 논의해야 하는 것은 주리야의 '비밀'을 추적하는 인물이 국가권력이 아니라 오빠가 수배한 사설탐정이었다는 점이다. 이 역시 주리야의 비밀의 위치를 암시한다. 주리야는 비밀의 공유를 통해 전위조직에 참여하지 않았다. 그는 또 다른 비밀을 가지며, 이는 그의 혁명의 방향을 보여준다. 즉 주리야에게 혁명이란 국가권력 전복에 멈추지 않는다는 의미이다. 주리야가 숨기는 것은 위계를 만들지 않을 수 없는 전위가 아니라 자신의 몸과 마음인 것이다. 이러한 소설들을 통해 이효석은 전위외의 기리를 유지하며, 전위의 성치혁명과는 별개 영역에서의 혁명을 지향하는 프로문학을 시도했다는 것을 확인할 수 있다. 그러나 이는 일방적인 전위비판이 아니며, 오히려 전위가 보지도 생각지도 못한 외부의 존재와 영역을 가시화하는 것이다.

숨겨야 할 비밀의 위치는 한라[43]가 코론타이즘에 대해 다음과 같이 비판하는 장면에서도 논의할 수 있다.

주의는 양심에서 나온 것이고 사랑은 감각에서 나온 것인데 그 사랑의

---

42 이경훈은 이때 『자본론』은 신의 시선을 가리는 것이라고 논의했다(이경훈, 「예배당·오누이·죄」, 『대합실의 추억』, 문학동네, 2007, 239쪽). 그런데 신/공산주의라는 일신교적인 것 전반의 시선을 가리는 것으로 『자본론』을 이해해야 할 것이다. 즉 『자본론』은 전위의 눈 또한 가리는 것이다.

43 이현주는 한라의 모델이 허정숙인 가능성이 크다고 주장했다(이현주, 앞의 글, 189쪽). 이 부분은 『붉은사랑』을 읽고 묘사한 코론타이즘이 아니라는 지적이 있다(김재영, 「'구라파주의'의 형식으로서의 소설」, 문화과사상연구회, 『이효석 문학의 재인식』, 소명출판, 2012, 85쪽).

감각을 주의의 양심으로 카무프라즈하려고 한 곳에 왓시릿사의 무리가 있지 않을까." (…중략…) "적어도 주의의 그늘에 숨어서 애욕을 난용한 것은 어떨까 생각해. 애욕 생활이 어지러운 이상 그것은 동물적 면에 지나지 못하는 것을 어젓한 주의의 간판으로 둘러 가리우는 것은 약고 간사한 짓야 ―왓시릿사는 결국 굳건한 투사였는지 모르나 음탕한 동물이지 무어야.[44]

한라의 코론타이즘 비판은 감각을 양심에서 포장해버렸다는 데에 있다. 한라는 감각의 영역과 정치의 영역을 분리해서 논의했다. 다시 말해 위계화할 수 없는 다른 개념을 병렬시키고 위계화하는 종류의 코론타이즘에 반대한 것이다. 위계의 성립을 통해 일원론적 세계관은 획득된다. 즉 사랑보다 혁명이 중요하다는 전위적 위계를 지닌 일원론이다. 「주리야」에서 그것은 비판대상이었으며, 정치혁명을 정점으로 하는 가치관의 위계는 계속 비판되는 것이다. 왜냐하면 혁명이란 정치, 경제, 의식이 달라지는 것에 한정할 수 없으며, 감정이나 감각 역시 달라지는 것이기 때문이다.

주리야나 한라는 룸펜프롤레타리아라고 불릴 수 있는 존재가 아니다. 그러나 룸펜프롤레타리아를 위계적 하부로 설정하는 전위당적인 혁명도식의 외부에 있는, 즉 '정치 〉 문학'이라는 도식의 외부를 열리는 의미에서의 정치=문학이라는, 카프와는 별개의 혁명의 시도를 제시하고 있는 것이다.

....
44 이효석, 앞의 책, 61쪽.

5. 룸펜프롤레타리아의 힘의 현행화

　본고는 몇 가지 관점에서 카프도, 전위도, 노동자도 아닌 입장의 프로문학을 이효석과 채만식의 소설을 통해 검토했다. 본고는 룸펜프롤레타리아를 단순한 수사가 아니라, 프롤레타리아와는 또 다른 힘의 원점으로 독해함으로 프로문학의 또 하나의 계열을 그려보려 시도한 것이다. 이러한 독해를 어떻게 다른 논의로 이어갈 수 있을지를 거칠게나마 그림을 제시하면서 본고의 논의를 마치겠다.

　땅을 떠난 유민들의 일정 부분은 일본으로 건너갔다. "우리의 신분은 조선민족이라는 민족적 임금노예",[45] "일본 프롤레타리아트의 뒤 방패 앞 방패"[46]라는 말들이 있다. 이는 일본인 프롤레타리아의 '주변'에 위치 매겨진 비非프롤레타리아트로서의 재일하는 조선인에 대한 말이다. 그들은 일본에서 무엇을 겪었을까?

　프로문학 운동 시절, 송영 「늘어가는 무리」(『개벽』, 1925.7)의 승오, 혹은 이효석 「계절」(『중앙』, 1935.7)의 건이 도달한 곳은 도쿄의 노동자 지역인 후카가와深川였다. 그들이 도달한 곳은 '건전한 프롤레타리아'라든가 '노동자에 국경이 없다'라든가 하는 이미지로는 결코 표상할 수 없는 민족차별이 맨얼굴로 나타나는 현장이다. 이 두 소설이 도달한 후카가와와 인접한 오시아게押上 지역을 무대로 한 소설이 바로 김사량의 「빛속으로」이다.

....

45　재일본조선노동총동맹 제3회 대회(1927.4)에서 변경된 강령. 尹健次,『「在日」の精神史』1, 岩波書店, 2015, pp.53~54쪽에서 재인용.

46　中野重治, 「雨の降る品川駅」(1928), 『中野重治詩集』, 岩波書店, 2002.

프로문학의 시대가 지나간 후에도 룸펜프롤레타리아의 존재는 이어진다. 그러한 룸펜프롤레타리아를 상대로 하는 술집에서 일하는 조선인 여성의 아이로 태어난 야마다 하루오山田春雄는 조선인 차별을 스스로 신체화하고 있다.[47] 그는 룸펜프롤레타리아 제2(혹은 제3) 세대인 셈이다. 그는 일본인 아버지한테 치유하기 힘든 상처를 받았다. 야마다 하루오는 남선생과 지내면서 조금씩 마음을 열어간다. 야마다 하루오에게 새겨진 정신적 상처를 풀어나가는 존엄회복으로 「빛 속으로」는 읽힌다. 이때 '존엄회복'이란 파농이 말한 것이다. 파농에게 룸펜프롤레타리아를 혁명의 주체로 불러내기 위해서는 그들의 자기혐오를 치유해야 했던 것이다.

> 폭력은 해독작용을 가진다. 원주민의 열등 콤프렉스나 관조적(観照的) 내지 절망적인 태도를 빼 준다. 폭력은 그들을 대담하게 만들며 자신의 눈에 존엄을 회복시킨다.[48]

파농에게 폭력은 권력을 가지기 위한 수단이 아니라, 스스로의 힘을 회복하는 회로이다. 김사량은 민족차별을 내면화하는 만큼 자기를 소외한 도쿄의 혼혈 소년이 자신의 주체를 다시 찾아내는 과정을 보여준다. 그것은 프롤레타리아에서 힘을 호출하는 것이 아니라, 룸펜프롤레타리아가 스스로 인식하지 못했던 힘을 불러일으키는 것이었다. 룸펜프롤레타리아가 처해진 상황은 '주체'라는 논의조차 할 수 없

47 金史良, 「光の中に」(1939), 『光の中に－金史良作品集』, 講談社, 1999.

48 Fanon, 『地に呪われたるもの』, みすず書房, 1969, p.57; 酒井隆史, 『暴力の哲学』, 河出書房新社, 2016, pp.64~65.

는 압도적 자기부정 상태이다. 그것은 맑스의 '쓰레기'라는 룸펜프롤레타리아 규정과 맞물린다. 맑스의 규정을 그대로 받아들이는 통속 맑스주의자는 이 이해를 재생산함으로써 스스로의 근거를 설정한다. 따라서 룸펜프롤레타리아들의 존재를 가시화하는 소설은 소련의 문예방침이나 당이라는 조건에서는 부정적인 것이 될 수밖에 없었다. 그런데 힘의 원점은 그 부정된 곳에도 있다. 그것이 조선의 현실과 맞물려 계열화될 때 '룸펜프롤레타리아'는 '프롤레타리아'가 가지던 함의와 동등한 크기를 가지면서, 그것과는 전혀 다른 힘을 현행화시킬 계기가 되는 것이다.

참고문헌

기본 자료

염상섭, 『염상섭 문장전집』 2, 소명출판, 2013.

이효석, 『이효석 전집』 4, 창미사, 1983.

_____, 『새롭게 완성한 이효석 전집』 6, 창미사, 2003.

_____, 『이효석 단편 전집』 1, 가람기획, 2006.

채만식, 「생활해전종군기」, 『조선일보』, 1935.8.13.

_____, 『채만식 전집』 1, 창작과비평사, 1987.

_____, 『채민식 전집』 9, 창작과비평사, 1989.

_____, 『채만식 선집』, 현대문학, 2009.

단행본

곽 근, 『한국 현대문학의 이모저모』, 국학자료원, 2013.

김영민, 『한국근대문학비평사』, 소명출판, 1999.

김재영, 「'구라파주의'의 형식으로서의 소설」, 문학과사상연구회, 『이효석 문학의 재
인식』, 소명출판, 2012.

이경훈, 『대합실의 추억』, 문학동네, 2007.

이상옥, 『증보판 이효석의 삶과 문학』, 집문당, 2004.

大杉栄, 『大杉栄評論集』, 岩波書店, 1996.

金史良, 「光の中に(1939)」, 『光の中に―金史良作品集』, 講談社, 1999.

金賛汀, 『朝鮮人女工のうた』, 岩波書店, 1982.

蔵原惟人, 『芸術書簡―獄中からの手紙』, 青木書店, 1975.

酒井隆史, 『暴力の哲学』, 河出書房新社, 2016.

冨山一郎, 『流着の思想』, インパクト出版会, 2013.

中野重治, 「雨の降る品川駅」, 『中野重治詩集』, 岩波書店, 2002.

_____, 『中野重治全集』 9, 筑摩書房, 1977.

_____, 『中野重治評論集』, 平凡社, 1996.

安岡健一, 『「他者」たちの農業史 在日朝鮮人・疎開者・開拓農民・海外移民』, 京都大学学術出版会, 2014.

柳田國男, 『明治大正史 世相篇 新装版』, 講談社, 1993.

山家悠平, 『遊郭のストライキ』, 共和国, 2015.

尹健次, 『「在日」の精神史』 1, 岩波書店, 2015.

Fanon, 『地に呪われたるもの』, みすず書房, 1969.

논문

강지윤, 「전향자와 그의 아내—룸펜 인텔리겐챠와 자기반영의 문제들」, 『사이(SAI)』 8, 국제한국문학문화학회, 2010.

배상미, 「식민지시기 성노동자의 주체화 과정」, 『호원논집』 20, 고려대 대학원 총학생회, 2012.

이현주, 「이효석 문학의 배경에 대한 주석적 연구」, 연세대 박사논문, 2009.

차승기, 「프롤레타리아란 무엇이었는가」, 『한국문학연구』 47, 동국대 한국문학연구소, 2014.

_____, 「프롤레타리아 문학과 대중화—또는 문학운동과 외부성의 문제」, 『한국학연구』 37, 인하대 한국학연구소, 2015.

金井景子, 「モチーフとしてのルンペン・プロレタリアート―昭和文学出発期における一課題」, 『日本文学』 32-10, 日本文学協会, 1983.

細木かずこ, 「詠わない詩人、あるいは詠う実践家―船木洲治における試作と実践について」, 『寄せ場』 25, 2012.

'주의쟈'와 우정友情의 향방*

1920~1930년대 한국소설에 재현된 우정의 양상

최명석

1. '주의자'의 우정友情을 묻는다는 것

> 나 같은 사람도 자네 옆에 있어서 해될 것은 없네. **자네의 반려가 되겠다고
> 머리를 숙이고 간청하는 것은 아닐세마는 나도 내 길을 걷노라면 자네들에게도 유조
> 한 때도 있고 유조한 일도 없지 않으리라는 말일세.** 이왕이면 한 걸음 더 나서서
> 자네와 한길을 밟지 못하느냐고 웃을지 모르지만 나는 내 견해가 따로 있고
> 나와 같은 처지에 놓인 사람들에게는 피하지 못할 딴 길이 있으니까 결코
> 비겁하다고 웃지는 못할 것일세. 공연한 잔소리 같았네마는 내 딴은 잔소리만은
> 아닐세. 자네 의견이 듣고 싶으이……[1] (강조는 인용자, 이하 동일)

---

* 본고는 2013년 10월 5일 민족문학사연구소 정기학술대회 '식민지 지식장의 변동과 사회주의 문
화정치학'에서 발표한 「'주의쟈'의 우정(友情)을 묻다」를 이후 연구 성과를 참조하여 수정·보완
한 글이다.
1 염상섭, 정호웅 편, 『삼대』, 문학과지성사, 2004, 297쪽.

『삼대』(1931)에서 '필순'의 교육 문제를 의논하고자 '조덕기'가 '김병화'에게 보낸 편지의 한 대목이다. '주의자主義者' 김병화와 '부르주아 심퍼사이저sympathizer' 조덕기는 상이한 처지, 현실 인식의 격차로 충돌과 불화를 거듭하지만, 중학 시절부터 지속된 그들의 우정은 견고한 편이다. 때문에 병화에 대한 덕기의 물질적인 원조가 "실상은 그의 처지를 딱하게 여기는 심정적 차원을 크게 벗어나지 않는다"[2]는 언급은 재고해 볼 만하다. 덕기의 도움을 연민 혹은 동정심의 소산으로 이해하기에 앞서 우선 우정이라는 감정의 자연스러운 발로發露로 보는 것이 더 합당해 보이기 때문이다.[3] 자신의 말이 "잔소리"로 들릴 수 있지만 실상은 그렇지 않다는 덕기의 언급은 "충고를 하는 것도 충고를 받는 것도 진정한 우정의 특징"[4]이라는 오래된 격언을 떠올리게 한다.[5]

덕기(집안)의 부르주아적 근성에 대한 병화의 비판과, 병화의 융통성 없는 계급의식에 대한 덕기의 '잔소리'는 그 날카로움에도 불구하고 서로에 대한 인정과 배려 위에 서 있다. 이를테면 덕기가 여타 속된 부르주아들과 달리 "시대에 대한 민감과 양심"[6]을 지니고 있음을

----

2 손유경, 『고통과 동정 – 한국 근대소설과 감정의 발견』, 역사비평사, 2008, 273쪽.
3 김윤식은 일찍이 두 인물 사이의 관계를 이념이나 사상을 초월한 '우정'으로 설명한 바 있다. "덕기가 병화를 돕는 일이 병화가 신봉하는 사상(마르크스주의)이나 인생관에 있기보다는 우정에 있었고 거꾸로 병화가 덕기의 돈을 이용한다든가 도움을 받는 것도, 부르주아 쪽의 등을 쳐먹는다는 것이 아니라 우정에다 뿌리를 내리고 있는 터이다." 김윤식, 『염상섭 연구』, 서울대 출판부, 1987, 426~427쪽.
4 마르쿠스 툴리우스 키케로, 천병희 역, 『노년에 관하여·우정에 관하여』, 숲, 2005, 169쪽.
5 진실한 우정, 타자에 대한 배려와 인간에 대한 신뢰를 통한 도덕적 가치의 회복, 이념적 편향을 넘어선 균형 있는 관점의 확보를 통해 주의자의 목소리를 복원하고 새로운 저항의 양식을 발견하는 지점으로 염상섭의 '심퍼사이저' 형상을 재해석한 몇몇 연구는 이러한 맥락에서 주목할 만하다. 박헌호, 「소모로서의 식민지, [不姙]資本의 운명 – 염상섭의 『무화과』를 중심으로」, 『외국문학연구』 48, 한국외대 외국문학연구소, 2012; 오혜진, 「'심퍼사이저(sympathizer)'라는 필터 – 저항의 자원과 그 양식들」, 『상허학보』 38, 상허학회, 2013 참조.
6 염상섭, 정호웅 편, 앞의 책, 403쪽.

병화도 잘 안다. 다만 병화는 덕기를 진정한 '동지'로 인정할 수는 없었다. "정말 우정에는 이용이란 것이 없"고 "더구나 동지애"[7]면 더욱 그러하다는 병화에게, 덕기의 금전적 원조는 우정을 '거래'와 같은 것으로 변질시킬 만한 것이었다. '누이'의 입을 빌려 임화가 웅변한, "오빠와 또 가장 위대한 용감한 오빠 친구들"[8]이 맺은 이해관계를 초월한 우정을 병화는 강조하고 있다.

아직은 담론상의 언어적 실천에 그치는 경우가 많다 하더라도, 연대 혹은 공동체의 가치를 복권하려는 움직임이 도처에서 일고 있다. 첨예화되어 가는 자본주의 시스템 아래에서 일상화된 '생존'에 대한 불안과, 그와 동시에 강박적으로 체화한 '생존 본능'에 대한 반작용이 어떤 '공통적인 것commune'의 추구라는 형태로 실행되고 있음을 본다. 한 연구자는 흥미롭게도 이 흐름에 내재된 근원적인 '외로움'을 간과하지 말아야 한다고 했다. 그리고 지금의 주권성을 구성하는 통치의 방식을 변화시키지 않고서는, 우정을 나눌 수 있는 반려관계를 통해 삶의 불확실성에 근원한 외로움을 해소하는 것이 불가능하다는 점에서, 이 외로움은 한없이 정치적인 것이라고 말한다.[9] 바꿔 말하자면, 사람들 사이의 근원적 외로움을 불식시킬 만한 우정 어린 관계가 형성되어 있는지의 여부는 통치의 수준을 가늠하는 지표가 될 수 있다. 우정은 사적인 관계를 넘어 정치적인 차원에서 독해될 여지가 있는 것이다.[10]

....

7 위의 책, 75쪽.
8 임화, 「우리 오빠와 화로」, 김재용 외편, 『임화문학예술전집』 1(시), 소명출판, 2009, 56쪽.
9 권명아, 『무한히 정치적인 외로움−한국 사회의 정동을 묻다』, 갈무리, 2012, 206쪽.
10 2000년대 말, 낡고 실패한 현실 사회주의체제 대신 다양한 '차이들'을 인정하면서 이들 간의 소통을 통해 새로운 공동체의 정립을 주장하며 회자되었던 '코뮨주의'가 '우정과 기쁨의 정치학'을

공동체/공통적인 것의 해체에 대한 우려와 한편으로 이를 복권復權하려는 움직임과 의심이 교차하는 지금-여기, 식민지시기 소설에 재현된 '주의자'들의 우정을 새삼 논하는 것은 서로 돕고 사랑하는 이상적인 사회 원리로서 연대[11]의 (불)가능성을 역사적으로 반추해 보기 위해서다. 사실 이는 소박한 작업이기도 한데, 지난 소설들을 읽으면서 자주 접했지만 별달리 주목하지 않고 지나쳤던 '친구'들과 '주의자'들의 "실제적practical이고 정서적emotional인 관계로서의 우정"[12]을 다시 한번 세밀히 돌아보는 데서 시작할 수밖에 없기 때문이다. 이를테면 우정이 친밀함intimacy, 공감, 신뢰 등이 요구되는 개인적이고 내밀한 관계 맺음이라면 정치적 이념이 전제된 '동지애camaraderie'도 우정이라 불릴 수 있을지 등의 단순한 의문과 더불어, 넓게는 공동체가 어떠한 형태의 관계 맺음으로 구성되어야 하는 실천적 문제로 문제의식이 확장될 수도 있을 것이다. 이를테면 공동체는 단순히 '뜻이 같은' 이들의 결사체인가? 그러나 이 '같음'의 수사는 결국 타자에 대한 폭력으로 귀착되지 않을까? "같은 관습에 몸을 의탁하는 짓으로써 상식과 도덕의 알리바이를 내세우지 않는 관계, 이념과 진보를 빌미로 같은 언어와 사정私情

표방했던 것에서도 알 수 있듯, 그 이념적 토대가 합당한지 여부와는 별개로 '정치-공동체-우정'의 구도는 지속적으로 사회과학적 관심의 대상이 되고 있다(고병권 외, 『코뮨주의 선언―우정과 기쁨의 정치학』, 교양인, 2007 참조). 주지하다시피 우정의 정치적 의미에 대해 먼저 천착한 이는 한나 아렌트였다. 아렌트에 따르면 우정이란 서로를 공동체의 일원으로 인정하고 대화함으로써 이루어지는 인간애의 일환으로, 이 과정에서 우정은 친밀한 개인적 관계를 넘어 세계와의 관계를 이루는 정치적 요구의 일환으로 기능하게 된다(한나 아렌트, 홍원표 역, 『어두운 시대의 사람들』, 인간사랑, 2010, 46~47쪽).

11 19세기 중후반 사회주의의 확산에 따라 '연대'는 "투쟁의 수단(무기)라는 의미에 그치지 않고 투쟁의 목표(이상사회의 원리로서의 연대)로서의 위상도 갖게 된다." 서유석, 「'연대(solidarity)' 개념에 대한 철학적 성찰」, 『철학논총』 72, 새한철학회, 2013, 389쪽.

12 Badhwar, The Nature and Significance of Friendship, Neera Kapur(EDT), *Friendship : A Philosophical Reader*, Cornell U. Press, 1993, p.5.

아래 결집하지 않는 관계"[13]인 '동무'의 사귐을 일반적인 '친구 관계'와 구분하려는 것도 이러한 우려 때문일 것이다. 반드시 같은 길을 가지 않는다고 하더라도 비웃을 일이 아니며, 친구가 되어 달라고 간청하는 대신 나의 길을 가다보면 다른 길에 있는 친구에게도 도움이 되리라는 『삼대』 중 덕기의 언급은 이런 뜻에서 새겨들을 만하다.

이 글은 이러한 문제의식 아래, 2장에서는 1920년대 사회주의적 공론장 역할을 수행했던 대표적 잡지 중 하나인 『조선지광』(1922~1932) 소재 소설을 중심으로 '주의자'들 간의 우정이 어떻게 재현되고 있는지를 살펴보고,[14] 3장에서는 전향이라는 사태 이후 펼쳐졌던 우정의 향방을 함께 논해 볼 것이다. 그리고 이를 통해 한국 근대문학 연구, 특히 최근 더욱 초점의 대상이 되고 있는 '감정(연구)'과 관련해 '우정'이라는 문제의 틀을 설정하는 것이 어떠한 의의를 지닐 수 있을지를 또한 서술해 보고자 한다.

....

13 김영민, 『동무론─인문연대의 미래형식』, 한겨레출판, 2008, 216~217쪽.
14 다음 사항을 고려해 『조선지광』을 주요 텍스트로 삼았다. 첫째, '종합지'로서의 면모를 고려했다. 훗날 임화의 언급대로 『조선지광』은 『개벽』과 함께 자본의 논리에 따른 상업화에 휘둘리지 않고 독자적 권위를 지니며 '사상계'와 '문예계' 양 방면에 공헌한 거의 유일한 잡지였다(임화, 「잡지문화론」, 『비판』 6-5, 1938.5). 둘째, 사회주의 매체로서의 '대표성'을 고려했다. 선행 연구에서 밝혀진 바, 『개벽』 폐간 이후 『조선지광』은 사회주의 지식인들의 공론장 역할을 『개벽』으로부터 이어 받았고 1928년 2월 조선공산당 제3차 당대회에서 당 기관지로 지정되었다. 한기형에 따르면 사회주의를 독자적 세력으로 고립시켜 대중적 영향력을 차단하려는 식민지 검열체제의 의도된 정책에 따라 『조선지광』은 합법적 매체로 존속할 수 있었는데, 정책적 판단이 개입되었더라도 결과적으로는 이 과정에서 『조선지광』은 '대표적' 사회주의 매체로 공인받게 된다. 셋째, 발행 시기를 고려했다. 본고에서는 월간으로 전환된 1926년 11월 이후 『조선지광』에 실린 소설들을 톺아보았는데, 1925년 5월 '치안유지법' 실시 이후와 맞물려 있는 이 시기는 사회주의운동의 방향성 및 성패(成敗)에 대해 보다 긴급한 시각이 요청되었고 이에 따라 주의자들 사이의 '결속'(동지애, 우정 등)이 실제적 수준에서 문제시되었다. 『조선지광』의 매체적·정치적 위상 및 서지학적 정보에 대해서는, 한기형, 「식민지 검열 정책과 사회주의 관련 잡지의 정치 역학─『개벽』과 『조선지광』의 역사적 위상 분석과 관련하여」, 『한국문학연구』 30, 동국대 한국문학연구소, 2006; 장신, 「『週報 朝鮮之光』의 발굴과 몇 가지 문제」, 『근대서지』 4, 근대서지학회, 2011 참조.

2. 우정, '주의자'의 초상

1920년대 식민지 조선에서 본격적으로 기세를 확장했던 사회주의는 실질적인 계급투쟁(그리고 민족운동)의 무기이기도 했고, 새로운 지식 체계 혹은 인식의 틀로도 기능했다. 동시에 사회주의는 '관계'에 대한 본격적인 성찰을 가능하게 했던 윤리학이었다. 이는 일차적으로 '계급' 개념의 유입과 확산에 따른 것이었다.[15] 개인은 사회 속의 자아로 구조화되었고, '나'는 누가 나와 같고 다른지를 살피기 시작했다. 일종의 '연대와 배제의 정치학'이라고 할 만한 새로운 관계 맺음의 양식이 출현한 것이다. 이 과정에서 단순한 정치적 구호의 수준을 넘어서는 관계의 윤리학이 또한 요청되었다. 19세기 서구 사회주의자들을 중심으로 프랑스혁명의 이념이었던 박애 혹은 형제애fraternité가 연대solidarité 관념으로 대체된 것에서도 미루어 알 수 있듯,[16] 사회주의는 배제와 투쟁의 정치로만 일관한 것이 아니라, '우리'가 어떻게 결속해야 하는가라는 문제, 즉 연대의 원리와 방법에 대한 물음을 본원적으로 내포하고 있었다. 그래서 이른바 '주의자'들에게 동지들과 어떠한 '우정'을 맺을 것인가의 문제는 운동의 성패를 좌우할 만큼 긴급한 문제이기도 했다.

　야, 사회주의자 참 훌륭허구나. 이십 년 간 사회주의나 했기에 그 모양인 줄 안다. 질투심. 시기심. 파벌 심리. 허영심. 굴욕. 허세. 비겁. 인치키. 브로커.

....
15 박헌호, 「'계급' 개념의 근대 지식적 역학」, 『상허학보』 22, 상허학회, 2008, 18~23쪽.
16 '연대' 개념의 철학적 의미와 역사적 연원에 대해서는, 강수택, 『연대주의-모더니즘 넘어서기』, 한길사, 2012: 강수택, 「연대의 개념과 사상」, 『역사비평』 102, 역사비평사, 2013 등을 참조.

네 몸을 흐르는 혈관 속에 민중을 위하는 피가 한 방울이래도 남아서 흘러 있다면 내 목을 바치리라.[17]

김남천의 「처를 때리고」(1937)에서, 남편에게 맞은 아내는 울분을 토한다. 아내의 말대로라면 이십 년이나 사회주의에 몸담고도 주의자에게 남은 것은 오욕으로 점철된 삶뿐이다. 특히 이 오명 중 앞자리를 차지하는 "질투심", "시기심", "파벌 심리"를 눈여겨 보자. 남편의 연인이자 동지로 사회주의운동에 종사했으나 지금은 그렇지 않은, 그래서 더 객관적일 수 있는 아내가 보기에 주의자의 삶은 저열한 감정으로 얼룩져 있다. 계급의식에 입각한 사회주의적 투쟁의 추동력은 이러한 저열함으로 인해 약화되거나 와해될 수 있고, 주의자들 역시 위기감을 공유하고 있었다. 적들과 맞서 싸우기 위해서는 진영 내 결속이 먼저이기 때문이다. 예컨대 박영희는 '동무' 김기진에 맞서, 작가와 비평가는 계급을 초월할 수 없다고 했다. 계급의식은 '생득적'인 것처럼 작가와 비평가에게 귀착되어 있다. 이를테면 "부르문예평자가 프로문예를 평한다 하면 그는 확실히 프로문예를 박해"하는 것이다.[18] 다른 글에서 박영희는 작가와 비평가는 마땅히 "일인단성一人單性"이어야 한다고 강조했다. 따라서 예술동맹은 단순한 "예술가적 집합이 아니며 예술가의 사회적 단결"이어야 하며, 이를 위해 "예술동맹은 그 조직에 있어서 주의를 요할 필요가 있다."[19]

투쟁성을 극대화하기 위해서는 적을 식별하고 적대의 날을 세우는

17 김남천, 「처를 때리고」, 채호석 편, 『김남천 단편선−맥』, 문학과지성사, 2006, 136쪽.
18 박영희, 「투쟁기에 있는 문예비평가의 태도−동무 김기진군 평론을 읽고」, (『조선지광』 63, 1927.1), 임규찬·한기형 편, 『카프비평자료총서』 Ⅲ−제1차 방향전환과 대중화 논쟁, 태학사, 1989, 33쪽.
19 박영희, 「무산예술운동의 집단적 의의−조선 프롤레타리아 예술동맹에 대하여」, (『조선지광』 65, 1927.3), 위의 책, 113쪽.

것도 중요하지만, 먼저 우리 안의 파벌과 분열을 수습하는 게 시급하다. 그러나 서간도에서 뜻을 품고 서울로 돌아온 「낙동강」의 '박성운'이 "공연히 파벌을 맨드러가지고 동지끼리 다투기만 일삼는"[20] 상황에 낙담한 채 고향으로 내려간 것처럼, 실제로 사회주의 운동사를 통해서도 확인할 수 있듯 주의자들 간의 반목과 갈등은 일상화되어 있었다.

이러케생각할때마다 나는가뎡(家庭)이란것부터데일착으로 파괴하지안으면안될것을늣긴다 가뎡생활! 자녀교양! 다조타! 그러나나로서는 도져히 가뎡의상아탑(象牙塔)속에서 단꿈을 누릴수업는처다다 처다라느니보다 그것보다더큰일이 내압헤 안이 우리들의압헤당면되여잇다 우리들은 가뎡을 부인한다 부모를부인한다 처자를부인한다 우리가하고저하는일을 관철하기까지에는 우리들의 힘에방해를놋는 노는객관덕정세와 싸우지안으면안된다[21]

'진정한' 주의자의 초상肖像은 마땅히 이렇게 재현되어야 했다. 그는 사적인 관계, 습속으로부터 절연絶緣되는 것을 두려워해서는 안 된다. 혈연과 지연이라는 봉건적 잔재는 청산되어야 했고, 사랑, 연애, 우정 등 인간 본연의 원초적이고 내밀한 감정은 동지들과 투사들 사이의 일로 한정되어야 했다. 그러나 예상할 수 있듯 이들 관계에 내재한 생래적인 친애/친밀함philia[22]의 감정을 일소一掃하기란 쉽지 않았다.

....

20 조명희, 「낙동강」, 『조선지광』 69, 1927.2, 21쪽.
21 엄흥섭, 「꿈과 현실」, 『조선지광』 91, 1930.6, 21쪽.
22 영미권에서 대개 'friendship'으로 번역됨에 따라 우리말로도 '우정', '우애' 등으로 흔히 번역되는 '필리아(philia)'의 외연적 의미는 사실 더 넓다. 플라톤, 아리스토텔레스 등 고대 그리스에서 필리아를 이야기했을 때, 이는 오랜 시간의 사귐과 인격적 친밀성을 전제하는 부부, 선후배 사이의 사랑과 우정, 나아가 동포애 등을 포괄해서 지칭했다. 이에 비추어 보면, 주의자들은 이러한 친애 혹은 친밀함에 기초한 전통적인 인간관계의 동요에 직면했다고 할 수 있다. '필리아' 개념에

'일인단성'을 요구했던 박영희는 얼마 지나지 않아 되려 '절충주의자'로 비난받았고,[23] 김화산의 "반동적 무정체의 유령문학론 전개"[24]를 변증법적 유물론에 근거해 논박했던 한설야 역시 약 일 년 뒤 '사이비 변증론자'로 칭해졌다.[25] 그러나 대립과 반목, 상대방에 대한 매도를 불사하며 보다 '순도純度 높은 이념'을 추출해 내려는 것 같은 이러한 비평계의 요구와는 별개로, 『조선지광』 소재 소설들에서는 이념의 '완전체'에 반하거나 미달하는 '친밀함'의 잔재들이 여기저기 보인다. 정확히 말해, 확고한 이념으로 무장하고 전진하는 투사들의 형상을 찾아보기가 오히려 어렵다고 하겠다.

　지식인, 노동자를 막론하고 『조선지광』에서 재현되는 주의자들의 삶은 물질적으로도 정신적으로도 꽤나 비참하다. 극단적인 가난과 굶주림은 그 자신뿐 아니라 가족의 고통을 동반한다. 병들거나 죽거나 팔려가는 가족에 대한 죄책감으로 주의자는 극도로 절망하거나, 때로는 신념을 포기하기도 한다. 운동과 쟁의로 검거된 경우, 출옥하고 보면 대개 가족의 행방은 묘연하다. 친구의 배신 혹은 그와의 소원해진 관계로 자괴감에 빠지는 경우도 허다하다. 요컨대 주의자들의 고통은 '친애/친밀함'을 본연으로 하는 관계의 뒤틀림과 상실에서 기인할 때가 많고, 이 경우 신념의 고수는 의도하지 않았더라도 결과적으로는 가장 가까운 이들의

대한 간략한 설명은, Aristoteles, 이창주·김재홍·강상진 역, 『니코마코스 윤리학』, 이제이북스, 2006, 278쪽, 주 1 참조.

23　장준석, 「문예운동의 이론과 실제는 여하히 귀결되던가—박영희 씨의 절충주의적 태도를 비판함」(『조선지광』 76, 1928.2), 임규찬·한기형 편, 앞의 책, 409~419쪽.

24　한설야, 「무산문예가의 입장에서 김화산군의 허구문예론, 관념적 당위론을 박함」(『동아일보』, 1927.4.15), 위의 책, 131쪽.

25　이북만, 「사이비 변증론의 배격—특히 자칭 변증론자인 한설야 씨에게」(『조선지광』 79, 1928.7), 위의 책, 466~482쪽.

고통을 배려하지 않는 극단적인 '자기애'[26]의 한 형태였음이 드러난다. 한 예로, 「세 사람」[27]에서는 등장인물 '신호'가 병든 어머니 생각에 마음이 조급하지만 친구의 강권 탓에 결국 회관會館에 가서 새벽 세 시가 될 때까지 논쟁을 거듭하다 돌아와 보니 어머니는 그 사이 병이 더해 총독부병원에 실려 갔다고 하고, 찾아가 보니 이미 어머니는 숨을 거두고 만상황이 묘사된다. 급히 상喪을 치를 돈을 친구들에게 부탁해 보지만 "오직생각만 민중적이고 사회적인"[28] 부르주아 '광수'를 비롯한 그들은 아무런도움이 못 되거나, 마뜩찮아 하며 신호를 외면한다. 결국 신호는 "이 망할세상! 동지도 의리도 없는 이 세상이다!"[29]라고 한탄한다.

주의자는 동지와 같은 길을 걷고 있다는 의식 없이는 주의자로서의정체성을 정립할 수 없다. 한설야의 비유대로 그들은 "길동무"[30]다. 가족,친지와의 절연을 무릅쓰고서라도 그들이 운동 전선에 뛰어들 수 있는것은 동지들 사이에서도 이와 유사한 혈연적 결속을 이룰 수 있을 것이라는믿음 때문이다. 더구나 그 결속은 대의大義를 위한 것이기에 습속에 함몰되지 않는 고귀한 것으로 여겨지기 마련이었다.

....

26 손유경은 최근 저서에서 이른바 '전향소설'의 문법을 다양한 방식으로 위반하는 송영과 안회남의작품에 주목하여 이와 대비되는 전향소설의 지식인 남성 주인공의 행위 양상과 그 재현을 '나르시시즘'으로 의미화한 바 있다. 요컨대 1930년대 말 전향소설의 남성 인물들은 "전향 전에는 탁월했다는자기 합리화나 전향했음에도 다시 탁월해지고 싶다는 욕망"을 품고 있다. 본고의 논의와 관련해보건대, '나르시시즘'에 대한 이러한 접근법은 지식인의 (무)의식 차원에서도 논의될 수도 있지만,자신의 탁월함에 대한 신념으로 충만했던 주의자의 삶이 가까운 인물들의 삶에 어떻게 영향을 미쳤는가라는—대개 비극적인—현실적인 차원에서도 참조될 만하다. 손유경, 제3장 「나르시시즘의 소실점」, 『슬픈 사회주의자—미학적 실천으로서의 한국 근대문학』, 소명출판, 2016 참조. 직접 인용한부분은 168쪽.
27 이량, 「세 사람」, 『조선지광』 64~65, 1927.2・3, 65호의 속편 제목은 「새로 차저낸 것」이다.
28 이량, 「새로 차저낸 것—세 사람 續編」, 위의 책, 19쪽.
29 위의 글, 18쪽.
30 한설야, 「뒤ㅅ걸음질」, 『조선지광』 70, 1927.8, 42쪽.

가정도 버리고, 부모도 버리고, 처자妻子도 버린 대신 주의자들은 '형제'를 얻었다. 그러나 이 형제애가 얼마나 허약한지를 또한 여러 소설들이 보여주고 있다. 인용한 「세 사람」을 비롯해 『조선지광』에 실린 여러 소설이 동지 사이의 우정이 변질되고 파탄되는 과정을 묘사했다. 당국의 물리적인 검속 때문에, 모두 가난했거나 가난에 따른 인색함 때문에, 혹은 명예욕과 같은 개인적인 이기심 때문에, 때로는 학력, 재산 등 각자가진 유무형의 자산이 애초부터 달랐기 때문에 형제들은 멀어졌다. 형제를 얻는 것은 용기를 필요로 했지만, 잃는 것은 불가항력이었다. 그리고 이 친밀감의 상실은 생각보다 심각하게 주의자의 존재 지반을 흔든다. 친애/친밀감으로부터의 '이중'의 소외. 말 그대로 가정에서도, 사회에서도 발붙일 곳이 없어지는 것이다.

윤기정의 「미치는 사람」[31]은 이러한 정처 없음의 한 극단을 보여준다. 일자리도 못 구하고 친구에게도 따돌림당하는 굶주린 '김철'은 무능력한 자신에 대한 원망과 저주로 자살을 택하느냐, 그렇지 않으면 처자를 죽이고 마지막으로 이 무정한 세상과 투쟁하느냐의 기로에서 갈등하다 결국 미쳐버리고 만다. 이 소설에서 새삼 주목해야 할 인물은 김철의 친구 '명국'이다. 오직 명국이만이 유일하게 김철을 이전과 조금도 다름없이 보듬어 주었다. 그 역시 혼자서 번 돈으로 여러 식구가 근근이 살아가지만 그래도 김철이 찾아오면 반드시 밥을 먹이고 어떤 때는 돈을 주고, 돈이 없으면 쌀이라도 준다. "똑같은 처지에서 우는" 김철이 찾아갈 때마다 그는 "진심으로 맞아들였다"[32]. 김철이 미친 후에 품어준 이도 명국이다. 자살과 처자 살해의 환상이 난무하는 와중에

....
31 윤기정, 「미치는 사람」, 『조선지광』 68~69, 1927.6 · 7.
32 위의 글, 52쪽.

김철이 친구들을 떠올리면서 명국의 이름을 따로 발화한 것은, 김철의 고통과 외로움의 이유 중 큰 몫을 차지하는 것이 친구와 가족으로부터의 소외이며 이를 해소할 수 있는 방안 역시 명국의 따뜻한 배려와 같은 친밀감의 회복임을 암시한다.

명국은 이례적인, 한결같은 친구였다. 이에 반해 왕년의 주의자들은 꽤나 빨리 노쇠했고,[33] 자신이 타락했고 용기를 상실했다고 쉽게 말했다. 이기영의 「시대의 진보」에서 "당신과는 시대가 다른 썩은 나무"[34]라고 고백하는 '최 선생'은 시대의 진보 앞에서 "동정자적 건달주의자"[35]이었음이 탄로 났다. 그들은 이제 사회주의 이념이 품고 있는 박애 혹은 형제애의 정신을 실현할 용기를 구태여 발휘하는 대신, 시대의 냉혹함과 소부르주아 인텔리의 운명을 되뇌며 자기를 위안할 따름이다.

타락하고 노쇠한 지식인들의 형상과 그 의미는 전향 이후의 시대적 상황과 관련해 자주 언급되고 논의되어 왔다. 그러나 위에서 보듯 이보다 앞선 시기에도 여전히 신념을 버리고 친구를 져버리는 이들은 물론 존재했다. 그들은 어떻게 보자면 상대적으로 재발랐다. 자신을 둘러싼 친밀한 관계가 완전히 무너지기 이전에 그들은 그 관계 속으로 다시 들어왔고, 조금 더 빨리 '가족'과 '생활'을 이야기할 수 있었다. 유진오야말로 이러한 친구들의 변화에 민감했다. 「삼면경三面鏡」(『조선지광』 75, 1928.1)에서는 친구를 골라시 사귀고, 친구보다 우위에 있기 위해 공부

....

33 이를테면 유진오가 그린 바 있듯, 가출옥 처분을 받고 7년 만에 맥없이 돌아온 형과 같은 인물들이 그러하다. "나의모든 예상은 어그러젓다 형은인력거도안타고 고개까지숙엿다". 유진오, 「兄」, 『조선지광』 94, 1931.1·2 합병, 41쪽.
34 이기영, 「시대의 진보」, 위의 책, 34쪽.
35 위의 글, 35쪽.

했던 'S'의 머릿속에 한 방울의 뇌수도 없다고 풍자했고, 「넥타이의 침전沈澱」(『조선지광』 77, 1928.3·4)에서는 젊은 시절 사회운동에 투신했지만 지금은 무사안일하게 살기만을 바라는 '나'에 대해 보통학교를 갓 졸업한 아들의 입을 빌려 "아버지는 왜 남과 같이 큰 사람이 못 되시우"[36]라고 에둘러 비판했다.

유진오는 이보다 앞서 발표했던 「파악把握」(『조선지광』 69~71, 1927.7~1927.9)에서도 한때 '피 끓는 청춘' 시절을 함께 보냈던 '태호'와 'H'의 삶의 궤적을 대조적으로 보여주며 보다 예리하게 친구 사이의 변모를 보여준 바 있다. 대대로 종노릇하던 대감댁의 도움으로 우여곡절 끝에 중학에 입학한 태호는 사회운동에 투신할 뜻을 세우지만, 아버지와 누이의 빈궁한 생활이 눈에 밟혀 할 수 없이 내키지 않는 교원생활을 시작한다. 그러나 교원생활에서 경험한 자연의 경이, 아이들의 열정에 감복해 기꺼이 새 생활을 시작하고, 이후 전근을 가게 된다. 그곳에서 그는 다시금 자기의 현재 생활과 신념 사이의 모순을 느껴 소작농이 되기로 결심하고 농사를 짓지만 이 역시 신통치 않다. 지금까지의 삶이 결국 애초의 신념을 배반한 거짓된 것임을 깨달은 태호는 자신이 처음 교원으로 부임했을 때도 여전히 "분투니 노력이니 이상이니 투쟁"을 이야기하는 편지를 보냈던 "오직 하나의 가장 사랑하는 벗"[37] H를 찾아 처자를 버리고 서울로 떠난다. 그러나 물려받은 유산으로 호화로운 생활을 누리며 사는 H는 이미 예전의 그 친구가 아니었다. 이전 편지와는 정반대로 "결국 공연히 공상이나 이상에만 날뛰어도 못쓰는 것이고 또 현상에만 잡혀도 못쓰는 것이고 현상을 현상대로 인식하고 그것을 기

....

36 유진오, 「넥타이의 沈澱」, 『조선지광』 77, 1928.3·4 합병호, 39쪽.
37 유진오, 「把握 (2)」, 『조선지광』 70, 1927.8, 57~58쪽.

초로 하고 그 위에 올나서서……"[38] 운운하는 H에게 태호는 기껏해야 말을 끊으며 이 페치카는 미국에서 온 것 아니냐고 물을 뿐이다.

근대 지식 중 '자기비판'을 상시화하고, '주체의 주체다움'에 대해 지속적으로 문제를 제기하는 구조를 지닌 유일한 지식체계가 사회주의라면,[39] 끊임없이 자신의 신념과 실제 처한 삶의 정합성을 의문에 부치면서 자기를 성찰하고 도약을 감행하는 태호와 같은 인간형은 사회주의적 이념을 올곧게 체현한 인물로 평가될 만하다. 그런데 이러한 인물형과 대비되는 H의 '변절'이 과연 윤리적으로 올바르지 못한 것인가라고 묻는다면 쉽게 그렇다고 대답하지는 못할 것이다. 태호의 자기성찰과 도약 역시 여느 '진정한' 주의자들과 마찬가지로 대개 부모와 처자의 최소한의 행복을 저당(抵當) 잡힌 위에서 감행되기 때문이다. 이를테면 다음과 같이 물을 수 있다. 중학교(中學校) 입학 전 어머니가 돌아가시지 않고, 교원으로 부임하기 직전 아버지가 돌아가시지 않았다면 태호의 삶이 그다지도 '역동적'일 수 있었을까. 나름대로 안정된 교원생활을 버리면서까지 소작농이 되었지만, 그 이후 경제적 곤란에 처한 아내의 불만을 어떻게 수습할 것인가. 처자를 버리고 서울로 가는 것이야말로 자기애의 극단이 아닌가. 가장 친밀한 이들의 행복을 무너뜨리면서까지 신념을 지키는 것이 온당한 일일까. 반대로, 그렇다면 나와 가족의 안정과 행복을 위해서라면 동지애라는 또 다른 친밀한 삶의 양식은 불가피하게 파기될 수밖에 없는 것인가.

신념과 우정과 자기애와 동지애와 가정의 행복이 조화롭게 합일될 수 있다면 위와 같이 질문할 이유는 없을 것이다. 『조선지광』의 여러

---

38 유진오, 「把握 (3)」, 『조선지광』 71, 1927.9, 45쪽.
39 박헌호, 「'계급' 개념의 근대 지식적 역학」, 『상허학보』 22, 상허학회, 2008, 24쪽.

소설들은 이 합일의 균열 지점 혹은 그것의 (불)가능성을 위태롭고 불안한 주의자들의 형상을 통해 보여주었다. 물론 그렇지 않은 경우도 있다. 불안정한 우정이 별다른 중간 과정 없이 서둘러 동지애로 봉합되는 경우도 있고,[40] 때로는 역설적이게도 동지애의 완전한 실현이 '주의자'의 죽음으로만 가능해지는 상황도 그려진다. 더 이상 동지를 배반할 수도 없고, 신념을 버릴 여지조차도 없이 봉해진 주검은 그 자체로 흠 없이 매끈한 동지애의 표상이다. 그래서 "고 박성운 동무의 영구"를 "무슨 '동맹', 무슨 '회', 무슨 '조합', 무슨 '사'"[41]의 깃발이 뒤따르는 상황은 자연스럽다. 송영의 「노인부老人夫」[42]는 어떤가. 젊은 시절 김옥균 등의 개화파와 한 패가 되어 거사를 치르다가 실패하고 만주로 도주해 교육사업에 투신했던 화장火葬지기 박첨지 영감은 자기도 모르게, '제일차 ×××사건'으로 검거되어 감옥에서 병사한 자신의 아들 '박보영'을 제 손으로 화장하고 만다. 얼굴 한 번 보지 못 했던 아들의 초상初喪을 치르고 비통한 그는, 그러나 어느새 울음을 그치고 아들의 동지들에게 더 힘껏 운동에 투신하라고 말한다. 이로써 아버지와 아들과 아들의 동지들은 가족과 세대를 뛰어넘어 이념의 깃발 아래 완전한 합일에 이르게 된다.

『조선지광』 소재 소설이 재현한 위태롭고 불안한 주의자들의 형상은 몇 차례에 걸친 공산당 검거사건과 만주사변에 걸쳐 있는(1925~1931)

....

40 예컨대, 조명희의 「동지」(『조선지광』 65, 1927.3)에서 동경 유학 시절 여자를 둘러싼 알력으로 아주 절교하게 된 '김 군'과 '박 군'은 기차간에서 떨리는 손을 움켜잡으며 감격에 찬 목소리로 '나의 동지'를 외친다. 송영의 「석탄속에 부부들」(『조선지광』 78, 1928.5)에서도 아내에게 추파를 던지는 것으로 오해해 금이 갔던 두 친구의 우정은 역시 동지애로 쉽게 봉합된다.
41 조명희, 「낙동강」, 『조선지광』 69, 1927.2, 27쪽.
42 송영, 「노인부」, 『조선지광』 94, 1931.1 · 2 합병.

잡지의 시대적 입지를 반영하는 것으로 볼 수도 있다. 그 기간 동안 많은 친구들이 죽거나, 몰락했거나, 변절했고, 여러 작가들은 이를 소설로 형상화했다. 그리고 이후 닥친 전향이라는 사태 앞에서 그들은 다시금 관계의 윤리를 돌아봐야 했다.

3. 전향 이후, 혹은 친구 이후

그런데 좋은 사람으로 받아들였던 사람이 나빠졌고, 또 그렇게 보인다면, 그래도 그를 여전히 친구로서 사랑해야 하는가?[43]

일본의 승승장구와 국제적 지위의 향상을 대면하면서, 시국 인식, 국민적 자각, 이론상 오류와 개심 등의 이유를 내세우며 '진정한 의미의' 내면적, 사상적 전향이 대량으로 발생했던 중일전쟁 이후,[44] '오빠와 용감한 오빠 친구들'은 어떻게 살아가고 있는가. 한편에는, 우정을 지속하고 싶어도 친구의 죽음으로 우정을 지속할 수 없는 경우가 있다. "괴로움과 서러움을 나누고 서로서로의 장점과 단점을 잘 알면서 서로서로의 가치를 존중해주던 벗", "물결 센 시대를 함께 헤어 나오며 갖은 고초를 같이 겪어온 벗"[45]의 죽음이 불러오는 비애는 불가항

....

43 Aristoteles, 이창주 · 김재홍 · 강상진 역, 앞의 책, 322쪽.
44 홍종욱, 「중일전쟁기(1937~1941) 조선 사회주의자들의 전향과 그 논리」, 서울대 석사논문, 2000, 169~171쪽.

력이다. 문제는 살아남은 자들이다.

> 민우가 모든것을 그에게 마낀다는뜻으로 네네 대답만하고 돌아오랴는
> 때에 역시 전춘씨 소개로 도청사회과에 취직한 박의선이가 가—기빛도
> 새로운 쓰메에리양복을 입고 늠늠히 들어온다. **본시 친밀한 사이일뿐 아니라**
> 그 사람이 그전에 그안에 있을때에 민우가 서적이니 지리가미니 하는 것
> 을 넣어주었고 또 그사람이 민우가 그안에있을때에 편지와 서적차입을
> 자주해주었던것도 물론이다. 그런데하도 오래간만이어서 그런지 **두사람**
> **은 잠시서루 얼굴을 붉히고** 몇마디바꾼담에민우가 먼저돌아서나왔다. 나올
> 때에 얼핏본 박군의 왼편뺨 모습이 이상스레 눈밑에서 떠나지않는다. 그
> 러다가 깜빡 그생각을 잊었는데벼란간 무엇이 머릿속에서 번쩍한다. '옳
> 지 꼭 그의 아버지 모습이로구나'[46]

「이녕泥濘」의 '민우'는 보호관찰소 '전춘' 씨에게 취직 부탁을 하러
갔다가 본래 친밀했던 '박의선'을 만난다. 그러나 그들은 서로 얼굴을
붉히고, 민우의 입장에서 뒤돌아 생각해보니, 박의선은 그의 아버지를
닮아 있었다. 사실 '아버지'야말로 '우리'를 전혀 이해하지 못하던 구
시대의 전형 아니던가. 김남천의 「경영」(『문장』, 1940.10)에서 오시형이
출소 후 부유한 아버지의 품에 의탁한 것처럼, 그 부끄러운 모습으로
어느새 박의선은 변모해 있었다.

구세대에 대한 환멸, 사회적 생산과 사적 소유의 불일치라는 자본주

....
45 유진오, 「신경(新京)」(『춘추』, 1942.10), 윤대석 편, 『김강사와 T교수—김남천 · 유진오 단편선』,
    현대문학, 2011, 453쪽.
46 한설야, 「이녕」, 『문장』 1-4, 1939.5, 26쪽.

의적 모순에 기생하는 속물들에 대한 경멸은 소위 경향문학과 모더니즘 문학 모두를 아우르는 작가적 태도였다. 그리고 이 인물들의 '부정적' 면모가 별다른 주의를 기울이지 않아도 쉽게 드러나기 때문에, 작품에서 이와 대비되어 그려지는 인물들은 현실에 대한 깊은 천착 없이 "추상적 이상주의에 근거한 모험적 행동"의 감행으로 기울어지는 경향이 있었다.[47] 이를테면 "옛날 영웅 심리를 향락하면서 징역을 살던 기분"[48]은 이러한 모험적 행위의 성격을 간결하게 정리한 회고라 할 만하다. 주의자인 '나'는 "무산계급이라는 추상적 범주의 인간을 구원해야 한다는 사회주의 이념에 대한 사랑"[49]만으로도 신념의 우월성이 '자동적'으로 보장될 것으로 믿었다. 이효석의 「행진곡」에서 주인공이 "그들과 나 사이에 간격"[50]이 있고, 그들이 나를 이해하지 못한다고 토로하는 것도 이러한 우월성에 대한 믿음에서 미롯될 터이다.

1937년 중일전쟁 발발 이후 '신체제' 출범을 앞둔 시점에서는 살아남은 전향자 혹은 지식인 '나'와 '그들' 사이의 간격은 좁혀지거나 무화된다. 이른바 전향문학에서 익히 보아왔듯 "계급운동가 또는 산책자에서 생활인으로 진입"하는 과정에서, 생활인이란 곧 "속물들과 등가"[51]로 여겨졌기 때문에 이들의 자괴감은 실로 크다. 해서 '전향'은 비단 이념적 차원에 한정되는 것이 아니라 지식인 계층이 한때 속되다 여기며 거리를 두었던 사회 내로 반강제적으로 편입해 가는 그러

....

47 류보선, 「환멸과 반성-1930년대 후반기 문학의 두 표정」, 『한국 근대문학의 정치적 (무)의식』, 소명출판, 2005, 324~329쪽.
48 김남천, 「경영」(『문장』, 1940.10), 채호석 편, 앞의 책, 277쪽.
49 손유경, 『고통과 동정-한국 근대소설과 감정의 발견』, 역사비평사, 2008, 273쪽.
50 이효석, 「행진곡」, 『이효석전집』 1, 창미사, 2003, 65쪽.
51 류보선, 앞의 책, 330쪽.

한 사태 일반을 지칭하는 것이라고 보다 넓게 이해될 필요가 있다.[52] 그리고 하나 더 짚고 넘어가야 할 것은 이러한 편입의 과정에서 이들이 경험했던 자괴감이 단지 속물과 비슷해졌거나 같아졌기 때문에 그러했던 것만은 아니라, 한때 '같은' 길을 갔던 친구들의 이탈, 변모, 친구와 나의 '다름'에 대한 뒤늦은 깨달음 또한 자괴감의 한 원인이 되었다는 점이다. 문학사에서 특별히 주목받지는 않았지만, 박노갑의 「삼인행三人行」(1940)은 이러한 정황을 인상적으로 보여주고 있다.

> 주인 주인 같잖고 되잡이 되잡이 같잖고 배달부 배달부 같잖은 것들 끼리만 용케 모여서, 장사 같잖은 장사를, 거지 같은 골목 용케 골라 차렸다는 평판에, 새삼스럽게 노여워할, 주인 구형도 아니요 되잡이 문형도 아니요 배달부 정칠도 아니었다.[53]

전향지식인들 혹은 대학까지 나온 당대의 엘리트들이 향한 곳은 대개 돈과 자본이 지배하는 시장이었다. 전향의 완수는 단순히 직업 전

....

52 정주아는 최근 글에서 박영희의 '전향 선언'의 의미를 반추하며 "'좌파 작가의 전향 이후'를 '군국주의 파시즘으로의 귀의'가 아닌 '식민지 자본주의에의 투항'"의 차원에서 볼 필요가 있다고 논했다. 전향을 단지 체제협력의 문제로 간주하는 대신 '투항'에 주목할 경우 투항 이후의 비루한 삶에 저항하는 방식으로서의 문학 행위의 가능성과 함께 마르크스주의 이후의 '좌파'의 가능성에 대해 이야기할 여지가 생긴다는 것이다. 아울러 이 글은 박영희의 '전향 선언'이 문학의 볼셰비키화에 따라 계급운동이 교조화되어 가는 과정에서 "우정과 연대의 감정"이 사라지는 것에 대한 환멸로부터 비롯되어 있음을 설득력 있게 논하고 있다. 계급'문학' 운동을 '집단' 운동으로 의식했던 박영희에게, '우정과 연대', '동지애(사랑)', '감정과 정서'의 상실은 그간 문학을 지탱했던 조건의 상실로 받아들여졌을 것이고 이것이 "상실한 것은 예술 자신"이라는 전향 선언으로 표출되었다는 것이다. 주의자들 사이의 '우정'의 (불)가능성과 그 윤리적·정치적 함의를 살펴보려는 본고의 논의를 다듬는 데 주요하게 참조했다. 정주아, 「동지애와 증오애(hurting love)−회월 박영희의 전향 선언과 '좌파/문학'」, 『한국현대문학연구』 48, 한국현대문학회, 2016 참조. 직접 인용 부분은 29·33쪽.

53 박노갑, 「삼인행」, 『문장』 2-1, 1940.1, 80쪽. 이하 인용은 모두 본문에 쪽수만 표시.

선에 뛰어드는 게 아니라, 얼마나 돈 되는 직업을 가지는 데 있었다. 물론 이들이 자본의 '생리'를 체득하기란 쉽지 않았다. 대자본과 브로커, 밀수꾼들이 판치는 시장의 세계는 그들의 '생리'와는 좀처럼 맞지 않았다. 이를테면 「가을」의 '기호'는 딸 "은히만 아니라면 그까짓 오십원짜리 사무원쯤에야 벌서 옛날에 집어치웠을 것이다."[54] 물론 이러한 '자존심'은 시장이 요청하는 가치가 아니었다. 그것은 시장이 보기에 '같잖은' 것이었다.

　「삼인행」이 보여주는 세계는, 이러한 같잖은 인간들이 같잖게도 장사를 하다가 말아먹는 현실이다. 소설은 친구 사이인 '구형'과 '문원', 한때 고무공장을 다녔던 '정칠'이 합심하여 세운 쌀가게 '삼인사'가 망하는 과정을 그린다. '삼인사'가 망한 것은 그들이 시장에서 "같잖은" 인간들이기 때문이기도 했지만, 한편으로 구형과 문원/정칠이 '같지 않은' 인간이기 때문이기도 했다. "쌀 대두 한말"을 가져가지 않으면 "처자를 굶길 터"(96쪽)인 문원을 찾아와 "여보게 나는 생각기를, **친구밖에 없다고 하네**. 내 자네 사정을 모를리 있겠나. 우리들 손잡고 나서면 설마 굶어죽겠나"(86~87쪽)라며 명목상 가게 동업을 권유하는 것은, 적게나마 도조賭租를 받는 지주의 아들이자 대학에서 경제학을 전공했고 가게라는 '고정 자본'을 바탕으로 업종 변경까지 고려할 수 있는 구형의 지위에 그다지 어울리지 않았다. 반강제로 문원이 삼인사에서 나가게 되는 소설의 마지막 대화 장면은 그래서 주목할 만하다.

　"간단 말을 내가 먼저 하야지, 자네가 먼저 날보고 가래서야, 자네 체면

....
54　유진오, 「가을」, 『문장』 1-4, 1939.5, 52쪽.

이 되겠나, 내 체면이 되겠나! 자네 진작 나를 해고 시키지 않은 것을 나는 오직 감사히 생각 할 뿐일세. 이 이상 긴 이야기가 뭣에 필요겠나." 문원은 될수 있는대로 목소리를 가라앉히랴 애쓰며 한 말이었다. "나는 여간 고심을 하였겠나. 어떻게 하면 **가치** 좀 살어볼수 있을까 하고는." 구형은 긴 한숨을 내 뽑았다. "그것을 왜 몰랐겠나. **같잖은** 사람들이 모인 곳에 **같은** 결과가 있잘 까닭 있는가. 못 보면 보고 싶고, 보면 그저 그렇고 그런 게지, 평생을 **가치만** 살어야 맛인가."(103쪽)

친구 관계를 강조하며 여전히 '같음'을 강조하는 구형과, 그럼에도 '같지 않음'을 확인하는 문원의 미묘한 신경전은 시장이 진입을 허용하는 인간형이 어떠한지를 다시 한 번 확인시켜 주고 있다. 결국은 구형처럼 자본이 있거나, 그렇지 않으면 남들'같이' 돈의 흐름에 몸을 내맡길 때 그들은 시장의 질서를 체득할 수 있다. 문원은 손님을 속이며 쌀 되질을 하기에는 자신의 '양심'이 허락하지 않고, 그렇다고 양심적으로 하기에는 친구이자 고용인인 구형이 허락하지 않는 딜레마에 처해 있었다. 신사도 되지 못하고 막벌이꾼도 되지 못하는 문원은 '친구라는 낭만'을 가장한 자본의 공격에 속수무책일 수밖에 없었다.

「삼인행」의 문원은 친구가 '이전 같지 않음'을, 그리고 그로 인해 친구와 자신이 더 이상 '같지 않음'을 제대로 인식하지 못했다. 그리하여 구형을 주식회사 발기인으로 올리는 데 한 몫 하는 등 친구와 함께 생계를 꾸리기 위해 안간힘을 썼지만 그것이 전적으로 돈에 연연하는 삶이 될 수도 있음을, 혹은 필연적으로 그렇게 될 수밖에 없음을 몰랐기 때문에 그는 몰락했다. '전향 이후'는 이런 의미에서 '친구 이후'이기도 했다.[55]

나는 아무 대꾸도 하지 않았다. 그러나 K기사의 말에서 아무러한 충격도 받지않은 것은 아니었다. 그의 종형이나 나까지를 범박하게 인도주의로 합쳐서 간주할려는 그의 의도가 미웁기도 하였지만, 확실이 이러한 둔하게 보이는 그의 신경속에는 꺾을수 없는 어떤 신념이 들어 보여서, 나는 두려움 비슷한 감정을 품게되는것이었다.[56]

여하튼 출판사는 해야만 한다. 결심한 이상 꼭 해놓고야 말 것이다. 사업이 아니라면 장사라고 불러도 좋다. 주식회사가 되기까지는 허창훈이도 필요하고 김준호도 절대로 필요하다. 허창훈 너는 돈을 가졌고 김준호 나는 너의 기술이 필요하다. 자본가를 끌기 위하여는 김준호 네가 꼭 있어야 한다. (…중략…) 그러나 창훈아 준호야. 아니 누구보다도 정숙아. 나는 너희들과 함께 출판사를 하련다. 아니 장사를 하련다.[57]

지금까지의 논의와 관련해 김남천 소설의 위와 같은 대목들을 다시 한 번 음미해 볼 만하다. 「길 우에서」의 '나'는 함께 열렬히 사회운동에 몸담았던 K기사의 종형과 '함께 묶이는 것'에 왜 거부감을 드러내는가. 자신의 친구 '김준호'와 부적절한 관계를 맺는다고 오해하여 아내에게 손찌검까지 했던 「처를 때리고」의 '그'는 왜 그럼에도 출판업

55 장훈교는 우시타 쇼조의 『전향의 사상사적 연구』(최종길 역, 논형, 2007)에 대한 서평에서, "동지들은 전향자에게 우정을 인정하지 않는다"는 후지타 쇼조의 언급을 새롭게 바라보려 했다. 요컨대 전향자에게 우정을 인정하지 않는 동지들의 관계가 같은 사상과 정치적 견해만을 중시하는 협소한 당파적 이념의 산물이라면, 이를 전복하여 '삶의 형태'를 공유하는 우정에 기초한 새로운 관계를 맺어야 한다는 실천적 요청이 이 언급의 숨은 뜻이라는 것이다. 이념에 결박된 관계를 섣불리 우정이라고 간주할 수 있는지 묻고 있어 주목할 만하다. 장훈교, 「그러나 동지는 전향자에게 우정을 인정하지 않는다」, 『역사연구』 17, 역사학연구소, 2007, 195~196쪽.
56 김남천, 「길 우에서」, 『문장』 증간호─창작 32인집 1-7, 1939.7, 237쪽.
57 김남천, 「처를 때리고」, 채호석 편, 앞의 책, 148쪽.

이라는 '장사'를 명목으로 아내를 희롱하기까지 한 '허창훈'과 같은 친구들을 필요로 하는가와 같은 문제 말이다.

4. 우정은 환상인가 – 우정이라는 '감정'

아리스토텔레스에 따르면 "친구는 또 다른 자기"[58]다. 동양에서도 비슷하게 벗은 '제2의 나第二吾'라고 칭해졌다. 나의 훌륭한 덕목을 친구 역시 가지고 있기 때문에 그들은 친구가 될 수 있고, 반대로 나는 친구의 불의를 통해 나의 불의를 또한 알 수 있다. 앞서 인용한 「이념」의 민우와 박의선이 보호관찰소에서 서로 얼굴을 붉혔던 것은, 서술자의 말마따나 "하도 오래간만이라서 그런"게 아니라 자신의 비굴함이 상대방을 통해 명징하게 인식되었기 때문이 아닐까. 「삼인행」의 문원이 삼인사에서 해고된 것도 자신의 '양심'을 친구 구원도 가지고 있을 거라 오판했기 때문 아닐까. 칸트가 적절히 설명했듯 "우애는 (그 완전 상태에서 보자면) 두 인격이 평등한 교호적인 사랑과 존경에 의해 하나됨(통일됨)을 뜻한다."[59] 이 말을 받아들인다면, 같지 않았던 「삼인행」의 친구들이 '하나'가 되는 것은 애초부터 어려운 일이었다. 그러나 소크라테스 또한 의심했듯 아무 것도 필요로 하지 않고 그래서 무언가를 존중하지도 않는 훌륭한 자

....
58 아리스토텔레스, 이창주 · 김재홍 · 강상진 역, 앞의 책, 325쪽.
59 Immanuel Kant, 백종현 역, 「덕이론의 형이상학적 기초원리」, 『윤리형이상학』, 아카넷, 2012, 583쪽.

들은 애당초 친구를 필요로 하지 않는다. 더 넓게는 비슷한 자들끼리의 우정 역시 이런 점에서 의심해 볼 만하다.[60] 이상적 우정의 형태를 말했음에도, 칸트 또한 '자기애'와 '인간애'가 조화된 우정은 현실에서는 실현되기 힘든 이상일 뿐이라고 말했다. '완전한' 우정의 성립은 이래저래 난망하다.

우정에 대한 철학적 관심과 규명은 오래 전부터 있어 왔지만, 우정을 개인적인 '감정' 혹은 '정서'의 문제로 쉽게 치환했기 때문에 오랫동안 진지한 학문적 관심의 대상이 되지는 못했다. 그러나 앞서 언급했듯 멀게는 플라톤, 아리스토텔레스로부터 시작해 칸트를 거쳐, 동등한 이들끼리의 배타적이고 이분법적인 우정 대신 서로의 차이를 인정한 기반 위에서 대화와 배려를 통해 성립되는 '다원적 우정'의 가능성, 이른바 '우정의 정치학'을 선파한 데리다[61]에 이르기까지 철학자들은 제각각 인간의 원초적, 근본적 관계로서의 우정의 함의를 해명하고자 했다. 그리고 최근 들어 덕, 공동체, 정의 등의 가치의 재부상과 함께 우정의 윤리, 우정의 정치학 등에 대한 논의는 점차 활기를 얻고 있는 편이다.

지금까지 1920~30년대 소설에 재현된 주의자들의 '우정'의 양상과 그 향방을 주로 『조선지광』을 중심으로 살펴보았다. 이는 우정의 윤리에 대한 최근의 관심과 더불어, 식민지 조선에서 사회주의 이념의 유입과 이후 넓은 의미의 '전향'이라는 사태를 거치며 지식인들 사이에, 혹은 지식인과 그 주변 사람들 사이에 일어난 '친밀성의 구조변동'[62]을 대략적으로 가늠해 보기 위해서였다. 사실 그 변동 양상은

....

60 플라톤, 강철웅 역, 『뤼시스』, 이제이북스, 2007 참조.
61 Jacques Derrida, George Collins trans., *The Politics of Friendship*, Verso, 2005, pp. 25~30.

경험적으로 미루어 짐작할 수도 있다. '연대'의 가치를 말하며 남들과 다른 길을 갔던 이들의 투쟁과 희생을, 반대로 그들 중 일부가 어떻게 그것으로부터 멀어졌는지를 자주 보아 왔기 때문이다.

　다른 한편 이 글은 1990년대 말부터 시작해 최근 한국학계 전반에서도 그 관심이 높아지고 있는 '감정 연구'의 지향점을 나름대로 모색해 보려는 시도의 일환이기도 하다.[63] 한 연구서의 서문에서 언급한 대로, '근대성 담론'에서 '포스트 담론'으로의 이행에 따라 한국 근대문학 연구에서도 '문화 연구'라 불리는 다양한 연구가 나타났음은 주지의 사실이다. 이를 보다 세분화하여 '문화 연구'가 "문학을 둘러싼 사회적 영역을 횡적 확장을 통해 탐구하는 것"이라면 '감성(정) 연구'는 "감성의 문화정치학을 구성하려는 욕망에 이끌려 종적 심화를 모색하는 것"이라는 규정 또한 납득할 만한 통찰이다.[64] 다만 감정이 본질적으로 타인을 포함한 외부의 사물 혹은 현상에 대하여 일어나는 마음이나 느끼는 기분임을 염두에 둔다면, 감정 연구 역시 일차적으로는 '나'와 '타자(인)' 사이의 관계가 어떻게 감정적으로 구조화되는지를 살펴보아야 할 필요가 있지 않을까. 예컨대 근대문학 형성기 '감

....

62 기든스의 용어를 빌려 왔다. 앤서니 기든스, 배은경 외역, 『현대사회의 성·사랑·에로티시즘―친밀성의 구조변동』, 새물결, 2001.

63 소영현은 최근 연구에서 그간 이루어졌던 감정 연구의 계보와 주요 연구 성과 및 학술적 의의를 상세히 정리하고 앞으로 지향해야 할 바에 대해서 서술한 바 있다. 그에 따르면 '감정으로의 전환'이라고 표현될 정도로 '감정'이 2010년대 이래 한국 출판계 및 학계 전반을 아우르며 주목받고 있는 것은 일차적으로 사회가 요구하는 변화 혹은 변혁에 대한 실천적인 사회인문학적 응답의 소산이다. 그러나 감정 연구가 이러한 현실적 의제 설정에 국한되거나, 또는 감정을 '대상화'하여 제한된 영역에 한정되기보다는, 근대라는 '보편' 혹은 '중심/주변', '주체/타자'라는 이분법 포섭되지 않는 '사이'의 영역을 읽어내려는 방법론적 모색이 문학적 차원에서 감정 연구가 지향해야 할 지점이라고 필자는 아울러 강조하고 있다. 소영현, 「감정연구의 도전―흐르는 성찰성과 은폐된 미래」, 『한국근대문학연구』 34, 한국근대문학회, 2016.

64 박헌호 편, 『센티멘탈 이광수―감성과 이데올로기』, 소명출판, 2013, 4쪽.

정'이 어떠한 역할을 하였는지,[65] '열정'이라는 감정이 어떤 역할을 하였는지[66] 등 한국문학과 감정의 상관성에 관한 여러 연구는 감정이라는 기제가 어떻게 새로운 문학장의 지평을 열었는지를 충실히 잘 설명한 바 있다. 그러나 이와 같이 감정을 그 자체로 기능적 역할을 수행한 하나의 '계기'로 간주하기보다는 인간들 **사이** 혹은 나와 세계 **사이**의 '운동'으로 규정하는 것이 감정의 본질적 성격에 더 부합하지 않을까. 이를테면 한 연구자의 언급대로 감정을 "'사이'에 놓인 것이자 움직임을 만들어내는 힘"[67]으로 규정하는 방법론적 접근이 인간의 말과 행위와 의식이 타자 그리고 세계와 맺는 관계를 그리는 문학(연구)의 본질에 더 합당하리라고 본다. 이러한 맥락에서 인간들 사이의 가장 내밀한 관계 맺음의 방식 중 하나인 '우정' 또는 '사랑'의 양상을 되돌아보는 것은 현재진행되고 있는 감정 연구를 보다 구체화시키는 데 기여할 만한 방법론적 모색이 될 수 있다.

감정 연구는 인간의 내밀한 관계가 어떻게 이해되고 변천되어 왔는지 그 양상을 종적·역사적으로 살펴보는 쪽으로 그 영역이 확장될 필요가 있다고 생각된다. 이를테면 한국문학 연구에서 한때 '연애'는 큰 관심의 대상이 되었지만, 남녀 사이의 관계라는 그 본질적 성격과 관계의 양상이 어떻게 변화되었는지를 여러 작품을 통해 통시적으로 살펴보는 작업은 이후 드물었다. 또한 '연애'에 비해 '친구'와 '가족'에 대한 관심은 상대적으로 덜했다. 주의자와 운동가들의 활동과 이념, 신념을 집중적

....

65 이수형, 「근대문학연구에서 감정의 의미에 대한 일고찰」, 『인문과학연구논총』 43, 명지대 인문과학연구소, 2015 참조.

66 소래섭, 「근대문학 형성 과정에 나타난 열정이라는 감정의 역할」, 『한국현대문학연구』 37, 한국현대문학회, 2012 참조.

67 소영현, 앞의 글, 404쪽.

으로 논했지만, 그들을 둘러싼 친밀한 관계에 어떠한 변화가 일어나고 있는지에 대해서도 크게 주목하지 않았던 듯하다. 이 글에서 살펴본 '우정'의 경우 우리에게 친숙한 관계이자 개념이기 때문에 보다 깊은 이해로 나아가지 못했던 사정도 있었을 것이다. 이 글은 이념 그 자체보다는 관계에 주목하여, '주의자' 등 특수한 인물 형상과 그 주변의 인물들을 함께 생각할 필요가 있다는 문제의식에 입각하여 우선 여러 소설들을 통시적으로 독해해 보고자 했다. 그러나 이러한 접근법은 여러 소설에 나타난 우정 모티프를 일별하고 나열적으로 제시하는 일종의 '소재주의'로 흐를 수 있다는 점에서 한계를 지닌다. 작품 내적으로 이들 모티프들이 어떻게 구조화되는지에 대한 보다 진전된 연구를 통해 이를 보완하는 것이 차후의 과제가 될 것이다.

지금까지 살펴본 바와 같이 주의자들과 그들의 가족의 삶은 위태로운 경우가 많았다. 과거 함께 자라고 공부했던 친구들, 함께 투신했던 동지들의 죽음과 몰락과 변절은, 불안하고 동요하는 이들의 삶을 우회적으로 비춰주는 거울이었다. 내가 친구의 친구고, 친구의 친구가 나라는 순환론적인 관계 안에서, 나의 삶의 방식은 결국 친구들의 삶의 방식 중 어느 하나와 유사할 것이기 때문이다. 이런 의미에서 반복해 말한다면, 외로움 그리고 우정은 역사적이고 정치적이다. '진정한' 우정이란 미명美名은 환상에 그칠 가능성이 크지만 말이다.

참고문헌

기본 자료

『조선지광』, 『문장』

김남천, 채호석 편, 『김남천 단편선-맥』, 문학과지성사, 2006.

염상섭, 정호웅 편, 『삼대』 문학과지성사, 2004.

유진오, 윤대석 편, 『김강사와 T교수-김남천·유진오 단편선』, 현대문학, 2011.

이효석, 『이효석전집』 1, 창미사, 2003.

임규찬·한기형 편, 『카프비평자료총서』 Ⅲ-제1차 방향전환과 대중화 논쟁, 태학사, 1989.

단행본

강수택, 『연대주의-모더니즘 넘어서기』, 한길사, 2012.

고병권 외, 『코뮌주의 선언-우정과 기쁨의 정치학』, 교양인, 2007.

권명아, 『무한히 정치적인 외로움-한국 사회의 정동을 묻다』, 갈무리, 2012.

김영민, 『동무론-인문연대의 미래형식』, 한겨레출판, 2008.

김윤식, 『염상섭 연구』, 서울대 출판부, 1987.

류보선, 「환멸과 반성-1930년대 후반기 문학의 두 표정」, 『한국 근대문학의 정치적 (무)의식』, 소명출판, 2005.

박헌호 편, 『센티멘탈 이광수-감성과 이데올로기』, 소명출판, 2013.

손유경, 『고통과 동정-한국 근대소설과 감정의 발견』, 역사비평사, 2008.

_____, 『슬픈 사회주의자-미학적 실천으로서의 한국 근대문학』, 소명출판, 2016.

홍종욱, 「중일전쟁기(1937~1941) 조선 사회주의자들의 전향과 그 논리」, 서울대 석사논문, 2000.

Anthony Giddens, 배은경 외역, 『현대사회의 성·사랑·에로티시즘-친밀성의 구조변동』, 새물결, 2001.

Aristoteles, 이창주·김재홍·강상진 역, 『니코마코스 윤리학』, 이제이북스, 2006.

Immanuel Kant, 백종현 역, 「덕이론의 형이상학적 기초원리」, 『윤리형이상학』, 아카넷, 2012.

Jacques Derrida, George Collins trans., *The Politics of Friendship*, Verso, 2005.

Marcus Tullius Cicero, 천병희 역, 『노년에 관하여・우정에 관하여』, 숲, 2005.

Badhwar, The Nature and Significance of Friendship, Neera Kapur Badhwar(ed.) *Friendship : A Philosophical Reader*, Cornell U. Press, 1993.

Platon, 강철웅 역, 『뤼시스』, 이제이북스, 2007.

논문

박헌호, 「'계급' 개념의 근대 지식적 역학」, 『상허학보』 22, 상허학회, 2008.

_____, 「소모로서의 식민지, [不姙]資本의 운명 ─ 염상섭의 『무화과』를 중심으로」, 『외국문학연구』 48, 한국외대 외국문학연구소, 2012.

서유석, 「'연대(solidarity)' 개념에 대한 철학적 성찰」, 『철학논총』 72, 새한철학회, 2013.

소래섭, 「근대문학 형성 과정에 나타난 열정이라는 감정의 역할」, 『한국현대문학연구』 37, 한국현대문학회, 2012.

소영현, 「감정연구의 도전 ─ 흐르는 성찰성과 은폐된 미래」, 『한국근대문학연구』 34, 한국근대문학회, 2016.

오혜진, 「'심퍼사이저(sympathizer)'라는 필터 ─ 저항의 자원과 그 양식들」, 『상허학보』 38, 상허학회, 2013.

이수형, 「근대문학 연구에서 감정의 의미에 대한 일고찰」, 『인문과학연구논총』 43, 명지대 인문과학연구소, 2015.

장 신, 「『週報 朝鮮之光』의 발굴과 몇 가지 문제」, 『근대서지』 4, 근대서지학회, 2011.

장훈교, 「그러나 동지는 전향자에게 우정을 인정하지 않는다」, 『역사연구』 17, 역사학연구소, 2007.

정주아, 「동지애와 증오애(hurting love) ─ 회월 박영희의 전향선언과 '좌파/문학'」, 『한국현대문학연구』 48, 한국현대문학회, 2016.

한기형, 「식민지 검열 정책과 사회주의 관련 잡지의 정치 역학 ─ 『개벽』과 『조선지광』의 역사적 위상 분석과 관련하여」, 『한국문학연구』 30, 동국대 한국문학연구소, 2006.

1930년대 후반 김남천 소설의 이체異體

「장날」과 「이리」에 나타난 몽타주montage와 구상력構想力을 중심으로

이소영

1. 기본자의 변화와 이채異彩로운 소설 두 편

1935년 카프 해산 이후 김남천은 소설로서는 다소 길었던 침묵 끝에 「남매」(『조선문학』, 1937.3)와 「처妻를 때리고」(『조선문학』, 1937.6)를 석 달 간격으로 내놓는다. 이 두 작품은 김남천의 1930년대 후반 소설 세계의 큰 두 가지 줄기를 예고하고 있다고 할 수 있는데, 이 줄기의 연원에는 카프 해산 이후 조직의 재건이 불가능해져 버린 시점에서 다시 '현대'를 관통하는 역사 발전의 추진력을 '예술적'으로 사유하고자 하는 김남천의 요청이 가로놓여 있다.

현대, 우리들 작가가 그에 대하여 느끼는 매혹은 그(현대)의 역사성을 진실로 인식하는 데서부터 시작된다. 착잡한 현상과 혼란된 양자(樣姿)에도 불구하고 이를 뚫고 흐르는 역사적 추진력을 간파하고 그의 본질을 예술적으로 인식하려는 것에 비로소 현대에 대한 작가의 매혹이 생겨난다. 사람이 침잠하여 우울증을 조조(調造)하고 퇴폐하여 데카당스를 찬(讚)할 때 우리가 오직 이의 진정한 인식에서 시대적 운무(雲霧)의 고발을 부르짖어 조금도 비관할 줄 모르는 것은, 이대(代)에 대하여 그가 가지고 있는 모든 마이너스에 대해서까지도 한 개의 매혹, 인간의 힘으로 역력히 그 마이너스를 극복할 수 있다는 이 최대의 매혹을 느낄 수 있는 때문이다. 이것이 현대에 대하여 고발 문학의 작가가 느끼는 일반적인 창작상 매혹의 원천이다. (…중략…) 현대에 대한 매혹을 따라가는 길 위에서 나는 두 개의 작은 방향을 더듬고 있다는 말이다.[1]

여기서 김남천은 현대에 대한 작가의 매혹이 역사성의 인식에서 비롯된다고 말한다. 적어도 카프 해산 이후 김남천에게 역사성의 인식과 현대에 대한 매혹은 인과관계로 설정되어 있었다. 역사성을 인식하는 자를 리얼리스트라 부른다면, 현대에 대해 매혹을 느끼는 자를 모더니스트라고 말할 수 있을 것이다. 김남천 내면에서 일어난 리얼리스트와 모더니스트의 만남은 '현대'가 지닌 모든 부정성에도 불구하고 이를 '인간의 힘'으로 극복할 수 있다는 낙관적인 전제 혹은 전망에 기댄 것이었다.[2] 이 대목은 불가항력적으로 조직을 떠날 수밖에

....

1 김남천, 「지식인의 자기 분열과 불요불굴의 정신」(『조선일보』, 1937.8.14), 정호웅・손정수 편, 『김남천 전집』 1, 박이정, 2000, 246~247쪽.(이하 『김남천 전집』에 실린 글을 인용하는 경우, 원 발표 서지는 괄호 안에 밝히고, 『김남천 전집』의 서지는 '『김남천 전집』 권수, 면수'의 형태로 약칭한다)

2 손유경은 "우리가 흔히 구별해서 부르는 예술적 전위와 정치적 전위되기의 길이, 적어도 1930년대 식민지 조선의 예술가들에게는, 뫼비우스의 띠처럼 궁극적으로는 서로 통할 수밖에 없는 동일한 유토피아적 충동의 소산이었다. 최고의 예술을 지향하면서 그것으로써 식민지 조선의 전위가 되고자 한 이들에게, 예술적 전위와 정치적 전위는 삶과 예술을 분리하고 예술의 자율성이라는 온실 속으로 도피한 재래의 부르주아 예술을 부정하고 공격하는, 같은 뿌리에서 나온 두 가지로 인식될 수밖에 없었다. (…중략…) 카프가 지향한 정치적 전위되기와 구인회가 지향한 예술적 전위되기의 모델이, 가시적 분화 이전뿐 아니라 그 이후에도 끊임없이 상호 침투할 수밖에 없었다"

없었던 김남천이 어떤 시발점에 서 있는지를 보여준다. 그러나 이 부분에 강조점을 두어 김남천이 모더니즘에 정향되어 있었다고 말하는 것은 본질을 벗어나는 해석일 터이다. 이 시기 그의 평론에서 현실로부터 다시 시작하자는 취지의 아포리즘이 반복적으로 드러나고 있기 때문이다.

①

관념에 비하여 생활이 언제나 우위하다는 것을 진심으로 깨달아야 할 시기에 이르러 있다. 어떠한 가치 전도의 시대에 있어서든, 사실의 물결에 휩쓸려 가지 않고 문학의 진로를 곧바로 추진시킬 수 있은 것은 **관념이나 사상에서가 아니라 항상 생활적 현실에서부터 출발하는 리얼리즘**이었다는 것을 이 곳에 진지한 태도로써 상기할 필요가 있다.[3]

②

나는 이상에서 주로 발자크에 관련하여 이야기하였다. 그러나 그의 공적의 전부에 대하여 언급한 것은 아니다. 우리의 소설문학이 현재 경험하고 있는 모든 편향에 상응시켜서, 장편소설의 최초의 완성자가 어떠한 태도로써 산문정신을 수립하였는가를, 우리 자신의 반성자료로서 돌아본 데 불과하다. 확실히 우리는 20세기에 살고 있다. 그러나 20세기가 산출한 모든 정신적 고질(痼疾)을 아무런 차별감이나 차이의식없이 공동으로 나누고 입을

··················
라고 지적한 바 있다. 이러한 시각 하에 그는 김남천의 정치적 성향이 박태원이라는 모더니스트를 지속적으로 참조하면서 발전한 것이라고 논증한다. 손유경, 「식민지 조선에서 '전위'가 된다는 것 (1)」, 『한국현대문학연구』 41, 한국현대문학회, 2013, 439~440쪽.
3 김남천, 「토픽 중심으로 본 기묘년의 산문 문학」(『동아일보』, 1939.12.22), 『김남천 전집』 1, 560~561쪽.

같이 하여 지껄이고 가슴을 함께 하여 공감할 필요는 있지 아니하다. 20세기에 살고 있는 것은 틀림없는 일이나 구라파에 살고 있지 않는 것도 또한 사실이기 때문이다. 그러므로 소설의 서구적 20세기적 실험에 대하여 맹종하고 있는 문학과 그의 작가는 하루바삐 미망에서 깨어 현실에 발을 붙여야 할 것이다.[4]

김남천의 평론에서 발화되는 '현실'은 ① '관념이나 사상' 혹은 ② '소설의 서구적 20세기적 실험에 대하여 맹종하고 있는 문학과 그의 작가'를 대립항으로 두고 있다. 우선 ①에서 의미하는 '현실'부터 검토해 보면, 여기서 '현실'은 '생활적 현실'이라고 할 수 있다. 이러한 의미에서 김남천은 농촌으로 들어간 이무영에게 기대감을 표하며 농촌의 현실적 생활에서 작품활동을 시작해 줄 것을 부탁한다. 김남천은 같은 글에서 "발자크나 셰익스피어는 관념이나 사상에서 출발하지 않고 생활에서 출발하였기 때문에 로만의 행진은 능히 그의 고루한 사상을 넘어서 자기를 완성"할 수 있었다고 지적한다. 이는 결국 작가 자신이 살아가고 있는 시대적 환경을 정확하게 묘사해야 한다는 마르크스와 엥겔스의 문학론을 표방한 것이라고 할 수 있다.[5]

다음으로 ②에서 '현실'이 뜻하는 바는 서구적인 이론과 조선 현실

....

4 김남천, 「관찰문학소론(발자크 연구노트 3)」, (『인문평론』 7, 1940.4), 위의 책, 598쪽.
5 마르크스와 엥겔스의 셰익스피어에 대한 선호와 지지에 대해서는 보다 세심한 검토가 요구되지만, 다음과 같은 구절에서 힌트를 얻을 수 있다. "단지 농민의 대표자들(특히 농민들)과 도시의 혁명분자들이 당신의 희곡을 위한 중요하고도 능동적인 배경을 제공해야 합니다. 그렇게 했더라면 당신은 가장 순수한 형식으로 가장 현대적인 이념들을 매우 강하게 표현해 낼 수 있었을 것입니다. 이것이 종교의 '자유'와 더불어 당신 희곡의 주제이므로 시민적(civil) '통일(unity)'이 남게 됩니다. 그랬다면 당신은 보다 셰익스피어적이었을 겁니다."(Karl Marx, 「페르디난트 라살레에게 보내는 편지에서 (1859.4.19)」, Karl Marx · Friedrich Engels, 김대웅 역, 『문학예술론』, 한울, 1992, 137쪽) 발자크에 대해서는 "핵심적인 형상(picture)을 중심으로 하여 프랑스 사회의 완벽한 역사를 배치해 놓고 있습니다"라는 엥겔스의 고평을 상기하는 것으로 족할 것이다(Friedrich Engels, 「마가렛 하크니스에게 보내는 편지에서(1888.4월 초)」, Karl Marx · Friedrich Engels, 김대웅 역, 위의 책, 149쪽).

의 괴리를 인식한 끝에서 그가 다시 맞닥뜨린 '조선'이라는 구체적 시
공간이다. 이 글에서 또 한 가지 흥미로운 것은 김남천이 발자크를 일
종의 '반성자료'로써 탐구한 것이라고 밝히고 있다는 점이다. 그는 발
자크의 「인간희극」을 통해서 "당시의 문학적 사회적 환경 가운데서,
(그의 논술한 바 언어나 어구가 아니라) 그의 본의만을 펼쳐보는 것이 우리
의 의무"라고 말하는데, 이는 그가 발자크의 소설을 통해 '발자크'를
이해하는 데 목적이 있었음을 드러낸다. 그는 발자크라는 한 개인이
당시 사회의 객관적 정세 속에서 어떻게 "인간의 사회를 전체성과 연
관성에 있어서 묘파描破하려는 정신, 사회 전체를 산문정신과 직접 대
면시키려는 태도"를 길렀는지를 파악하고자 한 것이다.[6] 이 당시 김남
천은 스스로를 발자크에 유비하여 자신이 놓인 '문학적, 사회적 환경'
속에서 산문정신을 기르고자 했었고,[7] 이때 그에게 문제가 되는 것은
'조선'이라는 구체적 시공간이었다.[8]

....

6　김남천, 「관찰문학소론(발자크 연구노트 3)」, 앞의 책, 594쪽.

7　김동식은 김남천이 본인과 임화의 관계를 레닌과 고리키의 관계로 유비했을 것이라고 주장한다.
　　정치를 향한 고리키의 의욕이 일탈과 방황으로 이어졌을 때, 레닌은 그러한 고리키에 실망하지
　　않고 애정 어린 비판으로 고리키를 대하였다는 것이다. 그리고 이러한 레닌의 신뢰 속에서 정치
　　와 문학 사이를 방황하던 고리키는 마침내 정치와 문학의 완전한 통일, 즉 사회주의 리얼리즘에
　　도달한다. 김남천에게 「물」은 고리키적인 방황의 기록으로서, 그는 레닌이 고리키에게 보여주었
　　던 태도로 임화가 「물」을 비평해 줄 것을 요청했던 것이다(김동식, 「텍스트로서의 주체와 '리얼
　　리즘의 승리'」, 『한국현대문학연구』 34, 한국현대문학회, 2011, 199쪽). 그러나 카프 해산 이후
　　김남천은 스스로를 발자크에 유비하고 있었던 것으로 보인다.

8　김남천은 「장안금고기관(長安今古奇觀)② 기로(街路)」(『소선일보』, 1938.5.10)라는 글에서 "이야
　　기의 주인공을 거리고('로'의 오기—인용자) 끌고 나오면 그를 가장 현대적인 풍경 속에 산보시키고
　　싶은 충동을 느낀다"라고 말한 바 있다. 그러나 주인공을 가장 현대적인 풍경에 위치시키고자 하는
　　그의 욕망은 곧바로 좌절되는데, 조선에는 도무지 현대적인 풍경이라고 할 만한 곳이 존재하지
　　않기 때문이다. 그는 경성역 앞, 조선은행 앞 등을 생각해 보지만 하나같이 "옹졸스럽기 짝이 없"고
　　"매우 위태하"며 "조화라곤 맛볼 수 없게 되어 있"을 뿐이다. 김남천이 겨우 생각해낸 태평통의
　　모습은 "아스팔트를 건너서 좌측통행"을 하고, "광화문 네거리에서 이 곳까지 양쪽 페브먼트를
　　흐르고 있는 봉급생활자의 인파, 타이피스트의 간단한 양장, 빌딩마다 사람을 토"하는 풍경으로
　　묘사된다(김남천, 「장안금고기관(長安今古奇觀)② 가로(街路)」, 『조선일보』, 1938.5.10), 『김남

김남천은 「소설의 당면과제」(『조선일보』, 1939.6.24)에서 유진오가 내세운 '시정에의 편력'이라는 방법론을 다루면서 "필자 역시 2년 전부터 끊임없이 시정을 배회하였다"라고 말한다.[9] 이러한 김남천의 발언은 그가 2년 전부터 의식적으로 산보를 시작했음을 가리킨다. 이는 김남천이 조선이라는 시공간을 직접적인 탐구의 대상으로 설정하고, 산보를 통해 파악한 조선의 모습을 서사 속에서 어떻게 형상화할 것인지에 대해 몰두하고 있었다는 사실을 보여준다. 즉 김남천에게 산보라는 모더니즘의 방법론은 리얼리즘적 구상을 실현하기 위한 하나의 방식이었다.

이러한 김남천의 비평적 탐색을 염두에 두고 1930년대 후반 김남천 소설의 흐름을 살펴볼 필요가 있다. 1937년경 그가 주창했던 '고발문학'의 탐색 방향은 두 가지의 길로 요약되는데, 첫째는 "소시민 지식인의 자기 분열"에 대한 고발이고, 둘째는 "모든 생활적 신산과 오욕과 굴욕과 중압 속에서도 굴치 않고 자기의 깨끗한 건강을 지키면서 자기 발전을 적극적으로 도모하는 불요의 정신"이다. 첫 번째 경향은 "나 자신까지 포함한 소시민 지식인에 대한 사상적 실망"에서 유래된 것으로, "소시민 지식인의 자기 분열의 양상을 고발"한 작품들로 창작된다.[10] 이에 해당하는 작품군으로 「처妻를 때리고」(『조선문학』, 1937.6), 「춤추는 남편男便」(『여성』, 1937.10), 「제퇴선祭退膳」(『조광』, 1937.10), 「요지경瑤池鏡」(『조

· · · · · · · · · · · · · · · · · ·
　　천 전집』 2, 65~67쪽). 이러한 태평통의 모습은 '현대인', '도회인'이 살아가는 '환경'의 '전형'을 보여주는 것이라고 할 수 있다. 여기서 알 수 있듯이 김남천에게 조선의 현실을 서사의 공간으로 옮겨오는 것은 부단한 관찰과 고민 끝에 이루어지는 것이었다.
9　김남천, 「소설의 당면 과제 (중) 산문성 획득의 신계단」(『조선일보』, 1939.6.24), 『김남천 전집』 1, 506쪽.
10　김남천, 「지식인의 자기분열과 불요불굴의 정신」(『조선일보』, 1937.8.14), 앞의 책, 247쪽.

광』, 1938.2), 「포화泡花」(『광업조선』, 1938.11), 「녹성당綠星堂」(『문장』, 1939.3) 등이 있다. 두 번째 경향은 첫 번째 경향의 지양에서 비롯된 것으로 "나의 20 전후의 시대와 그 때에 쓴 「공장신문」, 「공우회」 등의 작품을 회상"하면서 "한 개의 소년의 창조"로 이어진 소설들을 포함한다.[11] 이에 해당하는 작품군으로 「남매」(『조선문학』, 1937.3), 「소년행少年行」(『조광』, 1937.7), 「누나의 사건」(『청색지』, 1938.6), 「무자리」(『조광』, 1938.9), 「오월」(『광업조선』, 1939.5), 「항민巷民」(『조선문학』, 1939.6) 등이 있다. 즉 첫 번째 경향의 소설군이 카프라는 사상적 거점을 상실해버린 김남천 본인을 상형象形한 것이라면, 두 번째 경향의 소설군은 김남천에 '소년'이라는 한 획을 더한 가획加劃의 원리를 바탕으로 창작된 것이다.

그러나 김남천의 분류를 그대로 따를 경우, 앞서 언급했던 김남천의 창작방법본의 본질이 드러나는 소설들을 간과하는 결과를 가져올 수 있다. 1930년대 후반 김남천 소설의 흐름에서는 위의 두 가지 경향에 합수되지 않는 이채로운 소설들이 눈에 띈다. 그 중 가장 이질적인 작품으로 「이리」(『조광』, 1939.6)와 「장날」(『문장』, 1939.6)을 꼽을 수 있을 터이다. 「이리」는 프랑스 영화 〈페페 르 모코〉[12]를 차용한 것으로, 「장날」은 아쿠타가와 류노스케의 소설 「덤불 속」[13]을 패러디한 것

....

11 위의 글.

12 프랑스 시적 리얼리즘의 대표적인 영화감독으로 평가받는 뒤비비에의 흥행작인 〈페페 르 모코〉는 1937년 초 프랑스에서 개봉된 후, 조선에는 1938년 3월에 접어들어 〈망향〉이라는 제목으로 상영된다. "영화 '팬'에게 그대높든 세계최고예술영화 망향(望鄕)을 약초극장에서 삼월 제삼주에 상영하엿든바 최근 경성영화계의 '힛트', '푸로'로 흥행 성적은 단현경이의수자를 보이는데 주계(週計) 일만이천원에 이르럿다한다"「演藝消息」, 『매일신보』, 1939.4.6.

13 아쿠타가와 류노스케의 「덤불 속(藪の中)」은 1921년 12월에 탈고되어 1922년『신초(新潮)』1월호에 발표되었으며, 같은 해 12월에는 슌요도[春陽堂] 출판사에서 나온 『슌푸쿠[春服]』라는 단행본 소설집에 수록되었다. 박진수, 「아쿠타가와 류노스케[芥川龍之介]『덤불 속』의 시점과 서술 양식」, 『아시아문화연구』 6, 경원대 아시아문화연구소, 2002, 223~224쪽.

으로 알려져 있다. 이 두 작품은 기존 연구사에서 단편적으로 언급되거나 별개의 이채異彩로 간주되어 각각의 작품론이 존재하고 있는 상태이다.[14] 즉 「이리」와 「장날」은 김남천의 창작방법론에서 벗어난 예외적인 소설들로 인지되고 있는 것이다.

「이리」와 「장날」을 김남천의 창작방법론과 관련시켜 언급한 경우는 드물다고 할 수 있는데, 김윤식과 장성규가 각각 「이리」와 「장날」을 소략하게나마 다루고 있어 주목된다. 김윤식은 임화가 내세운 '주인공—성격—사상'을 김남천이 치열하게 의식하고 있었으며, 발자크 연구노트를 통해 임화의 '주인공—성격—사상'과 자신이 주장했던 '세태—사실—생활'을 통일하고자 했었다고 설명한다. 그리고 이러한 이론에 대응되는 작품이 「이리」였다는 것이다. 따라서 「이리」는 임화가 상찬해 마지않았던 이기영의 『고향』에 나타나는 주인공을 염두에 두면서 쓰인 작품이라고 언술한다.[15] 한편 장성규는 「장날」이 복수초점화 기법

....

14 「이리」에 대한 연구로는 김외곤과 오현숙의 연구가 있는데, 김외곤은 〈페페 르 모코〉가 프랑스 시적 리얼리즘 영화의 대표작임을 소개하고, 〈페페 르 모코〉와 「이리」 사이의 유사성을 추출해 낸다(김외곤, 「김남천의 프랑스 시적 리얼리즘 영화 수용 연구—「페페 르 모코」와 「이리」의 관련성을 중심으로」, 『한국문학이론과 비평』 36, 한국문학이론과 비평학회, 2007 참조). 오현숙은 「이리」에 대하여 김남천이 〈페페 르 모코〉를 단편적인 모티프로 서사에 활용하고 있다고 짧게 언급하는 것으로 그친다(오현숙, 「1930년대 식민지와 미궁의 심상지리—박태원과 이효석을 중심으로」, 『구보학보』 4, 구보학회, 2008 참조). 「장날」에 대한 연구로는 박진숙의 연구가 있는데, 박진숙은 김남천이 「장날」에서 복수초점화 시점을 차용한 이유가 문학적 보편성에 대한 지향에서 비롯된 것이라고 판단한다. 조선 근대문학의 형성 과정 자체가 일본을 매개로 한 서구의 보편성을 지향하고 있는 상황에서, 「덤불 속」의 패러디는 조선 근대문학을 다양하게 구성하고자 한 새로운 시도로 평가될 수 있다는 것이다. 나아가 그는 「덤불 속」과 「장날」의 공통점과 차이점에 대한 분석을 통해 「장날」이 농민의 존재론적 불안 의식을 다루고 있다고 서술한다(박진숙, 「김남천의 「장날」 연구—아쿠타가와 류노스케의 「덤불 속」과의 관계를 중심으로」, 『한국현대문학연구』 36, 한국현대문학회, 2012 참조). 위 연구들은 기본적으로 「이리」와 「장날」이 각각 프랑스 영화와 일본 소설을 매개로 했다는 점에서 두 작품을 김남천 소설 세계에서 별개의 이채로 전제하는 시각을 드러내고 있다.

15 김윤식, 『임화연구』, 문학사상사, 1989, 350~351쪽.

을 가장 선명하게 보여주는 작품이라 평하며, 이 작품에는 과거 카프 시절의 작품들이 오직 당파성에 입각한 단 하나의 해석만을 인정했던 것에 대한 반성이 가로놓여 있다고 추측한다.[16] 또한 「덤불 속」이 복수 초점화 기법을 통해 진실이란 존재하지 않는다는 일종의 불가지론을 표방하고 있는 반면, 「장날」은 각각의 입장에 따른 다양한 시각은 존재하지만 하나의 진실은 존재한다는 입장을 취한다고 보았다.[17]

그러나 두 작품은 집필시기와 발표시기가 각각 1939년 4월, 1939년 6월로 거의 일치한다는 점에서 기법 실험의 연속선상에서 창작되었다고 볼 수 있다. 또한 「이리」와 「장날」에서 드러나는 폭력과 살인이라는 소재가 1930년대 후반 김남천의 여타 소설에서는 쉽게 찾아볼 수 없는 독특한 것이라는 점에서 두 작품 사이의 상관성에 주목할 필요성을 느끼게 한다. 이 글은 1930년대 후반 김남천의 평론에서 표면적으로 드러나진 않았지만, 그가 조선의 현실을 서사적으로 어떻게 구현할 것인가라는 리얼리즘에 대한 근본적인 문제의식을 지니고 있었을 것이라고 추측한다. 이때 김남천의 리얼리즘론은 소설뿐만 아니라 영화, 연극 등과 같은 여타의 재현 장르들을 참조하면서 형성되었을 수 있다. 본고는 이에 대한 시론試論 격으로 이 두 작품을 통해 김남천이 영화를 참조하면서 소설론을 발전시켜 나간 양상에 대해 고찰하고자 한다. 특히 「이리」가 영화 〈페페 르 모코〉를 서사의 도입부에서부터 제시하며 서사를 전개해 나가는 데 있어서 중요한 동력으로 삼고 있다는 것에 주목할 필요가 있다. 이러한 「이리」와 겹쳐 읽을 때 「장날」은 그동안 복

16 장성규, 「김남천 소설의 서술 기법 연구」, 서울대 석사논문, 2006, 46쪽.
17 장성규, 「김남천의 발자크 수용과 '관찰문학론'의 문학사적 의미」, 『비교문학』 45, 한국비교문학회, 2008, 91쪽.

수초점화 기법 혹은 복수초점화 시점과 같이 서사학적인 접근을 통해 분석이 이루어졌지만, 영화적으로 접근할 여지가 있는 것이다.

이에 따라 본고는 영화와 영화적인 소설을 매개로 했을 때 드러나는 독특한 지점을 두 작품이 공유하고 있을지도 모른다는 가설을 세워보았다. 이는 1930년대 후반 김남천 소설의 비주류를 탐색함으로써 주류 소설로서는 해명되지 않는 김남천의 또 다른 일면을 재구해보려는 시도의 일환이기도 하다. 1930년대 후반이라는 시기의 특수성은 바로 의사擬似 정치운동이었던 조직적 문학운동이 금지되고 난 이후 카프 문인들이 이미 내면화된 정치적 상상력을 어떻게든 개별적으로 발현해야 했던 시기였다는 점에 있다.[18] 그러나 이러한 정치적 상상력은 문학이라는 창구를 통하는 순간, 미학적으로 현현된다. 이 점에서 본고는 김남천 소설 중 내용상으로도 기법상으로도 가장 이채로운 소설 두 편을 대상으로 삼아, 김남천의 정치적 상상력이 어떻게 미학적 상상력과 조응하면서 발전했는지를 검토해 보고자 한다.

2. 영화와 소설의 거리감

김남천이 지면을 얻어 발표한 최초의 글이 「영화 운동의 출발점 재음미」(『중외일보』, 1930.6)였다는 것은 그의 영화에 대한 관심이 지속적

---

18 이현식, 「정치적 상상력과 내면(內面)의 탄생 – 문학사적 관점에서 바라보는 1930년대 후반 김남천의 문학」, 『한국근대문학연구』 24, 한국근대문학회, 2011, 433쪽.

인 것이었음을 드러낸다.[19] 그는 수필 「영화인에게 보내는 글」(『문장』, 1940.6)에서 문학이 영화에 미친 영향에 비해, 영화가 문학에 미친 성과가 없는 현실을 아쉬워한다. "문학이란 쓴물 단물 다 보아 마신 예술 형식이므로 주는 것뿐만이 아니라 받아도 와야" 한다는 것이다. 그러면서 영국의 헉슬리가 문학에 영화적 수법을 곧잘 도입한다는 사실을 지적하며, 본인의 경우에는 "안티클라이막스의 방법과 몽타주론과 「무도회의 수첩」의 수법 등을 잠시 고려해 보았"다고 밝힌다.[20] 김남천에게 '영화'라는 창구는 단지 서술기법적인 차원의 영향을 넘어서서 영국의 올더스 헉슬리와 김남천 자신을 견주어 볼 수 있는 매개이자, 소설과 영화의 장르 교섭 양상에 대해 비판적으로 사유해 볼 수 있는 중계中繼이기도 하였다. 이러한 거침없는 필치의 이면에는 "문학 같은 건 몇 세기를 뒤늦어서 겨우 우리에게 수입되었으나 영화의 역사는 동서가 한 가지로 고작 삼 사십 년"이라는 인식이 자리하고 있었다.[21]

이러한 김남천의 수필은 프랑스 영화 〈페페 르 모코〉를 차용한 「이리」와 아쿠타가와 류노스케의 「덤불 속」을 패러디한 「장날」을 연속선상에서 볼 여지를 제공한다. 김남천이 영화와 문학의 교섭을 모색했었다는 점을 염두에 둔다면, 아쿠타가와 류노스케의 「덤불 속」은 영화의 몽타주montage 기법[22]을 활용하고 있다는 측면에서 김남천에게

....

19 "소화 5년에 나는 '김효식'이라는 본명으로 『중외일보』에 「영화운동의 출발점 재음미」라는 최초의 글을 발표하였다." 김남천, 「십 년 전」(『박문』, 1939.10), 『김남천 전집』 2, 170쪽.

20 김남천, 「영화인에게 보내는 글」(『문장』, 1940.6), 위의 책, 196쪽.

21 위의 글, 196쪽.

22 몽타주란 영화 촬영에서 얻어진 요소들을 종합하는 기능을 하는 영화 제작의 마지막 단계를 가리키는 것이다. 이러한 종합은 세 개의 서로 다른 작업으로 이루어진다. 구체적인 물리적 작업, 즉 자르고 붙이는 것은 커팅(cutting)이며, 시각적인 요소들과 청각적인 요소들을 배치하여 영화에 최종적인 모습을 만들어주는 것은 에디팅(editing)이다. 그리고 주로 미학적이고 기호학적인 관점에서 파악된 쇼트들 간의 관계가 바로 '몽타주(montage)'이다. 이것은 흔히 말하는 '에이젠슈

영화와 문학의 교섭 양상을 잘 보여주는 사례로 인식되었을 가능성도 있기 때문이다. 이와 더불어 위 수필에서 또 고려해 보아야 할 것은 김남천이 영화의 경우 동·서양의 낙차가 문학만큼 넓지 않다고 판단하고 있다는 점이다. 김남천에게 소설은 서구보다 몇 세기 뒤진 것이라면, 영화는 서구와 30~40년 뒤진 것이며, 적어도 테크놀로지의 문제가 아니라 이론에 관해서라면 충분히 동시대성을 획득할 수 있는 것이었다.[23] 따라서 김남천이 영화에 관한 이론 및 담론을 염두에 두면서 소설을 창작했으리라고 자연스럽게 추측해 볼 수 있다. 선행 연구들 또한 이에 착안하여 김남천이 영화와 영화적인 소설을 매개하였을 때 그의 소설이 획득하게 되는 '기법으로서의 근대성'의 측면에 주목하였다.[24]

선행 연구의 성과를 이어받으면서 본고에서 논의하고자 하는 것은 바로 김남천 소설의 미학적 원리이다. 또한 기존 연구들이 주로 김남

테인적 몽타주'로, 기술적인 의미에서 보면 일종의 관계의 효과를 뜻한다(Vincent Pinel, 심은진 역, 『몽타주』, 이화여대 출판부, 2008, 7~8쪽). "몽타주 이론의 틀을 제시한 에이젠슈테인은 몽타주는 '단순한 쇼트(short, 프레임의 연속된 단위)의 결합이 아니라 쇼트와 쇼트가 충돌하여 제3의 의미를 만들어 내는 것'이라고 정의하였다. 몽타주 이론은 영화는 촬영되는 것이 아니라 조립되는 것, 다시 말해서 원래 따로따로 촬영된 필름의 조각들을 창조적으로 결합해서 현실과는 다른 영화적 시간과 영화적 공간을 구성하고, 보는 이로 하여금 시각적 리듬과 심리적 감동을 자아내게 하는 데서 영화의 예술성이 성립된다고 보고 그 방법을 명확하게 하려는 이론이다."(황철희, 「예술적 사실주의에 근거한 몽타주 이론에 관한 논의」, 『디지털디자인학연구』 13-1, 한국디지털디자인협의회, 2013, 17쪽)

23 "문학 같은 건 몇 세기를 뒤늦어서 겨우 우리에게 수입되었으나 영화의 역사는 동서가 한 가지로 고작 삼 사십 년, 우리도 기술로는 몰라도 이론으로야 못 따라갈 것이 뭡니까? 여하튼 나는 이 방면을 생각하는 이가 너무 적은 것 같아서 그의 필요성을 이처럼 강조해 보는 것입니다. 영화를 반석 위에 올려 앉히려면 이것 없이는 불가능할 것이기 때문입니다." 김남천, 앞의 글, 196쪽.

24 김남천이 영화의 기법으로서의 근대성을 성취했다는 시각을 보이는 연구로 앞서 언급했던 김외곤과 박진숙이 있다. 김외곤은 김남천의 「이리」가 영화 〈페페 르 모코〉를 수용함으로써 우리 근대문학 예술의 시각적 근대성을 확립하는 것에 기여했다고 평했다(김외곤, 앞의 글 참조). 한편 박진숙은 「장날」에서 시도된 복수초점화 시점에 문학적 보편성에 대한 김남천의 지향이 반영되어 있다고 본다(박진숙, 앞의 글 참조).

천의 소설과 그 원작의 공통점에 관심을 두었다면, 본고는 공통점과 아울러 차이점을 살피고자 한다. 이는 김남천이 의식적으로 지향했던 공통점뿐 아니라 그가 의식적으로 만들어냈던 차이 혹은 무의식적으로 만들어낼 수밖에 없는 차이를 살핌으로써, 김남천 소설에서 드러나는 소설과 영화의 장르 교섭 양상을 보다 더 세밀하게 밝힐 수 있기 때문이다. 특히 2장에서는 김남천이 영화로부터 얻은 자양분들을 중점적으로 다루고자 한다.

1) 몽타주montage — 영화적으로 사색하는 힘

김남천이 몽타주를 영화적인 기법으로 인식하고 있었다는 점을 염두에 두면, 「덤불 속」과 「장날」에서 드러나는 몽타주를 복수초점화 기법으로 접근하는 것은 재고의 여지가 있다. 프랑수아 조스트는 초점화 개념이 영화에 적용될 경우의 모호함을 지적하면서 시각화라는 개념을 제안한다. 그에 따르면 「덤불 속」에서 사건의 증인들이 서술하는 이야기는 동일한 사건이 서로 다른 인물들에 의해 이야기되는 복합 내적 초점화로 진행된다. 그러나 관객의 층위를 고려할 경우, 각 이야기에 대해서 관객은 외부의 위치에 서 있다는 점에서 「덤불 속」은 오히려 외적 초점화의 사례로 제시된다. 이러한 내적 초점화와 외적 초점화라는 이중의 층위가 영화의 서사를 흥미롭게 만드는 것이다. 따라서 프랑수아 조스트는 '이야기에 의해 채택된 인지적 시점'으로서의 '초점화'와 '카메라가 보여주고 있는 것과 등장인물이 보고 있다고 여겨지는 것 사이의 관계'를 의미하는 '시각화'의 개념을 구별할

것을 주장한다.[25]

　이러한 프랑수아 조스트의 논의는 영화 이론이지만, 영화의 몽타주 기법에 영감을 얻어 창작된 「덤불 속」과 「장날」을 분석할 때 유효한 지점을 제공한다. 즉 그의 시각화라는 개념은 관객의 위치를 고려하고 있는데, 그가 지적하는 관객의 위치는 독자의 위치에 상응하는 것이기 때문이다. 영화라는 장르는 소설가들에게 '독자'의 소중함을 환기시켰으며, 특히 김남천은 영화가 "문학 독자를 약탈"하고 있는 상황의 심각성을 인지하고 있었다.[26] 이러한 상황에서 김남천은 그 또한 영화의 관객으로서 카메라가 보여주는 것과 등장인물이 보는 것의 차이를 인식할 수 있었을 것이라 추정해 볼 수 있다. 그리고 이는 소설에서 독자가 보고 있는 것과 등장인물이 보고 있다고 여겨지는 것 사이의 미세한 차이에 대한 인지로 이어졌을 가능성이 있다. 이러한 의미에서 「장날」의 서사를 보다 더 세심하게 들여다 볼 필요가 있다.

　「덤불 속」과 「장날」의 핵심은 바로 정절과 살인인데, 「덤불 속」의 경우 다케히로의 아내인 마사고가 도둑 다조마루에게 능욕당한 뒤 다케히로가 살해당했다는 점에서 그러하고, 「장날」의 경우 서두성이 자신의 아내 보비와 '소 의술' 김종칠과의 관계를 의심해 김종칠과 칼부림을 하다가 살해당했다는 점에서 그러하다. 「장날」은 이러한 서두성이라는 한 농민의 죽음에 관해 총 여섯 명의 진술을 몽타주적으로 구성하고 있다.[27] 여기서 살해 용의자는 단 한 사람, 김종칠 뿐이며 서두

25　André Gaureault · François Jost, 송지연 역, 『영화서술학』, 동문선, 2001, 216~219쪽.
26　김남천, 「문장 · 허구 · 기타」,(『조선문학』, 1937.4), 『김남천 전집』 1, 200쪽.
27　「장날」은 '소거간이 사법주임에게 본대로 하는 이야기', '의사가 만든 해부검사, 진단의 보고 기록중 한 두절', '서두성이와 같은 오래에 사는 송관순이의 참고 심문서', '병원에 누은채 김종칠이가 사법주임에게 하는 고백담', '서두성이의 안해 보비의 에누다리', '무당의 입을 빌려 서두

성의 죽음에 관한 진실을 밝히는 데 있어 '이야기하기'와 '이야기하지
않기'가 핵심이라고 할 수 있다. 불륜관계로 의심되는 김종칠과 보비
의 관계에 대해 ① 김종칠이 이야기하지 않았던 부분을 ② 보비가 이
야기하고, 그리고 ③ 두 인물이 모두 이야기하지 않은 것들이 마지막
에 서두성의 진술을 통해 밝혀지고 있기 때문이다.

①

네? 없습니다. 절대루 없습니다. 그건 경부께서 내 인격을 몰으는 말입니다.

제가 무엇하러 그까짓 농군의 계집에게 손을 댄답니까. 절대루 없습니

다. 조사해보십시오. 나는 아직 계집년의 파닥지쪼차 본적이 없습니다.[28]

②

진정 네 혼넋이 있거들랑, 내말을 들어봐라. 그날, 나는 해가 산허리에

서 너웃할 무렵, 저녁을 지으야겠다구, 너보다 앞서서 밭을 나오지 않었

느냐. (…중략…) 머리를 수긋하고 손을 횡횡 내 저으며, 수수밭과 조밭새

이로 난 길을 걸어가는데, 갑자기 짜르릉하는 자행거 종소리가 나고, 이

여서 내가 머리를 들을때엔, 내 앞에 고을 양복쟁이 하나가, 덥뻑 안장에

서 내려서고 있었다. 그는 내가 길을 비끼는데도 불고하고, 차를 우뚝 세

우고 멍청하니 서있었다. 어인 영문을 몰라 머리를 들었을때에 나는 비로

....
가 하는 이야기'로 총 여섯 명의 진술로 구성되어 있다. 박진숙은 '의사가 만든 해부검사'와 '진단
의 보고 기록 중 한두 절'을 따로 나누어 각각의 화자로 설정하여 「장날」이 「덤불 속」과 마찬가지
로 일곱 명의 화자가 등장한다고 보고 있으나, 소설에서 이 부분이 '의사가 만든 해부검사, 진단
의 보고 기록중 한두 절'로 쓰인 점으로 미루어 보아 별개의 화자로 설정하는 것은 다소 지나치게
원작을 의식한 탓인 것으로 보인다. 박진숙, 앞의 글, 401쪽.
28 김남천, 「장날」, 『문장』, 1939.6, 59쪽.

소 그의 표정을 보았다. (이때에 밖에서 송관순이와 그의 안해가 들어서는 바람에 보비는 곡성을 높이고 지저긴다.)

여보 아즈바니, 그래 이게 웬 일이란 말이요.[29]

③

안해는 길가 우에서 감간 누구를 기다리듯 서있었다. 그때에 나는 그가 외인팔을 올려 놓은 것이 길우에 세운 자전거 안장인것을 보았다. (…중략…) 밭가운데서 사나이가 따라 나오는것을 본뒤에도, 나는 그자리에서 발을 옮겨 놓지는 못하였다. 서로 인사를 하고, 그리고 년은 그대로 곧은 길을, 놈은 획하니 자전거에 올라 타고 두어번 저어서 이쪽으로 오다가 고을가는 신작로로 없어진뒤에야, 나는 미친놈 모냥으로 고개턱을 줄다름 처 내려오고 있었다. (또다시 잠시동안 침묵)[30]

그러나 서두성이 보았던 장면만을 근거로 김종칠과 보비의 관계를 불륜이라고 단정짓기는 어렵다고 할 수 있다. 왜냐하면 ②에서 보듯이 보비는 김종칠과의 관계를 부인하면서 서두성에게 김종칠과 마주 쳤던 순간을 설명하려고 하기 때문이다. 보비의 이야기는 김종칠과 마주치는 장면에서 끝나는데, 보비와 김종칠의 불륜을 확신할 만한 대목은 ③에서도 분명하게 드러나지 않는다. 서두성은 보비가 밭에서 나와 누군가를 기다리고, 그 뒤를 김종칠이 따라 나와 서로 인사를 하고 각자 제 갈 길을 가는 장면만을 목격했기 때문이다. 즉 불륜을 확신할 만한 결정적인 장면은 서사의 빈틈으로만 존재한다. 장면과 장

....
29 위의 글, 61~62쪽.
30 위의 글, 64~65쪽.

면 사이의 점프 컷^{jump cut}(=생략)은 김종칠과 보비의 불륜을 확신할 수 없는 것으로 만들고자 하는 작가의 전략에서 기인한 것이라고 할 수 있다. 이러한 의미에서 다수의 화자를 통해 진실이 도출된다는 해석은 이 소설에서 뚜렷하게 드러나는 장면과 장면 사이의 틈(=분절성)을 인식하지 못한 것이다.[31]

보비와 김종칠이 불륜관계였을 것이라는 해석은 보비와 김종칠이 마주치는 장면, 그리고 밭에서 나오는 보비와 뒤이어 김종칠이 따라 나오는 장면 사이를 상투적인 상상력으로 채운 것이라고 할 수 있다. 카메라가 보여주는 것을 토대로 서사를 인식하는 것이 아니라, 결국 서두성이 보았다고 여겨지는 것을 기반으로 서사를 해석한 결과인 것이다. 그러나 카메라가 보여주는 것과 서두성이 보았다고 여겨지는 것 사이의 자이를 인식한다면, 보비와 김종칠의 불륜관계는 여전히 알 수 없는 것이 된다. 김종칠과 보비의 불륜을 확정하지 않은 상태에서 이 작품을 읽어 내려갈 때 흥미로운 지점은 서두성이라는 인물이 타인과 제대로 된 소통을 하지 못하고 있다는 것이다. 서두성의 소를 팔아준 소거간은 "필시 그놈 무슨 곡절이 있는게 분명하다구 생각은 했읍너니다 마는, 전 또 딴 흥정에 바뻐서" 서두성에게 그 사연을 묻지 않았다고 진술한다.[32] "어렸을때 부터 같은 오래에서 자랐으니께,

....

31 장일구에 의하면 영화와 소설은 그 구성의 세포(cell)가 각기 숏과 단어로 대별될 뿐 그 구성과 소통 원리에서는 공통된다고 할 수 있다. 디테일을 다 기술하지 않고도 움직임의 전모를 시사할 수 있기 때문이다. 그런 만큼 영화와 소설은 관객이나 독자의 해석이 소통 과정에서 중요한 변수가 된다고 할 수 있다. 특히 숏들이 긴밀하게 연결되지 않는 경우, 시각적인 요소들이나 연상을 통한 정서적인 요소들의 결합을 통해 무의미한 개별 숏들을 엮어 의미 있는 구성체를 만들어내게 되는데, 장일구는 이러한 원리 자체가 몽타주라고 일컫는다. 장일구, 『서사 공간과 소설의 역학』, 전남대 출판부, 2009, 335~336쪽.
32 김남천, 「장날」, 앞의 책, 51쪽.

그 여석의 속은 꼬치 꼬치 알어 께고 있"다는 송관순에게조차 서두성은 김종칠과 보비에 대한 의심을 털어놓지 않는다.[33] 특히 서두성이 살인과 죽음이라는 극단적인 결말로 치달을 수밖에 없었던 가장 궁극적인 이유는 보비의 푸념처럼 그가 보비에게 김종칠에 대해 단 한마디도 묻지 않았기 때문이라고 할 수 있다.[34] 결국 김남천은 서두성이라는 인물을 통해 친밀한 소통이 불가능해져 버린 조선 농촌의 현실을 형상화하고 있는 것이다.

「덤불 속」은 주로 포청이라는 단일한 대상을 청자로 삼아 한 사무라이의 죽음이라는 사건에 대한 각 인물의 내면 심리를 드러낸다. 이 과정에서 공간의 이동은 나타나지 않는다. 그러나 「장날」은 각 소제목별로 장면이 달라질 때마다 조선 농촌의 현실을 짐작할 수 있게끔 하는 다양한 공간적 배경이 등장한다. 소거간과 사법주임의 대화나 송관순과 사법주임의 대화에서는 '대화 상황'임을 강조하는 표지들을 곳곳에 노출하고 있으며, 이를 바탕으로 계급적 위계질서를 보여주기도 한다.[35] 바로 이 지점이 김남천과 아쿠타가와 류노스케가 극명하게

----

33 송관순이 서두성에게 무슨 일이 있냐고 묻지 않은 것은 아니지만, 서두성이 자세하게 이야기하지 않자 송관순도 더는 묻지 않는다. "자네, 두성이, 이좀 뭐 속격정 있는가, 그랬드니 아무 대답두 않고 그냥 소가는 뒤를 꾸벅 꾸벅 걸어오다가 세상 귀찮어 만주나 갈려네, 그러드군요, 만주루간다, 건 또 갑자기 갈(秋收)하다 말구 무슨 청인가, 이렇게 제가 말했압더니, 아무데 가나 한평생 지낼곳 없겠나, 그런단 말씀이지요, 그러니 그이상 물어 볼수도 없고, 그러지 말게, 무슨 속인진 몰라두, 딴곳이라구 별겠는가 마음 잡구 저 자라난 고장에서 살어보세, 이렇게 말할수밖에 별도리가 없었읍네다" 위의 글, 56쪽.

34 "내가 어련히 정신 채려 처신 했을라구. 미련한것이 어쩨 내겐 한마디 말두 안하구, 그런 빛은 천성 뵈일렴두 안 했드란 말이냐. (…중략…) 네가 만이 그때부터 나를 잘못 생각하구 있거들랑, 어쩨서 열흘이 넘는동안 내게 일언반구가 없었단 말가. (…중략…) 또 기왕 칼을 들었다면, 그 칼루 그놈을 넘어트리는 못해, 되려 그놈에게 넘어지구 만단 말이냐. 미련한 것, 바보, 등신……" 위의 글, 60쪽.

35 다음은 소거간과 사법주임의 대화로, 소거간은 자꾸 딴 애기로 샜다가 사법주임의 지적을 받고 원래 하려던 이야기로 다시 돌아가는 경향을 보인다. "나리님, 아니할말루 저두 세상을 얻은것 처

갈라지는 부분이라고 할 수 있다. 몽타주는 기본적으로 시간과 공간을 낯설게 하는 기법이다. 시간을 낯설게 하는 것을 가리켜 '시간의 공간화'라고 하는데, 이는 시간의 연속성을 해체하고 연관성 없는 쇼트들을 병치시킴으로써 상호 갈등적인 요소들이 동시성의 사건으로 관객이나 독자에게 인식되도록 하는 것이다. 이를 통해 관객과 독자는 전체적인 의미에서 순간을 포착할 수 있으며, 일상적인 시간을 능가하는 경험을 할 수 있다.[36] 반대로 공간을 낯설게 하는 '공간의 시간화' 또한 가능한데 이는 시간적인 연속에 따라 공간을 배치하는 것이다. 소설가도 영화감독처럼 공간을 분할하고 그 결과로 생기는 단편적인 공간들을 시간적 연속체로 배열할 수 있다. 이를 통해서 소설가는 연속적이며 안정된 문학적 공간이 아니라 독특하고 근대적인 공간을 보여줄 수 있는 것이다.[37] 이를 참고했을 때 아쿠타가와가 몽타주를 통해 '시간의 공간화'라는 효과를 의도했다면 김남천은 '공간의 시간화'를 위해 전략적으로 몽타주를 선택한 것이라 할 수 있다. 김남천은 농촌이라는 연속적이고 안정된 공간을 장터, 신작로 기슭 뽕밭, 콩

<hr />

럼 신이 났읍지요. 참 우리네 소루 인연해서 먹구사는 놈은, 좋은 소만 보믄 그저 신이나고 웅덩춤이 절로나고……

네? 네, 네, 참 죄송하올세다. 히 히 히, 그저 소가 하두 좋길래, 그만 흥이 나서 나리님두 처소두 깜박 잊었웁너니다. 그럼 그 중간것은 쇠통 빼어 버리구서 요긴한것만 엿줍겠웁너니다." 위의 글, 51쪽.

송권순도 자신의 친구들 살해한 김송칠에 대해 호의적으로 이야기하고 있으며, 관청이 하는 일에 대해 반감이 없다는 점을 강조한다. "네? 글세 올세다. 전 그관게나 내용은 잘 모르겠웁네다. 본시부터 소의술 긴상과 무슨 원한 품었던 일이 있는가 말슴이십네까? 전 자세히 모르겠웁네다. 글세머 그런 일이야 없었겠읍지오. 긴상 말슴이십네까? 글세 올세다. 동네 전체루선 자세히 모르겠웁니다마는 저 보기에는 얌전하고 상냥한 이같이 보였웁네다. 네? 뚱뚱해 보이고 와락부락해 보여두, 속은 상냥하실것 처럼 제겐 뵈는 뎁쇼. 아니 올세다. 관청의 하는일에 반감이나 그런건 하나도 없웁네다. 그리고 그런기색이 우리 동네엔 보이지도 않웁네다……" 위의 글, 55~56쪽.

36 최만산, 『소설과 영화』, 문예연구사, 2005, 26~30쪽.
37 Alan Spiegel, 박유희·김종수 역, 『소설과 카메라의 눈』, 르네상스, 2005, 330~339쪽.

밭, 수수밭과 조밭 사이 등으로 분할한다. 그리고 불륜과 살인이라는 비일상적인 사건의 배면에 농촌의 다양한 공간들을 적절히 배분한다. 이는 전근대적인 공간이었던 농촌을 한층 낯설게 보이도록 만드는 효과를 거둔다. 더욱이 김남천은 서두성의 죽음의 원인을 역순행적으로 파헤치는 서사 구조를 취함으로써 농촌이라는 공간을 더욱 역동적인 공간으로 탈바꿈시키고 있다.[38]

여기서 또 한 가지 지적되어야 할 것은 김남천이 영화적인 기법을 차용하면서도 독자에게 시각적인 상상력을 유도하기보다는 인물의 '목소리'에 집중하도록 만들었다는 점이다.[39] 즉 독자로 하여금 듣는 감수성에 주목하도록 만드는 것이다.[40] 그러나 아쿠타가와는 '보이는 것' 혹은 '보았던 것'에 대한 진실성 여부를 중심으로 서사를 이끌어 나감으로써 인물의 시선에 독자의 시선을 일치시킨다.[41] 이때 독자는

····················

38 박진숙에 의하면 '장날'은 농민들의 일상적인 삶에서 돌발적인 사건이 발생할 수도 있는 유일한 시공간이다. 따라서 그는 김남천이 소설의 시공간으로 '장날'을 선택한 것은 김남천이 조선에서 사건이 일어날 법한 보편적 시공간을 설정하고 싶었기 때문이라고 추정한다(박진숙, 앞의 글, 402쪽). 그러나 본고에서는 오히려 김남천이 조선 농촌의 특수성을 제시하기 위해 몽타주 기법을 선택했다고 바라본다는 점에서 박진숙과 다른 시점에서 「장날」을 분석하고 있다.

39 여기서 초점화와 시각화를 구별했던 프랑수아 조스트의 논의를 상기해보면, 시각화와 청각화 역시 구분되는 개념이라는 것을 알 수 있다. 즉 초점화가 '알기'라면, 시각화는 '보기', 청각화는 '듣기'를 가리킨다(서정남, 『영화 서사학』, 생각의나무, 2004, 308~315쪽). 프랑수아 조스트는 시각화와 청각화를 대별함으로써 소설이 발생시키는 여러 감각적인 효과들을 풍부하게 읽어낼 수 있도록 도와준다. 시각화와 청각화에 대한 더 자세한 논의는 André Gaureault · François Jost, 송지연 역, 『영화서술학』, 동문선, 2001, 218~229쪽을 참고할 것.

40 목소리란 묵독하고 있을 때에도 우리가 서사를 듣는다고 생각하는 감수성을 가리킨다. H. Porter Abbott, 우찬제 외역, 『서사학 강의』, 문학과지성사, 2010, 449쪽.

41 「덤불 속」에서 다케히로의 살해 용의자로 추정되는 인물은 도둑 다조마루와 다케히로의 아내 마사고인데, 다조마루와 마사고가 살해를 저지른 동기에는 바로 '눈빛'의 문제가 가로놓여 있다. 다조마루가 느꼈던 마사고의 불타는 듯한 '눈빛'은 마사고의 진술에서 확인되지 않는다는 점에서, 또 마사고가 느꼈던 남편의 차가운 '눈빛'도 남편의 진술에서 근거를 찾을 수 없다는 점에서 그들이 본 '눈빛'은 서사의 층위에서 증명할 수 없는 것이 되어 버린다. 나아가 다케히로의 마지막 진술은 다조마루의 진술, 그리고 마사고의 진술과 일치하지 않는다는 점에서 그들이 눈으로 '보았던 것'은 모두 확신할

인물의 목소리를 들으면서 동시에 그 목소리가 전달하는 이미지, 즉 인물이 보았던 것을 상상하게 된다. 이는 영화에서 빈번하게 제시되는 서술 기법인 보이스 오버를 연상시킨다고 할 수 있다. 보이스 오버는 무형의 목소리가 스토리 사건을 전달하는 이미지와 동시에 제시되는 것을 뜻한다. 이때 청각인 목소리는 감각적 영역에서 시각과 공유되어야 한다.[42] 보이스 오버가 소설에 적용될 경우 독자는 빈 이미지를 시각적 상상력으로 채우게 되는 것이다. 아쿠타가와는 몽타주 기법을 소설로 끌어오면서 독자로 하여금 각 인물이 보았던 것에 대해 시각적인 상상력을 펼치도록 유도하였다. 그러나 이와 달리 「장날」은 '이야기하기'와 '이야기하지 않기'가 핵심적인 사안이므로 독자는 시각적인 상상력보다, 인물이 무엇을 이야기하고 무엇을 이야기하지 않는가에 대해 수복하게 된다. 즉 인물의 '목소리'에 더 집중하게 되는 것이다. 이점에서 김남천은 자신만의 독특한 방식으로 몽타주 기법을 소설적으로 구현했다고 볼 수 있다.

2) 「이리」에 드러나는 '소설 쓰기'

'소설 쓰기'는 「이리」를 영화 〈페페 르 모코〉와 대별하는 중요한 지

수 없는 것이 되어 버린다. 결국 '보이는 것' 혹은 '보았던 것' 자체에 대한 아쿠타가와 류노스케의 회의감으로 인해 진실은 존재하지 않는다는 불가지론이 성립되는 것이다. 아쿠타가와 류노스케, 양윤옥 역, 「덤불 속」, 『지옥변』, 시공사, 2011 참조.

42 이러한 보이스 오버는 보통 영화 초반부에서 액자 장치 서술로 사용되어 곧바로 스토리를 전달하는 배우의 연기에 전적으로 의지하도록 하는 것을 의미한다. 즉 인물이 말하는 것을 듣는 동시에 인물의 움직임을 보는 것이다. H. Porter Abbott, 우찬제 외역, 앞의 책, 156~157쪽.

점이기도 하다. 〈페페 르 모코〉와 「이리」에 대해 살펴보면, 〈페페 르 모코〉[43]는 프랑스 식민지 알제리의 수도인 알제의 '카즈바'라는 악의 소굴을 배경으로 파리 출신의 갱 '페페 르 모코'의 숙명과 사랑을 그린다. 페페 르 모코는 테라스와 테라스가 마치 계단처럼 이어져 있고 집들 사이로 수많은 골목이 숨겨져 있는 '카즈바'를 벗어날 수 없는 상황인데, 이는 그가 도시로 나가는 순간 경찰의 시선에 단박에 노출될 것이기 때문이다. 카즈바의 여인 '이네스'와 무료한 나날들을 보내던 그는 어느 날 파리 출신 대부호의 정부情婦인 여성 '가비'를 만나면서 카즈바를 벗어날 수 없는 자신의 숙명과 대결하게 된다. 가비는 알제리 혼혈계 형사 슬리만의 거짓말에 속아, 페페가 죽었다고 생각하고, 거선 '오란호'에 올라탄다. 이 사실을 알게 된 페페는 자신의 숙명을 거역하고 카즈바를 벗어나 오란호에 올라타지만, 가비와 만나지 못하고 자살로서 생을 마감한다.

「이리」의 도입부는 이 〈페페 르 모코〉를 관람하고 나온 '나'의 애수로 시작된다. '나'는 "지금 보고 나오는 토-키-가 주는 아름다운 흥분을, 고지낙하니 향락하고 싶"은 생각에 뒷골목으로 발을 옮긴다. "서울의 빈약한 거리를 걸으면서도, 나의 상념想念의 촉수觸手는 「카즈바」"로 향해 있다.[44] 담배 가게 앞을 향하던 '나'는 문득 담배를 피우고 싶은 충동에 사로잡히는데, 담배를 피우지 않는 나로서는 이 또한 〈페페 르 모코〉의 영향이라고 밖에 생각하지 않을 수가 없다. 이러한 '나'의 페페와의 동일시는 영화 〈페페 르 모코〉가 자아내는 '시적 리얼리즘'

....

43 〈페페 르 모코〉에 대해서는 비디오 형식으로 복각된 〈망향(Pepe Le Moko)〉, Sky Cinema, 2004과 「망향」, 『여성』 3-8, 1938.8을 참조하였다.

44 김남천, 「이리」, 『조광』, 1939.6, 70쪽.

의 분위기에 '내'가 취해 있다는 것을 보여준다. 여기서 '시적 리얼리즘' 영화란 일상적인 삶을 그려낸다는 점에서는 '리얼리즘'에 접근하였지만 그것을 시적인 감성으로 그려내기 위해 인위적인 미장센을 강조한다는 점에서는 '시적'인 영화를 의미한다. 보통 시적 리얼리즘 영화의 등장인물들은 대부분 숙명적으로 패배주의에 물들어 있으며, 특히 〈페페 르 모코〉의 감독 뒤비비에의 인물들은 현실적 삶의 고통을 이루어질 수 없는 사랑으로 보상받고자 한다는 점에서 비극적 인물들이다.[45] 페페와 가비의 이루어질 수 없는 사랑은 당시 식민지 조선의 문인들에게 많은 영감을 주었던 것으로 보이는데,[46] 이 소설에서 소설가인 '나'가 떠올리는 장면도 영화에서 가장 비극적이라고 할 수 있는 마지막 장면이다.[47]

'나'와 페페를 동일시하는 환상에 빠져 있던 '나'를 현실로 불러들이는 것은 바로 신문기자 '박군'이다. 박군은 〈페페 르 모코〉에 취해 있는 '나'를 "무어, 그저 아직도 카즈바인줄 알았겠지오"라고 조롱하는 동시에, "이야기는 차차하고, 그래 페페·르·모코를 지금에야 본담……" 하고 핀잔을 줌으로써 〈페페 르 모코〉에 열광적이었던 사회적 분위기와 달리 다소 냉소적인 거리를 유지하고 있다.[48] 이는 그가 '나'와 달리

....

45 김외곤, 앞의 글, 281~282쪽.
46 "당신은 오날부터 아니 아니 엣부터 이놈의 『비아도릿체』요 영원한 우상(偶像)임니다 이현실에 발을붓친 한아의 평범한 인간이 초현실의 사랑을 시행히려는 피토움이 얼마나 크고 애닯다는 것을 당신이 익만분시일이라도 안다면! 아니 알면또 무엇 하겠슴니까 모다가 다 운명이지요 당신이 허다 마는 집을두고 우리엽집으로 왔다는것도 이놈이 이러한 초현실적 괴로움을가저야 한것도 또얼마 잇지 안어 이땅을 떠나야 하다는것도 모다 다─운명이지요. 이 운명을 버서나서는 살수업다는것은 〈페페·르·모코〉라는 영화에 나오는 〈페페·르·모코〉가 잘 우리들에게 일러주엇지요 이 〈페페·르·모코〉의 교훈을 밋고 십지는 않으나 밋어야할 이세상이엿지요." 조연현, 「掌篇小說─"페페르모코"─어느 文學靑年의 戀慕記」, 『매일신보』, 1939.8.20.
47 '나'는 박군을 만나기 전에는 '페페'가 '가비'를 찾아 부두로 뛰어가는 장면을, 박군을 만나고 난 후에는 '페페'가 자살하는 장면을 떠올린다.

알제의 카즈바와 서울의 카즈바 사이의 명징한 차이를 인식함으로써 얻게 되는 거리인 것으로 보인다. 박군은 영화에 대한 화제를 돌려 '나'에게 내일 조간신문에 실리게 될 기사의 내용을 미리 이야기해 주겠다고 말하는데, 그 이야기가 서울의 카즈바에 대한 내용이었던 것이다. 박군의 이야기는 "현저동峴底洞 향촌동香村洞의 「스람」지대"에 대해 상세하게 묘사하면서 시작된다.[49] 이러한 세밀한 묘사는 김남천이 박군의

〈그림 1〉 영화 〈페페 르 모코〉의 한 장면

〈그림 2〉 정현웅이 그린 「이리」의 삽화

입을 통해 카즈바의 골목과 대비되는 현저동과 향촌동의 골목을 보여주려는 의도를 갖고 있었다는 점을 뒷받침한다.

〈그림 1〉과 〈그림 2〉는 영화 〈페페 르 모코〉의 한 장면과 「이리」 연재 당시에 정현웅이 그린 삽화이다. 두 그림의 유사성은 정현웅이

....

48 김남천, 「이리」, 앞의 책, 72쪽.
49 위의 글, 74쪽.

실제로 영화 〈페페 르 모코〉를 보고서 이 삽화를 그렸다는 사실을 드러낸다. 특히 삽화에서 보이는 아치형의 문과 차양막, 그리고 두 인물의 머리 모양새와 옷차림의 이국적인 낯설음은 정현웅이 「이리」의 내용보다 〈페페 르 모코〉의 한 장면을 구현해 내는 데 더욱 중점을 두었다는 사실을 짐작하게끔 한다. 그럼에도 불구하고 정현웅은 조선의 슬럼지대를 보여주려는 작가의 의도를 정확하게 반영했다고 볼 수 있는데, 〈페페 르 모코〉의 다양한 장면 중에서도 카즈바의 골목을 선택했기 때문이다.

여기서 박군은 자신이 하는 이야기가 신문 기사가 전달하는 사실로서의 '리얼'과 다른 지점의 것이라고 강조하며 소설가인 '나'에게 이야기를 들려준다.[50] 이는 그가 사실을 직접적으로 전달하는 것이 아니라, 사실을 재구성하고 있다는 점을 드러낸다. 그는 알제의 카즈바를 연상시키는 서울의 카즈바, 즉 현저동과 향촌동의 슬럼지대에서 벌어진 폭력사건을 마치 시적 리얼리즘 영화처럼 묘사한다. 그런데 '언년'이라는 시골에서 인신매매로 잡혀온 여성을 둘러싸고 '권명보'와 '서상호' 사이에 벌어진 폭력사건을 다루고 있는 「이리」 역시 「장날」과 마찬가지로 소설가 '나'와 박군이 대화 중이라는 점을 드러내는 표지들이 있다는 점에서 주목할 필요가 있다. 실제로 이 소설의 서술상의 특징은 속 이야기인 인신매매 이야기가 전개되는 동안, 서술자가 계속해서 소설 속 화자 박군의 모습을 포착하거나 박군의 생각을 서술에 노출시킴

----

50 "'지금 금박 내가 기사를 써놓고 나왔으니 내일 조간엔 나겠지만 신문기사는 결국 한편의 사실밖엔 아무것도 아니되지만, 그렇게 ○어치우기는 아까운 대목이 하나 있으니 그걸 내 지금 김형에게 들려 줄테란 말이요.'
내가 정색하는것을 기대려 박군은 다시 술 한잔을 따라 맛있게 드리마시고, 나의 얼굴을 처다보았다." 위의 글, 73쪽.

으로써 박군이 이야기하고 있는 상황임을 강조하고 있다는 점에 있다.

①

　－(여기까지 이야기한 박군은, 그동안에 날러다 놓은 밥반찬에서 안주

될만한 것을 옮겨 놓고 손벽을 뚜들러 따끈한 술을 다시 청하였다. 그는

찻종에서 식은 차를 재터리에 쏟아 버리고 따끈한 술을 가득히 부어 쭉

드리키었다.

"자 김형도 한잔 하시오"

내어대는 찻종을 받어들고 나도 덤덤히 술이 가득히 담기이기를 기대렸다.

박군은 점복을 하나 맛나게 씹어먹으면서 내가 입에서 찻종을 떼는 것을

기대려, 다시 이야기를 계속하였다.)[51]

②

　그러면 이 권가란 사나이와 언년이, 혹은 언녀라는 계집애와는 어떠한

관계에 있는것일까. －권가의 둘째딸이나 셋째딸, 그렇지 않으면 무슨 조카

딸쯤이라면꼭좋겠다. 아버지나 삼촌이나 아저씨가 서울구경을 시킨다고

오늘 시굴서 서울로대리고 올라왔다－이것이 제일 자연스러울 것이다.

　그러나 언년이의 성은 첫째 권가가 아니었다. 그러면 권가는 언년이의

외삼촌일까?－[52]

위에서 보듯, 서술자는 ① 이야기하고 있는 박군의 모습을 중간에

삽입하거나, ② 이야기하고 있는 박군을 환기하고 있다. 즉 속 이야기

51　위의 글, 74쪽.
52　위의 글, 76~77쪽.

바깥의 상황을 끊임없이 환기하는 것이다. 이를 통해 「이리」는 '나'와 박군의 대화를 지속적으로 전면화한다.

그러나 이보다 더 중요한 것은 폭력사건을 전해 준 박군의 의도가 '나'로 하여금 강렬한 성격의 두 사나이를 모델로 삼아 소설을 창작하게 하려는 데 있다는 것이다. 이는 「이리」가 영화로부터 모티프를 얻는 것에서 한 걸음 더 나아가 '소설 쓰기'를 본격적으로 다루고 있다는 점을 보여준다. 소설가인 '나'는 작품 서두에서부터 '모랄'이 개입될 여지가 없는, "세상을 송두리째 삼켜 버릴듯한 그러한 성격" 탐구에 매진해 왔음을 드러냈었다. '나'는 박군에 의해 '김형'이라고 불린다는 점에서 김남천의 페르소나로 이해될 수 있는데, 주지하듯 김남천은 '모랄'을 자신의 주요한 창작 근거로 삼고 있었다. 그러나 이 소설은 오히려 '모랄'을 벗어난 어떤 것에 "나 자신을 송두리째 그곳에 파묻고 의탁해 보고싶은, 그러한 욕구"를 나타내고 있다. 이러한 욕구에 취해 있던 '나' 혹은 김남천은 신문기자 박군의 개입으로 식민지 조선과 알제리의 거리감을 인식하게 된다. 나아가 박군이 들려주는 이야기를 통해 시적 리얼리즘이라는, 현실을 '리얼'하게 묘사하는 또 하나의 방식을 알게 된다. 이 점에서 박군 또한 김남천의 페르소나라고 할 수 있을 터인데, 마지막에 박군은 "새로운 에네르기"를 느끼는 듯이 "카즈바, 페페・르・모코, 악에의 매력, 강렬한 성격……"을 되뇌인다.[53] 적어도 이 지점에서 김남천은 현실을 '리얼'하게 묘파하는 동시에, 자신이 이론적으로 의존하던 '모랄'에서 벗어나 '광기의 파토스'[54]를 탐색하고 있는 것이다.

....

53 위의 글, 85쪽.
54 김동식은 1935년 무렵의 김남천이 정치적 실천을 예술로 전화하는 창작 과정의 특수성에 주목함

3. 혁명을 예술적으로 사색하는 힘에 대하여

　"내가 바로 그말이요. 여보 김형, 그 강렬한 성격에 대한 갈망이란게,
더두말고, 바로 현대인의 피곤한 심경이란게요"
하고 팔을 걷어 부쳤다.
　"김형이 방금 구경하고 나온 페페·르·모코. 우리가 카즈바의 매력에
취하야버리는것이 모두 이러한 심경이 아니요. 파리(巴里)의 생활에 권
태를 느낀 뿌르조아의 계집이 아르제리—의 카즈바에 흥미를 느끼고 대
부호의 첩(妾)생활에 지친 꺄비—가 카즈바의 왕자, 히대의 대강도(大强
盜) 페페·르·모코에게 반하는것이 모두 그것이 아니요?"[55]

　'나'와 박군이 강렬한 성격을 열망하고, 동시에 카즈바에 매혹당하
는 것도, 심지어 영화 속 인물인 가비가 희대의 대강도 페페에게 매혹
되는 것도 모두 현대인의 피곤한 심경에서 발로된 것이라는 박군의 말
은 주목을 요한다. 특히 작가 김남천의 페르소나인 소설가 '나'와 기자
박군을 뒤비비에의 페르소나인 가비와 마주 보게 함으로써 김남천과
뒤비비에가 만나고 있기 때문이다. 결국 김남천과 뒤비비에는 현대인
의 피곤한 심경을 단적으로 드러내고 있다는 점에서 국경을 초월하여

으로써 유물론의 근거로서 관념으로서의 테제가 아닌 몸을 발견함과 동시에 몸과 무의식을 동시
적으로 사고하고 있다고 지적한다. 여기서 몸의 차원으로서의 창작 과정은 관념화된 테제와 슬로
건의 효력이 정지되고 더 나아가서는 자기 자신마저도 찾을 수 없는 차원을 의미한다. 즉 자기
자신을 찾기 어려울 정도의 '광기의 파토스'가 분출하는 곳인 것이다. 따라서 김남천의 입장에서
보자면 창작 과정의 혼돈, 광기, 육체, 무의식은 주체 형성을 위한 또 다른 계기일 수밖에 없다고
파악한다. 김동식, 앞의 글, 207~208쪽.
55 김남천, 「이리」, 앞의 책, 85쪽.

조우하고 있는 것이다. 김외곤이 지적하였듯이 〈페페 르 모코〉는 제2
차 세계대전 직전 불안사조에 휩싸인 프랑스의 심경을 대변하고 있었
다. 〈페페 르 모코〉가 식민지 조선의 현실에 쉽게 융화될 수 있었던 까
닭은 1937년 중일전쟁 발발 직후 국가총동원법이 실시되면서 식민지
조선이 더욱 암울해졌기 때문이었다.[56] 이렇듯 프랑스 영화를 통해 김
남천이 획득한 동시대성은 마르크시스트 김남천의 모더니스트로서의
단면을 드러낸다.[57] 그러나 그렇다고 해서 그의 마르크시스트로서의
정체성이 소거되는 것은 아니었다. 이는 코민테른의 테제와는 또 다른
국제성의 차원에 대한 관심으로도 볼 수 있기 때문이다.[58]

그러나 중요한 것은 「장날」과
「이리」가 일본소설, 혹은 프랑스영
하가 담지히고 있는 국세성의 차원
을 끌어안으면서도, 동시에 1930
년대 후반 식민지 조선의 차원으로
끌어내려졌다는 점이다. 이때 흥미
로운 것은 정현웅이 그린 두 번째
삽화가 첫 번째 제시되었던 삽화와
달리 조선적인 색채를 보여주고 있
다는 점이다. 〈그림 3〉은 권명보와

〈그림 3〉 정현웅이 그린 「이리」의 삽화

....
56 김외곤, 앞의 글, 283쪽.
57 김남천이 이타미 만사쿠나 도요다 시로, 우치다 도무의 일본 영화뿐만 아니라 뒤비비에 페데 등
    의 시적 리얼리즘 영화까지 섭렵할 정도로 박태원과 이상 못지않게 준영화광이었다는 점은 김외
    곤에 의해 지적된 바 있다. 위의 글, 286쪽.
58 김동식은 김남천이 코민테른의 테제를 대신할 새로운 국제성의 차원으로 문예학의 영역을 발견
    했음에 주목하며, 1935년에 발표된 「예술학 건설의 임무」에 관해 논한 바 있다. 김동식, 앞의 글,
    201~202쪽.

서상호가 대립하고 있는 장면을 그린 것인데, 여기서 인물들의 옷차림은 조선적이라고 할 수 있다. 왼쪽에 권명보로 추정되는 인물은 두루마기를 입고 있으며, 오른쪽에 서상호로 추측되는 인물도 저고리를 걸치고 있다. 그리고 이 둘의 대립을 지켜보는 노파 역시 한복을 입고 있다. 또한 방 안의 풍경 역시 창호지 문과 전등을 통해 조선적인 분위기를 잘 드러낸다.

이렇듯 국제성의 차원에서 식민지 조선의 차원으로 분기되는 지점에는 공식과 표어로서의 이데올로기에 대한 김남천의 반성이 가로놓여 있었다.

> 확실히 나에게 있어서는 한, 두 줄의 결론다도 그곳까지 도달하는 과정을 집요하게 따라가는 것이 중요하였다. 도달한 공식에서 시작하는 것이 아니라 주체의 구체적 설정과 객체에 대한 면밀한 성찰에서 비로소 공식과 결론에 도달하는 것이다.[59]

통렬한 반성의 끝에 김남천이 말했듯이, 진정한 혁명은 "가능한 것으로부터 시작하는 것이 아니다. 실로 현실 그것으로부터 출발하는 것이다."[60] 여기에 카프 해산 직후 역사적 '추진력'을 예술적으로 인식하려던 김남천이라는 기본자를 대입해야 함은 물론이다. 따라서 3장에서는 '혁명'을 '영화적으로/소설적으로 사색하는 힘'에 대해 고찰해보고자 한다.

....

59 김남천, 「도덕의 문학적 파악—과학·문학과 모랄개념」(『조선일보』, 1938.3.8), 『김남천 전집』 1, 337쪽.
60 위의 글, 337~338쪽.

1) 구상력構想力 – 소설적으로 사색하는 힘

앞서 언급했던 김남천의 수필 「영화인에게 보내는 글」[61]에서는 다소 모순된 진술이 엿보인다. 김남천은 서구에 비해 몇 세기를 뒤진 문학의 역사와 30~40년 뒤진 영화의 역사를 대비하면서 영화 이론에 대해 "간혹 외국의 토론의 성과를 옮겨 오는 것을 보면 (…중략…) 십년 전의 몽타주론도 그러하고, 최근 들리는 바 영화를 미미이크 범주에서 생각해 보려는 노력도 결코 주목할 만한 것이라고는 생각키 힘듭니다"라고 언술한다. 그러나 바로 그 다음 문단에서는 실제 창작에 있어서 "안티클라이막스의 방법과 몽타주론과 「무도회의 수첩」의 수법 등을 잠시 고려해 보았"음을 시인한다.[62] 영화의 몽타주 이론에 대해 주목할 필요성을 느끼지 못하면서도, 몽타주 이론을 창작에 도입할 수밖에 없었다는 점은 김남천이 표면적으로 내세우고 있는 영화와 소설의 거리감이 실제로는 결코 멀지 않은 것이었음을 드러낸다. 이는 실질적으로 '문예영화'와 '영화소설'[63] 사이에서 영화를 외면할 수 없었던 소설가로서의 위기감이 발현된 것이라고 볼 수 있다.[64] "영화

....

61 김남천, 「영화인에게 보내는 글」(『문장』, 1940.6), 『김남천 전집』 2, 195~196쪽.

62 여기서는 논의의 편의를 위해 '몽타주론'에만 집중하기로 한다.

63 여기서 '영화소설'이란 영화와 소설이라는 두 미디어의 경합을 장르명칭을 통해 전달하는 독특한 서사를 의미한다. 영화소설의 효시는 1926년 4월 4일에서 5월 16일까지 『매일신보』에 연재된 김일영의 『森林에 囁言』이다. 영화소설은 1939년 9월 19일에서 11월 3일까지 『매일신보』에 연재한 최금동의 『鄕愁』를 끝으로 자취를 감추었다가 정비석의 『사랑의 十字架』(삼중당, 1959)를 시작으로 1960년대에 10여 편이 발표된다. 1990년대 후반부터 현재까지도 지속적으로 창작되고 있는 영화소설은 시각 미디어의 분화가 시작되고 문자에서 영상으로 미디어가 전환되는 시기였던 1920~1930년대에 활발하게 창작되었다는 점에서 문화사적인 가치가 있다. 전우형, 『식민지 조선의 영화소설』, 소명출판, 2014, 13~18쪽.

64 "영화는 문학의 영역을 '문학적 시나리오'(혹은 읽히우기 위한 각본)으로 침범하고 있을 때 문학은 '영화소설'이라는 추락된 문학적 장르에 의하여 영화의 밑을 씻어주고 있다. 생각해 보면 사정

상설관이 도시에만 있는데 불구하고 영화의 감상자는 문학의 그것을 훨씬 능가하고 있"던 상황을 무시할 수 없었기 때문이다.[65] 그러나 중요한 것은 그의 이러한 위기감이 오히려 영화인들에게 "세계를 하나의 통일적인 스토리로써 파악하고 인식할 만큼"의 "구상력構想力", 즉 "영화적으로 사색하는 힘"을 지닐 것을 촉구하는 방면으로 나아갔다는 점이다. 여기서 "영화적으로 사색하는 힘"이란 "독자의 힘으로 사색하고 파악하고 표현"하는 영화의 "독자(적인)의 미학"이다.[66]

흥미로운 것은 김남천의 작가론이나 작품론을 일별했을 때 눈에 띄는 단어가 바로 '구상력'이라는 점이다.[67] 「영화인에게 보내는 글」에서

···············

은 명료하다. '문학적 시나리오'는 앞으로 더욱 더 발전하여 진세(진지?)한 문학 독자를 약탈해 버릴 때에 영화소설의 시대지(遲)한 삼류 잡지 위에서 소녀 소설의 일부분을 형성함에 그칠 것이다. 그러므로 문학하는 사람들의 영화에 대한 관심이 영화소설로 표현되는 것은 적지 않은 불행이다." 김남천, 「문장·허구·기타」(『조선문학』, 1937.4), 『김남천 전집』 1, 200쪽.

65 위의 글, 200쪽.

66 김남천, 「영화인에게 보내는 글」(『문장』, 1940.6), 앞의 책, 196쪽.

67 김남천은 작가와 작품을 비평하는 기준 내지 잣대로 이 '구상력'과 '구성'이라는 용어를 자주 활용한다. 일례로 김남천은 최정희의 「지맥(地脈)」에 대해 다음과 같이 논평한다. "상훈이란 청년도 우스꽝스런 인물이지만, 그와 여주인공이 마주 앉아 지껄이는 관념은 아무리 보아도 구상력(구성력이 아니라!)의 빈약과, 관념이 성숙되지 않고 위태위태한 것을 스스로 말하고 있는 것인데, 독자의 공감이란 결코 이런 데서 생기는 것이 아니고, 또 진정한 묘사나 서술이나 문장이나가 결코 그런 것이 아니라는 것을 거듭 말하여 두고 싶다."(김남천, 「동시대인의 거리감」(『인문평론』, 1939.10), 『김남천 전집』 1, 519쪽) 또한 김남천은 신세대론이 소설가들 사이에서 먼저 제기되지 않은 이유로 중견 소설가들의 구상력이 아직 건재하다는 점을 들고 있다. "조선 시단에서 중견 시인의 서 있는 발판이 작단에 비해서 확고하지 못하다는 것, 중견 소설가가 아직도 사실의 시대의 앞에서 자기의 구상력에 절망을 느끼고 있지 않다는 것, 그리고 신인보다도 소설문학을 이끌고 나갈 만한 시대적 파악력이 중견에게 더 많이 있다는 것의 자각─이런 것은 사실을 해명하는 반분 (半分)의 자료로는 되어야 한다."(김남천, 「토픽 중심으로 본 기묘년의 산문 문학」(『동아일보』, 1939.12.22), 위의 책, 559쪽) 심지어 김남천은 셰익스피어와 발자크를 비교하는 최종 심급으로서 '구상력'을 든다. 김남천은 셰익스피어와 발자크를 논하면서 "극의 구성법과 소설의 그것을 살펴보고 최후로 두 예술가의 구상력(이것은 예술가의 이상과 전 역량을 폭로하는 궁극의 것이다)을 평가해 보면 얻을 바 많을 것을 기록하여 두려고 한다"라고 말한다. 김남천에게 발자크가 상찬되는 가장 중요한 이유 중 하나는 "구성력이 빈약한 조선의 작가에겐 상상조차 할 수 없을" 정도로 "알지 못하는 동안에, 하나하나 쌓아 올리는 그의 수완", 즉 구성력이 비상하기 때문이다. 김남천은 발자크의 구성과 구상력에 감동한 나머지, "그의 구성과 구상력에 대하여는 다시 고(稿)를 달리 하려니

김남천은 구상력이 결구력結構力이나 구성력이 아니라는 점을 강조하고 있는데, 장편『대하』의 창작 과정을 소개하는 글에서도 '구상력'과 '구성'을 구별해서 쓰고 있다.

주제와 불가분리의 시간적 연관 밑에서 머리에 떠오르는 것은 물론 구성인데, 이것은 작가의 구상력이라고 하는 이상이나 인식의 정도, 또는 현실 파악과 현실 요리의 능력 기타 일체에 의하여 제약되는 것으로 이것만 보면 그 작가가 어느 정도의 능력과 안식(眼識)을 갖고 재료에 임하였으며, 동시에 그의 세계관, 문학적 입장 등이 어떤 것인지 대체로 알 수 있게 되는 것이다.[68]

여기서 '구상력'은 작가의 이상이나 인식의 수준을 가리키며, 현실을 파악하고 재구성하는 일체의 능력을 뜻한다. '구성'은 구상력에 의해 제약되는 것이며, '구성'을 통해 작가가 어느 정도의 능력과 안식眼識으로 재료에 임하였는지, 그의 세계관이나 문학적 입장은 무엇인지를 파악할 수 있다. 즉 구상력은 구성의 상위개념이며, 구성을 통해 역으로 구상력을 판단할 수 있는 것이다. '구상력', 즉 부드럽게 바꿔 말하면 '사색하는 힘'이 중요한 것은 김남천에게 카프 해산 이후 공통된 문

....
와,「고리오옹」1편으로서도 넉넉히 그의 골격을 상상함에 족할 것이다"라고 덧붙인다(김남천,「「고리오옹」과 부성애・기타─발자크 연구 노트 1」(『인문평론』창간호, 1939.10), 위의 책, 528 ~532쪽). 이러한 구상력은 김남천과 박태원이 갈라지는 지점이기도 했는데, 김남천에게 '고현학(考現學)'과 '문학적 관념으로 된 풍속'을 구분하는 기준이 바로 구상력이었기 때문이다. 그는 "요(要)는 '편력'이나 '산책'에 시종하는 데 있는 것이 아니라, 시정 세계를 거쳐서 문학의 정신을 살리는 데 있어야 할 것이고 시정 세계를 문학적으로 재구성하는 데 있"는 것이라고 주장한다(김남천,「소설의 당면과제」(『조선일보』, 1939.6.24), 위의 책, 506쪽).
68 김남천,「작품의 제작 과정」(『조광』, 1939.6, '나의 창작 노트' 특집), 위의 책, 498쪽.

학 정신의 부재를 대체한 것이 바로 이 '사색하는 힘'이었기 때문이다. 김남천은 현실에서 문학정신을 찾아야 한다고 주장하면서 이에 대한 실질적인 방안으로 "문학운동의 원리적인 것을 제2, 기술적인 방면에서 작품비평과의 상호침투 가운데서 찾아"볼 것을 제시한다. 여기서 기술적인 것이란 "작가론, 작품평이나 분석 등"을 지칭하는 것으로, 그는 "작품이나 작가를 친절하되 엄격한 비평정신 밑에 분석하고 종합해 보고 하는 가운데서 방법이나 원리를 제시하고 탐색하는 것이 용이할 것"이라고 역설하고 있다.[69] 이러한 그의 주장은 주목을 요하는데 김남천이 1930년대 후반 리얼리즘 문학의 위기를 극복하기 위해서 발자크의 리얼리즘을 수용한 것은 사실이지만, 정작 김남천 문학을 구성하는 미학적 원리는 그의 비평 속에서 귀납적으로 만들어졌을지도 모른다는 점을 입증하기 때문이다. 그리고 그 미학적 원리를 지칭하는 용어가 바로 '사색하는 힘', 즉 '구상력'인 것이다.

'구상력'을 김남천의 리얼리즘 미학의 핵심을 드러내는 용어로 간주한다면, 결국 그가 주장하는 리얼리즘이란 현실을 있는 그대로 묘사하는 수준에 머무르는 것이 아니라 "형상화, 표상화의 과정을 넘어서는 도정"으로서의 "묘사의 과정"이었다고 요약할 수 있다.[70] 즉 이 시기 김남천은 현실을 리얼하게 묘사하는 방식으로 리얼리즘을 넘어서는 리얼리즘을 모색하고 있었다. 그리고 이러한 리얼리즘은 소설적으로 사색하는 힘, 즉 구상력을 통해 실현 가능한 것이었다. 이때 영화는 현실을 재현하는 또 하나의 장르로서 김남천에게 참신한 자극으로 다가왔다고 할 수 있다. 그렇다면 김남천이 의식적으로는 외면하려 했지만,

....

69 김남천, 「문학정신의 건립」(『조광』, 1939.1, '문예발전책' 특집), 위의 책, 462쪽.
70 김남천, 「소설의 당면과제」(『조선일보』, 1939.6.24), 위의 책, 507쪽.

무의식적으로는 외면할 수 없었던 몽타주 이론에서 '혁명'을 '영화적으로 사색하는 힘'의 단초를 찾아보는 것도 무리는 아닐 터이다.

여기서 김남천이 말하는 10년 전의 몽타주 이론이 1920년대부터 소비에트 영화 이론가들에 의해 제창되었던 몽타주 이론을 일컫는다는 것은 의심의 여지가 없어 보인다. 그 당시 조선 문인들에게 소개된 소비에트의 몽타주 이론은 쿨레쇼프, 푸도프킨, 에이젠슈테인이었다.[71] 쿨레쇼프는 개별적인 쇼트들을 연결하여 연속성을 느끼게 하는 것을 중시하였으며, 이를 통해 실재에는 존재하지 않는 영화적 공간을 만들어 내고자 하였다. 푸도프킨은 쿨레쇼프의 관점을 그대로 이어받으면서도 '몽타주'를 굳이 강조하지는 않고, 몽타주를 구성적 편집으로 간주해서 영화 제작의 실제적인 측면으로 받아들였다. 즉 소재를 다루는 감독의 역할을 강조한 것이다. 이와 달리 에이젠슈테인은 쇼트 간의 충돌을 통해 관객으로 하여금 제3의 의미를 발견하도록 유도하는 것을 중시했다.[72]

----

71 임희현에 의하면 카프 문인들은 소비에트의 영화 이론을 도입하여 노동자와 농민을 대상으로 한 '예술운동의 대중화'를 시도하였고, 이 과정에서 가장 각광받은 기법이 '몽타주'였다. 1930년대 초반 카프의 주요 영화 비평가였던 서광제와 오덕순은 에이젠슈타인뿐만 아니라 푸도프킨, 쿨레쇼프 등을 식민지 조선에 소개한다. 임희현은 이 글과 마찬가지로 김남천이 문학과 영화의 관계에 대해 사유했었다는 점에 주목하고 있다. 그는 김남천이 소설 구성의 차원에서 몽타주를 재해석하고 있으며, 이러한 시도가 '관찰문학론'에서 엿보인다고 추정하고 있다. 그에 따르면 '관찰'이라는 것은 서사의 배후에 놓여 있는 현실적인 문제를 읽어내고 현실을 올바른 길로 인도하기 위한 의도에서 비롯되는 것이다. 이 때문에 그는 김남천이 몽타주론에 있어서 '감독'의 역할을 강조하는 푸도프킨과 유사한 시각을 보인다고 말한다. 이러한 시각을 바탕으로 그는 「누나의 사건」 연작을 분석한다(임희현, 「김남천 연작소설 연구」, 서울내 석사논문, 2015, 40~51쪽). 임희현이 논문은 카프 문인들의 몽타주론 수용 양상을 실증적인 측면에서 검토하였다는 점에서 의의가 있다. 그러나 몽타주 기법을 직접적으로 활용한 「장날」과 영화 〈페페 르 모코〉를 참조한 「이리」에 대해서는 다루지 않았다. 이 글에서는 임희현의 논문이 밝힌 성과를 이어 받으면서 「장날」과 「이리」를 중점적으로 다루고자 하였다. 이 두 편의 소설들은 김남천의 주류 소설에 포함되지는 않지만, 그의 창작방법론과 별개로 독자적인 소설 미학을 보여준다는 점에서 더욱 중요한 작품들일 수 있다.

72 김미영, 「에이젠슈테인의 몽타주 이론에 대한 연구」, 서울대 석사논문, 2009 참조. 굳이 유사성을 따져보자면, 김남천은 쿨레쇼프와 가장 유사한 관점을 가지고 있었다고 할 수 있다. 왜냐하면

이들 소비에트 영화 이론가들 중 가장 큰 영향력을 보여준 인물은 바로 세르게이 에이젠슈테인으로, 그는 헤겔적·마르크스적인 변증법을 미학화하였다. 그에게 영화란, 각 부분들이 유기체적으로 연결된 것이라기보다는 병치와 갈등에 의거해서 만들어진 강력한 의미론적 구성물이었다. 따라서 에이젠슈테인적인 영화는 이미지로 스토리를 전달하는 것을 지양하는 대신, 이미지로 사유할 것을 제시한다. 이미지로 사유한다는 것은 쇼트들의 충돌을 통해 관객들의 마음에 관념작용을 촉발시키고, 변증법적 지각과 관념, 그리고 이념과 감정의 산물을 촉발시키는 것이다.[73] 이러한 소비에트 이론가들의 '시적 영화'는 영화인들에게 예술가로서의 자아와 혁신가로서의 자아를 통합할 수 있는 계기를 만들어주는 획기적인 방식이었다.[74] 작금의 현실에서 김남천에게 몽타주 이론이 중요성을 띠지 않게 된 것은 1934년 소련의 공식적 문화예술 이론으로 사회주의 리얼리즘이 채택된 사실과 밀접한 관련을 맺고 있을 터이다.[75] 그러나 김남천이 소련과 식민지 조선의 간극을 받아들이면서 사회주의 리얼리즘에 유보적인 태도를 취하고 있었다는 점을 염두에

김남천 또한 쇼트들을 순차적으로 배치함으로써 이야기의 전모가 드러나는 방식을 추구하였기 때문이다. 푸도프킨의 경우 편집을 하는 감독의 역할을 강조한다는 점에서, 예술가의 세계관에도 불구하고 드러나는 '리얼리즘'을 중시했던 김남천과는 대조적이라고 할 수 있다. 하지만 쿨레쇼프와 변별되는 지점 역시 뚜렷하다. 쿨레쇼프가 실재에는 존재하지 않는 영화적 공간을 창출하려고 했었던 반면 김남천은 보다 실재에 근접하려고 했었기 때문이다.

73 Robert Stam, 김병철 역,『영화이론』, K-books, 2012, 59~61쪽.

74 1920년대 몇몇 이론적 논문에서는 영화 재료의 독특한 몽타주적 조직 형태를 갖추고 있는 영화들을 일컬어 '시적 영화'라고 했다. 이때의 '시적 영화'란 작가적, 감독적, 몽타주적 영화를 모두 포괄하는 개념이었다. 정태수,『러시아─소비에트 영화사』 I, 하제, 1998, 83~86쪽.

75 1934년 사회주의 리얼리즘의 등장 이후, 인민성과 계급성, 그리고 사상성(당성)으로 무장한 사회주의 리얼리즘은 모든 예술을 비판하고 제거하는 수단으로 작용하였다. 이윽고 1935년 제1차 전 소련 영화 노동자 창작 협의회에서 영화 감독 트라우베르그는 몽타주 이론을 주도하였던 에이젠슈테인, 쿨레쇼프, 푸도프킨 등을 공개적으로 비판한다. 위의 책, 131쪽.

둔다면,[76] 그에게 몽타주 이론이란 비록 폐기된 것일지라도 혁명을 예술적으로 사유하는 하나의 방식으로서 여전히 매혹적인 것이었을지도 모른다. 결국 김남천이 혁명을 '영화적으로 사색하는 힘'으로서 소비에트의 몽타주 기법을 의식하고 있었다고 조심스레 추정해 볼 수 있다.

그러나 중요한 것은 김남천이 쇼트들의 충돌을 통해 제3의 의미를 드러내는 에이젠슈테인식의 몽타주 기법과 이를 활용한 아쿠타가와식의 몽타주 기법을 거부하고, 자신만의 독창적인 몽타주 기법을 구사하고 있다는 점이다. 이는 사회주의 건설 단계로 들어선 소련에서 에이젠슈테인에 의해 제작된 몽타주 영화들이 혁명이라는 역사적 순간들을 병치적으로 구성하고 있었던 것과 달리,[77] 사회주의가 비합법의 단계로 접어들고 있었던 식민지 조선에서는 다른 형식의 몽타주가 요구되었다는 것을 김남천이 인식하고 있었음을 드러낸다. 사실상 식민지 조선에서 사회주의운동이 실패에 다다른 상황에서 관객으로 하여금 혁명의 파토스pathos를 느끼도록 만드는 에이젠슈테인식의 변증법적 몽타주론은 쉽게 받아들일 수 없는 것이었다.[78] 이때 염두에 두

....

76 김동식, 앞의 글, 201~208쪽.
77 에이젠슈테인의 대표작인 〈10월〉은 1917년 2월부터 10월까지 페트로그라드에서 일어난 혁명적 사건들을 몽타주적으로 구성하여 보여주었다. 역사적 사건이라는 영화 재료를 몽타주적 구조로 형성함으로써 의미있는 콘텍스트로 이해되는 것은 에이젠슈테인 영화의 특징이 되었다. 정태수, 앞의 책, 132~133쪽.
78 에이젠슈테인에 따르면 '파토스(pathos)'는 관객의 감정을 전혀 다른 상태로 전이시키는 효과로서, '엑스터시(ecstasy)'라는 용어로 대체될 수 있다. 파토스 구성은 일차적으로 관객의 감정을 질적으로 변화시키는 것을 목적으로 하기 때문에, 그 자체로 비약적인 발전의 형식을 취할 것을 전제로 한다. 즉 구성상의 비약과 지각 단계에서의 질적인 도약이 이루어져야 하는 것이다. 에이젠슈테인은 영화감독이나 예술가가 파토스 구성을 활용하기 위해서는 일단 본인이 먼저 엑스터시 상태에 도달해야 한다고 생각했다. 그 다음에 엑스터시의 경험을 객관적인 이미지로 전환시켜야 한다는 것이다. 파토스 구성의 가장 대표적인 사례로 〈전함 포템킨〉의 '오데사 계단 시퀀스'를 꼽을 수 있다. 비약적으로 진행되는 '오데사 계단 시퀀스'는 '혁명적 폭발'이라는 영화의 주제를 집약적으로 보여준다. 나아가 '오데사 계단 시퀀스'는 혁명이 사회를 비약적으로 발전시킨다는

어야 할 것은 정치적 상상력이 가로막힌 상황에도 불구하고 끊임없이 혁명을 사색할 수 있도록 만드는 내면적인 동력을 김남천 본인이 스스로 마련해야 했다는 점이다. 따라서 여기서 밝혀져야 하는 것은 김남천의 몽타주 형식 자체의 비밀인 것이다.

2) 「장날」과 「이리」에 나타나는 혁명의 동인

「이리」의 겉 이야기에서 소설가인 '나'는 도입부에서부터 강렬한 성격에 매혹되었음을 드러냈는데, 여기서 강렬한 성격이란 '박군'에 의하면 속 이야기에 등장하는 '권명보'와 '서상호' 같은 인물들의 것이다. 그러나 이 두 사람의 성격으로 소설이 가능하다고 보는 박군에 비해, '나'는 "두사람의 성격이 한께 합친것만큼, 그런것이면 나도 홈빡 반해 보겠는데…"[79]라고 말하며 '나'가 원하는 강렬한 성격에 두 사람이 미달된다는 뜻을 내비친다. '나'가 원하는 강렬한 성격이 어느 정도의 것인지는 구체적으로 알 수 없지만, 박군의 기준에 의하면 「장날」또한 강렬한 성격을 드러낸 작품이라고 할 수 있다. 「장날」은 농민 '서두성'과 소 의술 '김종칠' 사이에서 벌어진 폭력과 살인이라는 소재를 다룸으로써 인물들의 강렬한 성격을 드러내고 있기 때문이다.

그러나 이 두사람의 험악한 호흡과 자세째에는 일종의 "권리의침해"에

에이젠슈테인의 메시지를 담고 있다. 즉 파토스 구성의 '변증법적 비약'은 그 자체로 혁명 정신을 드러내는 것이다. 김용수, 『영화에서의 몽타주 이론 쿨레쇼프·푸도프킨·에이젠슈테인의 예술적 미학원리』, 열화당, 2006, 176~179쪽.

79 김남천, 「이리」, 앞의 책, 85쪽.

대한 성격적인 항쟁이라고 할만한 그런 대목이 있는것은 아닌가. 세사람 중에 이것을 "권리의침해"나 "지반의탈환"이라고 생각한 사람은 하나토 없었으나 그러나 의식했건 안 했건, 그것을 왼 몸뚱아리를 가지고 직각(直覺)하고있었던것은 분명한 사실이었다.[80]

특히 서두성과 김종칠의 대립을 통해서 드러나는 두 인물의 성격은 「이리」에서 권명보와 서상호의 대립 장면을 묘사하면서 박군이 덧붙인 위의 해석을 그대로 대입해도 될 만큼 「장날」과 「이리」는 인물들끼리 상통하는 면이 있다. 두 작품은 모두 대립의 한 가운데 여성(「장날」−보비, 「이리」−언년)이 놓여 있다는 점, 그리고 그 여성에 대해 일종의 권리를 내세우는 인물(「장날」−서두성, 「이리」−서상호)의 권리가 침해당함으로써 벌어지는 '성격적인 항쟁'을 그린다는 점에서 궤를 같이 하고 있는 것이다. 이러한 '성격적인 항쟁'이 폭력과 살인이라는 결과로 이어진다는 점에서 두 작품은 일치하지만, 「장날」이 농민 서두성의 죽음으로 귀결되는 데 반해, 「이리」는 권명보와 서상호의 대립으로 서상호의 집에 인신매매로 잡혀 온 여성들이 자본주의적 억압관계에서 풀려나는 것으로 귀결된다는 점에서 차이를 보인다. 즉 권명보와 서상호의 대립이라는 외부적인 계기를 통해서 자본주의적 억압관계의 고리가 끊어진 것이다.

결국 「이리」에서 소설가 '나'가 탐구했던 강렬한 성격이란 자본주의적 억압관계를 깨뜨리게끔 추동하는 '파괴의 정념'이 아니었을까 추측해 볼 수 있다. 이 '파괴의 정념'은 1920년대 경향소설의 한계로 지적

....
80 위의 글, 83~84쪽.

되어 카프 내에서 극복·지양된 것이었다.[81] 카프라는 조직의 틀이 무너진 시점에서 김남천이 모색해야 했던 것은 조직의 외부에서 혁명이 어떻게 이루어질 수 있는가에 관한 문제가 아니었을까 추론해 볼 수 있다. 이 점에서 개인적이지만 파괴적인 정념은 김남천이 외면할 수 없었던 주제였을지도 모른다. 소설가 '나'가 권명보와 서상호의 성격에 만족하지 못하고, 이 두 인물의 성격을 합친 것만큼의 강렬한 성격을 원했던 것은 외부적인 계기에 의한 것이 아닌, 내부적인 계기로서의 혁명의 동인을 탐구하고 있었던 까닭이었다고 볼 수 있는 것이다.

　지금까지의 논의를 통해 김남천이 영화라는 장르에 대해 긍정적이었으며 영화적 기법을 자신의 소설에 적극적으로 활용하였음을 알 수 있다. 그러나 영화적인 사색에서 출발한 「이리」가 결국 소설 쓰기의 모티프로 귀착된 것을 통해 알 수 있듯이, 그는 천상 소설가로서의 기질을 벗어나지 못했다. 김남천이 영화를 통해 구축한 소설 미학을 살펴보기 위해서는 "미학적이고 기호학적인 관점에서 파악된 쇼트들 간의 관계"로서의 몽타주가 기실 데쿠파주와 몽타주라는 작업으로 구성되어 있다는 점을 인지할 필요가 있다. 데쿠파주découpage는 촬영 이전에 혹은 촬영을 할 때 미리 선행되는 각 장면에 대한 시각적 구상이다. 이와 달리 몽타주는 영화 촬영이 끝나고 난 후의 종합화 작업으로 물질화된 이미지와 소리를 정돈하는 것이라고 할 수 있다.[82] 김남천이

．．．．．．．．．．．．．．．．．．

81　레닌은 파괴의 충동이 기존체제를 넘어서는 행동을 만든다는 것을 알고 있었던 것으로 보인다. 그러나 그는 대중들이 가지고 있는 '죽음 충동'의 파괴적 정념을 무조건적으로 추종하지는 않았다. 죽음 충동에 의해 지배되는 테러리즘은 그에게 언제나 비판의 대상이었다. 그는 대중들이 가지고 있는 '파괴의 정념'을 새로운 사회의 건설이라는 '유토피아적 이상'에 종속시키고자 하였다. 박영균, 「레닌, 고독한 사유가 빚어내는 혁명의 정치학」, 한국철학사상연구회 편, 『다시 쓰는 맑스주의 사상사』, 오월의봄, 2013, 52쪽.

82　"데쿠파주는 영화의 연속성을 쇼트라고 하는 시간과 공간의 영화적 단위로 세분화함으로써 전체

데쿠파주와 몽타주에 대해서 알고 있었을 것이라 단정할 수는 없지만, 적어도 그에게 중요한 것은 몽타주보다 데쿠파주였다는 점을 알 수 있다. 그가 주장하는 구상력, 즉 사색하는 힘이란 바로 데쿠파주에 상응하는 것이기 때문이다.

영화 〈페페 르 모코〉를 보고 산책에 나선 '나'와 알제의 카즈바와 서울의 카즈바의 차이를 뚜렷하게 인식하면서 현저동과 향촌동의 슬럼지대를 시적 리얼리즘 영화처럼 묘사하는 신문기자 박군은 산보를 통해 조선을 관찰하고 리얼리즘의 다양한 양식을 모색했던 김남천의 페르소나들이라고 할 수 있다. 이러한 맥락에서 '나'와 박군이 대화 중이라는 점이 강조되었던 것이다. 즉 「이리」는 김남천이 소설을 창작하는 과정 자체의 비밀을 담고 있는 소설인 것이다.

> 그러나 여기서 속일 수 없는 것은 작품이 절반이 넘어가면 처음 구성이 적지 않게 뒤틀린다는 점이다. 전연 별개가 된다면 큰일이지만, 아무래도 다소간의 동요는 면치 못하게 된다. 구성이 세밀치 못한 탓도 있겠지만, 써가면서 예술적 감흥이 통일되고 앙양되어서 가끔 신통한 묘법이 생겨 나올 수 있는 것으로, 결코 비관한 것이 못된다고 나는 생각하고 있다.[83]

김남천이 소설을 창작하는 과정에 대해 묘사한 위의 인용문은 작품

··· ············

영화의 형식적인 구성을 미리 예상하는데, 이러한 세분화는 몽타주의 영토를 준비하는 것이다. (…중략…) 데쿠파주한다는 것은 제시될 것과 제시되지 않을 것, 보일 것과 보이지 않을 것, 들릴 것과 들리지 않을 것을 쇼트별로, 프레임별로 구성하는 것이다. 데쿠파주는 몽타주 세부를 계획하는 것이라기보다는, 쇼트가 어떻게 될 것인지 ─ 쇼트의 비율, 내용 등등 ─ 를 상상하고 쇼트들을 하나의 연속체로 조직하면서 영화의 전략을 결정하는 것이다." Vincent Pinel, 심은진 역, 『몽타주』, 이화여대 출판부, 2008, 7~8쪽.
83 김남천, 「작품의 제작 과정」(『조광』, 1939.6, '나의 창작 노트' 특집), 『김남천 전집』1, 498쪽.

을 절반 정도 완성했을 때 처음의 구성이 뒤틀리고, 다소간의 동요가 따르기 마련이라는 사실을 보여준다. 그러나 김남천은 이를 불가피한 현상으로 인식하며 오히려 "써가면서 예술적 감흥이 통일되고 앙양되어서 가끔 신통한 묘법이 생겨나올 수 있는 것"이라고 말한다. 김남천이 스스로 밝힌 창작의 과정은 「이리」와 대응된다고 볼 수 있다. 소설가 '나'가 스스로를 페페에 동일시하면서 고즈넉하게 뒷골목을 산책하려 했던 것이 처음의 구상이었다면 갑자기 나타나 '나'로 하여금 알제와 조선의 거리감을 인지하도록 만든 박군은 소설을 창작해 나가는 과정에서 나타날 수 있는 동요動搖를 상징한다고 볼 수 있다. 이러한 동요를 통해 「이리」는 현저동과 향촌동이라는 조선의 슬럼지대를 발견하고 이를 시적 리얼리즘의 방식에 의해 묘사하는 방향으로 소설이 전개된 것이다. 그리고 이 과정에서 소설가 '나'와 박군은 강렬한 성격을 탐구해야 한다는 예술적 감흥에 통일되고 앙양된 것이라고 볼 수 있다. 이는 혁명의 내면적 계기를 찾고자 한 김남천의 예술적 감흥을 우회적으로 드러낸 것이다.

김남천이 「이리」를 통해 소설의 데쿠파주 자체를 묘사한 것은 김남천에게 무엇보다 중요했던 것이 소설의 구상력, 즉 사색하는 힘을 기르는 것이었기 때문이다. 김남천은 "주체에 대한 성찰과 작가의 자기분열과 통틀어 사색적인 것 전부를 거부하고 망각"한 상태에서 발자크의 리얼리즘을 표방하는 것은 방편적인 것에 지나지 않는다고 말하며 강하게 비판한 바 있다.[84] 그가 구상력을 요구하였던 것은 조선의 현실을 무비판적으로 있는 그대로 그리는 것이 아니라 이를 재구성해

....
84 김남천, 「시대와 문학의 정신–'발자크적인 것'에의 정열」(『동아일보』, 1939.5.7), 위의 책, 493쪽.

야 한다고 생각했기 때문이다. 그에게 구상력은 진정한 리얼리즘과 속류 리얼리즘을 가르는 전제로 작용했다. 특히 소설의 구상력은 영화의 데쿠파주가 영화의 장르적 특성으로 인해 전적으로 감독의 권한이 되기 힘든 것과 달리 오로지 소설가에 의해 좌우된다는 점에서 창작의 과정 중에도 끊임없이 서사를 변경하며 새로운 창작을 일구어낼 수 있다는 장점이 있었다. 그리고 바로 이 점이 김남천에게 있어 소설이 영화에 내세울 수 있는 유일한 장점이었다. "문학이 하는 미묘한 성격의 묘사"까지 어설프게나마 흉내 내는 수준에 이른 영화를 보고 난 후,[85] 김남천은 묘사의 힘으로는 도저히 영화를 이길 수 없다는 판단 아래 소설의 구상력을 강조하였던 것이다. 이를 통해 봤을 때 「장날」이 서사의 형식적인 측면에서 몽타주 기법을 적용하여 조선의 공간을 새롭게 창출해 낸 사례라면, 「이리」는 내용적인 측면에서 서사의 공간을 탐구하며 소설을 창작하는 과정을 보여줌으로써 데쿠파주의 힘 자체를 형상화한 작품이었다고 할 수 있다.

4. 김남천의 이체異體들

본고는 1930년대 후반 김남천 소설의 두 가지 흐름에 합수되지 않는 이채로운 소설들의 의미를 밝혀보려는 시도로 작성되었다. 이는

---

85 김남천, 「문장·허구·기타」,(『조선문학』, 1937.4), 위의 책, 200쪽.

김남천이 비평과 창작을 동일한 궤도에 올리고자 했음에도 불구하고 드러나는 이채로운 소설들이 실은 김남천이라는 기본자에서 갈라져 나온 이체異體들일지도 모른다는 가정을 근거로 한 것이었다. 김남천은 카프 해산 이후 조선이라는 구체적 시공간에서 창작과 비평을 다시 시작할 것을 다짐한 바 있다. 결국 이 시기 그에게 던져진 가장 큰 화두는 바로 조선의 현실을 어떻게 서사적으로 구현할 것인가라는 문제였던 것이다. 이때 영화는 김남천에게 현실을 재현하는 또 하나의 장르로서 인지되었을 가능성이 있다. 「장날」과 「이리」는 각각 몽타주 기법과 영화 〈페페 르 모코〉를 활용하였다는 점에서 김남천이 소설과 영화의 장르 간 차이를 견지하면서도 소설이 영화로부터 얻을 수 있는 것들을 적극적으로 모색했었다는 사실을 보여주는 소설들이다. 이러한 맥락에서 본고는 김남천의 소설 세계에서 독특한 위치를 점하고 있는 「장날」과 「이리」가 김남천의 의식적인 창작방법론의 표면에 감쳐진 그의 무의식적인 욕망을 드러내고 있을지도 모른다는 가설 하에 논의를 시작하였다.

앞서 2장과 3장에서 이루어진 논의들을 토대로 본고는 김남천 소설의 이채異彩로 간주되었던 「장날」과 「이리」를 김남천이라는 기본자에서 나온 이체異體들로 자리매김하고자 하였다. 그러나 이러한 논의들은 김남천이라는 기본자가 누구인지에 대해서 묻기 위한 정초 작업이었다고 할 수 있다. 이 지점에서 본고는 김남천의 문학과 프로문학이 동궤에 놓이는 것에 대한 문제의식으로부터 출발하였다는 사실을 환기하고자 한다. 유독 카프 작가들을 논의하는 과정에 있어서 작가론과 문학사 사이의 긴장관계가 쉽게 허물어져 버리곤 한다는 사실이 이 글의 출발점이었던 것이다.[86] 그러나 작가론을 염두에 둔 문학사

쓰기에 대한 성찰은 이 글의 의도와 능력을 벗어나는 지점이기에, 이 글은 문학사를 견디는 작가론 쓰기에 대한 성찰의 일환으로 김남천의 본류에서 가장 멀다고 인식되던 「장날」과 「이리」를 통해 김남천을 새롭게 볼 여지를 제공하고자 하였다.

작가론이 궁극적으로 작품을 넘어 그 배후의 인간을 추적하는 연구라는 것을 고려한다면,[87] 김남천과 프로문학의 관계를 살피기에 앞서 김남천金南天이라는 인간부터 다시금 돌아볼 필요가 있다. 이때 김남천 문학 연구에서 김효식金孝植에 대한 고려는 별로 드러나지 않는다는 점은 문제적인 지점이다. 프로문학이라는 콘텍스트에서 시작하지 않고, 김남천이라는 텍스트에서 김남천 연구를 시작할 때 주목되는 바는 바로 김효식이라는 그의 본명이다. 그가 최초로 지면을 얻어 발표한 「영화운동의 출발점 재음미」라는 글이 김효식이라는 본명으로 쓴 것이었다는 점을 되새길 필요가 있다. '김남천'은 '김효식'이 만든 문학적 자아이며,[88] '김남천'은 처음부터 '단단하고 통일된 주체'가 아니었다.

---

86 정호웅의 다음과 같은 발언이 대표적이다. "한국 프로문학은 김남천의 삶과 문학이 그러했듯, 혁명적 정치성의 문학이며 객관적 탐구에 근거하지 않은 무조건적 과거부정의 문학이며 과거와 변증법적으로 관계되지 않은 문학이었다." 정호웅, 『그들의 문학과 생애, 김남천』, 한길사, 2008, 16쪽.

87 임진영, 「작가연구의 대상과 방법 문제―김윤식의 작가연구를 중심으로 한 고찰」, 『현대문학의 연구』 39, 한국문학연구학회, 2009, 158쪽. 이에 덧붙여 김건우의 다음과 같은 글은 작가론에 대해 시사점을 준다. 그는 오늘날 한국문학 연구에 있어 과거의 본질론적이고 법칙론적인 역사주의 대신 '작품을 보다 철저히 역사적 지평에 위치시키는 것'을 넘어 텍스트의 경계까지 문제 삼을 수 있는 새로운 역사주의가 등장했다고 말한다. 그에 의하면 '경계'를 문제 삼는 새로운 역사주의는 기존의 문학 분과 내에서는 연구 대상으로 포함되지 않았던 분야까지 연구 대상으로 포섭하면서 연구의 범위를 확장하는 데 기여하고 있다. 이러한 역사주의는 작가론 연구에 있어서 작가를 '단단하고 통일된 주체'로 보기보다는 하나의 텍스트로 다룸으로써 많은 통찰과 유용한 지점들을 제공하고 있다. 예를 들어 최남선에 접근할 때 그가 작가, 번역가, 편집자이면서 교육자, 언론인이며 심지어 사업가이기도 했다는 점에 주목할 필요가 있다. 즉 하나의 텍스트를 해석하기 위해 그 텍스트를 일방적으로 결정하는 콘텍스트가 있다고 전제할 필요가 없는 것이다. 김건우, 「역사주의의 귀환―한국현대문학 연구방법론 小考」, 『한국학연구』 40, 인하대 한국학연구소, 2016 참조.

88 김남천이 김효식으로서의 삶을 그의 글에서 의도적으로 배제하고 있다는 점은 '김남천'이 문학적

김남천은 김효식의 다른 몸, 즉 이체異體였던 것이다. 이러한 시각 하에 이 글은 카프 해산 이후에도 김남천이 줄곧 지키고자 했던 마르크시스트로서의 정체성을 재확인하는 동시에 그의 모더니스트로서의 일면도 재구하였다. 이를 통해 정치적 상상력과 미학적 상상력이 조응하면서 발전해 간 하나의 사례로서 「장날」과 「이리」를 재평가할 수 있었다. 이 글이 김남천이라는 대문자에 다각적으로 접근하는 하나의 초석이 되기를 바란다.

<hr />

자아라는 점을 드러낸다. "김남천은 그토록 많은 글을 썼음에도 불구하고 자신의 처음에 대해서는 거의 말하지 않았다. 고향을 배경으로 한 작품도 많이 썼고, 빼어난 고향 산수를 그린 글도 많으며, 고향에 대한 그리움을 드러낸 경우도 곳곳에서 만날 수 있지만, 자신의 뿌리인 집안에 대해 언급한 것은 거의 찾을 수 없다. 특히 아버지 김영전에 대해서는 한 마디도 남기지 않았는데, 기이한 느낌조차 들 정도이다."(정호웅, 앞의 책, 14쪽) 이 점은 김남천이 마르크시스트였기 때문에 자신의 주변을 보호하기 위해서였다고 볼 수도 있지만 그렇게 단순하게 볼 수 없는 것이 만일 그러한 의도가 있었다고 한다면 필명을 여러 개로 쓰는 것이 더 유리하였을 것이기 때문이다. 임화만 하더라도 문필 활동을 시작하였던 1926년에는 성아(星兒)라는 필명을, 1928년부터는 임화·김철우(金鐵友)·쌍수대인(雙樹臺人)·청로(靑爐) 등의 필명을 썼다. 따라서 '김남천'은 '김효식'에 의해 치밀하게 만들어진 문학적 자아라고 볼 수 있다.

참고문헌

기본 자료

김남천, 「이리」, 『조광』, 1939.6.

_____, 「장날」, 『문장』, 1939.6.

_____, 정호웅·손정수 편, 『김남천 전집』 1·2, 박이정, 2000.

「演藝消息」, 『매일신보』, 1939.4.6.

「망향」, 『여성』 3-8, 1938.8.

〈망향(Pepe Le Moko)〉, Sky Cinema, 2004.

「本社公募中인 映畵小說에對하야」, 『동아일보』, 1937.6.19.

조연현, 「掌篇小說―"페페르모코"―어느 文學靑年의 戀慕記」, 『매일신보』, 1939.8.20.

단행본

김덕영, 『게오르그 짐멜의 모더니티 풍경 11가지』, 길, 2007.

김용수, 『영화에서의 몽타주 이론 쿨레쇼프·푸도프킨·에이젠슈테인의 예술적 미학
　　　원리』, 열화당, 2006.

김윤식, 『임화연구』, 문학사상사, 1989.

서정남, 『영화 서사학』, 생각의 나무, 2004.

아쿠타가와 류노스케, 양윤옥 역, 『지옥변』, 시공사, 2011.

장일구, 『서사 공간과 소설의 역학』, 전남대 출판부, 2009.

전우형, 『식민지 조선의 영화소설』, 소명출판, 2014.

정태수, 『러시아―소비에트 영화사』 I, 하제, 1998.

정호웅, 『그들의 문학과 생애, 김남천』, 한길사, 2008.

최만신, 『소실과 영화』, 문예연구사, 2005.

한국철학사상연구회, 『다시 쓰는 맑스주의 사상사』, 오월의봄, 2013.

André Gaureault·François Jost, 송지연 역, 『영화서술학』, 동문선, 2001.

Alan Spiegel, 박유희·김종수 역, 『소설과 카메라의 눈』, 르네상스, 2005.

H. Porter Abbott, 우찬제 외역, 『서사학 강의』, 문학과지성사, 2010.

Joël Magny, 김호영 역, 『시점』, 이화여대 출판부, 2007.

Karl Marx · Friedrich Engels, 김대웅 역, 『문학예술론』, 한울, 1992.

Robert Stam, 김병철 역, 『영화이론』, K-books, 2012.

V.I. Lenin, 이길주 역, 『레닌의 문학예술론』, 논장, 1988.

Vincent Pinel, 심은진 역, 『몽타주』, 이화여대 출판부, 2008.

논문

공임순, 「식민지 시대 소설에 나타난 사회주의자의 형상 연구-김남천 소설을 중심으로」, 『한국근대문학연구』 7-1, 한국근대문학회, 2006.

김건우, 「역사주의의 귀환-한국현대문학 연구방법론 小考」, 『한국학연구』 40, 인하대 한국학연구소, 2016.

김동식, 「텍스트로서의 주체와 '리얼리즘의 승리'」, 『한국현대문학연구』 34, 한국현대문학회, 2011.

김미영, 「에이젠슈테인의 몽타주 이론에 대한 연구」, 서울대 석사논문, 2009.

김외곤, 「김남천의 프랑스 시적 리얼리즘 영화 수용 연구-「페페 르 모코」와 「이리」의 관련성을 중심으로」, 『한국문학이론과 비평』 36, 한국문학이론과 비평학회, 2007.

박진수, 「아쿠타가와 류노스케[芥川龍之介] 『덤불 속(藪の中)』의 시점과 서술 양식」, 『아시아문화연구』 6, 경원대 아시아문화연구소, 2002.

박진숙, 「김남천의 「장날」 연구-아쿠타가와 류노스케의 「덤불 속」과의 관계를 중심으로」, 『한국현대문학연구』 36, 한국현대문학회, 2012.

손유경, 「식민지 조선에서 '전위'가 된다는 것 (1)」, 『한국현대문학연구』 41, 한국현대문학회, 2013.

오현숙, 「1930년대 식민지와 미궁의 심상지리-박태원과 이효석을 중심으로」, 『구보학보』 4, 구보학회, 2008.

이현식, 「정치적 상상력과 내면(內面)의 탄생-문학사적 관점에서 바라보는 1930년대 후반 김남천의 문학」, 『한국근대문학연구』 24, 한국근대문학회, 2011.

임진영, 「작가연구의 대상과 방법 문제-김윤식의 작가연구를 중심으로 한 고찰」, 『현대문학의 연구』 39, 한국문학연구학회, 2009.

임희현, 「김남천 연작소설 연구」, 서울대 석사논문, 2015.

장성규, 「김남천 소설의 서술 기법 연구」, 서울대 석사논문, 2006.

_____, 「자료-『문예가』 소재 김남천의 비평 세 편」, 『민족문학사연구』 31, 민족문학사학회 · 민족문학사연구소, 2006.

_____, 「김남천의 발자크 수용과 '관찰문학론'의 문학사적 의미」, 『비교문학』 45,
　　　한국비교문학회, 2008.
황철희, 「예술적 사실주의에 근거한 몽타주 이론에 관한 논의」, 『디지털디자인학연구』
　　　13-1, 한국디지털디자인협의회, 2013.

2부

혁명의 실천과
진보의 수행

────
최병구
근대 미디어와 사회주의 문화정치

────
배상미
식민지 조선에서의 콜론타이 논의의 수용과 그 의미

────
허 민
적대와 연대−1930년대 '활자전선活字戰線'의 구축과 복수의 사회주의

────
최은혜
저변화된 낭만, 전면화된 사실
−1920년대 후반~1930년대 중반 임화 평론에 나타난 '낭만성' 재검토

근대 미디어와 사회주의 문화정치

최병구

1. 근대 미디어와 사회주의

1930년대 카프 문인들의 특징 중 하나는 당대의 신문과 잡지에 대한 비평을 발표하기 시작했다는 점이다. 식민지시기 카프라는 조직이 '기관지'에 대한 열망을 지속적으로 보였지만, 인쇄 미디어에 대한 비평을 시도한 것은 1930년대의 특징이다. 그간 이러한 카프 문인들의 특징은 1930년대 언론의 상업화와 연관되어 설명되었다.

하지만 1930년대 인쇄 미디어에 대한 프로문인들의 큰 관심은 단지 정론성의 강조라는 논의로만 수렴되는 것이 아니라 보다 더 큰 구도에서 이루어진 것이었다. 마르크스는『공산당 선언』에서 근대 자본주의의 생산 증가 및 세계화에 대해 부정하지 않는다. 오히려 마르크스는 "지역적이고 국민적인 자급자족과 고립 대신에 국민들의 전면적인 교류와 상호 의존"의 시대로 접어들어 "공동체적 지역적 문학에서 하나의 세계 문학"[1]이 만들어지는 생산력에 놀라움을 표시했다. 생산력 확장의 결과 만들어지는 신문과 잡지, 교통, 통신, 방송 등의 미디어에 깊은 관심을 가지고 있었던 것이다. 이런 면에서 1930년대 미디어 환경은 새로운 단계로 비약하고 있었다. 1927년 개국한 경성방송국은 1933년에는 조선어 단독 방송을 시작하였으며, 이로 인해 라디오 문화가 식민지 대중의 일상을 본격적으로 파고들기 시작했다. 최승일, 김영팔 등의 카프 회원들은 라디오 방송에서 활동했으며,[2] 1932년에는 카프 시인 박팔양의 계급적 색채를 가진 콩트가 라디오 드라마로 각색되기도 했다.[3] 김영팔, 최승일 등이 카프에서 제명된 이유는 1930년대 카프의 볼셰비키화 경향과 어긋나기 때문이었다. 그렇지만 문제는 1930년대 카프를 대표하는 임화, 김남천 등에게서도 김영팔, 최승일 등이 보여주었던 기계와 미디어에 대한 감각이 발견된다는 사실이다. 이는 곧 정파를 떠나서 사회주의 지식인들이 근대 미디어에 대해 높은 관심을 가지고 있었음을 암시한다. 인쇄 미디어에 대한 글은 이러한 시각에서 논의되어야 한다. 이와 관련하여 1940년 발표된 임화의 「기계미」는 중요한 시사점을 던져준다.

기계란 무엇이냐 하면 도구가 발달한 것이요 그 기능이 고도화하고 동시에 그 구조가 복잡화된 것이다. 도구란 인간의 힘이 가한 자연 즉 가공된 자연이다. (…중략…) 기계란 바로 조형화된 기술이다. 따라서 기계의 미라

1 칼 맑스·프리드리히 엥겔스, 김태호 역, 『공산주의 선언』, 박종철출판사, 2016, 13쪽.
2 최승일의 미디어 감각에 대한 논의로는 「이상길, 1920~1930년대 경성의 미디어 공간과 인텔리겐치아-최승일의 경우」, 『언론정보연구』 47, 서울대 언론정보연구소, 2010 참고.
3 서재길, 「프로문학과 라디오드라마-『항구의 하로밤』의 경우」, 『민족문학사연구』 54, 민족문학사학회, 2014.

는 것 예하면 항공기나 호화선, 전투함, 고층건축과 타방(他方)의 시계, 현미경, 사진기 등에서 보는 조형미와 그것들의 기능을 통하여 표현되는 쾌속, 정확성, 규칙성 등은 최고로 조직화된 인간의 자기 능력이 가져오는 일종의 쾌미감이다. (…중략…) 그러나 마치 건축이 단순이 인간이 주거하는 기계가 아닌 것처럼 기계미는 오직 발레리가 말한 사실의 세기를 성격화하는 한 요소에 불과하다. 왜 그러냐 하면 미는 보편적인 것을 개성적인 형식으로 표현하기 때문이다.[4]

인용문에서 임화는 항공기, 전투함, 현미경, 사진기 등 근대의 기계들이 가져다주는 쾌미감에 주목한다. 하지만 쾌미감을 근대의 미로 인식하면서도, 진정한 미로 보지는 않는다. 임화에게 미란 "보편적인 것을 개성적인 형식"으로 표현하는 것이어야 했는데, 기계미란 보편적인 것을 추상적 형식으로 표현한 것이었기 때문이다. 여기서 핵심은 두 가지이다. 첫째, 근대의 미디어 전반에 천착하고 있다는 사실이다. 이때의 미디어란 신문과 잡지 같은 인쇄 미디어, 영화나 라디오, 사진기 등 각종 미디어를 포괄하는 것이다. 레지 드브레는 "사유에 사회적 실존을 부여해주는 의사소통망communication network에 대한 이해 없이는, 어떤 한 시대의 의식적이고 집단적인 삶의 본질을 포착"[5]하기 어렵다고 진단하며, 사회주의를 매체론의 시각에 접근할 필요성을 제기한 바 있다. 물론 레지 드브레가 말한 것은 인쇄 미디어의 성격에 대한 것이었지만, 그 범위를 좀 더 확장한다면 영화나 라디오 등 기계

....

4   임화, 「기계미」, (『인문평론』, 1940.1), 박정선 편, 『언제나 지상은 아름답다―임화 산문선집』, 역락, 2012, 282~283쪽.
5   레지 드브레, 서용순 외역, 「매체론으로 본 사회주의의 역사」, 『뉴레프트리뷰』, 길, 2009.

미디어까지도 포함될 수 있을 것이다.

둘째, 그럼에도 미디어의 속성에서 비롯되는 미적 특질을 비판하며 "개성적 형식", 즉 자기에 대한 인식과 표현을 촉구한다는 점이다. 히로이 요시노리는 자본주의를 '시장 경제'와 '확대·성장'의 결합으로 파악한다. 그리고 '시장 경제'는 공동체를 구성하는 원리로서 부정적으로 볼 필요가 없으며, 문제는 '확대·성장'에 있다고 말한다. '확대·성장'의 논리에 의해 "무한한 사리의 추구가 결과적으로는 그 나라와 사회의 번영"으로 이해되고, 이러한 논리에 따라 비도덕적 행동이 도덕적인 것으로 정당화되기 때문이다.[6] 임화가 언급한 개성적 형식을 자기에 대한 인식과 표현이라고 할 수 있다면, 이는 곧 (비)도덕의 기준과 판단의 문제를 의미하는 것이다. 1933년 김남천과의 물 논쟁 당시 임화는 "인류의 역사를 전방으로 이끌어 나가려는 이 사회의 '도덕적 인간'들"[7]을 강조한 바 있다. 근대의 기술과 제도의 문제를 배경으로 한다는 점에서 임화가 언급한 개성적 형식과 도덕 개념은 통하는 것이다.

1930년대 사회주의 지식인들의 근대 미디어에 대한 인식은 이러한 논리의 자장 안에 놓여 있다고 판단된다. 근대적 형태의 시장 경제의 확립을 위해서는 생산과 수송, 근대적 지식의 보급이 필수적이다. 이에 대한 인식을 사회주의 지식인들은 공유하고 있었다. 하지만 자본주의 사회가 지향하는 확대·성장의 법칙에 대해서는 비판적 태도를 견지했다. 『1884년의 경제학-철학 수고』에서 마르크스는 "열정, 정

....

6 히오이 요시노리, 박제이 역, 『포스트 자본주의』, AK, 2017, 제1부 논의 참조.
7 임화, 「6월 중의 창작」(『조선일보』, 1933.7.12~19), 신두원 외편, 『임화문학예술전집』 4(평론 1), 소명출판, 2009, 263쪽.

넘은 자신의 대상을 정력적으로 추구하는 인간의 본질적 힘이다"[8]라고 쓴바 있다. 자본주의의 '사유재산제'와 '자본의 힘'이 인간의 감성을 어떻게 조야한 것으로 전락시키는지를 분석하고, 그를 극복하기 위해서 다시 인간의 본질적 힘에 주목한 것이다. 다시 말해, 무한 성장의 논리에 대응하여 자기에 대한 인식을 강조한 것이다.

이 글은 이러한 맥락에서 1930년대 사회주의자들의 근대 미디어에 대한 감각을 살펴보고자 한다. 먼저 1929년 카프 경성지부의 맹원들을 중심으로 발간된 『조선문예』를 통해 사회주의 지식인들이 주목하고 있었던 미디어 감각의 실체를 살피고, 그 안에서 조금 더 구체적으로 『비판』에 나타난 인쇄 미디어에 대한 감각을 살펴본다. 자본주의적 속성을 공유하면서도 그로부터 갈라지는 지점에 주목하여 사회주의 문화정치의 역학을 규명하는 것이 목적이다.

2. 사회주의 대중화의 논리 – 가속주의와 자기표현의 원리

1930년을 전후한 무렵 사회주의 진영의 중요한 논제 중 하나는 '대중화'의 문제였다. 『조선지광』은 복간 이후 대중화 문제를 본격적으로 제시하였으며,[9] 카프 내부에서는 임화와 김기진 사이의 '대중화 논

8 칼 마르크스, 강유원 역, 『1844년의 경제학-철학 수고』, 이론과실천, 2006, 200쪽.
9 『조선지광』은 1926년 복간 이후에, "딱딱하고 지적인 것만에 포속(抱束)되지 않고 각 방면의 종합적 또는 대중화한 재료 논전 문장 취미적 오락적"(「편집여언」, 『조선지광』, 1927.10, 56쪽)인

쟁'이 진행되었다. 그동안 사회주의 대중화 문제는 창작방법과 일본의 검열에 대한 대응을 둘러싸고 발생한 것으로 평가되었다. 각각의 논의들은 적지 않은 의미가 있지만, 한 가지 간과한 점은 1930년 4월 카프 기술부가 설치되었다는 것이다.[10] 그 성과에 대한 논의는 별도로 하더라도 카프가 기술부 설치를 통해 영화, 연극, 음악 등 기술을 필요로 하는 다양한 문화 장르를 활용하여 대중들과 접촉하려 했다는 것은 분명한 사실이기 때문이다.

하지만 당시의 상황은 조금 복잡했던 것으로 보인다. 기술부 설치 이후 카프가 공식적으로 지향했던 볼셰비키화의 전선에서 어긋나는 지점들이 발견되기 때문이다. 이를 확인시켜주는 잡지가 바로 『조선문예』이다. 『조선문예』는 1929년 5월 창간되어 6월호까지 총 2호가 발간되었다. 인쇄인은 송영, 편집주간은 박영희였으며, 임화, 윤기정, 김기진 등 프로문사들이 대거 필진으로 참여했다. 무엇보다 이 잡지는 영화, 연극, 문학 등 문화의 세부 분야를 구체적으로 명시했다는 점에서 1930년 기술부 설치를 위한 예비적 성격을 갖는다.[11] 즉 카프 기술부의 설치란 연극의 새로운 무대장치나 영화의 테크놀로지를 대중화의 수단으로 활용하겠다는 의지의 표현인 셈이다. 그러나 당시 평가는 다음

것을 취급하려는 포부를 드러냈다.

10 1930년 전후 무산자파의 김남천, 임화, 안막 등이 국내에 들어와 가장 먼저 한 일은 카프에 기술부를 설치하고 그 밑에 문학, 영화, 연극, 미술, 음악 부문을 둔 것이었다. 문학에 한정된 이전 시기의 활동을 확장하여 기술을 사용한 운동성의 강화에 방점을 둔 것이다. 그간 카프 기술부 설치는 "조선프로예맹의 '제2차 방향전환'이라고 하거니와, 계급문학 운동의 볼셰비키화"를 위한 작업으로 평가되었다. 권영민, 『한국 계급문학 운동사』, 문예출판사, 1998, 207쪽.

11 필자는 『조선문예』에 대한 분석을 제출한 바 있다. 당시 논의는 『조선문예』가 2차 방향전환을 예비하며 영화, 연극, 미술 등 다양한 장르에 관심을 보이고 있으며, 또 그 과정에서 식민지 경성의 현실에 주목했다는 것이었다. 이것은 논의의 바탕이 되는 기계-미디어에 대한 인식이 부족했다는 점에서 한계를 갖는 것이다. 최병구, 「1920년대 사회주의 대중화 전략과 『조선문예』」, 『반교어문연구』 37, 반교어문학회, 2014.

과 같았다.

> 조선문예는 어떠한 잡지인가? 문예공론하고는 어떻게 다른가? 그 점은
> 목차와 편집후기를 보면 아는 바와 같이 소위 프로문사가 많이 집필한 것과
> 문예공론보담 '고급'이며 '순문예작품의 결정이요 감정의 순화를 목적하는'
> 이외에 그 반동성에 있어서는 하등차이가 없다.[12]

인용문에서 김두용은 『조선문예』를 프로문사가 많이 참여한 '반동
잡지'로 규정한다. 『무산자』의 전위성을 선명하게 부각시키기 위해서
『조선문예』를 반동적 잡지로 규정하는 것이다. 하지만 이러한 주장은
『조선문예』의 절반만을 독해한 것이다. 『조선문
예』가 "독자제씨의 감정의 淨化를 목석"으로 하는
"발자㮹剌한 생활의 건실한 진리의 파괴자"[13]라고
스스로를 정의할 때, 감지되는 의지의 내포는 조금
더 질문되어야 한다. 이 질문은 운동과 문예의 사이
에서 끊임없이 진동했던 사회주의 지식인들의 인
식 지평에서, 두 영역의 가교 역할을 했던 기술의
문제를 전면에 세우는 것이기 때문이다.

『조선문예』(2호) 표지(〈그림 1〉)의 철을 두드리는
노동지의 사진은 계급의식의 표현으로 독해될 수
있다. 문제는 계급의식이 표현되는 맥락이다. 노동

〈그림 1〉『조선문예』(2호) 표지사진

---

12 김두용, 「우리는 어떻게 싸울것인가?—아울러 「문예공론」, 「조선문예」의 반동성을 폭로함」, 『무
산자』, 1929.7, 34쪽.
13 「편집여언」, 『조선문예』 1, 1929.5, 123쪽.

자가 담금질하는 철은 생산력을 높이기 위해서 꼭 필요한 것이다. 생산력 증대를 위한 기술의 발전, 그리고 그로부터 생겨나는 미디어 환경은 우리의 삶을 포위한다. 근대 자본주의는 인쇄 미디어, 더 나아가 영화나 연극 같은 기술 미디어를 통해 현실을 재현하고, 우리는 그렇게 재현된 현실을 실제로 믿고 살아간다. 대중들의 감성은 미디어에 의해 재현되는 프레임에 의해 형성된다. 이런 맥락에서 표지사진은 생산력과 기술의 중요성을 암시하는 것으로 읽어야 한다. 윤기정은 식민지 조선에서의 예술운동이 미약했음을 주장하며 "그 원인을 객관적 정세에 돌렸고 또한 경제적 문제와 기술자 부족에 있다"[14]고 썼다. 정치적 탄압과 자본의 문제, 기술력 부족으로 카프운동의 대중화가 실패했다는 진단을 내리고는, 기술을 이용한 연극운동, 영화운동, 미술운동 등의 실천을 강조한다.

자본주의의 기술은 새로운 기계를 발명했고, 거리의 풍경을 뒤바꿔 놓았다. 최승일은 「대경성파노라마」에서 "모던 문화는 백종의 근대적 기형아를 전스피드로 출산하고 있으니 눈의 불이 핑핑 돌도록 그 바퀴의 회전이 빠르다"로 정의한 뒤에 종로거리, 영화관, 라디오 스피커 등을 차례로 묘사한다. 그리고 다음과 같이 진단한다.

근대적 생산 과정은 기계를 빌어서 대량생산을 하게 되고 그 속에서 핑핑 도는 인간−군중들은 꿈을 꾸어도 강렬한 꿈을 꾸어야 속이 시원하게 된다. 사람의 마음은 자동차의 속력을 따라가게 되고 강렬한 자극과 고속도의 회전이 우리의 신경을 유쾌하게 한다. 자연주의 소설의 나오는 주인

....

14 윤기정, 「문예시감」, 위의 책, 77쪽.

공의 심리와 배경의 묘사는 벌써 현대인의 발거름 밑—세멘트 바닥 속에 파묻히게 되고 말았다.[15]

인용문에서 최승일은 근대적 감각이란 "자연주의 소설"의 고정된 심리가 아니라 자동차의 속력과 같이 빠르게 움직이는 것이라고 한다. 한마디로 근대인의 감각이 가속주의accelerationism에서 생겨나는 쾌감에 맞춰지고 있다는 것이다. 가속주의는 기술의 발전으로 빠르게 변화하는 자본주의 문화의 성격을 의미하는 것이다. 하지만 가속주의는 자본주의의 문화적 속성을 인지하는 것일 뿐 거기에 찬성하지 않는다. 가속주의는 가속화되는 삶에서 탈주의 가능성을 찾고자 하며, 사회주의는 이러한 가속주의의 성격을 공유한다.[16] "근대적 오락이란 자본을 가진 대머리통 영감님의 아드님이ㅏ 띠님들의 마음에 아첨하도록 하노라고 요꼴저꼴 산출되는 것이며 기계문명의 최후의 부르지즘!"[17]이라는 주장이 확인시켜주듯, 최승일이 인식하는 계급의식이란 자본주의적 감각이 형성되는 맥락에 대한 인식으로부터 생겨나는 것이었다. 주일수의 「아침부터 밤중까지 고속도·대경성·레뷰」는 지하에서 동면 중이었던 인조인간 '로보트'가 조선을 질주하는 상상력으로 작성된 글이다. 저자는 "기차, 전차, 구루마, 자동차, 자전차—모두 합해서 두드러 만들어도 '로보트'군의 배굽만도 못하구나"[18]라며, 로봇이 상징하는 기계문명의 발달을 강조하며 시작한다. 저자는 로봇을 통해 경성의 공장을 보고, 연애의 감정을 묘사하고, 술에 대한 단상을 드러내기도 한다. 글의

....

15 최승일, 「대경성파노라마」, 위의 책, 86쪽.
16 Steven Shaviro, *No Speed Limit : Three Essays on Accelerationism*, University of Minnesota Press, 2016.
17 최승일, 앞의 글.
18 주일수, 「아침부터 밤중까지 고속도·대경성·레뷰」, 『조선문예』 1, 1929.5, 88쪽.

마지막에서는 죽음을 맞이한 로봇의 "피에는 아직도 정제 못된 독소가 있다. 먹은 놈은 모조리 죽을 것이다"[19]라며, 기계문명에 대한 비판적 견해를 드러낸다.

한편 「문예좌담회 – 근대도시생활과 문예에 대하여」는 가속주의로 규정된 도시문화와 문예의 관계를 더욱 분명하게 보여준다. 먼저 주목되는 것은 참가자의 면모이다. 이 좌담에는 김영팔, 류완희, 최학송, 최독견, 최승일, 안석주, 김기진, 임화, 박팔양이 참가하였다. 이 중에서 김영팔, 최독견, 최승일, 안석주는 연극, 미술, 라디오 방송 등의 분야에서 활동을 했던 인물이고, 박팔양은 카프에서 구인회로 이동한 인물이다. 이 가운데 곧 카프 서기장에 취임하는 임화가 끼어 있는 이유는 무엇일까. 모더니즘과 리얼리즘이라는 대립을 넘어서 이들이 공유하는 어떤 지점이 『조선문예』에 흐르고 있으며, 그것은 곧 가속주의에 대한 논의와 맞닿아 있다는 것을 짐작하게 한다. 좌담은 모던, 여성의 의복, 영화 등 도시생활의 특징을 공유하는 것으로 시작한다. 이러한 경성의 특징에 대해 최승일은 "모든 생산이 대량화 기계화되어서 라디오로 비행기까지 띄우기까지 하는 급속도식 발달적 생산 과정에 있으니까 인간 생활의 감정도 스피드화"[20]되었다고 정리한다. 이러한 현상을 어떻게 평가할 것인가에 대해서는 참석자들 사이에 이견[21]이 있지만, 이러한 분석에는 모두 동의한다. 그리고 좌담은 이러한 도시의 감각을 반영한 문예 장르로 '콩트'의 가능성을 토론하는 것으로 이어졌다. 좌담회에서 도시생활과 콩트에 대한 평가는 조금 차이가 있지만 그것은

19 위의 글, 105쪽.
20 「문예좌담회 – 근대도시생활과 문예에 대하여」, 『조선문예』 2, 1929.6, 69쪽.
21 김기진은 좋지 않다는 의견을 최승일은 "현대인적 미 과학적 미 건강미 강력적 미는 악경향이 아니다"라고 긍정적인 의미를 부여한다.

사소한 것이었으며, 도시생활에
대한 감각과 그를 담아낼 수 있
는 새로운 형식이 필요하다는 것
으로 의견이 모아졌다.[22]

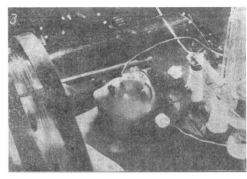

〈그림 2〉『조선문예』(1호)에 소개된 〈메트로폴리스〉의 한 장면

　그래서 이제까지 카프가 소홀
했던 연극과 영화의 양식을 소개
하는 것은 자연스럽다. 연극이 "근
대 사회에서 어떠한 방향을 향하
여 어떠한 양식과 어떠한 사람의 손으로 생산"[23]되었는가를 알려주기
위해 임화는 「세계신흥극장소개 – 독일・막쓰 라인힐트 극장」(1호), 「세
계신흥극장소개 – 독일 피스카톨 극장」(2호)에서 독일의 유명한 극장 내
부를 소개한다. 또 영화 리뷰 코너가 마련되어서 〈몬파리〉와 〈메트로폴리
스〉가 소개되기도 했다. 이 중 〈메트로폴리스〉의 두 장면이 첨부되어
있었다. 〈그림 2〉처럼 기계 장치를 머리에 장착한 인물 모습이 불러일으키
는 최첨단에 대한 감각이 『조선문예』의 필자들이 독자들에게 전달하고자
했던 것이다. 그것은 모던한 것이지만, 한편으로는 비인간적인 것이다.
같은 달에 임화는 「영화적 시평」(『조선지광』 85, 1929.6)에서 영화 〈메트로
폴리스〉를 비평하며, 표현주의적 경향을 보이는 연기와 촬영, 세트의
화려함을 높게 보지만, 결론적으로 "인류는 유심론에 살아야 하고 신비와

....

22　윤기정은 「문학적 활동과 형식문제」(『조선문예』 2, 1929.6)에서는 형식이 중요성을 강조하기도
　　했으며, 김기진은 「단편서사시의 길로」(『조선문예』 1, 1929.5)에서 임화의 시를 새로운 형식을
　　보여주었다고 평하기도 했다. 당시 카프 문인들이 대중과의 접촉을 위해 새로운 양식에 큰 관심
　　을 보여주었음도 널리 알려져 있다. 다만 그러한 카프 문인들의 감각이란 단지 창작방법에 국한
　　된 것이 아니라 기계-미디어에 대한 인식을 토대로 생겨난 것이었음이 강조될 필요가 있다.

23　임화, 「세계신흥극장소개(1) 라인할트 극장」, 『조선문예』 1, 1929.5, 99쪽.

종교에 살아야 한다"는 주장을 했다며 반동적인 작품으로 규정한다. 이처럼 임화를 비롯한 사회주의 지식인들은 서구의 기계문명에 대해 이중적 입장을 취했다. 먼저 그들은 기계문명의 화려함에 매료당했다. 하지만 한편으로 그 화려함을 맹목적으로 쫓아가지 않았다. 화려한 기술을 동원하여 대중들과 접촉하는 영화운동은 불가능했다. 기계와 미디어의 생산 시스템을 장악하고 있는 주체가 식민권력이었기 때문이다.[24] 결국 사회주의 지식인들은 자본주의 기계문명의 감각을 사유하며, 바로 그 지점에서 탈주의 가능성을 발견해야만 했다.

생산체제를 소유한 주체가 식민권력이라는 사실은 상업성에 대한 비판이 곧 식민권력에 대한 비판으로 이어질 수 있음을 암시하지만, 일단 여기서 중요한 것은 자본주의 생산체제로부터 생겨나는 감각을 극복할 수 있는 계기를 마련하는 일이다. 박영희는 「통속 예술강좌−예술이란 무엇인가」에서 예술의 본질은 이지理智가 아니라 감정임을 다음과 같이 주장한다.

> 예술이라는 것은 상론한 모든 수단과 같이 오직 이지에서 이지로 표현하는 것이 아니라 오직 정서에서 정서로 전파되는 것이니, 즉 『자기의 사상』의 표현은 예술영역에서 이 정서와 감정−정서를 결합케하는 수단이다. 예술은 이 정서와 정서를 결합케하는 한 완전한 고귀한 수단이다.[25]

---

24 식민지 조선은 일본보다 더 엄격한 통제에서 영화를 제작・상영하고 있었다. 일본 프롤레타리아 영화운동처럼 비합법 독립영화를 제작할 수 있는 기술적인 능력도 없었고, 법적인 어려움도 상존했던 것이다. 백문임, 「프롤레타리아영화와 종족지(ethnography) 사이에서」, 임화문학연구회 편, 『임화문학연구』 4, 소명출판, 2014, 210~234쪽 참고.
25 박영희, 「통속 예술강좌−예술이란 무엇인가」, 『조선문예』 2, 1929.6, 59쪽.

박영희가 강조한 감성은 1929년 김기진과 임화의 대중화 논쟁에서, 합법적 매체에 작품이 실리기 위해서는 표현 수위를 낮출 필요가 있다는 김기진의 주장을 비판하며, 임화가 견지했던 비합법성의 감각을 상기시킨다. 1930년을 전후한 시기, 임화의 시에서 등장하는 시적 자아의 내면은 비가시적인 것의 가시성이 담보하는 불온성으로 검열을 통과하기 위한 것이었다.[26] 즉 합법성에 의해 규정되는 감성이 아니라 그러한 현실로 인해 형성되는 감성을 성찰할 수 있는 자기의 표현에 주목했다는 점에서, 박영희가 강조한 자기의 사상으로서의 정서와 겹쳐진다. 나아가 박영희는 "그것은(자기-인용자) 한 사회가운데서 얻게 된 자기 개체에 자극된 의식 즉 사회의식이 그것이다"라고 썼다. 자기의 감정이 형성되는 계기를 구체적인 현실로부터 가해지는 자극에서 찾고 있다는 점에서, 현실에 대항하는 감성의 표현으로 정의할 수 있는 것이다.

임화는 「신흥예술소개-표현주의 예술」에서 표현파의 기원으로 칸딘스키를 인용하며 표현주의 예술에 대해 설명한다. 그에 따르면 표현이란 숙어는 인상주의 경향에 대한 반항적 의미로 생겨난 것이다. "자연주의 이후에 겨우 인상이란 용어로 조금 신경지를 개척하려다가 그만 한계에 당착해버린 인상파를 강대한 주관의 분방한 약동이 외계外界의 대상을 마음대로 변형 개조하여 전주관적 조건하에 예전隷展 시키려는 섯이 표현주의의 새로운 주장"[27]이라며, 자연주의 이후의 인상파, 그리고 표현주의의 계보를 설명한다. 그리고 표현주의가 "유심적

26 이에 대한 자세한 내용은 최병구, 「임화의 유물론적 사유에 나타나는 '윤리적 주체'의 문제」, 임화문학연구회 편, 『임화문학연구』 2, 소명출판, 2011을 참고할 것.
27 임화, 「신흥예술소개-표현주의의 예술」, 『조선문예』 2, 1929.6, 63쪽.

정신문화"라는 점에서 그 한계를 지적하지만, 연극의 형식에 큰 공로가 있다는 점을 동시에 강조한다. 표현주의에 대한 임화의 이러한 소개는 앞서 소개한 〈메트로폴리스〉의 비평 논리와 겹치는 것이다.

예술에 대한 박영희의 정의와 표현주의를 소개했던 임화의 공통된 의도는 "자기 사상의 표현"이라는 말에 압축되어 있다. 우선 강조할 것은 생산력 발전에 의한 속도전의 양상이 근대인의 감각을 규정하는 현실에 대한 과학적 인식이다. 이는 자본주의의 속성을 공유하는 것이기도 했다. 두 번째는 이를 극복하기 위해 '자기의 표현'을 내세웠다는 점이다. 여기서 자기란 자본주의 사회에서 진리로 여겨지는 속도감에 대한 인식과 비판의 주체로서 기능한다. 『조선문예』는 자본주의 미디어 환경과 자기의 감정을 강조하며 대중들에게 접속하고자 했다. 비록 잡지가 2호로 단명되었지만, 1930년대 근대 미디어에 대한 사회주의 지식인들의 높은 관심을 단적으로 보여준다는 점에서 의미가 적지 않다.

3. 인쇄 미디어 비판, 정론성의 문화정치적 의미

① 1930년을 전후하여 일본에 체류 중이던 임화, 김남천, 안막 등은 조선으로 귀국한다. 그리고 1930년 4월 기술부 설치를 골자로 하는 카프 조직을 발표한다. 발표된 조직의 중앙위원에는 박영희, 임화, 윤기정, 송영, 김기진이 포함되었고, 기술부 산하 연극부에는 최승일이 미술부에는 안석영이 포함되는 등 『조선문예』의 필진들이 대거 조

직에 결합하였다.[28] 이런 면에서 1930년대 새롭게 출발한 카프 조직이 신간회 해체 이후 사회주의 정통 확보라는 목적으로 귀결되었다는 논의는 재고의 여지가 있는 것이다. 『조선문예』의 기저에 깔려 있는 근대 미디어에 대한 사회주의 지식인들의 감각이 1930년대에는 어떤 방식으로 표현되었는지를 질문해야 할 때, 그간 논의되지 못했던 면들이 드러날 수 있을 것이다. 여기서는 이를 위한 예비적인 작업으로 사회주의자들의 인쇄 미디어에 대한 비평을 살펴보고자 한다.[29]

1930년대로 들어서면서 잡지 시장은 급속히 팽창했다. 1920년대를 거치며 성장한 잡지 시장은 1930년대로 접어들며 교양과 취미에 대한 대중들의 앎을 충족시킨다는 명분 아래 폭발적으로 증가했다. 특히 신문사의 잡지 시장 진입으로 신문과 잡지의 기업화와 상업화 현상은 가열되었으며,[30] 동시에 임화를 비롯한 사회주의 진영의 인쇄 미디어 비평이 뚜렷하게 증가했다. 일제의 파시즘 강화 정책에 대한 사회주의 문인들의 소극적 저항으로 해석할 수 있는 부분이다.[31]

1930년대 초반의 상황에서 사회주의 지식인들에게 급변하는 잡지 시장의 상황은 긍정적이지 못했다. "프롤레타리아는 언론, 출판의 자유와 현대문화시설의 혜택을 힘입지 못한다"[32]라는 주장은 변화된 미디어 환경을 사회주의 진영이 수용하기 어려움을 단적으로 보여준다. 1931년

---

28 권영민, 앞의 책, 207~208쪽 참고.
29 근대 미디어와 사회주의의 관계를 본격적으로 논의하기 위해서는 당대의 영화, 연극 등 기술 미디어와 항공기, 사진기 등 기계에 대한 비평을 종합적으로 살펴보아야 할 것이다. 이 글은 이를 위한 시론적 성격임을 밝혀둔다.
30 신문사의 기업화에 대해서는 박용규, 「일제하 민간지 기자집단의 사회적 특성의 변화 과정에 대한 연구」, 서울대 박사논문, 1994; 1930년대 잡지시장의 변동과 문학적 대응 양상에 대해서는 유석환, 「1930년대 잡지시장의 변동과 잡지 『비판』의 대응」, 『사이(SAI)』 6, 국제한국문학회, 2009 참조.
31 권성우, 「제1부 임화의 저항과 현재성」, 『횡단과 경계』, 소명출판, 2008.
32 박승극, 「프로문화운동에 대한 감상」, 『비판』, 1932.1, 26쪽.

카프는 『카프7인시집』을 출간하는 등 출판제도를 적극적으로 활용하기 위해 노력했으나, 이들에게 문학은 상품이 되어서는 안 되는 것이었다. 김남천의 다음과 같은 언급은 이를 조금 더 구체적으로 보여준다.

> 수다한 좌익적 잡지에 대하여 '카프'는 문학운동의 통일과 관련시켜 일정한 테제를 발표함이 요망되고 있다. 지금 그 소위 좌익적 잡지를 기억에 오르는 대로 추어보더라도 『대중』, 『비판』, 『전선』, 『신계단』, 『이러타』, 『집단』, 『문학건설』, 『영화부대』, 『연극운동』 등등을 셀 수 있다. 『집단』 이하는 현재 질식상태에 있으며 그것은 대부분 카프의 조직적 통제 밑에 있었다고 본다. (…중략…) 문화적인 잡지라고 표방하면 그것이 문화적 잡지가 되는 것이 아니며 정치에 관한 약간의 시감을 싣는다 하여 그것이 정치적 잡지가 될 수는 없는 것이다. 그것이 정치적 내지는 문화적인 조직사업과 결합된 것이라야 진정한 정치적 문화적 잡지라고 말할 수 있는 것이다. 그러므로 이러한 좌익잡지가 조직과의 관련에 대하여 하등의 이해도 갖지 못하는 한 그것은 문화적 잡지도 또한 정치적 잡지도 아닌 것이다.[33]

1930년대 초반 발간된 사회주의 잡지를 나열한 뒤 조직사업과의 관련성을 평가의 기준으로 제시한다. 단지 정치적 기사를 게재하는 것이 아니라 구체적인 조직사업과 연결되어야 좌익 잡지로 인정할 수 있다는 것이다.[34] 나아가 김남천은 "『비판』! 이 잡지와 및 그 출판사와 대하여는

33 김남천, 「문학시평」, 『신계단』 8, 1933.5, 78쪽.
34 가령 『이러타』의 방향을 인정하면서도 "〈사조(社調)〉의 표명문에서 나타난 범오(犯誤)와 그 조직의 섹트적 경향과 그리고 『휴게장』 발간 등의 과오 등에 다루어야 할 것을 일시라도 망각하려고 하지는 않는다"라며 조직론의 입장에서 비판한다. 위의 글.

그것을 정당히 이끌고 갈려는 의도보다 대중의 면전에서 그의 본질을 폭로하는 기도가 강화되어야 할 것이다. 이 잡지가 여태껏 좌익 잡지로 통용해 온 것에 대하여 나는 의심을 금할 수가 없다"[35]라며 1930년대 잡지『비판』을 비판적으로 평가한다. 하지만 이것이 곧바로 조직만능주의자로서 김남천의 모습을 증명하는 것은 아니다.[36] 김남천은 단편「물」(『대중』, 1933.6)을 통해 극단적 상황에 처한 인간의 심리를 묘사하고, 임화와 논쟁을 벌이기도 했다.

김남천의 이러한 두 가지 면모는 당시 사회주의 진영의 정치적 상황과 결부된 것이다. 1932년 조선지광사는『조선지광』대신에『신계단』을 발간하기 시작했다. 사회주의 진영은『개벽』에서『조선지광』으로 매체를 옮기는 과정에서 종교 세력과의 단절을 표방하였고, 다시『신계단』으로 넘어가는 과정에서는 종교 집단과 논쟁을 벌였다. 당 조직으로서의 사회주의라는 운동성을 강화하고 그러한 관점에서 당대 매체를 일별하고 있고 있는 김남천의 시각은 당시의 이런 상황을 반영한 것이다.[37]

한편 1920년대 후반 이후 사회주의 잡지를 일별할 때 가장 두드러지는 특징은 과학성의 강화이다. 이때의 과학성이란 '사회과학', '자연과학'에 대한 지식,[38] 일본과 러시아, 미국, 유럽 등 전 세계의 동요

---

35 김남천, 「잡지문제를 위한 각서」, 『신계단』 9, 1933.6, 85~86쪽.
36 손유경은 조직 만능주의자로서 김남천을 규정하는 것을 비판하며 모던과 전위의 감각을 가진 김남천의 모습에 주목한 바 있다. 손유경, 「식민지 조선에서 '진위'가 된다는 것」, 임화문학연구회 편, 『임화문학연구』 4, 소명출판, 2014.
37 권환은 "부르출판에 참가함으로써 혹은 그것의 독자의 일부를 우리쪽으로 가깝게 끌 수도 있고 또 약간의 생활비와 출판자금을 획득"할 수도 있으나, 거꾸로 부르 출판에 이용당할 수 있음을 경계해야 한다고 말한다. 즉 "우리의 활동과 본영은 어디까지든지 우리의 출판물인 것을 알아야 한다. 그러니 우리는 무엇보다 우리의 출판물을 우리의 손으로 간행하도록 노력해야 할 것이다"라고 한다. 권환, 「조선 예술운동의 당면한 구체적 과정」, (『중외일보』, 1930.9.16), 한기형 편, 『카프비평자료총서』 IV-볼세비키화와 조직운동, 태학사, 1990, 201~211쪽.
38 『조선지광』의 「사회과학강좌」(1927), 「자유대학강좌」(1928~1931) 등이 대표적인 경우이다.

에 대한 지식,[39] 그리고 근대적 기술에 의해 창조된 기계와 그것에 의해 형성되는 새로운 삶에 대한 지식으로 분류할 수 있다.[40] 이 중에서 대다수의 잡지는 앞의 두 가지 측면에서의 과학성에 주목했던 것으로 보인다. 과학에 대한 지식은 사회주의가 표방했던 계급의식을 보다 객관적으로 보여줄 수 있다는 측면에서 중요했으며, 국제 상황에 대한 지식은 파시즘을 향해 내달렸던 역사적 상황에 대한 구체적인 인식이라는 면에서 시의성이 있는 문제였다. 그렇지만 결정적으로 두 가지 측면에서 게재되었던 과학적 지식은 식민지 대중들의 감성을 자극하는 것에는 효과적이지 못했다. 1932년 천도교 청년당원들이 『신계단』 편집 겸 발행인 유진희를 폭행한 사건이 발생한 이후 거의 모든 사회주의 계열 잡지에서는 '종교 비판'이 주요 쟁점으로 다뤄지며 대중과의 접점은 더욱 좁아졌다. 요컨대 "『조선지광』에서부터 시작된 사회주의적 전면화가 오히려 사회주의 세력의 합법적 영향력을 강화하는데 그렇게 큰 도움이 되지 못했다."[41]

1930년대 초반 김남천에게서 발견되는 두 가지 면모는 당시의 사회주의 조직운동 노선과 세 번째의 과학성이 결부되어 생겨난 것이다. 알다시피 단편 「물」은 구금된 주의자의 내면을 대상으로 한다. 비록 임화에게 비판받았지만 구금된 주의자의 내면과 식민지 제도가 겹쳐지는 것은 사실이다. 즉 1933년 카프 해산이 임박해질 무렵, 식민지 현실을 일제의

....

39 거의 모든 사회주의 관련 잡지의 공통된 특징이다. 특히 『이러타』는 「朝鮮輯」, 「國際輯」, 「各國輯」으로 분류하여 국제 상황에 대한 기사를 게재하였다.

40 앞장에서 살펴본 『조선문예』와 1930년대 영화, 연극에 대한 사회주의 지식인들의 비평, 인쇄 미디어에 대한 논의들을 지시한다.

41 한기형, 「식민지 검열 정책과 사회주의 관련 잡지의 정치 역학」, 『식민지 검열』, 소명출판, 2011, 194쪽.

검열을 피해서 어떻게 재현할 것인가가 논제가 된 것이다. 식민지 현실 문화에 대한 인식은 정치로부터의 후퇴가 아니라 정치성을 더욱 급진화하는 것이다. 사회주의의 정치란 정치가 아닌 영역으로 정치를 끌어들임으로써 "모든 삶의 영역이 정치의 장으로 함을 의미한다."[42]

　②이러한 측면에서 주목되는 잡지가 『비판』이다.[43] 조직 노선을 따르지 않는다는 이유로 김남천에 의해 강한 비판을 받았지만, 이 점은 곧 잡지 『비판』이 지향하는 정치의 개념이 조직운동과는 구분되는 것임을 암시한다. 『비판』의 창간 1주년 기념호에는 43명에게 받은 『비판』에 대한 불만과 희망이 게재되었다. 「조선현실과 대중화에」, 「내용충실과 대중화에」, 「끝까지 비판답게」, 「되도록 쉽게쓰라」, 「대중화의 독물이 되도록」 등의 제목이 보여주듯, 수된 요구사항은 식민지 조선의 현실과 대중화, 그리고 '비판'에 모아졌다. 구체적으로는 다음과 같은 요구가 있었다.

　　우리는 국제지식보다도 우리 자신의 생활을 너무 모르는 것이 한 가지 아픈 문제입니다. 일반 민중의 정치적 의식을 각성시키기위하여 정치구조에 대한 논문이나 소개보다도 직접 민중의 두상에서 압박하는 '요술(妖術)'로써 민중을 기만하고 있는 각종기관에 대하여 정당한 인식을 주기위하여 평이한 일상생활로써 꾸민 글을 많이써서 일견 알 수 없는 '엉크러

．．．．．．．．．．．．．．．．．．
42 이진경, 「적대의 정치학, 우정의 정치학」, 『코뮨주의 선언』, 교양인, 2015, 99쪽.
43 『비판』에 대한 논의는 허민, 「적대와 연대─1930년대 '활자전선(活字戰線)'의 구축과 복수의 사회주의」, 『민족문학사연구』 53, 민족문학사연구소, 2013; 유승환, 「하위주체적 '앎'과 사회주의 매체 전략─『비판』 소재 고정란을 중심으로」, 『민족문학사연구』 53, 민족문학사연구소, 2013을 참고.

진 습속'을 천명하여주었으면.[44]

　인용문은 세계사적 지식보다 식민지 현실을 더 많이 알려줄 것과 사회주의 대중화를 위해서는 정치 논문이 아니라 민중의 생활을 "기만하고 있는 각종기관", 곧 식민지 문화체제에 대한 정보를 더 요구하고 있다. 이 요구에 『비판』은 충실하려고 했다. 우선 잡지의 제목이 상징하듯 식민지 현실 문화에 대한 '비판'이 창간 목적이었으며, 「화장장」 「전서구」 등의 고정란을 통해 하위주체의 앎을 재현하는 것에 큰 관심을 보였다.[45] 또 『비판』은 인쇄 미디어에 대해 지속적인 관심을 보였다. 1930년대 식민지인들의 삶을 기만하는 대표적인 기관이 바로 언론사였기 때문이다.

　「신문단평＝동아일보를 읽다가」에서는 독일××당 해산 명령을 보도한 『동아일보』의 5월 초 기사를 문제 삼는다. 독일××당은 해산하지 않았고, 독일 프롤레타리아 자유사상자 동맹 해산 명령의 오보라는 주장이다. 더 나아가 『동아일보』가 이러한 오보와 사설까지 발표한 이유는 "××주의의 패퇴를 독자대중에게 선전하며 증시(證示)하자는 그곳에 있는 것이다"[46]라고 한다. 사회주의운동의 패배를 대중에게 확산시키려는 편집자의 의도를 지적한 것이다. 같은 호에 게재된 「조선일보 판권이전 동란사건 비판」은 『조선일보』의 편집 겸 발행인이 안재홍에서 박경래로 옮겨간 이유를 파고들었다. 『조선일보』가 신문사의 판권을 가지고 박경래에게 빚을 낸 것을 갚지 못해서 판권이 이전

．．．．．．．．．．．．．．．．．

44　김병길, 「각층이 동주하여 본지에 대한 불만과 희망」, 『비판』, 1932.5, 46쪽.
45　이에 대한 자세한 논의는 유승환, 앞의 글 참고.
46　임백재(在獨逸), 「신문단평＝동아일보를 읽다가」, 『비판』, 1932.7, 52쪽.

된 전말을 "비인간적 행동"으로 소개하며, "조선의 신문이 조선 민중의 표현기관이란 의미에서 이것을 일개 상품시하여 판매에 가까운 비열한 행동을 하는 것은 그 취인자 양방에 대하여 어떠한 사회적 제재가 있어야 할 것"[47]이라고 일갈하기도 한다.

이러한 신문의 타락성을 정치와의 결별, 그리고 상품화의 과정으로 정리하며 "주장적 태도와 의식적 존재를 완전히 몰각하고 오직 보도적 임무만을 가지게 된 것"[48]이라고 주장하는 글이 게재되기도 했다. 신문이 상품화되는 과정이란 본래의 정치적 기능을 상실하며 사실의 보도에만 치중하게 되어가는 시간이기도 하다는 말이다. 그래서 "신문의 기능적 의식이 명확하다면 그의 주장적 강미强味는 몰각할 수가 없고 이가 사회적 존재의 특질이 될 것이다"[49]라고 주장한다. 신문의 핵심은 주장(이데올로기의 파급)에 있으나 상품화의 과정, 즉 자본의 이입 속에서 사실의 전달에만 그치는 신문에 대한 비판적 인식이 기저에 깔려 있는 것이다. 그래서 다음과 같은 인식은 중요하다.

자본주의가 기계의 발명과 그 발달에 의하여 획기적 발전을 보게 됨과 동시에 인류문화의 향상이 또한 출판기술의 발달에 의하여 더욱이 이에 새로운 산물인 신문, 잡지등과 함께 일반 서책의 염가적 보급에 의존하였든 것이라고도 볼 수 있는 것이다. 그러나 문화향상에 근본적 원인이 여기에 한정된 것을 아닌 것을 미리 말하여둔다. (…중략…) 출판사업이란 것은 다만 산업상의 유력한 지위에서만 머물느게되는 것이 아니라 자본

....
47 일보생(一步生), 「조선일보 판권 이전 동란 사건 비판」, 『비판』, 1932.7, 62쪽.
48 배성룡, 「조선 신문의 특별성과 타락상」, 『비판』, 1932.10, 58쪽.
49 위의 글, 62쪽.

가 사회에 있어서 일정계급의 집합적 사회적 의사의 표현이 되고 이 여론은 제약된 계급의 일반적 사상을 ××하게 하게 되는데에 그 본래의 사명이 있는 것이오 (…중략…) 그럼으로 신문류는 일보를 나아가서 그 가치가 다만 산업 부분이란 거기에 보다는 오히려 정치적 병기라는 그곳에 그 존재성이 뚜렷이 나타나게 되고 있는 것이다.[50]

저자는 신문과 잡지가 자본주의 기계문명의 발달 과정에서 탄생한 미디어라고 한다. 즉 신문과 잡지의 보급이란 출판기술의 도입과 맞물리는 '출판사업'의 하나로 기획된 것임을 설명하는 것이다. 하지만 저자는 출판사업과 신문의 역할이 단지 자본주의 문화의 확산으로 수렴되는 것이 아니라 그에 대한 "정치적 병기", 즉 반성과 성찰의 계기가 되어야 함을 주장한다. 그러니까 『비판』이 문제 삼고자 했던 지점은 자본주의의 태반에서 태어난 일간지가 자본주의적 경향을 더욱 가속화할 때 생겨나는 문화 현상이라고 해야 정확한 표현이다. 물론 그 논지에서 1920년대 민족지로서 출발했던 일간지의 정치성에 대한 향수가 남아 있지만, 1930년대 변화된 정치적 환경 속에서 '상품으로서 신문'이 기획하는 비윤리적 행동에 대한 비판이 초점이다.

이러한 논조는 『비판』이 속간된 1935년 이후에 더욱 강화되었다.[51] 일제 파시즘체제가 더욱 강화되어 가던 1930년대 후반의 분위기는 초반과는 사뭇 달랐다. 1936년 8월 일장기말소사건으로 『조선중앙일보』, 『동아일보』가 정간 처분을 당했으며 이듬해는 중일전쟁이 발생했다. 식민권력의 문화적 폭력에 대응할 수 있는 전략이 요구되었

----

50 박만춘, 「조선 3신문 전략상-저널리즘의 반동성에 대하여」, 『비판』, 1933.3, 44쪽.
51 『비판』은 1933년 6월호를 끝으로 휴간되어 1935년 10월호부터 다시 발행된다.

다.[52] 채필연은 「삼신문의 나체상」에서 다음과 같이 말한다.

> 그들(동아, 조선—인용자)은 창부(娼婦)보다도 훨씬 이상가는 추파와
> 교태로써 접하는 광고주가 만일 내지인이라면 단가를 일행에 팔전내지구
> 전에 그치고 요금 영수(領收)는 3개월 후이나 2개월 후가 되지마는 조선
> 사람에게 한하여서는 이와 다르다. 선금이 아니면 게재를 거절하고 단가
> 는 매행 20전을 넘겨받는다.[53]

인용문은 조선인과 일본인 차별을 시행하고 있었던 신문의 비양심
적 태도에 대한 비판이다. 조선과 동아가 비양심적 행동을 한 이유가
중요할 수 있지만, 여기서는 상품으로서 신문이라는 논제를 '창부'에
비유하며 윤리성의 문제와 연결 짓는 행위에 주목할 필요가 있다. 이
시기 『비판』의 논자들은 1920년대와 같이 신문이 민족지로서 기능하
는 것이 불가능하다는 것을 알았다. 1930년대 '모던한 것'에 대한 감
각은 자본이 끊임없이 확장하는 과정에서 생겨나는 것이었다. 또 신
문으로서 합법성을 유지하기 위해서는 발언의 수위가 제한될 수밖에
없었다. 일본의 문화 통제가 엄혹하던 시기에 일본의 통치 방식을 직
접적으로 비판하기란 불가능하다. 그렇지만 상업성에 대한 논의라면
가능할 수 있다. 인쇄 미디어의 상업성 비판은 제국 일본에 의해 자본
이 소유되는 상황에서는 제국권력에 대한 비판으로 여겨질 수 있다.

....

52 일장기말소사건이 발생하고 난 뒤 1937년에 들어 검열기준은 「참고표준」에서 「일반검열표준」
　　으로 개정되었다. 「일반검열표준」은 이전에 비해 '치안방해' 항목이 14개에서 18개로 대폭 증가
　　하고 '황국신민화'에 관한 항목이 추가되었다. 장신, 「1930년대 언론의 상업화와 조선·동아일
　　보의 선택」, 『역사비평』 70, 2005에서의 논의 참조.
53 채필연, 「삼신문의 나체상」, 『비판』, 1936.10, 32쪽.

복간 이후 인쇄 미디어에 대한 『비판』의 기사에서 '문화'와 '인간'에 대한 논의가 더욱 자주 등장하는 것은 이와 무관하지 않을 것이다.

그래서 "잡지란 문화적 기관을 제공하는 것"이며, "문화란 인간 생활의 가장 높은 꼭지"에 있는 것으로 정의하며, "글을 배우기 전에 먼저 사람을 배울 필요가 있다"[54]라고 주장하는 대목은 흥미롭다. 잡지를 사람으로서 자기의 양심에 충실하게 행동할 것을 대중들에게 전파하는 미디어로 정의하는 것으로 독해되기 때문이다. 이러한 주장은 신문을 살리기 위해서 원래 가졌던 "공공의 이익"과 "자기 양심"을 다시 호명하는 것으로 이어지기도 했다.[55] 이러한 주장의 이면에 친일의 논조로 치닫고 있었던 일간지와 사법제도를 이용하여 일간지를 길들였던 식민권력에 대한 비판이 자리 잡고 있음을 파악하기란 어렵지 않다. 다음의 인용문은 이러한 지점을 적절히 보여주고 있다.

> 문화에 간섭하려는 정치의 의사는 벌써 오랜 역사의 일이요 문화의 위기란 현대에서만 보는 사실도 아니다. 문화사상의 이러한 위기의 극복은 주관적 형식에서 본다면 자기 자신에 충실하는 정신의 존엄의 확보와 진리에서의 강인한 의지에 의하여 행하여져 있고, 이 정신에의 존경과 강인한 의지는 타방에 있어서는 문화와 사상의 본질적인 통제규범으로 나타나고 그것에 윤리성을 주는 바로 그 물건이 된 것이다.[56]

저자는 윤리성이 문화 통제를 극복하는 계기이면서 동시에 통제를

54 이주홍, 「문예시평」, 『비판』, 1937.3, 114쪽.
55 김태환, 「조선중앙일보사 중역제씨에게 보내는 공개장」, 『비판』, 1937.7, 55쪽.
56 최려성, 「문화와 통제」, 『비판』, 1938.5, 3쪽.

정당화하는 기제로 작용한다고 분석한다. 미디어란 우리에게 새로운 도덕성을 부여하는 주체이다. 일제 말기 인쇄 미디어는 일상과 담론을 횡단하며 식민지 조선인의 삶에 파고들었다. 식민지 조선인의 통제를 합리화하는 윤리규범은 미디어를 통해 도덕준칙으로 유통되어 개인들에게 흡수되었다.[57] 그렇지만 이러한 환경을 뚫고 나아갈 힘을 얻을 수 있는 곳도 '강인한 의지', 즉 주체의 내면에 있는 것이다.

이렇게 본다면『비판』의 신문과 잡지에 대한 비판은 인쇄 미디어에 의해 창출되는 도덕적 기준을 탈환하려는 시도라고 할 수 있다. 식민 권력에 의해 찬탈된 미디어가 식민지 조선인의 삶에 어떤 식으로 개입하고 있는지를 인식하고 이를 파기할 수 있는 계기를 '자기에 대한 인식'에서 찾고자 했던 것이다. 그래서 한편으로 이러한 전략은 다분히 미학적일 수밖에 없다. 「분화와 통제」와 같은 호에 게재된 「잡지 문화론」에서 임화는 신문은 보도 중심, 잡지를 비평 중심의 미디어로 분석하고는 다음과 같이 말한다.

문화 가운데 비평정신이 풍부하지 못하고 혹은 기식(氣息)이 엄엄(奄奄)할 때는 잡지는 번영하지 못하고 잡지의 질은 시시로 저하해 버리고 만다. 물론 비평정신의 앙양 없이 문화의 융성이란 것도 기대할 수 없는 것으로 상기한바 같은 경우엔 신문화 잡지가 같은 운명 하에 서게 될 것

---

57 1930년대 후반기 파시즘의 대두와 언론 통제의 강화 속에서 이루어진 출판문화의 부흥과 대중 영화, 잡지, 소설, 라디오 드라마 등을 통한 쾌락주의의 강화는 기술과 예술의 윤리성을 강조하는 결과를 낳았다. 문화 통제에 대한 작가들의 대응은 조금씩 다르지만 기술과 속도를 따라 잡기 위한 시도는 공통적이다(송효정, 「1930년대 후반기 장편소설에 나타난 두 가지 미학적 양상―김남천 『사랑의 수족관』과 이효석 『화분』을 중심으로」, 『어문논집』 56, 민족어문학회, 2007). 일제 말기 파시즘체제에 대한 논의로는 권명아, 『역사적 파시즘』, 책세상, 2005 참조.

이나 이상한 일은 이럴 때일수록 잡지의 특성이 나타난다. (…중략…) 저
널리즘을 단순히 출판 상업주의나 정기 간행물계로만 이해하지 않고 철
저하게 일상화한 사회의 공통한 비평의식의 일종이라고 본다면 잡지야말
로 저널리즘의 정예라고 말할 수가 있다.[58]

여기서 임화가 강조하는 '비평의식'에 앞서 언급한 '강인한 의지'를
겹쳐 읽을 수 있다면, 일제 말기『비판』은 미디어 비평을 통해, 전면화
된 일제의 미디어 전략에 대한 대응으로 주체의 정신과 의지를 내세웠
음을 확인할 수 있다. 이미 1920년대 초반 사회주의 지식인들은 정치
와 미학의 교차점에서 '윤리'를 내세웠으며,[59] 1920년대 후반부터 포
착되는 기계문명의 속성에 대한 감각은 과학적 현실 인식을 강화했다.
이러한 흐름은 식민지 현실의 삶을 재현하는 미디어 감각에 주목하는
결과를 낳았다. 무엇보다 근대 미디어에 대한 사회주의 지식인들의 비
평은 자본주의 사회를 살아가는 우리들의 삶이 형성되는 맥락에 대한
성찰하고, 궁극적으로는 인간으로서 최소한의 도덕을 지켜내기 위한
방법이라는 점이 중요하다. "경제학의 영역에서 가장 낭만적이고 인간
적이며 이제나저제나 인간에 대한 관심을 강조하는 것이 바로 마르크
스의 사상이다."[60] 이 명제에 일제 말기『비판』은 누구보다 충실했던
것이다. 그래서 비록 정간을 당하기는 했지만 1930년대 내내 살아남
아 일제의 식민통치가 가지고 있는 비윤리적 성격을 비판할 수 있었던
것이다.

58 임화, 「잡지문화론」, 『비판』, 1938.5, 112쪽.
59 최병구, 「사회주의 문화 담론과 프로문학」, 『민족문학사연구』 49, 민족문학사학회, 2012.
60 양자오, 김태성 역, 『자본론을 읽다』, 유유, 2013, 238쪽.

4. 맺는 말

식민지시기 사회주의 문화정치의 핵심은 자본주의 근대 문명에 대한 감각을 전유하려 했다는 것이다. 1930년 전후에 사회주의 지식인들은 자본주의 근대 미디어의 감각을 본격적으로 인지하기 시작했다. 영화, 연극 등 기술을 필요로 하는 예술 장르에 대한 소개는 식민지가 갖추지 못한 기계와 미디어의 수준을 환기시키며, 그것에 대한 열망을 드러낸 것이다. 또 도시 경성의 영화관이나 라디오 방송에 대한 감각은 속도전의 양상을 갖는 기계와 미디어의 단면을 정확히 포착한 것이기도 했다.

그렇지만 사회주의 지식인들은 근대 미디어가 재현하는 삶의 감각을 긍정적으로 생각하지는 않았다. 미디어를 생산하는 자본가 주체에 대한 인식을 통해 계급 문제에 접근했다. 미디어에 의해 재현되는 삶 −정치적 관계를 통찰하고, 자본주의에 의해 점령당한 주체의 감각을 되찾고자 했다. 그렇지만 당장 이러한 이념을 하방하기 위해서는 기계문명의 기구들을 이용해야만 했다. 즉 사회주의 대중화를 위해서는 자본주의 근대 미디어를 활용해서 기계와 미디어로부터 형성되는 감각을 비판해야 하는 상황이었던 것이다.

1930년대 잡지 『비판』은 이러한 국면에 식민권력의 문제가 개입하며 『조선문예』와는 조금 다른 양상으로 전개되었다. 『비판』은 1930년대 내내 당대 일간지에 대한 비판을 지속했다.[61] 『비판』은 조선, 동아, 중앙

....

61 1930년대 후반의 『비판』을 사회주의 잡지로 규정할 수 있는지는 논란의 여지가 있다. 하지만 『비판』이 사회주의적 색채가 명확했던 1930년대 초반부터 후반까지 인쇄 미디어에 대한 지속적인 관심과 비판을 수행했던 것은 사실이다. 파시즘이 엄혹하던 시기에 『비판』이 수행했던 유일한

3대 일간지가 사회주의에 대한 잘못된 정보를 제공하여 대중들의 인식을 왜곡시킨다거나, 신문의 발행자들이 '판권'을 상품으로 거래한다며 비판했는데, 그 초점은 '비인간적 행동'이라는 것이었다.

인쇄 미디어를 통해 식민권력은 식민지 조선인들의 의식 자체를 바꾸려고 했다. 『비판』은 식민권력이 노리고 있었던 주체 의식을 다시 찾는 것을 목표로 했다. 즉 자기의 의지가 향해야 하는 곳은 식민권력에 투항하는 것이 아니라 그에 대한 비판 정신임을 주장한 것이다. 1938년 임화는 식민지 조선에서 신문, 잡지, 영화, 연극 등 문화의 영역이 계몽성을 바탕으로 출발하였으나, 현재는 자본이 침투하여 기업화되었음을 지적한다. 그리고 글의 마지막에서는 "문화인에게 있어 보다 큰 문제는 어떠한 문화를 생산할까하는 문제"가 중요하다고 말한다. 즉 자본의 이익이 아니라 "문화가 이상하고 뜻하는 방향으로 독자나 관중을 이끌기 위하여 대중"을 구할 수 있는 방향이 무엇인지 고민해야 한다는 것이다. 그리고 다음과 같이 의미심장한 말을 한다.

> 최근년간에 볼 수 있는 조선문화의 이상적 계몽적 성격의 붕괴는 시장의 유혹에 있느니보다 오히려 다른 데 원인하였다. (…중략…) 그러므로 문화의 앞엔 수요력이 증대함에 불구하고 그것은 다른 어떤 원인과 더불어 문화의 순수한 발달을 방해하는 새로운 장벽이 아닐 수가 없다. 따라서 기업화 도정 위에 서 있는 조선문화는 직업인으로서의 자기와 문화인으로서의 자기를 어떻게 통일, 조화해 나갈까가 실로 새로운 난문제(難問題)의 하나라 생각한다.[62]

비판은 인쇄 미디어 비판이었던 것이다. 거의 모든 기계 미디어가 제국권력을 위해서 존재하던 시기에 『비판』의 이러한 모습은 시사하는 바 크다.

인용문에서 임화가 말하고 있는 문화의 계몽성을 붕괴시킨 "다른 어떤 원인"이 식민권력임을 파악하기란 어렵지 않다. 즉 임화는 1920년대 신문과 잡지의 계몽적 성격이 1930년대로 접어들며 무너지게 된 이유로 문화의 기업화와 식민권력의 개입을 들고 있지만, 사실상 근본적인 원인은 식민권력에게 있음을 말하고 있는 것이다. 일제 말기의 상황에서 문화의 기업화는 식민권력에 투항하는 것으로 귀결되었기 때문이다. 그렇다면 문화인으로서의 자기란 무엇인가? 1920년대 계몽에 치중했던 문화의 모습을 떠올릴 수도 있을 것이다. 하지만 이미 자본의 개입으로 인한 시장을 배제하기란 불가능하다. 일단 자본주의의 성격을 면밀하게 인식할 필요가 있다. 자본을 확장하기 위한 가장 효율적인 방식은 인간을 물화시켜서 오직 이익만을 추구하게 만드는 것이다. 비도덕적인 것이 도덕적 가치로 인정되는 것은 이러한 맥락에서이며, 1937년 이후 일간지 편집자들이 처한 상황도 근본적으로 동일하다. 그렇다면 이를 막을 방법은 다시 인간에 집중하는 것밖에는 없다. 일제 말기 『비판』이 취한 전략, 즉 인간의 자기 의지를 통해 도덕적인 것으로 위장한 비도덕을 폭로하고 자기의 윤리를 되찾는 길이 바로 그것이다. 바로 여기에 문화인으로서 자기의 모습이 있는 것이다. 이 지점은 1930년대 사회주의 지식인들이 근대 미디어에 대한 지속적인 관심을 통해 강조하고자 한 것이기도 하다.

---

62 임화, 「문화기업론」(『청색지』, 1938.6), 하정일 외편, 『임화문학예술전집』 5(평론 2), 소명출판, 2009, 60쪽.

참고문헌

기본 자료

『조선문예』, 『비판』, 『조선지광』, 『신계단』

하정일 외편, 『임화문학예술전집』 5(평론 2), 소명출판, 2009.

단행본

권성우, 『횡단과 경계』, 소명출판, 2008.

권영민, 『한국 계급문학 운동사』, 문예출판사, 1998.

양자오, 김태성 역, 『자본론을 읽다』, 유유, 2013.

이진경, 「적대의 정치학, 우정의 정치학」, 『코뮤주의 선언』, 교양인, 2015.

임화문학연구회 편, 『임화문학연구』 4, 소명출판, 2014.

칼 맑스・프리드리히 엥겔스, 김태호 역, 『공산주의 선언』, 박종철출판사, 2016.

한기형, 「식민지 검열 정책과 사회주의 관련 잡지의 정치 역학」, 『식민지 검열』, 소명
출판, 2011.

히오이 요시노리, 박제이 역, 『포스트 자본주의』, AK, 2017.

Steven Shaviro, *No Speed Limit — Three Essays on Accelerationism*, University of
Minnesota Press, 2016.

논문

서재길, 「프로문학과 라디오드라마 — 『항구의 하로밤』의 경우」, 『민족문학사연구』 54,
민족문학사학회, 2014.

송효정, 「1930년대 후반기 장편소설에 나타난 두 가지 미학적 양상 — 김남천 『사랑의
수족관』과 이효석 『화분』을 중심으로」, 『어문논집』 56, 어문학회, 2007.

유석환, 「1930년대 잡지시장의 변동과 잡지 『비판』의 대응」, 『사이(SAI)』 6, 국제한
국문학문화학회, 2009.

유승환, 「하위주체적 '앎'과 사회주의 매체 전략 — 『비판』 소재 고정란을 중심으로」,
『민족문학사연구』 53, 민족문학사학회, 2013.

이상길, 「1920~1930년대 경성의 미디어 공간과 인텔리겐치아 — 최승일의 경우」,

『언론정보연구』 47-1, 서울대 언론정보연구소, 2010.

장　신, 「1930년대 언론의 상업화와 조선·동아일보의 선택」, 『역사비평』 70, 역사
　　　문제연구소, 2005.

최병구, 「1920년대 사회주의 대중화 전략과 『조선문예』」, 『반교어문연구』 37, 반교
　　　어문학회, 2014.

_____, 「사회주의 문화 담론과 프로문학」, 『민족문학사연구』 49, 민족문학사학회,
　　　2012.

허　민, 「적대와 연대-1930년대 '활자전선(活字戰線)'의 구축과 복수의 사회주의」,
　　　『민족문학사연구』 53, 민족문학사학회, 2013.

식민지 조선에서의
콜론타이 논의의 수용과 그 의미

배상미

1. 일본의 콜론타이 수용과 조선으로의 유입

이 논문은 식민지 조선에서 알렉산드라 콜론타이Александра Михай ловна Коллонтай 의 연애론이 소개된 양상의 규명을 목적으로 한다. 조선에서 콜론타이가 처음 소개된 시점은 1920년[1]부터였으나, 그 당시에는 소비에트의 권력자 중 한 명이며, 세계 최초의 여성외교관이라는 직함 정도만 알려졌을 뿐, 그녀의 저서나 이론이 소개되지는 않았다. 1927년, 일본에서 콜론타이의 대표적 저서인 『붉은사랑Vasilisa Malygina』이 마쓰오 시로松尾四郎에 의해 『붉은사랑赤い恋』이라는 제목으로 번역된 이후부터 일본에서 유학하던 조선인들이나 일본에서 화제가 되는 논의에 관심을 가지고 있던 조선의 지식인들을 중심으로 콜론타이의 이론이 점차 수용

....
1   송아지, 「婦人解放問題에 關하야 (12)」, 『독립신문』, 1920.4.13.

되기 시작한다. 콜론타이의 저서나 글이 조선에서 번역되지는 않았으나, 일본에서 가장 주목받았던 대표적인 저작『붉은사랑』과「삼대의 사랑」두 편의 내용은 서평의 형식으로 알려진 바 있다. 제일 먼저 본격적으로 소개된 콜론타이의 저서는『붉은사랑』이었는데, 당시 카프 구성원이자 조선영화예술협회의 회원으로 사회주의계열 영화운동에 참여했던 서광제[2]에 의해『적연赤戀』이라는 제목으로 그 내용이 상세하게 알려졌다.「삼대의 사랑Liubov' trekh pokolenii」은 김억[3]에 의해「三代의사랑」이라는 제목으로 주로 게니아의 연애방식에 초점을 맞춰 소개되었다.

김억과 서광제의 서평으로 콜론타이 저작의 내용이 조선에 소개되기는 했으나, 콜론타이와 관련된 당시 조선의 논의들은 콜론타이가 문제제기했던 사회주의 사회에서의 이상적인 이성애 관계라든가 여성의 사회 진출 방식에 크게 주목하지 않았다. 대신, 이들은 그보다 콜론타이가 주장한 사회주의적 연애란 정조를 경외시하는 것이 아니라고 강변하거나, 콜론타이의 이론을 연애 같은 사적인 일보다 혁명과 같은 대의에 여성들을 복무시키려는 취지를 가진다고 해석하였다. 콜론타이의 저작은 조선의 사회주의자들에게 새로운 이성애 관계를 상상할 영감을 촉진시키기는커녕, 사회주의자들에 대한 위협으로, 혹은 연애 같은 사적인 임무보다 공적인 임무를 더 강조하는 보수적인 방향성으로 수용된다. 이러한 조선에서 콜론타이의 수용 양상은 당시 여성들의 성을 통제하려는 사회적인 분위기와,[4] 사회주의와 '성적방종'을 연결하여 사회주의자를 비난하는[5] 반동 세력을 막으려는 남성 사회주의자들의 영향도 있었

2 서광제,「戀愛와 新夫人－알렉산더 미하이로우나 코론타이의『赤戀』을 읽고」,『조선일보』, 1928.11.9·11.15.
3 김안서,「『戀愛의 길』을 읽고서－콜론타이 여사의 作」,『삼천리』, 1932.2.
4 김경일,『여성의 근대, 근대의 여성』, 푸른역사, 2004, 116~169쪽 참고.

을 것이다.

조선의 남성 지식인들이 여성의 성을 통제하고 사회주의의 정당성을 설파하기 위한 수단으로 콜론타이를 수용하였다면, 반대로 일본에서는 이상적인 사회주의 여성해방론과 여성의 성적 자유에 대한 논쟁의 매개로 콜론타이를 수용하였다. 콜론타이 저작의 내용을 둘러싸고 이상적인 사회주의 여성해방론과 연애관에 관한 논쟁이 일었던 일본의 경우와 대조적이다. 일본 프로문학계에서 활발하게 활동했던 하야시 후사오林房雄[6]도 콜론타이의 저작을 번역했다는 점을 상기해 볼 때, 일본에서는 남성 사회주의자들 역시 콜론타이의 이론을 진지하게 받아들였음을 알 수 있다. 실제로 일본 사회주의 운동 진영 안에서 다양한 의견을 가진 논자들이 콜론타이 논의의 수용방식을 둘러싸고 갑론을박을 벌이기도 했다. 이 과정에서 당시 유명한 여성인사들이 콜론타이 논의를 둘러싸고 다양한 의견을 제출했었다. 소설가 히라바야시 타이코平林たい子나 여성사女性史학자 다카무레 이쯔에高群逸枝는 콜론타이의 주장에 전적

....
5   이광수는 콜론타이의 이론이 한창 조선에서 유행하던 1930년에 「革命歌의 안해」라는 소설을 『동아일보』에 연재한다. 연재 당시에도, 단행본으로 간행된 이후에도 큰 인기를 끌었던 이 소설에서 이광수는 소설 안에서 성욕을 이기지 못하고 병든 남편을 버려두고 다른 남성과 사랑을 나눈 여성 사회주의자 정희를 '정숙하지' 못하다고 비난하는 동시에 이를 사회주의자에 대한 비난으로까지 연결시킨다. 『삼천리』1931년 7월호에 게재된 「現代女流思想家들 (3), 붉은 戀愛의 主人公들」에서는 여성 사회주의자들이 여러 남성과 연애했던 전력을 소개하여 마치 여성 사회주의자들은 한 남성에게 '정조'를 지키지 않고 여러 남성들과의 연애를 즐기는 부류로 묘사하였다. 한 남성에게 얽매이지 않는 여성 사회주의자들의 자유로운 성애관계는 가부장적 정조 관념을 사회주의 비판자들과 마찬가지로 공유하고 있었던 당시 남성 사회주의자들에게 통제의 대상이자 사회주의의 대의를 더럽히는 것으로 여겨졌을 것이다.
6   하야시 후사오는 1927년에 콜론타이의 소설 「위대한 사랑(ワッシリサ)」, 「삼대의 사랑(三代の恋)」, 「자매(姉妹)」를 번역하여 『연애의 길(恋愛の道)』(世界社, 1927)이라는 책을 간행하고, 이어 1930년대 콜론타이의 다음과 같은 논설을 번역하여 『연애와 신도덕(恋愛と新道徳)』(世界社, 1930)이라는 제목의 단행본으로 출간한 바 있다.(「신부인(新しい婦人)」, 「성관계와 계급투쟁(性關係と階級鬪爭)」, 「연애와 신도덕(戀愛と新道徳)」, 「날개달린 큐피드에게 길을 내주자(有翼のキューピットに道を與へよ)」, 「공산주의와 가족(共産主義と家族)」)

으로 긍정하지는 않았지만 콜론타이의 혁명론이나 연애론이 여성을 하나의 주체적인 인격으로 상정하여 여성을 무시하던 남성들의 고정관념에 맞서서 봉건적 여성관을 타파하기에 적절하다고 보았다. 콜론타이를 일본에 처음 소개하기도(「알렉산드라 콜론타이 여사アレクサンドラ·コロンタイ女史」, 『女性』, 1924.10) 했던 사회주의자 야마가와 기꾸에山川菊[7]는 콜론타이의 여성해방론에는 찬동했으나, 게니아의 연애방식과 유사한 그녀의 연애론에는 반기를 들었다.[8]

  남성 사회주의자들 역시 콜론타이에 대해 의견을 피력하기도 했지만 입장은 제각각이었다. 당시 사회주의적 경향성을 띤 문인으로 활동한 아키타 우자쿠秋田雨雀는 그의 저서인 『프롤레타리아 연애관プロレタリア恋愛観』(世界社, 1930)에서 사회주의의 연애는 사상적 운동을 신성화하는 의미를 가지기 때문에 보통의 연애와는 다르다고 주장하면서 「삼대의 사랑」에 나타난 게니아의 연애방식을 긍정했다. 그러나 다른 남성 사회주의자들에게서 콜론타이의 연애론에 관한 적극적인 반응은 찾아보기 어렵다. 나프의 주요 멤버였던 도쿠나가 스나오德永直의 경우, 「『붉은연애』 이상『赤い恋』以上」(『新潮』, 1931.1)이라는 소설 제목에서 콜론타이 저서를 활용했으나, 일부일처제를 비판하지만 미래에의 전망은 제대로 보여주지 못하는 애매한 내용으로 인해, 콜론타이의 저서를 흥미거리로만 활용한 좋지 못한 예로 기억되고 있다.[9]

······ ··········

7 야마카와 기꾸에가 번역한 콜론타이의 다른 글들은 다음과 같다. 「공산국가와 가족생활(公産国家と家庭生活)」(『解放』, 1921.2), 「무산부인의 국제적 단결(無産婦人の国際的団結)」(『婦人運動』, 1921.9), 「공산주의국가와 가정생활(共産主義国家と家庭生活)」(『労働週報』, 1922. 13~17), 「신사회와 가족제도」(『婦人運動』, 1926.11·12).

8 이상의 일본에서 나타난 콜론타이 수용에 관해서는 杉山秀子, 『コロンタイと日本』, 新樹社, 2001, pp.157~194 참고.

9 위의 책, pp.152~153·205~207 참고.

일본에서 콜론타이는 주로 여성 사회주의자들 중심으로 여성해방론에 기여하는 긍정적인 논의로 검토되었다. 그러나 담론의 수준과는 다르게, 대중 잡지에서는 콜론타이의 사상을 검토하기보다 게니아의 연애방식이 가지는 선정적인 측면이 주로 보도되었다. 대중에게 각인된 콜론타이론은 주로 '게니아니즘ゲーアイズム'으로 표상되는, 여러 남성 파트너와 성관계하는 여성의 연애방식이었다. 일본 사회주의 내부에서도 1920년대 말과 1930년대 초 사회주의자들을 향한 검거 열풍과 연이은 전향선언으로 일본 사회주의 내부에서도 콜론타이에 관한 논의가 제대로 이루어지지 못한 채 사그라지고 말았다. 콜론타이의 주장 가운데 연애론 외에도 모성이나 자본주의 사회에서 여성들이 겪는 억압 등을 분석한 의미 있는 부분이 많지만 이 역시 당시 논자들이 지나치게 연애론에 집중하고, 사회주의 진영을 둘러싼 상황으로 인해 콜론타이의 논의를 자세히 검토할 여유가 없었던 이유로 주목받지 못하고 말았다.[10]

일본에서 1920년대 중반 이후 상당한 인기를 끌었던 콜론타이의 논의가 1920년대 말엽에 조선에 건너온 정확한 경위는 알기 어렵다. 다만 일본 서적을 취급하던 서점에 콜론타이의 저서가 유입되었을 가능성과, 카프 진영에서 활동하던 서광제가 이 책이 유명하다는 소문을 듣고 우연히 소개하게 되었을 가능성만을 추측해 볼 수 있을 뿐이다. 김억과 서광제 모두 콜론타이가 유행하던 시기에 일본 체류 경험이 없었기 때문에 이들이 일본에서 직접 콜론타이의 저서를 접하지는 못하였을 것이다. 콜론타이의 저서는 당시 일본에서 상당한 인기를 얻었고 화제

10 위의 책, pp.207~209 참고.

가 되었지만, 한국어로 번역하려는 시도는 없었고 일본어 판본만이 유통되었다. 일본어 비非문해자들이나 일본어 독해가 원활하지 않은 사람들이 접하는 콜론타이 이론에 관한 정보는 대부분 가부장적 남성의 입장에서 바라본 게니아의 연애방식이었기 때문에, 콜론타이에 대한 보다 심도 있고 다양한 논의는 이루어지기 어려웠다. 그러나 여성 사회주의자 정칠성[11]은 당시 콜론타이를 둘러싼 논의지형에 참가하여 주류적인 흐름과는 다른 방식으로 콜론타이를 해석하였다.

정칠성은 콜론타이에 관하여 논한 몇 안 되는 여성 사회주의자 중 한 명이다. 그녀는 콜론타이의 『붉은사랑』에 관해 인터뷰 형식으로 코멘트를 남긴 바 있는데,[12] 그녀는 여타의 사회주의자들과는 달리 결혼과 이혼의 자유가 없는 현재의 사회에서 연애와 성욕을 구별해야 한다는 콜론타이의 주장에 동의하고, 정조와 혼진순결의 필요성에 대해서도 비판적이었다. 콜론타이의 소설에서 정칠성이 무엇보다 주목하는 부분은 '자유'이다. 사회생활 참여의 면에서나 연애와 결혼의 면에서나 선택의 자유를 충분히 누리지 못하는 조선 여성들에게 '자유'는 여성의 주체화를 위해 무엇보다 절실하였다. 콜론타이를 여성의 자유를 확대하려는 측면에서 수용한 정칠성의 입장은, 여성들을 더욱 강력한 가부장적 통제 아

....

11 정칠성(1908~?)은 대구에서 상경하여 한남 권번의 기생으로 일하다가, 1922년 일본 도쿄로 이주한다. 그 곳에서 정칠성은 영어강습소에서 수학히면서 사회주의를 받아들이고, 1923년 귀국한 후부터 사회주의적 사회운동에 참여하기 시작한다. 1924년 5월에는 여성동우회 결성에 집행위원 자격으로 참여하였고, 1925년에는 다시 도쿄로 건너가 도쿄 여자기예학교에 입학하고 여성사상단체 삼월회의 일원으로 활동한다. 1927년에는 근우회 결성에 중앙집행위원 자격으로 참여하고, 1929년에는 신간회 중앙위원이었다. 1931년에는 신간회 중앙집행위원 자격으로 신간회 해소에 주도적으로 참여한다. 해방 이후에도 조선공산당 활동에 적극적으로 관여하여 남한에서 조선부녀총동맹 중앙위원으로 활동하고, 월북한 이후에도 북한 정부에서 고위직을 연임하였다. 강만길·성대경 편, 『한국사회주의 운동 인명사전』, 창작과비평사, 1996, 442쪽 참고.
12 정칠성, 「「赤戀」批判, 꼬론타이의 性道德에 對하야」, 『삼천리』, 1929.9.

래에 두려는 방향으로 콜론타이의 논의를 이용하려 한 남성 사회주의자들의 태도와 상반된다. 정칠성은 남성 사회주의자들과 직접적으로 논쟁을 벌이지는 않았으나 남성들의 해석과 경합하면서 당시 콜론타이를 해석하는 또 다른 지평을 마련한다.

식민지 조선에서 콜론타이를 수용한 양상에 관한 연구는 주로 한국문학 연구자들에 의해 이루어졌다. 연구의 경향은 크게 두 가지로 나뉜다. 콜론타이의 연애론을 그녀의 저서를 중심으로 정리한 후, 그것이 수용된 시기에 창작된 프로소설에 그녀의 연애관이 재현된 양상 또는 여성 작가들의 작품에 나타난 콜론타이론의 영향을 살핀 연구와[13] 콜론타이의 논의를 소개한 기사들을 중심으로 근대 연애론 수입의 맥락에서 콜론타이가 논의된 양상을 살핀 연구[14]가 있다. 두 경향 모두 콜론타이의 논의 자체와 그 당시 기사 등에서 종종 등장하던 '붉은연애', '콜론타이즘' 혹은 '게니아니즘'이 문학이나 사회에 제시한 새로운 연애방식에 주로 주목하고, 콜론타이가 조선에 유입된 경위와 조선에서 콜론타이에 관한 논의의 특징에는 크게 관심을 두지 않고 있다.

남성들의 가부장적 통제 강화와 일제의 검열 속에서도, 콜론타이의 저서는 인기리에 여성 일본어 문해자들에 의해 읽혔고,[15] 콜론타이가

....

13 서정자, 「콜론타이즘의 이입과 신여성기획—"지식인 여성노동자" 등장과 "주의자연애"를 중심으로」, 『여성문학연구』 12, 한국여성문학학회, 2004, 7~35쪽; 이상경, 「1930년대의 신여성과 여성작가의 계보 연구」, 『여성문학연구』 12, 한국여성문학학회, 2004, 237~269쪽; 이태숙, 「붉은연애와 새로운 여성」, 『현대소설연구』 29, 한국현대소설학회, 2006, 159~181쪽.

14 김수진, 『신여성, 근대의 과잉』, 소명출판, 2009, 323~326쪽; 서지영, 「계약과 실험, 충동과 모순—1920~30년대 연애의 장(場)」, 『여성문학연구』 19, 한국여성문학학회, 2008, 139~175쪽; 이사유, 「1920년대 후기 프로소설의 연애문제」, 인하대 석사논문, 2009, 30~33쪽; 이화영·유진월, 「서구 연애론의 유입과 수용 양상」, 『국제어문』 32, 국제어문학회, 2004, 209~234쪽; 홍창수, 「서구 페미니즘 사상의 근대적 수용 연구」, 『상허학보』 13, 상허학회, 2004, 317~362쪽.

15 1931년 초 『동아일보』가 남·여학생, 인쇄직공을 대상으로 조사한 독서 경향에 따르면, 여학생들과 인쇄직공 그룹에서 일본에서 간행된 콜론타이의 『붉은사랑』을 외국소설 분야에서 제일 많이 읽은

제시한 사회활동과 아내/어머니 의무 사이의 긴장과, 성적 자유의 주장에 공감했다. 정칠성은 여성의 성적/사회적 '자유'의 확대라는 맥락에서 콜론타이의 논의를 수용한 대표적인 논자이다. 여성의 시선에서 콜론타이를 독해한 정칠성의 콜론타이 논의는 식민지 조선에서 콜론타이가 불온하게 취급되었던 이유를 읽어내는 과정에서 도움을 줄수 있을 것이다. 본고는 조선에서 콜론타이가 수용된 맥락과 수용 양상을 분석하는 가운데, 조선에서의 수용 특성을 규명해보고자 한다. 이 과정에서 드러나는 가부장적 통제와 이에 맞서 여성의 자유를 확장하려는 저항을 통해, 호의적이지 않은 시대 상황에서도 사회주의적 여성 주체를 끊임없이 모색해 나가려는 여성 사회주의자들의 노력을 읽어내고자 한다.

2. 조선에서 콜론타이 이론의 소개

콜론타이의 대표적 저서인 『붉은사랑』과 「삼대의 연애」는 각각 서광제와 김억에 의해 그 내용이 구체적으로 소개되었다. 특히 문명文名이 높지 않았던 신인 평론가 서광제가 콜론타이의 『붉은사랑』의 서평을 『조선일보』에 6회나 걸쳐 연재했었다는 사실은 당시 콜론타이의

책으로 꼽았다. 「讀書傾向−最高는小說 興味잇는讀後의所感 動機最高는친구勸誘−第一次 女學生界」, 『동아일보』, 1931.1.26; 「讀書傾向−最高는小說 第二位는歷史傳記類 動機는慰安이最多數−第三次 印刷職工」, 『동아일보』, 1931.3.2 참고.

새로운 연애관에 대한 조선 내에서의 관심을 짐작하게 한다. 서광제는 『붉은사랑』의 서평에서 이 책에 대한 콜론타이의 코멘트와 일본으로 추정되는 '외국 사회'에서 간행된 이 책에 대한 평문을 소개하고, 책의 내용을 간략하게 제시했다. 이 평문의 중간 중간에 등장하는 서광제의 견해는, 그가 이 평문을 작성한 이유를 짐작하게 한다. 서광제가 인용한 『붉은사랑』에 대한 평문은 이 책을 바라보는 서광제의 시각을 보여준다.

우리들의妻가 赤戀의主人公 왓시릿사와가티賢明하고情熱이잇스면我等은－젊은 戰鬪家는얼마나 幸福스럽게힘잇는대까지세상과 싸울것인가多少의 經綸과情熱을가진男子는 이冊을읽은後에 이러한生角을하엿슬 것이다[16]

이 평문의 '우리들'은 '처'가 있거나 앞으로 있을 남성 사회주의자들만을 지칭할 뿐, 여성들은 제외시킨다. 철저하게 남성 사회주의자의 입장에 서 있는 이 평문의 필자는 『붉은사랑』의 의의를 가정 밖에 나온 여성들이 연애와 결혼 상대인 남성들을 위해 갖추어야 할 적절한 태도를 논하는 것으로 한정한다. 인용한 평문의 바로 앞에는 콜론타이가 『붉은사랑』을 창작한 취지를 직접 인용의 형태로 제시하였는데, 그 인용문에서 콜론타이는 독자들에게 이 책에서 왓시릿사가 공적 영역과 사적 영역, 사회주의자로서의 책임감과 사랑하는 이에 대한 책임감 사이에서 갈팡질팡했던 내적 갈등에 주목해 달라는 당부를 남겼었다.

....
16 서광제, 「戀愛와 新夫人－알렉산더 미하이로우나 코론타이의 『赤戀』을 읽고 (2)」, 『조선일보』, 1928.11.10.

서광제는 혁명적 상황에서 여성 사회주의자들이 남성들과 맺어야할 관계와 지향해야 할 일상적 태도를 고민한『붉은사랑』을 남성 사회주의자의 '아내'로만 여성 사회주의자를 한정한 것으로 읽어내었다. 서광제의 평문은 콜론타이의 이론을 소개하기보다 그의 여성관을 제시하려는 목적이 더 강했던 것으로 보인다. 서광제는『붉은사랑』의 내용을 소개하기 이전에, 독자들에게 이 소설을 소개하는 의도를 "이小說이 콤미니스트의小說이라고 同感한다는것은 아니다"[17]라고 밝힌다. 그는 처음부터 이 소설을 사회주의적 성격을 가진 소설로 읽기를 거부하고, 남성 사회주의자의 입장에서 여성들을 지도하기 위한 지침으로서 읽어내겠다는 의도를 드러낸다.[18] 평문처럼 남성의 입장에서만『붉은사랑』을 이해하는 그에게, 소설 안에 그려진, 사적 영역의 존재로만 취급받았던 여성들이 사회활동에 진출하면서 겪는 어려움이 눈에 들어올 리 없었다. 그는 연재 분량의 마지막 부분에서『붉은사랑』의 여성이 현대 여성과 인류 해방에 던져주는 의의를 다음과 같이 정리한다.

> 生活에對한獨立의要求를가진 女主人公 그들의性格을主唱하는 女主人公 國家・家庭・社會에잇는모든婦人의奴隷化에抗議를하고 女性의代表者로써 婦人의權利를爲하야 싸호는女主人公 이러한形을表示하고잇는婦人의全部는 실로獨身婦人이다 (…중략…) 兩性相互의 獨立과對等이업시

....
17 서광제,「戀愛와 新夫人―알렉산더 미하이로우나 코론타이의『赤戀』을 읽고 (4)」,『조선일보』, 1928.11.13.
18 『붉은사랑』를 본격적으로 소개하기 전에, "今後女性을獨立시키며 指導할것이무엇인가를『赤戀』은 그것을 敎示하여줄 것이다"(위의 글)라고 이 소설이 가지는 의의를 설명한 부분은, 그가 이 소설이 여성들에게 던져주는 문제의식에 동감한 것이 아니라 여성을 지도할 지침서로서 받아들였음을 드러낸다.

는 人類의 解放은 存在가할수가업다[19]

　왓시릿사에게서 찾을 수 있는 중요한 가치로 무엇보다 '양성상호의 독립'을 꼽는 서광제는 현재 조선의 부부관계를 여성이 남성에게 의존하는 형식이라고 보고 있는 듯하다. 그리고 이러한 결혼관계가 현재 나타나는 여성 예속의 원인이라고 분석한다. 그가 왓시릿사를 남성 사회주의자들에게 이상적인 부인이라고 언급한 이유는 바로 남성에게 독립적인 부분에 착안한 것이다. 이때의 독립적이라는 의미는 정서적으로 의지하지 않는다는 뜻도 있겠지만, "生活에 對한 獨立"이라는 구절에서도 드러나듯 무엇보다 경제적으로 독립적이라는 의미가 강하다. 이 평문의 마지막 연재분에서 그는 가정 안의 여성들에게 노동자로서 사회에 진출하라고 당부한다. 비밀조직에서 활동하면서, 상시적인 구속의 위협에 시달리는 사회주의자들은 가족을 지키는 의무를 충실히 수행하기 어려웠다. 오히려 검거라도 되는 날에는 그를 돌보아 줄 가족이 필요했다. 남편에게 의지하지 않고 자신의 정치적 신념과 경제적 자립을 이뤄내는 왓시릿사는 신변이 불안정한 남성 사회주의자를 안정적으로 돌볼 수 있는 '아내'로 적절해 보였을 것이다. 그는 『붉은사랑』을 남성 사회주의자에게 적절한 부인상을 논하는 텍스트로 독해하여, 소설 안에 드러난 여성들의 자립을 여성 주체의 건설 과정으로 보는 대신 이상적인 부인이 되기 위한 과정으로 해석하였다.

　경제적 자립은 사랑에 근거한 연애관계를 지속하기 위해서도 중요했

....

19 서광제, 「戀愛와 新夫人 — 알렉산더 미하이로우나 코론타이의 『赤戀』을 읽고 (6)」, 『조선일보』, 1928.11.15.

다. 1930년 11월 『삼천리』에 게재된 설문 「남편男便 재옥在獄 · 망명亡命 중中 처妻의 수절문제守節問題」에서 허정숙, 이덕요와 김일엽은 수감되어 있는 남편을 둔 아내는 남편을 사랑하는 마음이 남아 있고 남편을 위해 정조를 지킬 의도가 있더라도, 혼자서는 경제적 문제를 해결하기 곤란하기 때문에 다른 남성과 관계를 맺지 않고 남편의 출옥만을 기다리기는 어렵다고 말한다. 왓시릿사가 그녀의 남편에 대한 애정이 식었을 때 주저하지 않고 남편을 떠날 결단을 내릴 수 있었던 것에는 그녀가 독자적으로 사회활동에 참여하고 있었고, 혁명 러시아에서는 독신 여성도 경제적으로 자립할 수 있었기 때문이다.

현대 여성을 교화하기 위한 바람직한 텍스트로 『붉은사랑』을 소개한 서광제와는 달리 김억은 비판적 시각에서 「삼대의 사랑」을 소개한다. 그는 콜론타이의 소설이 조선사회에 던져주는 유의미한 교훈이 없다고 단언한다. 그는 자신이 "곰팡내가 코를찔으"기 때문에 '첨단'을 달리는 콜론타이의 연애론을 이해할 수 없다고 말하면서도, "조곰도 이것을 내自身의 부끄럽붐이라고 생각지 안이하는바"[20]라고 하며 콜론타이의 연애론에 비판적인 자신의 입장이 올바르다는 확신을 내비친다. 콜론타이 이론을 소개하는 입장에 서 있는 저자가 글의 서두에서부터 콜론타이 주장이 정당하지 못하다고 비판하는 이유는, 그가 조선사회에서 콜론타이 수용의 부적절함을 지적하기 위해 이 글을 작성했기 때문이다.

근대 이전에, 그리고 근대 이후에도 조선의 남성들은 첩이나 '제2부인', 혹은 성매매의 형식으로 본처 이외의 다른 여성과 성관계를 맺는

....

20　김안서, 앞의 글, 101쪽.

일이 흔했다. 여러 사람들과 일시적으로 성관계를 하는 게니아의 연애방식은 '연애론'이라는 이름하에 이론화되지 않았을 뿐이지 실상 남성들에게서는 과거부터 일반적으로 목격되던 현상이었다. 주체가 남성이었다면 충격적이지 않았을 연애방식이, 주체가 여성이라는 이유로 인해 김억과 같은 지식인에게 충격적으로 다가왔던 것이다. 만약 여성들이 게니아처럼 가정 안에서 가부장의 통제하에 '정조'를 지키지 않는다면, 남성들은 더 이상 여성의 재생산을 통제하지 못하고, 여성을 지배하면서 주체·주인으로서의 자신의 정체성을 확인하기도 어려워진다.[21] 여성 통제는 가부장권 유지에서 무엇보다 중요하기 때문에, 남녀 불문하고 여러 사람과 성관계하는 연애를 지지하는 콜론타이의 저작은 그 어떤 논의보다 더 위험해 보였을 것이다.

김억은 책의 내용을 요약한 후, 글의 말미에 이 책에 대한 그의 의견을 짧게 덧붙이는데, 게니아의 연애관을 "過渡期의 잘못된 戀愛觀이라고하면 몰으거니와 이것을 결코 새롭은 觀念으로의 戀愛道德이라고 할수는 업는것이외다"[22]라고 단언한다. 김억은 콜론타이 저서에 대한 자신의 판단에 아무런 근거도 제시하지 않았다. 여기에서 독자들이 모두 자신처럼 게니아의 연애방식에 동의하지 못하리라는 그의 자신감이 느껴진다. 김억은 연애문제가 공론장에서 중요한 지위를 차지하므로, 콜론타이의 주장을 비판할 필요성을 느꼈다고 언급한다. 연애 담론의 주도권이 가부장제를 위협하는 콜론타이의 연애론에 넘어가는 상황에 대한 우려가 엿보이는 대목이다. 당시에는 직접 일본어로 콜론타이의 저서를 읽은 후 이에 동의하는 사람뿐만 아니라, 일

---

21 캐럴 페이트만, 이충훈·유영근 역, 『남과 여, 은폐된 성적계약』, 이후, 2001, 169~262쪽 참고.
22 김안서, 앞의 글, 103쪽.

본어 독해 능력이 없는 사람들 중에서도 풍문처럼 떠도는 콜론타이의 소설 내용과 게니아의 연애방식을 듣고 그것에 호의를 보이는 사람들도 있었을 것이다. 김억은 콜론타이의 '실상'을 드러낸다면 그런 사람들의 생각을 교정할 수 있으리라고 보았다.

콜론타이의 이론이 현재 조선의 여성해방에 시사하는 바가 크다고 본 서광제와는 달리, 김억의 경우 콜론타이의 논의가 사회에 해로우며, 논의의 가치가 없다고 평가한다. 그러나 두 사람의 결론이 모두 남성의 가부장권을 여성에게 빼앗기지 않으려는 의도를 포함한다는 점을 고려해 볼 때, 콜론타이 소설에 관해 상반된 평가를 내렸을지언정 텍스트를 분석하는 두 사람의 관점은 크게 다르지 않다는 것을 알 수 있다. 특히 둘 모두 남성의 입장에서 여성을 훈계하는 태도를 유지한다는 공통점은 남성 지식인들이 조선에서 어떤 방식으로 콜론타이의 텍스트를 독해해 나갔는지 잘 보여준다. 이후 콜론타이를 논한 남성 필자들은 대체로 두 사람의 비평 방식과 유사한 방식을 유지한다.

3. 조선에서 콜론타이에 관한 논의의 전개

조선에서 본격적으로 근대화가 진행된 이래, 기존 사회의 모순들은 '봉건적'이라는 이름하에 개혁의 대상으로 논의되었다. 그 중 공사 영역 모두에서 남성보다 훨씬 열악한 여성의 지위 역시 우선적으로 개혁되어야 할 과제 중의 하나였다. 사적 영역에서 남녀의 관계 개편은 하나의 중요한 의제로서 논의되었고, 대중교육의 확산으로 여성의 지적 수준이 향상되면서 여성 문인, 여성 필자가 미디어에 등장하기 시작한다. 그 중 여성 필자들의 논설은 연애에 관한 것이 많았고, 많은 반발에도 불구하고, 그녀들의 논의는 1920년대 연애 담론의 형성 과정에서 무시하기 어려운 중요한 위치를 차지하게 되었다.[23] 그러나 1920년대 후반의 몇 가지 시대적 변화는 연애 담론 지형에도 변화를 야기하였다.

1920년대 후반부터 전 세계를 휩쓸었던 공황은 개인보다 사회를 더 중시하고, 근대에 들어와서 남성과 동등한 지위를 가지는 주체로 재발견된 여성에 대해서도 전통적인 역할을 다시 강요하는 보수적인 흐름을 동반했다.[24] 조직에 의한 혁명운동을 중시하는 사회주의 진영의 입장에서 보았을 때 개성을 중시하는 입장에서 주창된 1920년대 초반의 연애론은 운동 진영의 통일성을 어지럽히는 부르주아적 논의로 취급될 소지가 다분했다. 이러한 시대적 분위기 속에서 성의 자유를 논한 콜론타이즘이 유입되자, 남성 사회주의자들은 사회주의와 '성적 방종'의 이미지가 결합될 것을 우려하여 여성의 성을 통제할 목적에서 두 가지 방식으로 콜론타이를 소개한다. 첫째, 사회주의자의 입장에서 콜론타이의 저서를 연애와 사회주의운동의 적절한 관계를 논한 텍스트로 읽는 경우와, 둘째, 역시 사회주의자의 입장에서 콜론타이의 논의를 연애론으로 축소시키고 사회주의운동에 무익한 텍스트로 읽는 경우가 있다.

....

23 권보드래, 『연애의 시대』, 현실문화연구, 2003; 김경일, 『여성의 근대, 근대의 여성－20세기 전반기 신여성과 근대성』, 푸른역사, 2004 참고.
24 미국에서도 1920년에 여성참정권 확보 이후 점차 고조되는 여성인권에 대한 관심이, 대공황기 이후 다시 여성의 전통적인 역할을 강조하는 보수적인 흐름으로 전환된다. 이창신, 「경제 대공황기 젠더체계와 미국여성－여성 고용 정책과 정치 네트워크 형성을 중심으로」, 『미국사연구』 17, 한국미국사학회, 2003, 124~129쪽 참고.

콜론타이와 관련된 평문 중 첫 번째 방식의 것이 제일 많이 포착[25]되는데, 주로 서광제와 유사한 입장에서 서술되었다. 예를 들면, 저명한 사회주의자 김온은 콜론타이의 『붉은사랑』이 "향락적성행위享樂的性行爲"[26]를 엄격하게 단죄하고, 국가와 계급을 위해 헌신하는 여성상을 그려내었다는 이유로 고평한다. 김온 역시 여성들을 계도하기 위한 목적으로 콜론타이 논의를 해석한다. 그러나 여성 필자인 정칠성과 김옥엽은 남성 필자들과 조금 다른 시각을 보인다. 특히 정칠성의 평론이 주목할 만하다. 기자와 대담하는 형식으로 콜론타이의 『붉은사랑』에 관한 자신의 입장을 드러낸 정칠성은, 여성의 사회 진출과 연애에 근거한 결혼을 옹호하는 입장에서 콜론타이의 저서가 이에 적절한 논거를 제공한다고 평가한다. 또 기자가 『붉은사랑』에서도 등장했었던 남편이 아내의 사회 진출에 극단적으로 반대하는 상황을 가정하고 이 경우 여성의 올바른 대처는 무엇인지 묻자, 정칠성은 현대사회에서 여성의 의무는 사회활동이므로 만약 남편이 이를 반대한다면 이혼도 불사하겠다는 의견을 분명히 밝힌다. 기자의 집요한 질문에도 불구하고 여성의 사회활동에 대한 자신의 신조를 굽히지 않던 정칠성이지만, 왓시릿사가 기존의 약혼자를 버리고 새로운 남성과 결혼을 선택한 결정을 어떻게 생각하느냐는 질문에는 "말을한대야 아직우리조선사회가 용납하여주지안을터이니까요"[27]라며 답변을 회피한다. 이어 남편의 불륜을

----

25 이 경향에 해당되는 글로는 아래와 같은 것들이 있다. 정칠성, 앞의 글; 김하성, 「世界女流運動者푸로필(基二)」, 『신여성』, 1931.12, 49~50쪽; 김온, 「코론타이 戀愛觀 批評」, 『별건곤』 29, 1930.6, 92~94쪽; 김옥엽, 「「싸벳트·러시아」의新戀愛·新結婚」, 『신여성』, 1932.3, 20~23쪽; 하문호, 「코론타이女史의思想과文學」, 『新家庭』, 1934.12, 112~119쪽; 김옥엽, 「淸算할戀愛論-過去戀愛論에對한反駁」, 『신여성』, 1931.11, 6~10쪽.

26 김온, 위의 글, 93쪽.

27 정칠성, 앞의 글, 7쪽

용서해 준 왓시릿사의 행동에 대한 의견을 묻는 기자의 질문에도 "역시 제말은 조선사회가 허락지안을터이니 차라리 입을담을겟습니다"[28]라며 함구한다.

정칠성이 답변을 회피한 질문은 모두 여성의 정조 및 성애의 자유와 관련되어 있었다. 여성의 성도덕과 관련된 기존의 담론에 동의하지 못하는 그녀이지만, 조선사회의 가부장적인 분위기는 여성의 성애 문제에 대한 그녀의 공개적인 발언을 막았던 것이다. 정칠성은 1930년 『삼천리』의 한 설문에서도 역시 구체적으로 말하지는 않았지만 "頭腦로는 守節못하는것이 조치못하다고 認定하면서도 守節못하는 안해된사람을볼째에 나는 人間的同情을 도로혀가지게되는것"[29]이라면서 남편의 재옥 중에는 '제2 남편'과 함께하다가 출옥한 후 다시 남편에게 돌아가는 사례를 언급하며 "이속에 내가말하고저하는暗示가充分히 잇는줄알기에 그以上은 더길게말하지안슴니다"[30]라고 덧붙인다. 이 설문에서도 정칠성은 여성의 성욕 문제에 관한 자신의 입장을 직접적으로 밝히지는 않지만, 여성 역시 남성처럼 자연스러운 성욕을 가지고 있으며, 이를 무시하고 무조건 정조를 지키라는 언명은 여성의 성욕을 억압하는 것이라는 의견을 내비친다. 여기서 계급투쟁이라는 대의와 사회의 성도덕을 지킨다는 명분으로 여성의 성적 자유를 통제하는 사회주의자 및 당대 사회의 분위기에 대한 정칠성의 불만을 읽을 수 있다.

정칠성은 1931년 2월 『조선지광』에서도 현재 조선사회의 이성애 관계

----

28 위의 글, 7~8쪽.
29 정칠성, 「不在中은意識的行動하라」, 『삼천리』, 1930.11, 39쪽.
30 위의 글, 40쪽.

에 관한 자신의 의견을 피력한다. 그녀는 여전히 남아 있는 남존여비의 봉건사상과 경제적으로 남성에게 예속되어 있는 당시 식민지 조선의 여성들의 상황을 언급하며 불평등한 이성애 관계에 대한 그녀의 입장을 밝힌다. 단적인 예로 "貞操觀부터 男女가 다르게 되어서 男子는 제 맘대로 性的放縱을 하면서도 女子에게는 偏務的으로 貞操를 强制"[31]하는 현실을 지적한다. 두 글에서 드러난 정칠성의 이성애에 관한 견해에서, 앞서 언급한 『붉은사랑』 비평에서는 미처 말하지 못했던 조선의 이성애 관계를 바라보는 그녀의 관점을 대략 짐작할 수 있다. 정칠성은 여성에게만 강요되는 수절과 이 때문에 불평등할 수밖에 없는 이성애 관계에 비판적이었다. 『붉은사랑』에 관한 인터뷰에서 기자가 정칠성에게 던진 질문들은 모두 『붉은사랑』이 조선사회에서 쉽게 수용되기 어렵고, 왓시릿사와 그녀 남편의 사례가 조선사회에서 논쟁을 불러일으킬만하다고 전제한다. 또한 기자는 인터뷰 과정에서 정칠성의 발언이 논란이 될 만하다고 생각되면 집요하게 추가 답변을 요구하였다. 정칠성은 이 같은 기자의 태도에서 그 인터뷰의 성격을 파악했으며, 그녀의 입장을 솔직하게 대답했다가는 그것이 왜곡되어 여성사회주의 일반이 '방종한' 성애관을 가지고 있다는 식으로 보도될 가능성을 우려하여 직접적으로 답변을 회피했다.

정칠성이 여성에게만 강요되는 정조를 비판하면서도 그 비판의 날을 강력하게 세우기를 꺼렸던 이유는, 비판의 초점이 흐려질 것을 우려했기 때문이다. 1927년 1월 신간회 결성으로 민족주의 진영과 사회주의 진영이 협력하는 듯했으나, 1928년 12월 코민테른의 12월 테제 발표 이후, 사회주의 진영은 다시 민족주의 진영을 비판하면서 철저한 계

....
31 정칠성, 「戀愛의 苦悶相과 그 對策」, 『조선지광』, 1931.1, 40쪽.

급투쟁에 입각한 운동의 방침을 세워나갔다. 민족주의 진영은 그런 사회주의 진영을 여러 각도에서 비판하였는데, 그 중에는 콜론타이 등으로 대표되는 사회주의적 성해방론을 의도적으로 왜곡하여 사회주의자들이 성적으로 방종하다는 주장도 있었다. 대표적으로 이광수는 1930년 1월에 발표한 「혁명가의 아내」라는 소설에서 여성 사회주의자를 성욕이 극단적으로 강하고 정조의 필요성을 느끼지 못하는 인물로 묘사하여 사회주의 운동가들의 진정성을 조롱한 바 있다.

　정칠성의 논의에서는 민족주의자들이 사회주의와 사회주의자들을 성적으로 조롱하는 경향을 비판하면서, 그러한 오해를 해명하려는 노력들이 드러난다. 정칠성은 1930년 6월 『삼천리』에서 진행된 「형매간 兄妹間 연애戀愛와 혈족결혼血族結婚 불가론否可論」이라는 설문에서, 「삼대의 사랑」을 읽은 사람들에게 사회주의 사회에서는 모녀가 성관계 파트너를 공유해도 문제없다고 오해하지 말 것을 당부한다. 여기서 그녀는 콜론타이 저서에서 나타난 게니아의 성생활은 사회주의자들의 일반적인 성생활을 의미하는 것이 아니라 전환기에 나타난 다양한 형태의 성관계 중 하나라고 강조한다. 그녀가 혈족이 성관계 파트너를 공유하는 현상을 비판하는 이유는 정조나 가부장적 가족윤리의 차원에서가 아니라, 이것이 조선시대에 규방 밖으로 나오기 어려웠던 여성들을 강간하는 형태로 나타났다는 비극적인 역사적 맥락[32] 때문이다. 그녀는 누구보다도 예민하게 성의 영역을 가부장적 지배가 비난이 작동하는 근본적인 지대로서 인식하고 있었던 것이다. 게다가 당시 자본주의적인 가부장제는 사회주의에 성적인 의미를 덧칠하기 위해 사회주의를 여

32　정칠성, 「兄妹間 戀愛와 血族結婚 否可論」, 『삼천리』, 1930.6, 61~62쪽 참고.

성으로 성별화하여 비난하기도 했다. 가부장제에 맞서는 저항이 여성의 권리와 자본주의 비판 모두를 위해 요청되던 상황에서, 정칠성은 어떤 사회주의자보다도 이에 정면으로 맞선다.

두 번째 방식으로 콜론타이의 텍스트를 읽어낸 논문들은 콜론타이의 연애론이 철저하게 노동계급의 입장을 대변하고 있지 못하다거나,[33] 혹은 사회주의자에게 연애 그 자체는 무용하다[34]는 주장을 펼친다. 이 논설들의 대부분은 남성의 입장에서 독자들을 훈계하는 태도를 취한다. 대표적으로는 민병휘의 논설문이 있다. 카프 소속으로 프롤레타리아 연극운동계에서 활동하던 민병휘는 동지에게 보내는 서간문의 형식으로 콜론타이의 대표저서『붉은사랑』과「삼대의 사랑」을 언급하면서, 사회주의자들이 이 저서들에 관심을 많이 가졌지만 실상 이것들은 혁명의식을 전혀 고양시키지 못하는 비현실적인 저작이라고 강조한다. 그는 심지어 "戀愛라는 情緖的行動은 우리들의✕力을抹殺식히고 同志들의 사히와 陣營을문란케만드는것"[35]이라고 강조한다.

그가 극단적으로 연애를 혁명사업의 해악이라고 규정하게 된 배경에는 같이 운동하던 동지들 사이에서 연애 문제로 파벌이 나뉘거나, 남성 사회주의자의 경우 사랑하는 여성에게 자신의 영웅적 행동을 뽐내기 위하여 조직의 내부기밀을 누설하기도 했기 때문이다. 그가 보았을 때 남성 사회주의자들이 여성과 접촉하는 것은 투쟁을 망치는

....

33 안덕근,「戀愛의階級性과 코론타이주의의小市民性」,『대중』, 1933.5, 54~55쪽; 안함광,「戀愛混街에서 나는이러케말한다」,『비판』, 1931.9, 89~94쪽; 안화산,「無産階級의 性道德論」,『삼천리』, 1933.3, 68~72쪽; 윤형식,「푸로레타리아 戀愛論 2」,『삼천리』, 1932.4, 56~58쪽; 윤형식,「푸로레타리아 戀愛論 2」,『삼천리』, 1932.5, 34~35쪽.

34 민병휘,「愛慾問題로 同志에게」,『삼천리』, 1931.10.

35 위의 글, 88쪽.

길이다. 그에게 투쟁은 사랑, 돌봄 등 사적 영역의 일과는 완전히 다른 차원의 일로, 자본가나 제국주의자 등 눈앞에 보이는 적과 맞서 싸우는 것에 한정된다. 남성 사회주의자에게 여성과의 관계는 성적인 것으로 한정되며 '전술'의 일환으로서 남녀가 동거하거나 부부가 되어야 할 때만 필요하다.

연애는 혁명사업의 일환이 아니라고 간주하고, 여성과의 관계를 '전술' 정도로밖에 생각하지 못하는 민병휘의 글은, 그가 여성을 동지적 관계에서 사고하지 못하고 단지 투쟁에의 방해물 혹은 투쟁을 위한 수단으로 대상화하는 시각을 드러낸다. "小쌀르조아式 戀愛를 하려면 계집의 치마에 싸히여 죽어버려라"[36]와 같은 구절은 여성을 연애 대상으로만 대상화하는 그의 시각을 단적으로 드러낸다. 또한 콜론타이가 『붉은사랑』에서 사회주의 혁명 이후 변화하는 여성의 사회적 지위를 연애 관계의 측면에서 풀어내려고 한 시도에는 전혀 주목하지 않은 채 단지 그녀의 텍스트를 연애론으로만 읽어낸다. 콜론타이 논의에 대한 민병휘의 일천한 이해 정도는 그가 콜론타이의 텍스트를 모두 읽었는지 의심스러울 정도이다.

정칠성과 민병휘는 모두 콜론타이의 텍스트를 논의 대상으로 삼았지만, 이를 해석하는 둘의 시각은 극명하게 상반된다. 여성의 사회활동의 자유와 정조로부터의 해방을 논하는 정칠성과, 여성을 남성의 성공적인 혁명운동의 수단으로 인식하는 민병휘는 당시 사회주의 진영 내부에서 여성의 지위를 둘러싼 갈등의 일면을 보여준다. 이는 사회주의에 대한 반동적 움직임에 맞선 대응방식과도 관련된다. 앞서 언급했던 「혁명가의

....
36 위의 글, 89쪽.

아내」에서 드러나듯 사회주의는 여성이라는 젠더로 성별화되어, 성적코드를 활용하여 그것이 가지는 불온성이 강조되고 있었다. 이러한 반동적 상황에서 이광수의 젠더 관점을 비판하고 여성의 성적 자기결정권과 주체로서의 위치를 강조하며 사회주의 이념의 정당성을 주장할 것이냐, 혹은 이광수와 유사한 젠더 관점을 공유한 채로 사회주의 이념의 정당성을 주장하기 위해 오히려 여성들을 더욱 통제하고 남성 사회주의자들 또한 여성과의 접촉을 막을 것이냐, 정칠성과 민병휘는 이 두 가지 대응방식을 대표한다. 민병휘로 대표되는 두 번째 방식은 반동적 흐름이 기대고 있는 성별화된 코드를 근본적으로 비판하지 못한다는 한계를 내포하고, 사회주의운동 안에 여성들을 포섭하지 못한다는 분명한 한계를 지닌다. 반면 정칠성의 대응방식은 이광수와 같이 성별화된 코드를 활용하여 사회주의를 비판하는 이들에 정면으로 맞서고, 사회주의 이념의 정당성과 여성의 주체화를 동시에 선취한다. 즉 여성을 성애화하여 사회주의를 조롱하는 수단으로 사용하는 자본주의적 가부장제에 대해 여성 권리의 이름으로 대항하여, 여성과 사회주의자라는 정체성을 결합하는 방식을 보여준다.

4. 가부장적 성도덕에 저항하는 불온한 여성들

콜론타이를 언급한 여러 논자들은 그녀의 저서가 "연애보다는 일이 중요하다", [37] "戀愛는 私事다" [38] 라는 의도를 담고 있다고 해석한다. 이 논자들은 연애보다 혁명 같은 대의에 여성들이 더욱 집중하는 것이 여성해방과 혁명을 달성하는 길이라고 보았다. 그리고 여성해방이 필요한 영역을 공적 영역에만 한정하고, 사적 영역에 속하는 성과 관련된 사항은 남성의 통제로부터 벗어나지 못하도록 억제하고자 했다. 조선 사회에서 남성의 성욕과 여성의 성욕은 각각 달리 취급되었으며, 남성의 성욕은 자연스러운 것일지언정 여성의 성욕은 그 주인인 남성에 의해 통제되는 것이었다. 재옥在獄 남성의 성욕에 관한 기사와 재옥 남성의 부인의 정조에 관한 기사는 성별화되어 나타나는 성욕의 양상을 보여준다.

1930년 11월과 1931년 3월에 간행된 『삼천리』에 각각 「남편 재옥·망명 중 처의 수절문제」와 「재옥중성욕문제在獄中性慾問題」라는 기사가 게재된다. 전자는 남녀 사회주의자들에게 남편이 투옥되었을 때 부인의 재혼 여부와 수절 문제를 논한 기사이고, 후자는 항일운동으로 인해 재옥 경험이 있는 남성 필자에게 옥중에서 성욕 처리 방식을 묻는 기사였다. 두 기사 모두 남녀의 성욕 문제와 직접적 혹은 간접적으로 연결되어 있으나, 제목에서부터 남편이 부재한 상황에서 여성은 수절해야 마땅하고, 남성은 일정기간 성행위를 하지 않고는 살아가기 어렵다는 것이 '기본항'으로 전제되어 있다. 또한 여성들 역시 일제에 저항하다가 수감된 사례가 존재함에도 불구하고,[39] 「재옥중성욕문제」는 남

....

37 하문호, 앞의 글, 356쪽.
38 김옥엽, 「淸算할戀愛論─過去戀愛論에對한反駁」, 앞의 책, 10쪽.
39 기사가 게재된 시기 즈음의 사건만 놓고 보아도 여성들이 사회운동에 참여했다는 이유로 수감된 사례는 어렵지 않게 찾아볼 수 있다. 1929년 12월부터 뚜렷한 명분 없이 조선 내 사회단체 간부들을 대거 검거하여 취조하는 사건이 벌어졌었는데, 이때 정칠성, 허정숙 등 당대 유명한 여성 사회운동가들도 포함되었다. 「宗敎, 社會各方面 重要人物續檢擧」, 『동아일보』, 1929.12.14; 「社會團體幹部 總檢擧에着手」, 『동아일보』, 1930.1.17; 「各署의檢擧總計 現在九十餘人」, 『동아일보』, 1930.3.8 참고.

성만을 조사대상자로 한정하여, 남성만을 성욕의 처리 문제를 자연스럽게 논할 수 있는 주체로 상정한다. 결국 두 기사는 기혼 여성은 남편에 대한 정조를 지키며 성욕을 억눌러야 하고, 남성은 혼인 여부와 상관없이 어떤 상황에서든 성욕을 처리하는 문제가 중요하다는 사회의 상식을 드러낸다. 해당 기사의 내용들은 정치적 경향과 상관없이 성별화된 성도덕을 공유하는 당대의 분위기를 여실히 보여준다. 그러나 이 성차별적 성도덕에 대한 동의는 별개의 문제이다.

「남편 재옥·망명 중 처의 수절문제」는 매우 흥미롭게도 필자들의 성별에 따라 남편이 장기간 부재해 있는 동안 부인의 수절 문제에 관하여 극명하게 상반되는 의견을 보인다. 유일한 남성 필자인 송봉우는 남편이 수감되어 있는 동안 부인은 반드시 정조를 지켜야 한다고 주장한다. 그는 사회주의자의 아내라면 남편과 정치적 입장을 함께하는 동지여야 하겠고, 이들의 결혼생활에서 제일 중요한 조건은 사랑과 신의라고 언급한다. 그도 사랑 없는 결혼은 유지할 필요가 없다고 생각하나 신의가 있다면 사랑은 변치 않을 것이므로 입옥자入獄者의 아내가 정조를 지키는 것은 그녀가 결혼을 결심한 시점부터 당연하다고 강조한다. 그러나 정작 입옥자 남편의 정절에 관해서는 한 마디도 하지 않는다. 오히려 입옥자가 감옥에서 성욕을 못 이겨 다른 사람과 성관계를 할 여지가 더 높고[40] 아내를 사랑하는 마음이 바뀔 가능성도 존재하지만, 정절은 어디까지나 여성의 문제로 바라보는 그에게 남성의 정조와 변심 가능성은 고려대상이 아니었다.

송봉우는 서로 층위가 다른 연정과 동지로서의 신의를 동일선상에

---

40 『삼천리』(1931.3)에 게재된 「在獄中性慾問題」라는 설문기사는 옥중의 수감자들이 성욕을 이기지 못하고 매우 괴로워하고, 수감자들끼리 서로 성관계를 하다가 발각되는 경우가 있다고 전한다.

서 논의하여, 연애와 성생활에 대한 여성의 자유를 억압한다. 게다가 그는 정조의 중요성을 강조하기 위해 여성과 여성 성노동자를 동시에 비하하는 발언도 서슴지 않는다. 그는 정조를 지키지 못하는 여성은 "遊女型의안해"[41]라고 명명한다. 정조를 지키지 못하는 여성을 비하하기 위해 여성은 정조를 지켜야 한다는 봉건적인 통념하에서 행해지는 성노동자에 대한 차별을 그대로 받아들이고, 편견을 전제한 어휘로 재옥자의 아내를 한 번 더 비난하는 송봉우의 글은 그가 재옥자의 아내도 '동지'라는 어휘로 명명하지만, 실상 여성을 남성의 성적 대상으로만 취급한다는 것을 드러낸다.

송봉우를 제외한 다른 여성 필자들은 그와 상반되는 입장을 드러낸다. 여성 필자들은 재옥자의 입장이 아닌 재옥자의 아내 입장에서 수절 문제를 생각한다. 그리고 송봉우처럼 사회주의자로서 지켜야 할 원칙을 상정하고 그에 합당한 행동을 당위적으로 도출하기보다, 재옥자를 기다려야 하는 아내의 경제적, 본능적인 조건까지 고려하여 수절의 가능성을 보다 구체적으로 고찰한다. 그 중 경제적 문제만 해결된다면 성욕은 참을 수 있으니 남편을 기다리겠다는 입장을 가진 이덕요와 허정숙을 제외하고는, 다른 필자들은 모두 몇 년 동안이나 성욕을 참을 수는 없으니 남편이 출옥할 때까지 하염없이 수절할 수 없다는 입장을 피력한다. 송봉우와 같은 남성 사회주의자들과는 달리, 여성 사회주의자들은 여성의 성욕을 자연스러운 것으로 받아들이고, 여성의 성욕도 존중받아야 한다고 생각하는 이들이 다수였던 것이다.

기사 제목에서 드러나는 의도와는 다르게, 결과적으로 기사에서는

----

41 송봉우, 「貞操를절대嚴守하라!」, 『삼천리』, 1930.11, 37쪽.

무조건적인 수절에 반대하는 목소리가 두드러졌다. 여성들은 남성 중심적인 성 담론에 문제를 제기하며 여성의 성욕을 가시화하고, 이를 존중하라고 주장했다. 남성들이 항상 간과하는 조선 여성들의 구체적인 현실에 근거하여, 가부장적 성적 통제가 여성들의 생활을 피폐하게 만든다는 그녀들의 주장은, 당위에 근거한 송봉우의 주장보다 훨씬 설득력을 가진다. 흥미롭게도, 자기 자신이 삼 년에 걸쳐 수절하고 있으니 다른 사람들도 마땅히 수절해야 한다고 주장하는 이덕요의 글은 반대로 강요된 수절이 여성에게 안겨주는 고통을 생생하게 보여준다. "엇든째는 やる瀬ない(어쩔 수 없이-필자)하게 異性이 그립어지고", "病이나 드러자리에우독허니누어잇게될째"[42] 이성이 생각났다는 그녀의 고백은 읽는 사람으로 하여금 수절의 필요성보다 오히려 수절의 어려움을 상기시킨다. 게다가 이덕요는 이시이고, 그의 남편은 사실 재옥 중이 아니라 해외에서 사회주의 운동가로 활동을 하고 있어 강제적으로 만남이 금지되어 있지 않다. 결과적으로 「남편 재옥·망명 중 처의 수절 문제」는 독자들로 하여금 투옥된 남편을 위해 하염없이 여성이 수절하는 것이 얼마나 비현실적인지 다시 한 번 느끼게 만든다.

그러나 위와 같은 기사에서 드러나는 여성들의 입장과는 달리, 여성의 성욕을 가시화하거나, 여성에게만 강조되는 수절 혹은 정조에 강하게 문제제기하는 글은 찾아보기 어렵다. 그 배경에는 검열과 성애화된 사회주의 비판이 있을 것이다. 1926년 8월, 당대 최대의 잡지 『개벽』이 사회주의를 선전했다는 이유로 발행 금지를 당한다. 1926년 4월에 조선총독부 도서과가 설치된 이후부터 사회주의적 간행물에 대한 검열이

42　이덕요, 「性慾은 참어야 한다」, 위의 책, 38쪽.

더욱 강화되면서 한창 유행하던 사회주의 담론 형성에 제동을 걸었고, 그 대신에 일본에서 유행하던 '에로, 그로, 넌센스'로 대표되는 성애물과 괴기물이 유입되었다. 그러나 식민지 조선인들이 변혁 담론의 생산자이기 어려웠던 것처럼, 성애물의 생산자이기도 어려웠다.[43] 또한 콜론타이의 논의가 여성들에게도 다양한 남성과의 성관계를 누릴 권리가 있다고 읽힐 가능성은, 당시 보수적인 성도덕의 추세와 함께 민족주의 진영에서 사회주의자들을 선정적으로 비난하기 좋은 구실이기도 했다. 남성 사회주의자들 역시 가부장적 성도덕을 부정하지 않았기 때문에, 여성 사회주의자들의 성적 자유에 관한 담론을 막고자 했을 것이다.

여성 사회주의자들은 여성과 사회주의라는 두 불온한 항목이 결합된, 1920년대 초반에 등장한 신여성들보다 가부장권에 더 위협적인 존재였다. 특히 사회주의의 이름으로 가부장적 성도덕을 부정하는 콜론타이 이론의 유입은, 여성들에 대한 남성 사회주의자들의 성적 통제를 정치적 올바름이라는 명분하에 부정할 여지를 제공한다. 사회주의자 진영에서는 그동안 남성의 통제하에 있던 여성들이 사회주의의 이름으로 해방을 부르짖을 가능성과, 민족주의자들이 가부장적 성도덕의 측면에서 우위를 점할 가능성을 우려했을 것이다. 결국 계급해

----

43 이혜령, 「식민지 섹슈얼리티와 검열－'도색(桃色)'과 '적색', 두 가지 레드 문화의 식민지적 정체성」, 『동방학지』 164, 연세대 국학연구원, 2013, 229~257쪽. 이 논문에서 이혜령이 다루는 대상은 연애 담론이 아니라 조선에 유입된 도색물들을 연구 대상으로 삼고 있으나 섹슈얼리티와 관련된 담론이라는 측면에서 참고할 만한 부분이 있다고 생각한다. 이혜령은 이 논문에서 성애물과 괴기물이 검열된 사례는 주로 일본에서 수입된 출판물이라는 점을 들어, 조선인들은 치안 방해에 저촉될 만한 출판물은 생산할 수 있었으나, 풍속검열에 저촉될 만한 성에 관한 논의는 생산하지 못했다는 점을 언급하였다. "성적표현은 민족주의적 대의나 식민지적 근대의 규범의 심판이나 징벌을 수반할 때만 실현될 수 있었다"(252쪽)는 이혜령의 주장은 공적인 '대의' 앞에서 사적인 '성'을 억압한 남성 사회주의자들의 보수적인 흐름을 보여주며, 여성 사회주의자들이 이들에 맞서 대안적 성담론을 구성하기 어려웠던 당대의 상황을 짐작하도록 돕는다.

방을 외치는 남성 사회주의자들 역시 가부장권을 위협하지 않는 범위 안에서 이뤄지는 그들의 '계급해방'을 추구하였으며, 여성들의 해방 가능성을 통제한다는 점에서 민족주의자들과 공모하고 있었다.

여성 사회주의자들은 남성 사회주의자들의 이 같은 속성을 간파하였고, 그녀들에게 주어진 많지 않은 지면을 통해서 가부장적 성도덕을 돌파하려는 목소리를 드러낸다. 콜론타이도 언급했듯이, 여성들이 혁명사업에 뛰어들기 위해서는 성역할에 대해 반드시 문제제기 해야만 했다. 1933년 3월호『신여성』에 게재된「계급전선階級戰線에서쓰러진 꽃들-그후의소식消息」은 한때 활발하게 활동했던 유명한 여성 사회주의자들인 고명자, 허정숙, 황신덕 등이 별다른 사회활동도 하지 않고 동지들과 연락을 끊은 채, 혹은 가정생활에 집중하면서 지낸다는 소식을 전한다. 여성을 사적 영역의 존재로 취급하는 관념은 급진적이었던 여성들을 옥고 뒤에, 혹은 활발히 활동한 후에 다시 가정으로 돌아가거나 사회활동에서 은퇴하게 만들었다. 혁명사업과 정치적 입장이 결혼과 정조보다 더 중요하다는 콜론타이의 논의는 꼭 사회주의 이념에 찬동하지 않더라도, 공부나 사회활동에 열의가 있는 여성들이라면 동의할 법한 것이었다.

당시 여학생들 사이에서 콜론타이의 저서는 제일 많이 읽는 외국소설로 보도될 정도로[44] 엄청난 인기를 끌었다. 이 기사에는 인기 있는 책에 대한 독자들의 독후감도 실렸는데, 이 중 한 여학생은 콜론타이의「삼대의 사랑」을 읽은 후 "최근에와서 도덕적관념이얼마나 급격하게 변하는것을볼수 잇는 동시에 조선여자의도덕에 대한 표준도 이

....

44 「讀書傾向-最高는小說 興味잇는讀後의所感 動機最高는친구勸誘-第一次 女學生界」,『동아일보』, 1931.1.26 참고.

리하여야 할것입니다"[45]라고 말했다. 이 소설은 한국어로 번역되지 않았고 신문에서도 일본어로 제목을 표기하고 있을 만큼, 독자들은 모두 일본어 독해 능력을 갖춘 지식인들이라고 볼 수 있다. 여성 지식인들이 이 책에서 주목한 "급격하게 변하는" 도덕적 관념은 게니아의 것으로 보인다. 게니아는 바쁜 당 활동으로 연애할 시간이 없지만, 성욕도 포기할 수 없다는 딜레마를 해결하기 위해 애정 없는 성관계를 합리적이라고 판단했다. 사회 진출에의 욕망이 다른 여성들보다 더 높은 여성 지식인들에게 게니아의 '연애' 방식은, 학업 혹은 사회활동과 성욕을 동시에 충족시킬 수 있는 합리적인 방법으로 보였을 수 있다. 특히 결혼을 하면 사회활동을 더 이상 지속하기 어렵고 가정에 헌신해야만 했던 당대 조선의 상황은, 결혼의 부담으로부터 자유로운 게니아의 연애방식을 더욱 매력적으로 보이게 만들었을 것이다. 여학생들이 게니아의 연애방식을 두고 "조선여자의 도덕에 대한 표준도 이리하여야 할것"이라고 진술한 배경에는 여성의 성적 표현과 사회활동에 호의적이지 않은 당대의 분위기가 놓여 있다.

여성 사회주의자들이 혁명사업이라는 활동을 계속해 나가기 위해서는 우선적으로 남성의 통제로부터 벗어나야 했다. 여성들이 남성에게 예속되는 가장 핵심적인 이유는 정조였기 때문에, 정조로부터의 탈피는 여성들에게 자유로운 사회활동의 길을 열어주는 첫 번째 관문이기도 하였다. 즉 여성들이 '사회주의자'라는 정체성을 획득하기 위해서는, 당대 가장 불온한 사회주의와 성이라는 두 기표를 껴안고 시대 상황을 돌파해 나갈 수밖에 없었다.

....
45 위의 글.

5. 결론

이 논문은 식민지 조선에서 콜론타이의 연애론이 한국에 소개된 양상을 규명하고자 했다. 조선보다 일찍 콜론타이의 이론을 수용한 일본에서는 사회주의적 연애방식과 여성해방을 위한 길을 둘러싸고 콜론타이의 이론에 관해 다양한 의견들을 제출하였지만, 조선에서는 그녀의 이론이 가부장적 성적윤리를 여성들에게 강요하는 방식으로 주로 논의되었다. 그러나 여성들은 남성 사회주의자들이 주도한 이 같은 흐름에 저항하였고, 콜론타이의 논의를 적극적으로 검토하면서 사회생활과 연애생활을 함께해나갈 방도를 고민한다. 본고는 일본과는 다른 조선에서 콜론타이 논의의 특징을 분석하기 위해, 당시 시대적 맥락을 검토해 나가면서 콜론타이에 관한 논의가 전개된 양상을 살펴보았다.

콜론타이의 저작 중 조선에서 그 내용이 상세하게 소개된 작품으로는 『붉은사랑』과 「삼대의 사랑」이 있다. 각각 서광제와 김억에 의해 소개된 두 작품은 전자의 경우 남성에게 경제적으로도 감정적으로도 독립적인 왓시릿사를 조선 여성들에게 귀감이 될 만하다고 긍정하고, 후자는 사랑없는 성관계를 지지하는 게니아의 연애관을 비판하며 조선사회에서 받아들이기 어렵다고 부정한다. 그러나 둘 모두 남성의 입장에서 여성을 가부장적 질서 하에 훈육하기 위한 목적을 가지고 콜론타이의 저서를 소개했다.

1920년대 말, 공황의 여파는 개인의 문제보다 사회의 문제를 더 중시하는 분위기를 조성하였고, 이제 막 사회적 지위가 향상되기 시작한 여성에 대해서도 전통적인 역할을 다시 강요하는 보수적인 흐름이 형성되었다. 시대적인 흐름은 진보적인 이성애관과 여성관을 가진 여성 필자들이 가부장적 분위기에 거스르는 주장을 하지 못하도록 억눌렀다. 조선의 사회주의자들이 콜론타이를 수용하는 방식 역시 이에 영향을 받았다. 콜론타이가 당대의 사회주의자들에 의해 논의되는 방식은 크게 두 가지로 나눠볼 수 있는데, 첫 번째는 성공적인 혁명사업을 위해 연애와 혁명사업의 적절한 관계를 논한 텍스트로 읽는 경우와, 두 번째는 콜론타이의 논의를 연애론으로 협소하게 축소시키고 사회주의운동에 전혀 유익하지 못한 텍스트로 읽는 경우가 있다.

제일 많이 발견되는 첫 번째 입장은 대부분 서광제와 논조가 비슷하지만, 남성 사회주의자들의 논의와 여성 사회주의자들의 논의는 서로 다르다. 그 중 드물게 여성 사회주의자로서 『붉은사랑』에 관해 논한 정칠성은, 콜론타이의 논의를 독해하면서 여성에게만 정조가 강요되는 현실을 비판하고, 여성에게도 성애의 자유가 확보되어야 한다는 의견을 간접적으로 피력한다. 그녀가 보다 직접적으로 주장하지 못한 이유는 여성 사회주의자들을 통제하고 왜곡하려는 사회적 분위기 때문이다. 정칠성은 그녀를 함정에 빠뜨리려는 청탁자나 인터뷰어의 시도를 피해가면서 가부장적 사회 분위기에 비판을 가한다. 두 번째 입장을 가진 대표적인 논자로는 민병휘가 있다. 그는 연애가 사회주의운동에 해를 끼친 몇 가지 사례를 제시하고, 단정적인 논조로 사회주의자라면 연애가 아니라 사회주의운동에 보다 집중해야 한다고 주장한다. 그의 글 안에서 여성은 연애의 대상에 불과하기에, 사회주의적인 이성애 관계나 여성상은 논의의 대상이 될 수 없었다.

정칠성의 예에서 알 수 있듯이, 당시 여성들은 여성의 성을 통제하려는 가부장적 흐름에 비판적이었다. 1930년 11월과 『삼천리』에 게재된 「남편 재옥·망명 중 처의 수절문제」라는 기사는 위와 같은 여성들의 분위기를 반영한다. 남녀 사회주의자들에게 남편이 투옥되었을 때 부인의 재혼 여부와 수절 문제를 논한 이 기사는 제목에서부터 투옥자를 당연히 남성으로 상정하고 수절해야 할 주체를 여성으로만 지목한다는 점에서 명백히 남성 중심적인 의도하에서 기획되었지만, 정작 여성 필자들의 답변은 기사의 기획취지를 비판하고 있었다.

여학생들도 남성 사회주의자들과는 다른 방식으로 콜론타이 이론을 수용하였다. 1931년 초, 여학생들의 독서 경향을 조사한 자료를 보면, 애독 서적 목록에 콜론타이의 저서가 포함되어 있었으며, 「삼대의 사랑」에 등장하는 게니아의 연애관을 새로운 시대의 연애관이라며 동조하는 입장이 나타난다. 여성들은 사회생활을 지속하기 위해서라도 여성들에게 봉건적인 족쇄를 채우려는 가부장적 성 통제에 저항해야 했다. 특히 여성 사회주의자들은 지속적인 혁명사업 참여를 위해, 여성을 남성에게 예속시키는 정조 개념으로부터 탈피하여 아버지와 남편, 혹은 가정 내에서 여성에게 부과된 의무 등 그녀를 구속하는 남성들의 그늘로부터 벗어나야 했다. 이는 여성 사회주의자들이 '사회주의자'라는 정체성을 유지하려면 자본주의를 비판하는 사회주의와 가부장제에 도전하는 성이라는, 당대 가장 불온한 두 기표를 껴안고 시대 상황을 돌파해야 했던 상황을 반영한다.

참고문헌

기본 자료

『독립신문』,『동아일보』,『대중』,『별건곤』,『비판』,『삼천리』,『신여성』,『신가정』,
『조선일보』,『조선지광』
이광수,「혁명가의 아내」,『이광수 전집』2, 삼중당, 1971.

단행본

강만길 · 성대경 편,『한국사회주의 운동 인명사전』, 창작과비평사, 1996.
권보드래,『연애의 시대』, 현실문화연구, 2003.
김경일,『여성의 근대, 근대의 여성』, 푸른역사, 2004.
천정환,『근대의 책읽기―독자의 탄생과 한국 근대문학』, 푸른역사, 2003.
알렉산드라 콜론타이, 이현애 · 정호영 역,『(콜론타이의) 위대한 사랑』, 노사과연,
        2013.
_____, 김제헌 역,『붉은사랑』, 공동체, 1988.
캐럴 페이트만, 이충훈 · 유영근 역,『남과 여, 은폐된 성적계약』, 이후, 2001.
杉山秀子,『コロンタイと日本』, 新樹社, 2001.

논문

이창신,「경제 대공황기 젠더체계와 미국여성―여성 고용 정책과 정치 네트워크 형
        성을 중심으로」,『미국사연구』17, 한국미국사학회, 2003.
이혜령,「식민지 섹슈얼리티와 검열―'도색(桃色)'과 '적색', 두 가지 레드 문화의 식민
        지적 정체성」,『동방학지』164, 연세대 국학연구원, 2013.

적대와 연대[*]

1930년대 '활자전선活字戰線'의 구축과 복수의 사회주의

허 민

1. 논의의 전제―식민지 조선의 사회주의와 그 '적'들

1930년대 조선의 사회주의는 다기한 성격적 분화를 감내하며, 근대 지식으로서의 기능을 수행해 갔다. 이전 시기에 비해 제한된 조건이었지만, 근대를 해석하는 방법이자, 이론으로서의 사회주의는 합법적 언설 공간에서도 지속적인 영향력을 발휘한 것이다. 물론 운동사적 상황은 그리 순탄하지 못했다. 주지하듯 1930년대 조선의 사회주의운동에 대해서는 서술이 불가한 부분이 많다. 제국의 통제로 인해 사회주의운동이 비합법 영역으로 전환되었기 때문이다. 하지만 이리한 운동사적 상황이 남론 차원에서 기능해 왔던 사회주의 지식의 퇴조로 이어진 것은 아니었다. 그렇다고 근대 지식으로서의 사회주의가 운동사적 상황

* 이 논문은 인문학 연구모임 '온수의발견' 비판세미나 팀의 도움으로 작성될 수 있었다. 특히 오혜진 선생은 '사회주의의 다층성'에 관한 생각을 공유해 주셨다. 감사하다. 아울러, 지난 3년간 함께 했던 민족문학사연구소 '프로문학연구반'에게도 감사의 마음을 전한다.

과 전혀 다른 층위에서 존재한 적도 없었다. 오히려 근대 지식으로서의 사회주의는 유동하는 운동사의 지형들과 매순간 길항하며, 다층적으로 변화·수용되어 갔다고 보는 것이 옳다. 그런 의미에서 1930년대 이전부터, 식민지 조선에는 이미 '복수의 사회주의'가 존재했다. 이때 '복수의 사회주의'란, 단지 사회주의 진영 내부의 여러 분파들을 지칭하는 것이 아니라, 사회주의 자체를 구성하고 있는 정치적이면서도 이념적인 혼종성의 영역을 식별하기 위한 사유의 방법을 의미한다. 식민지 조선의 사회주의는 정치적으로는 민족해방이라는 반제·반봉건적인 혁명운동과 더불어 자유주의와 민주주의라는 정치 이념의 안티테제였다. 경제적으로는 자본주의에 대한 해석학이자, 공산주의라는 사회적 이상을 이론화하는 근대 지식으로서 기능했다. 또한 사회주의는 인간의 욕망을 의식적으로 개조(해방)하기 위한 집단의 문화적 기획으로 작동하기도 했으나, 그것이 어디까지나 근대 서구에서 유래한 첨단의 사상이었던 만큼, 계몽주의의 영향으로부터 자유로울 수도 없었다. 따라서 1930년대 사회주의 담론의 성격적 분화를 이해하기 위해서는 이전까지 형성되어 오던 사회주의의 다층적 맥락을 살펴보는 것이 도움이 될 것이다.

사회주의 자체에 내재하는 혼종의 영역에서 가장 큰 비중을 차지하는 것은 아무래도 민족 문제였다. 식민지 조선의 사회주의는 민족 독립의 새로운 이념인 동시에, 노동자-농민의 계급혁명도 끊임없이 지향했다. 이는 3·1운동 이후, 민족자결의 의식이 강화되는 시기부터 이미 예견된 것이었다. '민족해방을 위한 사회주의'와 '사회주의 성립을 위한 민족해방의 단계' 사이에서, 민족주의자들과 사회주의자들은 서로 다른 '적대와 연대'의 망網을 설립해 갔다. 물론 이들의 관계는 역사적으로 각기 상이하게 구현되었다. 식민지기 내내, 조선의 민족주의는 사회주의의 적대 세력이 될 만한 역량을 가지고 있진 못했지만, 사회주의 진영 내부의 분열과 분화에 상당한 영향력을 행사했던 것은 사실이다. 1930년대에 이르기까지 사회주의 진영 자체가 그렇게 구성되어 왔다. 가령 1920년대 초반 김윤식 사회장사건에 이은 『동아일보』 불매운동은 사회주의 진영 내부의 분파투쟁이 민족주의와의 관계 설정과 긴밀히 연관되어 있다는 것을 보여주었다. 김윤식 사회장을 추진했던 장덕수 노선의 상해파는 『동아일보』의 민족주의 계열과 접속되어 있었으며, 이에 반발했던 신생활사 그룹에도 박희도나 이승준과 같은 급진적 민족주의 인사들이 포함되어 있었다.[1] 또한 1927년에 설립된 신간회는 그동안 교차·갈등했던 민족주의와 사회주의 진영 간의 연합을 본격화한 사건으로 기억되고 있다. 주지하듯 신간회는 1926년 6월 10일 순종의 인산일因山日을 계기로 일어난 6·10만세운동 이후, 민족주의 진영과 사회주의자들 간의 상호 필요에 의해 '민족유일당 협동전선'으로 조직된 것이었다. 신간회는 성립 단계부터 해소 이후까지 사회주의 진영 내부의 논쟁을 촉발했으며, 그들과 민족주의 진영과의 다기한 전선戰線들을 형성해 가는데 일조했다. 계급과 민족에 대한 의식은 서로 상관적으로 형성되어 갔으며, 이는 '사회주의자들(과 그들이 속한 진영)'

----

1 알려진 대로, 김윤식 사회장사건은 단순히 민족주의와 사회주의 진영 간의 대립으로 형성된 것이 아니었다. 김윤식 사회장의 찬반 양쪽 진영만 간단히 살펴보자. 찬성 : 동아일보 계열의 송진우, 김성수, 이상협 등, 민우회 주도 세력인 박영효, 유진태, 최진, 이범승 등, 조선인산업대회, 경성상공회의소, 조선경제회, 유민회 등 부르주아 계급의 대표들, 3·1운동 이후 자치론 옹호 계열, 범민족주의 계열로 분류되는 참정권론자들과 내정독립론자들을 제외한 거의 모든 인사들/반대 : 사회혁명당(서울파) - 김사국, 김사민, 임봉순 등, 조선공산당(중립당) 김한 원우관 등, 이르크츠크파 서울뷰로, 재일본조선인 공산주의 그룹. 이처럼 김윤식 사회장사건은 사회주의 내부의 분파투쟁을 가시화한 최초의 사건이었다. 이에 대해선 박종린, 「'김윤식사회장' 찬반논의와 사회주의 세력의 재편」, 『역사와현실』38, 한국역사연구회, 2000을 참고할 것.

내·외부의 분열과 분화를 촉발했다.[2] '민족주의 좌파'나 '급진/온건 민족주의', '소부르주아적 당파'나 '민족사회주의'라는 기묘한(?) 합성 어가 본격 사용된 것도 이 무렵부터였다.

①

민족주의자는 그 민족을 사랑할 것이다. 그 민족 중에도 소수보담 다수 인 무산층을 더 사랑할 것이다. 그런데 불구하고 무산급의 이익을 옹호하 는 일은 사회주의 역할만이고 민족주의 역할은 아니라고 보는 이유가 무 엇이뇨. (…중략…) 그러면 사회주의와 구별이 무엇이냐는 문제가 생긴 다. 그 관점과 究竟과에 딸아 같은 노동운동에라도 자기가 세계인의 입장 에서라든가 究竟에 곤경을 초월하겟다고든 가의 등등은 사회주의가 될 것이고 자기가 印度人의 입장에서라든가, 究竟 印度人끼리 잘 사자든가 의 등등은 사회주의보담 민족주의에 가깝다. 즉 민족적 정치운동에서 경 제 투쟁의 일측면을 확장한 것이 된다. 그러나 구태여 제금 稱呼를 요구 한다면 사회민족주의라고보담 민족사회주의라고 부를 것이다.[3]

②

民族主義 文學이란 用語는 인제는 왼만큼하고 집어치울 時機가 아닌가 합니다. 政治的 意味로 社會主義에 對立하야 民族自決主義가 一轉한 民

族主義란 恒用語가 생겼고, 그것이 다시 無産文學에 對立用語로는 民族主義 文學이라 하야 왔지만, 푸로레타리아도 民族主義者임에 억울할 것 업고, 푸 로레타리아 文學에도 鄕土性의 制約을 벗어나지 못할 것인 以上, 또 그러타고 朝鮮人이 朝鮮語 쓰는 것이 不名譽아님과 가티 조금도 昌皮스론 일이 아닌 以上, 民族愛는 自己에게만 잇는 듯이 떠들 必要가 엄는 것과 마찬가지로, 民族主義 文學 이란 것이 文學上 一流派인 듯이 特殊部門을 세울 것은 아닐가 합니다. 文學上 一時便宜로 썻다할지라도 適當한 時機에 집어치는 것도 無妨하다는 意味입니다.[4]

제시한 글들은 사회주의의 운동사적 상황이 담론의 지형을 어떻게 변화시켜 갔는지를 예시한다. ①은 송만의 「민족사회주의논강民族社會主義論綱」(1931)이다. 민족사회주의란 "朝鮮運動에는 朝鮮自身의 理論이 잇서야 하고 外國 것 그대로는 通用되지 안는다는 生角"에서 나온 것이다. 그리고 이는 영주국과 식민지의 서로 다른 귀천貴賤/부빈富貧의 관계에 입각한 것이라 한다. 이때 귀천은 정치적인 상하관계이며, 빈부는 경제적 계급이다. 그런데 영주국의 '빈자貧者'에게는 정치적 참정권이 보장되어 있어, '귀빈貴貧'이라 칭할 수 있지만, 식민지의 빈자들에게는 정치적 권리마저 없어, '천빈賤貧'에 머문다는 것이다. 식민지의 이러한 사정은 민족주의와 사회주의 간의 서구적 구분을 무화시키며, 차라리 조선의 맥락에서는 민족사회주의라는 테제가 필요하다고 강변한다.[5] 하지만 송만의 논의는 "영주국빈자가 形式上으로는 귀부급貴富級과 平等의 政治的 權益"을 가졌을지라도, 과연 실질에 있어서

4   염상섭, 「삼이년문단전망 (2)」, 『동아일보』, 1932.1.2.
5   이 같은 송만의 민족사회주의는 이후 서구에서 창궐한 파시즘의 그것과는 엄연히 다른 것이었다.

동일한 권익을 가졌을지 의심해 봐야 하며, 만일 "영주국 無産大衆에게 부여附與된 안가安價한 政治的 權益을 시인是認한다면 氏의 民族社會主義란 결국 참정운동參政運動과 距離"가 멀지 못한 것이라는 사회주의자들의 거센 비판을 받기도 했다.[6] 이 같은 비판은 송만의 논의가 식민지와 영주국에 대한 모든 문제를 "뿌르데모" 속에 포함시키는 것으로 간주되었기 때문이었다. 그러나 송만의 민족사회주의 운운은 신간회 해소 이후에도 민족주의와 사회주의가 상호 착종된 상태에서 구현되고 있었음을 증명하는 구체적 사례 중 하나일 것이다. '민족사회주의'나 '좌익민족주의' 등과 같은 합성어는 대체로 사회주의자들이 절충적 태도를 가진 인사들을 비판하기 위해 사용한 어휘들이었지만, 이는 역으로 사회주의와 민족주의와 같은 진영 구축의 '상'들이 다양하게 교차하고 있었다는 것을 의미했다. 식민지 조선의 사회주의와 민족주의는 이분화되어 존재했다기보다는 애초부터 상관적으로 구성된 것이었다.

②는 염상섭이 1932년을 맞아 문단을 전망하고 있는 글이다. 이 시기라면, 염상섭이 『삼대』를 마치고, 『무화과』를 한창 연재하던 때이다. 문단 상황으로 넓혀 보자면, 카프에서 촉발된 예술운동의 볼셰비키화에 대한 논쟁이 일단락된 이후이며, 한설야가 프롤레타리아 리얼리즘을 이미 제기한 상태였다. 또한 농민문학 논쟁이 서서히 점화되고 있던 시기이자, '동반자' 문제도 점차 불거지던 시기였다는 것에 주목할 필요가 있다. 이런 시기에 염상섭은 "프롤레타리아도 민족주의자임"을 억울해 할 것 없고, "프롤레타리아 문학도 향토성의 제약"을 벗어날 수

....

6   김창신, 「민족사회주의논강 필자 송만 씨에게 질문한다」, 『동아일보』, 1931.11.2; 일기자, 「비판의 비판─『民族社會主義論綱』 비판」, 『비판』 6, 1931.10.

없다는 것을 말하고 있다. 이 같은 염상섭의 논의는 사회주의와 민족주의 양兩 진영의 자명한 구분을 넘어, 상호 착종이 전면화되던 역사적 맥락 위에서, 문단 상황을 전망했기에 가능했던 것일 테다. 물론 이는 『삼대』와 『무화과』에서 연이어 등장했던 심퍼사이저sympathizer의 형상과도 긴밀한 관련이 있는 것이었다. 염상섭의 심퍼사이저는 그 이면에 '사회주의를 재현한다'는 문제의식과 연동된 것[7]이며, 나아가 식민지 구성원의 '관계와 정서'를 조율하는 기제機制의 역할도 했다.[8] 하지만 식민지기 심퍼사이저는 자신의 동조적 위치를 자임하는 존재가 아니었다. 이들의 위치는 주로 사회주의자들의 호명으로 표상되고 있었으며, 자기정체성의 검증이 요구되는 '의심의 자리'였다. 그런 의미에서 1930년대 초반의 심퍼사이저는 사회주의자와 그가 속한 진영 내·외부의 분열 및 분화를 반영하는 인격적 담지자였다고도 말할 수 있다. 물론 사회주의의 분화를 담지하는 자들의 형상은 심퍼사이저에 국한된 것은 아니었다. 그것은 일부였고, 실제로는 매우 다양한 형상으로 재현되었다. 그리고 이러한 재현에는 신간회 해소 무렵, 사회주의와 민족주의를 둘러싼 정치 지형의 변동이 선재해 있었다.

식민지기 사회주의를 재현한다는 것에는 분명 많은 제약이 있었고, 이에 대해선 더 말할 필요가 없을 것이다.[9] 하지만 이러한 제약을 고찰하기 위해서는 제국의 검열과 같은 외부의 강제적 힘들을 보기 이전에, 사회주의 자체에 내재했던 표상―불가능한 이념과 지식의 혼전混戰들을 구체화시킬 필요가 있다.[10] 특히 1930년대의 사회주의는 언

----

7 이종호, 「염상섭의 자리, 프로문학 밖, 대항제국주의 안」, 『상허학보』 38, 상허학회, 2013.
8 오혜진, 「심퍼사이저라는 필터―그 저항과 자원의 양식들」, 위의 책.
9 이에 대해선 다음을 참고할 것. 이혜령, 「감옥 혹은 부재의 시간들―식민지 조선에서 사회주의자를 재현한다는 것, 그 가능성의 조건」, 『대동문화연구』 64, 성균관대 대동문화연구원, 2008.

론지상을 비롯한 합법적 공간에서의 발언이 위축되고 있었던 만큼, 세계를 해석하는 방법이자 지식으로서 잔존・기능했다. 그리고 그러한 기능이 수행되는 동안 수많은 지식의 전선(들)이 형성되어 갔다. 물론 이때의 '지식의 전선'이란 사회주의 진영 내・외부의 인적 관계망에 기반을 두면서도 이를 해체, 초월, 재구성하며 역사적 조건에 따라 유동했다. 이는 당대 사회주의가 다면적이었던 만큼, 그들과 대치하는 '적'의 형상도 일관적이지 않았다는 것을 의미한다. 1930년대 근대 지식으로서의 사회주의는 일관된 적들과 논전했던 것이 아니라, 오히려 그들의 역사적 조건이 야기하는 모순적 과정과 싸우면서, 그것의 인격적 대리자들과 각각의 국면마다 대결해 나갔다. 1930년대 사회주의는 진영 내・외부의 '적대와 연대'의 망들을 변동시켜 가면서, 다양한 활자의 전선들을 구축해 나간 것이다.

2. '활자전선을 구축하라'
─1930년대 사회주의 담론투쟁의 위상과 잡지 『비판』의 역할

1930년대 중반까지 식민지 조선의 사회주의운동은 전면적인 퇴조의

---

10 물론 사회주의 지식의 혼전 역시도 제국 일본의 검열에 영향을 받았을 것이다. 하지만 순수한 형태의 사회주의 지식이란 없다는 사실은 식민지라는 특수 사정 때문이라기보다는, 세계사적 현상이었다. 그런 만큼 식민지라는 조선의 상황은 사회주의 지식 변동의 주체화를 위한 하나의 요소이지, 전부가 아니다. 그리하여 이 논문에서는 지식 변동의 주체화를 중점적으로 고찰하려는 것이다.

국면에 놓인다. 1925년부터 1928년까지 총 네 차례의 공산당사건이 있었고, 그 과정에서 사회주의 진영의 핵심 간부들이 수없이 체포·구금되었다. 1928년 12월에는 코민테른 6차 회의에서 조선공산당이 직면한 문제와 그 해결에 대하여 지령이 내려졌다. 여기서는 조선의 공산주의운동이 퇴조하게 된 이유를 내부적 '분열'과 '파쟁' 때문으로 파악하고, 지식인 위주의 조직 방법을 탈피하여, 노동자-농민 속으로 향할 것을 촉구하고 있었다.[11] 1929년부터 1932년까지 조선공산당 재건을 위한 움직임들이 계속 시도되었으나, 김철수, 안상훈, 김일수를 비롯한 핵심 인사들이 번번히 체포되었다. 체포와 검거, 구금은 계속되었고, 1932년부터는 그나마 살아남은 소수의 인사들을 중심으로 당 재건을 위한 운동을 지하에서 산발적으로 전개했으나 모두 실패하였다.

그렇다면 1930년대 사회주의운동의 퇴소는 신문이나 잡지와 같은 합법적 언설 공간에서의 사회주의 담론의 위축과 어떠한 관계가 있을까? 역사적으로 보면, 동일한 합법적 매체임에도 불구하고 신문과 잡지에서 사회주의의 통제 정도와 범위는 상당히 달랐던 것으로 보인다. 유재천에 의하면, 신문에서는 치안유지법이 실시된 1925년부터 사회주의 관련 언설이 꾸준히 하락한 반면, 잡지에서는 30년대 초·중반까지 일정한 수준을 유지했다고 한다.[12] 이러한 현상을 한기형은

....

11 1930년대 사회주의운동의 퇴조는 동아시아 삼국(한·중·일)에 공통된 현상이었다. 일본의 경우, 공산주의자들은 민족주의운동과 투쟁해야 했으며, 대신 반제국주의 내지 소련에 치우친 국제주의를 받아들였다. 그들에게는 러시아만이 진정한 조국이었다. 중국 공산주의자들은 통일전선을 이용하여 민족주의자들을 자신들의 무기로 삼는데까지 성공해가는 듯 했으나, 결국 실패했고, 민족주의는 국민당의 무기가 되고 말았다. 이에 대해서는 스칼라피노·이정식, 한홍구 역, 『한국 공산주의 운동사 1』, 돌베개, 1986, 194~195쪽을 참고할 것.

12 유재천, 「일제하 한국 잡지의 공산주의 수용에 관한 연구」, 『동아연구』 15 서강대 동아연구소, 1988; 유재천, 「일제하 한국 신문의 공산주의 수용에 관한 연구 (3)」, 『동아연구』 18, 서강대 동아연구소, 1989.

신문과 잡지의 대중 동원력의 차이에서 기인한 결과로 본다. 그러니까 신문보다 대중 동원력이 작은 잡지에서는 사회주의 통제를 상대적으로 느슨하게 하면서, 외려 이를 식민체제의 정책으로 활용했다는 것이다. 실례로 『조선지광』은 사회주의 잡지임을 전면화했음에도 오랜 시간 동안 생명을 연장했었다. 제국은 『조선지광』이 검열체제의 통제 아래 있는 모습을 보여줌으로써, 사회주의의 대중적 이미지를 약화시키려 했었고, 사회주의 합법 미디어의 존재를 통해, 사회주의가 식민지 경영의 위협 세력임을 가시화했다.[13]

하지만 잡지에서 존재했던 사회주의 언설의 기능과 역할은 운동사의 퇴조와 맞물리며, 점차 변화되어 갔음에 주목할 필요가 있다. 다시 말해 사회주의 관련 언설이 운동사적 지평 위에서 실천 이론으로 기능하기 보다는, 점차 사회 현상 비판이나 정치·경제학 분석의 방법으로서 도입되고 있었다는 것이다. 사회주의가 투쟁의 실천성을 담보하기보다는 근대의 해석지로서 기능하게 될 때, 통제의 강도는 약화될 수밖에 없다. 1930년대의 사회주의는 정치, 경제, 사회, 예술, 철학, 문학 등을 분석·비판하는 이론적 방법으로서 그 역할을 공고히 하고 있었던 것이다.[14] 그럼에도 사회주의에 내재한 '불온'의 성격이 희석되었다고 쉽게 단정할 수는 없다. 오히려 세계를 해석한다는 것

....

13 한기형, 「식민지 검열 정책과 사회주의 관련 잡지의 정치 역학─『개벽』과 『조선지광』의 역사적 위상 분석과 관련하여」, 『한국문학연구』 30, 동국대 한국문학연구소, 2006.
14 김민환은 1922년 이후로 나온 좌파 잡지, 『신생활』, 『조선지광』, 『신계단』, 『비판』에 실린 사회주의 논설의 경향을 분석한 바 있다. 그에 따르면, 네 권의 잡지 모두 정치 사상에 대한 논설 수가 적었으며, 이는 총독부의 검열 문제에서 비롯된 것으로 보고 있다. 양적 분석의 결과, 1920년대 초반에는 현실적이며 구체적인 자본주의 멸망론과 계급투쟁론이 성행하다가, 이후부터는 점차 정치, 경제 관련 논설이 많아졌다 한다. 이에 대해 자세한 논의는 김민환, 「일제하 좌파 잡지의 사회주의 논설 내용 분석」, 『한국언론학보』 49-1, 한국언론학회, 2005를 참고할 것.

이 변화를 위한 이론적 토대이길 포기하지 않는 이상, 사회주의에 잠재된 역량은 소멸하지 않는다. 근대 해석지로서의 사회주의는 식민통치에 의해 변화된 것이라기보다는 합법적 언설 공간이란 한계 위에서, 사회주의의 비판적 기능을 유지하기 위한 주체화의 결과였다. 실제 사회주의자들은 단순한 현상 분석보단 경쟁적으로 사회 비판의 방법과 전망을 제시했다. 논자 각자가 내건 비판의 방법과 사회주의적 전망(들)은 진영 내·외부에 형성되어 있던 '적대와 연대'의 망들을 교차-갈등시키며, '활자전선活字戰線'의 토대를 구축하고 있던 것이다. 1930년대 잡지에서 펼쳐진 사회주의 진영 내·외부의 담론투쟁은 사회주의에 잠재된 혁명성을 대리-표상하며, 새로운 지식의 전선(들)을 구성해 나갔다. 그리고 그러한 활자전선의 양상을 가장 첨예하게 반영했던 잡지가 『비판』이었다. 『비판』은 1930년대 '활자전선' 구축의 장field으로서 자신의 입지를 다진 만큼, 식민지 지식장의 변동이 사회주의적 개입에 의해 어떻게 변화되어 갔는지를 가장 극명하게 보여줄 것이라 생각한다. 본고가 『비판』에 집중하려는 이유가 여기 있다. 이 글은 『비판』에 대한 본격 연구라기보다는, 그 안에 형성되어 있던 다기한 논쟁의 지형들을 밝히고, 이를 통해 1930년대 담론투쟁의 위상과 근대 해석지로서 기능했던 사회주의 이론의 구체적 실체를 고구하려는 것이다.

　『비판』은 송봉우가 창간한 잡지이다. 송봉우라 하면, '북풍회'의 집행위원이자, '조선공산당' 중앙검사위원을 지낸 인물로 알려져 있다. 『비판』은 송봉우가 1926년 1월 '제1차 조공 검거사건'에 연루되어 1928년 2월 경성지법에서 징역 2년 6월을 선고받고 출옥한 후, 발행을 주관한 것으로 알려져 있다. 발행소는 '비판사'였고, 인쇄인은 김진호, 인쇄소는

'한성도서주식회사', 정가 20원이었다. 『비판』은 식민지기에 간행되었던 여타의 사회주의 잡지 중에서도 특이한 위치를 점하고 있었다. 『조선지광』처럼 조선공산당의 기관지도 아니었고, 과거의 『공제』, 『신생활』, 『사상운동』이나, 비슷한 시기의 『신계단』처럼, 사회주의 운동단체의 분파논리의 의해 창간된 잡지도 아니었다. 『전선』처럼 사회주의 평론만을 위주로 하지도 않았고, 『집단』처럼 카프(임화) 발행지도 아니었다. 그러면서도 비합법 운동가들에게 『대중』과 『이러타』와 함께 거론되며, "추악한 파벌관료에서 분리 분립하여 공산주의 운동에서 탈락한 소부르주아 계급에 의해 발간되는 잡지"[15]라는 오명을 얻기도 했다. 또한 김남천은 『비판』에 대해 "이 잡지가 여태껏 左翼잡지로 통용해온 것에 대해 의심을 禁할 수 없다"고 평가절하 했으며, 심지어 훗날에는 『비판』을 '우익 잡지'였다고 회상하기도 한다.[16]

『비판』은 사회주의 잡지로는 이례적으로 대중 종합정론지를 지향했다. 그렇기에 정론적 내용이 중심이 되면서도, 대중적 소재나 문예물의 비중도 일정 수준으로 항상 유지했다.[17] 아마도 사회주의 지식인들의 평가에는 바로 이러한 점이 영향을 주었을 것이다. 동시기 대중 종합 잡지라면 신문사 잡지인 『신동아』, 『중앙』, 『조광』 등이 있었고, 김동환이 창간한 종합 잡지인 『삼천리』와 수양동우회의 『동광』, 천도교계의 『혜성』과 『제일선』도 있었다. 또한 1934~1935년에는 『월간야

---

15 김경일, 『이재유 연구』, 창작과비평사, 1993, 101쪽.

16 김남천, 「잡지문제를 위한 각서」, 『신계단』 9, 1933.6; 김남천, 「비판과 나의 십년」, 『비판』 56, 1939.5.

17 유석환은 『신동아』, 『삼천리』, 『비판』에서의 문예물 비중을 다룬 적이 있다. 그에 따르면, 전반기(1931~1934) 문예물의 비중은 각각 19.1%, 10.8%, 17.9%였으며, 후반기(1934~1940)는 20.7%, 24.8%, 31.1%였다고 한다. 유석환, 「1930년대 잡지시장의 변동과 잡지 『비판』의 대응—경쟁하는 잡지, 확산되는 문학」, 『사이(SAI)』 6, 국제한국문학문화학회, 2009.

담』, 『야담』, 『사해공론』과 같은 야담 및 문예지가 창간되기도 했다. 하지만 『비판』은 '사회주의 지식을 바탕으로 한 정론지'를 명확히 지향했기 때문에, 이들 잡지와는 분명한 차이가 있다. 『비판』 창간의 목적은 '비판' 그 자체였던 것이다.

"우리는 선을 탈하는 독사의 본신을 밝히며 화장한 꾀꼬리의 정체를 드러내어 무리 앞에 펼쳐 놓아 이목의 난탁을 밝히며 밝히는데 극미한 도움이나마 도움이 될까하여 『비판』을 발행한다." '(오늘 날) 침묵은 반동이며, 비판다운 비판을 하지 못하게 하는 외적 조건에 맞서 노력할 것을 다짐한다.'[18]

현하 세계정세는 파시즘과 부르주아 민주연합치하에 있으며, 소수의 프로레타리아 독재의 국가가 있지만, 대다수는 금융자본독재치하에서 신음하고 있다. 이러한 세계의 대세를 전망하며 당면문제의 해결을 위한 근본목적을 통해 우리는 무엇을 제출할 수 있는가? 그것은 곧 비판 아닌가? 이론을 심화하며 그 모순을 제거하며 운동의 귀추를 확립하며 당면한 혼란을 숙청하는 것은 오직 자기 자신의 과거 현재 미래에 대한 통렬한 가차 없는 비판만이 능히 할 수 있는 것이 아닌가?[19]

"침묵은 반동이며, 비판다운 비판을 하지 못하게 하는 외적 조건에 맞서 노력할 것을 다짐"하는 창간호 권두언의 포부는 의미심장하다. "세계의 당면문제"를 해결하기 위해 제출할 수 있는 유일한 방법은 "가

....
18 「권두언」, 『비판』 1-1, 1931.5.
19 「창간사」, 위의 책.

차 없는 비판"밖에 없다는 것이다. 물론 이때 비판의 방법을 제공하는 것은 근대 지식으로서의 사회주의다. "이론을 심화"하여, "운동의 귀추"를 확립하겠다는 『비판』의 계획은 그들이 사회주의 담론투쟁의 역할이 혁명운동의 잠재적 계기로서 기능하는 것임을 자각하고 있었다는 것을 보여준다. 비판을 위한 『비판』의 창간은 당대 사회주의에 요청되었던 실제적 기능이 무엇이었는지를 암시한다. 그리하여 『비판』은 근대 지식장에 대한 사회주의적 개입의 논전 형태를 제공하기 위해 활자전선活字戰線이라는 개념을 내세운다. "活字戰線도 X爭아닌바가 아니며 그 使命도 크지 아니한바가 아니"[20]라는 것이다. 이때 활자전선이란, "활자를 가지고, 즉 신문잡지 팜플렛 등, 활자에 올려 그것을 가지고 계급전선에서 투쟁하는 것"[21]을 의미한다고 말한다. 덧붙이자면, '활자전선'은 담론 차원에 존재하는 '지식의 전선'인 만큼, 그 논쟁의 층위가 단일하지 않다. 고도의 정치·경제학적 학술 논쟁을 비롯하여, 문단 비판과 철학 논쟁, 사회 고발이나, 이슈 논평, 치안문제 등이 다양한 층위와 수준에서 활자전선을 형성하고 있었다.[22] 활자전선은 사회주의 진영 내·외부의 인적 연결망에 기반을 두면서도, 때로는 그것을 해체하거나 재구성하며, 사안의 종류나 방향에 따라 유동적으로 구축되었다. 여러 층위의 활자전선에서 수행되던 논쟁과 분쟁을 통해, 사회주의 지식은 정립 및 반립되며, 그 의미가 상이하게 구성되어 간 것이다.

『비판』이 활자전선을 내세운 만큼, 잡지의 주체들은 신문과 잡지를 비롯한 독물讀物 일반에 대한 관심과 비판을 게을리하지 않았다. 그들

....

20 「허리를 펴면서」, 『비판』 6, 1931.10.
21 「전서구」, 『비판』 23, 1933.6.
22 『비판』에서는 "정치, 시사, 지방정세, 사회이면 폭로, 문예 등 투고 대환영"이란 사고를 자주 볼 수 있다.

은 "조선인서적상"과 "출판업자"들이 신소설이나 연애소설 따위를 출판하는 것을 비판하면서, "가장 진지眞摯한 신흥과학新興科學을 그대들의 점포店鋪에 가득이 시러노코 대중大衆의 절대요구絕對要求에 응應하라"고 촉구했다. 또한 잡지상들에게는 "케케묵은 종교宗敎쟁이 편견애협偏見碍俠의 自治쟁이, 기회주의機會主義의 中立쟁이들의 횡수설거橫豎說去의 귀곡성鬼哭聲을 함부로 나열羅列하야 대중大衆의 이목耳目을 현혹眩惑"케 하였음을 비난하기도 했다.[23] 그런데 잡지와 신문에 대한 『비판』의 비판은 약간 결을 달리하는 것이었다. 『비판』의 판단에는 당대 조선의 '언론 중심 세력'이 "신문에서 잡지로" 넘어 갔다는 인식이 강했던 것으로 보인다. 이는 신문보다 강한 잡지의 정론성을 근거로 한 것이었다. 그리하여 잡지에 대한 비판은 주로 해당 매체에 실린 담론투쟁의 양상으로 수행된 반면, 신문에 대한 비판은 신문 자체의 역할과 기능에 대한 원천적인 부정의 수사로 가득했다. "민족 개량주의자의 손에 들어간 동아", "좌익민족주의자의 부를 배경으로 한 조선", "사×부르 주아지의 조합된 노력을 대표하고 나오는 중외일보", "반동적 전류를 계승하여 나타난 중앙일보"와 같은 식으로 신문의 존재의의 자체를 부정했던 것이다.[24]

....

23 「방향전환(方向轉換)에 직면(直面)한 서적업자(書籍業者)들」·「잡지(雜誌) 장사의게 일침(一針)」, 『비판』 3·4 합본호, 1931.7·8.

24 현인(玄人), 「신문신년호 개평」, 『비판』 10, 1932.2. 실제 『비판』은 당대 신문이란 매체 자체의 문제를 진단하기 위한 특집보도나 설문을 많이 했다. 예를 들면, 창간호부터 엠에이치 학인의 「사회조직과 신문—조선신문경영자에게 일침」을 통해 신문 경영자들의 부정을 비판한 바 있으며, 『비판』 16호(1932.9)에 실린 「현대 신문에 대한 제씨의 의견」이란 기사에서는 다음과 인사들의 비판이 이어졌다. 박찬희와 박문희, 양윤식은 "(불완전하게 나마) 오직 보도기관으로만" 기능하길 바랐으며, 함상훈은 "최대한도의 주의주장"을 촉구했고, 서병하는 "기대할 것이 없다"고 냉소했다. 또한 허헌은 "기업과 편집을 구분하여 사소한 경영상의 이해타산으로 민중의 공기가 편벽" 되지 않게 되길 요구했다.

이처럼 『비판』은 1930년대 매체시장에서 독특한 위치를 점하며, 사회주의 진영 내·외부의 활자전선을 구축해 나갔다. 사회주의 잡지이면서도, 대중의 흥미에 부합하기 위한 종합 잡지로서의 형태를 유지했으며, 그런 만큼 기사의 종류가 정말 다양했다. 『비판』의 이러한 특징은 그 안에서 수행되고 있는 혼전의 양상들을 압축적으로 제시할 수 있게 한다. 그리하여 다음 장에서는 잡지 『비판』에서 수행되고 있는 논쟁의 지형들을 구체적인 사례별로 고찰해 보고자 한다. 이를 통해 식민지 지식장의 변동을 야기한 사회주의 지식의 다층성을 자세히 살필 수 있을 것으로 기대한다.

3. 평론·보도·학술―사회주의 논쟁의 지형들

『비판』에 형성되어 있던 논쟁의 지형은 다음과 같은 세 가지 형태로 구분이 가능하다. ① 평론·비평, ② 보도·제보·고발, ③ 학술 논쟁이 그것이다. 이들 구분은 다루는 소재나 주제, 대상에 따른 것이 아니라, 관점과 시각, 방법에 따른 분류이다. 『비판』의 평론·비평은 단지 제시된 담론에 대한 분석과 평가에만 한정되지 않는다. 오히려 정치적 사건이나 현상을 바라보는 관점과 시각 자체에 내재된 타당성의 근거를 결정하기 위한 이론투쟁에 가깝다. 평론·비평의 지형은 특정한 대상과의 논전에 집중한다기보다는, 논전대상의 범위(적과 동지) 그 자체를 결정짓는 기준을 둘러싼 분쟁이다. 한편 보도·제보·

고발의 지형은 사건-정보의 전달이자, 재현되지 않은 사회적 문제에 대한 추문의 서사로 구성되어 있다. 이 영역의 특징은 논쟁의 형식 이외에도 문제적 사건에 대한 처벌과 일방적인 단죄의 양식을 포함한다는 것이다. 내용적으로는 식민지기 조선의 치안문제를 관리하는 것에서부터, 욕설과 비방이 난무하는 사쟁私爭의 언설이 발견된다. 그렇기 때문에 반드시 사회주의 지식에 입각한 것만이 아니라, 보편적 인륜성을 근거로 평가하는 관점이 적지 않다는 것이 특징이다.[25] 학술 논쟁은 가장 고도의 지식이 오고가는 담론적 형식이다. 평론 · 비평 형태의 논쟁이 사회주의운동과 긴밀한 연관을 맺고 있다면, 학술 논쟁은 '지식의 교환'에 가깝다. 정치와 경제, 철학 등의 영역에 대한 전문적이면서도 아카데믹한 '앎의 논전'은 사회주의 지식의 구성 메커니즘을 그대로 체현하고 있다.

이제부터 각 논쟁의 지형-방법들을 구체적인 사례를 통해 살피고자 한다. ① 평론 · 비평 부분은 신간회 해소 논쟁, ② 보도 · 제보 · 고발은 종교(천도교) 관련 논쟁,[26] ③ 학술 부분은 사회성격 논쟁이다. 이

> ....
> [25] 고발과 제보, 보도의 지형은 「화장장」이나, 「동정서벌」 등을 비롯한 『비판』 소재 고정란의 가장 두드러지는 특징이기도 하다. 예컨대 화장장은 사회주의 도덕률이나 보편적 인륜성에 입각하여 조선사회의 '적'으로 규정된 자를 처단하는 연재물이라 할 수 있는데, 글의 말미에 항상 등장하는 "화장장으로 들어가라"라는 반복구가 이 지형의 특징을 압축적으로 보여준다 하겠다. 추문과 풍문으로 점철된 『비판』 소재 고정란에 대한 자세한 논의는 유승환의 논의를 참고할 것. 유승환, 「하위주체저 '앎'과 사회주의 매체 전략―『비판』 소재 고정란을 중심으로」, 『민족문학사연구』 53, 민족문학사연구소, 2013.
> 하지만 여기서는 이러한 고정란의 글들을 중심으로 고찰하지 않고, 상술한 대로 사회주의와 천도교 진영 간의 논쟁을 주로 살피고자 한다. 그 이유는 이 천도교 논쟁이 앞서 필자가 구분한 평론지형에서 보도지형으로의 전환'됨'을 상연하고 있기 때문이며, 이러한 담론상의 지형들이 상호 교차하는 것을 직접적으로 제시함으로써, 지형 간의 유동성과 더불어 각각의 성격을 보다 분명히 제시해 줄 것으로 판단했기 때문이다.
> [26] 천도교와 사회주의 진영 간의 논쟁은 『비판』 뿐만 아니라, 『신계단』를 중심으로 고찰한다. 매체는 다르지만, 보도 · 제보 · 고발이라는 논쟁의 형태 및 그 목적은 대동소이했다.

들은『비판』에서 진행된 여러 논쟁 중에서 규모가 크고, 사회주의 진영 내·외부의 가장 많은 논자들이 참여하였다. 물론 각 논전들은 그 형태가 자명하게 구분되기보다는 상관적으로 수행되었다. 또한 국면이 전환됨에 따라 글의 형태가 상호 침투적으로 전환되기도 한다. 하지만 이 세 가지 형태의 논쟁들은 각각 지향하는 목적이 달랐다. ①은 사회운동의 이론적 모색, ②는 사건현상비판, ③은 학적 지식의 형성이 그것이다. 이들 논쟁을 통해 당대 활자전선의 다기한 구축 양상을 고찰할 수 있을 것이다.

1) 평론·비평의 지형, 신간회 해소 관련 논쟁

1927년 2월부터 1931년 5월까지 존속한 신간회는 서울에 본부를 두고 전국적으로 120~150여 개의 지회를 가지고 있었으며 2만~4만 명에 이른, 식민지 조선에서 가장 규모가 컸던 반일사회운동단체였다. 사회주의와 민족주의 진영 간의 '민족협동전선 유일당'을 표방하며 등장했던 신간회는 설립단계부터, 해소 이후까지 수많은 논쟁을 촉발했었다. 좌우의 연합전선인 만큼 이데올로기 대립이나 내부 지분을 둘러싼 파쟁이 있을 수밖에 없던 구조였다. 신간회 내부 갈등은 1927년 3월 29일 초대회장 이상재가 사망하고, 후임 회장 선출 문제에서 싹트기 시작하다가, 1928년과 1929년의 정기대회가 금지되고, 전국복대표대회全國複代表大會가 소집되면서부터 표면화되었다. 이 대회에서는 중앙집행위원장에 허헌許憲이 선출되고 중앙집행위원 45명과 중앙검사위원 10여 명 가운데 대부분이 좌익으로 지목받는 인물로 선출되었다.

그런데 광주학생사건(11월 3일)이 발생한 뒤, 신간회 간부 대부분이 검거가 되고 만다. 신간회본부는 공백상태가 되었고, 이를 기회로 다시 민족주의 진영이 주도권을 갖게 된다. 이때부터 좌우대립이 본격화되는 것이다.[27]

이런 상황에서 12월 테제는 사회주의 진영의 '방향전환'을 요구해 왔다. 이전까지 민족주의와의 협동전선을 지지했던 코민테른은 1928년 12월 「조선문제에 대한 코민테른 집행위원회의 결의」를 통해, 노동계급 정당의 독자성을 강화한 것이다. 이 문서에서는 조선이 "식민지이기에 공업의 발달이 방해"받고 있으며, "농업에서의 경작관계는 전자본제적 형태"를 유지하고 있어, 당면한 과제는 '민족해방'과 '토지혁명'임을 역설한다.[28] 그리고 이를 위해 조선의 사회주의자들은 지식인 중심의 활동을 멈추고, 노동자·농민 속으로 들어가 새로운 대중운동을 조직해야 한다고 말한다. 이것이 그 유명한 12월 테제의 골자이다. 12월 테제에서 주목해야 하는 것은 두 가지이다. 첫째, 노동대중의 계급적 역량을 강화하기 위한 '대중 속으로'라는 전략은 알려진 것과는 다르게, 사회주의운동이 단지 노동자·농민의 구체적 삶·현장으로 이행되어야 한다는 명령이 아니었다. 반대로 12월 테제의 강령은 사회주의 지식인이 처한 역사적 조건이 노동자·농민의 그것과 같다는 것을 인식해야 한다는 혁명적 각성을 정식화한 것으로 봐야한다. '노동자·농민 중심의 조직화'에서 지식인을 제외시킨 것이 아니며, 그 주도를 승인한 것도 아니었기 때문이다. 오히려 12월 테제

---

27 신간회에 관한 논의는 이균영, 『신간회 연구』, 역사비평사, 1993을 참고할 것.
28 「조선문제에 대한 코민테른집행위원회의 결의」, 임영태 편, 『식민지시대 한국사회와 운동』, 사계절, 1985.

는 사회주의 지식인의 자기-정체성을 재조정할 것을 요구한 것이었다. 둘째, 12월 테제의 내용에서, '대중 속으로'라는 전략 수정만큼 중요한 것은 '적'의 개념과 범주가 다시 설정되었다는 것이다. 상술한 대로, 이전까지의 코민테른은 식민지 조선의 부르주아 계급을 동맹자로 간주했었다. 하지만 12월 테제에 이르러, '연대의 망'을 수정해, 부르주아 계급을 '적대시'하고 있다. 물론 적대관계의 새로운 구축은 신간회에 대한 평가와 결부된 문제였다. 이제 민족혁명을 위해 노동계급의 독자성을 포기하려는 어떠한 시도도 사실상 민족혁명의 계량화 내지는 약화를 가져오는 것으로 인식되었다. 그리하여 12월 테제 이후에는 신간회만이 아니라 '근우회', '조선청년총동맹', '형평사' 등의 해소 문제로까지 파급되어 간다. 그러나 이후에도 모든 사회주의자들이 신간회 해소에 찬동했던 것은 아니었다. 적어도 엠엘파 계열에서는 "민족협동전선이 전투적 대중단체를 토대로 하여 대중동원 기관 형태로 조직"되어야 함을 주장하고 있었다.[29] 그리하여 신간회는 당분간 "민족협동전선"의 "매개적 역할"이 가능하므로 "지회를 중심으로 재편하는 것"이 "급선무"라 주장되기도 한다. 또한 정우회를 구성하고 있던 화요회, 북풍회, 조선노동당, 무산자동맹회의 계열 사이에도 신간회 해소와 관련하여 이견들이 있던 것으로 알려져 있다. 이는 신간회 해소를 둘러싸고 민족주의와 사회주의 진영 간의 갈등만이 아니라, 이들 각 진영 내부의 분화 가능성도 함께 열렸다는 것을 보여준다. 신간회 해소 관련 문제는 '논쟁의 장' 자체의 범위가 교차·변화하며, 각각의 국면마다 적대의 관계가 재설정되었다.

....

29 철악(鐵岳), 「大衆的 戰鬪的 協同戰線의 結成과 新幹會 및 獨立黨促成會의 任務」, 『계급투쟁』 2, 1929.12.

공교롭게도『비판』은 신간회가 해소되던 1931년 5월에 창간했다. 그런 만큼 창간호부터 신간회 해소 관련 논쟁들을 많이 살펴볼 수 있다. 신간회 해소를 전후한 시기에는 각종 매체에서 관련 논자들의 논쟁이 정말 뜨거운 때였다. 그런데『비판』은 여타의 사회주의 매체들(『조선지광』이나『신계단』등)과는 달리, (좌익)민족주의 진영의 논자들도 적극적으로 포섭하여, 민족협동전선에 대한 찬·반 주장 모두를 반영·가시화했다. 이는『비판』이 실제로는 신간회 해소론의 입장을 분명히 가지고 있었다는 사실과는 구분하여 바라보아야 한다. 그렇다고 이것을 '민족대단결'을 주창하던『삼천리』처럼, 중도적이며 대중적인 노선을 견지하려 했음을 의미한다고 말할 수도 없다.[30]『비판』은 신간회 해소 논쟁을 중심으로 대치하고 있던 '전선' 자체를 가시화하여, 논쟁의 구체적 지형을 보여주려 한 것이었다. 가령『비판』은 창간호(1931.5)에서 윤기환의「비판의 비판」, 정동호의「신간회 해소론―과감히 해소식히면서 잇다」를 통해,『삼천리』12호에 실린 설문,「조선운동朝鮮運動은 협동호協同乎 대립호對立乎, 신간회新幹會「해소운동解消運動」비판批判」(1931.2)을 다루고 있다.[31] 이 중에서도 특히 안재홍의 "해소 절대 반대―조선정세로 보아서"라는 내용이 문제가

....

30 『삼천리』와 신간회의 관계에 대해서는 천정환,「초기 삼천리의 지향과 1930년대 문화민족주의」,『삼천리 근대의 뜨거운 만화경』, 성균관대 출판부, 2012를 참고할 것.

31 『삼천리』에서 실시한 이 설문의 상정의안은 다음과 같았다. ① 조선의 현하 정세로 보아 신간회의 해소운동은 거척할 것인가 또는 긍정할 것인기 더욱 二러케 론단하는 이유의 설명 ② 과거 신간운동의 비판 급 장래에 대한 의견. 참여자는 김병로, 조만식, 안재홍, 안병주, 이광수, 송봉우, 이주연, 윤형식, 이인, 박창훈, 권동진, 한용운, 김경재, 김려식, 김용기, 임원근 등이었다. 보이는 대로, 설문의 참여자는 해소 찬반 진영이 고루 분포되어 있으나, 사실 실제에 있어『삼천리』는 '협동과 단결'이라는 입장을 전제한 채, '설문'이라는 특유의 방식을 통해 여론을 조율하기 위함이었다(「朝鮮運動은 協同乎 對立乎, 新幹會「解消運動」批判」,『삼천리』12, 1931.2). 위에서 언급한 윤기환의 글에서는 바로 이『삼천리』설문의 제목 자체를 문제 삼으며, 현하 문제는 '해소 아니면 협동', '해소되면 대립'이라 보는 관점 자체가 잘못이고, 실제 신간회는 이미 협동체가 아니라고 말한다.

되었는데, 여기서 그는 신간회가 "민족주의적 정통사상"을 대표하는 "좌익진영되기"를 목표로 향하던 단계에서, 해소 운운은 "패북주의"에 지나지 않는다고 말한다. 또한 "노동조합의 확대"가 신간회운동과는 전혀 다른 것으로 기대할 수 없는 '국면'이기에, 해소 반대를 명확히 한다고 역설한다. 이에 대해 정동호는 신간회를 "민족단일당의 매개체"로 규정함으로써, "농민조합대강화"를 신간회 없이는 불가하다하여, 사실상 "계급운동을 민족운동의 부분적·지엽적 운동"으로 규정하고 있다고 비판했다. 그런데 『비판』은 논쟁의 당사자인 안재홍에게 장문의 원고를 받아, 같은 지면에 연이어 배치한다. 안재홍은 「해소반대자의 처지」에서를 통해, 우선 신간회 문제는 "수속의 문제"이지, "결의사항"이 아니라고 전제한다. 그러면서 "소부르주아 계층"에서는 "조직의 영도권"에 대해 말한 바 없으며, 조선의 상황에서는 "민족주의 운동"이 성장하기도 어렵기 때문에, 신간회를 해소하기 보다는 "실천적인 조직"으로 인도케 하는 것이 바람직한 것이라고 강변하고 있다.

사실 『비판』이 발간을 준비하고, 창간하던 때만 해도, 신간회 해소가 확정된 상태는 아니었다. 그러나 2호 발행부터는 해소가 결정되고 난 후였다. 그럼에도 『비판』은 민족협동전선에 대한 찬·반 양 진영의 의견을 청취하고, '논쟁의 장場'으로서 자리매김하기 위한 노력을 계속한다. 예컨대 박덕창이 「반해소파反解消派의 두상頭上에 일봉一棒」이란 글을 통해, 애초부터 신간회가 "노농대중의 좌경화"에 대응하거나, 그를 뒷받침할 수 없는 '구조적 한계'가 있었다는 주장을 하면, 바로 그 다음 글로 안재홍의 「해소파解消派의게 여與함」을 배치하는 구도였다. 여기서 안재홍은 "대중조직의 세규합"이 식민지 조선의 "급선무"임에도, 신간회가 해소됨으로써, "사회적 낭비이자 치명적 결함"에 빠지게 되었다는 것이다.[32] 물론 『비판』은 사회주의 잡지답게, 좌우 연합에 대한 부정적인 논의가 점차 많아졌지만, 그 안에 존재하는 다기한 의미의 지형들을 포착하기 위해서도 노력했다. 협동전선 반대론자 사이에도 신간회 해소의 의미와 전망을 다르게 생각하고 있었던 것이다. 박일형은 좌파 민족주의자를 포함하여 모든 민족주의자들을 비판, 나아가 "민족전선과 계급전선의 상호의존적 관계" 모두를 파기할 것을 촉구했고, 정동호 같은 논자도 "무산계급의 독립성"을 강조하며, "노농조합의 강화"를 주장했다. 그러나 박덕창은 협동전선 해소에 동의하면서도, 이를 "민족운동을 부인하는 것이 아니라, 계급운동을 통해 민족운동을 이끌어나가려는 것"이라는 의견을 피력하고 있었으며, 이인의 경우도 신간회 해소는 받아들이지만, 이후 "조선운동의 형태는 협동 형태"로 가야한다는 주장을 하고 있다.[33]

이처럼 사회주의 진영 내부, 혹은 신간회를 비롯한 협동전선의 해소를 주장하는 논자 사이에도 조선운동의 전망에 대해서는 각기 다른 시각을 가지며 혼종하고 있었다. 『비판』은 사회주의 잡지임에도, 진영 내부에 존재하는 다기한 지식의 전선들을 논쟁적으로 제시하려 했던 것이다. 신간회 문제만이 아니었다. 예컨대 만주 문제의 경우도 사회주의자들 사이에 이견이 많았는데, 박일형이 만주의 "자치령 결성권 획득"을 주장한다면, 이어 김명식이나 김약수는 "만주자치권은 제도적으로는 해결될 수 없으며" 이는 "영세중립국 건설론과 같이 위험

....
32 박덕창, 「反解消派의 頭上에 一棒」, 『비판』 3·4 합본호, 1931.7~8; 안재홍, 「解消派의게 與함」, 위의 책.
33 박덕창, 위의 글; 박일형, 「협동전선의 금후전망」, 『비판』 2, 1931.6.21; 정동호, 「신간회 해소론 (속)」, 위의 책; 이인, 「해소 이후의 운동 형태에 대한 제가의 의견—협동 형태로」, 위의 책.

한 것"이라고 반박하는 형국이었다. 이밖에도 식민지-국제 인식 문제나 '계급적 문자 제한' 문제, '문필가 협회'를 보는 관점 문제, '문예운동' 전망에 대한 진영 내부의 논쟁들이 있었고, 그때마다『비판』은 활자전선의 다기한 양상들을 소개·유인하는 데 주력했다.

평론·비평의 형태로 개진된 논쟁들은, 당대 위축되어 있던 사회주의운동을 이론 차원에서 모색하는 것이었다.『비판』은 잠재된 사회주의운동의 역량을 집결시키기 위해, 진영 내·외부의 활자전선을 분명히 하여, '적대와 연대'의 망을 새롭게 구축토록 한 것이다. 특히 신간회 해소 관련 논쟁은 '민족표현단체 재건' 문제나 '조선운동의 영도권'이 결부되어 있는 중요한 논점이었다. 또한 '근우회'나 '조선청년총동맹', '형평사', '노총' 등의 해소 논의와 직결된 문제이기도 했다.[34] 그런만큼 해소론자 내·외부의 이견을 파악·고구하여, 진영 내부의 입장을 명확히 하고, 이를 대중적으로 승인받기 위한 토대가 필요했다. 이는 상술한 대로『비판』이 신간회 해소론을 옹호하는 입장이었다는 사실 자체와는 구분해서 사유해야 한다. 오히려『비판』은 잡지 자체를 '혼전混戰의 장'으로 제공함으로써, 특정한 주의나 주장의 단순한 반영을 지향하지 않았다. 그리고 바로 이러한 점이야말로『비판』의 평론·

....

34 이들 단체의 1933년경의 분위기를 알려주는 글이 있어 소개한다.『비판』20호(1933.1)에는 S기자의「전선순례기ー청총, 근우, 농총, 노총, 신간회, 형평사, 천도교 정체 폭로 비판회」라는 글이 실리는데, 몇몇 구절을 인용해 본다. "조선청년총동맹회. 회관에 들어서니 사람이라고는 아무도 없고, 깨끗이 닦여진 테이블만 서넛 있다. 이를 보아 누군가 있긴 한가보다 하는데 마침 어떤 남자가 구석방에 드러누워 있는 것을 발견. 누군가 보니 김사민(金思民) 씨다. 그는 과거 조선청년운동에 많은 활약을 하였으나 지금은 정신의 이상이 생겨 아까운 앞날을 병중에 신음하고 있다. 힘 있는 과거의 역사를 가진 청총에 오늘날 음산한 공기는 김으로부터 더욱 처량하게 보였다고.. 근우회. 문을 열고 방으로 들어가니 마침 박호신(朴昊辰) 씨가 외출을 하였다 막 옷을 벗고 앉는 것을 발견. 그는 기사 때문에 오셨으면 아무 말도 하지 않겠다고 말함. (…중략…) 근우회는 주요인사가 감옥에 있어서 구체적 행동계획 없다고…"

비평 논쟁이 사회주의 지식의 구성 방식에 적확한 한 사례임을 보여준다. 『비판』은 사회주의운동의 '방향전환'이라는 맥락 위에서 출현한 잡지임에도, 그러한 방향전환이 다기한 입장의 공모와 혼종을 통해 구성될 수밖에 없음을 활자전선의 형태로 보여주었다. 1930년대 사회주의 담론투쟁은 대중운동의 잠재된 계기를 이론적으로 정식화한 것이었으며, 『비판』은 그것의 혼종적 과정을 평론·비평의 방식을 통해, 대중 앞에 내놓은 것이다. 그런 의미에서, 『비판』은 사회주의 지식 그 자체의 존재와 대중수용의 방식을 정확히 예시하고 있었다.

2) 보도 · 제보 · 고발의 지형

– 사회주의와 종교, 천도교와의 조선운동 영도권 논쟁

사회주의와 천도교는 1920년대부터 긴밀한 관계를 유지해 왔다. 사회주의와 천도교는 시대적인 조건과 위상의 변화에 따라 다양하게 관계를 맺어온 것이다. 연구사에 따르면 1920∼30년대 당시, 천도교는 크게 세 가지 분파로 나뉘어져 있었다고 한다. 첫째는 고려혁명당 결성에 참여한 최동희와 천도교연합회파이고, 둘째는 조선공산당 건립에 가담하고, 6·10만세운동, 신간회에 참여한 구파, 셋째는 문화운동과 조선농민사를 중심으로 농민운동을 벌인 신파가 그것이라 한다. 사회주의와 천도교의 접속은 아무래도 이들 모두 민족독립운동의 일환으로 간주되었기 때문인 것으로 보인다. 더욱이 천도교의 사상에는 본래 민중 중심의 평등사회가 내재되어 있었다. 다만 천도교는 어디까지나 인내천을 표방하는 수운이즘에 입각한 것이었기 때문에, 프롤레타리아의 계급헤게모니를 주장하는 교조적 사회주의자과는 논쟁이 있을 수밖에 없었다고 전하고 있다.[35] 천도교와 사회주의의 관계는 1920년대 말에서 30년대로 넘어가면서 대반전의 기로에 놓인다. 우선, (상술한 대로) 사회주의 진영에서는 민족개량주의에 대한 비판을 강화하고 있었는데, 이때 개량주의의 핵심 세력으로 종교단체를 지목한다. 신간회 해소 무렵, 노동자-농민의 독립조직을 통해 민족운동의 주도권을 잡으려 했던 사회주의자들은 정치투쟁의 방법으로서 반종교투쟁을 본격화한 것이다. 사회주의자들에 의하면 식민지 "종교는 고도자본주의국의 그것과 같이 노농계급을 이데올로기적으로 거세할 뿐 아니라 그 정치적 실제 방면에까지를 미망화"시키며 따라서, 조선의 "반종교운동은 정치적 운동과 결속"해야 하는 것이었다. 그럼에도 신간회 해소 이후, "기독교와 천도교 같은 종교단체들이 노동운동을 표방"하고 있었다. 하지만 사회주의자들은 유물론적 관점으로 볼 때, 생산단계가 변화하는 조선에서는 '종교가 내적 생명을 잃고 화석화'될 수밖에 없는 국면임을 강조하기도 한다. 동시에 세계사적 관점에서 반종교운동의 흐름을 적극 소개하기도 했는데, 일본의 경우, "계급투쟁의 일익으로서 대중××××을 표방"하는 "아키타 우자쿠의 반종교투쟁동맹"이 옹호되기도 했다. 그 밖에도 "쏘베트 동맹, 농민의 신의 청산운동", "독일의 독재의 철강과 종교 산호", "인도의 반종교 운동과 IPF", "서반아교회와 무산계급", "백이기의 승려와 유물론자" 문제가 거론되기도 했다.[36]

....

35 정혜정, 「일제하 천도교 '수운이즘'과 사회주의의 사상논쟁」, 『동학연구』 11, 한국동학학회, 2002.
36 권환, 「종교의 본질과 소멸 과정」, 『조선지광』 100, 1932.2; 「세계를 진감하는 반종교의 함성!」, 『조선지광』 100, 1932.2; 이갑기, 「종교비판과 반종교운동」, 『비판』 10, 1932.2; 류해송, 「1933년과

사회주의와 천도교(를 비롯한 종교) 논쟁은 운동사적 차원의 주도를 이론적으로 설립하기 위한 '평론·비평'의 형태로 시작되었지만, 그것이 본격화된 것은 천도교단의 『신계단』 폭행사건이 '보도-고발'되면서부터였다. 사건의 발단은 이랬다. 천도교의 조기간은 「조선운동과 영도권」(『신인간』, 1932.9)이란 글을 통해, 조선의 사상계에 대해 대략 다음과 같이 말한다. 그에 따르면, 조선에는 '개인 본위의 자본주의 사상'과 '물질 본위의 사회주의 사상', '사람 본위의 새 사회를 세우려는 천도교 사상'이 존재한다고 한다. 그런데 유심주의와 유물주의가 각각 '귀신'과 '유심'을 중심으로 한데 반해, '사람지상주의'를 가진 천도교야말로 '조선운동의 영도권'을 가진다는 것이다. 이에 대해 남만희는 「종교시평」(『신계단』, 1932.11)에서 천도교에 대해 '정녀貞女의 달을 쓴 매춘부'에 비유하며, 조선운동의 영도권에 대한 그들의 주장을 '비굴한 수단'이자 '후안무치厚顔無恥한 행동'이라 비난한다. 그러자 격분한 천도교 청우당의 이응진을 비롯한 4명은 1932년 11월 19일에 『신계단』 발간사인 조선지광사를 방문하여 『신계단』의 편집겸 발행인인 유진희를 폭행하고 만다. 그러면서 천도교 청우당의 정응봉은 "우리가 문제로 삼는 신계단 십일월의 논평은 이론적 비판이 아니라 이론을 떠난 패언망담의 모욕적 기술"이니 취소와 사과를 요구한다. 이에 유진희는 이번 일은 '자기 개인 혹은 신계단사에만 한정된 문제'가 아니라, '종교를 비판하는 자유로운 언론을 탄압하는 것'이라며, '천도교 비판을 계속하겠다'고 주장한다. 한편 이 사건에 대해 사회실정조사소『이러타』편집국에서도 "대중적 평론의 자유를 옹

조선운동」, 『비판』 20, 1933.1.

호"하는 '표명表明서'를 발표하기도 한다.[37]

『신계단』 폭행사건 이후, 사회주의 진영에서는 이를 무산계급의 '영도권 방어'에 대한 '파쇼적 침해'라고 규정하고 투쟁을 본격화하기 위해, 김약수, 정운영, 정백 등 45인이 모여 '천도교정체폭로비판회'를 결성한다. 1932년 11월 21일 근우회관에서 창립대회를 열었으며, "민족개량주의의 강전 천도교를 타도", "피등의 재정적 원천 성미, 헌금을 대중적으로 거부하게 하자!"는 성명을 발표했다. 이어 조선지광사 편집부도 『신계단』 1933년 1월호를 「천도교비판특집」으로 기획하고, 천도교 측의 폭행을 "계급문화운동에 대한 반동문화의 박해"로 규정, "자본의 종교적 용병 천도교적 제운동을 타도하라!", "프롤레타리아적 종교비판의 완전자유!", "천도교 우상의 배를 채우는 성미헌금을 거부하자!", "천도교적 제출판물을 읽지 말자!", "신계단을 지지하라!"는 성명을 발표한다. 「천도교비판특집」 기사에서는 "신구를 막론하고 피압박 대중층을 하부로 삼고 인테리겐차, 소부르인테리를 상부"로 삼는 "천도교 조직비판"(백목생), "천도교 파쇼화" 비판(한설야, 서강백), "신도를 착취"하며 운영되는 "천도교 재정 비판", "교인 금전으로 운영"되는 "천도교 정치운동 비판"(한장경), "천도교 청체폭로 비판회 경과보고"(비판회서무부) 등으로 구성되어 있다.[38] 이후 『신계단』에는 1933년 2~7월호까지 「종교비

....

37 당대 상황에 대한 전말은 정용서의 논문과 사건 당시 『동아일보』, 『조선일보』의 기사들을 통해 재구성한 것이다. 각각의 서지사항은 다음과 같다. 정용서, 「일제하 해방 후 천도교 세력의 정치운동」, 연세대 박사논문, 2010, 110~112쪽; 「천교도정우당원과 신계단사분규」, 『동아일보』, 1932.11.25; 「천도교사건」, 『조선일보』, 1932.12.2.

38 그밖에도 박일형, 「천도교비판특집란―동학당과동학란」, ·「천도교의교도수」; 김철하, 「천도교에 대한나의반박」, ·「천도교청우당이란무엇인가」가 실려 있으며, 같은 호 권두언 격의 글에서는 한설야가 민족개량주의를 "금일에 있어서의 조선 프롤레타리아트의 최대의 적"으로 규정하고, 그 기관지로 호명되는 『동아일보』의 「호위금모집」을 비판한다. 한설야, 「민족개량주의비판」, 『신계단』 4, 1933.1.

판란」이 설치되기도 한다. 이는 "조선에 있어서 민족운동이 거의 종교 유사단체에 의해 좌우된다"는 점을 인식하고 이를 계기로 천도교를 포함하여 이외의 기타 종교단체들의 본질인 민족개량주의적 경향을 대중 앞에 폭로하겠다는 의도에서 나온 것이다. 그리하여 「종교비판란」에서는 천도교, 기독교를 비롯한 종교 일반의 문제를 철학적, 운동사적, 학술적 방면으로 총체적 검토 및 비판을 감행한다. 예컨대 임화는 "세계 종교"가 "제국주의자들과 공동전선"을 형성하고, "소비에트 동맹과 대립"하고 있음을 고발하고 있으며, 안병주는 "종교란 인간 두뇌의 공상적 산물"이라 비방하고, 송영희는 맑스주의적 관점에 입각하여, 종교를 비판·분석, "제도로서의 종교는 항상 국가기구와 밀접한 관계"를 지니고, "관념적 수단으로서의 종교가 사회 파시스트와도 동맹자가 된 것은 명료한 사실"이라 비판한다.[39]

한편, 『비판』에서도, 천도교사건에 대한 보도와 논평이 이어진다. 천도교에 대한 『비판』의 비판은 『신계단』과 비슷했지만, 폭행의 직접적인 피해자는 아니었기 때문에, 전반적인 기사의 논조는 보다 정제되어 있었고, 사건의 경위를 조선운동사의 맥락에서 파악하여, 객관화하려고 노력했다. 「조선운동과 영도권 문제의 비판」에서는 천도교와 사회주의 진영 간에 벌어진 영도권 문제를 "조선의 농촌문제와 농업문제에 대한 이해와 계획의 차이에서 발생한 것"으로 파악한다. 천도교가 "조선 농촌 농민들을 교세 확대와 교단 성장의 중요한 자원"으로 평가하고 "민족 개량주의적 관점"에서 농촌문제에 접근하고 있었던 반면, 사회주의 세력들은 당시 농민들을 "자본주의 이행 단계에서 사회주의 혁명의 주요

---

39 임화, 「전쟁과 종교」, 『신계단』 5, 1933.3; 안병주, 「우리는 왜 종교에 반대하는가」, 위의 책; 송영희, 「종교의 계급적 본질」, 『신계단』 7, 1933.4.

성분 인자"로 활동할 수 있도록 적극 교화하려는 방향을 취하고 있었다는 것이다.[40] 이는 천도교의 농촌문제 인식을 이권 상승의 도구로서 활용하고 있음을 고발하고, 사회주의 진영의 농촌문제 방책을 전제에서부터 고구한 논리였다. 이에 대해 천도교단은 『신인간』 1933년 1월호를 통해 반박하는데, 이때 실린 글은 다음과 같았다. 「사이비운동이론의 비판」(이척), 「사이비 반종교투쟁의 비판」(김일우), 「맑스주의 기초이론의 비판」(김동준)이 그것이다. 이 일련의 글들에서 천도교 측은 조선운동의 영도권을 주장하고 있는데, 그 근거로서 제시한 핵심 개념은 '계급', '결합', '실천적 경험', '이론'이었다. 그러니까 현하 조선운동의 핵심은 '농민층'인데, 천도교의 농촌사회의 영향력이 분명 '우위'이고, 그렇게 되기까지의 '경험'과 '이론'의 풍부, 나아가 그들의 정신적 '결합'을 이뤄내고 있다는 논지였다. 이에 대해 남철수는 '노동자 계급의 과소평가', '구체적 행동 목표가 없는 결합', '비과학적 경험과 이론'을 지적하며, 천도교단의 논리를 철저히 비판한다.[41] 이러한 비판의 내용은 천도교와의 논쟁 중 발생한 사회주의자들 간의 이견·분화[42]에도 불구하고, 공통

----

40 「조선운동과 영도권 문제의 비판」, 『비판』 18, 1932.11.

41 남철수, 「종교비판: 천도교의 조선운동관 검토―저들의 비과학성에 대하야」, 『비판』 21·22 합본호, 1933.3.

42 천도교단과의 논쟁에서는 사회주의 진영 내부의 '시비'들이 있었다. 이 대립은 한편으로는 천도교정체폭로비판회(이하 '비판회')와 『신계단』, 다른한편으로는 사회실정조사소와 『이러타』의 두 주축을 중심으로 한 대립이었다. 이때는 다음과 같은 세 가지의 견해 차이가 있었다. 첫째, 사건의 성격 규정이다. 우선 『이러타』에서는 언론에 대한 테러라 했지만, 『신계단』, 비판회에서는 민족개량주의자들의 발호라 진단했다. 둘째, 전술 방침의 문제이다. 『이러타』에서는 반종교투쟁 노선을 따르기보다는 대중적 자유언론을 위한 투쟁으로 나가고자 했으나, 비판회에서는 반종교투쟁임을 명백히 하려고 했다. 셋째, 역량 배치 문제이다. 『이러타』에서는 언론자유를 위한 토쟁에는 노동자 대중만이 아니라 진취적 부르주아와 자유주의적 대중이 제휴해야 한다 주장했다. 반면 『신계단』 측에서는 노동자계급의 독자노선을 주장하고 있었다. 이러한 분화로 반천교도 운동의 열기는 일찍 사그라들었다 한다. 이에 대해서는 정용서, 앞의 글, 3장 2절을 참고할 것.

적으로 제기되는 논리였다. 천도교와의 논쟁은 민족개량주의 비판을 반종교운동으로 초점화한 뒤, 조선운동의 영도권을 사회주의 진영으로 명백히 하기 위한 방법이었다. 이들 각 진영은 농촌 방책의 주도를 그 실제에 있어서의 사실-확인으로부터 시작하여, 이전까지 감추어져 있던 사회적 진실을 탐구하는 '보도자'로의 태도를 명확히 했던 것이다.

이처럼, 천도교와 사회주의 간의 분쟁은 『신계단』 폭행사건으로 인해 민족개량주의에 관한 비판적 평론의 방식에서, 사건의 보도와 제보, 고발의 형태로 급선회하게 된다. 이는 '해석의 영역'에서 '사실 확인과 폭로의 영역'으로의 이행이다. 아무래도 사건의 발단이 폭행사건이었던 만큼 사상이나 이념에 입각하지 않더라도, 보편적 윤리와 법의 차원에서 비판 가능했던 문제였기 때문이었다. 따라서 논쟁의 방식 대부분이 사건의 경위를 확인하는 차원에서 시작되었으며, 욕설과 비방이 오고가는 감정대립이 격화되었다. 위에서 거론한 글들만 봐도, 그 표현에 있어 "무지와 무식", "사이비운동", "파렴치한", "좌익운동의 졸잡배", "소아병적 병신", "피등의 수괴" 등의 막말이 사용되었다. 또한 논쟁의 층위도, "천도교의 재정비리"라든가, "교도수의 과장", "사회주의의 이론적 기만술" 등과 같은 제보와 고발, 폭로의 방식으로 이어져, 공론장에서의 논쟁이라기 보단, 사쟁私爭에 가까운 형태로 점철되어 갔다. 이는 『비판』과 『신계단』을 통해 수행되던 '담론투쟁의 이면'이었던 것이다.

3) 학술 논쟁의 지형 – 사회경제사학자들의 사회성격 논쟁

1930년대 맑스주의는 실천성을 담보하거나, 변혁운동의 전술로서 제기되기보다는, 조선사회의 성격이나 정치·경제학적 토대 분석을 위한 방법으로 기능했다. 맑스주의 비판의 학술화는 혁명운동의 퇴조를 반영하는 것이면서도, 사회주의 전략의 전환을 의미하는 것이기도 했다. 이에 다대한 영향을 준 것은 역시 '12월 테제'였는데, 코민테른은 조선혁명을 "부르주아민주주의 혁명단계"로 규정하고, '토지문제의 급진적 해결'을 당면한 과제로 파악했다. '12월 테제'는 토지혁명을 명제화하고, 농업문제에 대한 토대분석의 당위를 미리 제시해 준 것과 다름없었다. 사회주의자들은 식민지 조선의 구체적인 특수성을 해명해 줄 농촌 연구의 부재를 깨달았고, 조선혁명의 현 단계에 결정적인 중요성을 띠게 된 토지문제에 집중하기 시작했다. 그러면서 자연스레 '아시아적 생산 양식'이란 개념이 부각되었다. 맑스가 정초한 아시아적 생산 양식은 기본적으로 사회적 정체의 한 형태이고, 거기서는 생산력이 발전하지 않는다고 보는 것이었다.[43] 일본에서는 일찍부터 후쿠다 도쿠조와 같은 식민지 관학자들이 아시아적 생산 양식(정체성)에 근거하여 '조선특수사정론'이나 '봉건제결여론'을 제출하고, 제국의 침략을 한국 자본주의 발전과 산업혁명의 계기로 합리화하였다. 사회경제사학이라는 학문 분야가 전무하던 조선에서는 일본 유학파와 아카데미의 수혜자들을 중심으로, 1920년대 후반부터 아시아적 생산 양식과 관련한 논쟁들이 점화되기 시작한다. 주지하듯 이 논쟁은 대공황과

....

43 아시아적 생산 양식을 맑스주의적 역사의식의 한 형태로 봤을 때, 근본적인 딜레마에 빠지게 된다. 아시아적 생산 양식은 단선적 도식ー이 경우 아시아적 생산 양식은 역사진보이론과 모순된다ー의 일부이거나 다선적 도식의 일부ー이 경우 역사유물론은 역사이론이 아니라, 대신에 세계사에 대한 재서술이 된다ー인 것이 된다. 그리하여 앨릭스 캘리니코스는 아시아적 생산 양식 대신 공납적 생산 양식이란 개념을 제출하여 전자본주의 사회를 이해해야 한다고 논한다. 이에 대한 자세한 논의는 앨릭스 캘리니코스, 박형신·박선권 역, 『이론과 서사ー역사철학에 대한 성찰』, 일신사, 2000, 4장을 참고할 것.

혁명단계론, 아시아 사회의 역사 발전단계 등이 결합되어 제기된 것이었고, 일본 자본주의 논쟁과 중국 사회사 논전에서 지대한 영향을 받은 것으로 알려져 있다. 애초에 '아시아적 생산 양식'이란 개념 자체는 사회 변혁을 위한 전략으로 요청된 것이었지만, 30년대 조선에서는 조선 사회의 성격(모순구조)을 해명해 줄 방법으로 자리 잡아갔다. 아시아적 생산 양식 논쟁은 사회경제사학자들의 '과학적 조선학'의 이념과 접속하여, 식민지 농촌의 토대분석을 수행해 나갔다.[44] 그리고 그 학술 논쟁의 장을 제공해 준 대표적 매체가 바로 『비판』이었다.

알려진 대로, 『비판』은 맑스주의 경제학을 심화·발전시킨 다수의 논문을 게재했으며, 사회사학자들 간의 사회성격 논쟁의 핵심 전장으로서 자리하고 있었다. 그런 만큼 조선 사회주의자들의 식민지 농촌문제 인식의 변화를 잘 보여주고 있기도 하다. 1931년에서 1932년까지만 해도, 조선 농촌의 문제는 고율지대와 고리대, 가혹한 공과금 등의 수탈체제로 인해 피폐해진 농촌 현실의 진상과 그 대응에 대해 다뤄지고 있었다. 예컨대 이여성은 "봉건질서에 순응"하며 살던 조선의 "최저층"인 '농민들의 쟁의 빈도 증가'를 구체적인 통계를 통해 제시하고 있었으며, 박인수는 "지주와 소작인"의 관계가 봉건적 상태에 머물고 있음을 지적했다.[45] 다른 한편으로는 미조직 농민의 실태를 도시 노동자 조직과 대조하며, 농민들의 "타동적 동작"과 "농예근성"에 한탄하기도 했으며, 제국이 농촌 대책이라고 내놓은 "자작농 창정안創定案"(소작인을 자작농으로 전환

....

44 1930년대 조선에서의 아시아적 생산 양식과 과학적 조선학의 구체적인 접속 양상에 대해서는 박형진, 「1930년대 아시아적 생산 양식 논쟁과 과학적 조선학 연구」, 성균관대 석사논문, 2012를 참고할 것.

45 이여성, 「조선의 소작쟁의」, 『비판』 8, 1931.12; 박인수, 「지주와 소작인의 본질―櫛田 씨의 오류를 배격함」, 『비판』 9, 1932.1.

시키기)이 실은 '착취의 고도화'이며, '소작쟁의 방지책'에 다름 아님을 비판하기도 한다.[46] 이어 1932년 10월에는 비슷한 시기에 열린 『동아일보』 좌담회에 대응하여 「농촌문제 비판 특집란」을 기획하는데, 여기서는 "농촌경제의 자본주의와 봉건적 잔재의 착종"이 궁핍을 가속화하고 있으며(최진원, 「농촌궁핍 구제책」), 식민당국의 구제책과 『동아일보』, 『동광』의 대책 모두 '농촌의 부'가 부르주아에 집중되게 하는 전략에 다름 아님을 역설하기도 한다(정윤모, 「중소 상공업 급, 농촌구제책의 정체」).[47] 이중 박만춘의 논의는 일본에 의한 식민지화를 "외래자본주의화"로 보고, 이 과정을 농민 궁핍의 근본적 원인으로 적시하고 있어 주목을 요하는데, 이는 1935년경에 비등해지는 조선 경제의 특수성, 조선 토지관계의 특수성에 대한 논의의 초기 형태를 보여주고 있는 것이었다. 역사적으로 "조선의 토지소유관계가 국유제"라는 것을 간략하게 밝히고, 이를 근본적으로 자본화시킨 총독부의 토지조사사업을 '이식자본주의화'로 파악하는 단계까지 나갔으나, 조선 농촌 경제의 장기지속의 문제는 논의되고 있지 못하다는 한계가 있었다.[48]

....

46 독거일, 「조직농민에 대한 일고찰―미조직 농민에 대한 일고찰 속고」, 『비판』 12, 1932.4; 최진원, 「자작농 창장안(創定案)」, 『비판』 15, 1932.7.

47 『동아일보』에서는 농촌구제를 위한 조선유지를 총망라하는 대형 좌담회를 개최하는데, 여기서 파악·제기되는 당국의 정책과 자사의 정책은 다음과 같다. "당국의 구제책―① 농촌의 부담을 경감, ② 생산을 조장을 위한 자금을 대출, ③ 자작농의 창정(創定), ④ 노동정신의 함양 급 소비절약의 철저, ⑤ 영농다각화와 농경합리화에 의한 과잉노력과 지방의 생산적 활용, ⑥ 소작령 급 소작조정령의 제정, ⑦ 농촌금융의 원활과 비료통제", "동아일보의 대책―① 금비(金肥)사용금지, 퇴비장려, ② 국고로 걸인수용소의 설치, ③ 모든 부담경감 급 부채의 모라토리움, ④ 관혼상제의 용비를 절약하고 기 자금을 취합하여 소비 급 공동판매조합의 자금을 삼을 것, ⑤ 부유자의 동정애의 자선심을 고취할 것, ⑥ 가정공업을 확장할 것, ⑦ 부동산의 자본화, ⑧ 궁민에게 토지를 무상대부할 방법의 강구, ⑨ 자작농장려로 농촌생활에 애착심을 조장할 것, ⑩ 선각자가 농민을 지도할 것" 이 대책들은 조선유지들이 내놓은 방안인 만큼 부르주아적인 사고를 대변하는 것으로 비판받았다(「전조선유지 총망라 궁민구제대책지상좌담회」, 『동아일보』, 1932.7.3~27). 한편 비슷한 시기 『동광』에서도 「동광9월호지상좌담회」(1932.9)가 열렸는데, 내용은 『동아일보』의 것과 대동소이했다고 전한다.

1933년부터는 『비판』의 지면에서 농촌문제에 대한 글이 잠잠해지다가, 1936년에 이르면 아시아적 생산 양식의 심화된 이해를 예시하는 논의들이 실리기 시작한다. 1936년 1·2월 합병호의 「중국문제특집」과, 4월호에 실리는 「팟시즘 총검토」라는 제하의 특집이 그것이다. 이들 논의는 당시 중국과 일본의 사회경제사학의 차원에서 논의되었던, 아시아적 생산 양식 논쟁의 파급력이 조선 내 지식장 까지 영향을 주었던 사례로 볼 수 있는 것들이었다.[49] 또한 백남운의 『조선사회경제사』를 둘러싼 한홍수, 김재찬의 논쟁이 시작되는 것도 이 무렵이었다. 이들은 아시아적 생산 양식에 입각한 '역사발전단계'에 대해 이견을 보였다. 한홍수가 백남운을 비판하는 논점은 다음과 같았다. ① '조선경제사의 출발점'을 '농업공산사회'에 둔 것, ② "조선역사의 시초"를 조선민족의 선조가 "생산자료資料를 생산하는 점"에 있어서 동물과 구별되는 그 시기로 본 것, ③ "원시조선의 생산력 발전과정에서 내부적인 자연적 발달의 일면만을 구명究明하고 씨족조직의 붕괴에 가장 큰 역할을 한 외부적인 모티프를 도외시度外視" 했다는 점, ④ "원시조선의 최초의 사회로서는 하나의 모계씨족공산사회 즉 통일된 모계씨족공산사회가 존재했다"고 말한 것이다.[50] 하지만 이에 대해 백남운을 대신하여 김재찬이 조목조목 반박하는데, ① 백남운의 논의는 "조선경제사의 출발점이 농업공산사회라는 것이 아니라, 조선경제사의 출발점인 원시공산사회를 직접 연구하기에는 자료가 불충분하기 때문에, 농업공산사회의 잔적殘跡으로써, 원시공산사회의 전모全貌를 묘사할 수 있다고 말한 것" ② 한홍수는 "조선역사의 시초를

····················

48 박만춘, 「농촌문제 비판 특집란－농촌경제문제에 대한 1, 2의 학적 고찰」, 『비판』 15, 1932.7.
49 박형진, 앞의 글, 69~70쪽.
50 한홍수, 「조선원시사회론－백남운 씨 저, 「조선경제사회사」에 대한 비판을 겸하야」, 『비판』 25, 1935.12.

반도 내 조선민족의 선조가 되는 종족의 내주來住에서 찾아야 한다고 주장"
하지만, 이럴 경우 "부여나 고구려의 일부가 조선역사에서 제외"된다는
것. ③ 백남운은 외부적 모티프를 무시한 것이 아니라, "조선민족의 고대
에 있는 역사적 발전과정은 외관적으로는 혁명적 비약飛躍의 단계를 인정"
할 수 없으나, 내부적으로는 "그 사회적 생산력의 자기운동에 의하여
씨족공산제로부터 과도 형태로써의 원시적 부족 국가에, 거기로부터 다
시 노예국가시대에 추이推移한 것"이라고 말한 것. ④ 백 교수는 통일된
모계씨족사회를 논한 것이 아니라, 다수의 '모계씨족사회의 공통점'이
많기에 '일반화'한 것[51]이 그것이었다.

'시대구분'이나 '역사발전단계'와 같은 사회경제사 연구는 조선사
회의 성격 규명과 더불어 맑스주의적 전망을 결정하는 중요한 학술적
논제였다. 이는 조선사회의 생산관계를 현상적으로 고찰한 이전 시대
와는 달리 아시아적 생산 양식의 도식틀을 이용한 토대 분석의 심화
를 보여주는 것이었다. 그런데 여기서는 논쟁의 내용과 함께, 주목해
야 할 지점이 한 가지 더 있다. 그것은 이 글들이 한홍수의 '백남운 비
판'에 김재찬이 '개입'하여 작성되었다는 논쟁의 형식 그 자체이다.
김재찬은 백남운에 대한 한홍수의 비판을 대신 반박하는 이유에 대해
이렇게 말했다. 한홍수의 "비판에 대한 비판"은 백남운이 하는 것이
옳겠지만, 자신은 얼마 전 백 교수와 관련 내용을 토의한 적이 있고,
"한 씨의 논문이 백 교수에 대한 비판"인 동시에 "조선역사에 대한 주
장"이기 때문에, 자신이 비판해도 무관할 것 같다는 것이었다. 김재찬
의 이 '개입'은 마치, 사회주의 지식이 학술적 논쟁을 통해 반립 및 정

51 김재찬, 「조선사회경제사의 재검토─한홍수 씨의 비판에 대한 비판」, 『비판』 29, 1936.6.

립하며 정식화되는 방식을 재현하는 것처럼 보이기도 한다. 비유적이나마 김재찬의 이 행위는 식민지 지식장에 '개입'하는 사회주의 지식의 혼전混戰 형태를 암시하는 것이기도 한 것이다. 근대 해석지로서의 사회주의는 식민지 조선의 담론장에 구축되어 있는 지식의 전선들을 교차-변형토록 유인하며, 논쟁의 방식으로 '개입'해 갔다.

한편, 『비판』에는 조선 농촌(농업)의 성격 규정을 둘러싼 논쟁도 있었다. 당시의 논쟁은 주로 엠엘계 이론가들에 의해 '반봉건성'의 구체적 내용을 둘러싸고 진행되었다. 중국이나 일본과는 달리 조선의 이론가들은 조선 농촌에 봉건적인 관계가 광범위하게 잔존한다는 것에는 기본적으로 모두 동의했다. 이는 그만큼 식민지라는 상황의 특수성, 즉 조선 자본주의 발달의 특수성을 의미한다고 볼 수 있을 것이다.

> 토지조사사업에서 비롯된 농촌의 새로운 분화과정은 결코 농촌의 봉건적 생산관계를 완전히 또는 영구히 극복하여 지양할 수 없으며, 도리어 농촌의 새로운 분화와 봉건적 생산관계는 불가분의 상 관관계를 형성하여 농촌의 봉건적 성질 그 자체를 일층 강화시킨다.(인정식, 「농업자본제화(農業資本制化)의 제형(諸型)과 조선토지조사사업의 의의 上」, 『비판』 31, 1936.9)

> 조선농촌의 외래자본기능의 수태(受胎)자로서의 역할과 자체의 전래한 전통적 '생산력-생산양식의 기능자로서의 역할, 이 두 개의 이중적 역할의 첨예화한 모순이야말로 금일 농촌관계의 집중적 표 현이 아니면 아니 되나니, 토지소유의 자본적 성질과 농업생산의 봉건적 양식의 모순이 조선농업기 구의 본질을 보여준다.(박문병, 「조선농업의 구조적 특질-조선농촌의 성격규정에 대한 기본적 고찰」, 『비판』 32·33 합본호, 1936.10)

인용한 글들은 대표적인 조선 농촌의 토대 분석 방법 두 가지를 전제하며, '반봉건성'에 대한 대립적 이해를 보여주고 있다. 우선 인정식은 '토지조사사업'이 '생산관계의 변혁'을 가져오는 것은 아니라는 주장을 피력한다. 다시 말해 '조선토지조사사업'은 봉건적 소유관계를 근대적으로 가장한 데 불과한 것이라는 주장이다. 인정식의 이러한 평가는 토지조사사업이 '내재적 생산력'의 발달을 기초로 한 것이 아니라, 제국의 독점 자본의 요구에 의해 강제로 재편된 것이라는 인식이 바탕된 것이었다. 인정식은 다른 글을 통해서도 봉건성의 강화·유지라는 관점에서 조선 농업을 분석한다. 이는 생산력의 발전에 의한 생산관계의 변화란 고전적 정식에 기초한 것임을 알 수 있다. 즉 그는 근대적 토지소유개념은 자본-임금-이윤의 3분할제가 실현되어 자본주의적 지대론이 관철되는 과정으로 보고 있는 것이다.

반면 박문병은 '토지소유의 자본적 성질'과 '농업생산의 봉건적 양식'의 '모순'이 '조선농업기구의 본질'을 보여준다고 말한다. 토지조사사업 역시, 원축 과정에서 농민이 토지로부터 분리되고, 신분적 종속에서 해방됨으로써 자본제적 생산 양식의 잠재적 가능성을 내포하게 된 것으로 평가한다. 박문병의 논의는 조선 농촌에 있어서의 자본적 관계를 주장하는 논자들의 방법을 두 가지로 구분한 뒤, 이들을 지양·종합한 결과로서 도출된 것이었다. 위의 글에서 그가 말하는 두 가지 방법이란 첫째, "조선농촌관계의 현단계의 범주를 자본주의적 관계로서 규정하는 체계"이고, 둘째, "봉건주의적 범주로서 규정하려는 체계"이다. 전자는 "조선농촌관계에서의 화폐경제화, 상품적 제관계의 확립, 토지의 일절상품적 동원화, 상품적 농업생산, 생산자체에 있어서의 비료, 기타생산요소의 화폐지출의 체증遞增"을 논거로 한다.

그러나 후자는 "농업에 있어 생산수단-생산력이란 농구農具기술의 상태 표현인 만큼, 금일 조선농업생산에 있어 農具의 비기계화, 기술의 저급화된 상태-수공노동은 무엇보다 가장 기본적으로 금일 조선 농촌의 村生成을 규정하는 지표가 된다는 것"이다. 하지만 이들은 모두 지양되어야 한다. 전자는 "사회구성의 범위에 있어 속류적 견해"를 대표한 것이고, 후자는 "역사적 유물론의 기계적 공식적 파악의 전형"을 보여주는 것이기 때문이다. 여기서 후자에 해당하는 것이 바로 인정식이다. 박문병은 '토지소유관리' 개념을, '생산자의 생산수단으로부터의 분리', '배타적인 일물일권의 확립', '토지의 상품화 등이 실현되는 것' 등으로부터 설정하고 있는 것이다. 물론 이에 대해 인정식은 생산관계의 봉건성을 인정하면서도 그에 포함되는 소유관계는 자본제적으로 보는 오류를 범하고 있다고 말한다.

이처럼 인정식과 박문병은 조선 농촌의 토대를 분석하는 기본적인 방법을 비롯하여, 생산관계와 소유관계의 개념 설정 문제, 토지조사사업에 대한 평가, 반봉건의 의미부여 등에서 현격한 차이를 보이고 있다. 이들 각자는 중국과 일본을 비롯한 동아시아권 관점의 두 가지 경향성을 대표한다.[52] 그러면서도 이들은 아시아적 생산 양식을 독자적인 사회구성으로 인식하는 것은 지양하는 동시에, 아시아적이라는 특수성에 대해서는 인정해야 한다는 딜레마에 봉착하고 있었다. 서구의 보편사

....

[52] 오미일에 따르면, 인정식의 주장은 야마다 모리타로오가 『일본자본주의분석』(1934.2)에서 규정한 '반봉건적 토지소유의 규정'을 따르는 것이며, 박문병은 1930년대 초반 한위건과 일본의 노로 에이타로의 논리와 상동성이 있다고 말한다. 실제 이들 논쟁은 일본 자본주의 성격의 문제를 메이지 유신의 토지제도 개혁의 평가를 둘러싸고 일어난 노농파와 강좌파의 논쟁과 상당히 유사한 것이었다고 한다. 오미일, 「1930년대 사회주의자들의 사회성격 논쟁」, 『역사비평』 10, 역사문제연구소, 1989년 봄호, 225~228쪽.

를 부정하지 않으면서도, 아시아적 특수성을 그에 포함시킬 수는 없는 이론적 곤경이 있었다는 것이다. 당대 경제사회사학자들은 보편과 특수 사이의 곤경을 학술 논쟁을 통해, 종합-극복하려 했다. 사회성격 규정에 대한 이견에 단순히 반립했던 것이 아니라. 오히려 그러한 반립을 통해, 정립의 방법을 모색했던 것이다. 반립과 정립의 변증법 안에서, 공유한 논쟁의 법칙은 다름 아닌 "학적 엄밀함"과, "순수한 전형"의 설립이었다. 1930년대 중후반의 사회경제사학자들은 학술 논쟁을 통해, 식민지 지식장에 대한 사회주의적 개입의 아카데믹한 방법을 제시하고 있었다. '학적 지식의 형성'이야말로, 식민지기 지식인들의 역사적 사명이었던 것이다.

4. 결론을 대신하며
—식민지 지식장의 변동과 복수의 사회주의

식민지 지식장에서 사회주의가 수행하고 있던 실제 기능은 무엇일까? 1920년대부터 근대 지식으로서의 사회주의는 특히 문화의 영역에 지대한 영향을 준 것으로 알려져 있다. 사회주의의 수용으로 확산된 계급이란 개념은 자기정체성의 조정 중심을 담당했으며, 독서회나 야학과 같은 새로운 관계망을 형성하고, 그곳에서 대안적인 앎의 순환에도 사회주의가 일정한 역할을 한 것으로 알려져 있다. 또한 사회주의는 시각 이미지와도 결합하여 매체의 문화정치학을 다양화했으며, 연애와 같은 사적 행위 양식과 결합하여, 동지애라는 새로운 사회적 관계망을 형성하는 데 이바지했다.[53]

하지만 사회주의는 민족운동의 중심이자, 계급혁명을 도모하는 실천성을 항상 담보한 채 존재하는 사상이기도 했다. 근대 지식으로서의 사회주의도 실천운동의 양상과 무관하게 전개된 것은 아니었다. 오히려 1920년대 중반부터 연이어 발생한 조선공산당 사건 등으로 인해, 위축된 운동사의 상황이 사회주의의 존재 방식에 강한 규정력을 발휘했다. 이 글은 이러한 점에 착안하여, 1930년대 사회주의운동의 비합법투쟁으로의 전환과 제국 통제의 심화로 인한 연이은 퇴조가 사회주의의 담론투쟁으로의 이행으로 연결되는 논리적 층위들을 살펴려고 시도한 것이다. 이는 1930년대 중반 이후, 반파시즘 전선으로 집결했다고 알려지는 사회주의 진영 내·외부의 적대와 연대의 다양한 의미망을 세부화하여 볼 필요가 있다는 문제의식과도 긴밀히 연결된 것이었다.

살핀 대로, 1930년대 사회주의 진영 내·외부의 담론투쟁은 사회주의에 잠재된 혁명성을 '대리-표상'하며, 새로운 지식의 전선(들)을 구

----

53 이들 연구를 대표하는 논의들은 2007~2008년에 걸쳐 이뤄졌던 '근대 지식으로서의 사회주의와 문화·문화적 표상' 학술발표에서 집중적으로 발표되었다. 사회주의의 문화적 기능에 대한 이 논의들은 『상허학보』 22(2008)와 『대동문화연구』 64(2008)에 실린 일련의 기획논문들에 의거한 것임을 밝힌다. 박헌호, 「계급개념의 근대 지식적 역학」, 『상허학보』 22, 상허학회, 2008; 이혜령, 「지식인의 자기정의와 계급」, 위의 책; 이승희, 「1920년대 신문 만평의 사회주의 정치와 문화적 효과」, 위의 책; 장영은, 「금지된 표상, 허용된 표상」, 위의 책; 천정환, 「1920년대 독서회와 사회주의 문화」, 『대동문화연구』 64, 성균관대 대동문화연구원, 2008;
그럼에도 이 논문들은 1920년대를 시기적 대상으로 하고 있음을 지적할 필요가 있다. 선행 연구를 통해 밝혀진 근대 지식으로서의 사회주의가 1930년대에 이르면 운동사의 지형변화와 함께 어떻게 재구성되어 갔는지를 고찰하는 것이 본고의 목적이었음을 다시 한 번 밝힌다.

성해 나갔다. 이때 지식의 전선(『비판』의 표현으로는 '활자전선')이란 사회주의 진영 내·외부의 인적 연결망에 기반을 두면서도, 때로는 그것을 해체하거나 재구성하며, 사안의 종류나 방향에 따라 유동적으로 구축되어갔다. 식민지 지식장의 변동을 야기한 사회주의 담론은 다층적으로 구성된 것이었으며, 이러한 논쟁의 지형들을 가장 잘 보여주는 잡지가 바로『비판』이라고 생각했다. (이는 물론『비판』에 '고유한 것'이란 주장이 아니다.) 사회주의 잡지로서는 이례적인 포지션과 그로 인한 진영 내·외부로부터의 고립이 외려 담론 차원의 다양성을 보장해 주었다.『비판』에서 구축된 논쟁의 지형들은 크게 세 가지로 구분할 수 있었다. '① 평론/비평 ② 보도/제보/고발 ③ 학술 논쟁'이 그것이다. 이들 구분은 다루는 소재나 주제, 대상에 따른 것이 아니라, 관점과 시각, 방법에 따른 분류이다. 이 논쟁의 지형들은 그 형태가 자명하게 구분되기보다는 상관적으로 구성되었다. 또한 국면이 전환됨에 따라 글의 형태가 상호 침투적으로 전환되기도 한다. 하지만 이 세 가지 형태의 논쟁들은 각각 지향하는 목적이 명백히 달랐다. ①은 사회운동의 이론적 모색 ②는 사건현상비판 ③은 학적 지식의 형성이었다. 그리고 이들 각각을 대표하는 것으로는 신간회 해소 논쟁(①), 사회주의와 천도교의 조선운동 영도권 논쟁(②), 사회성격 논쟁(③)을 제시했다.

　『비판』을 통해 알 수 있는 사회주의 논쟁의 지형들은 시기적 조건에 따라 그 양상을 달리했다는 것에도 주목할 필요가 있다. 경향적으로만 보아도,『비판』초기에는 '평론/비평' 논쟁이 높은 분포를 보이다가, 점차 '보도/제보/고발'의 형태가 많아지고, 30년대 중후반에 이르면 대부분 '학술논쟁'으로 대체되는 것을 알 수 있다. 이는 사회주의운동의 퇴조와, 조선 현실에 대한 전망의 상실, 그리고 제국 일본에 의한 합법적 언설 공간의 통제 등이 연동된 것일 테다. 하지만, 1930년대 사회주의는 단순히 퇴조한 것이 아니라, 진영 내·외부에서 개진되는 다양한 이론적 모색들로 인해, 복수의 사회주의를 구축하고 있었다고 보는 것이 옳다. 복수의 사회주의는 식민통치에 기반을 둔 합법적 언설 공간이라는 한계 위에서도, 사회주의의 비판적 기획을 모색하기 위해 시도된 주체화의 다양한 결과들이었다. 물론 이 한편의 논문으로는 1930년대에 전개된 사회주의 담론투쟁의 양상과 그 복수의 변이들을 충분히 담아낼 수 없을 것이다. 다만 여기서는 1930년대 식민지 조선의 언설 공간에서 실제 기능했던 사회주의 담론의 다기한 양상이 검토될 계기를 마련하고 싶었을 뿐이다. 1930년대 존재했던 '복수의 사회주의'는 실천적인 규명을 요구하고 있는 것이다.

참고문헌

기본 자료

『비판』, 『삼천리』, 『동광』, 『동아일보』, 『신계단』, 『계급투쟁』, 『조선지광』, 『조선일보』

단행본

김경일, 『이재유 연구』, 창작과비평사, 1993.

스칼라피노·이정식, 한홍구 역, 『한국 공산주의 운동사』 1, 돌베개.

앨릭스 캘리니코스, 박형신·박선권 역, 『이론과 서사—역사철학에 대한 성찰』, 일신사, 2000.

이균영, 『신간회 연구』, 역사비평사, 1993.

천정환, 「초기 삼천리의 지향과 1930년대 문화민족주의」, 『삼천리 근대의 뜨거운 만화경』, 성균관대 출판부, 2012.

논문

김민환, 「일제하 좌파 잡지의 사회주의 논설 내용 분석」, 『한국언론학보』 49-1, 한국언론학회, 2005.

박종린, 「'김윤식사회장' 찬반논의와 사회주의 세력의 재편」, 『역사와현실』 38, 한국역사연구회, 2000.

박헌호, 「계급개념의 근대 지식적 역학」, 『상허학보』 22, 상허학회, 2008.

박형진, 「1930년대 아시아적 생산 양식 논쟁과 과학적 조선학 연구」, 성균관대 석사논문, 2012.

오미일, 「1930년대 사회주의자들의 사회성격 논쟁」, 『역사비평』 10, 역사문제연구소, 1989년 봄호.

오혜진, 「심퍼사이저라는 필터—그 저항과 자원의 양식들」, 『상허학보』 38, 상허학회, 2013.

유석환, 「1930년대 잡지시장의 변동과 잡지 『비판』의 대응—경쟁하는 잡지, 확산되는 문학」, 『사이(SAI)』 6, 국제한국문학문화학회, 2009.

유승환, 「하위주체적 '앎'과 사회주의 매체 전략—『비판』소재 고정란을 중심으로」, 『민족문학사연구』 53, 민족문학사연구소, 2013.

유재천, 「일제하 한국 신문의 공산주의 수용에 관한 연구 (3)」, 『동아연구』 18, 서강대 동아연구소, 1989.

_____, 「일제하 한국 잡지의 공산주의 수용에 관한 연구」, 『동아연구』 15, 서강대 동아연구소, 1988.

이승희, 「1920년대 신문 만평의 사회주의 정치와 문화적 효과」, 『상허학보』 22, 상허학회, 2008.

이종호, 「염상섭의 자리, 프로문학 밖, 대항제국주의 안」, 『상허학보』 38, 상허학회, 2013.

이혜령, 「감옥 혹은 부재의 시간들—식민지 조선에서 사회주의자를 재현한다는 것, 그 가능성의 조건」, 『대동문화연구』 64, 성균관 대동문화연구원, 2008.

_____, 「지식인의 자기정의와 계급」, 『상허학보』 22, 상허학회, 2008.

장영은, 「금지된 표상, 허용된 표상」, 『상허학보』 22, 상허학회, 2008.

정용서, 「일제하 해방 후 천도교 세력의 정치운동」, 연세대 박사논문, 2010.

정혜정, 「일제하 천도교 '수운이즘'과 사회주의의 사상논쟁」, 『동학연구』 11, 한국동학학회, 2002.

천정환, 「1920년대 독서회와 사회주의 문화」, 『대동문화연구』 64, 성균관대 대동문화연구원, 2008.

한기형, 「식민지 검열 정책과 사회주의 관련 잡지의 정치 역학—『개벽』과 『조선지광』의 역사적 위상 분석과 관련하여」, 『한국문학연구』 30, 동국대 한국문학연구소, 2006.

저변화된 낭만, 전면화된 사실

1920년대 후반~1930년대 중반 임화 평론에 나타난 '낭만성' 재검토

최은혜

1. 문제제기 – 임화 연구에서 낭만(성)의 위상

1930년대 중반 무렵 카프의 조직 활동이 전면 봉쇄 상태에 놓이게 되자 임화는 돌연 '낭만적 정신'과 관련된 글을 쓰기 시작한다. 그 이전까지 카프의 주요 논자로서 비평사의 굴곡마다 앞장서서 의견을 개진했던 임화는 줄곧 낭만적인 것을 부정적인 대상이자 척결해야 할 미적 태도로 인식해 왔다. 그것이 계급적인 사유에서 벗어나 있을 뿐만 아니라 계급적 행동을 가로막는 조건이라고 판단했던 것이다. 이런 점을 상기해 볼 때, 임화가 갑자기 낭만적 정신을 표제에 내세워서 그것의 필요성을 이론화하는 작업을 수행했다는 사실은 다소 의아함을 자아낸다. 임화는 왜 그전까지 자신이 부정적으로 바라보던 낭만을 전면화하여 그것에 적극적인 의미를 부여하려 했던 것일까. 그리고 이런 부분은 과연 임화의 평론 세계와 그것을 떠받치고 있는 인식

의 전환을 의미하는 것일까. 본 연구는 '낭만정신론'에 다시금 발본적인 질문들을 제기하는 것으로부터 시작된다.

낭만이라는 키워드에 대한 기존의 임화 연구는 주로 낭만정신론에 집중되어 왔다. 낭만정신론이란 1934년부터 1936년 사이에 발표된 두 편의 평론 「낭만적 정신의 현실적 구조－신창작이론의 정당한 이해를 위하여」(『조선일보』, 1934.4.14~4.24)와 「위대한 낭만적 정신」(『동아일보』, 1936.1.1~1.4)을 중심으로, 임화가 원리적 범주로서 낭만과 사실(주의)의 의미에 대해 새롭게 천착하고 있는 논의를 이른다. 낭만정신론을 중심으로 임화의 낭만성을 살피는 기존의 연구 경향은 임화 평론에 등장한 낭만이 이해되는 통상적인 방식으로 자리 잡았다. 낭만정신론이 등장한 특정 국면에 집중하면서 시기적 특징이나 사회주의 리얼리즘 수용의 관점에서 이론의 구조와 의미를 파악하는 방식이 그것이다. 이 주제와 관련된 초기 연구에 속하는 정경운[1]과 신명경[2]의 논문은 낭만정신론을 사회주의 리얼리즘의 한 요소인 혁명적 낭만주의[3]와의 관련성 속에서 논구하고 있다. 여기에는 카프에 대한 탄압이 극에 달하고 조직이 위기에 처하게 되자 조직 재건의 돌파구로서 임화가 그것을 수용했다는 관점이 전제되어 있다. 이런 관점에서 본 낭만정신론은 비평사 내의 국면적인 특수성을 담지하는 이론이 되고, 낭만은 임화 평론의 통시적

----

1 정경운, 「임화의 낭만수의론 연구」, 전남대 석사논문, 1990.
2 신명경, 「임화의 낭만정신론 연구」, 『동남어문논집』 1, 동남어문학회, 1991.
3 1933년을 전후한 무렵 라프(RAPP, 러시아프롤레타리아작가동맹)의 키르포친(V.Y.Kirpotin)은 낭만주의와 리얼리즘의 종합으로 사회주의 리얼리즘을 주창했다. "킬포친은 사회주의 리얼리즘을 낭만주의와 사실주의의 종합적 양식으로 보고 사회주의 건설이나 프로레타리아 계급투쟁을 위해서는 혁명적 낭만주의를 필수적 요소로 손꼽았다. 그는 부르조아 문학에서는 사실주의적 묘사와 낭만주의적 표현이 서로 괴리상태에 있지만 사회주의 리얼리즘에 있어서 이 두 가지는 통합되어야 한다고 주장하였다. 이 이론은 사회주의적 민주주의 운동에 참가하는 사람들은 영감과 꿈을 가르쳐야 한다는 레닌의 주장을 활용한 것으로 보인다." 위의 글, 129쪽.

전개선상에서 시기적 한정성을 지니는 개념이 된다.

이런 맥락에서 이현식의 논문[4] 또한 낭만정신론을 카프 해산 무렵이라는 특정 시기에만 전개됐던 이론으로 바라보는 관점을 취하지만, 앞선 논문들이 그것의 비평사적 의의를 밝혀주는 데 반해 이 논문은 그에 대한 비판적 평가를 내리고 있다. 이현식은 이 시기 임화의 낭만정신론을 '거꾸로 선 리얼리즘'이라고 명명하면서 그 안에 내재된 과도한 주관성을 비판한다. 이러한 비판의 근저에는 그 무렵 전개되는 이론들이 주관과 객관의 통일을 지향해 나가는 1930년대 후반기 임화의 리얼리즘론에 못 미친다는 연구자의 판단이 개입해 있다. 이미 '완성형'으로서의 리얼리즘이 결정되어 있고 그 결정의 시공간으로 나아가는 과정에서, 주관성을 개념화한 임화의 낭만정신론은 영영 미달된 것으로 남아 있을 수밖에 없게 된다.[5]

그러나 이렇듯 임화가 낭만성을 강조하는 것이 어느 시기만의 문제

....

4 이현식, 「주체 재건을 향한 도정과 실천으로서의 리얼리즘—1930년대 후반 임화의 비평」, 문학과사상연구회 편, 『임화문학의 재인식』, 소명출판, 2004. 한편 신제원은 낭만정신론이 사회주의 리얼리즘의 창작방법론의 일환이라는 전제하에, 이현식의 견해와는 다른 의견을 피력한다. 낭만정신론을 1930년대 후반에 전개된 주체재건론 에서도 지속된다는 것이다(신제원, 「임화의 '현실'과 사회주의 리얼리즘」, 『국어어문』 66, 국제어문학회, 2015).

5 그러나 이러한 관점은 이현식 논문만의 특징이라기보다는, 임화 평론 연구 전반에 걸쳐 나타나는 경향이라고 할 수 있다. 최근까지도 임화 평론 연구가 주로 1930년대 후반기에 압도적으로 집중되어 있다는 사정도 이와 맞물려 있다. 여기에는 그 시기를 임화 평론의 성숙기라고 보는 연구자의 판단이 개입해 있다. 물론 실제로도 1930년대 후반기의 평론들을 통해서 폭 넓고 깊이 있는 논의거리를 마련할 수 있는 가능성이 큰 것도 사실이다. 그런데 문제는 이러한 판단에 따라서 이전의 논의들이 섬세하게 살펴지지 못한 채 비교적 단순한 것으로 처리된다는 데 있다. (이론의 성숙기에 집중하는 연구 경향에 따라) '그 과정상의 논의'들을 이론의 완성형에 다다르지 못한 존재들, 혹은 외국발 이론의 기계적 수용에 따라 전개되는 것으로 처리할 때, 오히려 성숙기의 이론을 풍성하게 설명할 수 있는 자산을 잃게 될 수밖에 없다는 점을 간과해서는 안 된다. 주체의 상황이나 이해 방식에 따라 원전과는 다르게 이론을 수용할 수 있다는 점을 인정할 필요가 있는 것이다. 수용된 이론의 내용이 미숙하거나 오인된 것이라는 가치판단을 내리기 전에, 이론을 수용한 맥락과 방식에 집중하고 그것의 이유를 의미화할 필요가 있다고 본다.

이며 리얼리즘론을 전개하는 과정에서 한시적으로 제출된 미달된 입장이라고 보는 연구 경향에는 재고가 필요하다. 임화가 낭만적 정신을 전면적으로 강조했던 것이 1930년대 중반 이후부터라고 하더라도, 그 이전부터 '낭만'과 관련된 (비판적) 문제의식을 지속적으로 견지하고 있었다는 점을 발견할 수 있기 때문이다.[6] 그렇기에 선행 연구들의 입장을 딛고 본 논문은, 정치주의로 점철되어 있던 카프시기(1925~1935년 무렵) 그리고 정치주의에서 벗어나 문학적으로 풍성한 논의를 펼쳤던 일제 말기 사이에 낀, 그 잠깐의 시기 동안 낭만정신론이 전개되었을 뿐이라고 이해하는 방식에서 벗어나서 임화 평론에 나타난 낭만의 의미를 재검토하고자 한다. 이런 맥락에서 '한국문학사에서 낭만이란 무엇인가'라는 근원적 질문을 던지는 박헌호의 논문[7]은 중요한 참조점이 될 수 있다. 리얼리즘을 강조하는 한국문학사의 구도 속에서 낭만(주의)이 은폐되어 온 매커니즘을 밝히고 있는 이 논문은 그 과정에 가장 크게 일조한 것이 임화가 설계한 문학사적 구도라는 점을 지목한다. 즉 낭만정신론을 펼치기 이전에 임화가 이미 낭만에 대해서 비판적 태도를 견지하고 있었다는 점을 전제하고 있다. 또 "리얼리즘으로도 상황을 돌파할 가능성이 희박해질 때, 그 위에 재차 낭만적인 것을 수혈"하면서 낭만정신론을 주창했다는 점도 더불어 밝히고 있다. 이러한 점들을 종합적

....

6   임화와 송영이 '감성'이라는 자질을 공유하면서 볼셰비키화 시기 이미 낭만주의적 기획에 함께 동참하고 있었다는 점을 밝히고 있는 장문석과 이은지의 논문은, 본 논문이 제기하는 이와 같은 문제의식과 동일한 맥락 위에 놓여 있다고 할 수 있다. 다만 이들의 연구가 임화와 송영의 교류에 초점을 맞추어 그들의 작품 창작과 예술 기획의 측면을 살펴보고 있는 데 반해, 본 연구는 임화의 평론에 더 주목하여 그 안에 나타난 논리적 구조를 밝혀보고자 한다. 장문석·이은지, 「임화의 '오빠', 송영」, 『한국학연구』 33, 인하대 한국학연구소, 2014.

7   박헌호, 「낭만, 한국 근대문학사의 은폐된 주체―'질문'을 위한 준비」, 『한국학연구』 25, 인하대 한국학연구소, 2011. 이하 이 문단의 인용은 해당 논문의 237~246쪽 안에서 이루어졌다.

으로 살펴볼 때, 이 논문은 낭만정신론에 결박되어 있던 기존의 연구를 넘어서 '임화의 낭만(성)'이라는 폭넓은 대상으로 질문을 유도한다.[8]

실제로 임화는 평론 작성을 시작한 1920년대 중반부터 낭만, 낭만성, 낭만주의와 관련된 글들을 지속적으로 써왔다. 카프에 가입하기 이전에는 고전주의의 형식에 저항한 빅토르 위고의 낭만주의 연극이나 미래주의의 급진적 분파 중 하나인 보티시즘 미술 등의 낭만적 성격을 소개하는 일련의 글을 썼다.[9] 비록 서구의 문예이론이나 문화 현상을 소개하는 것에 그치고 있더라도 이 글들은 당시의 임화가 '어떤' 성격의 이론과 현상에 주목하고 있었는가를 엿볼 수 있게 해준다. 이를 통해, 사회를 변혁하고자 하는 낭만적 열정이 이 시기 임화가 전위주의 예술 이론과 함께 학습했던 마르크시즘에 공명하게끔 하는 심리적 기반이 되기도 했다는 점을 간취할 수 있다.[10] 시인에게 전위의 눈을 가지라 재차 강조하던 1930년에는 불과 1년 전 발표했던 「우리 오빠의 화로」가 "절규의 낭만주의"를 담고 있으며, "감상주의 비××적 현실의 예술화로 전화되고" 말았다고 자기비판을 했다.[11] 그러나 또 다시 의견을 고쳐 1934년부터는 낭만적 정신론을 본격적으로 전개하

----

8 물론 이 논문은 한국문학사 전체를 염두에 두고 쓰였기 때문에 임화의 낭만과 낭만주의, 낭만정신론이 쓰이는 맥락을 섬세하게 다루고 있지는 않다. 임화의 문학사적 구도에서 낭만의 의미가 한국문학사에 끼치게 된 악영향과 그럼에도 불구하고 본인이 낭만적인 것을 수혈하려 했다는 맥락이 부분적으로 언급되고 있을 뿐이다. 이를 넘어서 본 논문은 임화 평론의 전체적인 맥락에서 낭만의 의미를 보다 정치하게 살펴보고자 한다.

9 임화, 「문학사상의 이월 이십오일」, 『매일신보』, 1926.3.7; 임화, 「폴테스파의 선언」, 『매일신보』, 1926.4.4.

10 여기에 대해서는 최은혜, 「카프시기(1925~1935) 임화의 문화평론 연구」, 고려대 석사논문, 2013, 2장의 1절을 참고할 수 있다.

11 임화, 「시인이여! 일보전진하자! ─시에 대한 자기비판 기타」, (『조선지광』, 1930.6), 신두원 외 편, 『임화문학예술전집』 4, 소명출판, 2009, 173쪽.(이하 임화 전집을 인용할 경우, 전집의 권수와 쪽수만을 표기하되, 본문에 원문의 출처와 날짜를 밝히도록 하겠다.)

다가 1936년까지는 「해협의 로맨티시즘」으로 대표되는, 현해탄을 소재로 하는 낭만을 앞세운 시들을 발표하기도 했다.

이처럼 임화의 문학론에서 낭만, 낭만주의, 낭만적 정신은 지속적인 화두로 자리하고 있었다. 특히 카프의 볼셰비키화가 진행되던 시기 임화가 낭만주의적 경향을 노골적으로 비판했던 사실은 특기할 만한데, 이는 역설적이게도 그가 자신의 시가 지니는 낭만성을 인식하고 있었다는 것을 의미하며[12] 낭만에 대해 (무)의식적 반응을 보이고 있음을 반증하는 것이기도 하다. 의미를 달리하나 낭만에 대한 임화의 인식이 지속적인 흐름을 이루고 있었다는 것은 새로운 주목을 요하는 부분이다. 여기에 주목해 낭만이라는 용어를 중심에 두고 그 의미의 진폭을 가늠해 보는 것도 필요할 것이다. 낭만이라는 말이 본래 그러하듯, 임화의 평론에서 그것이 쓰이는 경우를 보더라도 그 안에는 다양한 의미와 맥락들이 포함되어 있으며 그렇기에 이들은 동일한 용어 내에서 때로 충돌하거나 교접해 왔다.

이런 문제의식에 입각해 시기에 따라서 파편적으로 다뤄져 왔을 뿐인 '낭만'을 일관성의 궤도 위에 두고 의미의 내막을 살펴보고자 한다. 나아가 그것이 임화가 평론을 쓸 때에 중요하게 작용한, 논리적이고 감성적이며 미적 준거였다는 것을 밝히려는 목적을 가지고 있다. 특히 1930년대 중후반의 낭만정신론과 이후 주체재건론이 어떻게 연속·

....

12 임화의 시 연구에만 한정해 볼 때, '낭만성'이나 '감정'은 그의 시를 설명하는 중요한 요소로 언급되어 왔다. 이에 대해서는 다음의 논문들을 참고할 수 있다. 최현식, 「낭만성, 신념과 성찰의 이중주─임화의 '네거리' 계열 시를 중심으로」, 문학과사상연구회 편, 앞의 책; 백은주, 「임화 시의 낭만성 연구를 위한 시론」, 『한국시학연구』 17, 한국시학회, 2006; 주영중, 「이상화와 임화 시의 낭만성 연구」, 『어문논집』 55, 민족어문학회, 2007; 최호진, 「혁명적 낭만주의로 본 임화의 시관」, 『현대문학이론연구』 55, 현대문학이론학회, 2013; 김지혜, 「임화의 단편서사시의 의미와 '감정'의 분화」, 『현대문학의 연구』 55, 한국문학연구학회, 2015.

불연속되는지에 초점이 맞춰져 있는 선행 연구의 주된 흐름을 넘어서, 오히려 어떻게 낭만정신론의 전개가 가능했는가의 문제에 천착할 것이다. 2절과 3절에서는 임화가 사조로서의 낭만주의와 그 미적 자질로서의 낭만을 비판하고 그것과 변별점을 마련하면서 '낭만'을 변주했던 정황, 또한 작가의 세계관과 작품 창작의 기반이 되는 '낭만적 정신'을 이론적으로 생성했던 과정을 살펴볼 것이다. 그리고 4절에서는 그렇게 '낭만'의 의미를 재발견했을 때, 사회주의 리얼리즘의 수용이라는 문제틀 안에만 머물지 않으면서 리얼리즘의 문제를 재검토할 가능성이 열릴 수 있다는 점을 언급하겠다. 리얼리즘은 임화 평론에서 전면적으로 등장하고 있는 가장 중요한 축인데, 그 내적 원리로서 저변화된 낭만의 문제를 시야에 넣을 때 비로소 그것이 더 '주체적인' 의미로 해석될 수 있으리라 생각한다.

2. 낭만주의와 그 미적 준거로서의 낭만성 비판

카프를 대표하는 이데올로그였던 임화는 조직론에 입각해서 당대 비평사의 매 국면에 개입했다. 주지하다시피 식민지 조선에서 문예비평 영역이 공고화되고 비평사적 흐름이 생성될 수 있었던 것은 문단 내 좌파 진영에 의해서였다. 그것은 특히 카프의 조직화 과정과 맞물려 있었는데, 거기에는 필연적으로 그 과정의 합리성과 타당성을 입증하려는 논리가 동원됐다. 카프라는 조직이 딛고 있는 입지점은 모든 역사에 억압자와 피억압자가 항상적으로 대립해 있다는 것을 전제하는 계급주의적 관점이었으며, 그러한 논리를 만드는 중요한 방식 중 하나는 테제에 대한 안티테제를 세우는 것이었다. 거기에 더해 조직화에는 기본적으로 어떤 것을 부정하면서 그 질서를 만들어가는 메커니즘이 숨어 있을 수밖에 없었다. 그렇기에 계급주의적 관점을 통해 진행됐던 조직화의 과정 속에서 그것에 반하는 다른 집단의 성격을 비판하는 논리성은 카프가 갖춘 일종의 무기라 할 수 있었다.[13] 이 시기 쓰인 임화의 평론이 이러한 전략을 취하고 있었음은 물론이다.

임화는 카프 창립 초창기에 있었던 아나키즘 논쟁과 대중화 논쟁에서 좌파 진영 내부의 식별 불가능한 적을 지목하면서 그들이 지닌 반조직적[14]이며 반원칙적[15]인 성격을 비판했고, 또 한편으로 조직의 외부이자 문단의 내부에 있는 특정 세력들을 비판하는 평론을 썼다. 특히 문단 내의 미적 자질로서 낭만성을 비판하면서, 그것이 등장할 수

13 해외문학파의 정인섭이 「조선 현 문단에 호소함」(『조선일보』, 1931.1.3~1.17)이라는 글을 통해서 프로문학 진영 이외의 세력들이 결집할 만한 의식적인 진영을 갖추고 있지 못할 뿐더러, 좌파의 규정에 따라 상대적으로 그 실체가 드러날 뿐이었다고 말한 것은 이러한 정황에 대한 설명이 될 수 있을 것이다. 김영민, 『한국문학비평논쟁사』, 한길사, 1992, 441쪽 참조.

14 "누구가 말할 것도 없이 아등의 운동이 아직도 비조직적이었으며, 단순히 막연한 반항의식의 지배하에서 진행하였던 고로, 동성의 반항의식을 파지하고 있던 부류의 집단은 비과학적인 감상적 공동전선을 지지하고 있었던 것이었다." "연이나 정치적으로나 예술적으로나 과학적이고 조직화한 무산계급운동에 제일의적 진효과의 기초를 형성하기에 능치 못한 자연발생적 반항의식의 문예, 그것은 엄밀한 의미에서의 완전한 무산계급의 예술이 되기에는 너무나 많은 조잡성을 기졌다는 것은 상술한 것과 여하거니와, 그것도 과도기적 존재로는 철저한 의의를 소지하고 있다는 것 또한 망각할 수 없는 중대한 역사적 사실이란 것이다." 「분화와 전개」(『조선일보』, 1927.5.16~5.21), 『임화문학예술전집』 4, 106쪽.

15 "그것(팔봉의 주장-인용자)은 싸움에 임하는 우리들의 작품의 수준을 형행 검열 제도 하로, 다시 말하면 합법성의 추수를 말한 것이다. 즉 중언을 요할 것이 없이 합법성의 전취가 아니고…… 의식적인 퇴각을 말하는 것이다. 그러나 필자가 방점을 붙인 부분의 하부, 즉 형식의 문제는 여기에 출발하는 것이라고 한 것과 상기한 부분과의 연결은, 의심할 여지가 없는 우리들의 예술운동을 지배하는 맑스적 원칙의 포기를 강요하는 것이다." 「탁류에 항하여」(『조선지광』, 1929.8) 『임화문학예술전집』 4, 140~141쪽.

밖에 없었던 배경으로 당시의 조선에 사조로서의 낭만주의가 뿌리내리고 있는 정황을 지적하는 점은 주목을 요한다. 미적 자질로서의 낭만성이 위치해 있는 더 큰 맥락을 이해하기 위해서는 임화가 설명하고 있는 낭만주의의 실체가 무엇인지에 대해서 보다 분명히 할 필요가 있다. 조선의 낭만주의에 대한 지적이 여러 평론의 곳곳에서 발견되고 있는 가운데, 다음의 「33년을 통하여 본 현대 조선의 시문학」이라는 글에서 구체적이고 본격적으로 정리되고 있다.

①
첫째의 것은 이곳의 부르주아지는 대외적으로 임페리얼리즘에 대하여 지극히 타협적이었다는 것, 동시에 이것은 그들의 경제적 생산적 지반의 유약에 기인하는 것으로, 그들의 자유주의－자본주의 욕구－는 사회적인 대신에 현저히 내향적 방향인 가정적 도덕적인 한계 가운데 있었다는 것이다. 다음으로 이곳의 부르주아지는 대부분이 공업적이 아니라 상업적이었으며 그들은 상인인 한편에 지주이고 고리대금업자이었다는 것이다. 이 사실은 조선의 근대 사조라는 것이 전반적으로 낭만주의의 권내를 벗어나지 못하고 실증주의란 보잘 것 없이 미약하였다는 것을 설명하는 유일의 근원이다.

②
조선 근대문학은 부르주아 문학으로서 자기를 농촌적 제 협잡물로부터 정화하지 못했었다는 것이다. 그러므로 20년 이후 몇 번째 급진적 소부르주아지의 손으로 반낭만주의적 낭화가 들어졌음에 불구하고 그들의 결국은 낭만주의에 대하여 승리적일 수 없었던 것이다. 이곳에 낭만주의에 대

한 진실한 투쟁이, 즉 원칙적으로는 부르주아지가 수행해야할 문학상의 행동이 프롤레타리아 문학 위에 이중으로 걸려있게 되는 특수성이 있는 것이다.

　문학사적으로 보아 낭만주의는 그것이 고전주의에 대한 안티테제로서 진보적이고 리얼리즘에 선행한 과도적 장르라는 점에서 보수적이었던 것으로, 리얼리즘이 현대성을 그리는 대신에 낭만주의가 회고적이고, 리얼리즘이 소와조의 말과 같이 '실증철학이 주요한 원동력'이었던 반면에 낭만주의는 환상적 신비적 몽환적인 것을 존중하였으며, 전자가 객관적이려는 데 반하여 후자는 주관적이었다. 전체로 낭만주의는 자본주의 이전의 제 계급―귀족계급과 농민계급과 결부되어 있었고, 리얼리즘은 대소부르주아지를 위하여 문호를 개방하고 그의 계급을 중심으로 한 제 생활―부분석으로는 도시 프롤레타리아까지― 를 묘사(프리체V.M.Friche)한 것이다.(「탁류에 항하여」, 『조선지광』, 1929.8)[16]

　인용문 ①은 낭만주의적 경향성이 배태될 수밖에 없었던 조선의 물질적 토대에 대한 설명이, 그리고 ②는 그러한 토대에서 형성된 사조로서 조선의 낭만주의가 가지는 특징에 대한 설명이 드러난 부분이다. 임화는 이 글의 도입에서 "조선의 시가나 혹은 소설, 희곡, 문예과학 또 그 외의 문학적 문화는 다 같이 공통된 '사회적 향토'에서 섬생"됐다는 점을 밝히고 있다. 이러한 서술이 '토대–상부구조론'에 대한 임화식 표현이라는 점은 명백해 보인다. 문맥상 사회적 향토가 지목하는 것은 조선의 물질적 토대라고 할 수 있을 텐데, 그리하여 임화는

----

16 『임화문학예술전집』 4, 331~333쪽.

조선의 물질적 토대가 문학과 문화라는 상부구조에 영향을 미치고 있으며, 반대로 조선의 문학과 문화의 생성은 조선이라는 특수한 물질적 토대 위에서 가능한 것이라는 점을 전제하고 있다. 이러한 전제는 1933년을 전후할 무렵 이미 임화가 조선이 처한 특수성, 나아가 조선 문학사라는 구도를 인식하고 있다는 점을 보여주는 것이기도 하다.

인용문 ②를 통해 미루어 보건대 임화는 역사의 발전에 따라 변화하는 문학사의 흐름이 고전주의에서 낭만주의로, 그리고 다시 리얼리즘으로 이어져 왔다는 구도를 받아들이고 있다. 그러나 조선에서는 봉건제와의 투쟁이 전제되는 낭만주의의 과정이 제대로 행해지지 않은 채 남아 있다는 점을 지적하고 있다. 투쟁의 주체로서 부르주아지가 제대로 된 역할을 수행하지 못한 물질적 토대의 특수성이 있다는 것이다.[17] 이로 인해 조선에서의 낭만주의는 서양과 다소 다른 의미로 남아 있게 됐고, 아직 완전히 수행되지 않은 낭만주의가 조선 근대문학 곳곳에 잔영처럼 남아 있게 됐다고 보는 것, 이것이 바로 임화가 사조로서의 낭만주의를 이해하는 방식이다. 결국 임화가 비판적으로 바라봤던 낭만주의는 식민지 조선이라는 특수한 물질적 토대가 제공하는 자양분을 그대로 받아들여 형성된 조선문단 전반의 문제였다고

---

17 조선의 근대적 시가가 형성되는 과정을 살피면서, 임화는 조선의 특수한 물질적 형편에서 나타날 수밖에 없었던 부르주아지의 역할에 주목한다. 임화에 따르면 그 특수성은 조선이 "민족 부르주아지가 자기의 요구를 들고 낡은 봉건제도에 대하여 항쟁하고 승리하기 전에 벌써 연장한 외래자본의 힘으로 말미암아 영향된 곳"이라는 데에서부터 발생한다. 그렇기 때문에 조선의 부르주아지가 서양의 그것과는 다른 방식으로 존재할 수밖에 없다고 보았는데, 인용문 ①은 그 존재론적 조건에 대한 설명이라 할 수 있다. 조선에 밀려든 외래자본의 힘이란 식민본국 일본의 그것인 바, 그러한 흐름 속에서 조선의 부르주아지는 봉건적인 유제들과 투쟁을 벌이는 대신 그들과 타협했고 그 결과 제대로 된 물질적 기반을 형성할 수 없었다는 것이 설명의 요지다. 이로 인해 조선의 부르주아지들은 "하등의 독자적 성생의 힘"을 갖지 못했을 뿐더러 "일분의 이니셔티브도 갖지 못한 시민계급"이자 "협심의 속물화한 귀족자류"로서 존재하게 됐다고 임화는 주장한다. 조선의 근대문학은 이와 같은 물질적 기반 속에서 형성된 부르주아 문학이라는 것이다.

할 수 있다.

그러한 문단 속에서 조직의 정체성을 분명히 해야만 했던 임화는 민족주의적 경향, 카톨리시즘적 경향, 순수시적 경향 등을 두루 지목하면서 그들이 지니는 한계들을 비판한다. 그 과정에서 공통적으로 낭만성을 중요한 비판의 준거로 들고 있는데, 이때의 낭만성이란 앞서 언급했듯 조선문단 내에 자리 잡은 사조로서의 낭만주의를 구성하는 미적 자질이라고 할 수 있다. 때문에 이러한 비판의 내막을 자세히 살펴보는 것은 곧 임화가 배척하고자 하는 사조로서의 낭만주의, 그 미적 자질로서의 낭만성의 내포를 유추하는 것과 맞닿아 있다. 다음의 인용문은 이들 세력에 대한 임화의 비판이 단적으로 드러난 부분이다.

①

복고주의의 현대적 체현자라고 할 만한 것 즉 그 대표적인 것은 소위 민족적 감정을 노래한다는 수삼의 시인, 김동환, 김상용, 모윤숙 등의 작품에서 볼 수가 있었다. 이 경향에 속하는 시인들도 퍽 좋은 의미로 해석하자면 과거한 낭만주의 시가의 진정한 에피고넨이라고 말할 수가 있을 것이다. 그러나 아류적인 한계에나마도 이들을 낭만주의의 후예라기는 너무나 값싼 센티멘탈리즘으로 꾸미어져 있고, 방문한 상상과 힘찬 열정 대신에 어구의 허식과 '빠라크'적 감성이 있을 뿐이다.[18]

②

이곳에서 우리는 낭만주의의 현대적인 반역사주의적 분화과정 가운데

18 『임화문학예술전집』4, 337쪽.

의 하나로서, 신비주의의 대두─시가를 종교 정신으로 구하려는 일 경향을 발견할 수 있다. 낭만주의는 그 본래의 성질상 현실을 이성적으로 보려고 하지 않고 그것을 과학적으로 분석하는 대신에 관념을 가지고 추상하려고 하며, 현실적 과정이 급속히 질풍노도적으로 발전하고 있는 시대 ─금일과 같은 때에 있어서는 고의로 현실을 초월하려고 하고 절망하며 과학과 문명까지를 부정하게 되어 휘황한 신비와 형이상학에 대한 감망을 전면에 내세우게 되는 것이다.[19]

③

작년 1년 동안에 또는 이 2, 3년 이래─우리들의 안전에서 진행되는 노도와 같은 사태가 이들 소시민 인텔리 층으로부터 적극성의 모든 잔유를 빼앗고, 그들의 무기력은 그들의 생활적 지반의 완전한 붕괴와 함께 급격히 촉진되어 그들을 정신적으로 극도에까지 위축케 하여 현실에 대하여 완전히 절망적인 태도를 갖게 만들게 하였다. 이리하여 그들은 이 '불안한 현실'에 대하여 구태여 관심을 가질 것도 없이 조그만 주관의 세계의 은둔자로 화하게 한 것이다. 그러므로 그들은 금일의 현실에 대하여 사유하지 않을뿐더러 그것의 단순한 감수나마도 의식적으로 피하고 있는 것이다.(「33년을 통하여 본 현대 조선의 시문학」, 『조선중앙일보』, 1934.1.1~1.12)[20]

인용문 ①은 임화가 당시 문단의 복고주의적 경향에 대해 비판하는 맥락의 일부분이다. 이때의 복고주의란 세력화된 무리를 의미하기 보다는 문단 내의 주된 흐름으로 자리 잡고 있는 경향성을 지칭한 것이

19 위의 책, 342~343쪽.
20 위의 책, 349쪽.

다. 임화가 보기에 복고주의의 흐름 내에는 세부적으로 다른 경향들이 공존하고 있는데, 시로만 한정했을 경우 거기에는 최남선을 위시한 시조부흥운동의 흐름, 김동환, 김상용, 모윤숙 등 민족적인 정감을 바탕으로 시를 창작하는 흐름, 형식적으로 고전시가의 시형을 따라 시를 창작하는 주요한과 김기림 등의 시인들에 의한 흐름이 포함되어 있다. 소설의 경우에는 이광수와 김동인이 각각 『단종애사』나 『운현궁의 봄』 등의 역사소설을 창작하는 상황과 그 복고적 지향의 문제점에 대해 지적한다.[21] 이를 종합해 볼 때, 복고주의적 경향이란 폭넓은 의미에서 민족 진영의 특징을 아우르는 것이라고 할 수 있다. 그 세부를 비판하는 논리는 약간씩 다른 결을 가지고 있지만, 그럼에도 불구하고 임화가 이러한 복고주의적 경향을 비판하는 가장 근본적인 이유는 이들이 역사로부터의 退行을 보인다는 데 있다. 이는 곧 문단 내의 민족 진영이 "모든 객관적인 역사의 발전에 대하여 단지 눈을 감는 데 그치는 것이 아니라 의식적으로 그것에 항거하고 발전을 저지"[22]하고 있다는 점을 지적한 것이다. 역사 발전을 전제하는 계급주의적 관점에서 이러한 비판은 당연한 것이라 할 수 있는데, 주목해야 할 부분은 임화가 그러한 경향을 낭만적, 혹은 낭만주의적이라고 표현하는 지점이다.

한편 인용문 ②는 카톨리시즘적 경향을 언급하는 부분인데, 여기에서 또한 임화는 반문명적인 신비주의적 흐름이 낭만적인 성격을 띠고 있다며 비판을 가한다. 『카톨릭청년』의 발간과 정지용의 활동에 대해 언급하면서, 임화는 그 속에 "개인적 자유나 근대 문명의 모든 빛깔과 절연된 절대적 신비와 형이상학이 군림"하고 있다는 것이 문제적이라

....

21 「1933년의 조선문학의 제 경향과 전망」(『조선일보』, 1934.1.1~1.14), 위의 책, 375~378쪽.
22 「33년을 통하여 본 현대 조선의 시문학」(『조선중앙일보』, 1934.1.1~1.12), 위의 책, 336쪽.

고 말한다. 그리고 이런 경향이 등장한 이유를 "현실 가운데서 아무런 희망을 찾을 수 없는 절대한 절망에 사로잡힌 인간의, 그 생활의 전 기반을 잃어버린 소시민들의 정신적 욕구"[23] 때문이라고 설명한다. 다시 말해, 이 경향은 절망적인 현실에서 삶의 의미를 잃은 소부르주아들이 현실을 떠나 신비의 영역에 머무르고자 하는 지향 때문에 등장했으며, 그것은 우리의 현실이 기반해 있는 문명과 과학을 등지는 것이라고 파악하고 있다. 과학적 사회주의라는 이론 틀에 따라 현실의 변혁을 꿈꿨던 임화에게 현실과 과학 모두를 떠나 있는 이들의 낭만적 경향은 비판받아 마땅한 것이었다.

이와 유사하지만 조금은 다른 의미에서 인용문 ③은 허무와 염세주의를 비판하는 부분이다. 카톨리시즘의 경향이 현실의 절망을 종교적 신비로 대체하려고 했다면, ③에서 비판하는 경향은 절망적 현실에 대한 인식이 허무와 무기력의 태도로 귀결되어 버리는 특징을 지닌다. 여기에서 염두에 두고 있는 경향은 문학사적으로 모더니즘이라고 규정되었던 일군의 무리를 의미하는 것으로, 이상과 박태원 등의 소설을 예로 들고 있다. 그러면서 이들이 "인간의 내성적 측면, 주로 심리적인 실화나 도시 생활"에 집중하며 불안한 "현실로부터 초극하려고 하고 그것으로부터 도피하려고"[24] 한다는 점을 지적하고 있다. 당시 임화는 평론 곳곳에서 현실에 대한 무기력의 분위기를 신랄하게 비판했다. 이는 사회주의운동과 카프에 대한 탄압이 가중되면서 사실상 조직이 늘 위기의 상황에 처해 있었던 것에 대한 반응이었다. 이와 같은 상황은 사회주의에 대한 탄압을 넘어서 식민지 조선에 가해지는

-----

23 위의 책, 344쪽.
24 위의 책, 350쪽.

중압의 증거이기도 했다. 조직적 위기를 초래한 물적 기반의 위기, 이에 맞서기 위해 임화는 문학적 성취라는 조건을 넘어서 허무와의 대결이라는 더 넓은 의미에서의 전선 위에 서 있었던 것이다. 그리고 그러한 경향을 비판하는 과정에서도 임화는 그 최종심급의 비판적 준거로서 낭만을 언급한다.

정리하건대 임화는 문단 내에 존재하는 앞선 경향들을 비판할 때에 공통적으로 낭만성을 그 이유로 들었다. 이러한 비판의 맥락들을 구체적으로 살펴볼 때, 임화가 비판적으로 상정했던 낭만성의 내포는 분명해진다. 그것은 구체적으로 퇴영성, 신비성, 염세성 등으로 지칭될 수 있다. 임화의 논리적 구도에 따르면 조선이라는 특수한 물질적 토대 속에서 형성된 낭만주의는 퇴영적이며 회고적인 모습으로, 신비주의적인 모습으로, 그리고 허무적이며 염세주의적인 모습으로 각각의 외피를 입고 조선문단 내에 나타났다. 봉건유제와 결별하지 못한 부르주아지들이 계속해서 과거의 것으로 더 파고드는 한편으로, 과학 대신 관념과 추상의 세계로 나아가거나 심리와 소비생활의 표피를 더듬으려 한다는 것이다. 이들은 현실의 문제를 넘어서려고 하는 주관성의 영역에 있다는 점에서 공통적 논리 구조를 갖고, 이런 점은 일면 임화가 지향하는 '낭만성'과도 접점을 형성하고 있다. 그럼에도 불구하고 현실이 역사적 발전 위에 있다는 점을 간과하고 오히려 현실과 멀어져 버린다는 점에서 임화에게 비판의 대상이 되었다.[25]

....

25 다음은 이러한 진술을 뒷받침해 준다. "주지하는 바와 같이 낭만주의는 회고적이고 환상적이며 관념적이다. 그만치 그것은 생활의 현대성을 노래하는 대신에 과거를, 현실 대신에 상상을, 물질세계 대신에 관념세계를 보다 더 현실적이라고 생각하며 보다 더 주요한 것으로 파악하고 있는 것이다. 동시에 낭만주의는 대단히 현저한 정도로 자본주의 이전의 사회적 제 계급과 결부되어 있고 농촌과 영지에 관련되어 있는 것이다. 대략 이러한 여러 가지의 조류가 조선의 근대문학 화

3. '낭만정신론'의 생성 기반과 그 변주

낭만에 대한 (비판적) 문제의식을 지속하고 있었던 임화는, 앞서 언급했던 바와 같이 낭만적인 것을 비판하는 한편, 그것이 지니는 유의미성에 대해서 강조하는 태도를 취하기도 했다. 때문에 안티로서의 낭만(주의)과는 변별되는 맥락에 존재하고 있는 '낭만성'의 또 다른 의미에 대해서도 면밀하게 살펴볼 필요가 있다. 이는 결국 임화가 1930년대 중반 낭만정신론을 전개하면서 원리적 범주로서의 '낭만적 정신'이라는 표현을 평론의 전면에 등장시키기까지, 그 이론을 구성하는 요인들이 어떻게 변주를 거듭하면서 내포되어 왔는가와 관련된 문제이기도 하다. 다시 말해, 임화는 사조로서의 낭만주의, 그 미적 자질로서의 낭만성을 비판해 왔을지라도 낭만이라는 말로 설명할 수밖에 없는 어떤 부분을 인식하고 있었으며, 낭만정신론의 내포를 이루는 요인들에 대해서 그 이론을 전개하기 이전부터 언급해 왔다. 이 문제에 접근하기 위해서 우선 임화의 시가 낭만성 짙다고 평가된 것에 반발한 그 자신의 평론을 살펴보도록 하겠다.

평론을 통해서 낭만(주의)을 비판했을지언정 시인으로서의 그는 당대 문단으로부터 낭만적인 시를 창작한다는 평가를 받아 왔다. 임화가 이를 그대로 수긍하지 않은 채 자신의 시를 자기비판하는 입장을 취하며 평론을 작성했다는 것은 이미 잘 알려져 있다. 그러한 자기비판은 한 번에 그치지 않고 여러 번에 걸쳐 등장하는데, 그 부분들을

려하던 시절의 특징을 형성하고 있었던 것이다." 「33년을 통하여 본 현대 조선의 시문학」,(『조선중앙일보』, 1934.1.1~1.12), 위의 책, 371쪽.

맞세워 놓고 보면 임화가 과연 정말로 자신의 시를 엄격하게 비판의 재판대 위에 올려두었던 것인지 의문이 든다. 분명히 자기변명이 아닌 자기비판의 목소리를 내고 있으되, 그러면서도 자신의 창작에 대한 물러섬은 없어 보이는 듯한 태도가 감지되기 때문이다. 물론 이러한 태도는 비판의 목소리 속에서 전면화되고 있지 않지만, 그렇기 때문에 오히려 강조되지 못한 지점일 수도 있다. 따라서 중요한 것은 임화가 자신이 쓴 시를 비판했다는 사실 자체라기보다 어떤 논리 속에서 왜 그것을 비판했는가의 문제라고 할 수 있다.

1929년 초경부터 성질은 여하간 미미하나마 리얼리스틱한 현상이 나타난 것이 사실이다. 그것은 작년 2월 『조광』 2월호에 실린 임화의 「우리 오빠와 화로」의 출현으로 명확해졌다고 말하여도 별 폐단이 없을 것이다. 이것은 사실에 있어서 되나 못되나 문제를 야기하였고 그 후에 적지 않은 영향을 끼친 것으로, 필자의 엄정한 입장에서 자기비판을 요하게 된 직접적 동인이며 그에 대한 책임을 갖는 것이다. 우리는 언제나 여하한 작가의 작품임을 물론하고 필요한 시기에서 그 프롤레타리아적 준열한 비판을 가하여야 하는 것이 진정한 노동자적인 행동일 것을 잘 안다.
이때부터 과거의 개념적인 절규의 낭만주의는 일변하여 소위 사실주의적 현실로 족보를 옮기기 시작하여 현대에 이르기까지 이 경향이 만연되어 있다. 즉 필지의 2,3의 시의 소 부분의 사실성은 감상주의, 비××적 현실의 예술화로 전화되고 만 것이다. 먼저도 말한 것과 같은 경향, 즉 연인과 누이를 무조건적으로 ×××를 만들어 자기의 소시민적 흥분에 공하며, ××적 사실, 진실한 생활상이 없는 곳에서 동지만을 부르는 그 자신 훌륭한 일개의 낭만적 개념을 형성하고 만 것이다.

시시로 일어나는 대중적인 ××의 사실, 성생하는 ×××××의 감정의 그 요구 등을 자기의 예술로 하는 대신, ××의 소시민적 부분 그 일화견적 표피만을 따다가 시로서 한 것이다. 이것의 절대의 조건은 우리들 시인이 직접 그 ××(전위)의 생활 속에 없는 것이 그 최대의 원인이며, 자기의 예술을 직접 프롤레타리아의 성장과 결합하지 못한 데 있는 것이다.(「시인이여! 일보 전진하자!」, 『조선지광』, 1930.6)[26]

위의 인용문에서 임화는 조선의 프로문단에 사실주의적 경향이 주창되기 시작한 1928년 무렵 시의 영역에서 그러한 흐름을 견인한 것이 본인의 시 「우리 오빠와 화로」라고 밝히고 있다. 주지하다시피 이 시기에는 팔봉의 변증법적 리얼리즘론 등을 위시하여 리얼리즘과 관련된 본격적인 논의가 오가기 시작했고[27] 임화 또한 '사회적 사실주의'를 내세워 리얼리즘에 대한 논의를 진행했다.[28] 이런 정황을 참조했을 때 임화의 위와 같은 진술은 리얼리즘의 이론적 전개에 맞춰 「우리 오빠와 화로」를 창작적 실천의 결과로 내놓았다는 것을 그 스스로 인정하는 내용으로 이해된다. 그런데 리얼리즘적 흐름과 맞물려 있음에도 불구하고 시의 낭만적 성격이 쟁점으로 거론되는 것은 독특한 지점이다. 이 시가 "절규의 낭만주의"에서 "사실주의적 현실로 족보를 옮기기 시작"한 때에 그 걸음을 옮기게 한 장본인이면서도, 감상주의적이며 낭만주의적인 성격을 노출하는 한계를 범하고 있다는 것이다. 이는 한편으로 자신의 시가 낭만적 성격을 지닌다는 점을 인정하는 것이기도 한데, 여

....
26 위의 책, 174쪽.
27 김영민, 「문학대중화 논쟁과 예술운동의 볼세비키화」, 앞의 책, 175~224쪽 참고.
28 「탁류에 항하여」, 『조선지광』, 1929.8.

기에서 임화는 낭만성이라는 자질이 문제되는 이유를 시인이 "자기의 예술을 직접 프롤레타리아의 성장과 결합하지 못한" 것에서 찾고 있다. 그리하여 "시인은 인제 와서 '시인'인 것을 완전히 포기"하고 "노동자 농민의 생활 감정을 자기의 생활 감정으로"[29] '일보 전진' 해야 한다고 주장하는 것으로 논리는 맺음된다.

비판의 논지가 작가적 태도의 문제로 전환되면서 시의 낭만성을 비판하는 대목은 상대적으로 약화된다. '시인의 일보 전진'을 주장하는 것이 리얼리즘을 견인한 임화 본인인 데다가 이미 이 시가 카프의 볼셰비키화가 시작되던 시기 리얼리즘의 견인차 역할을 떠맡았다는 것이 전제되어 있기 때문이다. 즉 예술가의 태도를 창작의 가장 중요한 요소로 상정하게 되는 순간, 그 태도의 중요성을 언급하는 임화 자신의 시는 엄혹한 자기비판의 잣대로부터 어느 정도의 거리감을 확보할 수 있게 된다. 한계로 지적되고 있는 시의 낭만성은 비판의 대상이 되나 그 자질 자체에 문제가 있는 것은 아닌 듯 모호하게 남겨지게 되는 것이다. 다음의 인용문은 이후 임화가 그렇게 모호하게 남겨진 낭만성에 대해서 가지고 있는 솔직한 속내를 보여주는 대목이라고 할 수 있다.

나는 프롤레타리아 시에 있어서의 로맨티시즘 혹은 감상주의적 결함이라는 것에 대하여 일언하고 싶다. (…중략…) 각양의 낭만적 사상에 의해 특징화되었던 근대 조선의 시적 공기 가운데서 나이 젊은 프롤레타리아 시가 낭만주의로부터 완전히 자기를 정화하지 못했던 것도 사실이다. 그러나

29 「시인이여! 일보 전진하자!」(『조선지광』, 1930.6), 『임화문학예술전집』 4, 175쪽.

(…중략…) 프로시로부터 부르주아적인 요소인 낭만주의를 비판한다고, 우리들의 시로부터 시적인 것 즉 감정적 정서적인 것을 축출해버리고 말았다. 그리하여 말라빠진 목편과 같은 이른바 '뼈다귀시'가 횡행한 것이다. 그렇다고 해서 나는 30년대 이전의 낭만주의나 감상주의적 경향을 옹호하는 것은 아니다. 이러한 것은 우리들의 젊은 시가 과거의 부르주아시로부터 물려받은 악한 유산임은 틀림없는 것이다. 그러나 지난 9월 『조선일보』에 실린 이정구의 시론 「감상주의를 버려라」 가운데서 보는 것과 같은 그러한 기계주의에 대하여는 날카롭게 대립하고자 한다. (…중략…) 임화의 대표작 「우리 오빠와 화로」와 「요코하마의 부두」를 비판하면서 "임화가 지금 아무리 나는 그 시에서 결코 센티멘털리즘을 강조하려고는 안 했다고 항의를 한 대도" 그곳에는 오직 센티멘털리즘의 고조밖에 없다고 말하였다. (…중략…) 우리들 특히 임화의 시가 가지고 있던 약점인 감상주의를 순전한 감상주의로부터 구별할 것을 잊어버리었다.(「33년을 통하여 본 현대 조선의 시문학」, 『조선중앙일보』, 1934.1.1~1.12) [30]

여기에서도 임화는 자신의 시가 감상주의를 약점으로 가지고 있다는 생각을 유지하고 있지만, 보다 뚜렷하게 그것이 "부르주아적인 요소인 낭만주의", "순전한 감상주의"와는 다르다는 점을 표명한다. 그 구도를 선명하게 보여주기 위해서 제시하고 있는 것이 "말라빠진 목편과 같은 이른바 '뼈다귀시'"에 대한 비판이다. 강압에 의해 외래의 자본주의적 흐름을 받아들이게 되면서 부르주아들은 투쟁의 대상이 되어야 하는 봉건 세력과 타협적 관계를 맺게 되고, 그러한 물질적 토

----

30 위의 책, 360~363쪽.

대 위에서 조선적인 낭만주의의 특성이 생기게 됐다는 점을 지적했던 것은 앞서 살펴봤던 바와 같다. 그렇기 때문에 임화는 프로문단이 낭만주의와 투쟁을 벌여야 한다는 것을 전제하고 있었으며, 실제로 당시 프로문학에서의 낭만성은 부르주아적인 것으로 받아들여져 왔다. 임화 또한 그 과정에서 자기 시의 낭만성을 비판하는 모습을 보여 왔던 것이다. 그러나 문제는 그로 인해 프로문학으로부터 "감정적 정서적인 것을 축출해버리"면서 발생한다는 것인데, 이때의 감정과 정서는 곧 임화가 자신의 시를 자기비판하는 요인으로 지목했던 낭만성의 또 다른 이름이라고 할 수 있다.

이로서 다소 모호한 것으로 처리되었던 시의 낭만성에 대해서 임화 본인이 어떤 입장을 지니고 있었는지가 분명해진다. 임화는 시적인 것, 감정적인 것, 정서적인 것 등으로 변주되는 낭만성이 부르주아적인 낭만주의와 구별되면서 문학의 조건으로서 반드시 존재해야 한다고 보았던 것이다. 위의 인용문에서는 이런 조건을 염두에 두지 않는 입장을 기계주의적 관점이라고 표현하고 있는데, 이 이전부터도 임화는 "기계적 고정화"나 "좌익적 고정주의"에서 벗어나야 한다는 입장을 꾸준히 밝혀 왔다.[31] 또한 "투쟁에 임하여 적을 미워하는 마음으로 힘과 열이 된 그 열"[32]을 강조하고 "자본주의 그것에 대한 정열에 타는 증오와 프롤레타리아트의 승리에 대한 확신에 불타는 위대한 흥분이 없이는 저 역시적 난사를 능히 성취하지는 못하였을 것"[33]이라고 말하는 등 분노나 열정과 같은 감정적 자질들을 평론에서 충분히 이

....

31 다음의 글들을 참고할 수 있다. 「1931년간의 카프예술운동의 정황」, 『중앙일보』, 1931.12.7~
     12.13; 「1932년을 당하여 조선문학운동의 신계단」, 『중앙일보』, 1932.1.1~1.28.
32 「노풍 시평에 항의함」(『조선일보』, 1930.5.15~5.19), 『임화문학예술전집』 4, 160쪽.
33 「비평의 객관성 문제」(『동아일보』, 1933.11.9~10), 위의 책, 299쪽.

야기해 왔다는 것은 새삼 관심을 요하는 부분이라고 할 수 있다.[34]

나아가 이러한 지점들이 부르주아적인 낭만주의와 어떤 지점에서 달라지며 어떠한 의미를 형성하게 되는지에 대한 문제가 더 적극적으로 해명되어야 한다. 임화의 평론 속에서 감정과 감성, 정서 등의 용어로 변주되고 있는 낭만성이 얼핏 부르주아적인 낭만주의의 미적 자질들과 유사한 성격을 지니는 것처럼 보이기 때문이다. 앞서도 살펴봤듯 이러한 속성으로 말미암아 임화 또한 프로문학에서의 낭만이 얼마간은 부르주아적 낭만주의의 조건과 겹쳐지면서 한계를 지닌다는 점을 인정하고 있다. 자신이 창작한 시의 낭만성에 대해서 다소간 유보적인 태도를 보이거나 내용적 일관성을 가지고 낭만, 낭만성, 낭만주의라는 용어를 사용해 오지 못해 온 것은 바로 이런 이유에서 비롯된다. 다음의 인용문은 임화가 백철과 그의 시를 낭만적이라며 비판하는 부분인데, 그 비판의 이유를 통해서 임화가 변별되고자 하는 낭만의 속성을 읽어낼 수 있다.

그의 시는 물론 적지 않은 우수한 작품도 있는 것이며 오히려 그이의 그 시보다도 훌륭하다고까지 말할 수 있는 것도 없지 않을 것이나, 그러나 전

....

34 임인식이 성아(星兒)라는 필명을 벗고 임화(林和)라는 필명을 쓰게 된 것이 프로문학으로의 진입이라는 상징성을 갖는 것은 이미 잘 알려져 있는 바(김윤식, 『임화연구』, 문학사상사, 1989, 35~36쪽) 임화의 첫 평론이 「정신분석학을 기초로 한 계급문학의 비판」이었다는 점도 이런 맥락에서 이해할 수 있을 것이다. 이 글은 계급문학의 발생을 정신분석적으로 해명하는 글이라는 점에서 독특성을 지닌다. "현재의 프로계급에게는 프로문학은 전 프롤레타리아가 부르주아의 억압을 못 견디어 쏟아진 정의의 누설인 동시에 전 프로계급의 생존권을 요구하는 어떤 종류의 물건도 될 수 있는 것이다. 그렇다고 프로문학의 예술적 가치가 하락된다는 게 결코 아닌 것"이라는 설명은 사실 이론적 적확성이나 논리적 정합성을 갖는다고 보기는 어려운 부분이 있다. 그럼에도 불구하고 현실과 밀착된 프롤레타리아의 감정과 열정, 꿈 등을 강조하고 있다는 점에서 낭만성을 강조하는 경향은 그 기원에 이미 내재해 있었다고도 할 수 있을 것이다(「정신 분석학을 기초로 한 계급 문학의 비판」,(『조선일보』, 1926.11.22), 위의 책, 17쪽).

체로 당시의 작품 위에는 우리들 소부르 출신의 시인이 가장 벗어나기 어려운 로맨티즘의 잔재와 지식계급적 악취가 붙어 있었다는 것은 말할 것도 없거니와, 내가 지금 기억하고 있는 지극히 근소한 작품 가운데는 아직 한 사람의 프롤레타리아 시인으로서 가질 독특한 작가적 성격이 형성되지 못한 것 같고, 또 일종의 추상성―김해강 씨 등의 시에서 보는 것과는 전연 그 성질을 달리한―, 다시 말하면 노래 불러지고 있는 사실 그것이 훌륭한 ××적 시구와 격렬한 기분에 의하여 형성되었음에도 불구하고 어디인지 읽는 사람의 마음 이것이 진실이다 하고 찌르는 그러한 요소―이것은 예술에 있어서 치명적 요소일 것이다―가 희박한 것 같았다.

　시가 단순히 언엽의 아름다움 혹은 그 격정적인 껍질로서가 아니라 그 말이 전하고 그 말과 말 사이를 흘러넘치고 있는 ××적 감정 그것이 비로소 시를 만들고 시로 하여금 대중의 가슴을 숨이 막히게 두드리는 요인일 것이다.(「동지 백철 군을 논함」, 『조선일보』, 1933.6.14~6.17)[35]

　흔히 문학사에서 중간파적 입지를 지니고 있다고 평가되는 백철은 카프 진영 내부에 있으면서도 그 주된 노선에 비판을 가하면서 혼란을 야기했지만 임화와는 특별한 관계를 유지해 왔다고 알려져 있다.[36] 그러한 가운데에서도 임화는 「동지 백철 군을 논함」이라는 글에서 백

....

35　위의 책, 239쪽.
36　이에 대해서는 다음의 서술을 참조할 수 있다. "두 사람의 이러한 특별한 인간적 관계를 보여주는 사례로 다음 두 가지를 들 수 있는바, 그 하나는 백철의 글 「인테리의 명예」(『조선일보』, 1933.3.3)와 그 연장선상의 글 「조선의 문학을 구하라」 두 편의 글에 대한 카프 진영의 집단적 공격을 임화가 막아내었다는 사실이다. "지금 일부의 악의에 찬 자들에 의해 수행되는 것과 같이 백군에 대한 단순한 비방으로부터 우리는 군을 최대의 온정을 가지고 옹호하여야 할 것"이라 한 임화는 백철 비평의 장점을 부지런함과 성실성에서, 또 약점을 규율 있는 마르크스주의자로서의 조직 훈련을 받지 못한 〈자유주의적 인텔리성〉에서 찾고 있었다." 김윤식, 「백철 비평의 특질과 그 변모 과정 연구」, 『한국학보』 27, 일지사, 2001, 164~165쪽.

철의 시작詩作과 평론을 전면적으로 비판했다. 비판의 요뽕는, 조직에 대한 인식을 철저히 하지 못한 백철이 자연스레 프롤레타리아의 계급적 입지를 제대로 이해하지 못했으며 그렇기 때문에 "로맨티즘의 잔재와 지식 계급적 악취가 붙어 있"는 평론과 시를 써왔다는 데 있다. 그리고 그것이 곧 "시인으로서 혹은 비판가로서 정치적 무관심이라는 성질로 특질화"[37]되었다는 점을 지적한다.

따라서 위의 인용문에서 임화가 비판하는 낭만적인 것은 '정치적 무관심'과 깊은 관련을 맺고 있다고 할 수 있다. 정치적인 무관심으로부터 시가 창작되고 평론이 쓰이는 한, 그때의 낭만성에는 "어디인지 읽는 사람의 마음에 이것이 진실이다" 하는 것이 부재할 수밖에 없다는 것이 그의 입장이다. 그러면서 아름다운 언어의 표피 사이사이로 "××적 감정"이 흘러넘쳐야 한다고 강조하는데, 이때 복자 처리된 부분에 '계급'이나 '혁명' 등의 단어가 들어갔었으리라는 점은 어렵지 않게 유추할 수 있다. 결국 정치적인 무관심이란 계급적 불평등에 대한 무관심이자 불평등을 해소해야겠다는 혁명에 대한 무관심이기도 하다. 개인적으로 특별한 관계를 맺고 있었고 카프 진영 내에서 나온 논의였을지언정, 임화의 입장에서 백철 시의 이러한 특징은 조선 내의 낭만주의, 그 미적 자질로서의 낭만성인 퇴영성, 신비성, 염세성과 동일한 태도를 공유하는 것과 다름없었다. 그에게 복고주의적 경향, 카톨리시즘적 경향, 허무주의적 경향이 모두 역사적 현실의 문제를 도외시하면서 그것을 정면돌파하려 하지 않았던 것처럼, 백철의 행보 역시 그렇게 비춰졌던 것이다. 강조컨대, 임화는 이들 낭만성에서 공통적으로 나타나

....
37 「동지 백철 군을 논함」(『조선일보』, 1933.6.14~6.17), 『임화문학예술전집』 4, 242쪽.

는 정치적 무관심을 역사와 현실 앞에서의 책임 방기로, 문제를 타개하지 않으려는 무기력으로 상정하고 있다.

이런 사고의 전개 속에서 가장 중요한 것, 즉 임화에게 있어 문학행위의 최종심급에 놓여야 하는 것은 예술가의 정치적 태도이다. 계급주의적 입지에 있는 만큼 임화는 작가적 태도가 해당 작가의 정치적 세계관에 의해 결정된다고 보았다. 이런 지점은 평생에 걸친 창작과 비평활동의 변치 않는 상수였으며 임화의 문학적 활동을 추동하는 원동력이기도 했다. 대중화 논쟁을 벌이면서 사회적 사실주의론을 펼칠 때에는 그것이 "내용과 형식, 즉 '스타일'에 관한 양식상의 문제가 아니라" "예술이 발전하는 한 계단으로 예술 자신 전체의 문제" 그리고 "예술상의 태도에 관한 문제"라 말했고,[38] 동료인 백철을 비판하는 과정에서는 "시인이 어떻게 존재 대상을 예술에 있어서 인식하느냐 하는 최중요의 문제"라면서 세계관의 부재와 그에 따른 태도의 무책임함을 언급했으며,[39] 비평론을 전개할 때에도 비평가가 "세계를 단순히 해석할 뿐만 아니라 세계의 변혁자가 되어야 한다는 능정적인, 명확히 당파적인 견지"를 가져야 한다고 주장했다.[40] 카프의 이데올로그로 활동하는 동안뿐 아니라 카프가 해산된 이후, 나아가 해방공간에서도 그가 줄곧 당파성이나 당파적 입장의 중요성을 역설했던 것도 이런 사정과 맞물려 있다.

이런 맥락에서 '낭만정신론'이 전개되는 때에 이르러 임화는 "진실한 낭만적 정신"이란 "역사주의적 입장에서 인류사회를 광대한 미래

----

38 「탁류에 항하여」(『조선지광』, 1929.8), 위의 책, 131~139쪽.
39 「동지 백철 군을 논함」(『조선일보』, 1933.6.14~6.17), 위의 책, 240쪽.
40 「비평의 객관성 문제」(『동아일보』, 1933.11.9~10), 위의 책, 299쪽. 관련된 내용으로 「비평에 있어 작가와 그 실천의 문제」(『동아일보』, 1933.12.10~12.21)를 참고할 수 있다.

로 인도하는 정신"이라는 점을 명확히 하게 된다.[41]

①

　　나는 문학상에서 주관적인 것으로 표현되는 모든 것을 낭만적인 것이라고 부르며, 그것이 사실적인 것의 객관성에 대하여 주관적인 것으로 현현하는 의미에서 '낭만적 정신'이라고 부르고 싶다. 따라서 이곳에서 부르는 낭만적 정신이란 개념은 어떤 특정의 시대, 특정의 문학상의 경향을 의미하는 것이 아니라 한 개의 원리적인 범주로서 칭호되는 것이다. (…중략…) 문학적 현실이란 현실적이면서 동시에 낭만적인 것의 상호관계라고 부를 수 있는 때문이다. (…중략…) 사실적＝서사적인 것과 낭만적＝서정적인 것은 진실로 원리적인 양대의 범주다. 그러므로 문학사 상에 명멸한 수다의 경향의 문학적 조류도 이 양대 범주의 역사적인 운동 형태로 볼 수가 있다.(낭만적 정신의 현실적 구조─신창작이론의 정당한 이해를 위하여」, 『조선일보』, 1934.4.14~4.24)[42]

②

　　문학은 현실과 이상─꿈이 모순하고 조화하지 않는 가운데서 그것을 통일 조화시키려는 열렬한 행위적 의욕의 표현인 때문에……. 이상에의 적합을 향하여 현실을 개조하는 행위, 즉 이미 존재한 것을 가지고 존재하지 않은, 그러나 존재할 수 있고, 또 반드시 존재할 세계를 창조하는 그것이 문학의 기본적 성질이다. 그러므로 문학은 꿈 없이는 존재하지 않는

....
41 「낭만적 정신의 현실적 구조─신창작이론의 정당한 이해를 위하여」(『조선일보』, 1934.4.14~4.24), 『임화문학예술전집』 3, 28~29쪽.
42 위의 책, 17쪽.

다.(「위대한 낭만적 정신」, 『동아일보』, 1936.1.1~1.4)[43]

인용문 ①에 나타나있듯, 임화가 견지하고자 하는 낭만은 문학사조나 양식의 문제가 아니다. 그것은 현존하는 조선 내 문학 경향으로서의 낭만주의가 아닌, "한 개의 원리적인 범주"로서 의미를 지닌다. 임화가 보기에 '사실'과 '낭만'은 다종다기한 문학적 경향들을 설명할 수 있는 원리이며, 사실주의나 낭만주의 등의 사조와 구별되는 층위에 놓여 있다. 낭만주의와 사실주의에서도 역시 각각 두 개의 범주가 동시에 작동하고 있으며, 다만 그 비율상 조합의 변화를 통해서 그 특징이 달라지고 특정한 사조나 양식으로 성립된다는 것이다. 이에 덧붙여 ②에서 임화는 "이상에의 적합을 향하여 현실을 개조하는 행위, 즉 이미 존재한 것을 가지고 존재하지 않은, 그러나 존재할 수 있고, 또 반드시 존재할 세계를 창조하는" 것을 문학의 성질이자 낭만적 정신의 일종이라고 설명하고 있다. '낭만성'은 현실 개조를 위한 이상, 현실과 맞닿아 있으면서 그것을 초월하려는 의지의 문제를 담고 있다. 그리고 그것은 현실과 유리된 것이 아니라는 점에서 이전의 낭만적 차원을 넘어선 것이다.

그렇다고 임화의 낭만정신론이 단순히 "종래의 세계관을 달리 이름한 데 지나지 않"은 것만이라고는 할 수 없다. 이러한 판단은 통시적으로 임화 평론이 쓰인 내적 논리 구조를 염두에 두지 않은 채, 국면적이고 일면적인 독해를 통해 내려진 것이다.[44] 세계관에 대한 전제와 더불

---

43 위의 책, 32쪽.
44 이런 주장에 대한 구체적인 서술은 다음과 같다. "사실주의의 실현이 목적이지만 그 실현을 위해서는 낭만적 정신이 불가피한 요소라는 인식이다. 왜냐하면 사실주의는 일상적 생활의 세부적인 것을 묘사하는데 그것이 작가의 주관에 의해 통일적인 조직을 갖지 않으면 단편적인 쇄말사로 떨어져 버리기 때문이다. 여기서 세부적인 것들을 통일하는 원리로서의 주관을 임화가 미래로 인도

어 임화는 '문학 행위'라는 점을 충분히 염두에 두면서 예술가의 감정
과 감성, 정서와 같은 요인들을 중요하게 보았다. 나아가 그것이 독자
대중의 감정으로까지 이어진다고 주장하기도 했다.[45] 실제로 이런 점
들은 임화 본인이 「우리 오빠의 화로」나 「네 거리의 순이」와 같은 시
를 쓰거나[46] 이후 어린이 잡지 『별나라』에서 「신문지와 말대리」와 같
은 영화소설을 쓸 때, 핵심적인 창작의 자원이 되기도 했다.[47] 이를 종
합해 보자면, 임화에게 낭만적 정신이란 예술가의 계급주의적 세계관
과 문학 창작에 필요한 감정적 자질이 교합하여 이루어진 것이다. 그
것은 퇴영적이고 신비적이며 염세적인 것, 정치적으로 무관심한 것과
정반대에 있는 성질을 지니고 있으면서, 부조리하고 부당한 현실의 변
화를 믿는 미래지향적 문학 정신과 연결된다. "현재에 있어 당파적인
문학만이 미래에 있어 비당파적-전인류적 공감 가운데 설 수 있"[48]다
는 서술은 그러한 미래지향성이 단순히 당파를 물신화하여 헤게모니

....

하는 정신이라도 표현하면서 역사의 과정성을 강조하고 있음은 주목할 필요가 있다. 그것은 작가
의 주관이 역사의 발전법칙을 파악한다는 것을 전제하며 그 법칙을 파악하는 것은 프로문학가에
게는 변증법적 유물론을 획득하는 일에 다름 아니다. 따라서 낭만적 정신이란 표현을 쓰고 있지
만 그것이 종래의 세계관을 달리 이름한 데 지나지 않음은 쉽게 간파할 수 있다." 최유찬, 「1930
년대 한국 리얼리즘 연구」, 『한국 근대 문예비평사 연구』, 세계, 1992, 390쪽.

45 앞서 인용됐지만 다음의 서술은 이러한 점을 뒷받침하는 단적인 예라고 할 수 있다. 그리고 이
서술에 내재된 독자의 반응에 대한 부분은 지속적으로 언급되는 내용이다. "시가 단순히 언엽의
아름다움 혹은 그 격정적인 껍질로서가 아니라 그 말이 전하고 그 말과 말 사이를 흘러넘치고 있
는 ××적 감정 그것이 비로소 시를 만들고 시로 하여금 대중의 가슴을 숨이 막히게 두드리는 요
인일 것이다." 「동지 백철 군을 논함」(『조선일보』, 1933.6.14~6.17), 앞의 책, 239쪽.

46 "프로시라면 응당 지양되어야할 '눈물'과 같은 '감정이 오히려 작품의 가치를 설명하게 되는 원동
력으로서 자리 잡고 있는 것이다. 이것은 눈물을 흘릴 만큼 특정한 감정을 느끼게 하는 것, 독자의
감수성을 자극하는 것이야 말로 프로시의 새로운 양식론을 가능하게 만들었음을 보여주는 것이
기도 하다." 김지혜, 앞의 글, 407쪽.

47 이에 대한 구체적인 내용은 앞서 언급한 장문석과 이은지의 연구를 참고할 수 있다. 장문석·이
은지, 앞의 글, 221~226쪽.

48 「위대한 낭만적 정신」(『동아일보』, 1936.1.1~1.4), 『임화문학예술전집』 3, 44쪽.

투쟁에서 승기를 꽂기 위한 것이 아니라는 사실을 환기시킨다.

> 낡은 문학이 성격의 창조를 과장성, 환상성으로 무력하게 만들고 있을
> 때, 그것을 자연적 방법으로 구출한 '성격 묘사'의 방법을 그 뒤의 조선문학
> ─경향문학을 제한─은 고맙게 받아가지고 안일하고 있다. 이곳에는 다른
> 이유가 조응하는 것으로 그 이유는 곧 조선문학이 가진 비낭만성에 있다.
> 회상의 문학인 전통주의 문학은 매력 없는 진부한 허구에 찬 인물 밖에 만들
> 지 못하고 야담과 경계를 나누기 어렵다. 문제되는 것은 예술적이려는 모든
> 종류의 문학인데, 이곳에서 작가들은 대개 환상하든지 그렇지 않으면 모방
> 하는 경지를 더 나가지 못하고 있다. 모방적이고 환상적인 문학이란 근본적
> 으로 낭만적인 문학과 구별되는 것으로 결정적으로 전형적인 인간을 창조
> 할 자질이 없다.(「위대한 낭만적 정신」, 『동아일보』, 1936.1.1∼1.4)[49]

1930년대 중반이 이르러 임화는 조선의 낭만주의, 그리고 그 미적
자질로서의 낭만성에 내주었던 '낭만'이라는 말을 완전히 되찾고자
한다. 위의 인용문에 나타난 과거를 회상하는 전통주의적 경향, 현실
을 떠난 환상적 경향, 그 표피만을 모방하는 문학적 경향은 모두 앞서
임화가 조선적 낭만주의의 낭만성이라고 언급하던 경향들과 동일한
맥락 위에 있는 것들이다. 이전까지 조선 낭만주의의 영향 아래 있다
며 비판하던 이 모든 경향들을 이제는 '비낭만성'에 입각한 것이라고
비판하면서 '낭만정신'론을 전개하고 있는 것이다. 임화는 낭만에 덧
입혀져 있던 요소들을 지우고 '낭만'이라는 말을 재사용하면서, 그것

....
49 위의 책, 39쪽.

을 작가의 태도, 그 태도를 결정짓는 계급주의적 세계관, 그리고 그러한 세계관에 입각한 미래지향적 감정의 자질들이 복합적으로 만나면서 형성된 것으로 정리하게 된다. 그리고 이는 완전히 새로운 내용이라기보다는, 변주를 거듭해 오던 요인들을 정리하여 이론적으로 재명명한 것이었다고 할 수 있다.[50]

4. 사실주의의 원리적 범주로서의 '낭만'

사실주의, 혹은 리얼리즘이라는 준거는 임화의 평론과 문학사 서술에서 늘 중요한 축을 담당해 왔다. 특히 이 시기에는 1920년대 후반의 사실적 사회주의론에서부터 1930년대 중반의 사회주의 리얼리즘론까지 두 차례의 리얼리즘론이 전면적으로 등장했다. 물론 이러한 리얼리즘론들은 실제 사회주의 혁명이 일어나면서 프로문예이론 생

----

50 첨언하자면, 또 한편으로 이런 지점은 임화가 전개하고자 한 사회주의 문예론이 어떤 성격을 갖는가와 관련된 큰 그림을 그릴 수 있게 해 줄 가능성을 제공한다. 사회주의 문예라는 입각지에서 시와 소설, 평론을 쓰거나, 직접 프로영화에 주인공으로 출연하고 그 제작에 참여한다거나, 혹은 이런 활동의 기반이 되는 제도를 바꾸기 위한 문예운동을 하는 것. 이런 점들을 미루어 보건대 임화의 여러 활동은 문학적인 실천을 넘어서 윤리적이고 정치적이며 미학적인 실천과 관련된 '낭만주의적 기획' 아래 있었던 것일지도, 그리고 그 속에서 '낭만정신'은 식민지라는 상황, 자본주의가 깊이 뿌리내린 무기력한 현실 속에서 그 활동을 추동하는 동력이 되었던 것일지도 모른다(프레더릭 바이저, 김주휘 역, 『낭만주의의 명령, 세계를 낭만화하라—초기 독일 낭만주의 연구』, 그린비, 2011 참고). 이와 관련해서 초기 독일 낭만주의의 진보적 성격에 대한 논의로는 프레더릭 바이저의 연구서 이외에도 다음의 책을 참고할 수 있다(김진수, 『우리는 왜 지금 낭만주의를 이야기하는가』, 책세상, 2001).

산의 전초지가 되었던 러시아 문단에서 진행됐던 이론들을 지지하고 수용하는 과정에서 등장한 것이지만, 수용의 과정과 수용된 내용의 정확성을 살피는 것보다 더 중요한 것은 수용의 주체가 왜 그것을 받아들였는가와 관련된 문제라고 할 수 있다. 이런 맥락에서 다시금 질문해야 하는 것은, 임화가 러시아발 라프RAPP의 리얼리즘론을 받아들였다는 사실 자체가 아니라, 또 그것이 러시아 본국에서와 어떻게 미달된 채 사용되었는지의 문제가 아니라, 나아가 그것이 조선 내에서 어떤 논쟁사적 맥락에서 위치지어지고 있는가와 관련된 것이 아니라, 임화의 평론에서 늘 전면화되었던 '리얼리즘'이란 대체 무엇이었냐는 보다 근본적인 부분에 있다. 라프에서 오간 리얼리즘론에 빚을 지고 있었을지라도, 수용의 주체로서 임화가 그것을 어떻게 받아들이고 자체적인 의미를 형성했는가에 대해서 상기해 볼 필요가 있는 것이다.

　프로문학의 내용과 형식을 둘러싸고 김기진, 안막 그리고 양주동 등의 사이에서 리얼리즘 논의가 진행되던 때[51] 임화도 '사회적 리얼리즘'을 전면에 내세우며 그 흐름에 동참했다. 그러면서 리얼리즘은 "모든 사물을 그 일반성, 표피상에서 음미하는 것"이 아니고 "포착하거나 인식하는 것"이 되어야 하며 "더 한층 나아가 그 발전의 구체성, 특수성의 전체성적 인식"을 가져야 한다고 주장했다. 이미 이때부터 임화의 리얼리즘론에서는 "단순히 내용과 형식, 즉 스타일에 관한 양식상의 문제가 아니라" 현실과 세계를 인식하여 포착하는 "예술상의 태도"이자 "예술 자신 전체의 문제"가 중요하게 제기됐던 것이다. 그런데 부르주아적 사실주의로부터 객관적 현실 인식의 태도를 배워야 한다고 말하면서도

51　김윤식, 『한국근대문학사상사』, 한길사, 1984, 206~225쪽 참조.

그 현실을 바라보는 계급주의적 관점이 중요하다고 보는 입장에는, 현실에 분노를 느끼고 그 변화를 믿어야 하는 '주관성'이 전제되어 있다. 그렇기 때문에 객관적이며 과학적인 현실 인식을 내세우면서도 그와 동시에 "엄숙하고 정연하게 대오를 사수"해야 하며 "분노로 말살하며 전진하여야"[52] 한다는 '혁명적 감정'을 이야기 할 수 있는 것이다.

리얼리즘은 현실의 있는 그대로를 그리는 것이다. 그러나 주의할 것은 현실이란 고정한 것이 아니라 부절히 변하고 발전하며 소멸하는 긴 과정임을 이해하는 것이다. 그러므로 우리의 '사실주의'는 과거의 것이 고정적 정력학적이었음에 반하여 그것은 동적 다이나믹한 것이다. 따라서 현실에 만족치 않고 명일과 미래에로의 부단한 전진을 위하여 활동하는 것이다. 즉 이것은 키르포친(V.Y.Kirportin)의 용어를 빌면 '현실적인 몽상', 현실을 위한 의지, 그것이 이 낭만적 정신의 기초이다. 동시에 중요한 것은 과거의 리얼리즘이 몰아적 객관주의로 말미암아 도달치 못한 객관적 현실의 진실함 자태를 파악할 수 있다. 고정한 표면적인 것만을 묘사하는 게 아니라, 현실을 그 발전에 있어서 본질적인 제 관계에 있어 파악하는 것이다.

그러므로 진실한 낭만적 정신—역사주의적 입장에서 인류사회를 광대한 미래로 인도하는 정신이 없이는 진정한 사실주의도 또한 불가능한 것이다. 즉 주관과 객관을 진실로 통일하고, 현실 가운데서 비본질적인 일상성의 속악한 제이의적 쇄사(瑣事)만에 종사하는 것이 아니라, 그것을 제거하고 혹은 그것을 뚫고 들어가 그 가운데 움직이는 본질적 성격의 제 통징을 파악하는 것이, 우리들의 새로운 창작이론과 문학의 이상이다.(「낭만적 정신의 현

52 『임화문학예술전집』 4 이하 이 문단의 인용은 해당 논문의 131~145쪽 안에서 이루어졌다. 「탁류에 항하여」, 『조선지광』, 1929.8.

실적 구조─신창작이론의 정당한 이해를 위하여」, 『조선일보』, 1934.4.14
~4.24)[53]

현실을 관조적 태도로 반영하는 객관주의적 형식을 따르다 보면, 출
구 없는 현실을 피해서 과거 지향의 일로를 걷게 되거나 신비나 소비생
활의 표피로 침잠하는 결론에 이르게 된다는 것을 임화는 지속적으로
확인해 왔다. 그럼에도 현실의 변화를 견인하기 위해서는 객관적으로
현실을 바라보는 창작방법론을 이야기해야만 했다.[54] 앞선 경향들과
변별되면서 프로 진영의 리얼리즘을 주장하기 위해서 임화는 "현실에
만족치 않고 명일과 미래에로의 부단한 전진을 위하여 활동하는" 태도
를 전제하는 것이 필요했던 것이다. 이것이 얼마간은 1930년대 초중반
에 걸쳐 전개된 러시아 사회주의 리얼리즘, 그리고 키르포친의 혁명적
낭만주의의 영향 아래 있었던 것이라고 해도, 이는 사실상 임화가 카프
의 논자로 평론을 작성하기 시작했을 때부터 일관되게 유지해 왔던 입
장이기도 했다.

몽상과 의지, 낭만을 말하면서도 반드시 현실이라는 단서를 붙이는
서술의 방식을 통해, 역으로 현실의 문학적 반영에도 몽상과 의지, 낭

....

53 『임화문학예술전집』 3, 28~29쪽.
54 "작가의 현실을 보는 '눈'의 힘이 움직이며, 이 '눈'은 역사적 사회적 조건─그 실천에 의하여 성
생한 현실에 대한 인식적 능력인 것도 똑똑한 사실이다. 그러나 예술가가 이 문제에 대하여 의식
적이냐 무의식적이냐 하는 것은 전연 별개의 것으로, 예술적 과정의 이 객관적 법칙은 의연히 자
기를 관철한다. 하나 맑스주의적 예술학과 프롤레타리아 문학은 이 과정에 대하여 명확히 의식적
이어야 할 것이며, 그것의 의식적인 지배자여야 한다. 왜 그러냐 하면 변증법적 유물론은 현실 세
계의 관조적 인식자가 아니요 세계를 그 ××(변혁)에 있어 인식하는 견지로서, 예술가로 하여금
창조 과정에 대한 의식성의 획득을 충분히 가능케 하고 또한 그것에 대한 명확히 의식적인 지배
자일 것을 요구하고 있다." 「비평에 있어 작가와 그 실천의 문제」(『동아일보』, 1933.12.10~
12.21), 『임화문학예술전집』 4, 322쪽.

만이라는 단서가 필요하다는 것을 인지하고 있었던 임화 평론의 내적 논리를 가늠해 볼 수 있다. 이는 그가 평론을 통해 꾸준히 리얼리즘을 전면화해 왔으면서도 그 저변에는 낭만적 정신의 원리를 작동시켜 왔다는 것에 대한 방증이기도 하다. "진실한 낭만적 정신―역사주의적 입장에서 인류사회를 광대한 미래로 인도하는 정신이 없이는 진정한 사실주의도 또한 불가능하다"는 선언은, 그렇기에 돌연한 것이라기보다는 본래 저변화된 원리로 작동하던 낭만이 이론 전개의 전면에 등장한 것에 다름 아니다. 임화에게 프로문단이 지향해야 할 리얼리즘은 예술가가 계급적 현실을 객관적으로 바라보는 냉철한 눈과 그러한 현실로부터 벗어나려고 하는 마음을 갖추는 것과 관련되어 있었던 것이다. 낭만정신론을 전개하며 "문학은 모방하는 것으로 만족하지 않는다. 문학은 형성하고, 제안하고, 창조한다"는 앙드레 지드의 말을 인용했던 것은 이런 맥락에서였다.[55]

지금까지 이 논문은 임화가 사조로서의 낭만주의가 형성됐던 조선의 특수한 맥락, 그리고 그로부터 파생된 퇴영성, 신비성, 염세성 등의 낭만적 자질들을 비판하고 그것과 변별점을 마련하면서 '낭만'을 변주했던 정황을 살펴보았다. 1930년대 중반 전개된 낭만정신론은 이전까지 변주되었던 낭만의 요인들을 정리하며 '낭만적 정신'이라는 이름을 붙이는 과정에서 전개된 것이라고도 할 수 있을 것이다. 사조로서의 낭만(주의)과 변별되는 원리로서의 '낭만'은 프로 작가의 세계관과 프로 작품 창작의 기반이 되(어야 하)는 것이기도 했다. 그것은 계급주의적 세계관, 세계의 변혁을 믿는 태도, 그런 세계관과 태도를 전

....
55 「위대한 낭만적 정신」(『동아일보』, 1936.1.1~1.4), 『임화문학예술전집』 3, 42쪽.

제하는 문학의 미적자질들을 두루 포괄하는 것이었다. 그렇게 '낭만'의 의미를 재발견했을 때, 사회주의 리얼리즘의 수용이라는 문제틀 안에만 머물지 않으면서 '임화에게 리얼리즘이 무엇이었는가'의 문제를 발본적으로 재검토할 가능성이 열릴 수 있게 된다. 임화에게 리얼리즘이란 삶과 세계를 반영하는 문제이기도 하지만, 삶과 세계를 형성하는 것과도 밀접한 관련을 맺고 있었다. 이는 궁극적으로 임화 본인이 예술가로서의 정체성을 형성하는 문제와도 관련되어 있기도 했다. 리얼리즘에 대해서 현실의 반영을 넘어서 그것의 형성을 이야기할 때, 임화 본인이 말했던 원리로서의 낭만적 정신은 창작의 준거이기도 하지만 삶과 예술 전체를 이끄는 원동력이 된다. 이 연장선상에서 1930년대 중후반 이후의 주체재건론과 여타의 메타비평을 재독해야 한다고 본다. 이러한 과제는 추후의 것으로 남겨둔다.

참고문헌

기본 자료

『매일신보』, 『조선일보』, 『동아일보』, 『조선지광』

신두원 외편, 『임화문학예술전집』 4(평론), 소명출판, 2009.

_____, 『임화문학예술전집』 3(문학의 논리), 소명출판, 2009.

단행본

김영민, 『한국문학비평논쟁사』, 한길사, 1992.

김윤식, 『한국근대문학사상사』, 한길사, 1984,

_____, 『임화연구』, 문학사상사, 1989.

김진수, 『우리는 왜 지금 낭만주의를 이야기하는가』, 책세상, 2001.

이현식, 「주체 재건을 향한 도정과 실천으로서의 리얼리즘―1930년대 후반 임화의 비평」, 『임화문학의 재인식』, 소명출판, 2004.

최유찬, 「1930년대 한국 리얼리즘 연구」, 『한국 근대 문예 비평사 연구』, 세계, 1992.

최현식, 「낭만성, 신념과 성찰의 이중주―임화의 '네거리' 계열 시를 중심으로」, 『임화문학의 재인식』, 소명출판, 2004.

Frederick Beiser, 김주휘 역, 『낭만주의의 명령, 세계를 낭만화하라―초기 독일 낭만주의 연구』, 그린비, 2011.

논문

김윤식, 「백철 비평의 특질과 그 변모 과정 연구」, 『한국학보』 27, 일지사, 2001.

김지혜, 「임화의 단편서사시의 의미와 '감정'의 분화」, 『현대문학의 연구』 55, 한국문학연구학회, 2015.

박헌호, 「낭만, 한국 근대문학사의 은폐된 주체―'질문'을 위한 준비」, 『한국학연구』 25, 인하대 한국학연구소, 2011.

백은주, 「임화 시의 낭만성 연구를 위한 시론」, 『한국시학연구』 17, 한국시학회, 2006.

신명경, 「임화의 낭만정신론 연구」, 『동남어문논집』 1, 동남어문학회, 1991.

신제원, 「임화의 '현실'과 사회주의 리얼리즘」, 『국제어문』 66, 국제어문학회, 2015.

장문석・이은지, 「임화의 '오빠', 송영」, 『한국학연구』 33, 인하대 한국학연구소, 2014.

정경운, 「임화의 낭만주의론 연구」, 전남대 석사논문, 1990.

주영중, 「이상화와 임화 시의 낭만성 연구」, 『어문논집』 55, 민족어문학회, 2007.

최은혜, 「카프시기(1925~1935) 임화의 문화평론 연구」, 고려대 석사논문, 2013.

최호진, 「혁명적 낭만주의로 본 임화의 시관」, 『현대문학이론연구』 55, 현대문학이론
학회, 2013.

3부

혁명의 유산과

점화의 가능성

김민정
리얼리즘의 강박, 증상으로서의 리얼리티—리얼리즘의 재인식과 전망의 모색

박형진
과학, 모랄, 문학—1930년대 중반 김남천 문학에서의 '침묵'의 문제

이은지
미분微分된 혁명—1930년대 송영 소설에 나타난 혁명관

김윤진
해방기 엄흥섭의 언어의식과 공동체의 구상

장문석
밤의 침묵과 자유의 타수—김수영의 해방공간과 임화의 4·19

리얼리즘의 강박, 증상으로서의 리얼리티

리얼리즘의 재인식과 전망의 모색

김민정

1. 문제제기

다시 또, '리얼리즘'에 대해 논해 볼까 한다. 1990년대 말부터 2000년대 초반까지 이어졌던 '리얼리즘/모더니즘 논쟁'[1] 이후 사실상 문학장에서 논의의 관심 밖으로 밀려난 그 리얼리즘에 대해서 말이다. 주지하듯 한국문학사에서 리얼리즘은 이데올로기라는 거대 담론의 양상으로 존재해 왔다. 사회주의 리얼리즘의 자장하에 있던 식민지시기 리얼리즘은 해방 이후 참여문학, 민족·민중문학이라는 남한 사회의 이데올로기로 변주되면서 민족·민중 해방을 주창해 왔다. 하지만 진영의 논리 구축과

---

[1] 실천문학사의 『다시 문제는 리얼리즘이다』(『실천문학』, 1990.가을)로 촉발된 '리얼리즘/모더니즘 논쟁'은 이후 창작과비평사의 좌담회(『리얼리즘, 포스트모더니즘, 민족문학』, 1992.4), 민족문학사연구소의 심포지움(『민족문학론의 갱신을 위하여』, 1997.11) 및 개별 평자들의 논의로 약 10여 년간 지속된 논쟁이었다. 물론 두 사조에 대한 논쟁의 역사는 해방 후 남한 사회의 문학 담론을 지배해 온 장기적인 논쟁의 역사이기에 이를 쉽사리 재단하거나 평가할 수는 없다.

옹호의 반복을 지속했던 리얼리즘/모더니즘 논쟁은 리얼리즘과 모더니즘을 오히려 '자명성의 감옥'[2]에 가둬버린 결과를 가져왔다. 이들을 자명성의 감옥에서 구출하려 했던 리얼리즘과 모더니즘의 회통,[3] 버추얼리즘[4]과 같은 다소 파격적인 논의들은 사실상 해결의 방법이 아니라 모습을 달리한 논쟁의 출발일 뿐이었다. 해결점을 찾지 못한 동어 반복의 논쟁을 두고 혹자는 '리얼리즘의 자멸', '리얼리즘의 폐기'를 주장하고 나서기도 했다.[5]

이렇듯 문학사에서 리얼리즘론에 대한 뚜렷한 해결의 실마리를 찾지 못한 것은 리얼리즘이 사실상 사회주의라는 이데올로기와 서구 문예사조의 강력한 자장하에 놓여 있었기 때문이다. 현실 사회주의의 몰락과 함께 퇴조한 리얼리즘에 대한 논의가 이를 방증한다.

그러나 리얼리즘/모더니즘 논쟁이 끝난 시점이라고 명확히 구분 짓기는 어렵지만 2000년대 이후 포스트 담론 속에서 문학 연구는 젠더, 문화, 제도 연구 등으로 시야를 넓히며 사회주의/유미주의, 민족주의/계급주의, 리얼리즘/모더니즘, 이념/감성 등과 같은 각종 이분법적 구도를 넘어선 지평을 마련했다.[6] 또한 이러한 이분법적 구도 속에서 형성된 자명성의 실체들이 실상 자명한 것이 아니었음을 드러냈

....

2 김명인, 「자명성의 감옥―최근 리얼리즘·모더니즘 논쟁에 부쳐」,『창작과 비평』117, 창비, 2002.가을호. 김명인의 글 역시 사실상 정리의 차원에 머물렀을 뿐이지 해결책이나 전망은 부재한, 다만 '아직도 리얼리즘론이라나……', '골머리 아픈 문제' 등의 수사로 논쟁의 피로함과 답답함의 심정을 노정한 글이라 보는 것이 솔직할 것이다. 리얼리즘과 모더니즘이라는 '자명성의 감옥'에 갇혀 진전된 논의를 유보한 채 논쟁의 이항대립적 측면을 여실히 드러낸 글이라 볼 수 있다.
3 최원식,『문학의 귀환』, 창작과비평사, 2001.
4 조정환,「오늘날의 문학 상황과 버추얼리즘―최근 리얼리즘/모더니즘 논쟁에 부쳐」,『카이로스의 문학』, 갈무리, 2006, 197~222쪽.
5 위의 글, 79~81쪽 참조.
6 손유경,「최근 프로문학 연구의 전개 양상과 그 전망」,『상허학보』19, 상허학회, 2007, 304쪽.

으며 문학사의 정전이라 여겼던 것들의 재인식을 촉발시켰다. 이와 더불어 '감성의 사회사'를 주창한 박헌호의 논문[7]은 리얼리즘과 모더니즘으로 구축되었던 문학사를 비판함으로써 '낭만'을 전면에 배치한 문학사의 재구축, 새로운 문학사 서술을 예비하고 있다.

이러한 과정 속에는 문학이 식민지 근대의 모순 해결 및 현실 비판의 기능을 담당해야 한다는 문학사의 '강박'[8]이 작용하고 있음을 파악할 수 있다. 그리고 이와 같은 연구 경향을 통해 한국문학사에서 리얼리즘이 과연 자명한 실체였는가에 대해 물음을 던져볼 수 있다. 결론부터 말하자면, 아니다. 리얼리즘이 서구에서 기원한 개념이자 특정 시기를 풍미한 문예사조이기는 하나, 수많은 연구자들이 강조해 왔듯 리얼리즘은 그 장르적 성격과 범위를 규정하기에 곤란하고 혼란스러운 개념이다.[9] 더군다나 한국문학사에서 서구의 리얼리즘 개념을 고스란히 수용

---

7 박헌호, 「'낭만', 한국 근대문학사의 은폐된 주체―질문을 위한 준비」, 『한국학연구』 25, 인하대 한국학연구소, 2011.

8 신경증은 부권적 기능의 자리매김을 전제로 한다는 점에서 억압의 구조를 갖는다. 신경증의 한 형태인 '강박'은 히스테리와 함께 억압의 메커니즘에 의해 작동된다. 라캉은 "억압된 것은 증상을 통해 회귀"한다고 말하는데 강박증은 주체와 관계 맺고 있는 대상이 타자와 관계되어 있음을 인정하지 않는 것에서 기인한다. 즉 대상을 자기 자신의 것으로 간주하며, 타자의 욕망과 그 존재를 인정하지 않는 것이다(브루스 핑크, 맹정현 역, 『라캉과 정신의학』, 민음사, 2012, 196~209쪽 참조). 그런 점에서 한국문학사(주체)가 지니고 있는 강박의 형태는 식민지 근대의 모순을 이데올로기(대상)를 통해 극복하려는 형태일 것이다.

9 귀 라루는 리얼리즘(사실주의)라는 용어에 대한 혼란을 다음과 같이 말한다. "사실주의 개념을 명확히 하려는 일은 쉽지 않은 길이나. 이 용어는 겉만 익숙한 용어일 뿐 가까이 살펴보는 순간부터 특히 애매해지는 용어이다. 이 용어는 '주의'로 끝나는, 즉 어떤 '흐름', 단지 문학적 흐름뿐만 아니라 더 넓게는 예술적 흐름으로 작품들을 분류시키는 꼬리표의 단점을 갖고 있다. 한편 이 용어가 19세기 사실주의-자연주의 학파와 작품들(공쿠르 형제·플로베르·졸라의 작품들)에 일치되어 온 까닭에 어떤 고정된 생각, 즉 이 학파가 재현이라는 광범위한 문제를 자기 혼자서 요약할 수 있을 거라는 생각에 빠질 위험이 있다. 그렇게 둘 수는 없다. 사람들은 언제나, 그리고 '사실주의'라는 용어가 나타나기 전부터 문학과 현실의 관계를 생각해 왔다."(귀 라루, 조성애 역, 『사실주의 문학의 이해―비평·역사·시학에 대하여』, 동문선, 2000, 17쪽) 팸 모리스 역시 "리얼리즘은 정의하기에 악명 높게 까다로운 용어"라 표현하며, 리얼리즘을 미학적으로 접근할 경우, 어느 역사적 시대라도 발생할

했다고 볼 수도 없다. 오히려 서구 리얼리즘론을 토대로 분석된 리얼리즘 문학은 미달태 혹은 과도기적 형태로 평가되어 온 것이 사실이다.[10]

이에 본고는 리얼리즘/모더니즘 논쟁 이후 논의가 다소 퇴색되어 버린 리얼리즘에 대한 재인식을 목적으로 논의를 진행할까 한다. 지금까지의 리얼리즘 문학에 대한 연구는 실로 방대하여 본고에서 이를 분류·분석하는 것은 무리다. 다만 본고는 리얼리즘 개념에 대한 인식을 환기하는 차원에서 근대문학의 리얼리즘 개념을 짚어 보고자 한다.

아직까지 리얼리즘 개념의 수용 양상 및 전개에 관한 연구는 미미하다. 대체로 서구 리얼리즘 개념을 소개하거나 그것의 한국적 수용 양상을 분석하고 있는 연구가 주류를 이룬다.[11] 이들 연구는 서구 리얼리즘의 역사적 전개 과정과 그 이론적 고찰에 있어 체계성과 깊이

수 있는 언어적 시각적 재현의 특정한 양식과 관습을 일컫지만 18세기 이후 등장한 사조로서의 리얼리즘은 계몽주의 및 당대 문화적 영향(자본주의의 발달, 대중문화의 부상 등) 관계 속에서 복잡한 양상을 띠기 시작한다고 말한다(Pam Morris, *Realism*, Routledge, 2003, 1장 참조). 이러한 리얼리즘 개념을 한국문학에 적용하여 체계화한 장사선 역시 한국문학사에서 리얼리즘 문학 연구의 홍수 속에서도 리얼리즘이 무엇인가에 대한 질문 앞에서는 당혹감을 느끼지 않을 수 없을 정도로 리얼리즘은 막연한 개념임을 토로한다. 문예사조의 개념 자체도 쉽게 규정되기 쉽지 않기에 그 개념의 활용 대상을 선정하여 분석하는 것 역시 쉬운 일이 아니라 말한다(장사선, 『한국 리얼리즘 문학론』 새문사, 1988, 7~8쪽 참조).

10 구중서(「한국 리얼리즘 文學의 形成」, 『창작과 비평』 5, 창작과비평사, 1970.6)와 장사선(위의 책)의 연구는 한국 리얼리즘 문학 연구의 초석이 되는 연구들이기는 하나, 서구 문예사조를 중심으로 서술되고 있어 근대 리얼리즘 문학을 대체로 발전도식선 상에서 서술하고 있다. 즉 프로문학 전개 이전의 리얼리즘 문학을 미달태로 평가하고 있으며, 사회주의 리얼리즘을 중심으로 서술되고 있는 한계를 지닌다. 이들보다 앞서 임화 역시 문학사 서술을 통해 리얼리즘 문학의 기원을 신소설로 보고 있었으나 신소설의 리얼리즘은 "국부적인 '리얼리즘', '트리비얼'한 '리얼리티'임을 면치 못"한 것으로 평가하고 있어 이 시기 리얼리즘의 분석틀을 서구 리얼리즘 개념에 두고 있음을 알 수 있다. 임화, 「개설조선신문학사 5회」(『조선일보』, 1940.2.8), 김외곤 편, 『임화전집』 2, 박이정, 2001, 220~224쪽 참조.

11 구중서, 위의 책; 장사선, 위의 책; 유문선, 「남한 리얼리즘론의 전개 과정」, 『실천문학』 19, 실천문학사, 1990; 나병철, 『근대성과 근대문학-리얼리즘·모더니즘·포스트모더니즘』, 문예출판사, 2000; 손정수, 『개념사로서의 한국근대비평사』, 역락, 2002.

를 갖추고는 있으나 한국 리얼리즘 문학에 서구 이론을 적용하다 보니, 다소의 시각차를 보인다. 가령 구중서나 유문선의 경우는 19세기 발자크를 위시한 프랑스 리얼리즘을 근대 리얼리즘의 원형으로 인식하여 19세기 리얼리즘의 전개 경로를 따라 카프가 등장한 1920년대 중반을 한국 리얼리즘 문학의 형성기라 보고 있다. 장사선과 나병철은 이들보다는 시기를 소급해 근대 초기를 리얼리즘 문학의 형성 시기로 보고 있으나 본격적인 전개는 카프가 등장한 1920년대로 보고 있어 앞선 연구들의 관점과 동일하다. 손정수는 비평사에서 중요하게 다루어진 개념들을 중심으로 그 수용 양상과 전개 과정을 분석하고 있다. 그 가운데서 자연주의와 리얼리즘 개념에 대해서도 분석하고 있으나 장사선의 관점에서 크게 벗어나지 않는다. 단, 자연주의 개념이 현실 인식으로서의 사실주의와 사조로서의 리얼리즘 개념으로 분화해 나가는 양상을 예리하게 포착하고 있음은 주목할 만하다.

물론 프로문학의 등장으로 한국문학에서 리얼리즘의 이론이 심화·발전해 나간 것은 사실이나 이것이 문학 텍스트의 전개나 해석에 있어서도 그러한지는 의심해 볼 필요가 있다. 1930년대 프로문학의 창작방법 논쟁이 보여준 사회주의 리얼리즘론과 창작의 괴리, 프로문학을 배제한 채 전개되는 해방 후 리얼리즘 문학의 양상[12]을 보더라도 한국문

----

12 해방 후 남한 사회의 문학사 서술은 프로문학을 위시한 사회주의 리얼리즘의 배제는 물론이거니와 해방 전 활동했던 작가들을 남한 사회 이데올로기에 맞춰 재배치하게 된다. 이와 관련하여 1960년대 문단에서 호출된 리얼리즘이 염상섭의 『삼대』를 평가·배치하는 양상을 분석한 이혜령(「소시민, 레드콤플렉스의 양각―1960~70년대 염상섭과 한국 리얼리즘론의 사정」, 『대동문화연구』 성균관대 대동문화연구원, 82, 2013)은 리얼리즘의 접근 시각에 따라 『삼대』에 대한 평가가 달라짐을 보여준다. 비평적 용어로 접근된 리얼리즘의 관점에서 『삼대』는 당대 현실을 묘파한 작품으로 평가되며, 작품에서 그려지는 사회주의운동은 민족해방운동으로 평가되어 긍정적 관점을 취하게 된다. 그러나 김병화에 대해서는 사회주의자라는 용어 대신 '소시민'이라는 용어로 지칭된다. 여기에는 남한 사회에 내면화된 레드콤플렉스가 작용하고 있음을 분석한다. 이렇듯

학에서의 리얼리즘 이론은 서구 리얼리즘론으로는 분석·평가될 수 없는 지점이 존재하고 있다.

이에 비록 소략하기는 하나 송승철의 연구[13]는 좋은 참조점이 된다. 그는 한국문학에서 오역, 오용된 몇 가지 비평 용어들을 개념사적으로 접근해 비평 용어의 사용 맥락에 대한 좀 더 면밀한 접근이 필요함을 강조하고 있다. 그 가운데서 '리얼리즘'의 경우, 행위자의 의도와 경향에 따라 '사실주의', '현실주의', '리얼리즘' 등의 용어로 번역되고 있음을 지적한다. 가령 연구자에 따라 '리얼리즘'을 '사실주의', '현실주의', '리얼리즘' 등으로 번역하고 있으며, 식민지시기 카프 작가들 사이에서도 리얼리즘을 받아들인 수용 경로나 그 사용 용례에 있어서 미세한 차이를 보이고 있는 것이다. 따라서 리얼리즘의 수용 양상을 파악하기 위해서는 개별 작가의 리얼리즘 수용 경로를 따져볼 필요성이 있다고 본다.[14] 이러한 개념사적 접근은 자연스럽게 접근 시기의 소급과 당대 문학장 및 담론과의 관계 양상 속에서 리얼리즘을 논의해야 한다는 당위를 제시한다.

주지하듯 한국 근대문학의 기원은 단순히 서구의 문예사조의 영향만으로 평가될 수 없다. 전대 문학과의 관련성, 일본을 위시한 동아시아 문학 전통의 영향, 여기에 더해진 서구 문예이론, 근대 초기에 형성된 다양한 매체의 등장과 매체를 통해 형성된 서사 양식과의 혼종

『삼대』를 평가하는 남한 사회의 리얼리즘론을 통해 이혜령은 한국 리얼리즘론은 '언어횡단적 실천'의 사례로 연구되어야 할 필요성을 제기한다. 그에 따르면 냉전체제의 이데올로기가 얽혀 있는 리얼리즘이야말로 해방 후 남한 사회에 냉전체제가 미친 영향 관계를 파악할 수 있다고 보는 것이다. 이는 비단 해방 이후 전개된 리얼리즘론에만 한정되지 않으며 시기를 소급해 살펴봐야 한다는 점에서 중요한 지적이라 할 수 있다.

13 송승철, 「비평용어의 오역과 오용―개념사적 접근」, 『오늘의 문예비평』 66, 오늘의문예비평, 2007.
14 위의 글, 134쪽.

속에서 근대문학은 시작되었다.[15] 근대 초 매체에 등장한 단형서사가 1920년대 기록서사의 형태로 변모해 가는 과정을 분석한 이경돈의 연구[16]는 근대 초 기록서사가 갖는 리얼리티의 성격에 주목하여 리얼리티가 근대 서사 양식의 자질이자 리얼리즘 문학의 기원이 될 수 있음을 표명한다. 이를 통해 근대소설의 리얼리티는 서구의 리얼리즘이나 이론사, 카프의 논쟁사로 대체될 수 없음을 강조한다. 김재영의 연구[17] 역시 한국 근대소설의 기원을 탐색해 가는 과정 속에서 드러나는 '핍진성'에 주목한다. 그는 전대의 문학과 근대문학이 혼종된 가운데서 근대문학의 자질로 중요하게 부각된 것은 '사실 기록'이 아닌 '사실 같은' 또는 '사실다움'에 있었고, '현재성'에 기반한 신소설은 '핍진한 묘사'를 통해 근대소설의 면모를 갖추어 나갔다고 말한다. 그리고 이것이 곧 한국 리얼리즘 문학의 기원이자 성격이라 보고 있다.

비록 리얼리즘 문학 연구를 표방하고 있지는 않으나 리얼리즘 연구가 당대 담론과의 연관성 속에서 재인식되어야 한다는 필요성을 공유하고 있는 이경돈과 김재영의 연구는 근대소설의 중요한 자질로서 '리얼리티'와 '핍진성'을 언급하고 있다. 이들 연구를 통해 근대문학을 인식하는 과정에서 발견되는 중요한 사실은, 근대문학의 기원과 함께 리얼리즘에 대한 인식이 형성되기 시작했다는 것이다.[18] 좀 더 구체적으

---

15 근대문학의 형성과 기원을 탐색한 대표적인 연구는 권보드래(『한국 근대소설의 기원』, 소명출판, 2000), 김영민(『한국 근대소설의 형성 과정』, 소명출판, 2005), 박헌호(『식민지 근대성과 소설의 양식』, 소명출판, 2004), 이경돈(「1920년대 단형서사의 존재 양상과 근대소설의 형성 과정 연구」, 성균관대 박사논문, 2003), 한기형(『한국 근대소설사의 시각』, 소명출판, 1999)의 연구가 대표적이다.

16 이경돈, 「1920년대 단형서사의 존재 양상과 근대소설의 형성 과정 연구」, 성균관대 박사논문, 2003.

17 김재영, 「핍진성과 소설의 가능성」, 『20세기 한국문학의 반성과 쟁점』, 소명출판, 1999.

18 사실 리얼리즘이 한국의 근대문학과 더불어 시작되었다는 견해는 새로운 관점이 아니다. 나병철은 근대 서사텍스트의 형성이 전대 문학과 서구 문예사조의 영향 관계 속에서 형성되었다고 보며,

로 정리해 본다면 첫째, 한국 근대문학에서의 리얼리즘은 서구 리얼리즘론만으로는 규정될 수 없다는 점. 둘째, 개념사적, 담론분석의 관점을 통해 리얼리즘 개념이 형성·전개된 맥락에 주목해야 한다는 점. 셋째, 한국 근대문학에서의 리얼리즘은 시기에 따라 중층결정된 것이라는 점 등을 추출해 볼 수 있다.

따라서 본고는 이 세 가지 관점을 토대로 소략하게나마 리얼리즘 개념의 전개 양상을 살펴보고자 한다. 앞서 제시한 연구사에서 강조되고 있는 것은 접근 시기와 당대 담론과의 관련성이다. 개념의 형성 및 전개를 파악하기 위해서는 맥락의 고찰이 필요한바, 2절에서는 근대 초기 리얼리즘 관련 텍스트의 분석을 통해 리얼리즘의 의미를 분석하고자 한다.

문제는 리얼리즘 문학이 본격적으로 전개되기 시작한 1920년대일 것이다. 1925년 카프의 결성과 함께 전개된 사회주의 리얼리즘은 문제제기에서도 언급되었듯, 식민지시기 각종 문학 담론과 관계하며 식민지시기를 비롯하여 해방 이후 전개된 리얼리즘 문학을 관통하는 중요한 담론이었다. 그만큼 근대 초에 형성된 리얼리즘론과 충돌하고 접속되는 양상을 드러낼 것이라는 점에서 3절에서는 근대 초기 형성된 리얼리즘론이 1920년대 문학 담론과의 관계 속에서 나타나는 양상을 분석해 보고자 한다. 이를 통해 한국 근대문학에서의 리얼리즘 개념을 재인식하고, 리얼리즘 문학에 대한 접근 시각의 전환을 모색해 보고자 하는 것이 이 글의 목적이다.

....
리얼리즘 역시 근대문학과 함께 형성·전개되었다는 입장을 밝힌다. 그러나 그의 관점 또한 서구 문예사조 및 서사이론, 장르 개념을 통해 리얼리즘 문학을 도식적으로 분석하는 한계를 노정하고 있다. 나병철, 앞의 책 참조.

2. 리얼리티의 인식과 근대문학의 탄생

이해조는 『화의 혈』 서문에서 다음과 같이 말한다.

　　그러나 그 재료가 매양 옛사람의 지나간 자취나 가탁이 형질 없는 것이 열이면 팔구는 되되, 근일에 저술한 「박정화」, 「화세계」, 「월하가인」 등, 수삼 종 소설은 모두 현금에 있는 사람의 실지 사적이라. 독자 제군의 신기히 여기는 고평을 이미 많이 얻었거니와, 이제 또 그와 같은 현금 사람의 실적으로 「화花의 혈血」이라 하는 소설을 새로 저술할새, 허언낭설은 한 구절도 기록지 아니하고 정녕히 일동일정을 일호차착 없이 편집하노니, 기자의 제주가 민첩시 못하므로 문장의 광채는 황홀치 못할지언정 사실은 적확하여 눈으로 그 사람을 보고 귀로 그 사정을 듣는 듯하여 선악간 족히 밝은 거울이 될 만할까 하노라.[19]

　　위의 인용문은 신소설에 대한 이해조의 입장을 엿볼 수 있는 대목으로, "허언낭설은 한 구절도 기록지 아니"한 "사실을 적확"하게 파악하여 소설을 창작했음을 밝히고 있다. 소설이 '빙공착영憑空捉影(허구성)'한 허구 장르이지만 "인정에 맞도록 편집하고 풍속을 교정하고 사회를 경성하는 것이 제일 목적"[20]이라 하여 소설의 '사실성', '실제성'을 강조하고 있다.

　　'사실' 및 '실제'에 바탕을 둔 소설에 대한 인식은 비단 이해조에게

....

19　이해조, 「화의 혈(五車書廠, 1917)」, 『빈상설』, 문학사상사, 2007, 335쪽.
20　이해조, 「화의 혈(五車書廠, 1917) 후기」, 위의 책, 425쪽.

만 국한된 것은 아니었다. 리얼리즘 개념이 근대문학에 처음 유입된 것은 이인직에 의해서였다. '신문학新聞學'을 통해 조선에 근대문학을 구축하려 했던 이인직의 경우, 근대문학에 대한 인식의 저변에는 일본을 통해 중역된 리얼리즘 개념이 자리하고 있었다. 이인직은 일본 유학시절, 마쓰모토 쿤페이가 저술한 『신문학新聞學』(1899)의 영향을 받아 '신문학新聞學'을 토대로 문학 개념을 도입한다. 마쓰모토 쿤페이의 신문학新聞學은 단편소설을 신문 글쓰기에 맞게 변용한 것으로, 그는 사실주의가 발생한 이유를 "현실적이고 세속적으로 변한 독자들의 기호, 넓게는 인류의 성정"에서 찾은 바, "현실 생활을 번역하는 산문"으로서의 소설은 '기교'를 통해 실제의 생활을 살려내야 함을 강조한다. 이는 곧 '신문학'에 적합한 소설 장르의 수용을 위해 마쓰모토가 인식한 사실주의였고, 이인직은 이러한 마쓰모토의 사실주의관을 수용하여 신문학新聞學을 통해 신문학新文學을 전개하게 된 것이다.[21]

이인직의 경우만 보더라도 근대문학의 기원은 굉장히 복잡다기한 양상을 띠며 형성되었음을 짐작할 수 있다. 이 복잡한 양상 가운데서도 근대문학을 전대의 문학과 구분 짓는 가장 결정적 계기는 전근대문학의 특징인 허탄무거가 사라진 자리에 '사실성'이 그 자리를 대신하게 되었다는 점이다. 사실성의 인식은 근대라는 현실의 인식이자, 근대문학이라는 장르가 지닌 특성을 인식하는 과정이기도 했다. 또한 식민지 조선이라는 현실에서 문학이 담당해야 하는 역할의 중요성을 인식하게 된 계기이기도 했다. 그런데 이러한 인식 과정에서 주목을 요하는 점이 있다. 그것은 근대문학의 중요한 특징으로 등장한 사실

---

21 구장률, 『지식과 소설의 연대』, 소명출판, 2012, 117~130쪽; 이유미, 「근대 단편소설의 전개 양상과 제도화 과정 연구—신문·잡지를 중심으로」, 연세대 박사논문, 2010, 58~73쪽 참조.

성은 전대 문학 양식인 '전(傳)'의 특성에, 일본을 통한 서구 리얼리즘의 인식이 더해진 것이라는 점이다.[22] 즉 근대문학의 형성과 리얼리즘에 대한 인식은 맞물려 있다고 볼 수 있다. 또한 한국 근대문학에서의 리얼리즘은 문예사조로서 정착되었다기보다는 근대문학에 대한 이해와 구축을 위한 인식 수단으로 활용되었다고 볼 수 있다. 이를 단적으로 보여주는 예가 자연주의 개념의 수용 양상이다.

문학 이론이나 문예사조 개념이 정착되지 않은 근대 초기 문학 관련 텍스트들에서 종종 사실주의, 자연주의 등과 같은 개념이 혼재되어 있는 양상을 볼 수 있다.[23] 이 중 사실주의에 비해 자연주의가 빈번하게 사용되고 있으나 자연주의 문학의 주창 이면에는 '사실성'이 강조되고 있었기 때문에 자연주의는 사실주의로 대체 가능했다.

今日에 坐하야엇지우리가 '白髮三千丈'을 夢想함이 可하리오, 이에비로소 人生을 爲한 文學을 우리가 描寫하여야할지오 隨하야 社會의 缺陷, 人生의 暗面을 根本的으로 차無에歸케하여야할지니라, 이것이 實로新文學의 큰材料오, 또한新文學者의 큰 責任이라말하리 所謂新文學者는 從然히 藝術을 爲한 文學에만 熱中하고 人生을 夢中視함으로 그의文學이

....

22 윤영실은 한국 근대소설이 전통 서사 양식의 계승 속에서 근대적인 격변들(소설개량론, 정치소설)과의 조우를 통해 역사와 소설의 경계에서 '사실/허구/진리'가 배치되는 과정을 규명하고 있다. 윤영실, 「근대계몽기 '역사적 서사(역사/소설)'의 사실, 허구, 진리」, 『한국현대문학연구』 34, 한국현대문학회, 2011.

23 몽몽의 단편 「요조오한」(『대한흥학보』 8, 1909.12)에는 각종 사조 명칭 등장한다.("(…중략…) 蔡는 虛無主義로서 社會主義로 돌아 오든 말, 自然主義로서 道德主義로 돌아 오든 말과 文藝上으로서는 寫實主義를 盲信하든 일이 꿈갓다하고 로맨틱思想에도 取할것 곳 一理가 있는 것과 主義 그것이 매우 우수우나 그러나 아직까지 무엇이든지 사람이 客氣를 가져야하겠단 말을 다 한 뒤에 (…중략…)") 그러나 이는 문예사조에 대한 이해를 바탕으로 사용한 것은 아니었다. 장사선, 앞의 책, 29쪽 참조.

비록 藝術의價値가 잇겠다하겟스되 人生에對하야는 무삼 裨益을與하엿
나뇨, 이럼으로 今日은新文學곳 自然主義文學을 求할 時代오, 自然主義
文學者의 生함을 期待할 時代로라[24]

백대진은 구문학이 지닌 "백발삼천장白髮三千丈"과 같은 "몽상적夢想的,
공상적空想的, 낭만적浪漫的, 환영문학적幻影文學的"인 성격에서 탈피하여
"人生을 爲한 文學", "社會의 缺陷, 人生의 暗面"을 묘사하는 현실 반영
의 문학을 강조하고 있다. 더 나아가 문학이 근대 예술로서의 가치까
지 지니고 있음을 톨스토이의 예술관을 들어 논하고 있다. 표면적으
로는 자연주의 문학을 주창하고 있으나 소설에 대한 인식에는 자연주
의라는 사조적 인식보다는 사실성이라는 현실 반영의 중요성에 착목
해 있다. 또한 1920년대 초 최승만의 평론 「문예에 대한 잡감」[25]을 보
면, '상고주의(고전주의) → 로만티시즘(낭만주의) → 자연주의 → 신낭만
주의 → 인상주의 → 상징주의 → 신비주의 → 신이상주의 → 인도주
의'로 이어지는 서구 문예사조의 흐름 속에서 자연주의 문학을 인식
하고 있으나 서구 이론의 흐름보다는 '실인생, 실생활'의 현실 반영에
더 밀접해 있다.

自然主義의 가장 큰 特徵은 現實的이다. 이 現實의 인생, 이 현실의 生
活에 對하야 深切하게 注意를 두는 것이다. 자연주의로 말미암아 藝術은
實人生, 實生活과 密接한 關係를 매저 잇는 것이다. 人生의 意味는 어데
잇는가? 우리의 生活은 무엇을 意味함인가? 하는 것이 自然主義 文藝 가

---

24 백대진, 「현대조선에 자연주의문학을 제창함」, 『신문계』, 1915.12.
25 극웅(최승만), 「문예에 대한 잡감」, 『창조』 4, 1920.2.

운데서 자조 잇는 것이다. 이 問題에 對하야 解決은 못 주지 마는 讀者로 하여금 생각 안이 할 수 업게 만든다. 自然主義 文藝는 娛樂한 藝術이 안이오 人生에 對하야 生活에 對하야 깁히 생각하게 하는 藝術이다.

自然主義의 傾向은 社會問題에 密接되어 있다.[26]

문학이 "사회문제에 밀접"하게 연관되어 있다는 인식에는 근대 초부터 강조해온 '사실성/현실성'에 대한 인식이 내재해 있음을 의미한다. 자연주의라는 사조를 인식하고 수용한 이면에는 근대문학, 예술이 지녀야 할 보편 가치로서의 인식이 더 우세함을 파악할 수 있다. 즉 근대문학에서 리얼리즘은 서구 문예사조의 리얼리즘, 자연주의 등이 갖는 현실 반영의 문제에 천착해 있음을 알 수 있다.

이와 같이 사실성/현실성의 인식에 따른 현실 반영의 강조는 문학에서 '사실 같은' 또는 '사실다움'을 드러내야 하는 형식의 문제와 연결된다. 근대 초기 리얼리즘 문학에 대한 인식이 사실상 '리얼리티reality'[27]에 대한 인식이라면, 리얼리티를 구축해 나가는 과정이 곧 근대소설의 내용과 형식을 구축해 가는 과정이라 할 수 있을 것이다. 다시 말해 소설이 단순한 사실의 기록이 아니라 '인정물태'를 표현해 낼 수 있는 작가의 사상 및 가치관, 형식의 필요성을 담지하는 예술 장르라는 인식이

....

26 위의 글, 50쪽.

27 '리얼리티'는 실제, 현실, 사실에 대한 '현실 인식'을 뜻하기도 하지만 '핍진성(verisimilitude)'이라는 '현실 반영'의 '재현 형식'을 뜻한다. 핍진성은 '진실함이나 사실적임의 드러남, 진리나 현실, 사실과 같은 혹은 닮음'으로 정의되며 넓은 의미에서 사실성을 포괄하는 용어이기는 하나(Pam Morris, 서문, *Realism*, Routledge, 2003; 곽상순, 「한국 현대소설의 핍진성 연구—1920~30년대 사실주의 단편소설을 중심으로」, 서강대 박사논문, 2003, 3쪽 참조), 그것은 단순히 실제 세계가 지닌 자연적 본질에 기반한 것이 아니라 사유하고 인식하는 언어적 방식에 의해 구성되는 '언어적 관습의 효과'이다(곽상순, 위의 글, 6~7쪽 참조).

수반되고 있는 것이다. 이광수의 「문학이란 何오」는 이러한 근대 초기 예술 장르로서의 문학에 대한 인식을 보여준다.

> 人生의 生活狀態와 思想感情이, 즉 某材料니 此를 描寫하면, 즉 人에게 快感을 興하는 文學藝術이 되는 것이다. (…중략…) 最正하게 描寫한다 함은 眞인 듯이 果然 그러하다 하고, 있을 일이라 하고, 讀者가 聲節하게 함이요, 最正이라 함은 某事件을 描寫하되, 大綱大綱하지 말고 極히 目睹 하는 듯하게 함이다. 如斯히 하여야 그 作品이 讀者에게 至大한 興味를 與 하나니, 故고 文學의 要義는 人生을 如實하게 描寫함이라 하리로라.[28]

이 글에서 이광수는 문학은 "特定한 形式下에 人의 思想과 感情을"[29] 표현한 것이라 정의하며, 근대 지식을 이루는 '지知(진리추구)', '의意(선 또는 의리 추구)'와 동등한 위치에서 '정情(미의 추구)'으로서의 문학을 예술 장르로서 부각시킨다. 여기서의 문학은 "人生의 生活狀態와 思想感情"을 재료로 하지만 소재 차원에서 그치는 것이 아니라 그것을 "最正하게 描寫"해야 하는 것이다. 즉 문학은 일정한 형식과 체계를 갖춘 심미적인 예술 장르라는 인식이 존재하고 있다. 현철의 「소설개요」[30]를 보더라도 소설의 정의, 내용, 형식, 묘사의 방법 등을 소개하며 소설이 예술 장르로서의 성격을 갖추기 위해서는 '마련', 즉 '조직'이 그 무엇보다 중요하다는 것을 역설한다. '조직'은 인물, 사건, 배경의 치밀한

....

28 이광수, 「문학이란 何오」(『매일신보』, 1916.11.10~23), 『이광수 전집』 1, 삼중당, 1962, 509쪽.
29 위의 글, 507쪽.
30 효종(현철), 「小說槪要」, 『개벽』, 1920.6. 이 글은 비록 동경예술좌 연극학교 수업 필기를 바탕으로 씌어진 글이기는 하나, 본격적인 문학론이라고 할 만한 것이 없던 시점에서 나름의 체계를 갖춰 소설론을 전개하고 있어 문학사에서 본격 소설론이라 할 만한 의의를 지닌다.

묘사를 전제한다는 점에서 소설이 단지 사실/현실을 보여주는데 그치는 것이 아니라 일정한 체계와 형식이 필요하다는 것을 말해주고 있다.

이광수와 현철은 소설을 정의함에 있어서 리얼리즘을 구체적으로 명시하거나 표방하지는 않지만, 문학의 중요한 자질로서 인정물태의 인식과 반영, 반영에 있어서 핍진한 묘사의 중요성을 강조하고 있다. 이는 근대 초기 신소설이 강조했던 사실성의 인식에서 한 발 더 나아가 핍진한 묘사를 위해 작가의 사상 및 가치관이 반영된 내용과 형식의 중요성을 드러내고 있다. 동시에 문학을 예술 장르로 인식해 나가는 과정이 담겨 있다.

이렇듯 근대소설 인식의 저변에 자리한 '리얼리티'는 근대문학을 형성한 중요한 인식 수단이자 리얼리즘 문학의 형성과 전개를 이끈 중요한 동력이 된다. 문학에서 현실을 반영한다는 것, 문학을 통해 현실을 보게 되었다는 것은 현실 인식을 통해 문학 장르를 인식하게 되었음을 의미하며, 역으로 장르 인식의 심화가 현실의 중요성을 강조하게 되었음을 의미한다.

3. 리얼리즘–생활의 긴박, 재현의 갈망

1920년대는 소설의 자질로서 '묘사'가 강조되기 시작한다. 이 시기는 다양한 사조들이 혼종되어 있던 '양식 재편기'이자 '혼종기'[31]였던 만큼 비평과 작품 등에 당대 사조들이 혼류되어 있었다.[32] 이렇듯 문학이

다양한 사조를 표방하고 있었음에도 불구하고 비평 및 소설 창작에 있어서 공통적으로 묘사가 강조되고 있었다는 점은 눈여겨 볼만 하다.[33] 가령, 이광수는 「현상소설고선여언懸賞小說考選餘言」[34]에서 응모소설을 다섯 항목(시문체時文體, 정감, 예술적, 현실적, 신사상의 맹아)으로 나누어 평가하는데, 네 번째 항목인 '현실적' 성격을 통해 근대소설의 자질로서 묘사를 제시한다. 소설은 작가의 '주지主旨'를 발표하는 공간이 아니라 "文學과 藝術은 現實에 卽한것"[35]이어야 한다는 점에서 전대문학의 허무맹랑이나 추상성은 비판의 대상이 된다. 염상섭은 「올해의 소설계小說界」[36]와 「「二年後」와 「거츠른터」」[37]에서 당대 소설들을 단평短評하는 가운데 김동인과 나도향, 박종화 등의 작품에서 드러나는 묘사의 빈약함과 현실성 부족을 지적한다.[38] 또한 후술하겠지만, 「조선문단합평회」에서 언급

....

31 이경돈, 앞의 글, 17쪽.
32 1920년대 문학장 및 문학 담론들은 "다양한 입장들의 갈등과 투쟁, 착종과 혼란 속에서 '조선'의 근대문학을 구조화하는 규칙들을 실천"(박근예, 「1920년대 문학 담론 연구」, 이화여대 박사논문, 2006, 2쪽)하는 역동의 장이었기 때문에 이 시기는 그 어떤 이론이나 사조도 단일론으로 수렴될 수는 없는 특징을 지닌다. 또한 본격적인 서구 문예사조와 이론의 수용을 통해 문학이나 소설 장르에 대한 인식을 심화시켜 나가기 시작한다.
33 김행숙은 1920년대 초 동인지 문학의 정체성을 규명해 내는 과정에서 이 시기 동인지 문학들이 강조하는 '묘사'의 의미에 대해 다음과 같이 말한다. "1920년대 초기 동인지에서 '묘사'라는 어휘는 현실성·사실성·객관성 같은 관념과 결합해 있었다. 따라서 소설과 관련해서 중시된 것은 작가의 '상상력'이 아니라 '관찰력'이었다. 동인지가 보여주는 소설작품의 실제는 주관적이고 낭만적인 경향에 상당히 기울어져 있었지만, 월평이나 소설론이 개진되면 지면에서 강조되는 소설적 자질과 기법은 "심각한 관찰과 묘사"였다." 김행숙, 『문학이란 무엇이었는가─1920년대 동인지 문학의 근대성』, 소명출판, 2005, 139쪽.
34 이광수, 「현상소설고선여언」, 『청춘』 12, 1918.3.
35 위의 글, 101쪽.
36 염상섭, 「올해의 소설계」, 『개벽』 42, 1923.12.
37 염상섭, 「「二年後」와 「거츠른터」」, 『개벽』 45, 1924.3.
38 나도향(「여이발사」)과 김동인(「거츠른터」)의 경우 인물 형상화에 있어 현실성과 묘사의 부족을, 박종화(「목매이는 여자」)의 경우는 작가의 "인생에 대한 지식과 체험이 매우 부족"함을 지적한다. 주목할 점은 인물 묘사나 현실 묘사에 있어 묘사를 통해 작가의 인생관 및 세계관, 생활상태가 반영되어야 한다는 지적이다. 이는 1년 후에 있는 「조선문단합평회」에서 최서해의 작품을 평가

된 작품 평들의 면면을 보더라도 1920년대 소설에서 묘사는 소설을 형성하는 중요한 요소로 부각되기 시작한다. 합평회에 참여한 문인들 역시 당대 작품을 평가함에 있어 중요한 자질로서 내면 묘사, 현실 묘사 등을 강조한다. 하지만 묘사가 단순히 형식적인 요소에 그치는 것이 아니라 묘사를 위해서는 작가의 현실 인식이나 체험 등이 선행되어야 한다는 입장을 보이고 있어 특기하다 할 수 있다.

이렇듯 묘사의 강조는 2장에서 논의했듯, 현실 인식과 장르 인식의 상관관계를 보여준다. 주지하듯 1920년대는 현실의 치밀한 묘사를 강조한 자연주의와 개성의 발현, 참자기의 발견, 자아의 각성 등이 문학의 중요한 자질로 부각된 낭만주의가 공존하고 있었다. 이는 곧 문학에서 객관적 현실의 반영[39]과 현실을 인식한 문학 주체를 통한 개성적 자아 창출이 중요해졌음을 의미한다.[40] 이때 개인의 내면과 현실은 묘사라는 수단을 통해 문학적으로 형상화된다.

묘사는 리얼리즘 문학이 갖추어야 될 중요한 자질이기도 하지만 소설 장르에서 리얼리티를 구성하는 형식적 특징을 포괄하는 개념[41]이

....

함에 있어서도 인물 묘사를 통해 드러나는 작가의 인생관과 세계관을 고평하고 있다는 점에서 염상섭에게 묘사란 단순히 실감을 얻기 위한 차원이 아님을 알 수 있다.

39 한국 근대문학에서 과학적 인식 개념이 전환되어 온 계기를 식민지시기 마르크스주의자들과 모더니스트들의 텍스트를 통해 분석한 차승기는 문학에서의 현실 인식은 '과학'이라는 앎의 수용과 그에 따른 과학적 인식으로의 전회가 결정적 영향을 미쳤다고 본다. 즉 과학적 인식은 문학의 구성 및 내용의 전반적 배치에 영향을 미쳤으며 작가들우 이 과학적 인식을 소선적 현실에 맞게 변용·변주해 나가며 문학의 '기술석 이해'(내용/형식)를 구축해 간 것이라 본다. 그의 연구는 문학이 '현실성'을 인식하게 되면서 '현실'이 문학의 내용 및 형식에 영향을 미쳤으며, 이것이 근대문학에서의 리얼리즘을 규정하는 근본적 속성이라 보고 있다. 차승기, 「사실, 방법, 질서—근대문학서 과학적 인식의 전회」, 『한국문학연구』 42, 동국대 한국문학연구소, 2012.

40 곽상순, 앞의 글, 10쪽.

41 묘사는 예술적 현실 재현 가능성에 대한 논의가 등장한 아리스토텔레스(『시학』) 시대부터 '모방'과 '재현'이라는 현실 반영의 역할을 담당해 온 문학의 중요한 형식이다. 김웅준, 『리얼리즘』, 연세대 출판부, 2009, 89~92 참조.

기도 하다. 따라서 1920년대 소설 장르에서 묘사를 중요하게 다룬 것은 특이하다고 할 수는 없을 것이다. 그러나 이 시기 묘사를 단순히 사실성/현실성을 드러내기 위한 수단이라는 기법적 측면으로만 여길 수 없는 데에는 '생활'의 문제가 결부되어 있었다.

문학의 예술성과 현실 사이의 긴밀함과 긴박함을 보여주는 것이 바로 카프의 등장과 이를 둘러싼 담론들일 것이다. "문예와 생활의 긴박한 연관성"[42]을 문제로 제기하며 등장한 카프는 "생활은 예술이요, 예술은 생활"[43]이라는 '생활문학론'을 주창하며 문단의 주류를 형성하게 된다. 김기진은 신경향파 초기 「Promenade Sentimental」(『개벽』, 1923.7)과 「금일의 문학, 명일의 문학」(『개벽』, 1924.2)에서 생활상태에 기반한 문학 예술의 생산을 강조했으며, 박영희 역시 신경향파 문학의 활동을 공식적으로 표명하는 「신경향파문학과 그 문단적 지위」(『개벽』, 1925.12)에서 "생활의 수평적 향상을 위한 민중적 문학의 건설"[44]을 주창하며 무산계급의 생활을 반영한 문학의 중요성을 역설한다. 이들이 주장하는 무산 문예는 그들이 예술지상주의라 평가하는 부르주아 문단에 대한 비판을 기저에 두고 유물사관을 통해 무산계급의 생활에 접근해야 한다는 입장이었다.[45] 이에 카프는 프로문학을 통해 현실과 예술 사이에서 분명한 선을 그으며 현실, 즉 생활에 방점을 두게 된다. 그러나 이 분명한 선긋기

....

42 이철호, 「신경향파 비평의 낭만주의적 기원」, 『민족문학사연구』 38, 민족문학사학회, 2008, 235쪽.
43 김기진, 「떨어지는 조각 조각─붓음 마음을 따라」, 『백조』 3, 1923.9, 140쪽.
44 박영희, 「신경향파문학과 그 문단적 지위」, 『개벽』 64, 1925.12.
45 김기진은 당대 부르주아와 프롤레타리아가 대립하고, 그에 따라 전자와 후자의 미의식이 분열된 것은 바로 생활상태의 분열에 기인한 것이라 본다(「지배계급의 교화 피지배계급 교화」, 『개벽』, 1924.1). 즉 토대를 형성하고 있는 "계급생활의 분열"이 상부구조의 "생활의식의 분열"로 나타나 생활 의식의 분열이 "미의식의 분열"을 초래한 것이다. 이 분열로 말미암아 프롤레타리아 문학의 필요성은 당위가 되었음을 주장한다.

야 말로 프로문학의 딜레마를 보여주는 유명한 사례임을 익히 알고 있다. 이들이 강조하는 생활은 무산계급의 생활로 한정되어 있었으며, 생활 반영의 측면에서 부르주아 문학에 대한 부정을 전제하고 있었기 때문에 내용과 형식의 구축에서 지속적인 한계[46]에 부딪히게 된다. 그 한계의 인식과 극복의 양상을 보여주는 것이 바로 김기진, 박영희의 내용/형식 논쟁과 1930년대 이후 지속되는 창작방법 논쟁이라 할 수 있다.

1920년대 '생활문학론'은 카프만의 전유물은 아니었다. 생활은 식민지시기 전반을 아우르며 문인들을 긴박하고 있던 문제였다.[47] 신경향파 문학의 내용/형식 논쟁이 보여주고 있듯, 1920년대 생활은 내면의식과 같은 정념[48]이나 보여주기에 치중한 폭로로서만 논의될 수

----

46 '한계'라는 표현은 적절하지 않으나 프로문학 형성 초기, 이들이 범한 가장 큰 오류가 바로 부르주아 문단의 배제 혹은 부정이었다. 이로 말미암아 끊임없이 내용과 형식을 갖추기 위해 고군분투하였으나 이를 사회주의 리얼리즘 수용의 한계 등으로 평가할 수는 없다. 프로문학 초기 사상성과 운동성을 재조명한 연구들(최병구, 「1920년대 프로문학의 형성 과정과 '미적 공통성'에 관한 연구」, 성균관대 박사논문, 2012; 이철호, 앞의 글; 송민호, 「카프 초기 문예론의 전개와 과학적 이상주의의 영향」, 『한국문학연구』 42, 동국대 한국문학연구소, 2012; 손유경, 「사회주의 문예운동과 인간 본성의 문제」, 『한국현대문학연구』 27, 한국현대문학회, 2009)은 신경향파와 프로문학이 지니고 있던 이데올로기적 측면보다는 사상성과 운동성에 틈입해 있던 미적·감성적 영역의 재발견·재인식을 통해 프로문인들이 지니고 있던 사상과 사회주의라는 이론 및 사상이 결합하는 과정에서 나타나는 일치와 불일치, 흡수와 변용의 형태들을 다시 사유하여 프로문학을 재인식하고 있다. 따라서 프로문학의 사상적 원류가 오롯이 사회주의에 기반한 유물론적 세계관에 있었던 것이 아닌 만큼, 프로문학의 재인식과 관련한 연구들은 프로문학에 있어 '한계'라 단정지었던 평가를 지양하고 프로문학이 갖는 사회주의 리얼리즘적 성격을 새로운 시각으로 접근할 가능성을 열어 주고 있다.

47 이철호는 1920년대 '생활'의 강조는 신경향파 비평에만 국한된 것이 아닌 이 시기 문화 담론의 두드러진 현상이라 밀한다. 이상화, 이광수, 염상섭의 예를 통해 '생활문학론'은 1920년대 중반을 전후로 유포되어 있던 담론이라 보며, 신경향파 문학에 국한된 '생활문학론'에 문제를 제기한다. 이철호, 앞의 글, 235~237쪽.

48 김명인, 「한국 근대문학 개념의 형성 과정-'비애의 감각'을 중심으로」, 『탈식민의 역학』, 소명출판, 2006. '생명/인생'의 개념이 '생활/현실' 개념으로 전화되면서 가미된 '비애의 감각'을 통해 근대적 문학 개념이 형성되는 과정을 탐색한 김명인은 이 과정에서 자연주의가 서구 및 일본의 경향과 달리 나타나고 있음을 비애의 감각에 초점을 맞춰 '조선적 자연주의'의 특징을 도출해 낸다. 그러나 1920년대 '생활의 감각' 역시 '비애의 감각'으로 환원해 버릴 수 있는 한계를 노정하고 있다.

있는 성질의 것이 아니었다. 생활은 인식의 차원을 넘어서 문학 안에 반영해야 하는 문제로 부상한 것이다. 이는 근대 초기 문학에서 강조된 사실성/현실성과는 다른 차원의 문제라는 점에서 주목을 요한다. 문학에 대한 입장과 관점을 달리하고 있었으나, 1920년대 문학장의 담론은 문학을 통해 현실을 타파 혹은 지양해 나가야 한다는 입장을 공유하고 있었으며 이러한 생활 반영의 입장이 묘사라는 리얼리티의 문제로 초점화된다. 이에 대해 1925년에 있었던 「조선문단합평회」를 둘러싼 부르주아 문단과 프로문학의 대립 국면을 통해 좀 더 면밀히 살펴보고자 한다.

1925년 3월 『조선문단』에서 개최한 「조선문단합평회」는 김기진, 김억, 나빈(나도향), 박종화, 방인근, 염상섭, 양건식, 이광수, 최학송, 현진건 등 당대 문단을 주름잡던 인사들이 평자로 참석해 소설을 평한다. 그런데 같은 해 6월 『개벽』에 「조선문단 「합평회」에 대한 소감」이 게재된다. 『조선문단』에서 진행하고 있는 합평회에 대한 비평으로, 박영희, 조명희, 성해(이익상), 김기진, 이상화, 백기만 등이 견해를 피력한다. 말이 좋아 비평이지 비난에 가까운 공격은 이들의 합평이 일정한 기준도 없이 잡담으로 이루어진 자리로 폄하된다. 이에 『조선문단』 7월호에서 염상섭, 현진건, 방인근은 『개벽』의 비판에 대해 오히려 『개벽』이 '당파성'을 강조하는 문학을 주창하고 있다는 비판적 입장을 통해 불편한 심경을 드러낸다.

이들이 충돌하게 된 근본적 원인은 최서해의 소설(「땅 속으로」, 「탈출기」, 「기아와 살육」)을 두고 이를 '당파성'으로 볼 것이냐 '기교'의 측면으로 볼 것이냐에 있었다. 박현수는 『조선문단』과 『개벽』의 논쟁에서 최서해가 『조선문단』을 떠날 수밖에 없었던 것은 「기아와 살육」을 신경향파의

'경향'으로 흡수하려는『개벽』과 이를 당파적 성격으로 오인한『조선문단』의 극명한 입장 차이에서 기인한다고 본다.[49] 즉 합평회를 둘러싼 논쟁에서 신경향파는 '경향'을 얻었지만, 문학장 전체를 놓고 보았을 때 "최서해 소설에서의 리얼리티가 구축되는 방식에 대한 정당한 평가를 받을수 있는 가능성이 사라지는 과정"[50]이었다고 분석한다. 여기에는 생활을 프로문학의 '경향' 구축에 활용할 것이냐, 염상섭에 의해 비판적으로 받아들여진 '틀'로 인식할 것이냐의 문제가 놓여 있었다.

> 作者는 思想上 多少의 동요가 잇는 것가티도 뵈이지마는 그러타고 自己의 思想을 無理하게 어떠한 틀에박어 너흐랴고 할 必要는 없겠지요. 또 作에 技巧로보아서 반드시 主人公이 殺人을하거나 밋치지 말나는것은 아니지만은 그러한 境遇이라도 作者의 觀察과 表現如何에 따라서는 從來의 態度를 엿보게 하여줄수도 잇섯겠다는 말입니다.[51]

염상섭이 최서해의 소설에서 안타깝게 생각한 것은 사상을 무리하게 '틀'에 맞추려 하는 것에 있었다. 여기서의 '틀'은 사실상 형식적인 문제도 아니요, 소위 내용상의 스테레오 타입과도 같은 것이었다. 즉 신경향파 문학의 '최서해적 경향'과 '박영희적 경향'이 그것이다.

물론 이들의 논쟁에서 파벌의 문제도 간과할 수는 없지만 이들이 선점하려는 '경향(당파성)'이니 '기교'는 모두 생활의 문제로 압축될 수 있다는 점에서 대립의 측면으로만 바라볼 수 없게 한다. "생존의 절박한

· · · · · · · · · · · · · · · · ·
49 박현수, 「최서해 소설의 승인 과정과 에크리튀르의 문제」,『반교어문연구』26, 반교어문학회, 2009.
50 위의 글, 402쪽.
51 염상섭, 「조선문단합평회―제5회」,『조선문단』10, 1925.7.

상황을 실감나게 묘사한"[52] 최서해의 작품은 긴박함에 놓인 생활을 생생하게 묘사해내며 소설로서의 작품성까지 갖추고 있었기 때문에 카프의 입장에서는 최서해의 소설을 통해 부르주아 문학과 변별되는 프로문학의 내용을 마련하게 된다. 또한 부르주아 문인들의 입장에서는 작가의 인생관(가치관)에 더해진 체험(경험)을 바탕으로 한 묘사가 소설의 내용을 구축하고 있다는 점에서 소설의 수준을 한 차원 높일 수 있는 계기로 삼을 수 있었던 것이다. 즉 최서해의 작품을 둔 양 진영의 입장 차이는 사실상 생활이라는 실감의 차원이 묘사를 통해 내용과 직결될 수 있음을 염두에 두었다는 점에서 크게 다르지 않다고 볼 수 있다. 요컨대 생활의 반영은 내용과 형식을 별개로 인식하여 접근할 문제가 아니었던 것이다. 2회 합평회에서 염상섭이 최서해의 「탈출기」는 체험의 영역을 관찰과 묘사를 통해 소설적으로 형상화하였다는 점, 그것이 소설의 리얼리티를 구축하게 된 점을 고평[53]하였으나 「기아와 살육」에서는 이와 같은 점들이 사상된 것에 대해 안타까움을 드러낸 것은 바로 내용과 형식을 별개의 문제로 인식했기 때문이다.

분명한 것은 이 시기 소위 부르주아 문학에서 소설의 중요한 자질로 평가하는 묘사나 기교라는 형식의 문제가 신경향파가 주장하는 내용, 즉 무산계급의 생활 반영 문제와 동떨어져 있는 것이 아니라는 점이며 신경향파가 주장하는 무산계급의 생활 반영 문제도 묘사나 기교

....

52 이경돈, 앞의 글, 150쪽.
53 빙허 : (…상략…) 다른사람들이 푸로계급을쓴는데 실감이 업든데 여긔는 실감이잇서요, (…중략…) 상섭 : (…상략…) 즉 말하자면 자기 속에 엇던 사상이 일어나는 그것을 붓드러서 자기생활의 태도를 정하는 거긔에 그 주인공의 인생관이 드러낫습니다. 그래서 생의 충동, 생의 확충, 그것을 생각할 때 움이도는 자기의 생활관을 거부치 못하야 탈출하는 것이 밝게 나타낫습니다. 나는 주인공의 생활의 태도를 존경합니다.

의 문제와 별개가 아니라는 사실이다. 리얼리티는 현실 반영의 측면이라는 사실성에 기반하고 있으면서 '언어적 관습 효과'로 구성된 '재현 형식'임을 감안했을 때, 부르주아 문단이든 프로문학이든 이 리얼리티의 자장을 벗어날 수 없었다. 카프의 내용/형식 논쟁, 카프와 부르주아 문단 간의 이념 대립의 가시화가 이를 방증한다.

따라서 생활에 대한 입장이 논자마다 달랐을지언정 생활을 어떻게 반영할 것인가에 대한 문제의식은 공유되고 있었다. 즉 생활을 드러내야 하는 입장에서 현실을 간과할 수 없었고, 생활의 반영에 있어서 묘사라는 형식의 측면 또한 간과할 수 없었던 것이다. 그런 점에서 염상섭의 「문예文藝와 생활生活」,[54]은 현실의 인식과 생활의 관계를 통해 묘사가 단지 기교에 머물지 않음을 보여준다.

「문예와 생활」은 당대 카프를 의식하고 씌어진 것임을 간과할 수 없으나 대립 구도의 측면을 떠나 주목해야 하는 것은 문학에서 생활에 대한 염상섭의 입장이다. 염상섭에게 '현실'과 '생활'은 엄연히 구별되는 개념이다.

> 生活은 엇더한 경우에서든지 第一義다. 現實은 누구에게對하야서든지 毫末의 差錯업는 儼然한 號令者다. 生活은 現實우세밥고서서춤을추나, 그춤의 伴奏者는 '現實'이다. 伴奏者는 本質的으로 命令權을 가지고 잇는 것이다. 事實相 '生活'은 現實의 命令에 服膺하기 쉬운 走卒이다. (…중략…) 그러나 다만 우리가 自己生活에서 큰 破綻을 發見하거나, 오래ㅅ동안의沉滯기繼續될때에만은, 비롯오 現實에 對하야主人될自覺이刺戟되어서, 새로운生活을

....
54 염상섭, 「문예와 생활」, 『조선문단』 19, 1927.2.

組織하고營爲할만한事件과雰圍氣를만들것이요, (…중략…) 生活한다는 말은 結局은 現實打破를永續的事業으로서 쉬이지안는다는말이라고볼수잇스나, 다만한가지 多幸한것은 現實打破라는 人生의 永遠한 宿題가 不盡數는 될망정 未知數가 아니라는 事實이다.[55]

염상섭에게 현실은 누구나 누릴 수 있는 것이라는 점에서 변화와 개혁이 필요한 것인데 반해 생활은 주체에 의해 새롭게 조직되고 영위해 나가야 하는, 현실을 타파하기 위한 토구討究임을 명시한다. 이때 문예는 현실과 생활 사이에 개입하여 문자를 통해 현실을 기입하지만, 중요한 것은 단순히 '절대객관', '절대사실'을 드러내는 것이 아니라 "觀者의 生活"을 활동하게 하는 것이다. 즉 문예에서의 생활은 "作家의 生活과 밋 作家의生活을組織하고 支配하는時代精神과 生活感覺밋生活意識이라는液體로서반죽되지"[56] 않으면 안 된다는 점에서 형식의 중요성이 강조된다.

다시 말하면 사람은 現實이라는 舞臺우에서서 엇더한喜悲劇을演作하고잇는가를 描寫하고 解剖하고 批評하고 斷定하야 生活의 狀態와方向을 闡明하고 或은指示하는것이다. (…중략…) 人間이라는 俳優가 現實우에 올라서서살찌고가로퍼진놈은 喜劇을演出하고, 말고고세(縱)로자란놈은 悲劇을實演하는것이, 生活이라는것이요, 그演出法에 依하야 그時代人은 그 발판인現實을 엇더케支配하야가는가? 엇더케支配되는가? 또는 엇더케支持하는가? 或은 엇지하야 打破하랴하며 엇더케改造하야가는가?를,

. . . .
55 위의 글, 3쪽.
56 위의 글, 5쪽.

(藝術的方法으로)文字로描寫하고 (間接的手段으로) 思想과意志로 主張하야, 同一한時代意識과 社會環境과 生活感情을가진讀者에게 提供하는 것이 眞正하고 價値잇는文藝요, 그 以外의ㅅ것도 아니며 그 以上의ㅅ것, 혹은 그以下의ㅅ의것도 아니다.[57]

염상섭은, 작가는 연출법(창작방법)과 사상 및 의지를 통해 생활을 독자에게 제공하는 것이 문예의 복무라 말한다. 즉 문예는 생활이라는 만들어진 현실을 통해 독자에게 생활의 가치를 전달해야 하는 것이다. 따라서 생활은 허구이되, 진실을 담지하고 있는 공간이며 독자와의 관계 속에서 형성된 영역이 된다. 염상섭이 이 시기 작가들에게 체험이나 경험을 요구했던 것은 어쩌면 현실이 아닌 생활을 반영해야 한다는 입장을 강조하기 위함이었을 것이다. 그만큼 생활은 인식의 차원에 그친 것이 아니라 실감으로 육박해 들어오는 긴박한 것이었기에 문학은 그러한 생활을 단순한 묘사나 구호로서만 표현할 수 없었던 것이다.

文藝는 生活에서 보면, 그 表白이요, 記錄이요, 痕迹이요, 主張이다. 決코 生活 自體도 아니요, 生活全體도 아니다. 다만 그內在한藝術的效果, 또는 價値 －통트러서 그藝術的偉力이, 生活總體를純化하고 美化하며, 個個人의靈的 活動을刺戟活潑케하는同時에, 個個人의感情과意志와或時는思想까지를 融和하고聯結함으로써, 人生生活에對하여 저마튼職責을 다할다름이다.[58]

위의 내용에 따르면 결국 문예는 생활 자체가 아니라 "生活總體를

57 위의 글, 5쪽.
58 위의 글, 2쪽.

純化하고 美化"하여 "個個人의 感情과 意志, 思想까지를 融和하고 聯結"하는 것이다. 요컨대 문예에서 생활은 구성되어지는 것이다.

대체로 묘사는 "서사와 구별되는 서사의 보조물이라든지, 스토리를 중지시키며 풍경을 전경화 한다든지, 또는 행동보다는 사물을 대상으로 하고, 동사보다는 형용사에 의해 특징지어진다는 식으로 이해"[59]된다. 그러나 1920년대 문학에서의 생활은 구성되어진 현실이라는 측면이 강조된 만큼 이 시기 묘사의 역할은 단순히 그려내기의 차원을 넘어선다. 「조선문단합평회」와 김기진, 박영희의 내용/형식 논쟁을 통해 알 수 있듯이 생활은 소설 장르 안에서 형식을 통과해야지 만이 비로소 얻어질 수 있는 세계였다. 그렇기 때문에 묘사는 형식을 초과하는 것이었다. 즉 묘사는 서사를 구성해내는 '효과'[60]라는 차원으로 인식이 가능하다. 거기에는 생활이라는 현실이 결부되어 있었기 때문에 묘사는 장치의 차원을 넘어서 서사를 담당하고 구성하는 효과로 기능한다고 볼 수 있다.[61] 따라서 생활의 묘사는 긴박한 현실에 놓인 재현의 갈망을 반영한 것이자 나아가 리얼리티를 통해 리얼리즘 문학을 재인식하게 되는 계기를 마련했다고 할 수 있다.

결국 프로문학 초기 신경향파 문학이 강조한 순객관 묘사의 딜레마는 순객관이라는 것이 현실이기 이전에 언어를 통해 얻어지는 리얼리

---

59 김미지, 「한국 근대문학에 나타난 '묘사'의 방법론 고찰―1930년대 비평과 소설을 중심으로」, 『한국현대문학연구』 28, 한국현대문학회, 2009, 103쪽.

60 위의 글, 114쪽.

61 1920~30년대 사실주의 단편소설을 핍진성의 원리를 통해 분석한 곽상순의 연구(「한국 현대소설의 핍진성 연구―1920~30년대 사실주의 단편소설을 중심으로」, 서강대 박사논문, 2003)는 사실주의 문학이 지닌 핍진성은 언어적 구성물이라는 구조주의적 입장을 통해 사실주의 소설의 형성원리를 분석한다. 핍진성을 드러내는 서사적 장치의 근간은 묘사이며, 묘사로 구성된 핍진성의 원리들이 사실주의 소설의 '허구적 사실'과 '서사적 진실'을 드러내는 역할을 하고 있음을 밝힌다. 즉 사실주의 소설은 형식 그 자체가 서사와 형식을 이끄는 역할을 하고 있음을 보여준다.

티라는 측면을 간과한 것에 있다고 할 수 있다.[62] 문학은 이데올로기 이전에 생활의 문제였음은 1930년대 프로문학의 창작방법 논쟁을 통해 좀 더 면밀히 살펴볼 수 있을 것이라 본다.

4. 전망, 그리고 남은 과제

본고는 한국 근대문학에서의 리얼리즘이 서구의 리얼리즘론과 이데올로기로 인식되어 온 것에 문제를 제기하고, 리얼리즘 개념의 재인식을 목적으로 리얼리즘과 과련한 근대 초기 텍스트들을 토대로 리얼리즘 개념을 분석해 보았다. 이를 통해 대략적으로나마 근대문학에서의 리얼리즘은 사조적 측면이나 문예이론(사회주의)으로 설명될 수 없는 특징을 지니고 있음을 파악할 수 있었다. 그것은 식민지 조선의 현실과 생활을 반영해야 한다는 '리얼리티'의 문제로 집약될 수 있다.

근대 초기 문학에서의 리얼리티가 현실·사실에 초점을 맞췄다면 1920년대에는 현실 인식의 심화에 따른 장르 인식의 심화가 상호 연락되는 과정 속에서 현실의 문제를 문학 안에 반영해야 한다는 공통된 입장을

---

62 " (…중략…) 사회주의 리얼리즘 논쟁의 주요 쟁점은 한편으로는 사회주의 혁명 이후의 사회인 소비에트의 새로운 창작방법이 식민지 조선에 도입될 수 있는가 없는가 하는 것이었고, 다른 한편으로는 마르크스주의적 또는 유물변증법적 세계관과 별개로 리얼리즘적인 방법이 분리될 수 있는가 없는가 하는 것이었다. 그런데 이 논쟁은 한편으로 문학적 리얼리즘을 이론적으로 정교하게 하는 계기로 작용하기도 했지만, 아이러니하게도 '객관적 진실을 그리라'는 사회주의 리얼리즘의 명제에 힘입어 마르크스주의적 세계관을 포기하는 경우를 낳기도 했다." 차승기, 앞의 글, 21쪽.

드러냈다. 이는 내용이 우선이냐 형식이 우선이냐의 문제로 가시화되고, '묘사'라는 형식의 문제로 초점화된다. 그러나 여기에 생활의 문제가 결부되면서 묘사는 단순한 형식의 차원에 그치지 않는다. 문학에서의 생활은 현실을 타파하고 극복해야 하는 긴박된 현실과 재현의 갈망을 동시에 반영해야 하는 문예와 생활의 긴박한 연관성을 드러낸 것이었다. 따라서 1920년대 강조된 묘사는 단순히 형식의 차원에서 그치는 것이 아니라 생활을 구축해야 하는 당위를 안고 있었기에 서사를 구성하고 형성하는 내용과 형식의 역할을 동시에 담당하게 된다. 이는 근대문학에서의 리얼리즘이 특정 이데올로기와 이론에 국한된 개념이 아님을 보여주는 것이기도 하다.

리얼리즘은 이데올로기나 강박의 형태로 존재했던 것이 아니다. 오히려 그것은 리얼리즘이라는 사조에 의해 배제되었던 일종의 '증상'[63]으로서 기능하고 있었다고 볼 수 있다. '증상'은 "모든 실체적인 동일성을 파괴하고, 그 견고한 일관성 뒤에서 상징적인 중층결정의 상호작용을 폭로"하는, "실체적인 동일성을 비실체적이고 차별적인 관계들의 네트워크로 분해"[64]하는 역할을 한다. 그런 점에서 식민지시기 프로문학의 창작방법론 및 일제 말기 전향문학의 전개 과정은 문학사

....

63 '증상'은 상징적 질서에서 '중심-기표'의 구축 과정이 함축하는 배제된 것이다. 그것은 상징계로부터 배제되었으나 실재로서의 증상으로 되돌아 와 상징적 질서의 구조화를 견제하고, 재구조화의 기능으로 작용한다(슬라보예 지젝, 『이데올로기라는 숭고한 대상』, 인간사랑, 2003, 130~132쪽). 주지하듯 리얼리즘은 민족, 계급 등의 이데올로기에 의해 사후적인 정체성을 형성해 온, '이데올로기적 환상'을 담지하고 있는 개념이다. 그런 점에서 '리얼리티'는 '리얼리즘의 증상'으로서 기능한다고 볼 수 있다. 본고에서 살펴보았듯이 '리얼리티'라는 관점은 사회주의 리얼리즘의 이론과 프로문학의 담론을 중심으로 해석되어 온 리얼리즘의 균열과 한계를 보여주었다.
64 위의 책, 131쪽.

에서 리얼리티가 '증상'으로 존재하고 있었음을 시사하는 예이다. 리얼리티의 문제가 리얼리즘 문학사 전반을 관통하는 문제인지는 단정할 수 없지만, 적어도 식민지시기 '리얼리즘의 증상'으로서 기능하며 사회주의라는 거대 담론에 가려졌던 리얼리즘 개념 및 리얼리즘 문학에 대한 인식 전환의 계기를 마련해 줄 것이라 전망해 본다.

그 출발로서 본고는 리얼리즘 개념에 접근하여 리얼리즘 관련 담론에서 중요하게 다루어졌던 것은 리얼리티였음을 파악할 수 있었다. 하지만 여전히 리얼리티 개념이 리얼리즘 문학을 추동한 계기, 혹은 영향관계에 대해서는 개별 작가들의 사실주의 인식의 태도, 당대 담론과의 관련성, 더 나아가 1930년대와 일제 말기까지 리얼리티가 어떤 방식으로 변용·변주되었는가에 대한 좀 더 면밀한 분석이 요구된다. 이는 추후 과제로 남긴다.

참고문헌

기본 자료

이해조, 『빈상설』, 문학사상사, 2007.

『이광수 전집』 1, 삼중당, 1962.

김외곤 편, 『임화전집』 2, 박이정, 2001.

김기진, 「떨어지는 조각 조각—붓음 마음을 딸아」, 『백조』 3, 1923.9.

_____, 「지배계급의 교화 피지배계급 교화」, 『개벽』, 1924.1.

극웅(최승만), 「문예에 대한 잡감」, 『창조』 4, 1920.2.

몽몽, 「요조오한」, 『대한흥학보』 8, 1909.12.

박영희, 「신경향파문학과 그 문단적 지위」, 『개벽』 64, 1925.12.

_____, 「투쟁기에 있는 문예비평가의 태도」, 『조선지광』 63, 1927.1.

백대진, 「현대조선에 자연주의문학을 제창함」, 『신문계』, 1915.12.

염상섭, 「올해의 소설계」, 『개벽』 42, 1923.12.

_____, 「「二年後」와 「거츠른터」」, 『개벽』 45, 1924.3.

_____, 「문예와 생활」, 『조선문단』 19, 1927.2.

이광수, 「문학이란 何오」, 『매일신보』, 1916.1.10~23.

_____, 「현상소설고선여」, 『청춘』 12.

효종(현철), 「소설개요」, 『개벽』 1, 1920.6.

「계급문학시비론」, 『개벽』 56, 1925.2.1.

「조선문단합평회」 6, 1925.3 · 11, 1925.9.

단행본

구장률, 『지식과 소설의 연대』, 소명출판, 2012.

구중서, 「한국 리얼리즘 文學의 形成」, 『창작과 비평』 5, 1970.6

김명인, 「한국 근대문학 개념의 형성 과정—'비애의 감각'을 중심으로」, 『탈식민의
　　　　역학』, 소명출판, 2006.

김웅준, 『리얼리즘』, 연세대 출판부, 2009.

김재영, 「'핍진성'과 소설의 가능성」, 문학사상연구회, 『20세기 한국문학의 반성과 쟁점』, 소명출판, 1999.

김행숙, 『문학이란 무엇이었는가―1920년대 동인지 문학의 근대성』, 소명출판, 2005.

나병철, 『근대성과 근대문학―리얼리즘·모더니즘·포스트모더니즘』, 문예출판사, 2000.

박상준, 『한국 근대문학의 형성과 신경향파』, 소명출판, 2000.

손정수, 『개념사로서의 한국근대비평사』, 역락, 2002.

장사선, 『한국 리얼리즘 문학론』, 새문사, 1988.

조정환, 「오늘날의 문학 상황과 버추얼리즘―최근 리얼리즘/모더니즘 논쟁에 부쳐」, 『카이 로스의 문학』, 갈무리, 2006.

최원식, 「문학의 귀환」, 『창작과 비평』 104, 1999.

슬라보예 지젝, 이수련 역, 『이데올로기라는 숭고한 대상』, 인간사랑, 2003.

브루스 핑크, 맹정현 역, 『라캉과 정신의학』, 민음사, 2012.

귀 라루, 조성애 역, 『사실주의 문학의 이해―비평·역사·시학에 대하여』, 동문신, 2000.

Pam Morris, *Realism*, Routledge, 2003.

논문

곽상순, 「한국 현대소설의 핍진성 연구」, 서강대 박사논문, 2003.

김명인, 「자명성의 감옥―최근 리얼리즘·모더니즘 논쟁에 부쳐」, 『창작과 비평』 117, 2002.가을호.

김미지, 「한국 근대문학에 나타난 '묘사'의 방법론 고찰―1930년대 비평과 소설을 중심으로」, 『한국현대문학연구』 28, 한국현대문학회, 2009.

박근예, 「1920년대 문학 담론 연구」, 이화여대 박사논문, 2006.

박헌호, 「'낭만', 한국 근대문학사의 은폐된 주체―질문을 위한 준비」, 『한국학연구』 25, 인하대 한국학연구소, 2011.

박현수, 「최서해 소설의 승인 과정과 에크리튀르의 문제」, 『반교어문연구』 26, 반교어문 학회, 2009.

손유경, 「최근 프로문학 연구의 전개 양상과 그 전망」, 『상허학보』 19, 상허학회, 2007.

_____, 「사회주의 문예운동과 인간 본성의 문제」, 『한국현대문학연구』 27, 한국현대

문학회, 2009.

송민호, 「카프 초기 문예론의 전개와 과학적 이상주의의 영향」, 『한국문학연구』 42, 동국대 한국문학연구소, 2012.

송승철, 「비평용어의 오역과 오용—개념사적 접근」, 『오늘의 문예비평』 66, 오늘의문예비평, 2007.

윤영실, 「근대계몽기 '역사적 서사(역사/소설)'의 사실, 허구, 진리」, 『한국현대문학연구』 34, 한국현대문학회, 2011.

이경돈, 「1920년대 단형서사의 존재 양상과 근대소설의 형성 과정 연구」, 성균관대 박사논문, 2003.

이유미, 「근대 단편소설의 전개 양상과 제도화 과정 연구—신문·잡지를 중심으로」, 연세대 박사논문, 2010.

이철호, 「신경향파 비평의 낭만주의적 기원」, 『민족문학사연구』 38, 민족문학사학회, 2008.

이혜령, 「소시민, 레드콤플렉스의 양각—1960~70년대 염상섭과 한국 리얼리즘론의 사정」, 『대동문화연구』 82, 성균관대 대동문화연구원, 2013.

차승기, 「사실, 방법, 질서—근대문학에서 과학적 인식의 전회」, 『한국문학연구』 42, 동국대 한국문학연구소, 2012.

최병구, 「1920년대 프로문학의 형성 과정과 '미적 공통성'에 관한 연구」, 성균관대 박사논문, 2012.

과학, 모랄, 문학

1930년대 중반 김남천 문학에서의 '침묵'의 문제

박형진

1. 침묵의 사상과 그 장소—어느 실어의 고백으로부터

'침묵'이 말의 존재 양식과 동일한 실존론적 기초를 지닌다고 한 사람은 하이데거였다. 그에 따르면, 침묵은 현 존재를 개시하는 말의 본질적인 가능성의 하나이며, 따라서 진정한 말함에서만 침묵하는 것도 가능하다. 아무 말도 하지 않는 사람은 '결정적' 순간에 침묵할 줄도 모른다.[1] 여기서의 침묵은 '말하지 않기로 한' 주체의 행위와 관련되며, 수다스러운 말의 곁에서 의미를 띠기 시작할 것이다. 한편 '침묵'은 '말할 수 없는 것', 즉 터부와도 관련된다. 터부는 무엇인가를 금지하는 힘이지만 말의 영역 안에 있지 않다. 어떤 영역을 말의 바깥으로 추방함으로써 말하는 주체를 성립시키고, 말의 질서를 구성하는 것이 터부이기 때문이다. 터부와의 관계 속에서 '침묵'은 주체의 행위로서 간주되지 않는다. '침묵'

....
[1] 마르틴 하이데거, 이기상 역, 『존재와 시간』, 까치글방, 1998, 226~227쪽.

은 말-질서의 외부로서 포착되어 '신문訊問'되어야 할 것으로 부상할 것이다. 신문이 문제 삼는 것은 말의 내용이 아니라 말 자체이기에, 이는 '계엄령'의 상황이기도 하다.[2] 주체의 행위와 신문되는 대상으로서의 침묵은 양자가 중첩·교차되어 언어 표현의 임계에서 모습을 드러낸다. 이 글에서 주목하고 싶은 것은, 신문을 통해 구성된 언어 질서 속에서 '신체의 언어로서 침묵'이 가지는 위상이며, 침묵을 통과하여 나온 말이 교착하는 장소이다. 이 침묵을 텍스트를 통해 들여다보되, 어디까지나 구체적인 역사와 장소 속에서 생각해보고 싶다.

이혜령은 식민지 조선에서의 사회주의자의 존재방식과 표상체계를 논한 글에서, 염상섭이 그려낸 사회주의자 장훈의 "피 묻은 입술"[3]을 위와 같은 침묵의 중첩된 표상이자, 부재와 '비가시성'을 통과해서만 서술될 수 있었던 사회주의자 서사의 문턱liminality으로 포착해낸바 있다. 활동의 '비가시성'이 필수적인 존재요건인 사회주의자가 눈앞에 드러나는 순간은 체포·구금과 같이 식민권력이 작동하는 방식을 함께 드러내는 순간이기도 했다. 신문 지면에 신원이 낱낱이 공개되는 강력한 '가시화의 장치'와 쌍을 이루며 사회주의자의 '표상체계'는 구성되었고, 보이지 않는 것으로 남는 것은 그들의 내면이었다.[4] 그런 면에서 "피 묻은

──────────

2　도미야마 이치로는 '오키나와 문제'와 3·11대지진 이후 일본의 상황을 겹쳐놓으며, '공공의 안전'이라는 공적규범의 실현이 법을 초월한 폭력으로써 국가에 의해 수행되는 사태에 주목하였다. 이 계엄령 하에서는 법을 대신해 총구(군대)가 횡행하고, "너는 누구인가? 보호할 가치가 있는 대상인가?"라는 신문을 통해 질서가 구성된다. 문제적인 것은, 신문이 질문과 응답이라는 언어 커뮤니케이션이 아니라 생사를 가르는 신체검사를 통해 수행된다는 것이고, 그럼으로써 말을 무용한 것으로 전락시키는 사태라는 점에 있다. 하지만 도미야마는 그러한 폭력을 신체의 신경계로 감지한 이들의 말에는 언제나 이탈의 계기가 상존함을 강조하였다. 말은 기왕의 질서 안에 포획된 수동성과 그것을 끌어안으면서도 이탈을 그리는 능동성이 겹쳐지는 자리에 위치한다는 것이다. 도미야마 이치로, 심정명 역, 『유착의 사상』, 글항아리, 2015, 49~64쪽.

3　염상섭, 「삼대」, 『염상섭전집』 4, 민음사, 1987, 391쪽.

4　이혜령, 「감옥 혹은 부재의 시간들―식민지 조선에서 사회주의자를 재현한다는 것, 그 가능성의

입술"은 '말할 수 없다'(터부)와 '말하지 않는다'(주체의 행위)가 포개어진 상황을 극적으로 환기시킨 장면이라 할 것이다. 그러나 유념해야 할 것은, 사회주의자의 내면을 보이지 않는 것으로 남겨두면서도 서사성을 확보할 수 있었던 순간이, 동시에 국가권력의 현세화現勢化라는 사태였다는 점에 있다. "사회주의자들을 끊임없이 가시성의 존재로 붙박아두려는"[5] '전향제도'는 바로 그 보이지 않는 내면을 문제 삼아 '정상성의 회복'을 도모하고 말의 질서를 재구성할 것이었다. '치안유지법'(1925)에서 '조선사상범보호관찰령'(1936.12)에 이르는 일련의 조치들은 우선 사회주의자인 자들의 신체와 언어를 감시 가능한 것으로 만드는 것을 목표로 했지만, 그와 연루된 신체와 언설 공간 자체를 결정적으로 변화시킨 계기이기도 하였던 것이다.[6]

식민권력에 의한 표상체계와 언설 공간의 변화 못지않게, 전향은 그것을 선언한 자신의 언어에도 심대한 영향을 끼쳤다. '전향'은 "공산주의자의 공산주의 방기"나 "권력에 의해 강제적으로 일으킨 사상의 변화"[7] 등으로 간명하게 정의되어 왔지만, 강제와 자발성이 동시에 작동한다는 점에서 연구상의 난점을 포함하는 것이었다.[8] 문제는 전향이 스

....

조건」, 『대동문화연구』 64, 성균관대 대동문화연구원, 2008, 92~95쪽.

5　위의 글, 113쪽.

6　1933년 하반기부터 1937년까지 사회주의자를 중심으로 형성된 전향 정책은 감형, 수형상의 체태, 교회사(教誨師)를 통한 압박 등과 함께, 가족을 통한 회유 또한 주요한 방법 중에 하나였다. 이 과정에서 가족을 직접 협박하거나 괴롭히는 일도 적지 않았다. 이 경우 사상전향은 사상범 자신의 문제로만 국한되지 않고 가족 전체의 문제로 확장되었고, 1937년 이후부터는 점차 민족주의자 등도 사상 정책의 대상으로 포함되었다. 장신, 「1930년대 전반기 일제의 사상전향 정책 연구」, 『역사와 현실』 37, 한국역사연구회, 2000, 343~348쪽.

7　本多秋五, 「転向文学論」, 未來社, 1957, p.216; 鶴見俊輔, 「転向の共同研究について」, 思想の科學研究會 編, 『共同研究 転向』 上, 平凡社, 1960, p.5; 노상래 편역, 『전향이란 무엇인가』, 영한, 2000, 31, 124쪽.

8　'사상의 과학연구회(思想の科學研究會)'의 『공동연구 전향(共同研究 転向)』(1960)은 자발성과

스로의 선언에 근거한다는 바로 그 점 때문에, 사회주의 지식과 언어가 굴절되며 재구조화되었다는 사실에 있다. 이 글에서는 이 과정에서 하나의 증상으로 나타난 '침묵'의 의미와 그 함의는 무엇이었는지를 확인하고자 한다.

위와 같은 관심 아래, 이 글은 김남천의 '문학적 침묵기'에 대한 해명을 목표로 한다. 여기서 말하는 '침묵기'는 김남천의 전향 선언[9]을 전후로 하여 '고발문학론'과 「남매」로 비평·창작활동을 재개하는 1934년에서 1937년까지를 일컫는다. 그간 그의 문학은 카프KAPF를 중심으로 한 문학운동에서 식민지 말의 조선문학과 제국 일본과의 관계에 이르기까지 비평적 참조점 내지 분석 대상으로서 집중적인 관심의 대상이되어 왔다. 다채로운 궤적을 보여준 문학론과 창작은 그 자체로 해명의 대상이었을 뿐만 아니라, 정치와 문학, 비평과 소설의 관계와 같은 문제와 함께 소환되어 현재화되곤 하였다. 그러나 이에 반해 그의 '침묵기'는 상대적으로 관심으로부터 비껴나 있었다. 이 시기 자체가 "김남천 연구의 공백지점"[10]이라 불리울 정도로 그의 행적과 사유를 살필 자료가 빈곤하기도 하지만, 식민지 말의 소설과 문학론이 해명의 중심이 되면서 대다수의 연구들이 이 시간을 '문학적 모색기'로 단순화시켜 명명해 왔기 때문이다. 그러나 뒤에서 살펴보겠지만, 이 시기의 그는

· · · · · · · · · · · · · · · · · · ·

강제의 딜레마를 인식하면서도, 권력에 굴복함으로써 오는 굴욕감과 이를 기반으로 한 사회주의 사상의 전유와 상황에의 대처를 강조함으로써 '전향'을 사상사의 영역으로 끌어올렸다. 1930년 대를 기점으로 하여 전후에 이르는 일본의 전향 양상과 그 스펙트럼에 대해서는 후지타 쇼조, 최종길 역, 『전향의 사상사적 연구』, 논형, 2007 참조.

9 장성규에 따르면, 김남천의 공개적인 전향 선언은 1934년 7월 21일 고경흠, 김삼규와 함께 경성 지방법원에서 행해졌다. 장성규, 「김남천 소설의 서술 기법 연구」, 서울대 석사논문, 2006, 19쪽.

10 장성규, 「카프 해소 직후 김남천의 문학적 모색」, 『민족문학사연구』 31, 민족문학사학회, 2006, 491쪽.

창작을 할 수 없는 상태에 놓여 있었고, 그것은 당대 사회주의 문학의 향방에 관한 문제와 결부되어 있는 것이었다. 때문에 식민지 말의 비평적 발화의 의미를 가늠하기 위해서라도, 우선 이 공백 자체가 문제시되어야 하는 것이다.

이를 해명하기 위해서는 우선, 김남천의 문학이 놓인 장소를 다르게 생각해 볼 필요가 있다. 그가 남긴 글을 시계열적으로 배열하고 그 궤적에 따라 사유를 추정하는 것이 아니라, 그가 읽은 것들 사이의 관계망을 통해 문제를 도출하는 방법이 요청되는 것이다. 이 글에서는 특히 대규모 전향 국면 이후의 일본문단·비평계와의 관계에 주목한다. 김남천은 일본에서의 사회주의 문학논쟁이나 사상적 대립에 관한 관심을 일찍부터 드러내고 있었다.[11] 이러한 관심은 창작방법론이나 문예운동의 방향에 대한 자신의 입장을 결정하는 원천이나 근거로 활용되기도 했지만, 그 또한 사상통제하에서 재구조화되고 있던 언어질서를 반영하고 있었다는 점이 고려될 필요가 있다. 요컨대 이 독서의 기록을 김남천이 끌어안은 문제계로서 다르게 연결짓는 방법이 여기서는 필요하다. 이 텍스트들의 연쇄를 문제화함으로써 이 침묵의 장소를 김남천에게만 한정될 수 없는 사상의 영역으로 다루면서도 그 특수성을 가늠해 볼 수도 있을 것이다. 애초에 사회주의 지식이 '활자계graphosphere'라고 불리우는 단계에 폭발적으로 확산되었고, 이를 가능케 한 토대가 미디어와 제도와 같은 활자의 이동에 돌려져야 한다면,[12] 고유명들의 배타적 장소로 이야기되는 사상의 자리도 새롭게 마

....

11 김남천, 「창작방법에 있어서의 전환의 문제―추백(萩白)의 제의를 중심으로」(『형상』 2, 1934.3), 정호웅·손정수 편, 『김남천 전집』 1, 박이정, 2000, 63~72쪽(이하 『전집』으로 약칭하며, 전집의 권수와 쪽수만 기재함).

련되어야 할지 모른다.

문제의 소재를 명확히 하기 위해, 이 시기 김남천 문학에 관한 연구 성과를 간단히 개괄해 두는 일이 필요할 것이다. 1930년대 후반기에 이르러 본격화되는 김남천 문학에 대한 해석은 대상과 방법에 따라 분분하지만, 1934~1935년을 기점으로 뚜렷한 변화가 감지된다는 점에는 대체로 동의하고 있는 듯하다. '조직'을 중심에 둔 '혁명적 전위'로서의 주체를 강조했던 1930년대 초반의 김남천의 문학이 감옥 체험과 전향을 기점으로 하여 기왕의 사회주의 문학론 앞에서 머뭇거리게 된다는 것이 그 평가이다. 채호석은 이를 '균열'이라는 단어로 표현했다. 자아의 이상형으로서의 '전위'와 '소시민 지식인'이라는 출신에 의해 주어진 본래적인 한계 사이에서 흔들리던 상황이 그 균열이며, 이것이 이후 문학론에까지 영향을 미치게 된다는 것이다.[13] 이와 유사하게 손유경은 김남천의 글에서 자주 발견되는 '비둘기의 욕망'이라는 칸트의 비유를 통해, 그가 관념(아이디얼)의 세계와 범속한 리얼리스트라는 창작의 딜레마 앞에 직면해 있음을 논의한 바 있다.[14] 또한 김동식은 김남천이 수호하고자 했던 '테제-카프-정치적 병졸'이라는 활동 초기의 주체성 도식이 전향 시기에 이르러 몸(신체)의 차원에서 사고되기 시작하면서, 마르크스주의와 리얼리즘이 독특하게 종합되는 과정을 추적하였다. 특히 그 계기로서 "문예학의 영역"과 "생활의 발견"에 주목하였다.[15]

그렇다면 김남천 자신은 이 시기를 어떻게 서술하고 있었을까. 그는

....
12 레지 드브레, 최정우 역, 「매체론으로 본 사회주의의 역사」, 『뉴 레프트 리뷰』, 길, 2009, 374~379쪽.
13 채호석, 『한국 근대문학과 계몽의 서사』, 소명출판, 1999, 64~73쪽.
14 손유경, 「김남천 문학에 나타난 '칸트적'인 것들」, 『프로문학의 감성구조』, 소명출판, 2012, 242쪽.
15 김동식, 「텍스트로서의 주체와 '리얼리즘의 승리'」, 『한국현대문학연구』 34, 한국현대문학회, 2011, 199~208쪽.

1930년대의 작가생활을 3단계로 나누어 설명하곤 했다. 1930년 『중외일보』에 발표한 「영화운동의 출발점 재음미」부터 카프 제1차 검거사건(1931.10)에 휘말리기 전까지가 제1기에 해당하며, 1933년 12월 출소 후부터 고발문학론이 제창되기 전까지가 제2기, 그리고 작가활동이 재개되었던 그 이후가 제3기에 해당했다. 소설을 쓰지 않았던 시기도 하나의 단계로서 서술한 것이다. 1930년대 중반 이후 정세의 변화를 염두에 두면서 소설가이자 가장으로서의 자신의 위치를 함께 서술하며 김남천은 다음과 같이 적어두고 있다.

> 이 뒤 약 2년간(소화6~8년) 창작생활이 중단되었다. 다시 붓을 들려고 하니 정치주의의 조류에 떠서 소설을 만들었던 당시와는 달라, 실력이 비로소 말을 하려드는 시기다. (…중략…) 그때의 나의 작품경향의 결함으로 자각하기 비롯한 것이 생활묘사의 부족이었다. 상부인물의 활동만을 그려왔던 나로서는 무리가 아니다. (…중략…) 그때 마침 나의 선처(先妻)가 딸 둘을 남겨두고 세상을 떠났다. 「어린 두 딸에게」라는 걸 써서 『우리들』에 발표하고 그 뒤 약 5편의 소설을 시골서 썼으나 하나도 발표되지 못하였다. 그 중 잊히지 않는 작품은 「감독된 사나이」와 「성(聲)」이다. 이리하여 나는 드디어 **소설 쓰지 못하는 소설가**가 되고 말았다.[16] (강조는 인용자, 이하 동일)

1931년 10월 카프 제1차 검거로 2년의 실형을 선고받고 1933년 12월 19일에 병보석으로 출옥한 그는, 옥중체험을 소설화한 「물!」을 둘

16　김남천, 「自作案內」(『사해공론』, 1938.7), 『전집』 1, 384~385쪽.

러싸고 임화 등과 논쟁하게 된다. 이듬해인 1934년 1월에 아내를 잃고 「어린 두 딸에게」라는 편지 형식의 소설을 발표하게 되는데, 이때를 기점으로 더 이상 소설을 쓸 수 없게 되었다고 말하고 있는 것이다.[17] 이후 '전향선언'(1934.7)을 거쳐 「남매」가 발표되는 1937년 3월까지 소설을 발표하지 않았다는 사실로 보면 약 3년여를 '문학적 침묵기'로 보낸 셈이다.

물론 그가 소설 창작을 포기한 것은 아니었고, 글 자체를 완전히 쓰지 못하게 되지도 않았다. 칼럼과 문예비평, 수필이 이 시기의 문필활동을 지탱하고 있었다. 또한 "정치에 대한 관심에서 멀어지고 드디어는 소부르작가로 미끌어지며 마지막에는 노동자의 생활을 그리는 것보다 도색적 심리를 그려내는 것을 즐겨하는"[18] 작품 경향에 반발하고 있기도 하였다. 그럼에도 불구하고 이 시기 그의 소설은 스스로 경계해마지 않았던 "심경소설"이나 사소설에 가까워지고 있었다. '물논쟁'에서 상징적으로 드러나듯 소설의 주인공인 '나'와 소설가인 김남천, 그리고 비평가 김남천은 구분할 수 없을 정도로 거리를 좁혀가고 있었다. 「어린 두 딸에게」에 이르면 자신의 신변과 기억, 체험한 것에 대한 감상을 넘어서지 못한다. 김남천 스스로도 그것을 잘 알고 있었다. 소설을 통해 재현 가능한 것, 혹은 재현 가능하다고 여겨지는 것

....

17 물론 이 시기에 그는 『조선중앙일보』에 「生의 苦悶」(1933.11.1)과 「문예구락부(文藝俱樂部)」 (1934.1.25~2.2, 전8회) 등을 발표하기도 했다. 하지만 「물」과 「남편·그의 동지」를 만회할 "대역작"으로 평가한 「生의 苦悶」은 1회로 중단되었고, 「문예구락부」는 완성되었지만 "지저분한 소설"이라는 선고를 내렸다. 이러한 상반된 평가는 당시 김남천의 상황이 반영된 것이라고 보아야 할 듯하다. 「문예구락부」가 공장 내부의 독서회의 풍경과 이를 둘러싼 대립을 풍경을 관조하는 전위의 눈으로 그린 것이라면, 「생의 고민」은 노동운동에서 이탈한 한 인물의 회오와 부끄러움에 가득 찬 내면을 중심으로 이야기를 전개시키려 한 것이었기 때문이다. 위의 글, 384쪽.
18 김남천, 「당면과제의 인식-1934년도 문학건설-창작태도와 실제」(『조선일보』, 1934.1.9), 『전집』 1, 62쪽.

의 범위는 점차 좁혀지고만 있었다. 그리고 이 "소설 아닌 소설"[19] 밖에 쓸 수 없는 소설가는 곧 "소설 쓰지 못하는 소설가"가 될 것이었다.

그렇다면 이러한 상황이 지시하는 것은 무엇일까. "출옥 후에도 노력 대중과 하등의 관련 없는 생활"[20]을 영위한다는 비판을 받고, 법정에서는 "아프로 집에 돌아가면 가사에 충실하겠다는"[21] 선언 이후에 오는 침묵기를 어떻게 이해해야 하는 것일까. 다시 한 번 말하지만, 이는 국가의 현세화라는 사태이기도 하다. 하지만 여기서의 논점은 그것이 얼마나 폭압적인 상황이었는가라는 것을 묘사하는 것이 아니라, 이 과정에서 어떠한 물음이 떠오르는가에 있다. 사회주의 지식·실천과 식민권력이라는 이중의 구속 속에서 '침묵'은 어떻게 나타나고 그려지는가. 우선 "소설 쓰지 못하는 소설가"라는 자기명명을 실마리 삼아 이를 추적해 보자.

2. 소설 쓰지 못하는 소설가'들'

김남천이 지칭한 "소설 쓰지 못하는 소설가"에 가장 근사한 인물이 등장하는 작품으로 「녹성당綠星堂」을 들 수 있다. 『문장文章』(1939.3)에

---

19 김남천은 「어린 두 딸에게」를 "소설 아닌 소설"이라 평하였다. 김남천, 「그 뒤의 어린 두 딸」(『중앙』, 1936.3), 『전집』 2, 39쪽.
20 임화, 「6월 중의 창작 (6)」, 『조선일보』, 1933.7.19.
21 『조선중앙일보』, 1934.7.22; 장성규, 앞의 글, 19쪽에서 재인용.

발표된 「녹성당」은 문예운동에 투신했다가 얼마간 '영어의 생활'을 했고, 그 뒤에 평양으로 내려와 '녹성당'이라는 약국을 개업한 '박성운'이라는 인물의 하루 일과를 묘사한 작품이다. 이 소설은 "실어의 형식"을 드러낸 작품으로 언급된 바 있는데, 카프를 중심으로 한 문학운동이 해산으로 마무리되면서, 더 이상 조직을 중핵으로 삼은 통일된 세계관을 유지할 수 없었던 김남천의 혼란이 반영된 결과라는 해석이다. 이에 따라 박성운이라는 인물은 김남천 자신을 상호 지시하는 문학적 자아로 인정받았다. 그런데 여기서 논점이 된 것은, 죄의식과 불안에 가득 찬 '소설가 박성운'의 형상에서 무엇을 읽어낼 것인가에 있었다. 이에 대해서는 크게 1930년대 중반 프로문학의 쇠락과 김남천의 심리적 공황상태가 조응한 인물로 보는 관점[22]과, '자기고발론'의 문학적 재현으로 파악하면서 창작자인 김남천과 구분하여 문학론의 성취로 바라보는 관점이 존재한다.[23] 여기서 주목할 것은, 이러한 분화가 소설가 김남천과 소설 속 인물인 박성운의 불투명한 관계에서 촉발되고 있다는 사실에 있다.

「녹성당」에는 두 명의 이질적인 서술자가 존재한다. 소설을 둘러싼 정황과 그 무대를 다소 수다스럽게 묘사하는 서술자와, 박성운의 가시거리를 벗어나지 않는 서술자가 그들이다. 전자가 '서문통'의 지리적 의의, 계급구성, 점포상인들에 대한 평판을 뒤섞어가며 말하기를 두려워하지 않는다면, 후자는 그러한 조망의 시선을 억누르며 박성운

....

22 정호웅은 「녹성당」이 "사상에 대한 믿음을 상실하고 그 사상 실천의 마당에서 이탈하여 한갓 약
    장수로 떨어진 자신에 대한 환멸과 자조"의 정서에서 멈추어 있음을 지적하면서, 이 '환멸과 자
    조'에서 빠져나오는 것이 이후 본격적인 '자기고발론' 계열의 소설에서 전개되고 있음을 지적하
    였다. 정호웅, 『그들의 문학과 생애, 김남천』, 한길사, 2008, 44~55쪽.
23 장성규, 「김남천 소설의 서술 기법 연구」, 서울대 석사논문, 2006, 34쪽.

이 있는 자리를 떠나지 않는다. 여기에는 지리, 풍속, 사회적 관계와 같은 정보가 극도로 자제되어 있으며, 타인의 행위에 관한 어떠한 논평적 개입도 하지 않는다. 서두에 언급된 바에 따르면, 이 소설은 최근에 세상을 떠난 박성운의 "수기"를 김남천이 "개작"하여 소설화한 것으로 되어 있다. 그러므로 구분되는 두 서술 가운데 전자는 '김남천'의 것이고 후자는 '박성운'의 것이라고 일단 말해볼 수 있을 것이다. 하지만 이 두 목소리가 어디부터 갈라지고 겹쳐지는지는 불분명하다. 시점 수준에서부터(1인칭→3인칭) 개작이 이루어졌기 때문이다.

소설의 이야기를 시작하기 전에 원작의 이해를 위해서 꼭 몇 가지 말해 둘 것이 있다. 이 몇 가지는 이 소설을 제대로 이해하기 위해선 절대로 필요한 조목들이니까 끝까지 명심해 두기 바란다.

첫째로 이 소설의 이야기는 소화 구년(서력 일천 구백 삼십 사년)의 일이라는 것과, 그리고 이 이야기가 벌어진 고장은 평양이라는, 두 가지다. 그밖에도 여러 가지가 있겠지만, 이런 수작을 미리 늘어놓는 것도 소설가의 자격이 없는 증거라고 웃음을 살 텐데, 이 이상 더 털어놓을 수는 없다. 아뿔사, 또 한 가지 말해 둘 것은, 원작은 일인칭(一人稱)으로 되었다는 것, 이것도 미리 알리어 둠이, 고 박성운에 대한 사죄의 뜻이 될까 한다."[24]

김남천은 이 소설이 '1934년의 평양'을 무대로 하고 있다는 것과 원작이 일인칭이었다는 점을 특별히 강조해 두었다. 즉 '수기' 형태로 김남천에게 건네졌을 당시의 원본에는 '나'가 주어였다는 것이다. 하

....
24 김남천, 「녹성당」, 『맥』, 을유문화사, 1988, 115쪽.

지만 개작을 거치면서 '나'의 자리에는 '박성운'이라는 삼인칭 주어가 들어서게 된다. 실제로 소설 속에서는 "녹성당 약국의 주인 박성운이", "박성운", "주인", "약방 주인" 등으로 '나'의 자리가 변주된다. 반대로 말하면, 그 자리에 다시 '나'를 바꿔 넣어도 별다른 무리가 없는 것이다.

물론 이는 서두의 삽입구를 사실로 받아들일 때라야 성립되는 것으로, 아마도 여기에 김남천의 서술 전략이 개입되어 있을 것이다. 그러나 여기서의 논점은 원본의 형태와 개작의 양상을 정밀하게 추적하는 것에 있지 않다.[25] 애초부터 '박성운'은 가상의 인물이고, 박성운이 쓴 '수기' 또한 소설상의 장치라고 할 때, 김남천이 이러한 장치들을 고안하게 된 이유가 여기서는 중요하다. 따라서 해명의 지점은 김남천이 '나'를 주어로 하는 이야기를 '박성운'이라는 삼인칭으로 대체하는 한편, 다시 작가-서술자로서 자신의 목소리를 의도적으로 삽입한 목적과 효과에 있다. 그것은 1934년이라는 시간적 배경에 1939년의 김남천이 개입함으로써 일어나는 변화이기도 할 것이다.

삽입구와 녹성당 주변의 배경묘사를 제외하면, 이 소설의 지면은 거의 입을 열지 않는 박성운의 일상을 묘사하는데 할애되어 있다. 전반부는

....

25 이에 관해서는 이경림의 연구를 참조할 수 있다. 이경림은 식민지기 『문장』에 발표된 「녹성당」과 해방 후 간행된 『삼일운동(三一運動)』(아문각, 1947)에 재수록 된 「녹성당」 판본의 변화를 통해, 이 소설이 1930년대 말의 전향자의 연대와 저항을 그리는 것을 의도한 것임을 논증하였다. 해방 후 『삼일운동』에 재수록 된 「녹성당」에 "30년대 수첩에서"라는 출처를 명기한 점과 서두의 삽입구가 삭제된 것을 단서로 삼아 『삼일운동』 판본이 원본일 가능성을 제시하였다. 하지만 이를 확정할 수 있는지에 대해서는 여전히 모호한데, 앞서 언급한 것처럼 서두 부분이 삭제되어 있다고 하더라도 녹성당 주변에 대한 묘사부분과 박성운의 서사에는 상당한 격차가 있다. 이 묘사부분은 오히려 김남천의 삽입구의 어조와 더 잘 호응한다. 「녹성당」 자체가 원본의 존재가능성을 열어두고 있긴 하지만, 두 판본의 선후관계를 확정하기 위해서는 더 많은 단서가 필요할 것으로 보인다. 이경림, 「마르크시즘의 틈과 연대하는 전향자의 표상―김남천의 「녹성당(綠星堂)」론」, 『민족문학사연구』 48, 민족문학사학회, 2012.

약국을 찾아온 청년의 요구에서 촉발된 박성운의 고민이, 이후에는 평양행과 실업가로의 변모에 대한 옛 문우文友들의 반응과 아내와의 갈등이 내용상 주를 이룬다. 청년이 박성운에게 사회적 변화에 대한 예술가로서의 응답을 요구하는 가운데, 박성운은 그의 평양행을 "일종의 도피"로 평가한 편지의 내용을 떠올리고, 과거 문화운동에서의 친분을 핑계 삼은 사적인 부탁 전화를 받는 사이, 이에 대한 아내의 부정적 평가를 듣는다. 그러나 그는 이 모든 것에 응답하지 않는다. 아니 응답할 수가 없다. 그러한 모든 것들에 대하여 판단하고 응답할 수 있는 기준 자체가 스스로에게 부재하다 느끼기 때문이다. "쉽사리 해치울 수 있는 이것을, 수월하게 해치울 수 없는 미묘한 심리"[26]야 말로, 박성운이 사로잡혀 있는 정조이다.

> 박성운은 유리창을 닫고 멍하니 길을 바라보며, 혼잣말로 중얼중얼 뇌어 보다가, 맞은편 싸게 파는 눅거리 상점에서 꽹과리를 요란스리 울리면서, 전방으로부터 세 녀석이 거리로 뛰어나오는 바람에 펀뜻 정신이 들었다.
> 깽매 깽매, 저르렁 저르렁, 징 징.
> 이 소리를 들으며, 일순간 성운은 아무것도 생각지 않는 무신경 무감각 상태에 빠져 있었다. 창 밖에서 늙은 부인 한 분이 어름거리고 섰는 것도, 그가 무엇 때문에 그러는지를 조금도 마음 붙여 생각지 아니하였다. 눈은 빤히 그것을 보고 있었으나, 맹막은 이 늙은 부인의 그림자를, 마치 그이 두 귓구멍이 지금 한창 뚜드려 대는 소란스런 꽹과리 소리를 청취하지 못 하듯이, 아무것도 간취하지는 못하는 것이었다.[27]

....

26 김남천, 앞의 책, 123쪽.
27 위의 책, 129쪽.

그는 자주 "무신경 무감각 상태"에 빠져들거나 "모든 것을 무시해 버리려는 노력"으로 일관한다. 이는 특정한 개념을 통해 실재를 파악하는 방법 자체를 억누르는 것인데, 때문에 풍경은 불가해한 것으로 나타나고 모든 판단은 유보된다. 이러한 태도는 물론, '전향자'로서의 죄의식이나 불안과 일단 맞닿아 있다. 문화운동으로부터 도망쳐 온 자신을 더 이상 예술가나 논평자로 자임하지 못하게 하는 것이다. 하지만 보다 근원적인 문제는 이러한 상태가 지시하는 의미에 있다. "책도 벤벤히 못 읽고, 글 한 줄을 써 보지 못하면서"[28] 보내는 과거 '프로문학 작가'의 일상이 의미하는 바는 무엇인가. 아마도 이 물음 속에 "소설 쓰지 못하는 소설가"라는 자기규정과 삽입구의 의미도 존재할 것이다. 달리 말하면, 김남천은 '나'(≒김남천)의 경험이었을지도 모르는 이 침묵을 박성운의 것으로 부과하는 한편, 그것을 다시 1934년의 평양 서문통이라는 특정한 시공간 안에 배치하는 서술 전략을 구사하는 것이다. 그래서 이 의미를 파악해 볼 필요가 더욱 크다 하겠다.

하지만 「녹성당」과 김남천의 언급에서는 이 이상의 단서가 주어지지는 않는다. 때문에 여기서 다시 "소설 쓰지 못하는 소설가"라는 자기규정으로 돌아올 필요가 있다. 의식적이었든 무의식적이었든, 이 수사는 특정한 작품을 지시하고 있는 것처럼 보이기 때문이다.[29] 나카

....

28 위의 책, 134쪽.
29 "소설 쓰지 못하는 소설가"라는 표현이 등장하는 「자작안내(自作案內)」는 중학 3년 시절부터 『대하』의 집필을 앞둔 1938년까지의 문학적 행로를 회고한 것이다. 그런데 특기할 만한 것은, 이시카와 다쿠보쿠[石川啄木]부터 요코미쓰 리이치[橫光利一] 등에 이르기까지 일본문학의 영향력을 비교적 솔직하게 드러내었음에도 불구하고, 일본 프롤레타리아 문학에서 받은 영향은 『문예전선』과 '콜론타이', '정치서적' 2, 3권 등으로 소략한 언급에 그치고 있다는 점이다. 당대 일본 비평계의 흐름에 대해 기민하게 반응하였던 김남천이고 보면, 다소 의아한 서술일 수밖에 없다. 그렇기 때문에 "소설 쓰지 못하는 소설가"라는 문구가 의미심장해 보이기도 하는 것이다.

노 시게하루中野重治의 「小説の書けぬ小説家」, 즉 「소설 쓰지 못하는 소설가」가 그것이다.[30]

나카노 시게하루의 '전향 5부작'[31] 중 마지막 작품으로 알려져 있는 「小説の書けぬ小説家」(이하 「소설 쓰지 못하는 소설가」로 지칭)는 1936년 1월호 『개조改造』에 발표되어 1937년에는 같은 제목의 단행본에 수록되었다. 1932년 3월 말부터 행해진 코프 탄압에 의해 작가동맹원과 함께 체포된 그는, 1934년 5월 26일 동경공소원公訴院 법정에서 일본공산당원이었던 것을 인정하고 향후 공산주의운동에 관여하지 않는다는 것을 약속한 뒤 다음날 출소하게 되는데, '전향 5부작'은 이후 약 1년에 걸쳐 쓰인 것이다.[32] 이 작품들은 일반적으로 두 개의 그룹으로 나뉘어 설명된다. 「제1장第一章」, 「스즈키 · 미야코야마 · 야소기마鈴木 · 郡山 · 八十島」, 「하나의 조그마한 기록一つの小さい記録」이 당시 프롤레타리아 문학운동의 몇몇 국면과 함께 나카노 자신의 모습을 투영시켜 그린 것이라면, 「시골집村の家」[33]과 「소설 쓰지 못하는 소설가」는 전향 후의 생활과 그 내면에 집중

··················

30 일찍이 나카노 시게하루와 김남천 작품이 비교사상적으로 연구될 필요가 있음을 언급한 사람은 김윤식이었다. 김윤식은 김남천의 초기 전향소설에서 자기고발론으로 이어지는 문학적 도정, 특히 「맥」(1941), 「경영」(1940), 「낭비」(1940)가 나카노 시게하루의 「시골집(村の家)」(1935)이나 무라야마 도모요시[村山知義]의 「백야」(1934)와 여러모로 관련된다는 점을 암시한 바 있다. 김윤식, 『한국근대문학사상사』, 한길사, 1984.

31 '전향 5부작'이라는 명칭은 나카노 시게하루 자신이 다섯 작품을 하나의 계열로 묶어서 언급한 것에서 유래한 것이다. 목록은 다음과 같다. 「第一章」(『中央公論』, 1935.1), 「鈴木 · 郡山 · 八十島」(『文芸』, 1935.4), 「村の家」(『経済往来』, 1935.5), 「一つの小さい記録」(『中央公論』, 1936.1), 「小説の書けぬ小説家」(『改造』, 1936.1).

32 中野重治, 「年譜」, 『中野重治全集別卷』, 筑摩書房, 1998.

33 「시골집」은 그가 28세였던 1930년 4월 결혼 직전부터 1934년 5월 옥중전향 후 집행유예로 출옥하여, 시골집에 가서 머물렀을 때까지의 자신의 체험을 소재로 한 것이다. 주인공인 벤지[勉次]와 무사계급 출신인 그의 아버지 손죠[孫蔵]와의 갈등을 중심으로 이야기가 전개되어 전향을 둘러싼 갈등관계를 구체화하였다. 김채수, 『일본 사회주의운동과 사회주의문학』, 고려대 출판부, 1997, 336~341쪽: 박성희 · 권혁건, 「모더니티의 진화와 착종하는 이데올로기─나카노 시게하루의 「시골집」을 중심으로」, 『일어일문학』 46, 대한일어일문학회, 2010 참조.

한 작품이다. 그러나 일찍이 "일본 전향문학의 백미"로 인정받아 온 「시골집」에 비해 「소설 쓰지 못하는 소설가」는 "지리멸렬하여 제목대로 되어버린 소설"[34]이라는 평가를 받았다. 어떻게 전향에 이르게 되었는지, 그리고 그것이 대면하고 있는 장벽이 무엇인지 이 소설에서는 직접적으로 드러나지 않기 때문이다.

「소설 쓰지 못하는 소설가」는 다카키 다카키치高木高吉라는 인물의 일상이 몇 가지 에피소드로 삽입되어 전개된다. 주인공인 다카키는 시로 등단하여 이후에는 논문 몇 편을 썼고, 프로문학으로 다소간의 문명文名을 얻어 소설가가 된 인물이다. 또한 프로문학 운동에 관여한 탓에 수감되었고, 전향을 약속하고 얼마 전 출소한 상황이다. 향후 "5년간 선거권이 없고, 1박짜리 여행을 가려고 해도 신고를 하지 않으면 안 되는 처지"이기도 하다. 그렇기에 다시 '복자 투성이'의 소설을 써 발금發禁이 되면 곤란한 상황에서 다카키는 전향한 자신의 "자서전"을 쓰려고 하고, 동시에 생활을 위해 「가마구치의 일생がまぐちの一生」이라는 소설을 써야만 한다. 그는 이 배신자 의식과 생활의 틈새에서 소설을 쓰려고 하고, 또 쓰지 않으면 안 된다는 것을 강박적으로 스스로에게 각인시킨다. 그러나 무엇을, 어떻게 쓸 것인지가 문제로 부상한다.

그가 타협하고 있는지 아닌지를 묻는다면, 현재 지배자들에게 확실히 타협하고 있었다. 그는 단지, 자신이 지금 어떻게 타협하고 있는가, 어떻게 굴복하게 되었는가를 쓰고 싶었다. 그는 인간이 굴복하는 것의 추함을 믿고 느끼고 있었다. (…중략…) "나약함 때문에 배신했는지, 아니면 일부

34 本多秋五, 「轉向文學論」, (『岩波講座—文學』 5, 1954.2), 노상래 편역, 앞의 책, 49쪽.

러 계산적으로 배신했는지의 차이는, 개인적으로 본다면 대단히 크다. 그러나 정치적 관계에서, 이 차이는 존재하지 않는 것이다. 그렇다는 것은, 정치는 수백만의 인간의 사실상의 운명이고, 이 운명은, 수백만의 노동자와 빈농이, 나약한 배신자에 의해 배신당했는지, 아니면 계산적인 배신자에 의해 배신당했는지의 문제로는, 무엇 하나 바뀌지 않기 때문이다.” – 이 “개인적으로 본다면……”에 다카키치는 매달리고 있었다.[35]

다카키가 '전향'했다는 것, 즉 “일본의 혁명운동과 혁명적 조직”을 배신했다는 사실은 변하지 않는다. 그리고 어떤 이유에서 전향을 했건, 수백만의 운명이 걸린 “정치적 관계”에는 아무런 영향도 주지 않을 것이다. 그럼에도 그는 자신의 배신을 구체적으로 쓰지 않으면 안 된다는 생각에 사로잡힌다. 그것만이 지금 자신이 처한 상황과 곤란, 죄책감과 불안을 견뎌내는 유일한 행위로 생각되기 때문이다. 하지만 역설적으로 이 “개인적으로” 본다는 것에 집착하면 할수록 그는 아무것도 쓸 수 없게 된다. '자신'을 둘러싼 온갖 변수들을 고려하지 않을 수 없기 때문이다. 예측할 수 없는 검열 상황, 전향자에 대한 미디어의 보도 행태, 국민주의자·애국주의자보다 막연했던 마르크시즘에 대한 감정에 자신이 쓰고 싶은 배신을 대면시켜야 하는 것이다. 게다가 보다 나은 생활을 원하는 자신의 욕망[36]까지 속이지 않아야 함을 깨닫자, 그는 “비약한 「자서전」”을 내팽개쳐 버린다.

....

35 中野重治, 「小説の書けぬ小説家」, 『中野重治全集』 二, 筑摩書房, 1998, p.135.
36 “그는 맹렬하게 돈을 원했다. 자신은 약을 먹지 않으면 안된다. 치조농루(齒槽膿漏)인 여동생은 치과에 보내지 않으면 안된다. (…중략…) 그러나 그런 것보다 그는, 양지바른 곳에 좋은 집을 차지하여 살고, 먹는 것은 영양가 있는 것을 아낌없이 먹고, 읽고 싶은 책은 마음대로 사서 읽고 싶다는 욕망을 강하게 강하게 느꼈다. 여행도 가고 싶었고 비행기도 타고 싶었다.” 위의 책, p.137.

문제는 자서전뿐만이 아니다. 그는 도쿠다 마사에몬德田政右衛門이라는 친척 일가의 이야기를 소설로 써보려고 한다. 이들의 이야기를 떠올린 다카키는 자신감에 차오른다. 이들 삶의 궤적이 자본주의 속에서 대량화되는 무산계급의 그것과 일치하는 것으로 생각되기 때문이다.[37] 그러나 이윽고 이들의 삶이 자신이 쓰고 싶은 것과는 다르다는 것을 자각한다. 청일전쟁에서 만주사변에 이르는 사건들이 이들 삶의 장면마다 생존의 문제로 부착되어 있을 뿐만 아니라, 국가권력이나 자본에 포획되어 가는 과정 속에서 그들이 가졌을 심정을 이 과정 안에 삽입할 수 없기 때문이다.[38] 이들의 삶이 곧바로 "실업문제"나 "인구문제"와 같은 추상화된 사회문제로 치환될 수 없음을 깨달은 것이다.

지하 운동가인 친구와 그의 가족, 기계의 도입으로 변해가는 공장의 모습, 동물을 서술자로 내세운 이야기 등, 다카키는 쓰고 싶은 소설에 대해 상상하지만 모두 포기하고 만다. 그 때마다 그는 이를 자신의 빈한한 지식이나 경험 탓으로 돌리거나, 강화된 검열 상황을 떠올리지만 원인은 그 뿐만이 아니다. 오히려 개념화된 지식이 움직일 수 없게 '과학화'되어, '경험'이나 '이야기' 자체와 충돌하기 때문에 그는 쓸 수가 없다. 그는 어디까지나 '나'의 생활과 감정에서 출발하여 사

....

37 "선조대대 농사꾼으로 자라온 인간, 전답과 집을 팔아치우고 동경에 나온 인간, 눈이 침침해진 백발의 노인이 되어 시골로 되돌아온 노부부―잡초 뽑을 밭 한 뙈기도 없는 늙은이―그들의 그 후가 손에 잡힐 듯이 보였다." 위의 책, p.142.

38 이러한 감정은 도쿠다 세이자몬의 4남인 타미죠[民藏]의 장례식장에서 장남 마사타로[政郎]와 이야기하는 과정에서 떠오른다. 세이자몬 부부는 대대로 농사를 지어온 전답을 팔고 도쿄로 상경해 찻집을 운영하고, 그의 자녀들은 각자 직업을 찾아 생활한다. 타미죠는 유도를 배우다, 가세가 기울자 정우회(政友會)에 연줄을 대어 상해로 건너가 군인이 되지만, 거기서 사망한다. 이 사정을 듣고 다카키가 떠올린 것은 아들이 군인이 되어 생활비를 보조받을 수 있게 된 세이자몬의 심정과, 일단 가족을 먹여 살릴 수 있게 되었다는 기쁨에 차올랐던 타미죠의 감정, 그 보다 훨씬 전에 청일전쟁에 동원되어 사망한 세이자몬 아버지의 불가해한 삶의 궤적이었다. 위의 책, pp.138~142.

회문제로 조망될 수 있는 소설을 구상하지만, 그 순간 상황의 리얼리티와 '나'의 감정은 부정되고 만다. 반대로 사회문제로 포착할 수 없는 '나'의 삶과 감정에 충실하게 되면 다카키의 내면에 각인된 사회·정치적 관계망이 손상된다. '나의 문제'와 '사회·정치적 관계'가 양립되지 못하는 상황 자체가 소설 쓰기를 가로막고 있는 셈이다. 결국 다카키는 어떤 소설도 써내지 못한다. 하지만 마지막 장면에서 그는 검거를 피해 도주 중인 친구에게 돌아오지 말라는 당부의 편지를 쓰면서, 자신은 소설을 쓰리라는 각오를 다지며 "한 번 들은 이야기나 한 번 기억했던 말을 남김없이 다시 한 번 생각해내"[39]려 한다. 비합법 사회주의운동과 합법적 문예운동 사이의 운명을 암시하는 듯한 이 장면은, 다카키가 직면한 딜레마가 문제로서 계속될 것임을 예고하고 있다.

정리해 보자면, 다카키는 두 개의 주체 사이에서 갈등하고 있는 셈이다. 하나는 이미 일상성 안에 퇴락해 있는 현존재^{Dasein}로서의 '나'이고, 다른 하나는 사회·정치적 관계에 의해 결정되어 있는 전향한 프로문학 작가로서의 '개인'이다. 후자는 이미 과학의 영역 안에서 분절·개념화되어 있으며, 전자는 어떠한 개념으로도 포착될 수 없이 연속적이다. 다카키가 마주친 문제는, 언어를 통해 세계를 개시하는 소설은 '개인'으로부터 출발할 수 없다는 것이다. 이는 자서전이든 주변의 사람들을 다루는 이야기이든 마찬가지다. 소작농, 프롤레타리아트, 지하 운동가라는 규정으로 시작하는 이야기는 감정과 경험을 다룰 수가 없다. 그런데 문제는 '개인'의 총합으로서의 사회와 그들의 삶을 결정하는 정

----

39 위의 책, p.152.

치가 엄연한 '객관적 사실'로서 존재한다는 것이고, 소설가로서 그것을 다루지 않으면 안 된다는 인식인 것이다.

그렇다면 위의 두 소설에서 발견되는 문제란 무엇일까. 사실 김남천과 나카노 시게하루의 소설은 전향한 프로문학 작가의 일상을 다루고 있다는 점 외에는 내용상으로 별다른 공통점을 찾을 수 없다. 「녹성당」에서는 실업가로 변모한 전향 작가의 일상을, 「소설 쓰지 못하는 소설가」에서는 전향 후에도 소설가로 남은 서술자를 내세우고 있기 때문이다. 하지만 이들 소설에서는 '말할 수 없음'과 '쓸 수 없음'이 주인공의 일관된 정조로서 지속된다. 이 '침묵' 자체가 소설 전체를 장악하고 있다고 해도 과언이 아니다. 주목할 것은, 두 작품 모두 '침묵하는 나'의 일상과 신변을 넘어서지 않는 사소설적인 서술방법을 취하고 있다는 사실에 있다. 요컨대 '나'는 아무런 말도 할 수가 없고 아무런 소설도 쓸 수 없지만, 이렇게 아무런 말도 할 수 없고 아무런 소설도 쓸 수 없는 '나의 일상'은 쓸 수 있다는 인식 속에서 탄생한 소설인 것이다.

그런데 이렇게 침묵하는 '나의 일상'은 다시 불안의 원인이 된다. 나의 감정을 속이지 않아야 한다는 강박에 시달리면서도 정치적 관계나 사회문제에 매달리는 다카키와, 예술가의 사회적 의무에 대한 답변 요구에 침묵으로 일관하면서도 그 언저리의 상념을 떨쳐버리지 못하는 박성운의 일상은 초조함과 불안으로 미만해 있다. 자신의 일상과 내면이 사회관계와 정치적 처분에 의해 결정되었다는 사실을 계속해서 의식할 수밖에 없는 것이다.

여기에 나카노와 김남천이 직면한 공통의 문제가 있다. '나'(소설가)는 '나의 문제'로부터 쓰되 어디까지나 '사회적 관계 안에서의 나'를 그려야 하지만, 어쩌면 정치적 관계를 배신한 '나'가 본 '사회'는 왜곡된 것일 수 있다. 하지만 나의 경험과 신체는 추상적 관념과 사회에 가닿을 수 없다. 이러한 아포리아가 이들을 사로잡고 있으며, 이것이 '침묵'의 형상으로 소설 안에 자리 잡는다. 김남천이 리얼리즘 작가의 과제로 제시한 "자기 자신을 격파하려는 정신"[40]과 같은 표현은 바로 문제를 지시하고 있었다고 할 수 있다. 「녹성당」의 수다스러운 삽입구의 의미도 여기에 있을 것이다. 어쩌면 김남천은 개작을 통해서만, 다시 말해 '나'의 문제를 사회 안에 배치함으로써만, "날마다 밤마다 잊지 않고 회상하고 반성하고 흥분하는"[41] 자신과 결별할 수 있었던 것은 아닐까. 요컨대 '나'와 '사회'의 관계가 어떻게 문학을 통해 구현되어야 하는지가 이들에게는 근원적인 문제로 놓여 있었던 것이다. 그렇다고 할 때, 문제는 이러한 관계성이 어떻게 발견되고 정립되어 갔는지에 있다.

3. 자기自己와 사실의 시간

나카노 시게하루가 '전향 5부작'을 마무리하고 있을 때이자, 김남천이 여전히 "적막을 안은 자아의 고독"[42]에 휩싸인 채 침묵하고 있던

---

40 김남천, 「창작 과정에 대한 감상」,(『조선일보』, 1935.5.16~22), 『전집』 1, 82쪽.
41 김남천, 「녹성당」, 앞의 책, 113쪽.
42 김남천, 「창작 과정에 대한 감상」, 앞의 책, 76쪽.

1935년 중순, 일본문단에서 주목의 대상이 된 것은 고바야시 히데오
小林秀雄의 「사소설론私小說論」(『경제왕래經濟往來』, 1935.5~8)이었다. 다소 이
채롭게도 마르크시즘 계열의 문학자와 비평가가 고바야시의 글에 민
감하게 반응하고 있었다. 구보카와 츠루지로窪川鶴次郎, 나카노 시게하
루中野重治, 모리야마 케이森山啓와 같은 일본의 중견 프로문학 작가와,
오카 구니오岡邦雄, 도사카 준戸坂潤 등 '유물론연구회唯物論硏究會' 멤버가
참가한 「문예좌담회文藝座談会」에서는 사회주의 리얼리즘의 문제부터
전향문학에 이르는 당대의 논점들이 폭넓게 논의되었다. 여기서 고바
야시의 「사소설론」은 프로문학의 창작방법론이나 당대의 사상적 핵
심에 접근해 있는 문제로서 언급되었다. 소설가이자 평론가인 구보카
와의 발언을 들어보자.

구보카와(窪川) : 변증법적창작방법에서 사회주의리얼리즘으로 옮겨갈
경우에 그 주체가 문제가 되어, 주체적 리얼리즘의 문제가 나왔다. 이 점은
도사카 씨가 『케이다이신문(京大新聞)』에 썼기 때문에 도사카 씨에게 듣고
싶다. 주체에 관한 문제는 현실의 주체적 파악이 중점이어서 인식론의 문제
라기보다도 창작상의 문제이다. 비평의 기준이 혼란한 것은, (불명) 창작방
법에 있어서 개인(個)의 문제—이것이 발전되지 않으면 안 된다. 다른 한편, 고바야
시 히데오가 『케이자이오라이經濟往來』에 사소설론을 실었다. 필자의 태
도는 긍정인지 부정인지 확실하지 않다. 그 2번째 부분은 시시하다. 다른
측에서 자기고백이나 비평문학 등과 같은 것이 자주 말해진다. 고바야시와
그 에피고넨의 문제 (…중략…) 일본낭만파와 관계가 있다. 보기 흉하게 변질된 낭만
적 경향과 비평에 있어서 (불명)을 생각해 보아도 비평의 기준문제가 마르크시즘 쪽
에서도 (불명)쪽에서도 문제가 되리라고 생각한다.[43]

구보카와는 사회주의 리얼리즘의 핵심이 "현실의 주체적 파악"에 있음을 주장하면서 이를 위해서는 "개인의 문제"가 발전될 필요가 있음을 언급하고 있다. 창작방법론으로서의 "개인의 문제"가 구체적으로 무엇인지는 상론을 피하고 있지만, 이 문제를 다룬 인물로서 도사카 준과 고바야시 히데오가 동시에 소환되고 있음을 간취할 수 있다. 또한 여기에는 1930년대 중반 이후의 일본문학계의 판도 변화와 연동된 위기의식이 자리 잡고 있다. 일본 낭만파의 등장이 마르크시즘 비평의 권위를 위협하고, 복고주의·전통주의가 주창되는 것에 대한 위기감이 가로놓여 있는 것이다. 여기서 다만 확인해 둘 것은, 사회주의 탄압에 따른 대규모 전향 국면 이후 비평계 내부의 전선이 새롭게 그어지는 가운데 "개인의 문제"가 진영을 막론한 공통의 문제로 부상하고 있었다는 점에 있다. 따라서 여기서 필요한 것은, 이 문제를 중심으로 고바야시 히데오와 도사카 준의 작업을 대면시켜 보는 일이다.

고바야시 히데오의 「사소설론」은 앙드레 지드의 사회주의로의 전향을 염두에 두면서 일본 사소설의 역사를 논한 글이다. 그는 유럽의 개인주의 소설이 콩트류의 사회과학에 대한 반발로서 발생한 낭만주의 문학을 거쳐 온 반면, 일본의 사소설은 자연주의의 극복을 내세우면서 등장했다는 차이를 강조하였다. 유럽에서는 개인을 자연과 사회의 변동에 의해 지배되는 생물로 파악하는 사상이 개이의 절대성과 상상력을 추구해 나간 낭만주의 이전에 이미 운동으로서 성립되어 있었다는 것이다. 때문에 유럽의 낭만주의는 근대 사회과학에 정반대편에서 '나'를 추구하면서도, 개인과 사회의 연관성 자체의 지반을 무너

---

43 窪川鶴次郎·中野重治·森山啓·岡邦雄·戸坂潤·基ノ他會員,「文藝座談会」,『唯物論研究』, 1935.8.

뜨리지 않을 수 있었다. 그러나 실증주의의 기반 없이 수입된 사소설은 사회에 대한 의식 없이 이 새로운 사상을 기법적으로만 해소해 버렸다. 때문에 이후 일본의 사소설 작가들은 '나의 모습'만을 믿으며 일상생활 속에 함몰되어 버렸다는 것이 고바야시의 진단이었다.

일본의 사소설가들이 나를 믿고 사생활을 믿으며 아무런 불안도 느끼지 않았던 것은, 나의 세계가 그대로 사회의 모습이었기 때문으로, 나의 봉건적 잔재와 사회의 봉건적 잔재의 미묘한 일치 위에서 사소설은 난숙(爛熟)되어 갔다. 지드가 '나'의 상에 홀렸을 때에 처한 입장은 전혀 달랐다. 과거에 루소를 가졌고 졸라를 가졌던 그에게는, 과장된 고백에 의해서 사회와 대결하는 일도, '나'를 도외시하고 사회를 묘사하는 일도 불만스러웠기 때문이다. 그의 자의식의 실험정신은 그런 상황에서 만들어진 것으로 그는 '나'의 모습에 홀렸다기보다 '나'의 문제에 홀린 것이다. 개인의 위치, 개성의 문제가 그의 창작적 토대였다. 말하자면 개인성과 사회성 각각에 상대적인 양을 규정하는 변환식 같은 것의 새로운 발견이, 그가 실험할 대상이 된 것이다.[44]

그러나 그의 비판은 "사회를 추상하는 힘"을 잃어버린 일본 사소설뿐만이 아니라 마르크스주의 문학에도 향해 있었다. 그가 보기에 사소설이 이미 '난숙'기에 접어든 이후에 수입된 마르크스주의 문학은 이미 그 자체로 "사회화된 사상"이었다. 이 사상이 보편적인 형태를 지니고 있었기 때문에, 다시 말해 "작가마다 독특한 해석을 용납하지

....
44 고바야시 히데오, 유은경 역, 「사소설론」, 『고바야시 히데오 평론집』, 소화, 2003, 108~109쪽.

않는 절대적인 양상"[45]을 띠고 있었기 때문에, 이를 작가의 개인적 기법으로 해결하는 일은 불가능했다. 이제 반대로 문학자들은 마르크시즘이 제시한 '사회'를 믿으며 자기 속에 있는 모든 기성적인 요소를 '청산'이라는 말로 해소해 버린다. 이 과정에서 그들이 잃어버린 것은 생활이며 자기(自己)였는데, 마르크스주의는 이것을 역사와 주체로 바꾸어 버렸다는 것이다.

> 자연주의 작가들이 그 반항자들과 함께 전력을 다해 관찰하고 해석하고 표현한 일상생활이 새로 나타난 작가들에 의해 부정된 것은, 그들이 종래의 일상생활을 잃어버렸기 때문이 아니라, 그들의 사상이 생활의 개념을, 일상성에서 역사성으로 변화시키는 일을 가르쳤기 때문이다. 그들은 개변된 개념을 통해서 모든 것을 바라보았다. 바라보는 일은 취사선택하는 일이며, 관찰이란 즉 청산을 의미했다. 그들은 자기 성찰을 잊은 것이 아니다. 성찰할 때마다 사사건건 소시민성을 폭로하듯이 했던 자기(自己)는 성찰할 가치가 없었던 것이다. 감정도 감각도 교양도 이것을 새로이 발명하려고 하는 모험 내지는 기만을, 청산이란 케치플레이즈가 숨겨 버렸다.[46]

고바야시의 비평의 원리가 "전제된 개념이나 논리를 제거하여 가능한 모노モノ 자체에 다가가려는 시선이자 언어활동"에 있고, 예술은 "아름다움이나 진리로 다가가는 작가 혹은 생활인들의 열정을 언어화 혹은 표상화하는 것"[47]이었다고 할 때, '나'와 '일상생활'의 마주침을 '계

....
45 위의 책, 103쪽.
46 위의 책, 103~104쪽.

급'과 '역사'의 조응으로 대체해 버린 마르크스주의 문학에서는 예술이 탄생할 수 없었다. 마르크스주의 문학이 정복한 것은 서구의 '개인주의 문학'이 아니라 봉건적 잔재 위에서 피어난 '사소설'이었다. 결국 마르크스주의 문학도 '나의 모습'에 홀려 생활의 불안을 잊어버린 사소설과 마찬가지로 "개인성과 사회성 각각에 상대적인 양을 규정하는 변환식"의 의미를 간파하지 못했다. 그가 보기에 '전향'은 이러한 개변된 개념이 한갓 의장이었음을 깨닫게 되는 계기였다. 때문에 그는 이를 통해 이 비정한 사상이 애써 회피해 온 '불안',[48] 즉 '나'가 일상생활과 마주하며 감내해야 하는 근대적 삶의 근원적인 조건이 다시금 촉발될 것을 예견했던 것이다.

이와 같은 고바야시의 진단과 예측은 어느 정도 적중했다고 할 수 있다. 마르크스주의에 대한 열렬한 경도는 '전향'과 함께 힘없이 무너져 내리고 있었고, 민족, 전통, 일본적인 것을 향해 손쉽게 돌아서기도 하였다. 더불어 객관적 실제를 판별하고 지도하던 마르크스주의 비평은 권위를 잃어가고 있었다. 앞서 제시한 구보카와의 언급은 바로 이러한 사태를 지시하는 것이었다. 또한 그가 언급한 "개인의 문제"는 이 상황을 타개하기 위한 대항적 성격을 지니고 있었다고 할 수 있다. 그러나 여기서의 "개인의 문제"는 고바야시의 진단과 문제를 같이 하면서도, 어디까지나 마르크스주의의 과학적 성격을 견지하는 입장에서 제기된 것이었다. 이에 대한 문제의식은 도사카의 다음과 같은 언명 안에 압축적으로 제시되고 있다.

47 김항, 「말기의 눈과 변경의 땅」, 『사이(SAI)』 19, 국제한국문학문화학회, 2015, 159~160쪽.
48 1930년대 일본에서의 '불안'의 개념과 그 함의에 대해서는 위의 글, 3장 참조.

프롤레타리아 문학은 그 최대의 번영기라고 생각되는 시기에서도, 소위 자아의 탐구와 같은 명목을 채용하지 않았다. 극단적으로 말하자면 자아 대신에 사회가 문제가 되었다고까지 생각된다. '자아'의 파산을 눈앞에 두고, 그것을 대신해 똑같이 자아라는 낡은 용기를 존중할 리가 없었다. 그런데, 그럼에도 불구하고, 그것이야말로 새로운 자아의 탐구였다는 것을, 프롤레타리아 문학의 압도적인 독자가 누구보다도 잘 알고 있다. 독자는 사회의 이름에서 새로운 자아를, 자신을 위한 새로운 타입을 받아들였다. 다만 문제는, 그 자아가 정말로 자기 자신의 자아인가 아닌가, 라는 것이다.[49]

위의 인용문은 1937년 3월에 발표된 것으로, 그간의 도사카의 사상적 작업[50]이 어디에 가닿아 있는지를 보여준다. 특히 고바야시의 마르크스주의 문학에 대한 평가와 대조해 보면 그 차이는 명확해진다. 도사카의 주장은 간명하다. 프롤레타리아 문학이 '나' 대신에 '사회'를 문제시해 온 것은 틀림없지만, 이에 대한 해석은 프롤레타리아 문학의 이념 우위를 지적하는 것만으로는 해결되지 않는다. 오히려 이것에 열광한 독자들이 반증하듯, 그들은 사회라는 이름의 새로운 자아를 받아들였던 것이고, 프롤레타리아 문학은 그것을 되돌릴 수 없이 발전시켜 왔다. 다만 남는 것은, 이렇게 사회화된 자아가 '자신'이

---

49 戸坂潤, 「日本の民衆と「日本的なるもの」」, 『戸坂潤全集』 4, 勁草書房, 1967, p.204.
50 도사카 준은 1934년에 사상불온을 이유로 호세이 대학에서 해임당하고 난 뒤 1935년부터 1938년 11월 29일 '유연사건(唯研事件)'으로 검거될 때까지, 문학에 관한 글을 수차례 발표하게 된다. 이 시기에 그가 천착했던 것이 도덕, 풍속, 과학, 문학을 주요 키워드로 하는 논문들이었다. 또한 이를 모은 것이 『思想としての文学』(三笠書房, 1936), 『道徳論』(三笠書房, 1936), 『思想と風俗』(三笠書房, 1936) 등으로 이어지는 일련의 저작들이다. 「戸坂潤略年譜」, 『戸坂潤全集』 5, 勁草書房, 1967 참조.

것일 수 있는가라는 문제이다. 그는 고바야시와 마찬가지로 이러한 물음에 응답해 온 것이 "프롤레타리아적인 문학이라 불리며 갱신되지 않으면 안되었던 문학이고, 전향문학이라고 불리우게 되었던 문학이며, 그리고 동시에, 종래의 부르주아 문학의 말류와 혼선을 일으키지 않으면 안되었던 문학"이었다고 평한다. 바꾸어 말하면, 전향문학에 이르러서야 사회화되어 있으면서도 자신의 것인 자아가 확립될 수 있었다는 것이다.

도사카의 사상적 작업은 이와 같이 전향문학 시기에 이르러 떠오른 '나'의 문제를 개인주의에 함몰시키지 않으면서 확보해 두는 것이었다. 이때 탐구의 대상이 된 개념이 '과학'과 '문학'(예술)이었다. 그에 따르면, '과학'과 '문학'은 실재를 인식하는 두 종류의 방법으로서 인간에게 주어져 있는데, 이들은 '실재와의 연관성'과 '상상력'이라는 공통점을 공유하면서도, 다음과 같은 차이를 지닌다. '과학'은 관념과 이론적 범주를 세계인식의 방법으로 삼으며, 실험과 검증의 세계에 존재한다. '문학'은 표상(문학적으로 주체화된 관념)을 그 방법으로 삼으며, 의미의 세계, 해석의 세계에 존재한다. 그런 면에서 '과학'은 "실재라는 바위에 속박되어 있는 프로메테우스"이지만, 생(명)의 표현이나 자유를 표상을 통해 의미화할 수 있는 '문학'은 "해방된 프로메테우스"[51]이다. 이에 따라 과학은 '자연과 사회'를 탐구할 수 있으며, 문학은 '도덕과 모랄'을 탐구할 수 있다. 문학적 표상은 인물과 사건의 성격을 분석하고 또 '묘사'하는 것이고, 과학적 개념과 그것에서 도출되는 '공식'은, 그것들의 인물이나 사건을 포함한 역사의 '법칙'을 명확하게 한다. 그리고

....
51 戸坂潤, 「モーラリストの立場による科学と文学」, 『戸坂潤全集』 4, 勁草書房, 1967, p.44.

이들이 결정적으로 갈라지는 것은 과학은 '개인'의, '문학'은 '나(자기)'의 영역에 속한다는 점에 있다.

> 개인이라는 것은 사회과학적 개념이다. 이는 사적유물론에 따라 정리된다. 이에 반해 '자기'라는 것은, 문학적 표상이다. 이는 일체의 문학적 또는 도덕적인 뉘앙스와 플렉서빌리티를 가질 것이다. 개인에 관한 체계는 훌륭하게 사회과학이라는 과학이 된다. 하지만 자기에 있어서의 체계는, 문학은 되어도 과학적―실증적·기술적―논리로는 되지 않는다.[52]

여기서 도사카가 매달리는 것은 '개인'과 '자기'가 매개되는 장소인 '모랄'이다. '모랄'은 문학의 영역, 즉 "일신상의 문제"에 속하는 것이지만 과학의 영역이 이것과 관계를 확립하지 못하거나, 반대로 문학적 모랄이 그 자체로 자족적인 형태로서 표현되어 버릴 때 문제가 된다. 예컨대 문학적 모랄을 도외시한 과학은 이상주의나 관념론으로 빠져들어 대중의 행복을 이론적으로 추단하게 되고, 객관적 세계와 접촉하지 못한 문학적 모랄은 자족적인 "문학적 사상"이 되어 역사적 리얼리티를 훼손시킨다. 도사카는 이를 '문학주의'라 불렀다. 때문에 "진정으로 문학적인 모랄은, 과학적 개념에 따른 인식에서, 특히 사회과학적 인식에서, 우선 먼저 출발하지 않으면 안된다"[53]는 것이다.

이렇듯 고바야시가 '나의 문제'의 중요성을 설파하며 제시한 "개인성과 사회성 각각에 상대적인 양을 규정하는 변환식"이라는 표현은 도사카의 "문학적 모랄"과 교차하고 있었다. 이러한 교차는 '전향'이

---

52 戸坂潤,「道德に關する文学的觀念」, 위의 책, p.265.
53 위의 책, p.266.

과학, 모랄, 문학 _ 박형진   423

라는 계기를 통해 언어화되었으나, 국가의 현세화에 직면하여 다시 결렬하게 된다. 고바야시에게 있어 '사회화한 나'는 마침내 본능을 닮은 일본적 자아의 모랄에 도달하여 전쟁이라는 절대적 사실 앞에서 죽음이라는 궁극의 언어를 발견한다.[54] 한편, 도사카의 "자기=모랄=문학"의 개념이 '일신화된 나'는 '과학적 도덕'의 창출을 다시금 프롤레타리아 문학에 기대하며 온갖 문학주의와 싸워 나가지만 전쟁과 함께 그의 문필활동은 정지되고 만다.[55] 이들의 행적과 지적 여정의 우열을 여기서 판가름하는 것은 무의미할 뿐더러 가능한 일도 아니다. 그러나 다만 지적하고 싶은 것은, 김남천의 침묵이 놓여 있던 시간과 그것이 언어로서 교착한 장소에 '나'라는 문제가 부상하고 있었고, 그 자신도 이러한 문제로부터 자유로울 수 없었다는 사실에 있다. 또한 이 문제가 단지 '문학'이라는 예술 양식이 마땅히 가져야 할 형식에 관한 것뿐만 아니라, 정치적인 결단에 둘러싸여 있었다는 점도 기억되어야 할 것이다.

....
54 橋川文三, 「解説」, 위의 책, p.470; 김항, 앞의 글, 181~182쪽.
55 도사카 준이 일본 당국에 의해 집필 금지 처분을 받게 된 것은 1937년 말의 일이다. '유연사건(唯硏事件)'으로 체포된 이후에도 몇 편의 논문을 발표하기는 하지만, 태평양전쟁이 시작된 이후부터는 사실상 연구와 집필 활동이 정지된다고 할 수 있다.

4. 결론을 대신하여

침묵 끝에 소설(론)으로 복귀한 김남천의 작업이 과학, 모랄, 풍속과 같은 개념과 함께 개진된다는 것은 여러 차례 지적된 바 있다. 또한 이러한 개념들이 도사카 준이나 가메이 가츠이치로龜井勝一郎, 아마카스 세키스케甘粕石介 등 일본 프로문학 및 낭만파 문학의 영향 속에서 발화되었다는 사실도 상당 부분 밝혀져 있다.[56] 그러나 이와 같은 김남천의 참고문헌들이 말해 주는 것은, 그가 식민지 말의 정치 상황 속에서 '근대의 초극'론이나 '동양론' 등에 공명하며 소설(론)을 전개해 나갔다는 사실만을 지시하지는 않는다. 오히려 전쟁 상태로의 돌입과 더불어 폐색되어 가는 담론장 속에서도 순응 혹은 비판의 논리를 표명할 수 있었던 일본과는 달리, 식민지 조선에서는 그것을 형해화形骸化된 예술로의 잠행이나 '침묵'으로밖에 드러낼 수 없었던 상황을 직시할 필요가 있다. 동시기의 김남천이 전향이라는 이중구속 속에서 '문학적 침묵'에 빠져들었던 것이나, 침묵이 중단되고 새로운 말이 시작되는 지점에서 '나'와 '사회'가 모순 없이 종합되는 문학적 '모랄'의 장소를 "자기 자신의 박탈"과 "자기 개조"로 내세운 것은 그래서 상징적이다.

자기 자신을 박탈하는 문학이 사소설과 하등의 관계도 없을 것임은 중언(重言)을 불요(不要)하는 바이며 그것이 시니시즘과 아무 친척간이 되

56　김철, 「'근대의 초극', 『낭비』 그리고 베네치아(Venetia)」, 『민족문학사연구』 18, 민족문학사학회, 2001, 371~372쪽.

지 않을 것도 의심을 필요로 하지 않는다. 사소설은 본시 작가가 자기 생활에 대하여 자기 신변의 쇄말기록에 떨어져버리는 것에 의하여 성립되는 것이므로 그는 작가를 실내에 유폐해 버리려고 하나 자기 고발은 작가를 실외로 끌어내여 사회와 부딪치게 하는 속에서 자기 개조를 꾀하는 것이므로 근본적으로 피아(彼我)는 정반대의 길 위에 서 있다.[57]

단단하게 구축된 내면의 기준과 판단에 따라 사회를 추상하는 것도, 전적으로 사회 개념에 기대어 개인의 위치를 비정하는 일도 식민지의 문학자인 김남천에게는 만족스럽지 않았던 것 같다. 이는 비판적 주체의 유지와 복권을 시도했던 임화의 논리와는 구분되는 것이었다. "'진실로 개성적인 자기 주장은 오직 超個人的인 의지와 가치 속에서만' 가능한 것임에도 불구하고 우리가 조그만 제 '自己'라는 곳을 탈출할 수 없는데서 비극은 시작된다"[58]고 말하며, '주관문화=초개인=생활=민족'이라는 위치에서 조선적 문화를 구제하려고 했던[59] 임화에 비해, 김남천은 객관세계와 주체의 인식론을 결합시킨 유물론을 긍정하면서도 그러한 주체와 자기의 간극과 분열을 계속해서 끌어안으려고 했다. 자기 자신을 포함하는 주체의 분열을 고발해가는 가운데 "문학적 실천"과 "생활적 실천"[60]을 일원화 해야 한다는 주장은 일상생활까지 포식해 나가는 식민지 말의 사상통제 상황을 견디는 길이기도 하였던 것

....

57 김남천, 「유다적인 것과 문학」(『조선일보』, 1937.12.14~18), 『전집』 1, 311~312쪽.

58 임화, 「현대문학의 정신적 기축」(『조선일보』, 1938.3.23~27), 『문학의 논리』, 서음출판사, 1989, 75쪽.

59 최병구, 「임화 문화론 연구」, 성균관대 석사논문, 2007, 23쪽.

60 김남천, 「자기분열의 초극ー문학에 있어서의 주체와 객체」(『조선일보』, 1938.1.26~2.2), 『전집』 1, 328~330쪽.

이다. 이와 같은 서로 다른 두 길은 '주체의 재건'이라는 공통의 과제로 묶이기는 하지만, 그 원리는 상이한 것이었다. 특히나 김남천의 방법은 철저한 개인의 변혁을 기반으로 할 때만, 세계의 변혁을 기도할 수 있다는 1910년대 초기 사회주의 예술 이념[61]과 과제를 다시금 문학의 문제로서 상기시킨 것이기도 하였다.

그러나 이상적 주체를 상정하지 않으면서 식민지 말의 정치 상황을 문학을 통해 견디어 내려 한 김남천의 실험은 위태로운 것이었다.[62] 무엇보다 객관적 정세에 따라 주체의 위치와 행위를 변화시켜 나간다는 그의 방법이 '신체제'나 '비상시국'과 같은 상황 속에 휘말려 들어갈 수 있는 가능성 앞에 노출되어 있었기 때문이다. 그것은 '전향'을 사상적 과제로서 껴안았던 이들에게 가로놓인 문제이기도 하였다. 이 글에서는 이러한 문제를 김남천 '침묵기'를 통해 시론적으로 제시하려 하였다. 식민지 말의 그의 문학이 이 문제를 어떠한 논리로 대응하거나 감내할 수 있었는지, 또한 그렇다고 할 때 그 사상적 계보는 어떻게 그려낼 수 있는지에 관해서는 차후의 과제로 남겨두려고 한다.

....

61 나는 여기서 최승구와 황석우 등의 아나키즘 문예운동과 염상섭의 초기의 논설을 염두에 두고 있다. 이에 대해서는 정우택, 『황석우 연구』, 박이정, 2008, 79~74쪽; 이종호, 「일제시대 아나키즘 문학 형성 연구―『近代思潮』, 『三光』, 『廢墟』를 중심으로」, 성균관대 석사논문, 2006 참조.
62 차승기, 「임화와 김남천, 또는 '세태'와 '풍속'의 거리」, 『현대문학의 연구』 25, 한국문학연구학회 2005, 97~106쪽.

참고문헌

기본 자료

정호웅 · 손정수 편, 『김남천 전집』 1 · 2, 박이정, 2000.

김남천, 『맥』, 을유문화사, 1988.

中野重治, 『中野重治全集』 2, 筑摩書房, 1998.

_____, 『中野重治全集』 22, 筑摩書房, 1998.

戶坂潤, 『戶坂潤全集』 4, 勁草書房, 1967.

_____, 『戶坂潤全集』 5, 勁草書房, 1967.

고바야시 히데오, 유은경 역, 『고바야시 히데오 평론집』, 소화, 2003.

단행본

김윤식, 『한국근대문학사상사』, 한길사, 1984.

김채수, 『일본 사회주의운동과 사회주의문학』, 고려대 출판부, 1997.

노상래 편역, 『전향이란 무엇인가』, 영한, 2000.

도미야마 이치로, 심정명 역, 『유착의 사상』, 글항아리, 2015.

레지 드브레, 최정우 역, 「매체론으로 본 사회주의의 역사」, 『뉴 레프트 리뷰』, 길,
         2009.

마르틴 하이데거, 이기상 역, 『존재와 시간』, 까치글방, 1998.

손유경, 『프로문학의 감성구조』, 소명출판, 2012.

염상섭, 『염상섭전집』 4, 민음사, 1987.

정우택, 『황석우 연구』, 박이정, 2008.

정호웅, 『그들의 문학과 생애, 김남천』, 한길사, 2008.

채호석, 『한국 근대문학과 계몽의 서사』, 소명출판, 1999.

후지타 쇼조, 최종길 역, 『전향의 사상사적 연구』, 논형, 2007.

吉田傑俊, 『「京都学派」の哲学―西田・三木・戶坂を中心に―』, 大月書店, 2011.

논문

김 철, 「'근대의 초극', 『낭비』 그리고 베네치아(Venetia)」, 『민족문학사연구』 18,

민족문학사학회, 2001.

박성희·권혁건, 「모더니티의 진화와 착종하는 이데올로기－나카노 시게하루의 「시골집(村の家)」을 중심으로」, 『일어일문학』 46, 대한일어일문학회, 2010.

이경림, 「마르크시즘의 틈과 연대하는 전향자의 표상－김남천의 「녹성당(綠星堂)」론」, 『민족문학사연구』 48, 민족문학사학회, 2012.

이종호, 「일제시대 아나키즘 문학 형성 연구－『近代思潮』『三光』『廢墟』를 중심으로」, 성균관대 석사논문, 2006.

이혜령, 「감옥 혹은 부재의 시간들－식민지 조선에서 사회주의자를 재현한다는 것, 그 가능성의 조건」, 『대동문화연구』 64, 성균관대 대동문화연구원, 2008.

장 신, 「1930년대 전반기 일제의 사상전향 정책 연구」, 『역사와 현실』 37, 한국역사연구회, 2000.

장성규, 「김남천 소설의 서술 기법 연구」, 서울대 석사논문, 2006.

_____, 「카프 해소 직후 김남천의 문학적 모색」, 『민족문학사연구』 31, 민족문학사학회, 2006.

차승기, 「임화와 김남천, 또는 '세태'와 '풍속'의 거리」, 『현대문학의 연구』 25, 한국문학연구학회, 2005.

최병구, 「임화 문화론 연구」, 성균관대 석사논문, 2007.

미분微分된 혁명

1930년대 송영 소설에 나타난 혁명관

이은지

1. 서론

송영은 1932년의 평문에서 이전까지 자신의 창작 방식을 반성하였다. 자신이 형상화한 등장인물들은 '산 인간'이 아닌 로봇으로서, 때로 그 인물은 "봉건영웅 같은 비대중적 행적도 내보이"고 "그저 입으로는 대학 사회과학생의 웅변연습 같은 강경한 절규"만을 했다는 것이다. 이렇듯 노동자의 생활을 관찰하지 않고 이념을 앞세워 인위적으로 구성한 작품의 속성을, 그는 "프롤레타리아 로맨티시즘"이라고 부르고, 이를 보완하기 위한 새로운 창작 방식으로 "프롤레타리아 리얼리즘"을 제시하였다.[1]

그러나 이러한 반성을 한 이후인 1936년에도 임화는 여전히 송영의

----

1 송영, 「1932년의 창작의 실천방법―작가로서의 감상과 제의」, 임규찬·한기형 편, 『카프비평자료총서』 4, 태학사, 1989, 496~497쪽.

소설들을 두고 "낭만적인 부류에 든다고" 평가하였고, 그 근거로서 "명확한 성격과 생활고의 리얼한 묘사가 있는 대신" "이상理想의 방향으로 사건과 더불어 조작한 혼적이 농후"함을 들었다. 또한 「용광로」, 「석공조합대표」 등을 발표한 1927년 이후 송영의 문학상에는 큰 변화가 없었다고 진술했다.[2] 송영이 1932년의 평문에서 내놓은 문제의식을 이후에도 유지하고 있었음에도 불구하고[3] 실제 작품들의 낭만적 속성에 대한 평가는 정반대로 나타난 것이다.

이를 창작적 실천상의 실패로 단정짓기보다는 어쨌거나 두 견해가 양립하고 있다는 사실에 좀 더 초점을 맞춘다면, 송영과 임화 각각의 평가 근거가 상이하다고 가정하고, 그로부터 송영이 말하는 '프롤레타리아 리얼리즘'의 실제를 작품 텍스트로부터 살피는 시도가 가능할 것이다. 앞의 글에서 임화는 송영 소설에서 찾을 수 있는 '이상의 방향으로 사건이 조작된 혼적'으로서 농민 계층이 받는 핍박이나 직공의 조직생활을 구체적으로 묘사하지 않은 채 성급하게 운동의 성공으로 이어지는 플롯의 비약을 지적하였다. 이에 비해 송영은 '로맨티시즘'을 부정함에 있어, 가령 "한 직공의 실업문제"는 그 자체로서 독립된 사실이 아니며, 그것은 자본주의적 제3기적 세계공황의 일부로서 일어났다거나, 세계 실업자동맹 및 직공을 내쫓은 회사와의 종적·횡적 관계와 결부돼 있다거나 하는 구체적이고 역사적인 정황으로써 뒷받침되어야 한다고 주장했다.[4] 임화는 플롯의 비약을 지적했고 송영

....

2 임화, 「송영형께」, 임규찬·한기형 편, 『카프비평자료총서』 8, 태학사, 1990, 244쪽.
3 예컨대 송영은 1934년의 글에서도 영웅적 주의자를 앞세운 후 그를 둘러싼 제 사실들을 관념적으로 덧붙이는 창작법을 "초기프로낭만시대"의 것이라고 설명하면서, 1932년의 반성 내용을 반복하고 있다. 송영, 「창작의 태도와 실제 – 현실의 본질을 파악」, 『조선일보』, 1934.1.2.
4 송영, 「1932년의 창작의 실천방법 – 작가로서의 감상과 제의」, 임규찬·한기형 편, 『카프비평자료총

자신은 역사적인 정황의 결여를 반성했다는 점으로 미루어 보아, 송영이 계획했던 새로운 창작 방법은 피지배 계급이 겪는 참상이나 분투의 과정을 텍스트 내에서 얼마나 차근차근 서술하느냐의 문제가 아니라, 실세계에서 운동을 직접 실천하려는 자를 둘러싼 환경과 조건들이 소설에서 얼마나 고려되느냐의 문제라고 할 수 있다.

실천하는 자의 환경과 조건에 대한 문제의식은 비단 소설 창작 방법상의 문제에 국한되지 않고, 혁명 이데올로기 자체에 대한 문제제기로 이어질 수 있다는 점에서 매우 중요해 보인다. 여행사 광고에서 보여주는 목표로서의 여행과, 경비와 일정과 체력을 고려해야만 하는 실천으로서의 여행이 다르듯이, 꿈꿀 때의 혁명과 실천할 때의 혁명은 다르다. 이러한 차이를 외면하는 것은 자칫 소외된 계급을 위해 탄생한 혁명 이데올로기마저도 그 실행자들의 여건을 소외시킬 가능성을 낳을 수 있다. 이러한 문제제기 하에서의 '혁명'은 미래 어느 최후의 시점에 달성되기만을 기다리는 것이 아니라 사소한 실천의 과정 하나하나를 아우르는 것으로 재해석될 수 있다.

이에 본고는 송영이 1932년의 글에서 스스로 선언한 대로 1930년대의 소설들을 통해 '실천할 때의 혁명'을 그리고 있다고 보고, 그로부터 송영의 독특한 혁명관을 도출해 보고자 한다.[5] 이는 송영 소설에서

··················

서』 8, 502쪽.

5 식민지시기 송영 소설은 작품 수에 비해 그것을 대상으로 삼은 연구의 수가 매우 적으며, 선행 연구들은 대체로 국제주의나 연애 등의 키워드를 중심으로 송영 소설과 프롤레타리아 문학론 사이의 공통점이나 차이점을 추출하였다. 최근에는 송영 소설에서의 연애 문제를 '붉은 연애'와 구분하여 재조명할 필요성을 제기하거나(이사유, 「1920년대 후기 프로소설의 연애문제」, 인하대 석사논문, 2009; 박정희, 「송영 문학에 대한 재조명」, 박정희 편, 『송영 소설 선집』, 현대문학, 2010; 강문희, 「송영 소설 연구─식민지시기 국제주의 연애와 가족 서사를 중심으로」, 성균관대 석사논문, 2011) 혁명에 있어 사랑, 본능, 현재적 시간 등의 특정한 국면이 지니는 함의를 밝힌 연구들이 있었다(손유경, 「삐라와 연애편지─일제하 노동자소설에 나타난 노동조합의 의미」, 『현대문학의 연구』 43, 한국현대

자주 등장하는 소재나 구도에 대한 적극적인 의미 부여이기도 하거니와, 창작활동의 대전제가 되는 이데올로기에 대해 바로 그 창작활동으로써 재해석의 여지를 열어나간 한 사례를 찾는 것이기도 하다. 나아가 카프 해산 이후에도 혁명을 말하는 소설이 창작될 수 있었던 논리를 텍스트로부터 구성하는 것이기도 하다.

2. '마음'에 기반을 둔 미완성의 주의主義

송영 소설의 특징 중 하나는 사회운동에 참여하는 주요 인물의 태도를 주변의 다른 인물이나 서술자가 설명한다는 점이다. 특히 해당 인물이 지식인 주의자가 아니면서도 주의자의 운동에 동조하는 경우, 서술자는 그 인물에 대해 긍정적인 시선을 보낸다.

그러나 연순이는 큰오빠를 믿고 살아왔다.
큰오빠는 어머니같이 완고스럽게 야단도 치지를 않고 둘째딸 축같이

문학회, 2011; 전상희, 「송영 소설의 혁명적 시간성과 보편성의 사유」, 성균관대 석사논문, 2013; 최병구, 「본성, 폭력, 사랑: 정념의 서사로서 프로문학의 조건(들)—송영 소설을 중심으로」, 『한국어문학연구』 61, 한국어문학연구학회, 2013). 그러나 송영의 소설 텍스트를 토대로 '혁명'의 개념 자체를 재구성하는 시도는 아직까지 이루어지지 않았다고 판단되어, 본고에서 이를 연구주제로 삼고자 한다. '혁명'의 개념 자체를 재구성하지 않으면, 사랑이나 본능으로부터 일어나는 열정도 궁극적으로는 내부적 한계를 지닌다거나(손유경, 위의 글) 가능성의 차원에 머무른다고 평가받게 되는데(최병구, 위의 글), 이는 여러 작품에 걸쳐 사랑이나 본능을 전면적이고도 긍정적으로 그린 송영의 꾸준한 태도를 설명하기 어려워 보인다.

경멸도 하지를 않았다.

가끔 큰오빠는 말한다.

"집안이 가난하니 너나 나나 공부는 못한다. 그러나 사람은 공부만이 제일이 아니다. 첫째가 마음이다. 뜻이다. 우리들은 굳세고 용감하고 대담한 마음을 언제든지 가지고 지내가자.

여학생은 허영심이 많다. 구식 여자는 완고에게 지기만 한다.

그러나 너는 허영심도 없고 완고스럽지도 않다. 언문 한 자라고 눈을 홉뜨고 독학을 해라. 그리고 마음을 크게 먹어라. 나는 언제든지 너를 뒤받쳐주마."[6]

연순이는 이 세상에서 제일 고마운 사람도 오빠요 따라서 제일 훌륭한 청년도 큰오빠라고 생각했다.

왜? 그렇다고 구체적인 이론은 물론 안 가졌다. 무조건이요 일종의 맹목적이다.[7]

「숙수치마」의 주인공 연순에게는 동경으로 고학을 떠난 지식인 청년 큰오빠가 있다. 큰오빠는 마찬가지로 지식인 청년인 친구 영로와 연순의 결혼을 주선한다. 이후 연순은 남편이 해고당하고 살림이 기울며 그 때문에 시댁으로부터 눈치받는 생활을 이어가면서도, 남편과의 애정을 유지하며 남편의 활동을 적극적으로 지지한다. 연순이가 이처럼 생활의 어려움을 견딜 수 있는 것은 어릴 때부터 큰오빠 부류의 청년들을 동경하고, 그들이 바른 사람들이라는 생각을 가져 왔기 때문이다.

....

6 송영, 「숙수치마」(『조선문학』, 1936.5), 박정희 편, 앞의 책, 387~388쪽.
7 위의 글, 388쪽.

'구식 여자'의 얌전한 행동만을 따르는 성격도 되지 못하고, 그렇다고 집안 형편상 고등교육을 받는 '여학생'이 될 수도 없어 갑갑해하던 연순에게, 큰오빠는 언제나 "공부만이 제일이 아니"며 "굳세고 용감하고 대담한 마음"을 갖는 것이 가장 중요하다고 격려해 주었다. 그래서 연순은 "구체적인 이론은 물론 안 가"지고도, 큰오빠를 비롯한 청년들의 생각이나 활동에 막연하면서도 두터운 신뢰감을 가진다.

여기서 큰오빠가 긍정적으로 평가하는 연순의 "마음"은, 남편이나 큰오빠에 대한 신뢰감 자체를 가리키는 것이 아니라, 연순이 그러한 신뢰감을 형성하기 이전부터 자신의 주변에 대해 드러내고 있었던 문제적 기질을 가리킨다. 연순은 본래부터 어떤 가르침을 받지 않고도 '구식 여자'의 행동을 강요하는 윗세대들에게 불만을 가지고 '신식 여자'를 동경해 왔으며, 큰오빠는 그러한 연순의 기질을 발견하고, 그것을 격려하며 '사회는 어떤 것이다, 남녀동등이란 이러저러한 것이다'라고 연순을 가르쳤다. 단 그 결과로 연순이 주의자로 거듭나는 것은 아니다. 연순은 여전히 남편보다 무식해서 남편의 여성동지가 될 수 없는 자신의 처지를 안타까워한다. 그러나 그는 남편의 후원에 충실하며, 한편으로는 시부모가 구습에 젖어 현명한 판단을 내리지 못한다고 생각될 때 시부모를 속으로 비판하기도 한다. 이러한 정황으로 미루어 본다면, 연순의 '굳세고 대담한 마음'은 처음부터 끝까지 연순의 생활세계 속에서 발현된나는 섬을 확인할 수 있다. 연순이 스스로 품는 문제의식은 정치나 사회·경제에 관한 것이 아니라 예컨대 친부모나 시부모의 태도 따위에 관한 것이며, 따라서 남편에 대한 동조와 후원 또한 연순의 입장에서는 생활세계 내에서 자기 기질이 유지되고 발현되는 경로의 하나일 따름이다.

주목할 점은, 그럼에도 연순이 남편에 의해 그리고 서술자에 의해 긍정적인 인물로 평가된다는 것이다. 남편 영로는 연순의 무식함을 탓하거나 연순을 무시하지 않고, 진심으로 그를 사랑해 주고 여러 가지 지식들을 알려주기도 한다. 서술자 또한 연순이 이미 많은 세간을 잃고도 흔쾌히 숙수치마를 내어주어 남편이 활동을 지속할 수 있게 되는 것으로 서사를 이끌어감으로써, 남편의 활동 자체보다도 그것을 충실하게 후원하는 연순의 기여를 부각시킨다. 연순에 대한 송영의 긍정적 시선은, 투쟁의 전위에 있지 못한 사람들이 각자에게 주어진 여건 속에서, 할 수 있는 만큼의 기여를 하고, 가질 수 있는 만큼의 문제의식을 갖는 데 대한 긍정을 함의한다.

> 용인과 고원, 고원과 본관, 이들의 사이는 매우 계급이 현저하게 가로막혀 있다.
> 대우는 물론이요 언사까지도 뚜렷한 구별이 있다.
> 사무원은 집배인에게 '해라' 아니면 '허게'를 한다.
> 그러나 영노는 깍듯이 '공대'를 한다.
> 이것이 영노가 가진 주장이다.
> "사람은 다 마찬가진데."
> 그의 주의는 단순하고 막연하다. 아무런 과학적 근거가 있다든가 이론적 체계가 세워진 '한 개의 주의'가 아니라 차라리 어떤 '한 개의 주의'를 완성되어가는 '미완성'이었다.[8]

....
8 송영, 「여사무원」(『조광』 9, 1936.7), 박정희 편, 앞의 책, 428쪽.

백우회라는 것은 경성 안에 있는 각 우편국의 조선인 종업원들이 모인 한 개의 친목기관이다. (…중략…) 온종일 기계 앞에 앉아서 들락거리기만 하는 우울한 나머지에 저절로 나온 것이 욕이었던 것이다.

직업적으로 생긴 우울을 풀어버려보겠다는 일종의 농담에서 나왔으나 그것은 결국 감정으로 변하고 또는 격화가 되었다.[9]

비슷한 시선이 「여사무원」에서도 발견된다. 이 작품에는 「숙수치마」의 연순과 마찬가지로 '구체적인 이론 없이' '맹목적'인 문제의식을 품은 인물 영노가 등장한다. 영노는 우체국에서 일하는 종업원으로, 조선인에 대한 일본인의 사소한 경멸이나 차별도 그냥 넘어가지 않는 강퍅른 성미를 가졌다. 우체국 내 일본인들은 영노와 같이 민족 문제에 민감하고 불만을 자주 표하는 조선인들을 가리켜, 기미년 만세운동과 연결지어 '만세 사람'이라는 별명을 붙였다. 젊은 '만세 사람'들은 백우회라는 친목기관을 만들었는데, 영노는 이 기관의 K지국 간사이며, 조선인이 아닌 사무원들도 이 기관의 회원으로 받기를 동료들에게 제안하기도 한다.

여기서 영노의 의식 및 백우회의 활동은, 지식인 주의자의 이념 및 그 사회운동단체의 활동과 다르다. 영노는 우체국 내 사무원들이 직급에 따라 분명하게 차등 대우를 받는 점을 두고 '사람은 다 마찬가진데'라는 반발심을 삿는다. 서술자는 이러한 영노의 반발심에 대해 "과학적 근거가 있다든가 이론적 체계 세워진 '한 개의 주의'가 아니라" '한 개의 주의'를 완성해 나가는, 현재로서는 "단순하고 막연"한 미완성의

9 위의 글, 434~435쪽.

'주의'라고 설명한다. 백우회 또한 사람들로부터 불온성을 의심받기도 하지만, 이 조직은 어디까지나 우체국 내 직급 차별이나 민족 차별에 대한 투쟁을 이끄는 조직이 아니라, 일상에서 생기는 불만을 털어놓음으로써 "직업적으로 생긴 우울을 풀어"보려고 만든 친목단체이다.

「여사무원」의 결말부에서 서술자는 인물들이 우체국에서 밀려나 각자의 길을 걷는다는 소식을 전한다. 그 중에는 일본으로 건너가 노동단체에 가입한 영노의 소식과, 어떤 사건에 연루되어 형무소에 들어간 동료 복돌이의 소식도 포함돼 있다. 그런데 서술자는 이런 소식들 중에 정확한 것은 하나도 없고, K우체국 내의 위계질서나 차별적 풍토가 크게 개선되지 않았다는 소식만이 정확하다고 말한다. 그럼에도 K우체국 내에 '만세 사람'들이 또 섞여 있을 것이라는 예상으로 서술을 끝맺는다. 이는 영노와 복돌이가 우체국을 당장 변화시키는 데까지 이르지는 못했더라도 변화의 단초를 제공했다는 점만으로 충분한 의의가 있음을 시사한다. 이 작품에서 서술의 무게중심은 투사적 인물들의 활동보다도 생활세계에서 일말의 문제의식을 갖는 사람들에게 놓여 있는 것이다. 「숙수치마」에서 연순의 역할이 있는 그대로 긍정되었듯이, 「여사무원」의 서술자 또한 영노가 가진 미완성의 '주의'를 그 자체로 가치 있다고 평가하고 있다.

> "흥, 똑 요놈의 ××××것은 부부의 사랑도 기계화나 그렇지 않으면
> 돈으로 정가표를 붙여준단 말이지" 하면서 씨근씨근 한다. B는 그저 한
> 모양으로 냉정하게만
> "흥, 자네는 지금 1923, 4년식밖에 안 되는 소리를 하네 ─ ."
> "왜?"
> "왜라니. 요컨대 자네는 자네의 아낙이 자네가 하는 운동을 적극적으

로 후원하여주지 않는다고 분개해서 하는 말이 아닌가."

"그럼 뭐야."

"아닐세. 그럼 뭐야가 아니라 자네는 아직 우리 운동이 아주 호기에 있을 때에 운동자가 가지고 있는 불평을 자네의 아내에게 가지고 있네!"

"어째 그런가— ."

"이야기 해보려나. 자네는 ×××부인이 전×××××의 ×××××거리고 있는 것이 퍽 부러워서 그러지 않나?"

"……."

"자네가 대답을 아니하고 있어도 뻔한 문서이지. …… 그렇지만 여보게, 꼭 운동이란 것은 동부인을 해서 하여야 하나. 그리고 더군다나 자네는 직공이 아닌가?"

이 소리에 A는 무척 흥분이 되있다.

"뭐야, 직공이라니?" B는 조금도 기색을 변하지를 않고 더— 침착하게

"흥, 자네가 이러니까 1923, 4년 식이란 소리를 듣지! 자—그만두게. 밥이나 먹세."[10]

사회운동에 기여함에 있어 여건 닿는 데까지 노력하는 것만으로도 충분히 의의가 있다는 생각은 전업주부나 노동자뿐만 아니라 운동가들에게도 적용되는 것으로 보인다. 송영은 이 점을 고려하는 운동가의 인식을 여러 작품들에서 반복적으로 부각시켰다. 「석탄 속의 부부들」에 등장하는 A와 B는 이에 대한 좋은 사례이다. A와 B는 동경 가스공장의 동료이면서, 동맹에 가입하고 집회나 연설 등의 행사에 함께 적극적으로 참여하는

----

10 송영, 「석탄 속의 부부들」(『조선지광』 78, 1928.5), 박정희 편, 앞의 책, 144~145쪽.

동지 관계이다. 그러나 두 사람은 가정관에서 차이를 보이는데, 이 때문에 두 사람이 논쟁을 벌이는 장면은 이 작품의 주요한 부분을 이룬다.

A는 집에 잘 들어오지 않는다고 투정을 부리던 아내와 다투고 출근한다. 그리고 그 문제를 부부애가 기계화되고 자본주의에 물들었기 때문이라고 판단하기에 이른다. B는 그러한 A의 사고방식이 '1923, 4년 식'으로서 '과거 사회운동이 한창 활발할 때의 운동자가 가지고 있는 불평'이라고 지적한다. 또한 운동이란 꼭 부인을 대동해야만 하는 것이 아니며, 운동을 위해 아주 희생하지 못하는 A의 아내는 야단맞을 만한 사람이 아니라 오히려 아주 희생할 수 없으면서도 A의 활동을 지지해 주는 훌륭한 사람이라고 주장한다. 이어서 B는 A에게 "더군다나 자네는 직공이 아닌가?"라고 묻는데, 이에 A는 벌컥 화를 내고, B는 "자네가 이러니까 1923, 4년 식이란 소리를 듣"는 것이라며 응수한다.

이 대화의 내용으로 보아 B가 말하는 '1923, 4년 식' 사고방식이란 전업주부를 포함한 되도록 많은 사람들이 사회문제를 가장 시급한 것으로 인식하고 투쟁전선에 직접 뛰어들어야 한다고 보는 것이며, '운동자' 이외에 가령 '직공'과 같은 생활세계의 다른 역할들을 부정하는 것이다. 따라서 B가 견지하는 최신식의 사고방식은, 주부는 주부로서, 직공이 돼 버린 운동가라면 직공의 신분으로서, 그 역할과 여건을 희생하지 않는 범위 내에서 최선을 다하는 것이 된다. 실상 사회운동이 이러한 형태를 띠도록 정세가 변화했다는 것은 A 또한 인식하고 있다. A는 결혼 초기 아내의 적극적인 지지에 감동하던 때를 떠올리는데, 이때 운동을 하려거든 처자권속을 생각지 말고 확실하게 하라는 아내의 말에, 그는 "원통하게도 지금의 운동은 그 전과 달라서 수천 개의 작은 기계가 합해야만 한 바퀴가 굴러간다"고 말한다. 위 인용문에서 A가 아내의 투정을 '부부애의 기계화'로 해석했다는 점을 상기하면, '작은 기계가 합해서 굴러가는 운동'이란 일상생활의 여건에 얽매인 채로 어렵게 끌고 나가야만 하는 운동을 말한다. 삶의 여타 영역을 제쳐놓고 운동에 집중하기가 어려워졌다는 인식은 A와 B 모두에게 있으나, A는 그것을 '기계화'의 영향을 받은 부정적 변화로 보고, B는 변화 자체를 평가하기보다도 변화 후에 할 수 있는 일들이 남아 있다는 점에 의미를 부여하는 것이다.

①

착수하여야겠다는 이론을 가지고 김이 이 일에 착수했다느니보다 흘러가는 물과 같이 그의 환경은 그로 하여금 그렇게 하지 않으면 아니 될 경우를 준 것이다. **김은 이론 가신 싸움꾼이 아니다.** 역경…… 방랑, 최하층으로 타락, 기갈, 식욕, 여기에서 일어나는 반역적 정열, 이것이 김으로 자연스런 싸움꾼을 만든 것이요 따라서 자연스럽게 싸움꾼이 없어서는 안 될 이러한 큰 공장의 직공 견습으로 된 것이다.[11] (강조는 인용자, 이하 동일)

②

인생을 위하여 행복을 위하여 싸워보겠다는 자각 있는 일꾼들의 악수로써 결합하지 않으면 아니 된다.

결혼은 자연보다도 의식적이며 정서보다 이지의 결합이 아니 되면 아니 된다. (…중략…) 문성이는 이 편지를 받자마자 **결혼에 대한 모든 이론과 새로 맞을 아내에 대한 여러 가지 공상이 다─날아가버렸다.** 다만 어려서부터

11 송영, 「용광로」(『개벽』 70, 1927.6), 위의 책, 73쪽.

서로 보고 지내던 옥녀에 대한 연연한 정이 불길같이 일어났던 것이다.[12]

③

자기(용철－인용자)는 자식만 낳아놓고 죽어버리기가 싫었던 것이다. 단 조그만 일이라도 성공을 해놓기 전에는 독신으로 지내가리라는 비장한 결심이 젊은 그의 가슴속에 꽉 들어찼었던 것이다. 그러나 재천이는 그와 반대의 의견을 가졌었다.

"일하는 데는 미혼 결혼이 문제가 아니오. 결혼은 으레 사람이 가질 한 개의 본능인 동시에 필연이오. 일하는 것도 역시 마찬가지의 필연이오. 한 개의 필연한 일을 하기 위하야 다른 한 개의 필연을 억제할 수는 없는 일이오. 만물은 서로 커가나 서로 누르지는 않소. 사시는 순순히 돌아가나 서로 바뀌지는 않소."[13]

'1923, 4년 식'의 사고방식에 대한 부정은 실천 상의 여건에 대한 고려 없이 이념 내용의 당위성만을 기준으로 행동의 지침을 세우는 주의자에 대한 비판과 연계돼 있다. 실상 송영은 1920년대의 작품들에서부터 '의식과 자연', '이지와 정서', '이론과 본능' 등의 이항대립에 관한 언급을 자주 노출시켰고, 이들 중 후자에 무게를 두는 태도를 일관적으로 유지하였다. ①에서 서술자는 주인공 김상덕이 이론상의 감화에 기반한 운동가가 아니라 최하층 생활로 인한 욕구 충족의 결핍으로부터 자연스럽게 자라난 싸움꾼이라고 한다. 작품 ②에서 동지애적 결합으로의 결혼을 꿈꾸던 인물인 문성은 친구로부터 친구의 여동생 옥녀를 신붓감으로 권하는 편지를 받고 '모든 이론'을 다 잊

....
12 송영, 「능금나무 그늘」(『조광』 5, 1936.3), 위의 책, 337~339쪽.
13 송영, 「인왕산」(『중앙』 34, 1936.8), 위의 책, 454쪽.

어버리고 옥녀에 대한 불길 같은 정만을 느꼈다고 한다. 작품 ③에 드러난 재천의 발언은 ①과 ②에 공통적으로 전제된 본능이나 정서에 대한 강조가, 생활 및 운동의 문제와 어떤 관련을 맺는지 설명해 준다. 재천은 운동을 위해 결혼을 포기하겠다는 친구 용천의 말을 듣고, 결혼도 필연이고 운동도 필연이며, 한 개의 필연을 위해 다른 필연을 억제할 수는 없는 일이라고 말한다.

즉 1930년대에 송영은 운동과 운동 이외의 제반 생활 영역을, 본능과 정서라는 동일한 토대로부터 생겨난 동등한 관계로 보고 있다. 이러한 관점 하에서의 '생활'은 운동과 별개로 흘러가는 잠재적 방해물이라기보다 또 다른 형태로 발현된 운동 영역으로 이해되어야 할 것이다. 아울러 아내에 대한 운동가의 사랑은 일종의 양보나 배려라기보다 다양한 형태의 공헌이 가능함을 인정한다는 것으로 이해되어야 할 것이다. 앞서 「숙수치마」의 연순이나 「여사무원」의 영노가 각자의 생활 영역에서 촉발되는 차원의 문제의식을 굳게 유지한 데서 알 수 있듯이, '생활'은 '비-운동가'가 아닌 '다양한 형태의 운동가'가 활동하는 공간이기 때문이다. 여기에는 연순과 영노의 행보를 그들 각각의 본능과 정서에 맡기더라도, 자연히 그들의 기질이 주의자의 이념과 대척적으로 발현되지 않으리라는 믿음이 깔려 있다. 이러한 점에서, 송영 소설에 있어 "혁명을 꿈꾼다는 것은 대의를 위해 나의 일상을 포기하는 것이 아니"며, 오히려 "삶 속에서 내가 느끼는 슬픔과 분노를 표현하며 자본주의 사회체제에 길들여져 있는 신체의 작동방식을 변형시키는 것"이라는 지적은 정확해 보인다.[14]

....
14 최병구, 앞의 글, 30~31쪽. 이 논문은 송영 소설에서 정념이 어떻게 정치적 의제와 연결되는지
   를 상세히 설명하고 있다.

계급××(투쟁)의 전부가 스트라이크한 줄로 생각하던 비변증법적 시찰은 버리고 계급××(투쟁)의 전야(全野)인 전근로대중파의 생활에로 우리들의 시각을 돌리기는 하였다. 스트라이크는 계급××[투쟁]이 첨예화한 일부의 충돌현상인 것이요 결(決)한 우연한 현상이 아니라는 것까지도 알았으며, 그 반대로 스트라이크는 근로대중파의 일상생활의 일부의 현상 혹은 최후의 현상이라는 것까지 알았기 때문에 우리들의 창작시야를 좀더 광범히 좀더 다양으로 넓히려고 노력을 하였다.[15]

실로 송영은 일상생활이 단순히 계급투쟁을 간접적으로 돕거나 계급투쟁의 형태로 수렴해가려 하는 부차적 영역이 아님을 위와 같은 글에서 분명히 하였다. 그에 따르면 스트라이크만이 계급투쟁의 전부인 것은 아니다. 계급투쟁의 전야全野는 "전근로대중파의 생활"이며, 스트라이크는 "근로대중파의 일상생활의 일부의 현상 혹은 최후의 현상"이자 "계급투쟁이 첨예화한 일부의 충돌현상"이다. 여기에서 '일상생활은 계급투쟁이 되어야 한다'라는 주장과 '계급투쟁은 알고보니 일상생활이다'라는 주장을 구별할 필요가 있다. 송영이 말하려는 것은 후자이며, 따라서 이러한 반성을 통해 인식의 전환이 일어나고 있는 정확한 지점은 '계급투쟁'의 개념에 있다. 이는 앞서 살펴본 일련의 작품들에서 '비-운동가' 인물의 사소한 불만이 주요하게 조명된 이유를 뒷받침하며, 나아가 송영이 창작을 통해 자신만의 혁명관을 개진했다는 본고의 가설을 뒷받침한다.

....

15 송영, 「1932년의 창작의 실천방법—작가로서의 감상과 제의」, 임규찬·한기형 편, 앞의 책, 499~500쪽.

> 저는 아조 국문 ㄱ字도몰느는 한낫 나희어린 싀골처녀예불과하엿다
> 그러나 저의가슴속에는 한줄기의 팟싼이 솟았다 그건맛치 봄이되면
> 샘물이 터저나오는것과 맛창가지의 자연이엿섯다

아니 무슨선처라고 저러케야 단인구 하면서 속으로 문척 불평을 품엇다
혼인이란것은 적어도 인류대사이다
그러나 혼인은 누구를 위한것일것이냐?[16]

한편 '계급투쟁'의 범위를 다시 설정한 송영의 글에서 "일상생활"은 "스트라이크"가 아닌 수많은 종류의 일들을 포함하므로, 엄밀히 말해 그것은 송영 소설에서 반복되는 소재로서의 연애나 결혼과도 구분되어야 한다. 물론 연애나 결혼은 운동가와 그 운동가의 일상에 가장 밀착된 인물과의 관계를 다룬다는 점에서 매우 중요하고, 실제로 송영의 텍스트 내에서도 '운동'과 대립되는 '생활'의 대명사처럼 다루어지는 경우가 많다. 그러나 가령 송영 소설에서 가정경제에 대한 충실함을 놓고 운동가와 대립하는 존재로는 아내 이외에도 부모가 있다.[17] 또한 거꾸로 생각해서 부모와 대립하는 것은 비단 운동가들만이 아니다. 예를 들어 「이 봄이 가기 전에!」의 주인공 단순이는 '국문 기역 자도 모르는 어린 시골처녀'지만, '마치 봄이 되면 샘물이 터지는 것과 같은' 지연스러운 판단 과정에 따라, 부모가 일방적으로 모르는 남자와 혼약을 맺어

----

16 송영, 「이봄이가기前에!」, 『조선문예』 1, 1929.5.
17 「능금나무 그늘」, 「아버지」, 「숭군」 등. 「성묘」의 경우 친정의 기대를 저버리고 주의자 남편과 함께 타향으로 떠난 여류운동가가 등장하기도 한다.

주는 관습에 대해 강하게 문제를 제기한다. '혁명 대 연애'라는 이항구도를 통해서는 오빠도 남편도 없는 단순이의 역할을 충분히 설명할 수 없으며, 양자의 경계를 유연하게 보더라도 그것은 마찬가지다. 송영이 "일상생활"로 확장시켜 놓은 의미의 '계급투쟁'은 '혁명 대 연애'라는 일대일 對一의 구도를 흐트러뜨린 것이 아니라 '스트라이크 대 나머지'라는 일대다 對多의 구도를 흐트러뜨린 것이다. 따라서 확장된 의미의 '계급투쟁'에는 매우 다양한 신분의 주체들이 가담하며, 이에 송영이 전제하는 '혁명'은 단선적으로가 아니라 다회선적으로 실현되는 것임을 알 수 있다.

3. '옛날이야기'들의 축적과 시간에 대한 신뢰

계급투쟁의 주체에 운동가가 아닌 일반 사람들을 포함시키고, 그 실천의 범위에 일상 영역의 반항적 행동까지를 포함시켰을 때, 혁명은 한 번의 장기적이고도 집약적인 의기투합 혹은 몇 번의 스트라이크를 통해 현저한 효과로서 도래하기보다, 일상 영역에서 일어나는 일화들과 함께 아주 조금씩 실행돼 가게 된다. 따라서 계급투쟁에 있어 주체 및 실천의 범위를 확장하는 것은 계급투쟁 과정의 세분화와 연결될 수 있다. 송영 소설에 드러난 새로운 개념의 '혁명'을 이루는 한 축이 주체 및 실천범위의 확장이라면, 다른 한 축은 과정상의 세분화가 될 수 있을 것이다.

①

　다섯 달 만에 이필승이는 또다시 빙글빙글 웃는 얼굴로 홍원 거리에 나타났다. 그러나 그의 두 눈은 전보다도 더한층 강렬, 그리고 위대한 광채가 번뜩하였다. 마치 아침 햇살과 같이 온 천지를 밝게 비췄다. (…중략…) 긴─꿈꾸던 홍원의 잠든 밤은 이제는 훌륭하게 지나간 옛날이야기로 변하고 말았다.[18]

②

　온 세상의 밤은 이 같은 서로 떨어진 젊은 일꾼의 양주들의 몰래 우는 울음에 지배되고 있다.

　그러나 그들의 울음 가운데에는 무엇보다도 '옛날이야기'에 취해서 날뛰는 그들의 요다유의 생활이 똑똑히 비치어가지고 있었다.[19]

③

　선생님!

　벌써 이 이야기도 일 년 전 옛일이 되었습니다.

　지금은 또다시 봄이나 역시 숨틀거리는 쓸쓸하기만 하답니다. (…중략…) 선생님께서 인제 석 달만 계시면 돌아오시게 된다지요.

　다시 오시면 다시 선생님은 선생님 되시고 저희들도 다시 학생이 되어 보게 될는지요.[20]

．．．．．．．．．．．．．．．．．

18 송영, 「선동자」,(『개벽』, 1926.3), 박정희 편, 앞의 책, 69쪽.
19 송영, 「석탄 속의 부부들」,(『조선지광』 78, 1928.5), 위의 책, 166쪽.
20 송영, 「'숨틀거리'에서 나온 소식」,(『삼천리』, 1936.4), 위의 책, 380~381쪽.

송영의 소설들에서 자주 관찰되는 서사구조는, 대체로 인물의 회상 또는 서술자의 설명을 통해 본편의 배경이 되는 정황을 제시하고, 본편의 내용이 나온 후, 결말부에서 갑작스럽게 오랜 시간이 흐른 후의 인물의 행적을 제시하며 서술자가 다시 부각되는 양상으로 이루어져 있다. 일부 작품의 결말부에서 서술자는 본편의 내용이 '옛날이야기'가 된다고 표현하는데, 이 표현에 내재된 인식은 혁명 진행 과정의 몇 가지 요소들을 단적으로 보여준다.

1926년에 발표된 작품 ①과 1929년에 발표된 작품 ②의 결말부에는 공통적으로 본편을 두고 "옛날이야기"라고 지칭하는 서술자의 진술이 드러난다. 그러나 각 작품에서 '옛날이야기'라는 표현이 구획하는 시기의 길이는 서로 다르다. ①에서의 '옛날이야기'는 지식인 주의자인 주인공 이필승이 텍스트에서 구체적으로 드러나 있지는 않은 어떤 과정을 통해 마을 사람들을 확연히 변화시켰다는 결말부의 내용 가운데 언급된다. 따라서 그것은 이필승의 영향이 미치기 이전까지 계몽되지 않았던 마을의 과거 전체를 말한다. 한편 ②에 이르러서 "옛날이야기"는, 집회에 가담한 남편들이 잡혀간 날 집으로 막 돌아온 두 아내들이 숨죽여 울기 시작하는 장면에서, 지금의 시련이 한낱 지나간 일이 되어버릴 미래로부터 암시되는 것이다. 따라서 이때의 '옛날이야기'는 어떤 결정적인 전환점이 출현하기 이전까지의 모든 시간을 가리키는 것이 아니라, 아내들이 남편들과 이별하고부터 재회하기까지의 제한된 시간을 가리킨다. 1936년에 발표된 작품 ③의 결말부에 나타나는 '옛일이 된 이야기' 또한 ②에서의 용법과 유사하다. 이 작품은 서술자 김백순이 수감되기 이전까지 마을 사람들을 이끌었던 야학 선생에게 보내는 편지의 형식으로 되어 있는데, 결말부에서 서술자는 자신이 본편의 내용을 통해 전한 마을의 여러 가지 소식들도 '벌써 일 년 전의 옛일이 되었다'고 말하면서, 야학 선생이 곧 돌아오리라는 점을 또한 제시한다. 따라서 ③에서의 '옛날이야기'는 야학 선생이 붙잡혀 간 이후 마을로 복귀하기까지의 시간을 가리킨다.

①과 비교했을 때 ②, ③에서의 '옛날이야기'로부터 세 가지 특징을 도출할 수 있다. 첫째, 연속적인 삶의 흐름을 처음과 끝이 정해져 있음이 전제된 '이야기'라는 틀로 분절함으로써, 인물이 맞닥뜨린 상황이 매듭지어지게 마련이라는 점과, 그 인물은 당면한 상태로부터 빠져나와 거리를 유지할 수 있게 되리라는 점을 부각시킨다. 둘째, '이야기'는 연속적인 삶의 흐름 가운데 일부를 이루고 있으며, 특히 운동가의 부재 상황에서 시작되어 그 복귀를 기다리는 것으로 끝난다는 점에서, 작품 내에 설정된 세계 속에서 여러 편의 '이야기들'이 축적되어 갈 것임을 암시한다. 작품 속 운동가들이 보이는 시도—실패—복귀(암시)의 과정에서 '복귀'는 곧 '재시도'와 동일시되고 있으므로, '실패' 또한 다시 발생할 수도 있는 것이 되고, 그에 따라 또 다른 '이야기'가 기존의 '이야기' 다음에 축적될 수 있다. 셋째, '이야기'들이 운동가의 투쟁을 둘러싸고 발생하고 있음에도 불구하고, 실상 '이야기'의 중심에 놓이는 것은 운동가 주변의 인물들이다. 따라서 '이야기'의 축적 과정은 한편으로 스트라이크의 역사와 맞물리면서도 다른 한편으로는 그러한 스트라이크의 역사가 아우르지 못하는 영역의 역사까지 투쟁사의 일부로 포섭되게 한다.

송영 소설에서 관찰되는바 역사는 이렇듯 언젠가 지나가게 마련인, 그러나 차곡차곡 쌓이는, 또한 운동가 주변의 인물들까지를 포괄하는 '이야기'의 계속적인 생산으로 이루어진다. 이때 한 편의 '이야기' 내에서 인물들이 기대하는 것은, 사회제도의 개선이나 궁극적인 의미의 혁명이 아니라 남편이나 선생과의 재회, 혹은 조만간 열릴 예정인 특정한 행사의 시작[21]이다. 완전히 해방된 세계가 도래하여 시행착오와 그 회복의 순환고리 자체가 끊어지는 것은 도대체 언제쯤인가에 대해 어떤 작품의 인물도 궁금해 하지 않는다. 따라서 송영 소설에서 파악되는 혁명이란 어떤 궁극적인 목표가 아니라, 비교적 단기적으로 분절된 구체적 일화들의 모음이자 그 일화들이 축적되는 과정 전체라고 할 수 있다.

> 그 사건이 어느 때에 일어났는지를 모를만큼 그 시대상이 분명치 못하였다. 즉 같은 동맹파업을 취급한 소설이라도 그 시대에 따라서 그 전책의 성질이 다른 것이다. 1930년에 일어난 것과 1932년에 일어난 일이 같을 수는 없을 것이다.
>
> 신구사상의 충돌이란 막연한 제재도 그럴 것이다. 산업혁명 당시와 또 지금의 제3기와 그 본질이 다를 것이다. 그러면 우리들은 어떠한 사건을 제재로 하였든지간에 그 등장하는 인간을 실재한 인물 '산 인간'으로써 과학적으로 취급할 것이며, 따라서 그 시대상에 눈이 밝아야 할 것이다.[22]

목표가 아닌 단계 전체로서의 혁명은 끊임없이 미래로 유예되는 것

....

21 예를 들어 「우리들의 사랑」은 작품 본편에서 인물들이 겪은 시련이 일단락되는 시점으로서 1923년 5월 1일이라는 특정한 날짜와 노동자대회라는 구체적인 행사를 제시하고 있다. 「교대시간」, 「그 뒤의 박승호」, 「오전9시」 등에서도 결말부에 이르러 긍정적인 전망으로 제시되는 것은 작품의 본편에 걸쳐 인물들이 준비하고 있었던 하나의 구체적인 기획물이다.

22 송영, 「1932년의 창작의 실천방법─작가로서의 감상과 제의」, 임규찬 · 한기형 편, 앞의 책, 503~504쪽.

이라기보다, 수많은 '사건'들을 모으면서 이미 일어나고 있어 온 것이 된다.[23] 이 일화들은 혁명이라는 목표 아래 동일하게 취급되는 예시의 자격에 머무르지 않고, 반대로 한 편, 한 편이 혁명 그 자체와 동등한 지위에서 그 범주를 열어나간다. 따라서 한 편, 한 편의 일화들은 아주 구체적인 맥락을 가진 단 한 번의 사건이며, 역사적 순간마다 언제나 다른 형태를 지닌다.[24] 송영 스스로도 소설의 본편에서 제시되는 일화들을 이러한 '구체적인 단 한 번의 사건'으로 인식하고 있었음을, 앞서 언급한 1932년의 평문에서 확인할 수 있다. 송영은 1932년의 평문에서 소설 창작에 있어 시대상에 대한 불충분한 고려를 반성하면서, 가령

----

23 여기서 언급한 '일화들'의 주요한 자질을 바디우의 '사건' 개념으로 설명할 수 있다. '사건'이란 바디우가 진리 생산의 절차로서 제시한 개념이다. 이것은 규정되고 명명됨으로써 지식으로 구축된 '존재'를 뚫고 분출되는, 그래서 '존재'라는 집합 속의 공집합(공백)을 드러내는 비규정적인 것의 출현을 말한다. '사건'은 진리를 생산하는데, 중요한 것은 이때의 진리가 일자적인 총체성이나 보편성을 말하는 것이 아니라, 언제나 '진리들'로서 다양한 진리의 생산 절차가 공존할 수 있음을 인정한다는 것이다. 송영 소설의 인물들에 있어, 가령 노동자에 대한 회사의 처우 풍토나 가정생활 상의 과업에 대한 기성 관습 등을 '존재'라고 할 수 있다면, 그에 대응하는 인물들의 '이야기'는 그러한 관습의 맹점을 드러내는 '사건'이라 할 수 있고, 그러한 인물들의 '이야기'들로 엮인 역사적 흐름은 곧 다양한 경로로 생산되는 '진리들'로서의 혁명이 될 것이다. Alin Badiou, 조형준 역, 『존재와 사건』, 새물결, 2013; 서용순, 「철학의 조건으로서의 정치—알랭 바디우(Alain Badiou)의 진리 철학을 중심으로」, 『철학과 현상학 연구』27, 한국현상학회, 2005; 서용순, 「근대적 정치 이념으로서 공산주의에 대한 철학적 비판과 전망」, 『사회와 철학』22, 사회와 철학 연구회, 2011 등을 참조함.
전상희는 송영 소설을 분석함에 있어 바디우의 '사건' 개념을 언급하였다. 특히 '사건'의 효과가 일시적인 데 그치지 않고 '존재'에 기입되도록 힘쓰는 것을 가리키는 '충실성' 개념을, 운동가를 후원하거나 운동가로부터 계몽된 여성 인물들에 적용하였다. 이에 따르면 운동가의 투쟁이나 가르침은 바디우가 말하는 '진리'로, 그것을 이어받아 생활 속에서 실천하는 주변 인물들은 '충실성의 주체'로 해석된다. 그러나 2절에서 살펴보았듯 송영이 구상한 혁명에서의 주체가 일상 영역의 여러 인물들을 포괄하는 것이었음을 상기하면, 운동가라는 신분 여부에 관계없이 송영 소설에서 초점화되는 여러 인물들 모두에게 '진리'와 '충실성' 개념을 동시에 적용할 수 있을 것이다. 전상희, 앞의 글, 60~61쪽.
24 바디우는 '사건'이 엄밀히 말해 '존재'의 지평 가운데서만 출현할 수 있음을 분명히 했다. 그는 진리를 달리 말해 "내재적 단절"이라고 표현했는데, 이때 '내재적'이라 함은 진리가 결코 다른 어떤 곳이 아니라 "상황 속에서" 전개되기 때문이고, '단절'이라 함은 '사건'이 기존의 지식들로 사고될 수 없는 것이기 때문이다. Alain Badiou, 이종영 역, 『윤리학』, 동문선, 2001, 56쪽.

작가는 1930년에 일어난 동맹파업과 1932년에 일어난 동맹파업을 구별해야 하며, 이러한 숙고 속에서 소설의 인물을 '산 인간'으로 취급할 수 있다고 주장했다. 이러한 인식은 개인이 놓여 있는 좌표를 분명하게 파악하면서도 그 개인을 혁명이라는 거대한 흐름 속에 안착시킨다. 송영의 혁명관은 그 실천자들의 열의나 성과가 '아직 부족하다'는 것만을 지적하지 않고, 실천자들의 의도치 않은 실패나 제한적인 성과도 '그 나름의 의의가 있다'고 인정하며,[25] 그래서 카프의 활동이 위축되었던 1930년대 중반에 있어서도 지속 가능한 투쟁의 상(像)을 선취했다는 데 그 가치가 있다.

> "어떻든지 시원하게는 했습니다. (…중략…) 우리들 속이 참 뚫리는 것 같습니다! 그렇지만 *끄트머리*가 어떻게 되는지요?" 하면서 소포계로 들어가버렸다.
> 창식이는 그저―멍하게 되었다. 그의 감정은 한데 정지한 듯이나시피 '희로애락' 중의 그 아무도 아니요 다만 어둑하고 깊은 한 뭉치의 '두루뭉수리'로 되어버렸다.[26]

> 창식이는 퇴직금으로써 조그맣게 구멍가게를 내었다. (…중략…) 우편배달부들은 여전히 오십 전씩 비싼 쌀과 이십 전씩 비싼 숯을 백승환이 가게에서 산다. (…중략…) 창식이 부자만이 희생이 되었다.

....

25 「솜틀거리에서 나온 소식」에서 수감된 상태의 야학 선생이 "소식이면 아무것도 좋다. 슬픈 것이나 기쁜 것이나 정말 이야기면 좋다. / 이곳에서는 무엇보다도 눈으로 보는 듯한 정말 이야기와 참된 소식이 더 듣고 싶다. 사바가 그립다"며 학생에게 바깥소식을 전해 달라고 부탁한 점도 이런 맥락에서 이해할 수 있을 것이다. 송영, 「솜틀거리에서 나온 소식」, 『삼천리』, 1936.4.
26 송영, 「승군」(『삼천리』, 1936.6), 박정희 편, 앞의 책, 421쪽.

그러나 병렬이는 밤이면 도울이 패와 밤낮 만나서 꿍꿍대고 지낸다.

통신노동자들 한데 모아서 체신현업원조합을 조직하여보겠다는 것이 그들의 꿍꿍대는 의론의 중심이다.

창식이 구멍가게의 한편 벽에는 먼지 앉은 흰 테두리 누렁모자가 그대로 걸려 있었다.[27]

「승군」은 인물이 처한 시대상과 정황에 대한 고려가 송영의 소설에서 어떻게 구현되는지를 보여준다. 바로 앞에 인용한 1932년의 평문에서 송영은 "신구사상의 충돌이란 막연한 제재도" 시기에 따라 그 성질을 달리할 것이라고 지적했는데, 실제로 「승군」은 부자父子간 가치관의 차이를 제재로 삼으면서, 그러한 충돌 및 그 원인이 발생한 정황을 구체적으로 설정한다. 작품 가운데서 서술지는 교묘하고도 부당하게 직원들 급여의 일부를 빼내는 우편국의 지급시스템을 자세히 설명한다. 이러한 정황을 바탕으로 일어나는 본편의 '사건'은, 아들 병렬이 지급시스템에 대해 항의하며 소동을 일으키고, 아버지 창식은 그에 충격을 받는다는 줄거리로 이루어져 있다. 본래 아버지인 창식은 우편국에서 이십 년이 넘도록 착실하게 일해 왔고 그에 대해 자부심을 느끼는 인물이다. 아들 병렬도 아버지와 같은 우편국에 들어와, 학력은 낮지만 아버지보다도 재빠르고 똑똑하게 일을 했다. 그러나 병렬은 점점 생각이 맞는 젊은이들과 어울리면서 우편국의 시스템에 대해 불만을 품게 되고, 아버지는 그러한 병렬의 태도를 못마땅하게 생각한다. 결국 병렬과 친구들은 월급날 소란을 일으킨다. 결말부에서

....
27 위의 글, 422~423쪽.

창식과 병렬은 모두 우편국을 그만두게 되어, 창식은 퇴직금으로 구멍가게를 열고, 병렬은 친구들과 더 자주 몰려다니며 조직적인 노동자 운동을 꾀한다.

우편국 지급체계가 보이는 폐단을 자세히 설명하고, 아버지와 아들의 견해차가 정확히 그 지점에서 발생함을 분명히 하는 것은, "신구사상의 충돌"이 구체적으로 어떤 신新과 어떤 구舊 간의 어떤 충돌인지를 구체화하는 것이다. 이처럼 작품에서 다루는 사건이 언제, 어디서, 어떤 맥락 속에 일어났는가에 대해 세밀하게 설정하면 할수록, 해당 제재는 한 인물의 생활세계에 보다 밀착되고, 그래서 이전 시대나 다음 시대에 완벽하게 똑같이 반복될 수는 없는 '특정한' 사건이 된다. 이런 점에서 제재를 둘러싼 정황을 구체적으로 제시하는 일은 시간적으로 세분화된 혁명 개념과 밀접하게 관련된다. 물론 「승군」에는 "옛날이야기"라는 표현이 직접적으로 등장하지 않는다. 하지만 송영 소설에서의 '이야기'가 배경－본편－결말부 구도 가운데 본편 부분과 일치했고, 결말부의 전망에 선행하는 일화로서 기능했음을 고려할 때, 병렬이 우편국 내 소란을 일으킨 내용은 혁명의 진행 과정상 한 편의 '이야기'로 여겨지기에도 충분해 보인다.

이때 '이야기'의 주인공은, 아버지와 아들 각각이 작은 성과를 얻는다는 점에서 아버지 창식이기도 하고 아들 병렬이기도 하다. 병렬에 주목할 경우 이 '이야기'의 내용은, 2절에서 언급했던바 이론 공부에 근거하지 않고 자발적으로 문제의식을 기른 노동자의 한 시도가 될 것이다. 아버지 창식에 주목해 보면, 이것은 아들의 저항에 충격을 받고서 통쾌함도 경악도 아닌 '감정의 두루뭉수리'를 경험하는 각성의 서사가 된다. 작품 말미에서 창식은 우편국에서 권고사직을 당한 후 구멍가게를 열고, 그 벽에 우편국에서의 성실한 장기근속을 상징하는 흰 테두리 모자를 걸어둔다. 그러나 그 모자에는 이제 뽀얗게 먼지가 앉았다. 이전에 일터 밖에서도 그 모자를 자랑스럽게 쓰고 다니던 것과 달리, 이제 창식은 그 모자를 거의 쓰지 않는 것이다. 버려지지도 사용되지도 않은 채 가만히 벽에 걸린 모자는, 착실하기만 했던 자신의 일생을 전면 부정하기도 어렵고, 아들의 생각을 단지 무모한 것으로 치부해 버리기도 어려워진 창식의 내적 긴장을 보여준다. 각자 주어진 여건 속에서 가질 수 있는 만큼의 문제의식을 갖는다는 확장된 실천자 범위를 상기한다면, 적어도 생활의 안정 유지를 평생의 과업으로 삼았던 창식에게 있어서는, 아들을 조금이나마 이해하고 내적 긴장을 감내하게 되었다는 일말의 인식 전환도 결코 적지 않은 진전이다. 이렇듯 「승군」에서는 아버지와 아들이라는 복수의 경로를 통해 복수의 일화들이 일어나고, 그 일화들이 다음 일화들을 암시한다. 그래서 「승군」은 범위상 다회선적이고 시간상 세분화된 송영의 혁명 실천 구도를 뚜렷이 드러내는 적절한 사례가 된다고 할 수 있다.

④
　여름이되면 석왕사나가고 겨울이되면 온양온천이나가는 사람들도잇지들안은가?
　우리내외도 맛창가지로 이 선생노릇을 석왕사나온천으로알고잇다네
　여름이길다하고 겨울이길다한들 '철'이야변치안켓나?
　얼마만참아주게
　반다시 우리들은 자네들과 악수할날이 잇슬것일세[28]

⑤

선생님의 몸을 알알샅샅이 괴롭게 굴던 겨울! 선생님의 마음을 울리고 웃기고 조롱하고 모욕하던 겨울.

요놈의 겨울도 가버리는 때가 있기는 합니다그려. (…중략…) 무엇보다도 건강입니다, 승리입니다. 겨울에게 지지 않으신 거룩한 선생님의 마음은 종달새와 꾀꼬리와 온 봄을 노래하는 만물의 마음과 같이 어우러져서 계시겠지요. 그보다도 더더 확실하게 기뻐하시고 더 명랑한 자신을 가지고 계시겠지요.[29]

⑥

겨울이가면 봄은 반드시온다그러나 봄도잠간동안에 사라져버린다 이러한 봄속에서 나는 좀더−즐거운봄을 창조하려고 애들을쓰는 멋쌍의남녀를 발견햇다. (…중략…) 과연 그들이 비저낸봄은백화가 단만하여잇슬가? 구진비바람이 흐들니고잇슬가?[30]

그렇다면 '이야기'들의 축적이 반드시 긍정적인 성과들의 축적이 된다는 판단은 어디에 근거하는가? 실상 하나의 일화가 생산된 다음에 그로부터 새로운 일화가 생산된다는 진행 과정 자체는 그 진행의 방향이 바람직한가의 여부와 별개이다. 진행의 방향이 바람직하다고 판정하는 존재, 그러니까 여러 인물들의 생활사를 대상으로 의미 부여 작업을 행하는 존재는 '이야기' 단위를 구획하는 서술자, 또는 그러한 서술

....

28 송영, 「다섯 해 동안의 조각편지」, 『조선지광』 83, 1929.2.
29 송영, 「'솜틀거리'에서 나온 소식」(『삼천리』 72, 1936.4), 박정희 편, 앞의 책, 366~367쪽.
30 송영, 「이 봄이 가기 전에−작가의 말」, 『매일신보』, 1936.12.25.

자를 내세운 작가일 것이다. 따라서 축적된 '이야기'들에 대한 판단의 근거를, 송영이 노정하는 역사적 전망으로부터 가늠할 수 있다.

'이야기'들의 축적이 계속된다는 점 이외에 송영 소설에서 관찰되는 또 다른 층위의 시간의식으로 계절의 변화에 대한 확신을 들 수 있다. 위에 인용한 ④의 서술자는 동료들에게 편지를 보내는 운동가 남편으로서, 함께 운동하던 친지들이 처형당하는 시련을 겪은 후, 작품의 결말부에서 현재 교사로 일하며 평온한 일상을 보내고 있다고 말한다. 그러나 서술자는 그러한 평온함을 휴가철 한때에 즐기는 휴가에 비유하면서, 여름이나 겨울이 길다 한들 '철'이야 변하지 않겠느냐고 한다. 현재의 안온함이 지나가고 동료들과 다시 힘을 합칠 날이 반드시 온다는 확신을, 계절의 변화에 기대어 갖는 것이다. ⑤는 형무소에 수감된 야학 선생에게 학생이 보내는 편지 형식의 작품이다. 여기에서 서술자는 선생님을 괴롭히던 겨울이 지나가고 봄이 왔다고 하면서, "선생님의 마음"이 겨울에 지지 않고 봄을 맞아 만물의 마음과 어우러져 있다고 말한다. 이때 계절의 전환은 단순한 기후 변화로서만이 아니라 "선생님의 마음"과 부합하거나 부합하지 않는 정세의 변화로서도 이해되고 있다. 따라서 이 작품에서 봄이 왔다는 서술자의 선언은, 야학 선생이 돌아오고 유리한 정세가 유지되리라는 예상을 내포한다. ⑥은 1936년 「이 봄이 가기 전에」 발표에 즈음하여 송영이 써낸 일종의 서언序言으로, 여기에서 송영은 "겨울이 가면 봄은 반드시 온다"는 전제를 먼저 제시하고 나서, 그러한 봄 가운데서도 좀 더 즐거운 봄을 창조하는 일이 가능하다고 말한다. 계절의 전환이 당연히 일어나듯이 인생에서의 즐거운 시절도 당연히 도래하겠지만, 그것을 보다 즐겁게 만드는 것은 인력人力에 달려 있기도 하다는 인식이 여기에 드러나 있다.

이로 미루어 보아 ④~⑥은 공통적으로, 계절이란 필시 변화하게 마련이라는 점과, 그러한 계절적 변화가 인간의 바람願에 부합하는 정황의 변화까지 함의한다는 점을 보여준다. 따라서 '이야기'라는 작은 단위의 축적이 곧 긍정적인 성과와 같다는 송영의 판단에는, 시간의 자연스러운 흐름에 내포된 불가항력과 필연성이 그 근거로서 자리 잡고 있음을 추론할 수 있다.

⑦
청춘은 봄이요 결혼도 봄이다.

봄은 강이요 강은 흐른다.

인생이 봄을 맞이하고 즐거워하는 것은 지극한 자연이요 필연이다

봄이 되면 작은 벌레도 마주 붙어 앵앵거리고 나비도 꽃을 찾아 날아든다.

총각은 애비가 되고 처녀는 에미가 되어 아들딸 낳고 즐거이 가정을 이루는 것도 인생의 봄의 풍경이다.

본능은 자연이요 자연은 필연이다.[31]

⑧
결혼은 으레 사람이 가질 한 개의 본능인 동시에 필연이오. 일하는 것도 역시 마찬가지의 필연이오.[32]

송영에게 있어 시간 흐름의 필연성은 나아가 인간의 본능과 동일시된다. 작품 ⑦의 주인공 문성은 자신의 결혼관을 정리하면서 "인생이

....
31 송영, 「능금나무 그늘」(『조광』 5, 1936.3), 박정희 편, 앞의 책, 336쪽.
32 송영, 「인왕산」(『중앙』 34, 1936.8), 위의 책, 454쪽.

봄을 맞이하고 즐거워하는" 즉 남녀가 짝을 이루고 자식을 낳아 가정을 이루는 것이 "지극한 자연이요 필연"이요 본능이라고 한다. 이 "인생의 봄의 풍경"은 벌레가 앵앵거리고 나비가 꽃을 찾는 실제 자연의 봄 풍경과 병치되고 있다. 따라서 ⑦에서 언급되는 '봄'은 인생의 순차적 과업에 대한 수사修辭에 그치는 것이 아니라, 인간의 생활 리듬과 자연의 질서가 대등하고도 동일하게 이해되고 있음을 뒷받침하는 것이다. 물론 이 다음 부분에서 문성은 지금 세상의 바쁜 젊은이들에게 그런 지극한 자연을 따를 여유가 없다고도 진술한다. 그러나 그러한 관점을 포함한 문성의 여러 결혼관들이 나중에 모두 부정된다는 점을 고려하면, 송영이 긍정하는 것은 오히려 이러한 '지극한 자연과 필연과 본능'을 강조하는 관점이라 할 수 있다.

인물들을 둘러싼 정세의 변화가 시간 흐름의 필연성에 기대어 낙관적 전망을 얻고, 그러한 시간 흐름의 필연성이 인간의 본능과 동일시되고 있다면, 결국 정세의 긍정적인 변화는 인간의 본능에 따라 자연스럽게 이루어지리라는 논리가 성립된다. 2절에서도 살펴보았던 작품 ⑧에서 이 같은 논리를 분명하게 확인할 수 있다. 이 작품에서 긍정적으로 그려지는 인물 재천은 ⑦의 문성과 마찬가지로 '결혼이 사람의 본능이자 필연'이라고 말했다. 뿐만 아니라 "일하는 것", 즉 운동가의 투쟁 또한 결혼과 마찬가지로 필연이라고 말했다. 앞서 언급하였듯이 재천은 운동가의 투쟁과 그 이외의 생활사 운용이 똑같이 인간의 본능에 근거하고 있으며, 따라서 이론적 공부가 부족한 뭇사람들의 본능적 감각에 맡기더라도, 운동가적 문제의식은 어떻게든 다양한 형태로 자생하고 발전해 갈 수 있다고 믿고 있는 것이다. 인간의 본능에 대한 신뢰는 한편으로 혁명 실천자의 범위를 확장하고, 다른 한편으로는 이처럼 시간의 부단한 흐름 자체가 곧 낙관적인 방향으로의 정세 변화로 여겨지도록 한다. 지금까지 논의한바 송영이 보여준 혁명관과 더불어, 이러한 인간 본능에 대한 신뢰 또한 여타의 카프 작가들 가운데서 송영의 특이점이 드러나는 한 부분일 것이다.[33] 이러한 특징들이 복합적으로 작용하면서 송영은 카프 해산 이후에도 여전히 혁명을 다루는 소설을 창작할 수 있었다.

4. 결론

본고는 1930년대 송영 소설에서 그만의 독특한 혁명관이 도출된다고 보았다. 송영이 말하는 '로맨티시즘'의 극복이란, 피지배 계급의 참상을 낱낱이 드러내는 것이라기보다 혁명의 실천자들이 처한 정황과 여건을 면밀히 고려하는 것이었다는 점에 착안하여, 실제 생활세계에서 실천되는 것으로서의 혁명 개념이 송영 소설에 형상화되어 있다고

....

33 손유경은 방향전환기 카프가 아나키스트들을 온정주의로 몰아붙이고 사회운동의 주류로부터 축출함으로써 오히려 그 자신들이 마르크스의 신념으로부터 멀어졌음을 지적하였다. 이향, 김화산 등의 아나키스트들은 운동의 내적 동력으로서 인간의 본성, 그리고 자연스러운 윤리 감각에 근거한 자발적 실천을 강조했는데, 이러한 관점은 마르크스에게서도 발견되며, 따라서 이를 소화하지 못하고 도외시한 것이 카프의 경직성을 야기한 한 원인이 되었다는 것이다(손유경, 「사회주의 문예 운동과 인간 본성의 문제」, 『한국현대문학연구』 27, 한국현대문학회, 2009). 이러한 지적을 고려하면, 송영은 카프의 핵심 인물이었음에도 불구하고 인간의 본능에 근거한 실천과 그 낙관적 전망을 유지했다는 데서도 그 작업의 의의를 대별할 수 있을 것이다. 이를 위해 필요한 것은 여타 '카프의 혁명관'과 송영의 혁명관을 보다 정치하게 비교하는 작업인데, 실상 '카프의 혁명관' 또한 그 속에 수많은 결들을 지니고 있을 터이므로 이는 추후의 과제로 남겨둔다.

보았다.

　송영 소설에는 정치 투쟁에 직접적으로 뛰어들지는 않으면서도 자신의 생활 영역 내에서 어떤 부당한 관습에 순응하지 않는 반항적 기질의 인물들이 자주 등장한다. 이들은 공통적으로 사회운동가가 부재하는 환경에서도 스스로 문제의식을 키워 나가며, 서술자에 의해 운동가 인물보다도 더 집중적이고 긍정적인 조명을 받는다. 이는 송영이, 생활인들이 실천하는 여건 닿는 만큼의 기여 또한 충분히 의미 있는 것으로 여겼음을 보여준다. 따라서 송영이 말하는 혁명의 범위는 직접적인 정치 투쟁뿐만이 아니라 다양한 형태의 크고 작은 조력들을 모두 아우르는 것이 된다. 실제로 송영은 자신의 창작 방법에 대해 전격적으로 반성한 1932년의 평문에서, 스트라이크는 투쟁의 일부분일 뿐이라고 하였다. 이처럼 확장된 범위의 혁명은 운동가들에 의해서가 아니라 생활 곳곳의 모든 사람들에 의해서 다회선적으로 이루어진다.

　일상생활 가운데서의 작은 기여를 혁명의 일부로 인정하게 되면, 시간상 어떤 해방이 도래하는 과정은 그만큼 세분화된다. 송영 소설에서 자주 관찰되는 서사구조는, 정황 또는 배경의 제시, 본편 내용의 진행, 후일담 형식의 결말부로 이루어져 있다. 이때 몇몇 작품에서는 본편을 가리키는 '옛날이야기'라는 표현이 등장하는데, 이 '이야기'는 등장인물의 연속적인 삶을 일화 단위로 분절함으로써 인물이 본편에서의 부정적 상태로부터 빠져나가게 마련임을 전제하게 한다. 또한 '배경－본편－결말부'의 구도를 '시도－실패－재시도'의 구도와 대응시킴으로써 한 '이야기' 다음에 다른 '이야기'들이 축적되어 갈 것임을 암시한다. 따라서 송영이 소설로써 부조(浮彫)하는 혁명이란, 끊임없이 유예되는 미래의 목표가 아니라 짤막한 일화들을 축적해 가면서 이미 일어나고 있어 온 것이 된다.

한편 이러한 일화들의 축적이 반드시 긍정적인 성과가 되리라는 송영의 전망은, 시간 흐름의 필연성 및 인간의 본능에 대한 신뢰에 기반한 것으로 보인다.

범위가 확장되고 진행 과정이 세분화된 실천으로서의 혁명 개념, 그리고 이를 뒷받침하는 인간 본능에 대한 신뢰는 송영을 카프 작가들 가운데서도 매우 독특한 위치에 놓이게 한다. 창작방법상 특히 실천자가 처한 정황 제시를 중시한 송영에게 있어서는, 역사적 맥락이 간과된 참상이라면 아무리 세세하게 묘사되더라도 한낱 추상일 뿐이었을 것이다. 실천하는 자의 여건을 고려하고 그들의 미비함이나 실패도 인정하는 실제적인 혁명관을 제시할 때, 독자들을 투쟁의 장으로 들어오도록 유도해야 할 카프 소설은 비로소 제 역할을 수행할 수 있었는지 모른다. 한 철학자의 어법을 빌리자면 그것은 "불가능과 마주"하라고 등을 미는 것이 아니라, 불가능해 보이는 것 앞에서도 "인내를 통해" 그 스스로 구성되는 용기를 북돋우는 것이다.[34]

---

34 알랭 바디우, 서용순 외역, 「사르코지라는 이름이 뜻하는 것—공산주의적 가설」, 『뉴레프트리뷰』 1, 2009, 길(박우정), 372~373쪽.

참고문헌

기본 자료

『개벽』, 『매일신보』, 『삼천리』, 『조광』, 『조선문예』, 『조선문학』, 『조선일보』, 『조선지광』, 『중앙』
박정희 편, 『송영 소설 선집』, 현대문학, 2010.

단행본

알랭 바디우, 이종영 역, 『윤리학』, 동문선, 2001.
_____, 서용순 외역, 「사르코지라는 이름이 뜻하는 것-공산주의적 가설」, 『뉴레프트리뷰』 1, 길, 2009.
_____, 서용순 역, 『철학을 위한 선언』, 길, 2010.
_____, 조형준 역, 『존재와 사건』, 새물결, 2013.
임규찬·한기형 편, 『카프비평자료총서』 4·8, 태학사, 1990.

논문

강문희, 「송영 소설 연구-식민지시기 국제주의 연애와 가족 서사를 중심으로」, 성균관대 석사논문, 2011.
서용순, 「철학의 조건으로서의 정치-알랭 바디우(Alain Badiou)의 진리 철학을 중심으로」, 『철학과 현상학 연구』 27, 한국현상학회, 2005.
_____, 「근대적 정치 이념으로서 공산주의에 대한 철학적 비판과 전망」, 『사회와 철학』 22, 사회와철학연구회, 2011.
손유경, 「사회주의 문예 운동과 인간 본성의 문제」, 『한국현대문학연구』 27, 한국현대문학회, 2009.
_____, 「삐라와 연애편지-일제하 노동자소설에 나타난 노동조합의 의미」, 『현대문학의 연구』 43, 한국현대문학회, 2011.
이사유, 「1920년대 후기 프로소설의 연애문제」, 인하대 석사논문, 2009.
전상희, 「송영 소설의 혁명적 시간성과 보편성의 사유」, 성균관대 석사논문, 2013.
최병구, 「본성, 폭력, 사랑:정념의 서사로서 프로문학의 조건(들)-송영 소설을 중심으로」, 『한국어문학연구』 61, 한국어문학연구학회, 2013.

해방기 엄흥섭의 언어의식과 공동체의 구상

김윤진

1. 엄흥섭과 '경성부 안국정 중앙인서관'

엄흥섭은 1930년 카프 중앙위원을 역임한 후 카프 개성지부 맹원으로 활동하다가 1931년의 '『군기群旗』 사건'[1]으로 카프에서 제명되었다. 그는 이후 '동반자 작가'로 분류되었는데, 카프에 가입하지 않고 뜻을 같이 하는 이효석·유진오 등과는 달리, 카프에 가입한 이력이 있으며 지속적으로 사회주의 사상에 공명하면서도 활동이 금지되어

----

1 『군기』는 카프 개성지부에서 발간한 '노동자농민대중잡지' 성격의 기관지이다. 『군기』를 편집하던 민병휘, 양창준, 이적효, 엄흥섭 등은 실천적인 활동을 보여주지 못한다며 카프 지도부를 '적색 상아탑'이라고 비판한다. 이에 대해 카프 지도부는 1931년 3월 카프 재조직을 위한 중앙위원회를 소집하려 했으나 일제 경찰에 의해 무산되었다는 사실을 전제하며, 주·객관적 정세가 불리했기 때문에 조직 강화를 실행하고 있지 못하다는 사실을 알면서도 이를 문제 삼는 것은 해당(害黨)행위라고 하여 『군기』 편집인들의 제명을 결의한다. 엄흥섭과 '군기 사건'에 대해서는 다음을 참고할 수 있다. 김윤식, 『한국근대문예비평사연구』, 일지사, 1976, 34쪽; 정호웅, 「엄흥섭론―엄흥섭의 농촌현실 증언과 휴머니즘」, 『한국현대소설사론』, 새미, 1996, 64쪽; 박진숙, 「조선적 상황과 엄흥섭 문학」, 『주변에서 글쓰기, 상처와 선택』, 민음사, 2006, 320~321쪽; 엄흥섭, 「추방과 탈주, 경계인의 문학적 실천―엄흥섭론」, 이승윤 편, 『엄흥섭 선집』, 현대문학, 2010, 394쪽.

카프 바깥에 머물 수밖에 없었던 독특한 위치를 점하고 있었다. 이러한 점에 주목하여 지금까지 엄흥섭을 다룬 대다수의 연구들은 카프와의 관련성 또는『군기』사건과 그 전후의 맥락을 살펴본 경향이 짙다.[2]

그런데 지금껏 주목받지 못했던 엄흥섭에 관한 다음의 사실은 다소 일관된 경향으로 반복적인 논의를 재생산해 왔던 기존의 엄흥섭 연구를 벗어날 수 있도록 이끌어 준다.『소화십오년판 조선문예연감』에 수록된 문필가주소록에 '소설가小說家' 엄흥섭의 주소가 '경성부 안국정 중앙인서관京城府安國町中央印書館'으로 표기되어 있다는 사실이 그것이다. 이는 엄흥섭과 조선어학회 사이의 긴밀한 연관성을 보여주는 자료라는 점에서 문제적이다.[3]

중앙인서관은 조선어학회의 기관지『한글』창간호(1932.5)를 발간한 곳이다. 조선어학회와 엄흥섭이라는 조합은 얼핏 보기에 낯설지만, 엄흥섭의 문학적 자취를 따라가 보면 '아동문학'에서 교집합을 찾을 수 있다. 엄흥섭은 1929년부터 아동문학 잡지『별나라』(1926~1935)의 편집동인으로 활동하는 한편으로, 동시대의 또 다른 아동문학 잡지였던『신소년』(1923~1934)에「소년행진곡」(1929.7~8)이라는 동시와「제비」(1930.5)를 발표했다. 이때 잡지『신소년』을 발간한 '신소년사'는 1935년 경성부 화정으로 이사하기 전까지 '수표정 42번지'에서 조선어학회와 한 건물을 공유하고 있었다. 조선교육협회 회관 건물에는 조

---

2 이호규, 「엄흥섭론」, 연세대 석사논문, 1991; 이봉범, 「엄흥섭 소설 연구」, 성균관대 석사논문, 1992; 김형봉, 「엄흥섭 소설 연구—작품 경향의 변모를 중심으로」, 홍익대 석사논문, 1995; 정하준, 「엄흥섭 소설연구」, 호서대 석사논문, 1995; 최경옥, 「엄흥섭 소설연구—작품의 전개 양상을 중심으로」, 동아대 석사논문, 1999; 장명득, 「엄흥섭 소설 연구」, 경남대 박사논문, 2006.
3 '중앙인서관'과 엄흥섭의 관계를 살피는 데 중요한 실마리가 된 이 자료를 소개해 주신 서울대 장문석 선생님께 감사드린다.

선교육협회, 신소년사, 조선어학회의 간판이 나란히 걸려 있었던 것이다.[4] 『별나라』와 『신소년』이 동심·문학·민족·계급을 적극적으로 발견하고 수용하는 데 서로 협력하며 경쟁하는 관계였다는 점을 고려해 본다면,[5] 해방 이후에도 송영 등과 함께 『별나라』 복간 작업에 활발히 참여하면서 아동문학에 대한 관심을 이어나갔던 엄흥섭과 『신소년』, 조선어학회의 관계는 더욱 진지하게 검토될 필요가 있다. 또한 엄흥섭은 수필 「탈모주의자」(『조선일보』, 1937.7.9~11)에서 아동문학가 이주홍과 남달리 친했던 것으로 서술하고 있는데,[6] 이주홍이 『신소년』의 편집장으로 활동했던 작가라는 점[7]으로 미루어 보아 엄흥섭과 중앙인

....

4 이는 세 단체 모두에 신명균이 주도적으로 관여했기 때문에 가능한 일이었다. 원종찬, 「『신소년』과 조선어학회」, 『아동청소년문학연구』 15, 한국아동청소년문학학회, 2014, 117쪽. 한편, 『한글』 창간호의 판권지에 "편집 겸 발행인 신명균, 인쇄소 신소년사 인쇄부, 발행소 조선어학회(서울 수표동 42), 총판매소 중앙인서관"이라고 적혀 있는 대목은 이러한 관계를 잘 드러내 준다. 신명균에 대해서는 박용규, 「일제시대 한글운동에서의 신명균의 위상」, 『민족문학사연구』 38, 민족문학사학회, 2008을 참조.

5 기존의 연구들에서는 『어린이』는 우파 민족주의, 『별나라』는 좌파 계급주의, 『신소년』은 둘 사이의 절충적 경향이라고 보는 시각이 지배 담론을 이루었다. 그러나 원종찬에 따르면 세 아동 잡지는 서로 협력하며 경쟁하는 관계였다. 원종찬, 위의 글 참고.

6 엄흥섭과 이주홍의 친분관계를 추적해볼 단서는 꽤 다양하다. 류종렬에 따르면, 이주홍과 엄흥섭은 1930년 8월 발행한 『음악과 시』 발간에 함께 참여했으며 1931년에는 『불별』이라는 프롤레타리아 동요집을 함께 편찬했다. (『불별』은 1931년 3월 5일자로 '신소년사 인쇄부'에서 인쇄하고 1931년 3월 10일 '중앙인서관'에서 발행되었다. 저작 겸 발행인은 신명균이었다.) 또한 『사해공론』 1936년 12월호에 '조선문화의 재건을 위하여'라는 주제로 좌담회가 개최되었는데, 엄흥섭과 이주홍은 '제1분과회의·문학에 대하여'에 함께 참석하여 토론한다. 이들은 『사해공론』 1937년 1월호의 「현대작가창작고심 합담회」에도 함께 참석한다. 이주홍은 『사해공론』에 장편소설 「야화」를 연재하면서 소설가로서 명성을 얻기 시작하였는데, 여기에 엄흥섭이 발문을 썼다. 한편 엄흥섭 외에도 임화와 김정혁이 발문을 썼는데, 류종렬에 따르면 이주홍이 임화, 엄흥섭과 맺고 있는 친분관계는 『청춘은 아름다워라』 22회 연재분·「『풍림』시대」(1974.9.26)에서 추측해 볼 수 있다. 이주홍은 신세기사의 편집장을 맡기도 했으며, 신세기사는 임화가 경영했던 학예사의 옆에 있었다. 이상의 사실에 관해서는 류종렬, 『이주홍의 일제강점기 문학 연구』, 국학자료원, 2004; 류종렬, 『이주홍과 근대문학』, 부산외대 출판부, 2004를 참고하였다. 학예사와 임화에 관해서는 장문석, 「전형기 임화와 '조선'의 발견—출판활동과 신문학사 서술을 중심으로」, 서울대 석사논문, 2009를 참조할 수 있다.

7 박태일, 「이주홍의 초기 아동문학과 『신소년』」, 『현대문학이론연구』 18, 현대문학이론학회, 2002.

서관의 관계가 두터워지는 데 이주홍과 『신소년』이 상당한 역할을 했을 것으로 추정된다.

엄흥섭이 중앙인서관에 직접적으로 관여하게 된 것은 1939년 1월경이다. "圖書出版으로서오랜歷史를 가진中央印書舘을 이번에 嚴興燮氏가漢圖前營業主任이던 禹玄基氏와提携하여 引繼經營키로 되엇다고 한다. 그리고 內部가 整頓되는卽時로 文藝中心의 圖書도 出版하려고 方今 準備中이라고"[8]라는 기사가 이를 보여준다. 전쟁이 확대되고 출판업이 급격히 위축되면서 '중앙인서관'은 심각한 위기를 겪게 되었던 것으로 보인다.[9] 이러한 상황에서 중앙인서관은 위기 타개의 한 방법으로 한글, 역사, 사회주의를 중심으로 출판했던 기존의 경향[10]에서 조금 벗어나 '문예중심의 도서'를 중점적으로 출판하기로 했고, 그 과정에서 소설가인 엄흥섭이 중앙인서관을 인계 경영한 것으로 추측된다. 엄흥섭이 출판에 주도적으로 참여하면서 이후 중앙인서관은 한설야의 『청춘기』(1939)와 엄흥섭의 소설집 『파경』(1939) 등을 간행한다.[11]

중앙인서관에 관여한 엄흥섭의 이력은, 아동문학계·교육계·조선

---

8 『동아일보』, 1939.1.15.

9 최경봉, 『우리말의 탄생』, 책과함께, 2005, 291쪽.

10 중앙인서관에서 출간한 서적에 대해서는 박용규, 앞의 글, 369~372쪽을 참조. 신소년사·중앙인서관의 이러한 잡지와 단행본들은 압수 또는 삭제 조치된 것들이 적지 않다. 여기에 대해서는 원종찬, 앞의 글, 118~119쪽을 참조.

11 이때 한설야의 존재를 눈여겨 볼 수 있다. 중앙인서관을 경영했던 신명균의 자결(1941)을 전후하여, 한설야는 그를 모델로 한 소설 「두견」(『인문평론』, 1941.4)을 발표한다. 당시 중앙인서관이 진보적인 청년들의 연락처와 집합소 역할을 했다는 회고(홍구, 「주산선생」, 『신건설』, 1945.12, 47~48쪽)를 통해, 한설야와 신명균의 관계에 대한 실마리를 잡을 수 있지 않을까 한다. 1930년대 말 문인들과 조선어학회의 관계에 대해서는 아직 충분히 밝혀지지 않은 부분이 많다. 이 점을 면밀히 파악하기 위해서는, 조선어학회가 좌우를 아우르는 중도적인 정치적 태도를 취했다는 사실 또한 고려되어야 할 것으로 보인다. 여기에 대해서는 차후 더 깊은 논의가 필요하리라 생각된다. 이 글에서는 먼저 엄흥섭에 주목하여 대강의 윤곽을 그려보는 데 집중하겠다.

어학계와 각별한 영향을 주고받으며 문예가로서의 역할을 충실히 수행하려 한 엄흥섭 특유의 위치를 드러내 준다는 점에서 다분히 상징적이다. 이 글은 이러한 엄흥섭의 위치를 고려하는 한편으로 그의 언어의식이 비교적 뚜렷이 드러난 글들에 초점을 맞추고자 한다. 이 글에서 주로 살펴볼 텍스트는 1939년 『한글』에 발표된 평론 「새로운 말의 창조-표현에 대한 소감」과 1948년 『개벽』에 발표된 「언어교육론」, 그리고 해방기에 발표된 소설인 「귀환일기」(『우리문학』, 1946.2)와 그 속편인 「발전」(『문학비평』, 1947.6)이다. 1939년부터 1948년에 걸쳐 발표된 이 글들은, 일제강점기 문인들의 언어의식이 해방기에 변화 혹은 조정된 양상을 살피는 데 유의미한 지표가 되어줄 것이라고 기대할 수 있다. 또한 해방기는 말·글을 통일하고 언어 환경을 새롭게 구축하려는 움직임이 활발히 이루어지는 한편[12] 영어, 일본어, 조선어 등 여러 언어가 교차되고 경합했던 시기였다. 이때 엄흥섭은 자신의 언어 의식을 공동체에 대한 사유와 연결시키고 있는데, 이는 당대 탈식민 한국이 품고 있던 가능성에 기초한 것으로서 경직된 정치조직의 슬로건으로 수렴되지 않는 다양한 면모를 보인다. 특히 엄흥섭은 새로운 공동체를 건설할 주체들

---

12 '조선어학회 사건' 후, 조선어학회는 1945년 8월 25일에 재건된다. 이들은 민족어로서의 모국어 회복을 기치로 내세운다. 특히 해방기는 1930년대부터 전개했던 조선어학회의 사전편찬사업이 『조선어큰사전』의 발간으로 비로소 그 결실을 거둔 시기라는 점에 주목할 필요가 있다. 철자법 표준화 운동을 비롯하여 조선어학회가 1930년대부터 본격적으로 전개한 여러 활동들은, 조선어 사전 편찬을 위한 기초 작업의 일환이었다.(1934년 '표준말 사정 위원회'를 설치하고, 1936년 3월 20일에는 학회가 '조선어 사전 편찬회'를 흡수하여 조직을 일원화한다. 1935~1942년에 발행한 제20~93호 『한글』은 이 같은 사업을 추진하고 달성하는 데 집중되어 있다. 특히 1936년 10월 『사정한 조선어 표준말 모음』을 간행함으로써 표준말 사정이 일단락되고 난 뒤부터 『한글』에는 어휘에 대한 게재물이 더 많아진 것을 알 수 있는데, 이는 사전 편찬에 필요한 각종 어휘를 수집한 것으로 파악된다.) 『조선어큰사전』 1이 세상에 나옴으로써 사전 편찬을 향한 이러한 노력이 성과를 거둔 1947년은 매우 특별한 해였음에 틀림없다. 한글학회, 『한글학회 100년사』, 한글학회, 2009, 286~290쪽·531~539쪽 참조.

은 누구여야 하는지, 이때 어떤 덕목이 우선시되어야 하는지에 대한 나름의 답을 「귀환일기」와 「발전」에 꼼꼼히 기입해 두고 있다. 두 소설을 둘러싼 맥락을 중점적으로 살핌으로써 이 글은 지금까지 조명되지 않은 엄흥섭의 언어론과 문학론을 탐색하고 해방기 소설의 또 다른 결, 혹은 그간 망각해 온 공동체의 상상력을 드러낼 것이다.

2. 글말과 입말, 해방전후 엄흥섭의 언어의식을 둘러싼 맥락들

'사회 언어의 장場'과 '문학 언어의 장場'은 그 제재의 특성상 필연적으로 맞닿으며 영향을 주고받게 된다.[13] 두 개의 장은 긴밀한 영향 관계에 놓여 있으면서도 각각의 지향과 실천에 있어서는 서로 다른 면모를 보이기 때문에, 둘 사이에 합의점을 찾기란 쉽지 않은 일이다. 이러한 가운데 식민지 조선에서 조선어학자들과 조선 문인들 사이의 집단적 합의가 가시적으로 드러난 최초의 사건을 꼽으라면 아마도 '한글맞춤법통일안'과 관련해서일 것이다. 당시의 문인들은 1934년 7월 '조선문예가 일동'의 이름으로 통일안 지지성명을 발표하는 등 표준어와 표기법 확립의 필요성에 공감하고 어문운동의 방향에 대하여 적극적으

---

13 이때 '사회언어의 장'과 '문학언어의 장'이라는 표현은 문혜윤, 「1930년대 국문체의 형성과 문학적 글쓰기」(고려대 박사논문, 2006)에서 가져온 것이다. 문혜윤은 1930년대 어문운동과 조선문단의 상관성을 밝히기 위해 이러한 용어를 사용한다.

로 의견을 표명하였다.[14] 한글맞춤법통일안 이후 1936년 표준어 사정이 이루어지고 1940년에는 외래어 표기법, 일본 말소리 표기법, 로마자 표기법, 만국음성기호 표기법 등이 동시에 공포되는 등, 이 시기 조선에서는 어문운동이 최고조에 이르며 국문체의 안정적 확립을 위한 중요한 기반이 마련된다.[15] 그러나 1930년대 말에 발표된 문인들의 글을 읽다 보면 언어규범의 통일과는 별개로 창작에 있어 어려움에 봉착한 문인들의 당혹스러운 표정을 마주하게 된다. 일례로, 1939년에 발표된 채만식의 수필 「말 몇 개」(『문장』, 1939.8)의 한 대목을 참고해 볼 수 있다.

> 호남지방의 방언으로 '무지금코' 또는 '무띠리고……'라는 말이 있다. 호남이라고 했지만 전남은 몰라도 전북에서는 다 알고 쓰고 하는 말이다.
> 퍽 재미가 있고 또 긴한 말인데, 나는 아직 그 말의 표준어를 모른다.
> 의미는 '눈 지그려 감고……' '덮어놓고……' '죽을 셈 잡고……' '상관 말고……' '마구 거저……' 등과 근사하다. 그러나 단지 근사할 따름이요 해석일 뿐이지 꼭 같은 말이거나 꼭 같은 의미는 아니다.
> 차라리 국어의 '오모히끼떼(思ひきって)……'를 갖다가 놓으면 의미가 꼭 같고, 꼭 같은 어감이 난다.

14 『동아일보』, 1934.7.10, 지지를 표명한 문인들은 다음과 같다. 강경애, 김기진, 함대훈, 윤성상, 임린, 장기제, 김동인, 이종수, 이학인, 양백화, 전영택, 양주동, 박월탄, 이태준, 이무영, 장정심, 김기림, 김자혜, 오상순, 서항석, 이흡, 박태원, 피천득, 정지용, 이종명, 조벽암, 박팔양, 홍해성, 윤기정, 한인택, 김태오, 송영, 이정호, 이북명, 모윤숙, 최정희, 박화성, 이기영, 박영희, 주요섭, 백철, 장혁주, 윤백남, 현진건, 김남주, 김상용, 채만식, 유도순, 윤석중, 이상화, 백기만, 임병철, 여순옥, 최봉칙, 차상찬, 구왕삼, 홍효민, 노자영, 엄흥섭, 심훈, 김해강, 임화, 이선희, 조현경, 김유영, 노천명, 김오남, 진장섭, 주수원, 염상섭, 김동환, 최독견, 김억, 유엽, 김광섭, 이광수, 이은상, 박노갑.
15 문혜윤, 앞의 글, 6~7쪽.

'무지금코 일 원 한 장만 내놓으면 그만 아닌가' 또는 '무디리고 떠나는 거야'를 '오모히끼떼 이찌로오 나게다시야 소레데스만자나이까(맘먹고 한 번 던지고 그것으로써 끝날 수 없다)'라든지 '오모히끼떼 데가게룬다나(맘먹 고 한 것이다)'라고 번역을 하면 두 종류의 말이 빈틈없이 차악 들어맞는다.

조선어학회측에는 미처 물어보지 못했지만 언젠가 홍기문(洪起文) 형더러 그런 이야기를 했더니, **서울말에도 그 말과 같은 말로 쓰이는 독립된 말이 분명 있기는 있는 데,** 마침 생각이 나지 않는다고 하여서 좋은 기회를 놓쳤었다. (…중략…) 국어로 '오모히끼떼'라는 뜻이면 우리네도 우리생활에 많이 쓰일 긴한 말이겠는데, 그대도록 시정에서나 일반이 모를 만큼 궁벽하다니, 참말 모를 말이다.[16](강 조는 인용자, 이하 동일)

이 글에서 채만식은 방언(입말)을 문학어(글말)의 영역으로 끌어오 기 위해서는 '표준어화'를 거쳐야 한다는 당위성을 기본적으로 전제 하고 있다. 인용된 부분에서 채만식과 홍기문은 특정 지역 방언인 '무 지금코'에 들어맞는 표준어 혹은 서울말의 존재를 가정한다.[17] "나는 아직 그 말의 표준어를 모른다"라는 표현이나, "서울말에도 그 말과 같은 말로 쓰이는 독립된 말이 분명 있기는 있는데"라는 말에서 그 존

....

16 채만식, 「말 몇 개」(『문장』, 1939.8), 전광용 외편, 『채만식 전집』 10, 창작과비평사, 1989, 370~ 371쪽.

17 인용문에서 채만식은 '표준어'라는 표현을, 홍기문은 '서울말'이라는 표현을 쓰고 있다. 표준어 를 '중앙지방' 혹은 서울말로 정해야 한다는 의견은 1920년대부터 제기되었으며, 1930년대에 와 서 표준어는 '자연상태'의 서울말을 인위적으로 개량한 말로 인식된다. 여기에 대해서는 서민정, 「20C 전반기, 표준어에 대한 인식 검토」, 『코기토』 79, 부산대 인문학연구소, 2016, 162~163 쪽을 참고할 수 있다. 위의 인용문에서 방언이 서울말로 '번역될 수 있다'라고 생각했다는 점에 있어 홍기문과 채만식은 공통적이다. 홍기문의 언어관에 대해서는 서민정, 「홍기문의 언어관을 통해 보는 20C 전반기의 언어에 대한 또 다른 시각」, 『우리말글』 61, 우리말글학회, 2014를 참조 할 수 있다.

재가 암시된다. 이때 채만식이 더욱 난감함을 느끼는 이유는, 방언이 '표준 조선말·글'과의 관계가 아니라 '일본말·글'과의 쌍으로 떠올려지기 때문이다. 채만식이 맞닥뜨린 딜레마는 일제 말기 조선의 이중언어적 상황에서 연유한 것이다. 식민지 조선의 조선말·글은 이보다 더욱 '보편적'이고 '중심적'인 것으로 간주되었던 일본말·글에 그 위치를 내어주어야 했기 때문에 언어 표준의 기반으로 성립하기 어려웠다.[18] 방언과 '표준 조선말·글' 사이에 침투한 일본어의 영향력을 강하게 의식하면서, 채만식은 방언의 어감과 뉘앙스를 포괄할 수 있는 문학어로서의 '표준 조선말·글'을 탐색하는 한편 표준 조선말·글이 시정에 알려지지 않은(혹은 알려질 수 없었던) "궁벽한" 현실에 실망하고 있다.

통일된 언어규범을 향한 열망이 가시화되었던 1930년대 초반의 모습과는 달리 1930년대 말에는 이렇듯 언어규범이 뿌리내릴 수 있는 여건 혹은 전제에 대한 의구심이 배태되고 있었다. 정도와 방향에 있어 차이는 다소 있겠으나, 조선어문에 혁신이 필요하다는 절박함은 문인들뿐 아니라 당시의 조선어학자들 또한 공유하던 것이었다.

敎育界에 朝鮮語의 影子가 점점 엷어 가는것은 昨年以來의 顯著한 事

----

18 '언어표준'은 일정한 정치적·사회적 권위에 의해 역사적으로 규범화되고 표준화되면서 주변의 유사한 말들을 포괄하고 대표하는 지위를 획득한 말이다. 언어표준 중에서 권위 있는 변종의 하나가 표준어라고 할 수 있다(여태천, 「1930년대 어문운동과 조선문학의 가능성」, 『어문논집』 56, 민족어문학회, 2007, 268쪽). 한편 식민지 조선에서의 언어의 차별적 위계와 관련해서는 이혜령의 의견을 참고할 수 있다. 이혜령은 방언의 다양성을 은폐한 '표준어'에 대해 설명하는 한편, 조선의 식민지적 상황에서 보편언어에 대한 지향의 심연에는 표준어=일본어(글쓰기)가 놓여 있었다고 설명한다. 이혜령, 「한글운동과 근대어 이데올로기」, 『역사비평』 71, 역사비평사, 2005, 348쪽; 이혜령, 「조선어·방언의 표상들—한국 근대소설, 그 언어의 인종주의에 대하여」, 『사이(SAI)』 2, 국제한국문학문화학회, 2007, 83쪽.

實이다. 中等以上의 學校에서 이미 이 科目을 課하지 않게되었고 今年에 들어서는 一部 初等學校에서도 그러한 傾向이 보인다. 이와 같은 趨勢에 따라서 朝鮮語에 對한 一般의 關心이 적어 질것도 事實이다.[19]

『소화십오년판 조선문예연감』에서 이희승은 위와 같이 자신이 당면한 어학계의 현실을 요약한다. 작년 이래의 상황을 정리하는 한편으로 조선어의 미래를 내다보는 이희승의 글에는 절망감이 담겨 있다. 1938년 제3차 조선교육령이 공포됨에 따라 조선어는 선택 과목으로 전락한다. 1939년은 이러한 조선어 억압 정책에 의한 긴장감이 감도는 가운데, 그 반작용으로 조선어 연구에 대한 열기 또한 고조되고 있던 해였다. 그 해 3월 발간된 또 다른 글에서 이희승은 지금까지 국어학계에서 진행되었던 '신문학 건설 및 사전편찬의 基礎공사'과 '어문의 정리'에 더하여, 고어 해석과 방언 탐구 등 '다른 방면의 개척'이 필요함을 역설하고 있다.

綴字法의 統一, 標準語의 制定, 文法體系의 整理 等이 新文學 建設及 辭典編纂의 基礎工作이 되는것이므로 그 意義가 決코 크지 않은것이 아니나, 그러나 우리 朝鮮語學界는 언제까지든지 이것만에 滿足할수는 없다. 朝鮮語學의 더 크고 더 넓은 分野는 아직 광이나 도끼를 들이지 않은 채 未墾地대로 남아있다. 語文의 整理가 一段落을 告하고, 實行期로도 벌써 數三年을 지났으니, 우리는 앞으로 다른 方面의 開拓에 着眼하지 않으면 안된다. 通時的(垂直的或은歷史的) 硏究도 좋고, 公時的(水平的或은比較的) 硏究

19 이희승, 「제3부 편람 4. 조선어학계」, 인문사편집부 편, 『소화십오년판 조선문예연감』, 인문사, 1940, 35쪽.

도 좋다. 古語 解釋과 方言 探求가 모다 當面의 問題로 우리 앞에 놓여 있다. 또 隣接民族의 言語와도 時急히 比較研究하여야겠다. 이리하야 朝鮮語의 語源學, 解釋學, 語彙論, 音韻論, 形態論, 系統論, 方言學, 言語地理學, 文章論, 品詞論, 音聲論, 文字學, 美學的研究等等이 다 各各 커다란 課題로서 우리의 努力을 기다리고 있다.[20]

'將來에 對한 希望'이라는 소제목을 달고 있는 이 글에서, 이희승이 구상하고 있는 조선어학계의 '장래'에는 언어학뿐 아니라 '문장론', '미학적 연구' 등 문학의 영역으로까지 확대되어야 하는 과업들이 포함되어 있다. 이희승을 필두로 한 조선어학계의 움직임을 배경으로, 1939년 『한글』에는 임화, 엄흥섭, 홍효민 등 문학계 인사들의 글이 새롭게 실리기 시작한다. 『한글』에서 문예가의 글이 쉽게 발견되지 않는다는 사실을 고려하면 1939년 한 해에 문인 세 명이 나란히 『한글』에 글을 게재한다는 것은 이례적인 일이다. 더욱 특이한 점은, 이들이 공통적으로 '사전'을 넘어선 '문학어'에 대해 언급하고 있다는 점이다. 이는 조선 표준말·글의 존립 가능성을 두고 안타까움을 내비쳤던, 앞서 살핀 같은 시기 채만식의 시선과 오버랩된다.

가령 임화는 「문학어로서의 조선어 – 일편의 조잡한 각서」(『한글』 제65호, 1939.3)에서 "辭書가 全部 文學語가 되지는 않는다"라고 단언한다.[21] 그는 '사전'에서 함축적이고도 명료한 시어는 찾기 어렵다며, 운율과 성조 표현의 발견을 위해서는 동양 각국의 외래어와의 교섭 혹은 특수한

....
20 이희승, 「제1부 개관 7. 조선어학계」, 인문사편집부 편, 『소화십사년판 조선문예연감』, 인문사, 1939, 36쪽.
21 임화, 「문학어로서의 조선어 – 일편의 조잡한 각서」, 『한글』 65, 1939.3, 19쪽.

방언의 연구가 필요함을 역설한다. 홍효민 또한 「언어·문학·인생―한 개의 단편적 수상」(『한글』 제73호, 1939.12)에서 조선어의 발전을 언급하며 언어와 구별되는 '문학' 나름의 체계가 있다는 데에 방점을 찍는다. 같은 맥락에서, 임화와 홍효민의 글 사이에 발표된 엄흥섭의 「새로운 말의 창조―표현에 대한 소감」을 주목해 볼 수 있다. 이 글은 조선어학계와 조선문학계의 소통을 통해 '사전'의 영역을 넘어선 새로운 문학어가 창조 되는 하나의 장면을 직접적으로 보여준다는 점에서 흥미롭다.

年前 나는 어떤 小說을 한篇 쓰다가 어떤 室內 光景을 表現하려는데 그 窓이 유리窓이요 더구나 "磨硝子"(すりガラス)窓이어야 할 必要가 있기 때문에 그것을 조선말로써 무어라고 名詞를 지어야 좋을지 二三日동안이 나 難關에 부딪친 일이 있있다. "すりガラス"는 意味로 뜯어보면 "길은유 리"나 "굵은유리"다. 그러나 "갈은유리窓"이라거나 "굵은유리窓"이라고 쓴다면 암만해도 "すりガラス"란 맛이 나지 않을뿐더러 意味조차 잘 모를 사람이 있을것 같아 結局은 李克魯先生께 물어봤더니 "우유빛유리窓" 이 라고 하는게 좋지 않을가 하시었다.

나는 그 뒤 "すりガラス"窓을 描寫할 때는 으레 "우유빛유리窓"이라는 새로운 말로써 표현했다.

이 "우유빛유리창"은 "すりガラス"의 直譯으로 된 名詞는 勿論 아니다. 더구나 意譯으로 된 말도 아니다. 그러나 "굵은유리窓"이라거나 "갈은유 리窓"이라고 하는것보다도 "우유빛유리窓"이라고 하는게 얼마나 適切하 게 "磨硝子"의 맛을 가장 잘 나타낸 말인지 모른다.

우리는 어떤, 우리가 常用하지 않는 말을 조선말로써 表現하려고 할 때 구태여 그 말의 直譯이나 意譯이 아니라도 좋을줄 안다.[22]

엄홍섭은 소설 속 광경을 묘사하는 과정에서, 일본어로 떠올리고 그것의 적당한 번역 혹은 대용으로 조선어를 찾으려 한다. '(표준화된) 일본말·글'이 아닌 '문학어로 쓸 수 있는 표준 조선말·글'을 모색하기 위하여, 그는 조선어학회의 이극로에게 번역 문제에 대한 조언을 구한다. 이때 여기에 대한 이극로의 제안을 눈여겨볼 수 있다. 이극로는 '직역'이나 '의역'이라는 기존의 틀에 구속되지 않고 대상의 두드러진 특성과 이를 접하는 사람이 느낄 법한 감각을 살려서 "우유빛유리窓"이라는 새로운 표현을 제시했다. 이러한 제안은 번역의 실천계에 기초한 '쌍형상화 도식'의 전형적 사례들과는 거리가 있다.

사카이 나오키에 따르면 '번역의 실천계'란, 하나의 언어로부터 다른 언어로의 대칭적인 변환을 유지시키는 이데올로기이다. 근대 이후 상식적으로 이해되는 번역 작업은 이 이데올로기에서 동기를 얻는다. 이때 각 언어는 하나의 체계적인 전체로 여겨진다. 번역은 두 개의 독립된 전체 사이에 등가교환을 위해 다리를 놓는 일이며 등가성의 원칙이 잘 지켜질수록 '올바른 번역'이 된다. 자기와 타자라는 비교의 틀이 전제되어 편찬된 사전처럼, 통제적 이념으로서의 외국어와 근대적 자국어는 번역의 실천계에 기초한 쌍형상화 도식을 통해 산출된다.[23] 사전이 전제하는 '등가성의 원칙'은 이처럼 번역을 통해 성립되고 근대적 외국어 사전을 통해 고정된 것이다.

이극로의 제언 이후 "すりガラス"를 "우유빛유리窓"이라는 말로 으레 대체해서 표현했다는 엄홍섭의 회고로 미루어볼 때, 이 번역 또한 결과적으로는 '쌍형상화 도식'의 넓은 범주 내에서 이해될 수 있다.

22 엄홍섭, 「새로운 말의 창조―표현에 대한 소감」, 『한글』 69, 1939.8, 79~80쪽.
23 사카이 나오키, 후지이 다케시 역, 『번역과 주체』, 이산, 2005, 118~128쪽.

그러나 번역의 '과정'을 중심으로 본다면 이는 쌍형상화의 메커니즘에서 다소 어긋나 있다. "우유빛유리窓"은 대상이 주는 '느낌' 자체를 반영하여 대상과 언어를 직접적으로 대응시켜서 번역한 것이기 때문이다. 이러한 번역은 다른 언어의 존재를 통해서만 성립하는 쌍형상화의 전제와는 분명 다르다. 이는 보편적이고 전형적인 대칭을 지향하는 '사전'식의 관계를 벗어나, 주관성을 기반으로 한 문학적 문체의 재료가 된다. 문학 텍스트의 언어는 텍스트 내적인 맥락이나 쓰임새, 작가의 독특한 표현 의도 등에 따라 원래의 의미 체계와는 구별되는 의미망 속에서 구현된다.[24] 어휘 정리사업이나 사전 편찬 작업이 어휘 체계 내부의 결속을 공고히 하려는 구심적 성격을 띤다면, 새롭게 창조된 문학어는 통일된 중심에서 거리를 두려 한다는 점에서 원심적이다. 1939년에 발표한 엄흥섭의 이 글은, 쌍형상화 노식의 규율과 다소 어긋난 새로운 문학어를 발견했던 이중언어적 상황의 특수한 사례로 기억될 수 있을 것이다.

엄흥섭이 「새로운 말의 창조」에서 '표준 말·글'로 수렴하지 않는 새로운 문학어의 가능성을 드러내 보였다면, 해방기에 발표한 평론 「언어교육론」(『개벽』, 1948.5)에서는 언어교육을 통한 표준어 확립의 필요성이 부각된다.[25] 이러한 점은 국어·국문의 정립과 표준화작업에 대한 열기

....

24 정은균, 『국어와 문학 텍스트의 문체연구』, 한국학술정보, 2011, 283쪽.
25 한편, 「언어교육론」과 같은 시기에 발표된 소설 「봄 오기 전」(『신세대』, 1948.5)은 해방 전부터 한글과 조선어에 대해 지속적인 관심을 가져온 엄흥섭을 이해하는 데 참고가 된다. 주인공 박 선생은 "오십평생을 오로지 조선어의 발달과 보급을 위해서 일제의 폭압정치와 싸워나려온 한글학자"이다. 일제강점기부터 "세상에 드러난 유명한 학자되기를 싫어하고" 타인의 시선과 인정 여부에 상관없이 "묵묵 실천주의로 자기의 도(道)를 닦어온" 사람인 그는, "우리 조선민족을 위한 일"이라는 신념을 지니고 연구에 전념하며 언젠가는 "학교에서 조선말을 국어로 가르킬 때가 오고 말" 것이라고 기대했었다. 이윽고 해방이 되었으나 세상과 별 접촉이 없는 박 선생을 알아주는 사람은 없다. 박 선생은 살림살이 문제로 채근하는 아내를 향해 "오십평생을 고생사리루 지냈는

가 고조되었던 당대의 맥락 속에서 이해할 수 있다. 미군정기에 접어들게 된 조선은 일본어, 조선어, 영어 등이 공존하는 새로운 상황에 맞닥뜨리게 된다. 언어장場은 더욱 복잡해진 양태를 띠었고, 조선인들은 학습해야 할 언어가 일본어에서 조선어로, 일본어에서 영어로 변모된 혼란스러운 상황에 노출된다.[26] 그러나 여전히 해방은, 이중언어의 강압적 위계에서 벗어나 조선말·글의 통일에 대한 구상을 현실화할 수 있는 가능성과 계기를 품고 있었다. 당시 미군정은 조선 점령에 대한 사전 준비가 부족했기 때문에 교육과 문화 정책을 조선의 교육 전문가들에게 의존했던 것이다.[27] 이러한 가운데 재건(1945.8)된 조선어학회를 중심으로 '민족어로서의 모국어 회복 운동' 등이 전개되었고, 훼손된 모국어의 회복을 통해 민족 국가의 기반을 확립할 수 있다는 믿음은 정치·이념적 대립을 떠나 당연한 것으로 받아들여졌다.[28] 이러한 문화적 맥락에서 탄생한 엄흥섭의 「언어교육론」은, 1930년대 후반 그가 보였던 언어의식이 해방기를 맞아 어떻게 변모해 가는지 알 수 있게 해준다.

....

데 조금 더 못 참겠수—"라고 말해보지만, 생활고를 견디다 못한 아내는 그가 지금까지 쓴 원고를 휴지장수에게 팔아버리고, 절망한 박 선생의 자살 시도를 목격한 뒤 죽음을 택한다. 엄흥섭, 「봄오기 전」, 『신세대』, 1948.5, 108~111쪽.

26 조윤정, 「언어의 위계와 어법의 균열—해방기~1960년대, 한국의 언어적 혼종상태와 문학자의 자의식」, 『현대문학의 연구』 46, 한국문학연구학회, 2012, 74쪽. 이 연구를 비롯하여 해방기의 언어와 관련된 언어의 위계와 번역의 문제에 대해서 다루고 있는 최근의 주요 성과로는 박지영, 「복수의 '민주주의'들—해방기 인민(시민), 군중(대중) 개념 번역을 중심으로」, 『대동문화연구』 85, 성균관대 대동문화연구원, 2014; 이재은, 「해방 후 한글전용론의 주체, 방법, 범위의 문제」, 『상허학보』 41, 상허학회, 2014; 황호덕, 「해방과 개념, 맹세하는 육체의 언어들—미군정기 한국의 언어정치학, 영문학도 시인들과 신어사전을 중심으로」, 『대동문화연구』 85, 성균관대 대동문화연구원, 2014; 신지영, 「쓰여진 것과 말해진 것—'이중' 언어 글쓰기에 나타난 통역, 대화, 고유명」, 『민족문학사연구』 59, 민족문학사학회, 2015를 참고할 수 있다.

27 한준상, 「미국의 문화침투와 한국교육」, 『해방전후사의 인식』 3, 한길사, 2006, 572쪽.

28 김동석, 「해방기 어문 운동이 문학에 미친 영향—문인들의 반응을 중심으로」, 『어문논집』 54, 민족어문학회, 2006, 388~389쪽.

이 글에서 엄홍섭이 먼저 문제 삼고 있는 것은 해방 3년이 되었어도 "朝鮮말, 日本말, 英語가 한데석겨 뒤범벅이되여 나오"는 현실이다.[29] 그는 문제의 심각성을 강조하기 위해 거리에서 직접 자신이 들었던 말을 적어 보인다.

말한마듸 서로 주고바들때보면 朝鮮말, 日本말, 英語가 한데석겨 뒤범벅이되여 나온다. 그甚한例를 몇가지參考로 引用한다.

1, "애, 정숙인 이번 니찌요비 겟곤 한다는데 아주 스바라시이 헌옷감이만트라"

2, "정숙이가 아바다(곰보)인데도 신랑이 오 · 케 햇다지?"

3, "신랑이 호레루 한게 아니라 정숙이가 호레루 햇대"

4, "나루호도 새로운 뉴-슨데"

이것은 筆者가 最近에 어떤 女子生들이 假頭에서서 주고받든會話에 一節을 寫生한것이다 또 一例를 引用한다.

"어이 기미기미 가께우동 한턱 내라"

"이자식아 해부노다"

"나두, 쟁기네-트다"

"애, 너 곤사이스 에이와지덴 후루혼야에가 파러서 젠사이 사먹자!"

이것은 十七, 八歲의中學生들이 下宿房에서 하는 對話의 一節을 따온 것이다.[30]

....
29 엄홍섭, 「언어교육론」, 『개벽』, 1948.5, 58쪽. 이는 해방기의 언어를 당대인의 감각으로 직접 받아 적은 구술 자료라는 점에서 중요하다.
30 위의 글, 58~59쪽.

위 인용문은 일상 대화에서 "니찌요비", "겟곤", "스바라시이", "호레루", "나루호도" 등의 일본어와 "오·케", "뉴-스" 등의 영어를 포함하여, 여러 언어들이 섞여 쓰였던 당대 남한의 현실을 잘 보여준다.[31] 엄흥섭은 이러한 당대의 언어적 상황에 대하여 조선어학회를 중심으로 한 한글강습회가 소규모로 개최되었을 뿐 "민족적인 사회적인 시설과 노력과 사업"이 없었다는 점을 큰 문제로 지적한다.[32] 이어서 그는 "좀더 실제적이고 구체적인 연구"의 일환으로, 문자교육과 언어교육에 대해 다음과 같이 이야기하기 시작한다.[33]

解放後 果然 朝鮮語文의 敎育에있어 그것이 眞實로 朝鮮民族生活의 血液으로서의 敎授를 한사람이 몇사람이나될것인가! ① 學校敎育에있어서 從來 日帝殘滓가남어 言語敎育보다는 文字敎育에 偏重한것은 事實이다.

用語敎育이란 먼저 言語敎育에서부터 들어가야 하는것이 順序인데 먼저 쓰는(筆記) 敎育 卽 文字敎育에 置重한데서 朝鮮語는 얼른蘇生되지 않고 混亂한 狀態에서 허덕이고있는것이다. (…중략…) 그런데 이 言語敎育 이란 實際에 있어서 여러가지 難問題가 附隨되여온다.

② 첫재 地方的差異에서오는 標準語와 方語問題다. 標準語의 正確性과 아름다운 것을 地方敎員은 늘 言語敎育에있어 强調하고 標準語의 生活로 導入시켜야 할것이다. (…중략…) 正確, 價美한 標準語의 '音聲言語' 敎育의 實際化없이 朝鮮語文의 發

....

31 「언어교육론」에서 엄흥섭은 사람들의 언어생활에 있어 "朝鮮말, 日本말, 英語가 한데석겨" 쓰인다는 점을 지적하고 러시아어에 대해서는 따로 언급하지 않았다. 그러나 서울대 규장각한국학연구원의 김시덕 선생님에 따르면 엄흥섭이 예로 제시한 말 중 "쟁기네-트"는 "돈이 없다'라는 뜻의 러시아어(деньги нет, денег нет)에서 온 것이다. 소중한 조언을 해주신 김시덕 선생님께 감사드린다.

32 위의 글, 58쪽.

33 위의 글, 60쪽.

達은 없다, 近來 京畿道附近사람들이 慶尙道山間僻地에가면 그地方의言語를 알어들을수 없을만큼 粗雜한 方言에 頭痛을알른수가많다. 그反面에 그地方 사람들은亦是 標準語인 서울말을 잘못알어듯는 例가 많다.

　그地方的特殊性을가진 言語의傳統으로서의 方言을 文化史的인意味에 서는 無視할수없지만 言語敎育의 理論的結果로보아서는 方言은 하로 바삐整 理되여야 할것이다. (…중략…) 그리고 言語敎育에 있어서 兒童이 가장 重大 한 影響을 받는곳은 家庭이다 就學以前의兒童에게도 家庭敎育이 必要한것은 두말할것도 없거니와 그 ③ 言語敎育(即音聲敎育)에있어서 큰 관심을가지지 않으면 않될것이다. (…중략…) 言語는 그사람의敎養程度를 音聲으로 表現 한것이다. (…중략…) 따라서 言語敎育은 첫재 言語自體의 文化性을忘却하 고는 成立될수없다. 言語의構成要素인 音量, 强弱, 高低, 抑揚, 速度等……그 모든條件이 適當히具備되지 않는다면 言語는 言語로서의 文化性을 喪失하고 말것이다. (…중략…) 文明한 民族의 民族語는 一般的으로 귀에 거실리지 않는다. ④ 말하자면 音聲言語의 美의修練을 無視할수없는것이다. 그럼으로 言語 敎育은 言語의 美의修練에 一層協力해야할것이다 그러자면 무었보다도 言語藝術人 의 絶對協力이 必要한것이다. (…중략…) 言語의修練, 文化的인修練 即의審美的方 向으로의 發展이없이는文字亦 發展이 없을것이다. 그럼으로 아모리 文字上 外形的 으로는 美的修練이된것같으래도 實際에있어서 言語美의修鍊이 없는 것이면 이것은 文化的價値를 잃은文字에지내지 않는다.[34]

'해방 후 조선어문의 교육'에서 엄홍섭은 '문자언어'와 '음성언어'를 엄격히 구별하고 있으며 '문자교육'에만 치중하는 것을 일제의 잔재로

....
34 위의 글, 57~62쪽.

파악하고 있다(①). 여기에는 이중언어적 상황 때문에 조선말·글이 통일된 형태로 성립하지 못했던 일제강점기의 언어 환경에 대한 인식이 깃들어 있다. 엄홍섭은 일제의 잔재에서 벗어나기 위해서는 음성교육이 문자교육보다 선행되어야 한다고 주장한다. 그에게 '언어교육'은 곧 '음성교육'이며(③) 문자언어의 문화적 가치는 미적 수련을 거친 음성언어를 통해서만 발현될 수 있다(④). 엄홍섭에 따르면 언어교육을 위해 지방교원은 표준어의 정확성과 아름다움을 늘 강조해야 한다(②). '말'을 통해서만 '글'이 발현될 수 있다는 엄홍섭의 논리에서, 해방기의 그가 음성언어로서의 조선어를 중심으로 말과 글이 통일되는 언어 환경을 구상하고 있음이 확인된다. 그에 따르면 현시대 언어교육에서 가장 중요한 것은 "음성언어의 미적 수련"(④)이며, 이를 위해서는 "언어예술인의 절대 협력"(④)이 요청된다. 이러한 엄홍섭의 주장에서, 일제강점기 문인들의 언어 의식이 해방기를 맞이하면서 변모하는 모습을 살펴볼 수 있다. 입말의 통일이 전제될 수 없었던 이중언어적 상황에서 엄홍섭이 쌍형상화 도식의 규율을 벗어날 수 있는 새로운 글말을 모색한 것이 1939년의 글이라면, 1948년 평론에서 엄홍섭은 입말을 먼저 통일한 후 글말을 통일하자고 주장한다. 요컨대 해방기의 엄홍섭은 구심적인 어문운동에 대한 필요성을 다시금 느끼면서 조선어가 기반이 된 새로운 언어 상황을 구상하고 있다.

3. 의식적인 방언의 활용과 인칭적 연대

평론 「새로운 말의 창조」(1939)와 「언어교육론」(1948) 사이에, 소설 「귀환일기」(『우리문학』, 1946.2)와 그 속편인 「발전」(『문학비평』, 1947.6)이 놓여 있다. 「귀환일기」와 「발전」은 일제강점기에 일본으로 갔던 조선 출신의 사람들이 해방 후 돌아와 조선에서 정착하기까지의 과정을 다룬 이야기이다. 이 소설들에는 해방기 엄흥섭이 구상했던 국가·공동체의 모습과 그 구성원이 될 사람들 사이의 관계에 대한 사유가 드러나 있다. 엄흥섭의 소설에는 평론에서 직접적으로 표명된 그의 언어의식이 일정 부분 반영되어 있으며 동시에 평론으로 수렴되지 않는 여러 국면들 또한 나타난다.

「귀환일기」와 「발전」의 주인공 순이와 친구 영희는 해방 삼 년 전, '여자정신대'로 군수공장에 강제로 끌려온 뒤 이곳을 탈출하려다 가짜 형사에게 속아 술집 작부로 팔리고 만 처지이다. 이들은 해방이 되었다는 소식을 접하고 귀환을 서두른다. 「귀환일기」는 이들이 일본에서 조선으로 향하는 배를 타기까지의 여정과 '애비 모를 자식'을 임신한 순이가 배 안에서 아이를 낳게 되는 장면을 중심으로 구성된다. 「발전」은 해산 후 병이 난 순이가 '전재동포수용소'와 '전재동포치료소'를 전전하다 고향인 서울에 정착하는 과정이 다루어진다. 귀환과 정착의 과정에서 순이와 영희는, 원치 않은 일본인 남성의 아이를 임신한 '대구여인'과, 순이와 대구여인의 구완을 자처한 '서울노인' 등을 만나게 된다. 이때 주목할 점은 이러한 인물들의 발화 내용을 전달하는 서술자의 태도에 있다.

①

순이는 이 정거장에 오자 마자 마치 조선에 건너온것가튼 든든한 생각이 일어낫다.

어듸로 가든지 표가나는것은 짐보통이에 매달린 바가지짝이다. 순이는 바가지짝이 매달린 짐보통이가 노혀있는 중년부인네 사오명이 안진 양지쪽으로 옮겨갓다. 영히도 그뒤를 따러섯다.

"아이구 이삼들아 배가 저래 가지구요 어떻게 차를 탈락쿠노……"

어떤 경상도 사투리의 중년여자가 순이를 바라보며 걱정석긴 어조로 말하자

"애기 아버지는 어듸있간듸 저러케 혼자가오?"

하고 전라도 사투리의 젊은 여인네가 말을 잇는다.(「귀환일기」, 2쪽)

②

"보소 새데기들 어디까지가요? 야?"

역시 경상도 사투리의 중년여자가 머리에는 수건을 쓴채 얼숭 덜숭한 일본천의 몸베를 입고 안젓다가 반가운듯이 묻는다.

"우린 서울까지 예요―"

"서울이요? 나는 대구까지요 우리 여자들 끼리 가치 갑시다"

중년여자도 배가 북통같이 부르다.

"나두 오늘 내일 당장 길바닥에서 몸을 풀지 알수없는데 새데기 배두 엥가니 부르구만……"

중년 부인은 사투리를 써가며 순이의 얼골을 작고 바라본다.

"걱정두 팔자다 제엔장 마질 사람이 어듸 죽으란법 잇나 길바닥에서 해산을 허더래두 내가 다 삼갈러줄테니 미리부터 걱정마우……"

오십이 좀 넘어 보이는 경기도 사투리의 늙은이 하나가 씩씩하게 장담하고

나선다.(「귀환일기」, 5~6쪽)

③

어썬여자는 아이를 씬채 곤이 쓰러저자고 어썬여자는 아이가 선잠을 쌔
엿는지 안고이러서서 웃줄웃줄 아이를 흔들며 콧ㅅ노래로 자장가를 불르
드니 순이일행이 갓난아이들을 안고 드러오는것을보고 가깝게 닥어오며

"아이구 갓난 애기로그만. 열낙선가운데서 해산하셧는게라우."

하고 전라도 사투리로 친절하게 말하며 신기스러운듯 순이와 대구여인의
얼골을 살피드니

"어서들 좀 아무데라두 한숨 주무시라우 얼마나 열락선서 시달렷는게라
우! 나는 이 돌이다된 이지집애업구 나오는데두 죽을고생을 햇는듸……."
하고 흐유ー하고 한숨을 내쉰다.(「발전」, 9쪽)

④

"보소 우리는 언제나 떠나게 되능기요 야?"

대구여인이 원호회 역원에게 무ㅅ자 역원은 서울말로

"가만이 계십쇼. 다 오신차례대루 보내드릴테니 염려맙쇼ー."

하곤 어듸로엔지 바쎄가버린다.

"설마 내썅에 왓는데 아모때 간들 어떨나구! 다차례차례 보내주겟지……."
서울노인은 이러케 말하며 수용소넓은 마당을내다본다. (…중략…)

"곡간차를 타구라두 어서가야죠. 아모리 내썅이라두 이번 타관에서 되겟스니까ー."
누구인지 개성사투리로 불쑥 튀여나선다.(「발전」, 10쪽)

①과 ②는 「귀환일기」에서 함께 귀환길에 오른 주변 사람들이 임신

한 순이에게 관심을 보이면서 걱정을 나누며 순이를 격려하는 대목이다. 이때 작가는 다양한 지역의 방언을 구사하는 인물들을 등장시키면서 서술자의 입을 통해 "경상도 사투리", "전라도 사투리", "경기도 사투리"라는 말을 명시적으로 제시하고 있다. 「귀환일기」의 속편 「발전」에서도 방언의 다채로움이 뚜렷이 관찰된다. ③과 ④는 부산에 도착한 순이 일행이 '전재동포수용소'에서 머물게 된 상황을 묘사한 부분이다. ③에서 서술자는 순이 일행이 갓난아이들을 안고 들어오는 것을 보고 "어쩐 여자"가 "전라도 사투리로 친절하게 말"을 걸고 있다고 설명한다. 또한 ④에서는 "개성사투리"를 쓰고 있는 인물에 대해 서술하고 있다.

인물의 말을 옮긴 뒤 독자에게 이 말이 '어느 지역의 방언인지'에 대해 직접적으로 알려주는 서술자의 어조는 매우 독특한 것이라 할 만하다. 이때 지역 방언의 종류에 대해 명시하는 서술은 '인칭人稱적 연대'가 이루어지는 장면에서 주로 쓰인다는 점에 주목해 볼 수 있다. '인칭적 연대'란 '돌보는 자'와 '도움 받는 자'가 직접적으로 도움을 주고받는 개념으로서 제도화되고 기관이나 국가가 매개하는 '비인칭非人稱적 연대'에 대비된다.[35] '비인칭적 연대'의 사례로는 ④의 '원호회 역원'을 들 수 있다. ④에서 인물들을 다소 사무적으로 대하는 원호회 역원의 말이 "서울말로" 발화되었다는 점을 서술자가 명시하고 있음을 감안할 때 ①, ②, ③에서의 인칭적 연대를 구성하는 다양한 지역의 방언들은 긍정적 이미지를 획득하고 있다.

「귀환일기」와 「발전」에서 보이고 있는 방언의 긍정적 이미지는 앞

----

35 '인칭적 연대'와 '비인칭적 연대'에 대해서는 사이토 준이치, 윤대석 외역, 『민주적 공공성』, 이음, 2009, 83쪽을 참조할 수 있다.

서 살핀 평론에서의 방언과 차이를 보인다. 가령 위의 인용문들에서 소설 속 인물들은 다채로운 방언을 구사하고 있음에도 의사소통에 전혀 어려움을 겪지 않는다. 하지만 평론 「언어교육론」에서 엄흥섭은 "近來 京畿道附近사람들이 慶尚道山間僻地에가면 그地方의言語를 알어들을수 없을만큼 粗雜한 方言에 頭痛을알른수가많다. 그反面에 그 地方사람들은 亦是 標準語인 서울말을 잘못알어듯는 例가 많다"고 말한다.[36] 평론에서 방언의 다양성은 원활한 소통을 방해하는 '잡음'처럼 치부된다. 한편 이와 달리 소설에서는 다양한 지역 방언이 어휘와 억양은 조금씩 다를지언정 한데 묶여 '조선말'이라는 범주 안에서 동일한 것으로 인식되고 있으며 긍정적인 이미지를 지닌 것으로 간주된다. 주인공 순이가 일본에서 조선으로 향하는 배 안에서 "서로중얼거리며 도란 도란 속삭이는 이야기 소리도 반가운 조선말들"을 듣고 "웬일인지 새기운이 새암솟는듯 온전신이 화근해 올라오는 어떤 흥분과 함끠 융기를 느끼"게 된다는[37] 서술이 이를 극명하게 드러내 준다. 각기 다른 방언을 쓰고 있지만 개성 사투리를 쓰는 '누군가'와 '서울노인'은 부산에 배가 닿은 뒤 모두 '내쌍'에 돌아왔다는 인식(④)을 보이며, 이를 형상화하는 과정에서 방언은 모두 같은 조선어로서 구성원들의 정체성을 구성하는 주요한 장치로 기능하고 있다.[38] 방언을 구사하면서 '내쌍'으로 돌아가기를 염원했던 이러한 인물들은 엄흥섭이

---

36 엄흥섭, 「언어교육론」, 앞의 책, 60쪽.
37 엄흥섭, 「귀환일기」, 『우리문학』, 1946.2, 2쪽.
38 한편, 엄흥섭에게 방언은 교육적인 차원에서는 사라져야 할 것이었지만 문화사적 차원에서는 무시할 수 없던 것이었다. "그地方的特殊性을가진 言語의傳統으로서의 方言을 文化史的인意味에서는 無視할수없지만 言語教育의 理論의結果로보아서는 方言은 하로 바삐整理되여야 할것이다."(엄흥섭, 「언어교육론」, 앞의 책, 60~61쪽)라는 구절이 이를 암시한다. 엄흥섭의 경우 방언의 문화사적 의미는 소설의 영역에서 탐구된다고도 볼 수 있을 것이다.

작품 내에서 새로운 국가·공동체의 구성원으로 설정한 사람들이다.

엄홍섭은 소설 속 인물들이 여러 해 일본에서 거주했던 사람들일 것임에도 구어로서의 조선어를 여전히 생생하게 구사하고 있었다는 점을 보여주려 한다. 이들이 다른 언어에 영향 받지 않은 날것 그대로의 방언을 구사하는 모습은, 「언어교육론」에서 지적했던 "조선말, 일본말, 영어가 한데석겨 뒤범벅이 되어 나온" 현실과 극명한 대비를 이룬다. 또한 이는 평론 「새로운 말의 창조」에서 대상을 일본어로 인식한 뒤 의식적인 노력을 통하여 조선어로 표현했다던 1930년대 말 엄홍섭 자신의 고백과도 거리를 두고 있다. 당시의 이중언어적 상황에서 엄홍섭이 이극로와 함께 발견했던 새로운 문학어는, 해방기 '모국어 회복 운동'의 열기를 등에 업고 '순수한' 조선어의 외피를 입은 방언이라는 양태로 전환되어 새롭게 기억된다. 다시 말해, 「귀환일기」와 「발전」에서의 의식적인 방언 활용은 조선으로 귀환하는 배에 오른 인물들의 출발지가 일본이 아니었음을 상징적으로 드러내고자 했던 엄홍섭의 욕망이 반영된 결과로 해석될 수 있다. 그는 서술자의 목소리를 통해 방언을 쓰는 인물들 간의 연대가 일본어와 동떨어진, 익숙하고 "반가운"[39] 언어감각에서 연유한다는 점을 드러내고자 한다. 그리고 이때 이러한 '익숙함과 반가움'을 더욱 공고히 하는 것은 작품 내에서 구체적으로 서사화되고 있는 인칭적 연대의 장면들이다.

이순간 어디서 엔지 뜻밖게 "응아" "응아" 하고 또 갓난 어린아이 우는 소리가난다.

....
39 엄홍섭, 「귀환일기」, 앞의 책, 2쪽.

"아아니 참 대구 마누라 어디 갔서?"

"글세 그마누라가 없서겼군!"

"도대체 어듸야 아이우는 소리나는곳이"

순이의 첫국밥을 끄리든 부인네들은 아이 우는곳을 차저서 몰려갔다.

새벽바람이 차디차게 부러치는 갑판(甲板) 한구석지에서 아이우는소리가 똑똑이 들린다.

아까 순이가 아이를 낫는것까지 보고있든 대구여인이 샛밝안 아이를 난채 쓰러졌다.

"아이유 이치운데 나와서 이게 웬 일이요! 응?"

부인네 하나가 깜작 놀라며 산모를 부축해 일으킨다. 한여인은 어느틈에 우는 어린아이를 부둥켜 안으려 한다.

"보듬지 마시소 원수놈의 씨알머리요 내가미친년이지 어쩌다가 타국놈의 씨를 바덧섯는지 모몰르겠구만!"

대구여인은 별반 괴로워보이는 기색도없이 언제 아이를 나었느냐는듯 태연스럽게 자기가 나은 어린애를 물그럼이 바라보기만한다.

"아, 이 여편네야 어쩔라구 글세 이런 바람 센곳에 나와 아이를 낳는단 말요."

부인네 하나가 왈칵 달려들며 어린아이를 산모의 치마로 휘모라 싸가지고 일어선다.

"내차두소 웬수놈의 씨알머리요 우리조선이 인제 독립되게됬는데 웬수놈의 씨를 나가지고 가면 되겠능기오!"

대구여인은 이러케 자긔주장을세우며 그대로 안저서 이러날 생각도 안는다.

"웬수놈의 씨알머리고 아니고 간에 갓난어린게 무슨 죄가 있우! 입딱 다물고 잘키워 노면 그래두 다 우리나라 백성되지 지애비 차저 가겠수!"
(…중략…) 피비린내 나는 옷자락을 끄을고 제자리로 도라와 안자 한여인
이 불이나케 미역국과 밥을 가지고 온다.

"내가 무슨 낫짝으로 미역국을 먹겠능기요 담뇨 안새덱은 '건국동'이
나 낫지만…… 아이유 웬수놈의씨……"

"그런소리말구 어서 첫국밥이나 바두! 그저 입딱 아물고 잘키우 제가
난 자식이니 제자식이지 어째서 웬수놈의 자식이람"

국밥을 가지고온 여인은 정색을 하고 대구여인을 꾸짓는다.

대구여인은 잠간동안 아무말도 못하고 제가난 어린애를 나려보다가 이
윽고 첫국밥을 먹기시작한다. (…중략…) 선객들은 이구석 저구석에서 수
군덕거리드니 건국동이가 둘이나 낫다고 좋아라 날뛰며 축하추럼들을 내
너라고 야단법석이다.

어느틈에 회색빛새벽은 물러가고 새밝안 아침해가 동쪽바다를 물드리
기시작한다.

두 건국동이를 실은 귀환선(歸還船)은 현해탄의 성낸파도를 헤치며 부산
을 향하야 서북으로 서북으로 더한칭 돌진하기 시작했다.(「귀환일기」, 18~
19쪽)

위의 인용은 엄흥섭이 형상화한 인칭적 연대의 특성이 비교적 잘
드러난 대목이다. '일본인' 남성의 아이를 임신한 '대구여인'은 순이
처럼 배 안에서 아이를 낳게 된다. '애비를 알 수 없는 아이'를 임신했
지만 자신은 "원수 일본인"의 아들이 아닌 "조선의 아들"을 임신했다
는 점을 이유로 들면서, 순이는 "조선사람의 씨를 바든것만은 떳떳이
자랑할만한 사실"이라고 스스로 자기를 위로하려 한다. 귀환하는 배

안에서 아이를 낳게 된 순이는 자신의 슬픔을 민족적 자부심으로 대체해보려 시도한다.[40] 이러한 순이와 달리 대구여인은 "내차두소 웬수놈의 씨알머리요 우리조선이 인제 독립되게됐는데 웬수놈의 씨를 나가지고 가면 되겟능기오!"라고 한탄하며 일본인 남성의 아이를 낳았다는 사실을 부끄러워한다. 이때 배 안에 있는 사람들의 반응을 눈여겨 볼 수 있다. 대구여인의 탄식을 듣자, 선실에 있던 '부인네 하나'가 "웬수놈의 씨알머리고 아니고 간에 갓난어린게 무슨 죄가 있우! 입딱 다물고 잘키워 노면 그래두 다 우리나라 백성되지 지애비 차저 가겟수!"라고 소리치고, '국밥을 가지고 온 또 다른 여인'은 "그저 입딱 아물고 잘키우 제가 난 자식이니 제자식이지 어째서 웬수놈의 자식이람"이라며 대구여인을 꾸짖는다. 서술자 또한 이러한 여인들의 의견에 동소하듯 "선국동이가 둘이나 낫다고 좋아라 닐뛰며 축하추렴들을

<hr />

40 이 대목을 인용하면 다음과 같다. "순이는 이순간 애비모를 자식을 밴 자기의 몸이 값없이 천하다는것을 이청년에게 알리게 된것이 더욱 서럽고 부끄러웠다. 그러나 순이는 이렇게 생각하고 스스로 자긔를 위로하려기도 했다. ─비록 몸은 천한 구렁속에 처박히였을 망정 원수 일본인에게는 절대로 몸을 허하지 않았다. 그렇다면 뱃속에든 어린아이는 역시 조선의 아들이 아닌가! 해방된 조선! 독립되려는 조선에 만일 더러운 원수의 씨를 받어가지고 도라간다면 이얼마나 큰 죄인일가!"(「귀환일기」, 10쪽) 엄흥섭의 귀환서사를 다룬 선행 연구들에서 순이의 심리를 드러내는 이 장면은 대표적으로 자주 인용되었던 대목이다. 이는 혈족적 동일성에 대한 엄흥섭의 강박증을 드러내는 주요 근거로 사용된다. 여기에 대해서는 정종현, 「해방기 소설에 나타난 '귀환'의 민족서사─'지리적' 귀환을 중심으로」, 『비교문학』 40, 한국비교문학회, 2006; 오태영, 「민족적 제의로서의 '귀환'─해방기 귀환 서사 연구」, 『한국문학연구』 32, 동국대 한국문학연구소, 2007; 정재석, 「해방기 귀환 서사, 결속의 상상력괴 균열의 역학」, 『사이(SAI)』 2, 국제한국문학문화학회, 2007을 참고할 수 있다. 이들 연구가 공통적으로 지적하는 것은 당대의 많은 작가들이 순혈로 이루어진 국민국가를 상상했다는 점, 그리고 이러한 내셔널리즘 이데올로기가 지니는 위험성이다. 이러한 일련의 연구 성과들은 기존의 민족주의적 해석을 극복, 보완했다는 점에서 그 의의가 크다고 평가할 수 있다. 하지만 다른 한편으로 내셔널리즘에 대한 비판 담론 안에서만 당대의 소설들을 바라보는 것 또한 경계해야 할 지점이라고 생각된다. 일본을 타자로 한 이분법적 수사가 가득했던 당대의 전반적인 분위기를 고려하면서, '민족국가'에 대한 동조 혹은 비판의 과정에서 누락되거나 과소평가되었던 다양한 공동체의 상상력과 가능성들을 다시금 깊이 들여다볼 필요가 있다.

내너라고 야단법석"인 선실의 풍경을 그리며 자못 희망적인 결론으로 소설을 마무리 짓고 있다.[41] 이러한 전체 구성을 염두에 두고 볼 때 엄홍섭은 원치 않은 일본인 남성의 아이를 임신한 '대구여인'과, 역시 원치 않은 조선인 남성의 아이를 임신한 '순이'의 아이 모두가 '건국동이'로 받아들여짐으로써 공동체의 구성원이 될 수 있다고 말하고 있음을 알 수 있다.

"입딱 다물고 잘키워 노면 그래두 다 우리나라 백성되지"라는 '부인네'의 논리는 해결의 수순이 아니라 단순한 봉합 차원의 말처럼 보일 수도 있다. 그러나 '혈족적 순수성'이라는 미명 아래 부계 혈통과 가부장적 전통을 중시했던 해방기의 많은 사례들을 참조한다면,[42] 후천적 요인을 강조하는 이 대목이 국가 성립의 주요 조건으로 전제되던 '순혈주의'에 균열을 내는 장면을 이룬다는 해석은 충분히 가능하리라 생각된다. 나아가 이 점을 다소 급진적으로 진전시킨다면, 인용된 대목에서 '부인네'의 논리는 '혈연이란, 사회적으로 구성된 허구의 산물'[43]이라는 명제로 이어질 수 있는 가능성을 품고 있다고도 할 수 있을 것이다. 「귀환일기」에서 순이와 대구여인을 진정으로 다독일 수 있는 것은 그들의 아이를 혈연에 따라 차별하지 않고 모두 '건국동이'로 받아들이는 배 안 사람들의 동정과 포용력이다. 서술자의 표현에

....

41 이러한 희망적 전망은 「귀환일기」의 속편 「발전」에서도 이어지고 있는데 이를 다음 장면에서 확인해 볼 수 있다. "대구여인은 배가 혼들리거나 말거나 물결속으로 폭 들어가거나 말거나 별반 놀래는 기색도업시 순이 겨테누어서 채 어린 애를나리다 보다가는 「흥! 죄업는 느그 때문에 이배는 안어퍼질 기루그만……」하고 (…중략…) 방그시 우서보이며 순이를 바라본다. 순이는 아모말업시 그저 그의 락관적 태도에 빙그레 우섯다. 영히도 따러 우섯다." 엄홍섭, 「발전」, 『문학비평』, 1947.6, 7쪽.
42 해방기의 이러한 시대적 분위기에 대해서는 김종욱, 「해방기 국민국가 수립과 염상섭 소설의 정치성─「효풍」을 중심으로」, 『외국문학연구』 60, 한국외대 외국문학연구소, 2015를 참조해 볼 수 있다.
43 도자카이 도시아키, 방광석 역, 『민족은 없다』, 뿌리와이파리, 2003, 65~67쪽.

따르면 이들은 자괴감에 빠진 대구여인에게 직접 미역국과 밥을 먹이고 바람 센 곳에 나와 있는 아이를 부둥켜 안는다. 타인의 처지에 대한 공감을 바탕으로, 「발전」의 인물들은 단순히 공감하는 데에서 한 발 더 나아가 더욱 구체적인 행동으로 타인을 위한 배려를 실천하고자 한다. '타인의 고통을 자신의 것처럼 여기고 이해하며 타인을 도와주고자 하는 윤리적 감성'이 동정이라면,[44] 이러한 인물들의 모습은 동정에 기반하고 있다고 볼 수 있다. 동정은 '정신적·물질적으로 도움을 베푼다'라는 실천적 행위를 수반한다는 점에서 연민이나 공감과 구별된다.[45] 엄흥섭은 새로운 공동체를 이루는 구성원들이 지녀야 할 자질로 타인의 고통에 몰입할 수 있는 감수성과 타인의 처지를 내 것처럼 여길 수 있는 상상력을 요청하고 있다. 이처럼 일본에서 조선으로 귀환하는 배 안에서 다양한 방언을 구사하는 이질적 개인들은, 동정을 바탕으로 직접 도움을 주고받는 인칭적 연대를 형성하며 결집하는 특성을 보인다.

⑤

　서울노인은 해산후 며칠동안은 으레배가좀 아픈법이라고 순이를 안심식히면서도 혹시 찬바람에 구진피가 나오지 하고 뱃속에 그대로 뭉쳐서 그러타고 생각한남어지 식당에까지 쪼차가 더운물을 어더다 수건에 적시여순이의 아래ㅅ배를 더웁게 더퍼주는둥 영히는 일본서 일음도 성도 모를 청년에게 어든 담뇨를 다시보퉁이에서 끄내여 순이를 더퍼주는둥 순이의젓에 몽오리가 크게 섯다고 대구여인은 걱정하며 걸그러운손으로 순이의 젓퉁을 함부로 주물르는둥 한창 야단들이다.

44　손유경, 『고통과 동정』, 역사비평사, 2008.
45　위의 책, 14쪽.

순이는 일가친척도아닌 서울노인과 대구여인이 이러케까지 자긔에게 고맙게대해주나 시프매 어느듯 쓰거운 눈물이 츠르르 하고 자긔도모르는 사이에 양쪽 귀미틀 적시엿다.(「발전」, 9~10쪽)

⑥

원호회역원은 곳 사무실에 보고하고 순이를 그곳(인용자—전재동포수용소)에서 멀지안흔 전재동포치료소(戰災同胞治療所)란 간판이 부튼 병원으로 들것에 태워 옴겨갓다. (…중략…) 그동안 대구여인과 서울노인은 갈차례가되어제각기자긔집으로 도라가고 오직 순이와 영히만이 치료소에 그대로 남어 이슬뿐이다.

이 치료소 안은 전부 일본서 병드러건너온사람, 거넌오다가 병이난사람, 건너와서 기차차례를 기다리고 잇다가 병이난 사람들을 모아다가 돈한푼 밧지안코 친절이 고처주는 곳이엿다.

의사들은 모다 젊은청년들이엿다.

서울어느 의학전문학교 학생들과 쯧잇는의사들이 자발적으로 이러케 전재동포들의 보건을 위하야 단체를 만드러 가지고 나려와 친절하게 치료들을 해주고 잇다는말을 들엇을때 순이도 영히도 눈물을 흘리엿다.

순이가 입원하고잇는 병실은 남자나 여자나 구별없이 한데들어 이섯다. (…중략…) 병실안의 환자들은 하로가 만나는듯 어서어서 자기고향으로 도라가고 십펏든지 순이 등뒤쪽에누은 청년은 휘ㅅ바람으로 「고향노래」를 불르는둥 또 어떤노인은 담배ㅅ대를 탁탁털드니 닐근신문지를 머리마테 내러지고 맥을지프로온 젊은의사에게

"내병두 얼른 나어야 겟지만, 선생님 여봅쇼 조선이 언제나 독립이 된답니까."

"글세요."

젊은 의사는 빙그레 우스며 이 이상더 말이 없다.

"친일파, 민족반역자놈들을 언제나다 소탕해 버립니까. 그놈들 때문에 조선 독립이 작구작구 느저만지는거 아닙니까 신문좀 보십쇼……."

노인은 다시 의사의 얼골을 바라보며 이러케 말을 하자 젊은 의사는

"그럿습니다. 지금 조선안에는 일본놈 세력밋에 잘살든 친일파놈들이 독립이 얼는되면 저이놈들 목숨이 위태하니까 어떠케 해서라두 독립이 얼는 안되게 방해를놀고 잇습니다."

그러케 말하며 이웃사람의 맥을 지프로 올르간다.(「발전」, 13쪽)

「귀환일기」의 귀환선에서 제시되었던 인칭적 연대의 장면은, 여인들이 "일본서 건너온 전세동포 수용소"⁴⁶에 머무르게 되면시 한층 구체적으로 묘사된다. 이를 ⑤에서 확인할 수 있다. ⑤에서는 아이를 낳은 뒤 병을 앓게 된 순이를 보살피는 여인들의 손길이 묘사된다. 서울노인은 더운물에 적신 수건을 순이의 배에 덮어 주고, 영희는 담요를 가져다 주며, 대구여인은 순이의 젖을 주무르는 이 장면은 촉각을 환기하는 표현들로 가득하다. 이는 ⑥과 대조해보면 더욱 두드러진다. 도움과 연대의 장면을 형상화하고 있다는 데에서 ⑥은 ⑤와 공통적이다. 그러나 여인들의 동정과 도움에 관한 상세한 서술에 비해, ⑥에서 의사의 진찰은 친절히 이루어지고는 있으나 그 행위는 "맥을 짚는" 것으로 다소 단순하게 표현된다. 의사의 진찰은 "서울어느 의학전문학교 학생들과 뜻잇는의사들이 자발적으로" 만든 단체를 통해 이루어진다는 점에서, ⑤와

---

46 엄흥섭, 「발전」, 앞의 책, 8쪽.

비교할 때 ⑥은 비인칭적 연대에 가깝다는 점을 알 수 있다.

한편 기관을 매개한 이러한 비인칭적 연대는, 엄흥섭의 소설에서 국가의 존재를 강하게 암시하는 경향을 보인다는 점에 주목해 볼 수 있다. 귀환선 혹은 수용소의 인물들이 나누었던 대화와 ⑥의 배경인 '전재동포치료소'의 인물들이 나누는 대화는 확연히 다르다. '전재동포치료소'는 수용소와 달리 "남자나 여자나 구별없이 한데들어" 있는 곳이며 여기서 순이와 영희는 남성 인물들의 대화를 주로 듣게 된다. 이 대화에서는 친일파와 민족 반역자, 악덕 정당 등을 소탕하고 건설되어야 할 '국가'에 대한 당위적 발언이 핵심을 이룬다.

이때 흥미로운 점은 치료소의 그 누구도 방언을 쓰지 않는다는 점이다. ⑥의 전재동포치료소는, "전라도 사투리"③와 "개성사투리"④ 등 다양한 어투를 구사하던 인물들이 한데 묵고 있던 곳이었던 전재동포수용소에서 "멀지않은" 곳으로 서술된다. 여기에 더하여 "치료소 안은 전부 일본서 병드러건너온사람, 거넌오다가 병이난사람, 건너와서 기차차례를 기다리고 잇다가 병이난 사람들"이 모여 있다는 서술로 짐작해 보건대 출발 지역이나 말투의 차이는 수용소와 치료소에 머무는 사람들 간에 크지 않았을 것이다. 그럼에도 귀환선과 수용소에서 다양하게 제시되었던 방언은 전재동포치료소에 이르면 균질화된 언어로 제시된다. 민족국가에 대한 당위적 담론이 쉴 새 없이 오가는 치료소에서는 다양성이 강조될 여지가 없다. 이에 따라 이전까지 다양한 지역 방언의 종류를 직접적으로 명시해 가며 설명해 주었던 서술자의 모습 또한 찾아볼 수 없게 된다. 전재동포치료소를 배경으로 한 「발전」의 장면은 '중상당한 청년'이 "조선민족해방만세"를 외치며 죽음을 맞이한 것을 끝으로 마무리되며, 이후 서술의 초점은 고향인 서울에 도착한 순이와 영희에게 맞추어진다.

4. '친밀권-공동체'에 대한 구상과 한글의 위치

전재동포치료소를 배경으로 인물들의 입을 통해 '민족국가'에 대한 당위성을 제시했던 엄흥섭은 다시 미시적인 차원으로 눈을 돌려 고향에 도착한 순이와 영희의 심리에 주목하게 된다.

⑦
여기저기 울긋불긋한 수십종의 포스터와 삐라가 함부로 붙어 눈을 어지럽게 하였으나 얼른 제각각 집으로 돌아가 부모를 만나보고 싶은 초조한 마음에 그런 것은 볼 생각도 나지 않았다.(「발전」, 17쪽)

⑧
그들은 무엇 때문에 고국에 나왔는지 누구를보러 그 지독한 풍랑과 싸우며 현해탄을 건너왔는지 날이 갈사록 슬슬한 생각만 더해갓다.
일본놈들이 살든 빈집은 전재민에게 난우어 준다는 말도 들렷스나 순이와 영히쯤은 감히 단 한간방도 차지할 자격이 업슴일가 누구하나 자기들의 압길을 걱정해줄 사람은 나타나지 안흐려나(「발전」, 20쪽)

⑦에서 "수십종의 포스터와 삐라"는 "얼른 제각각 집으로 돌아가 부모를 만나보고 싶은" 순이와 영희에게 그다지 중요하지 않다. 이 대목은 「발전」의 서술이 '민족국가'를 향한 구호에서 벗어나, 순이와 영희의 심리상태로 그 초점을 이동할 수 있게 이끌어준다. ⑧이 보여주듯 고향인 서울에 도착한 순이와 영희는 안정적인 정착을 꿈꾸지만 곧 환

멸을 경험하게 된다. 적산가옥 분배 등의 제도적 혜택은 소문의 형태로 순이와 영희의 곁을 맴돌 뿐 귀환자들은 제도적 관심범위에서 소외된 상태에 놓여 있는 것으로 그려진다. 직업을 구하지 못해 남의 집 문간 방에서 하루하루 연명하듯 살게 된 순이는 "남을 밋지말자, 남자를 밋지말자, 오직 내가 나를 살리기 위해서 힘쓰자 버티자"[47]라며 마음을 독하게 먹기로 한다. 그러나 다른 한편으로 순이는 전편인 「귀환일기」에서 추운 밤 담요를 빌려 주고, 조선으로 돌아오는 배표를 자신과 다른 사람들에게 양보해 주었던 한 청년을 그리워한다.

이름도 모르지만 "담뇨의 임자 씩씩한 절믄 청년"[48]으로 기억되는 그 청년을 어느 날 영희가 종로 한복판에서 우연히 마주치게 되면서, 「발전」의 서사는 새로운 국면으로 접어든다. 순이와 영희가 무직 상태라는 것을 알게 된 청년은 취직자리를 소개해 주겠다며 집 주소를 알아가고, 청년이 보낸 편지는 곧 순이와 영희 앞으로 도착한다. 순이는 편지를 읽고 나서 청년의 이름이 '김용운'이라는 사실을 알게 된다. 그 후 편지의 봉투에 쓰인 '○○아파-트'로 찾아가 김용운을 만난 순이와 영희는 그의 소개로 그 아파트의 사무원으로 취직한다.

'친밀권親密圈, intimate sphere'의 중요성을 강조했던 사이토 준이치의 언급을 참고해 보면, 이러한 김용운의 모습을 국가 혹은 특정 공동체로 수렴되지 않는 새로운 관계 맺음의 한 형태로 위치시켜 볼 수 있다. 친밀권은 어려움을 겪는 구체적인 타자의 삶과 생명에 대한 배려·관심을 매개로 존재에 대한 긍정을 제공하는 관계성이다.[49] 친밀권의 관

····················

47 위의 글, 20쪽.
48 위의 글.
49 이때 '구체적'의 의미에 관하여 사이토 준이치는 다음과 같이 설명한다. "'구체적'이라는 것은 이중의 의미가 있다. 첫째로 친밀권의 타자는 안면 없는 일반적인 타자, 추상적인 타자가 아니다.

계는 간間-인격적inter-personal이며 타자의 삶의 구체적인 곤란에 주의를 기울이는 것이다. 이는 혈연을 매개로 한 가족이라는 형태로 환원되지 않으며, 자주 교류하지 않더라도 타자의 삶에 일정한 관심과 배려를 유지하는 다소 느슨한 연대까지 포함한다.[50] 가난으로 인해 생존을 위협받던 순이와 영희에게 「귀환일기」와 「발전」 전반에 걸쳐 지속적인 관심을 쏟은 김용운의 행동은 친밀권의 대표적 사례라 할 수 있다.

김용운의 도움을 통해 영희와 순이는 해방된 조선에서 안정적으로 정착할 기반을 마련하게 된다. 이러한 김용운의 모습은 앞서 살펴보았던 전재동포치료소에서의 비인칭적 연대가 아니다. 그렇다고 해서 이는 귀환선과 수용소에서 발견되었던 '부인네'들의, 촉각을 환기하는 인칭적인 언내와 곧바로 치환될 수 있는 성질도 아니다. 김용운은 순이와 영희가 살아가는 데에 중요한 도움을 제공하면서도 그들과 일정한 거리를 유지하기 때문이다. 김용운이 순이·영희와 연락할 때 주로 택하고 있는 소통 수단은 편지나 종이쪽지이며, 그들을 오랜만에 만나고도 다소 "태연한 동정으로"[51] 맞이하는 모습을 보이기도 한다. 순이가 김용운의 직업이 '응징사동맹의 지방연락부원'이라는 사실을 알게 되는 것 또한, 일방적으로 그의 직업이 적혀 있는 '아파트 인명록'을 펼쳐보았기 때문이다. '응징사동맹'이란 해방 후 귀환하는 응징사들의 구호사업을 위해 설립된 단체였다.[52] 응징사 출신인 김용운은 '동맹'에 소속되어 있

....
(…중략…) 둘째로 친밀권의 타자는 신체를 갖춘 타자이다. 친밀권에서는, 정도의 차이는 있다고 해도, 타자의 생명·신체에 대한 배려가 사람들을 이어주는 매체이다." 사이토 준이치, 윤대석 외역, 앞의 책, 106쪽.
50 위의 책, 106~112쪽.
51 엄흥섭, 「발전」, 앞의 책, 24쪽.

으면서도 친밀권의 영역에서 타인에게 도움을 줄 뿐, 자신이 속한 공동체에 대해 드러내거나 공동체의 가치 공유를 타인에게 강요하지 않는다. 이러한 모습은 곧 김용운이 순이·영희와 맺고 있는 관계가 느슨한 연대의 모습을 띤 친밀권적 성격을 지니고 있음을 보여준다.

한편 엄흥섭은 친밀권의 영역에서 연대를 경험한 인물이, 스스로의 의지로 공동체를 구상하고 공동체에 참여하는 장면을 그려낸다. 순이는 김용운이 '응징사동맹'의 지방연락부원인 것을 알게 되면서 "나와 영히도 「정신대」에 강제로 뽑혀갓다 왔스니깐 「정신대동맹」이라두 만들어야 할게아닐가"라고 생각한다.[53] 김용운이 활동하는 '응징사동맹'과 순이가 구상한 '정신대동맹'에서는 일본 군국주의에 희생되고 고통스러웠던 기억을 공유하는 귀환자들이 중심이 된다. 작품 속에서 '정신대동맹'의 존재는 더 이상 드러나지 않는다. 하지만 '동맹'에 대한 순이의 발상은, 그가 「발전」의 마지막 장면에서 '조선부녀동맹'의 맹원을 중심으로 활동하는 모임에 참여하면서[54] 일정 부분 실현된다.

....

52 응징사(應徵士)란, 강제 징용되어 주로 탄광과 공장에서 행하는 총동원업무에 종사했던 조선인을 가리킨다. 1942년 6월 미드웨이 해전에서 전국(戰局)의 주도권을 빼앗긴 일본은 악화된 상황에 적극적으로 대응하기 위해 국민징용령 3차 개정을 시행한다. 총 4차에 걸친 국민징용령 개정 가운데 조선인의 해외송출과 인력동원 성격에 영향을 미친 것은 3차 개정에서 제시되었던 '응징사 제도'이다. 이는 징용을 '황국근로관'에 입각한 '의무'로 받아들이게 하기 위한 제도였으며, 이 제도에 기초하여 조선인 노동력을 피징용자로 전환하는 과정이 손쉽게 이루어지게 된다. 국민징용령(칙령 제600호, 1943년 7월 20일 공포, 8월 1일 시행. 조선과 대만, 화태, 남양 군도에서는 9월 1일 시행) 16조에 기반하여 피징용자에 대한 호칭으로 '응징사'가 사용되기 시작하였다. 응징사와 관련해서는 정혜경, 「국민징용령과 조선인 인력동원의 성격─노무자와 군속의 틀을 넘어서」, 『한국민족운동사연구』 56, 한국민족운동사학회, 2008을 참고하였다.

53 엄흥섭, 「발전」, 앞의 책, 26쪽.

54 이주형과 장명득은 「발전」에서 순이와 영희가 '조선부녀동맹'에 가입한다고 표현한다(이주형, 「엄흥섭 소설 연구─제재 및 작가의식의 변모 양상을 중심으로」, 『국어교육연구』 30, 국어교육학회, 1998, 266쪽; 장명득, 「해방공간과 좌절된 열망─엄흥섭의 해방공간 소설 연구」, 『배달말』 38, 배달말학회, 2006, 371쪽). 그러나 영희와 순이가 '조선부녀동맹'의 맹원의 연설을 듣고 그에게서 한글을 배우는 것은 사실이지만 '조선부녀동맹'에 가입했다고 단정적으로 말하기는 어렵다.

이때 이 모임의 활동 내용인 '한글 배우기'를 둘러싸고 매우 흥미로운 현상이 나타난다는 점을 주목해 볼 수 있다.

⑨

순이는 떨리는 손으로 편지를 쓰덧다.

"순이 · 영이 두분께……

두분에게 적당하다고 생각되는 일자리가 잇스니 아직도 취직을 못하엿스면 이편지 보시는대로 곳 두분이 봉투에 쓰인 ○○아파-트로 와주십시요 자세한것은 이곳에 오시면 알려드리겟습니다. 김용운"

편지 사연은 이것 뿐이엿다.

순이는 불야불야 세수를 하고 거울아패서 여러날만에 처음으로 화장을 하엿다.

이윽고 영히가 드러오자 그들은 가치 짝지여 ○○아파-트를 차저갓다.

그러나 이 ○○아파-트는 사칭까지 잇는 큰 아파-트이엿고 방도 만엇스므로 어느방이 그청년의 방인지 몰랏다.

"저-김용운 씨 방이 몃호실입니까?"

영히가 뭇자 안내인이 사칭으로 올라가라고 가르켜준다.

사칭 남쪽으로 터진 복도 맨 끗방에 '김용운'이란 국문으로 쓰인 명함이 부텃다.

순이는 방문을 박개서 톡톡톡 쑤두리엿다. (「발전」, 24쪽)

⑩ 그이튿날 아침 순이와 영히는 ○○아파아드로 올나오게 되엇다.

순이는 청년에게 돌려보내려고 깨끗이 빠러 말려두엇든 담뇨를 보에 싸가지고 사칭으로 올라갓다.

그러나 청년의 방 문아페는 쯧박게 '오늘밤차로 긴급한 용무가잇서 지방에갑니다. 약 한달가령 걸리겟사오니 누구시든지 그뒤에 속 차저주십쇼'. 이러케 쓰인 조이 쪽이 유리창에 부텃다.

담뇨를 들고온 순이의 한편팔은 저절로 맥이풀려 금방 복도바닥에 써 러트리고 말것만 가텃다.

순이는 갑자기 그가 조선에와서 무슨직업을 가젓는지 궁금하엿스므로 아파 – 트인명록(人名錄)을 펴들어밧다.

그는 응징사동맹(應徵士同盟)의 지방연락부원(地方連絡部員)이엿다.(「발전」, 25쪽)

⑪순이와 영히는 이 아파아드로 올마오든날 밤부터 이 아파아드 안에 서 여자들이 한곳에 모이어 무엇을 배우고 가르키고 손바닥을치고 연설 을 듯고 하는것을 보앗다.

언제부터 이러케 모이여 가르키고 배우고 연설하고 박수하고 하기시작 햇는지 순이는 그것이 궁굼하기도 햇스나 자긔도 그들에 씨여 배워보고 십기도햇다.

아파아드의 여자들을 모아노코 저녁마다 연설을하고 무엇을가르키는 여자는 어썬 여학교 선생님인동시에 '조선부녀동맹' 의 맹원이라한다.

몃칠이 지난뒤 – 순이와 영히가 일본에 '정신대' 로 쏩히여 갓다가온 여자인줄 을 아파아드 안의 여러 여자들이 알게되엿슬때 – 그들은 유달히 순이와 영히를 동 정해주엇고 친절히대해주엇다.

순이와 영히는 여선생과 다른 여자들의 친절이 써아프게 고마워ㅅ다.

역시 내나라가 조코 내동포가 조타고 쌔달을수 잇섯다.

순이와 영히는 어느틈에 여러 여자들틈에 휘ㅂ쓸려 밤마다 여성생님의 연설을 열심히 들엇고 또 공책까지어더 한글까지 배우기 시작햇다.

세상일이 어쩌케 되여 도라가는지조차 알수업섯든 순이와 영히는 이 아파아드 밤모임을 통하야비로소 세상이 어쩌케 되여나가는 것을 쎄달을수 잇섯다.

　　그와 아울러 순이와 영히도 어서 우리조선이 완전한 독립국가가 되여 세계에 한번쓸내고 살어보고시픈 포부와 소원이 날이갈사록 더욱더 가슴들을 안타갑게 태워ㅅ다.(「발전」, 25~26쪽)

　인물이 보는 편지, 명함, 전보 등을 독자들에게 직접 제시하는 서술 기법은 해방 전부터 엄흥섭이 즐겨 사용하던 것이다. 이를 통해 작가는 초점화자와 독자의 시선을 일치시켜 독자의 감정이입을 유도한다. 그러나 표기 언어의 문제를 살핀다면 해방 전과 해방 이후 사이에 작지 않은 차이가 발견된다. 해방 전에 발표된 『봉화』(성문당, 1943)의 경우 작품에서 직접 제시된 글은 한글, 일본어, 국한문, 한문으로 다양하게 표기되며 여기에 별도의 번역은 병기되지 않는다. 별도의 주석을 달아놓지 않은 이 방식은 일본어나 한문을 잘 알지 못하는 독자의 이해에는 방해가 될 수 있으나 작품 속의 시공간과 초점화자인 인물들의 문해력文解力을 현실감 있게 형상화하는 데에는 중요한 수단이 된다. 반면 「발전」에서는 편지, 명함 등 인물들이 보는 텍스트가 모두 한글로 표기되어 있으며 이때 초점화자의 문해력에서 다소간의 균열이 감지된다. ⑨에서 초점화자로 설정된 순이는 한글로 된 편지와 "「김용운」 이란 국문으로 쓰인 명함"을 읽을 수 있는 인물로 그려지고 있다. ⑩에서도 순이는 아파트 인명록을 펴들고 "응징사동맹膺懲士同盟의 지방연락부원地方連絡部員"이라는 글씨를 읽을 수 있는 것으로 묘사된다. 그런데 「발전」의 결말 부분인 ⑪에 이르러 순이는 '조선부녀동맹'의 맹원과 함께 한글을 새롭게 배운다. 순이가 ⑨와 ⑩에서 한글을 읽을 줄 아는 것처럼 서술되었던 것을 고려하면, ⑪은 분명 앞선 서사 전개와는 어굿나는 지점이다. 서사상의 논리적 모순을 감수하면서도 엄흥섭이 이러한 설정을 감행해야 했던 이유는 작품 내에서 차지하는 '한글'의 위치와 관련된다.

「발전」의 주인공인 순이와 영희가 한글을 접하게 되는 경로는, 조선에 돌아온 그들이 나름의 공동체를 형성하는 방식과 깊이 연관되어 있다. 순이와 영희가 "일본에 「정신대」로 쏩히여 갓다가온 여자"인 줄 알게 된 아파트 모임의 여성들은 유달리 그들의 처지에 공감하며 깊은 동정과 친절로 맞아들인다(⑪). 이렇듯 진실한 동정의 감수성을 기반으로 연대하는 공동체를 경험한 후에야, 비로소 순이와 영희는 조선에 돌아와서도 말끔히 해소될 수 없었던 "슬슬한 생각"[55]을 떨쳐버리고 "역시 내나라가 조코 내동포가 조타"라는 점을 자각하게 된다. 공동체에 안착하지 못해 불안한 상태에 놓여 있던 ⑨, ⑩과 달리 ⑪은 귀환자들의 자발적 연대를 통한 공동체의 성립이 전제된 상황이다. 이러한 공동체는 엄흥섭이 구상하고 있는 "독립국가"의 중요한 단위가 되며(⑪), 이는 곧 '한글'이 '국문國文'으로서 새롭게 놓여야 하는 자리이기도 하다. 요컨대 ⑨, ⑩과 ⑪ 사이의 간극은, 새로운 국가 혹은 국문에 대한 작가의 욕망이 사건의 인과성보다 앞선 결과로 해석될 수 있다. 소설 속에서 작중 인물들이 이미 알고 있는 것으로 전제되었던 한글은 아파트 여인들로 이루어진 새로운 공동체에서 함께 새로이 배우고 공유할 것으로서 그 위치가 재조정되고 있다. '한글'의 문화적 가치는, 해방기에 접어들면서 식민지시기 이중언어 체계 안에서의 위상에서 벗어나 동정과 공감의 상상력이 집약된 공동체의 성립과 함께

....

55 엄흥섭, 「발전」, 앞의 책, 20쪽.

새롭게 정초되어야 하는 것으로 그려진다.

이렇듯 작품의 후반부로 가면서 순이와 영희의 특성으로 부각되는 것은 국가 건설을 위한 투사로서의 열정이라기보다는 자신들의 존재를 인정받을 수 있는 공동체를 찾고자 하는 간절함이다. 일제 잔재의 청산이라는 국가 단위의 구호와 별개로, 작품 속에서 서사화되며 인물의 정착을 돕는 데 실제적으로 기능하고 있는 것은 공동체의 존재이다. 물론 이러한 공동체는 국가와 무관하지 않다. 때문에 이는 민족국가를 구상했던 해방기 다른 작가들의 전형적인 모습처럼 평가될지도 모른다. 그러나 엄흥섭이 인물들 간의 '친밀권'을 경유하여 공동체와 국가를 구상하고 있다는 점에 주목해 보면 그의 특이성이 드러난다.

친밀권은 생명의 다양한 필요에 따르는 활동이 구체적인 타자와의 사이에서 이루어지는 공간이다. 거기에는 의·식·주와 관계된 활동은 물론이고, 낳고·기르고·늙고·병들고·죽는 것에 관계된 모든 돌봄care의 활동이 포함된다. 이러한 돌봄 네트워크는 타자의 존재를 긍정한다는 의미를 근본적으로 지니고 있으며, 생명을 지탱하는 중요한 차원이 된다.[56] 앞서 살핀 김용운의 느슨한 연대 이외에도, 「귀환일기」와 「발전」 곳곳에 나타나 있는 여러 사례들을 이 친밀권의 범주 안에서 이해해 볼 수 있다. 「귀환일기」에서 대구여인이 원치 않은 일본인의 아이를 낳은 뒤 그 존재를 부정하고자 할 때 함께 배에 탔던 귀환자들이 그를 포용한 것이라든가, 서울노인과 대구여인이 온 힘을 다해 아픈 순이를 돌보았던 것, 「발전」에서 순이와 영희가 김용운이 구해준 아파트 사무원 직을 맡게 되면서 삶을 위협했던 경제적 곤궁

----

56 사이토 준이치, 윤대석 외역, 앞의 책, 115~116쪽.

에서 벗어날 수 있었던 것은 모두 서로의 삶과 곤란함에 대해서 관심을 기울였던 사례들이다.

엄흥섭의 소설에서 이러한 친밀권은 공동체를 구성하는 데 중요한 기반이 된다. 사이토 준이치에 따르면 '친밀권'에서는 타자를 자신의 코드(규범·화법)에 회수하지 않는 의사소통이 이루어지는 반면, '공동체'는 구성원들이 특정 가치를 공유할 것을 요구한다. 그리고 이때 공동체에서는 구성원이 내면에 품고 있는 애국심, 동포애, 애사심 등의 정념이 통합의 매체가 된다. 「귀환일기」와 「발전」에서 순이와 영희는 김용운의 배려로 삶을 위협하는 가난과 곤경에서 벗어나 아파트에 정착한다. 그들은 아파트로 온 날부터 "이 아파아드 안에서 여자들이 한곳에 모이어 무엇을 배우고 가르키고 손바닥을치고 언설을 듯고 하는것"[57]을 보고 나서, 자신들 또한 여기에 속하고 싶다고 느낀다. 아파트의 여러 여인들은 그런 순이와 영희를 진심어린 친절로 맞아들이고 순이와 영희는 이 여인들에게 동포애를 느끼며 아파트 모임이라는 공동체의 구성원이 된다. 엄흥섭 소설에서의 공동체는 친밀권의 성격을 배제하면서 성립되는 것이 아니다.[58] 엄흥섭은 구체적인 타자의 삶·생명에 대한 배려와 관심이라는 친밀권의 성격, 즉 돌봄 네트워크가 형성되고 유지되는 공동체를 구상한다. 또한 이렇게 친밀권에서 발원한 공동체는 또 하나의 '공동

....

57 엄흥섭, 「발전」, 앞의 책, 26쪽.

58 이는 친밀권과 공동체의 개념을 다소 배치되는 것으로 설정하고자 했던 사이토 준이치의 입장과 구별되는 지점이다. 사이토 준이치는 친밀권의 잠재성을 높게 평가하는 한편 공동체에 대해서는 회의적이다. 공동체는 사람들 사이에 존재하는 '복수성'을 집합적 정체성 또는 내부 가치로 환원할 위험성을 지닌다는 점에서다. 이러한 주장에는, 1990년대 이후 일본에서 신자유주의화와 더불어 그에 대응하는 형태로 민족주의적이고 공동체주의적인 담론이 급격하게 확산되었던 사실이 그 배경으로 작용한다. 본고는 사이토 준이치의 개념 틀을 참조하는 한편으로, 해방기 조선에서 엄흥섭이 상상했던 공동체의 모습과 소설 안에서 드러난 그의 구상에 초점을 맞추어 이 개념을 사용하고자 했다.

체'인 국가를 이루는 토대가 될 가능성을 품고 있다. 순이와 영희가 아파트 모임에 참여하면서 "어서 우리조선이 완전한 독립국가가 되어 세계에 한번쑴내고 살어보고시픈 포부와 소원"[59]을 갖게 되며 소설이 마무리된다는 점이 이를 보여준다.

그리고 「귀환일기」와 「발전」에서 엄홍섭이 선보인 이 일련의 과정은 그가 평론 「언어교육론」에서 상정했던, 음성언어에서 문자언어로 이어지는 교육의 구도와 관련된다는 점에서 주목을 요한다. 이 글의 2장에서 살펴보았듯, 해방기의 엄홍섭은 조선어를 중심으로 말과 글이 통일되는 언어 환경을 구상하고 있었다. 그리고 이때 그는 입말을 먼저 통일한 후 글말을 통일하자고 주장한다. 이 구도는 소설 안에서도 찾아볼 수 있다. 일본에서 조선으로 귀환하는 배에서 발견되는 부인네들 간의 인정적 연대에서는 다양한 지역 방언을 통해 음성언어가 부각된다. 다음으로 엄홍섭은 전재동포치료소 안에서 순이와 영희가 만난 인물들이 표준어를 사용하는 양상을 조명한다. 그 후 순이와 영희가 고향인 서울에 돌아온 다음에는 한글을 매개로 문자언어를 통한 연대가 이루어진다. 조선에서 정착하는 과정에서 순이·영희는 김용운과 '국문'으로 쓴 편지를 매개로 소통하며, 아파트의 모임에서 '한글'을 새롭게 배운다. 이처럼 엄홍섭은 언어의 통일에 관해 자신이 설정해놓은 단계들과, 친밀권에서 이어지는 공동체의 문제를 교차시키며 작품을 형상화했다.

'국가'의 건설이라는 거시적인 시각만을 강조하는 입장에서 보면 친밀권에 바탕을 둔 관계는 자족적이고 다소 느리게 작동하는 것처럼 보일

----

59 엄홍섭, 「발전」, 앞의 책, 26쪽.

수도 있다. 친밀권에서 성립하는 대화는 항쟁이 없고, 따라서 정치성이 결여된 것처럼 보일지도 모른다. 그러나 타인의 삶·생명에 직접 관여하며 배려하는 관계성이 공고히 자리 잡지 않은 담론의 공간은 분명 취약할 수밖에 없으며 이 점에서 친밀권은 경직된 정치조직을 넘어선 새로운 사회로의 가능성을 품고 있다고 볼 수 있다.[60] 「귀환일기」와 「발전」에서 엄흥섭은 곤경에 처한 사람들이 삶을 영위하는 데 토대가 되는 돌봄 네트워크의 중요성을 민감하게 인식하고, 그가 설정한 언어교육의 구도와 맞물려가며 친밀권과 공동체의 문제를 보다 입체적으로 그려내는 모습을 보여준다. 엄흥섭의 해방기 소설이 담고 있는 공동체에 대한 그의 구상을 깊이 들여다보아야 할 이유가 여기에 있다.

---

60 사이토 준이치, 윤대석 외역, 앞의 책, 105~106쪽.

참고문헌

기본 자료

『동아일보』

엄홍섭, 「귀환일기」, 『우리문학』, 1946.2.

_____, 「발전」, 『문학비평』, 1947.6.

_____, 「언어교육론」, 『개벽』, 1948.5.

_____, 「봄 오기 전」, 『신세대』, 1948.5.

_____, 「새로운 말의 창조―표현에 대한 소감」, 『한글』 69, 1939.8.

인문사편집부 편, 『소화십오년판 조선문예연감』, 인문사, 1940.

임　화, 「문학어로서의 조선어―일편의 조잡한 각서」, 『한글』 65, 1939.3.

채만식·전광용 외편, 『채만식 전집』 10, 창작과비평사, 1989.

한설야, 「두견」, 『인문평론』, 1941.4.

홍　구, 「주산선생」, 『신건설』, 1945.12.

단행본

김윤식, 『한국근대문예비평사연구』, 일지사, 1976.

류종렬, 『이주홍의 일제강점기 문학 연구』, 국학자료원, 2004.

_____, 『이주홍과 근대문학』, 부산외대 출판부, 2004.

박진숙, 「조선적 상황과 엄홍섭 문학」, 『주변에서 글쓰기, 상처와 선택』, 민음사, 2006.

손유경, 『고통과 동정』, 역사비평사, 2008.

이승윤, 「추방과 탈주, 경계인의 문학적 실천―엄홍섭론」, 『엄홍섭 선집』, 현대문학, 2010.

정은균, 『국어와 문학 텍스트의 문체연구』, 한국학술정보, 2011.

정호웅, 「엄홍섭론―엄홍섭의 농촌 현실 증언과 휴머니즘」, 『한국현대소설사론』, 새미, 1996.

최경봉, 『우리말의 탄생』, 책과함께, 2005.

한글학회, 『한글학회 100년사』, 한글학회, 2009.

한준상, 「미국의 문화침투와 한국교육」, 『해방전후사의 인식』 3, 한길사, 2006.

도자카이 도시아키, 방광석 역, 『민족은 없다』, 뿌리와이파리, 2003.

사이토 준이치, 윤대석 외역, 『민주적 공공성』, 이음, 2009.

사카이 나오키, 후지이 다케시 역, 『번역과 주체』, 이산, 2005.

논문

김종욱, 「해방기 국민국가 수립과 염상섭 소설의 정치성―『효풍』을 중심으로」, 『외국문학연구』 60, 한국외대 외국문학연구소, 2015.

김형봉, 「엄흥섭 소설 연구―작품 경향의 변모를 중심으로」, 홍익대 석사논문, 1995.

문혜윤, 「1930년대 국문체의 형성과 문학적 글쓰기」, 고려대 박사논문, 2006.

박용규, 「일제시대 한글운동에서의 신명균의 위상」, 『민족문학사연구』 38, 민족문학사학회, 2008.

박지영, 「복수의 '민주주의'들―해방기 인민(시민), 군중(대중) 개념 번역을 중심으로」, 『대동문화연구』 85, 성균관대 대동문화연구원, 2014.

박태일, 「이주홍의 초기 아동문학과 『신소년』」, 『현대문학이론연구』 18, 현대문학이론학회, 2002.

서민정, 「홍기문의 언어관을 통해 보는 20C 전반기의 언어에 대한 또 다른 시각」, 『우리말글』 61, 우리말글학회, 2014.

_____, 「20C 전반기, 표준어에 대한 인식 검토」, 『코기토』 79, 부산대 인문학연구소, 2016.

신지영, 「쓰여진 것과 말해진 것―'이중' 언어 글쓰기에 나타난 통역, 대화, 고유명」, 『민족문학사연구』 59, 민족문학사학회, 2015.

여태천, 「1930년대 어문운동과 조선문학의 가능성」, 『어문논집』 56, 민족어문학회, 2007.

오태영, 「민족적 제의로서의 '귀환'―해방기 귀환 서사 연구」, 『한국문학연구』 32, 동국대 한국문학연구소, 2007.

원종찬, 「『신소년』과 조선어학회」, 『아동청소년문학연구』 15, 한국아동청소년문학학회, 2014.

이봉범, 「엄흥섭 소설 연구」, 성균관대 석사논문, 1992.

이재은, 「해방 후 한글전용론의 주체, 방법, 범위의 문제」, 『상허학보』 41, 상허학회, 2014.

이주형, 「엄흥섭 소설 연구―제재 및 작가의식의 변모 양상을 중심으로」, 『국어교육

　　　연구』 30, 국어교육학회, 1998.

이혜령, 「한글운동과 근대어 이데올로기」, 『역사비평』 71, 역사비평사, 2005.

＿＿＿, 「조선어·방언의 표상들−한국 근대소설, 그 언어의 인종주의에 대하여」, 『사이(SAI)』 2, 국제한국문학문화학회, 2007.

이호규, 「엄흥섭론」, 연세대 석사논문, 1991.

장명득, 「해방공간과 좌절된 열망−엄흥섭의 해방공간 소설 연구」, 『배달말』 38, 배달말학회, 2006.

＿＿＿, 「엄흥섭 소설 연구」, 경남대 박사논문, 2006.

장문석, 「전형기 임화와 '조선'의 발견−출판활동과 신문학사 서술을 중심으로」, 서울대 석사논문, 2009.

정재석, 「해방기 귀환 서사, 결속의 상상력과 균열의 역학」, 『사이(SAI)』 2, 국제한국문학문화학회, 2007.

정종현, 「해방기 소설에 나타난 '귀환'의 민족서사−'지리적' 귀환을 중심으로」, 『비교문학』 40, 한국비교문학회, 2006.

정하준, 「엄흥섭 소설연구」, 호서대 석사논문, 1995.

정혜경, 「국민징용령과 조선인 인력 동원의 성격−노무자와 군속의 틀을 넘어서」, 『한국민족운동사연구』 56, 한국민족운동사학회, 2008.

조윤정, 「언어의 위계와 어법의 균열−해방기∼1960년대, 한국의 언어적 혼종상태와 문학자의 자의식」, 『현대문학의 연구』 46, 한국문학연구학회, 2012.

최경옥, 「엄흥섭 소설연구−작품의 전개 양상을 중심으로」, 동아대 석사논문, 1999.

황호덕, 「해방과 개념, 맹세하는 육체의 언어들−미군정기 한국의 언어정치학, 영문학도 시인들과 신어사전을 중심으로」, 『대동문화연구』 85, 성균관대 대동문화연구원, 2014.

밤의 침묵과 자유의 타수[*]
김수영의 해방공간과 임화의 4·19

장문석

기대할 것이 없는 사람에게 있어 기억이란,

그것이 비록 뼈끝에 사무치는 것일지라도

아름다운 희망보다 즐거운 것이다. (…중략…)

기억의 세계에의 침잠 가운데로

생의 보람에 대한 회구에 어떤 섬광이 번뜩이지 아니한다고

부정할 수도 없는 것이다.

— 임화, 「고전의 세계」, 『조광』, 1940.12.

* 이 글은 제9회 임화문학심포지움 '임화의 옹호자들과 적대자들'(임화문학연구회, 창비서교빌딩 50주년홀, 2016.10.14)의 발표문을 수정한 것이다. 부족한 점이 많은 글을 세밀하게 검토하고 토론해주신 전철희 선생님과 임화문학연구회의 여러 선생님들께 감사드린다.

1. 서 — 냉전의 시대, 임화라는 텍스트의 존재방식

휴전을 한 달 정도 앞둔, 1953년 6월 7일 남한의 한 신문기사는 임화와 이태준의 숙청소식을 전한다. "문화인 중에는 삼십 명 이상의 저명한 작가들이 반동작품을 썼다는 이유로 숙청을 당하고 그들의 작품으로써 종래 교과서에 게재되었던 것들은 전부 삭제하라는 명령이 있었다 하는데, 숙청당한 작가들 중에는 이태준, 임화 등이 포함된 것은 『노동신문』에 발표된 기사에 의하여 확인되었다 한다."[1] 그리고 8월 14일에는 평양방송을 인용하여 "민주주의를 부정하고 월북한 임화, 이원조, 설정식 등의 열성적인 공산주의자들이 박헌영과 함께 사형되었다"는 소식이 이어진다.[2] '민주주의'를 부정했다는 신문의 단평에서 볼 수 있듯, 이후 '공산주의자' 임화는 '반공국가' 남한에서는 공식적인 미디어와 표상공간에서 침묵에 붙여졌다.[3]

20년 후, 갓 유학에서 돌아온 한 국립대 교수는 임화에 관한 작가론 형식의 학술논문을 제한적으로 유통되는 대학 학술지에 발표하였고, 이어서 그것을 자신의 단행본에 수록한다. 임화에 대한 개략적인 자료를 수습을 위해서, 1960~1970년대 한국에서는 '1년 기간의 일본 유학'이라는 우회경로가 필요하였다.

....

1 「국내파 박헌영 등 숙청호」, 『경향신문』, 1953.6.7.
2 「괴뢰문화진붕괴」, 『동아일보』, 1953.8.14.
3 1950년대 검열에 관해서는 이봉범, 「1950년대 문화 재편과 검열」, 『한국문학연구』 34, 동국대 한국문학연구소, 2008 참조.

原詩를 볼 수 없었기 때문에 大村益夫의 「解放後の林和」(『早稲田社会科学討究』 제13권 1호)의 日訳部分을 참조했음. 이하 일부를 소개함. "아직도 앞머리를 내려 / 내려 딿는 것을 / 부끄러워 얼굴을 붉히던 / 너는 지금 / 바람찬 눈보라 속에 / 무엇을 생각하며 어디 있느냐 / 어지간히 백발이 된 아비를 생각하며 / 바람 부는 산 속에 있는가 / 가슴이 종이처럼 얇은 / 언제나 가슴앓이의 / 에미를 생각하며 / 해저무는 들길에 서 있는가 / …… / 그리운 내 자식아……"(「너 어디에 있느냐」, 일역日譯에서 대의大意만 번역함.)[4]

임화의 문학사론이 가진 '이식'의 성격을 비주체적인 문학사 인식으로 규정하고 그에 대한 비판적 극복을 제안한 김현·김윤식의 『한국문학사』(민음사, 1973)가 간행된 것 또한 같은 시기인 1970년대 초반이었다. 1977년 형륜문화사亨倫文化社는 자산 안확의 『조선문학사』, 최재서의 『문학과 지성』, 김태준의 『조선한문학사』와 더불어, 임화의 『문학의 논리』와 『조선 신문학사―조선일보(1940년) 인문평론』을 영인하여 유통한다.[5] 전자는 1940년 학예사에서 간행된 단행본 『문학의 논리』를 영인한 것이며, 후자는 『조선일보』와 『인문평론』에 연재된 신문학사 기사를

....

4 김윤식, 「임화 연구―비평가론 其七」, 『논문집―인문·사회과학』 4, 서울대 교양과정부, 1972, 18쪽, 주 29; 김윤식, 『한국근대문예비평사연구』, 한얼문고, 1973, 585쪽, 주 29. 다만 오무라 마스오[大村益夫] 교수는 김윤식 교수에게도 분명히 자료가 있었을 텐데, 자신의 글에서 읽고 인용한 것처럼 처리했다고 추측하였다(장문석, 「1960~1970년대 일본의 한국문학 연구와 '조선문학의회(朝鮮文学の会)'―오무라 마스오 교수에게 질문하다」, 『한국학연구』 40, 인하대 한국학연구소, 2016, 181쪽).

5 『朝鮮 新文學史―朝鮮日報(1940年) 人文評論』, 亨倫文化社, 1977(전체 201쪽, 서울대 중앙도서관 청구기호 810.95 J773sf); 林仁植, 『文學의 論理』, 亨倫文化社, 1977(전체 841쪽, 서울대 중앙도서관 청구기호 801 Im1mf). 두 영인본은 현재에도 몇몇 대학 도서관에 소장되어 있는데, 표지에는 책 제목만 적혀있을 뿐 저자이름이 따로 표시되어 있지는 않다. 도서관 장서목록에는 저자명이 누락되어 있거나, 임화(林和) 혹은 임인식(林仁植)으로 등록되어 있다. 영인의 주체 및 원문의 출처, 유통의 범위에 대해서는 추적 중이다.

스크랩하여 영인한 것이다. 임화의 「세태소설론」을 비롯한 1930년대 후반 비평사를 대상으로 하는 연구자 강영주의 「1930년대 소설론고」가 서울대 석사논문으로 제출된 것은 그 한 해 전인 1976년이었으며, 그것을 바탕으로 한 「1930년대 평단의 소설론」이라는 비평은 문예지 『창작과비평』의 1977년 가을호에 수록되었다.[6]

　학술지와 문예지, 그리고 정식 출판물과 영인본 등, 각각이 가진 매체로서 성격 차이 및 전파도의 차이, 유통 및 독자의 범위의 편차를 감안해야겠지만 위의 일지를 생각해 본다면, 한국전쟁의 휴전을 전후하여 사라졌던 '공산주의자' 임화라는 텍스트는 "사상과 출판의 자유를 제법 누리고 있었던 일본"[7]을 거쳐 1970년대에 연구와 자료라는 형식으로 제한적으로 귀환하고 있었다. 또한 시, 문학 및 문화 비평, 문학사, 산문, 조선학 연구, 출판기획, 연극 및 영화 출연 등 다양한 영역을 넘나들던 임화의 문화적 실천 중에서는 '비평'과 '문학사'라는 영역이 관심의 대상이 되었으며 작가 연구의 일부로 '시'가 부분적으로 논의되었다. 다시 10여 년이 지난 후, 납월북 문인 해금을 전후한 시기에 활발히 진행되었던 임화 연구 역시 '시', '비평', '문학사'라는 세 가지 영역에서 시작된다.[8]

　이 글은 1970년대 출판물을 통해 임화의 시, 비평, 문학사가 귀환하여 지금에 이어지는 임화에 대한 표상을 형성하기 이전인 1950~1960

....

6　강영주, 「1930년대 소설론고」, 서울대 석사논문, 1976; 강영주, 「1930년대 평단의 소설론」, 『창작과비평』, 창비, 1977.가을.

7　남정현·한수영, 「환멸의 역사를 넘어서—기억의 편린을 더듬는 한 전후세대 작가의 시간여행」, 『실천문학』, 실천문학사, 2002.여름, 98쪽. 남정현은 냉전 검열 하에서 읽을 수 없었던 다양한 사상서 및 이론서를 일본어를 매개로 읽었음을 증언하였다.

8　최병구, 「임화 문화론 연구」, 성균관대 석사논문, 2008, 3쪽, 주 3.

년대에 주목하고자 한다. 냉전이라는 맥락을 염두에 두고 그 안에서 임화라는 텍스트가 존재했던 방식은 무엇이며, 무엇으로 기억되고 침묵되었는가, 그리고 임화라는 존재가 함께 환기했던 주체들은 무엇이었으며 그것이 가진 당대적 의미는 무엇이었는가를 추적하고자 한다. 물론 냉전체제와 검열로 인해 공식적인 기록과 등재가 불가능한 상태에서 사후적인 흔적이나 언급의 파편을 바탕으로 임화를 재구성하는 작업은, 근본적으로 재현의 불가능성이라는 임계에 도달하게 된다. 하지만 불가능한 재현 속에서 그간 충분히 가시화되지 않았던 문화적 실천의 다양한 계기가 드러낼 가능성 또한 미리 배제할 필요는 없을 것이다. 이 글은 그러한 한 사례로서, 시인 김수영과 그 주변에 주목하여, 해방공간과 4·19혁명을 겹쳐 읽고자 한 시도이다.

2. '원수와 더불어 싸워서 죽은 우리의 죽음을 슬퍼 말아라'—취중진담, 만취하고도 못다 부른 노래

임화는 1908년생이며 김수영은 1921년생으로 두 사람 사이에는 13살 정도의 나이 차가 존재한다. 하지만 두 사람은 공히 현해탄을 건넜으며, 젊어서는 연극에 힘썼고 영화를 보고 여러 평을 남겼다. 경성에서 자라고 생활한 두 사람은 공히 낙산에 대한 추억을 가지고 있기도 하다.[9] 그런데 최근 고은은 김수영과 임화의 관계에 관해, 하나의 흥미로운 일화를 기록해 두었다.

한번은 제가 낮술 김에 60년대 젊은이들 염무웅, 김현 등을 데리고 마포 구수동 김 선생 댁을 쳐들어갔다가 갑작스러운 고음의 호통에 술이 확 깨어버리기도 했습니다. 또 한 번은 명동 술집 '은성'에서 취중의 김 선생이 임화 작사의 '원수와 더불어……'로 시작하는 〈인민항쟁가〉를 부르는 것을 제가 달려들어 입을 틀어막고, 그 반공 분위기의 긴장을 없애기 위해 제 이탈리아 밀라노 '방언'을 마구 지껄여서 술집 취객들이 박장대소하게 바꿔놓은 적도 있었습니다.[10]

만취한 시인이 그의 노래를 부르자, 그의 입은 틀어막아진다. 북을 선택했던 '공산주의자' 임화였기에 일견 당연해 보이는 이 풍경은, 또 다른 의문을 낳게 된다. 왜 김수영은 만취하여 임화의 노래를 불렀는가, 그리고 왜 그 노래는 〈인민항쟁가〉인가 하는 점이 그것이다. 나른 소설가의 편집된 회고와 논평은 해방 후 8년 동안 서울에서 〈인민항쟁가〉가 놓여 있는 맥락을 보다 뚜렷이 드러내 준다.

임화는 1947년 10월(11월 – 인용자)에 월북했다. 그해 8월부터 좌파 검거령이 내려지는 등 미군정과 우파의 압박이 강화되면서 더 이상 남한

----

9 임화, 「할미꽃 의젓이 피는 낙타산록의 춘색」(『조광』, 1936.4), 박정선 편, 『언제나 지상은 아름답다 –임화 산문 선집』, 역락, 2012; 김수영, 「낙타과음」(1953.12), 『김수영 전집』 2, 민음사, 2003.
10 고은, 「발문」, 김현경, 『김수영의 연인』, 책읽는오두막, 2013, 238쪽. 회고에 등장하는 염무웅은 앞의 회고가 자신이 경험했던 실제 사건과 뉘앙스 차이가 있다고 증언하였다. 자신과 고은, 김현 등이 김수영의 집에 간 것은 사실이나 호통을 들은 당사자는 다름 아닌 고은이었다고 한다. 김수영은 고은의 재주를 아꼈으나, 고은이 술을 즐기고 시 창작에 힘쓰지 않자, 김수영은 2시간 동안 고은에게 호통을 쳤다고 한다. 염무웅과 김현은 밖에서 기다리다가 뒤늦게 방에 들어가서, 고은이 혼나는 모습을 지켜보게 된다. 염무웅은 이때 김수영의 말이 옳다고 판단하였으며, 그의 열의와 진정성에 감동하였다고 회고하였다. 제9회 임화문학심포지움 '임화의 옹호자들과 적대자들' (임화문학연구회, 창비서교빌딩50주년홀, 2016.10.14) 필자의 발표에 대한 염무웅의 토론 중.

에서의 합법활동이 불가하다고 판단했던 것이다. 임화는 평양으로 가지 않고 해주에서 조소문화협회 부위원장으로 재직하면서 해주 제1인쇄소에서 『인민조선』, 『노력자』 같은 선전물을 찍어 남으로 보내는 일을 맡았다. 그가 사라진 남쪽에서는 그가 가사를 쓰고 김순남이 작곡한 〈인민항쟁가〉가 남녀노소를 불문하고 유행가처럼 퍼져나갔다. (…중략…) 유년기의 추억에도 임화가 있다. 해방 후 만주에서 살던 부모를 따라 이남에 내려와 영등포에서 유년시절을 보냈다. 한국전쟁 때 여덟 살이었으니 동네의 풍경을 기억하고 있다. 벽보가 붙어 있거나 삐라가 하얗게 길바닥에 널려 있기도 했고 노동자들의 시위 장면도 보았다. 소설 쓰기가 업이어서 그런가 기억이란 참 별난 것이다. 이른바 인공치하에서 학교에 나가 사범학교를 갓 나온 새내기 여선생이 풍금을 치며 가르쳐준 노래 10여곡 중에 대여섯 곡을 지금도 기억하고 있다. 훨씬 뒤 대학생이 되어서야 〈인민항쟁가〉의 노랫말을 임화가 썼다는 걸 알았다.[11]

1943년 만주에서 출생한 소설가는 한국전쟁 당시 인민군 치하 영등포의 초등학교에서 〈인민항쟁가〉를 풍금 소리에 맞추어 배우고 불렀던 자신의 기억을 기록해둔다. 그리고 1960년대에 들어서야 자신이 배웠던 노래가 〈인민항쟁가〉이며, 임화와 김순남의 공동 작품인 것을 사후적으로 확인하게 된다. 그리고 임화가 월북을 했던 1947년 11월 이후,[12] 〈인민항쟁가〉가 남녀노소를 불문하고 유행가처럼 퍼져나갔던 사실도 기록해둔다.

〈인민항쟁가〉가 해방에서 한국전쟁에 이르는 기간 동안 한반도에

---

11 황석영, 「황석영이 뽑은 한국 명단편 (11) 지하련 '도정(道程)' 下」, 『경향신문』, 2012.2.17.
12 김재용, 「임화와 양남수」, 『한국근대문학연구』 2-1, 한국근대문학회, 2001, 103쪽.

서 두루 불렸다는 역사적 사실은, 1960년대 만취한 시인이 부른 노래를 위한 물질적 조건으로 기능하고 있다.『김수영 평전』에 따르면, 임화와 김수영의 만남은, 김수영이 일본에서 귀국한 후 연극을 함께 했던 안영일과 박상진의 소개로 시작된다.

> 그는(임화는―인용자) 그때 명동이나 인사동의 술집으로 연극인들을 거느리고 자주 나타났다. 김수영도 연극인들의 틈에 자주 끼였다. 화제는 임화가 이끌어갔다. '조선의 발렌티노'라 할 만큼 뛰어난 미모의 소유자였던 임화의 이야기는 머뭇거림이 없이, 확신에 찬 목소리로 종횡무진 펼쳐져갔다. 안영일의 연극솜씨를 예찬하는가하면 연극의 사회적 역할을 강조하기도 했다. 만나는 횟수가 늘어감에 따라 김수영은 임화에 매료되었다. (⋯중략⋯) 김수영은 임화의 시들이 처음에는 마뜩찮았으나 점점 마음을 끌었다. 그의 「9월 12일」이라든지 「길」, 「발자국」 등은 우리 시가 휘감고 있는 감상을 과감히 떨쳐버리고 혁명의 한가운데로 나아가고 있는 것 같았다. 이때의 '혁명'은 김수영에게는 세계의 새로움이었으며 자유였다. 김수영은 문학가동맹 사무실에도 드나들었고, 임화가 청량리에 낸 사무실에도 나가 외국신문과 주간지들을 번역했다. 임화는 한 주일에 한두 번씩 그 사무실에 나타났다. 부근이 빛나는 듯했다.[13]

최하림의 서술 중 김수영이 「9월 12일」을 비롯한 임화의 시에 대해 내린 평가는 그 근거를 확인하기 어렵지만, 김수영이 조선문학가동맹 사무실에 나아가 번역 업무를 맡았다는 것은 여러 회고에 공통으로

---

13 최하림,『김수영 평전』, 실천문학사, 2001, 91쪽.

등장하는 사실이다. 평전의 기록처럼 그 기간이 길었던 것 같지는 않으며 조선문학가동맹의 사무실에서 근무했다는 점을 감안할 때, 김수영과 임화의 만남은 1946년으로 추정할 수 있다.[14] 비슷한 시기에 대해, 후일 '김수영의 연인'이 되는 김현경도 회고를 남겨두고 있는데, 그는 1960년대 김수영의 기록과 1980년대 최하림의 평전에서는 등장하지 않는 또 한 사람에 대한 기억을 오롯이 남겨 놓고 있다. 바로 앞서 등장한 〈인민항쟁가〉의 작곡가 김순남이었으며, 그는 김현경과 오촌지간이었다.

> 김순남의 집에는 임화, 오장환, 김남천, 안회남, 함세덕을 비롯한 카프 시인들이 자주 모여 있었다. 지금도 허물없이 형제처럼 지내던 예술가들의 정담이 들려오는 듯하다. 물 흐르는 듯한 오빠의 피아노 소리에 골똘히 귀를 기울이고 명상에 젖어 있던 그들은 한결같이 가난했지만 드높은 꿈을 품고 있었다. 시대의 어둠 속에서 외로움을 숙명처럼 끌어안고 살아야 했지만 그 어떤 사람들보다 눈부신 광휘에 휩싸여 있었다. 나는 가난하고 외로운 그 빛의 세례를 받고 싶었던 것일까.[15]

낭만적으로 회고된 김현경의 기억 속에서는 김순남의 집에 모여든 문학자들, 곧 조선문학가동맹의 임화, 오장환, 김남천, 안회남, 함세덕 등의 존재가 가시화된다. 물론 김현경의 회고에서 김순남이 낭만적인 예술가로만 등장하는 것은 아니다. 그는 오촌오빠 김순남이 '대

---

14 조선문학가동맹회관이 폐쇄된 것은 1947년 8월 13일이다. 大村益夫, 「解放後の林和」, 『社会学討究』 13-1, 早稲田大学 社会科学研究所, 1967.6, 103頁.

15 김현경, 앞의 책, 21쪽.

중을 대변하고 그들에게 이바지하는 음악'으로서 '민족음악'을 주장
했던 음악가였음도 자부심과 함께 적어두었다. 그리고 김현경은 자신
이 임화의 보잘 것 없는 적산가옥을 찾아가 지하련과 임화의 애정 표
현을 살펴본 이야기, 임화의 아들 임원배를 만난 이야기 등도 함께 적
어두었다. 자신이 당시의 연인 배인철을 만난 것도 그의 집에서였다.
그리고 김현경은 김수영에 대한 평가를 김순남에 묻기도 하였다.

> 김순남에게 김수영을 어떻게 생각하느냐고 물었더니 "응, 그 회색분
> 자?"하고 대답하는 것이었다. "회색분자라니요?" 재차 물었더니 그는, "뭐
> 랄까, 생각이 너무 많아." 하고 갈무리를 했다. 더 따져 묻지는 못했다. 왜냐
> 하면 평가를 하는 김순남의 눈빛에 애정과 호의가 가득 차 있었기 때문이
> 다. 북에서 '김일성 찬가'를 작곡하라는 지령이 떨어졌는네 어찌할까 고민
> 하다가 결국은 거절을 했던 무렵이니 김순남이 월북을 하기 직전의 일로
> 기억된다.[16]

　　김순남의 월북 시기는 〈인민항쟁가〉의 작곡가로 지목되어 수배를
피해 다닌 지 1년이 지난 1948년 7월 말 경인데,[17] 월북 직전 그는 김
수영을 생각이 많은 '회색분자'라고 칭하면서도 그에 대한 애정과 호
의를 숨기지 않았다. 김현경은 김순남과 김수영의 관계에 대해서 신
중히게 말을 아끼고 있시만, 짧은 회고는 해방공간에서 그들의 관계
와 교류가 보다 두터웠을 수 있음을 암시한다. 그리고 월북을 선택하
지만, '김일성 찬가'에는 거리를 두고 있었던 김순남의 고민 또한 엿

. . . .
16 위의 책, 223쪽.
17 노동은, 『김순남』, 낭만음악사, 1992, 105쪽.

보게 된다.

회고 자체가 가진 파편성과 과장의 위험을 감안해야겠지만, 1946 ~1948년 즈음 김수영과 김현경은 임화, 김남천, 안회남, 오장환 등 1930년대 식민지 조선에서 문학적 실천을 수행하였던 문학자들의 주변에 있었다. 이러한 사실은 김수영이 문학가동맹의 번역 업무를 그만 둔 사정에 대한 "청량리 사무실이 정치 냄새가 너무 물씬하다고 생각했던지 발길을 돌렸다"[18]라는 이전의 평가에 동의할 수 있으면서도, 그것만으로 해석되지 않는 해방공간 임화와 김수영의 주변과 맥락을 보다 두텁게 읽을 필요성을 제기하게 된다.

잘 알려져 있듯 김수영은 해방공간에서 자신도 자주 드나들었던 '마리서사'에 이시우, 조우식, 김기림, 김광균, 이흡, 오장환, 배인철, 김병욱, 이한직, 임호권 등이 출입하였다고 기억하였다. 박인환이 경영한 서점 '마리서사'는 프랑스어 표기를 활용한 모던한 외양과 서구의 현대시집과 일본의 시잡지로 대표되는 현대성을 추구하고 있었다. 또한 김수영에 따르면 그 서점의 진정한 주인은 박인환이 아니라 초현실주의 화가 박일영이라고 볼 수도 있었다. 이들은 장 콕도, 앙드레 브르통, 도고 세이지東鄕靑兒 등을 읽고, "내가 모르는 멋진 식물, 동물, 기계, 정치, 경제, 수학, 철학, 천문학, 종교의 요란스러운 현대용어들"을 활용해 '난해시'를 썼는데, 이들의 문학적 실천은 기존의 인습적인 통념과 규범을 타파하고, 표현의 근본적인 변혁을 꿈꾸었다는 점에서 미학적 전위로 이해할 수 있다.[19] 그런데 1966년 김수영은 그

----

18 최하림, 앞의 책, 92쪽.
19 미학적 전위에 대한 서술은 波潟剛, 『越境のアヴァンギャルド』, NTT出版, 2005, 3頁에서 인용한 고전적인 정의에서 가져왔다. 'avangarde'는 본래 군사용어로서 본대(本隊)에 선행하여 적진으로

러한 현대성이나 미학적 전위라는 인상에 더해서 "마리서사를 빌려서 우리 문단에도 해방 이후에 짧은 시간이기는 했지만, 가장 자유로웠던, 좌·우의 구별 없던, 몽마르트 같은 분위기가 있었다는 것을 자랑 삼아 이야기해 보고 싶었다"라고 회고하였다.[20] 김수영에게 '마리서사'를 매개로 한 해방 이후의 한국문학의 '짧은 전성기'는 미학적으로 전위적이었을 뿐 아니라, 동시에 좌우 구별이 없이 '가장' 자유로웠던 정치적인 계기 또한 포함하고 있었다. 그에게 해방공간이란 미학적 전위와 정치적 전위가 겹치면서도 어긋났던 시기였다.[21]

『김수영 평전』에 의하면, '마리서사'의 출입문 외벽에는 세계문학전집, 세계희곡문학전집과 함께『문화창조』라는 잡지명이 적혀 있기도 하였다.[22] '마리서사'의 설립과 같은 시기인 1945년 12월에 창간한『문화창조』는 "이것(봉건적 장애 – 인용자)을 배제 청소하는 동시에 정화한 조선 고유문화를 계승하고 진보적 세계문화를 섭취 소화하여 전 민족적인 인민위에 근저를 둔 진정한 문화를 창조하여 세계문화의 일

....

돌격하는 선봉대를 가리키던 프랑스어였다. '예술가는 인류의 도덕사에서 전위대를 구성해왔다'라고 생각했던 19세기 프랑스의 급진주의자들을 경유하면서 '전위'는 문학예술의 비평용어로 자리잡았다. M. 칼리니스쿠, 이영욱 외역,『모더니티의 다섯 얼굴』, 시각과언어, 1998, 130~132쪽.
20 김수영,「마리서사」,『김수영 전집』2, 민음사, 2003, 109쪽.
21 서구 프랑스의 경우에서나 동아시아의 일본의 경우에서 모두, '전위'의 문화예술적 실천은 미학적인 계기와 정치적인 계기를 동시에 포함하고 있는 것이고, 때로는 그것이 겹치거나 때로는 갈려진 채 존재하였다. 이 과정에 대한 상세한 묘사는 파석자, 앞의 책 참조. '전위'라는 긴겁에서 가프 출신의 작가 김남천과 구인회 출신의 작가 박태원의 공유점을 탐색한 것으로는 손유경,「식민지 조선에서 '전위'가 된다는 것 (1)」,『한국현대문학연구』41, 한국현대문학회, 2013 참조. '짧은 전성기'라는 표현은 손유경,『슬픈 사회주의자』, 소명출판, 2016, 237쪽에서 빌려 왔다.
22 최하림, 앞의 책, 93쪽. 최하림의 기록에 의하면 문화창조는 잡지명일 수도 있고, 하나의 구호일 수도 있다. 하지만 문화창조가 세계문학전집, 세계희곡문학전집과 함께 적혀 있다는 점에서 도서명일 가능성이 높고, 프랑스어 어구를 적어둔 외양을 감안할 때 한국어로 문화창조라는 구호를 적는 것은 다소 어울리지 않는다고 판단하여, 문화창조를 잡지명으로 이해하였다. 또한 마리서사의 설립 시기와 잡지『문화창조』의 창간 시기는 모두 1945년 12월이다.

환으로써 충실"하는 것을 잡지의 목표로 내세우며, 창간호에는 여운형, 안재홍, 최현배, 이희승, 콜론타이 등의 글을 싣는 등 당대 정치적 실천과 밀접한 좌파와 우파 지식인들이 공히 참여하는 잡지였다.[23] 이러한 맥락을 감안한다면, '마리서사'를 두고 '몽마르트'라고 적었던 김수영의 은근한 '자랑'은, '마리서사'의 서구적 외양과 그 서적의 현대성과 세계적 동시대성을 회고하는 데서 더 나아가서, 1945년 12월에서 1948년 봄까지 존재했던 '마리서사'가 놓여 있던 해방공간에서의 미학적인 동시에 정치적이었던 전위들의 문화적 실천이라는 역사적 맥락을 환기한다.[24] 이때 역사적 맥락이란 해방공간 다양한 실천의 결 전체를 시야에 넣은 상태에서 그 의미를 살펴야 마땅하지만, 이 글에서는 임화를 매개로 하여 조선문학가동맹을 중심으로 한 문화적 실천과 당대 간행물의 일부를 통해 그 특징을 추출하고자 한다.

....

23 「권두언」, 『문화창조』, 1945.12, 5쪽.

24 '마리서사'와 특히 그들이 표방한 현대성과 이중언어세대로서 언어감각에 관해서는 최서윤, 「이중 언어 세대와 주체의 재정립—박인환의 경우」, 『인문과학연구논총』 40, 명지대 인문과학연구소, 2014, 56~58쪽 참조. 아울러 '마리서사'의 새로운 면모를 조명한 정우택의 다음과 같은 진술은 경청을 요한다. "'마리서사'는 '좌익'과 '우익' 구별 없이 '문학 청년들'의 자유로운 인적 네트워크 및 문화예술적 교류를 매개하는 장(場)이었다. 초현실주의 화가 살바도르 달리의 사진을 걸어놓고, 일본의 모더니즘 시인 니시와키 준자부로[西脇順三郎]의 시집들을 판매하고, 좌익출판사인 노농사의 총판매소 역할을 하였다." 정우택, 「해방기 박인환 시의 정치적 아우라와 전향의 반향」, 『반교어문연구』 32, 반교어문학회, 2012, 294쪽.

3. 서울-몽마르트, 전위, 1946
—조선문학가동맹의 문화적 실천에 관한 네 개의 주석

　이번 장에서는 임화로 대표되는 조선문학가동맹의 해방공간[25] 문화적 실천을 네 가지의 측면에서 살펴보도록 한다. 지금까지 비평사와 조직운동사의 맥락에서 해방공간 조선문학가동맹의 문화적 실천을 조명하였다면,[26] 여기에서는 ① 식민지시기 작품집의 재간再刊, ② 다양한 분야의 예술가들과의 소통, ③ 새로운 세대 문학자들과의 교류 등의 세 측면을 검토하고 ④ 이 시기가 정치적 실천과 노래의 시대라는 점을 부각하고자 한다. 물론 임화가 해방공간에서 비평가이자 이론가로서 활동한 것은 사실이지만, 해방 전 그의 비평이 124편인 깃에 반해 해방 후 비평은 12편에 불과하다. 이것은 임화가 해방 전에 창작한 시가 88편이며 해방 후에 창작한 시가 37편이라는 사실과 대조를 이룬다.[27] 해

25　해방 이후의 시기에 대해서, 해방기, 해방공간, 해방직후, 광복기, 미(소)군정기 등의 용어가 두루 사용되고 있다. 이 글이 '해방공간'이라는 용어를 택한 것은 ①에서 ④에 이르는 이 시기의 다양한 실천과 주체들의 관계에 대한 보다 입체적인 재구성이 필요하다고 판단했기 때문이다. 또한 이 글의 후속 작업으로서 해방을 조선의 해방이 아니라, 동아시아라는 역사적 공간 안에서 그 의미를 살피는 작업을 염두에 두고 있기 때문이다. 지금까지 해방공간의 문화적 실천을 한반도 안 '조선민족'의 것으로 이해했다면, 이것을 러시아, '만주', 중화인민공화국, 북조선, 남한, 타이완, 일본 등 동아시아의 통국가성, 주체의 이동성 및 젠더 수행성, 그리고 문식성(文識性)의 계급성 및 '앎'의 민주주의라는 문제틀로 재해석할 필요가 있다고 생각한다. 이에 대한 시사는 김응진, 「해방기 엄흥섭의 언어인식과 공통체의 구상」, 『민족문학사연구』 60, 민족문학사학회, 2016에서 얻었으며, 필자는 본고 이전에 김태준을 대상으로 시론적 논의를 제출하였다. 장문석, 「김태준과 연안행」, 『인문논총』 73-2, 서울대 인문학연구원, 2016 참조.

26　하정일, 「마르크스로의 귀환—임화의 「민족문학의 이념과 문학운동의 사상적 통일을 위하여」를 중심으로」, 임화문학연구회 편, 『임화문학연구』 1, 소명출판, 2009 참조.

27　임규찬, 「임화와 '임화'—해방 직후 임화의 비평과 민족문학론」, 임화문학연구회 편, 『임화문학연구』 4, 소명출판, 2014, 104쪽. 최근 발표된 임규찬의 논고는 1930년대 비평의 성과와의 단속적인 관계 속에서 해방공간 임화의 비평을 균형있게 검토한 글로 주목을 요한다.

방 후 임화의 비평이 도달한 논리의 수준에 대한 객관적인 평가가 필요한 것도 사실이지만, 그것만으로는 해방공간 임화의 문화적 실천이나 당대 여러 문화인들과의 교류를 충분히 포착할 수 없다. 또한 휴전 이후 그에 대한 공식적인 언급이 불가능한 상황을 감안한다면, 정교한 논리와 섬세하고 밀도 높은 독해를 요청하는 비평보다는, 짧은 분량을 가지지만 전파력이 강한 시와 해방가요, 그리고 은밀히 헌책방에서 유통되기 쉬운 출판물의 형식에 대해서 보다 주목할 필요가 있다. 이러한 맥락에서 이 글은 임화를 비롯한 조선문학가동맹의 미학적이며 정치적인 실천이 실제로 당대에 어떤 형태로 현실화·물질화되었으며, 그것을 누구와 공유하였고 이후에 남겨졌는가 혹은 잊혀졌는가 등의 문제에 초점을 맞추고자 한다.

1) 조선문학의 해방 전후, '전통'의 물질화

임화는 1946년 2월 제1회 조선문학자대회에서 「조선 민족문학 건설의 기본과제에 관한 일반 보고」를 통해 태평양전쟁 직전 조선의 문학자들 사이에 조선어, 예술성, 합리성을 전제한 "공동전선"이 존재하였음을 환기하였다. 그리고 그 전선은 제국주의와 파시즘에 맞선 것이었으며 "조선의 문학자들이 신문학 이래 처음으로 공동노선에서 협동했다는 사실"을 특기하였다.[28] 이러한 공동전선의 역사적 실체를 찾

....

28 임화, 「조선 민족문학 건설의 기본과제에 관한 일반보고」(『건설기의 조선문학』, 백양당, 1946), 하정일 외편, 『임화문학예술전집』 5(비평 2), 소명출판, 2009, 423쪽. 해방공간 임화를 비롯하여 조선문학가동맹의 문화적 실천이 전시기 인민전선과 단속적으로 연결된다는 점을 최초로 지

자면, 카프문학자들과 구인회문학자들이 서로 근접하여 공동의 문화적 실천을 보여주었던 중일전쟁기의 문단 재편을 떠올릴 수 있다. 이들의 실천은 파시즘에 맞선 좌우 지식인들의 연대였다는 점에서 서구의 반파시즘 인민전선을 떠올리게 하지만, 전향을 전제로 하고 전시기의 제한된 담론공간 안에서만 발화가 가능했으며 국민전선의 일각을 이루는 한에서 '허용'되었다는 점에서 굴절된 '공동전선'의 성격을 가졌다.

카프 출신의 사회주의 문학자들, 구인회 출신의 모더니스트들, 그리고 경성제국대학 및 조선어학회를 중심으로 한 조선(어문)학 연구자들은 『조선일보』, 『인문평론』, 『문장』 등의 미디어의 지면을 공유하면서 근대성의 기율을 지키고자 하였다.[29] 중일전쟁을 계기로 제국 일본에서 전향 좌파들에 의해 수행된 '전시변혁戰時變革'의 기획과 식민지 조선의 생산자본의 문학장 유입을 통해 지탱되던 이러한 '공동전선'은 1941년 초를 기점으로 외적 조건의 변동에 따라 실천의 임계에 도달하며 태평양전쟁기에는 그 실천이 이어지지 못한다. 해방을 맞은 이후, 파시즘에 대항하여 조선어, 예술성, 합리성, 문화, 지성, 전통, 진보 등 근대성의 가치를 옹호했던 중일전쟁기의 문학자들은 조선문학가동맹을 결성하였다.[30]

1930년대 말 '공동전선'에 참여하였으며, 해방공간 조선문학가동맹으로 결집한 문학자들은 중일전쟁기를 전후하여 출간한 자신들의 작품

....
적한 논고는 大村益夫, 앞의 글, 110頁.

29 굴절된 '공동전선'과 『인문평론』에 관해서는 洪宗郁, 『戰時期朝鮮の轉向者たち』, 有志舎, 2011, 233~236頁. 『문장』에 관해서는 이봉범, 「잡지 『문장』의 성격과 위상」, 『반교어문연구』 22, 반교어문학회, 2007, 131~133쪽; 손유경, 앞의 책, 181~210쪽.

30 물론 중일전쟁기와 해방공간의 문학사적 단속성은 문학자의 네트워크와 재등장만으로 이해할 수는 없으며, 미학적 기획과 실천이라는 측면에서 논증되어야할 과제이다. 주목할 만한 최근의 문제제기는 손유경, 앞의 책, 34~40쪽·177~239쪽.

집을 다시 간행하거나 1940년 전후의 문학적 실천들을 묶어서 제출하였다. 『문학』 제2호(1946.11)의 권두광고는 이러한 출판에 적극적이었던 출판 주체 건설출판사建設出版社와 백양당白楊堂은 각각 한 페이지 분량의 광고를 실었다.

분류	표제	저작자	비고	분류	표제	저작자	비고
시집	정지용시집	정지용	간행 재간	소설집	낙동강	조명희	간행 재간
시집	동결	권환	간행 재간	소설집	민촌	이기영	간행 재간
시집	회상시집	임화	간행 재간	소설집	이녕	한설야	간행 재간
시집	현대중국시선	윤영춘	예고 신간	소설집	윤전기	염상섭	예고 (확인중)
시집	향수	조벽암	예고 재간	소설집	노령근해	이효석	예고 재간
시집	이용악시집	이용악	예고 재간	소설집	혈흔	최서해	예고 재간
시집	해바라기	설정식	예고 신간	소설집	남매	김남천	예고 재간
시집	헌사	오장환	예고 재간	소설집	월파선생	송영	예고 (확인중)
시집	기상도	김기림	예고 재간	소설집	흘러간 마을	엄흥섭	예고 (확인중)
시집	삼일기념시집	조선문학가동맹	간행 신간	소설집	비탈	박화성	예고 (확인중)
번역	예술론	맑스 엥겔스	간행 신간	소설집	기계	안회남	예고 재간
번역	스탕달 연애론	스탕달	간행 신간				

〈표 1〉 건설출판사 간행 및 예고 도서목록(『문학』 2호(1946.11) 권두광고)

건설출판사는 시인 조벽암이 설립한 출판사로, 같은 디자인의 표지를 사용하여 식민지시기에 출간된 작품집을 다시 간행하는 작업에 집중하였다. 특히 '재간'이라는 점을 강조하여 건설출판사에서 간행한

도서들은 판권면에 '재판'으로 판차를 표기하였다.[31]

정지용의 『정지용 시집』이나 오장환의 『헌사』, 김기림의 『기상도』, 조명희의 『낙동강』처럼 식민지시기의 시집이나 소설집을 같은 제목으로 재간을 기획한 것도 있으며, 임화의 『회상시집』이나 안회남의 『기계』, 김남천의 『남매』, 권환의 『동결』처럼 식민지시기의 작품집을 편집하거나 제목을 바꾸어 출간을 예정한 것도 존재한다. 또한 송영의 희곡집처럼 1930년대 말 출간 예고가 되었지만, 출간되지 못하였던 작품집 또한 광고가 되었다.[32]

또한 백양당에서는 정지용의 『백록담』을 재간하는 것 외에, 박치우의 평론을 모아 『사상과 현실』로 묶었고, 이태준의 작품을 선별하여 『상허문학독본』을 간행하였다. 출판사 백양당의 사주는 배정국裵正國이었는데, 그는 중일전쟁기 문장사의 김연만이 맡았던 '실명후원사'의 역할을 다시 맡았다. 그는 식민지시기의 도서를 재간하는 동시에 책의 장정을 담당하거나, 해방공간 당대에 요청되는 출판기획에 적극적으로 관여하였다.[33]

. . . .

31 건설출판사 도서의 '간행' 여부는 오영식 편저, 『해방기(1945~1950) 간행도서 총목록』, 소명출판, 2009, 40쪽에 근거하여 표시하였다. 오영식에 따르면, 미간행 도서 중 김기림, 윤영춘, 엄흥섭, 이근영 저작의 일부 도서는 이후 다른 출판사를 통해 출간되었다.

32 김남천의 『소년행』(학예사, 1939)에는 「남매」가, 안회남의 『안회남 단편집』(학예사, 1939)에는 「기계」가 실려 있다. 「남매」와 「기계」는 표제를 새로 정하고 이전 소설집을 손질하여 재간할 예정이었던 것으로 보인다. 송영의 희곡집은 1939년 학예사의 근간 광고에서 확인되지만 발간되지는 않았다. 권환의 『동결』은 식민지시기의 시집 두 권에서 시를 추린 후, 이후의 시를 함께 편집한 시집이다. 임화의 『회상시집』에는 '회상시집'이라는 표제가 스티커로 붙여져 있다. 그것과 같은 시집이지만 스티커가 없는(혹은 떨어진) '현해탄' 표제의 시집도 현전한다. 임화는 『현해탄』(동광당서점, 1938)과 같이 '현해탄'을 표제로 시집 출간을 준비하다가, 마지막 단계에서 '회상시집'으로 표제를 바꾸고 스티커를 붙인 것으로 추정된다. 근대서지학회 오영식 선생님과 박성모 선생님의 가르침과 도움으로 『회상시집』의 서지를 검토할 수 있었다. 이 자리를 통해 감사드린다.

33 '실명후원자' 김연만과 『문장』과 김연만에 관해서는 손유경, 앞의 책, 190~194쪽. 백양당은 화신백화점 옆 종로2가 8번지에 위치하였다. 배정국은 이태준의 『상허문학독본』, 박치우의 『사상과 현실』

건설출판사와 백양당에서 작품집을 출간하였던 문학자들은 카프 출신의 이기영, 한설야, 송영, 김남천, 구인회 출신의 정지용 그리고 1930년대 말 신세대 시인으로 불렸던 이용악, 오장환 등을 두루 포괄하고 있었다. 이들은 중일전쟁기의 굴절된 '공동전선'이었던 『인문평론』이나 전통이라는 전위적 형식을 발견했던 『문장』의 주요 기고자들이었거나, 임화가 경영한 출판사인 학예사에서 작품집을 발간했거나 발간할 예정이었던 문학자들이었다. 또한 여기에 더해 중일전쟁기 당시에 만주에 있었으며 후에 조선문학가동맹에 참여하는 염상섭, 이미 고인이 된 최서해나 이효석, 그리고 당대 조선에서는 소식이 끊겼던 조명희를 출판기획에 포함하고 있었다.

물론 해방공간에서 새로 기획된 신간도 존재하였다. 맑스 엥겔스 문학예술론의 출간은 해방을 기점으로 한반도에서도 맑스주의의 이론적 저작이 출판될 가능성이 열렸음을 보여주는 상징적인 저작이며, 한국어를 통해 세계문학·이론을 수용할 계기를 가능한 저작이다. 조선문학가동맹의 『삼일기념시집』은 동시대 문학적 실천을 바로 출판한 경우이며, 윤영춘의 『현대중국시선』은 당대 조선문학가동맹의 '민족문학론'에 내재한 동아시아적 계기를 환기한다.[34] 건설출판사의 출판목록은 해방을 맞이한 새로운 문화적 기획을 보여주는 동시에, 조

등 여러 출판물의 장정을 담당했으며, 박태원이 약산 김원봉을 인터뷰하여 『약산과 의열단』을 쓰도록 적극 권유하였다. 박재영, 「구보와 다섯 자식들의 이야기」, 『구보학보』 10, 구보학회, 2014, 284~286쪽; 김윤식, 『백철 연구』, 소명출판, 2007, 427~428쪽; 박대헌, 『한국의 북디자인 100년-1883~1983』, 21세기북스, 2013, 231쪽. 백양당의 출판물 목록은 오영식 편저, 앞의 책, 135~136쪽 참조.

34 윤영춘의 시집은 결국 1947년 청년사에서 간행되었다. 해방공간 윤영춘의 중국문학 번역에 관해서는 박진영, 「중국 근대문학 번역의 계보와 역사적 성격」, 『민족문학사연구』 55, 민족문학사학회, 2015, 143~147쪽.

선문학가동맹의 문학자들은 시집과 소설집을 재간함으로써 1930년 대 식민지시기와 해방공간의 문학사적 연속성을 강조하고, 한국 근대 문학의 '전통'이 해방공간에서 확산되기를 기대하였다. 하지만 이들 조선문학가동맹의 문학자들이 문학사적 실천의 연속성만을 강조하며, 자기의 정전화에 머물렀던 것은 아니었다. '전통'을 진정으로 증오하고 부정하기 위해서는 그것을 자기 속에 가지고 있어야 한다는 아도르노의 언급을 참조한다면,[35] 이들은 재간한 작품집을 새로운 전위적 실천의 바탕으로 삼았음을 확인할 수 있다. 이러한 '전통'의 자기부정은 해방공간에서 두 가지 형식으로 나타나는데, 하나는 문학 이외의 전위들과의 교류가 그것이며, 또 하나는 다음 세대와의 관계 설정 문제이다.

2) 미학적 전위의 교류와 문화적 기획

김현경이 김순남의 집에 모여든 임화, 김남천, 오장환, 안회남 등을 회고하였듯, 문학자들은 다른 분야의 예술인들과 서로 영향을 주고받거나 교류하면서 또 다른 문화적 실천을 기획하였다. 20세기 초 동아시아의 미학적 전위는 국경을 넘어서 영화, 음악, 미술, 문학 등 다양한 양식의 전위적 실천이 교섭하고 소통하는 과정 속에서 탄생하였다.[36] 또한 식민지 조선의 경우 중일전쟁기 『문장』을 매개로 문학자와 미술가들이 미학적 전위로서 교류했던 역사적 사실이 있었다.[37] 해방

35 테오도르 아도르노, 김유동 역, 『미니마 모랄리아』, 길, 2009, 77쪽.
36 波潟剛, 앞의 책, 8~21頁.

공간에서는 문화예술 여러 분야의 인적 자원資源이 보다 풍성해진 바탕 위에서 다양한 전위적 실천이 기획되고 전개되었다.

일찍이 최재서의 인문사는 1939년 및 1940년 두 해 동안 간행한 『조선문예연감』에서 문학이라는 장르를 예술의 중심에 두고, 그 외에 어학, 음악, 미술, 영화, 레코드, 라디오 등 다양한 예술 영역의 연간 활동을 정리하였다. 하지만 당시 각 예술 분야의 전문가는 희소했고 결국 문학자들이 비평가로서 대리하여 정리할 수밖에 없었다. 하지만 1940년 이후 '신세대' 시인들이 등장하는 것과 상보적으로, 여러 예술 영역의 다음 세대 예술가들이 활동을 시작하였는데, 음악가 김순남과 서양화가 이쾌대가 대표적이다. 이들은 중일전쟁에서 태평양전쟁에 이르는 1940년대 초·중반 일본과 조선에서 음악회와 전시회를 개최하고 창작활동을 하였으며, 임화, 이태준, 오장환 등 조선의 문학자들과도 교류하였다.[38]

그리고 이들은 해방 이후 조선문학가동맹과 걸음을 같이한 조선음악가동맹과 조선미술동맹에서 활동을 하였다.[39] 특히 조선음악가동맹

....

37 손유경, 앞의 책, 2016, 185~206쪽.

38 1917년생인 김순남은 1942년 도쿄제국고등음악학교를 졸업하고 식민지 조선으로 돌아와서 성악가 강장일, 평론가 이범준 등과 함께 지하 음악서클 '성연회(聲研會)'를 조직하여 프롤레타리아 음악운동을 주도하였고, 1944년에는 작곡 발표회를 열기도 하였다. 해방 직후 그는 조선음악건설본부를 조직하며, 이후 1945년 12월 조선음악가동맹의 설립에 관여하고 이듬해 남로당에 입당하게 된다(김미옥, 「김순남」, 『음악과민족』 26, 민족음악학회, 2003, 95쪽). 또한 사회주의자 이여성의 동생인 이쾌대는 1913년에 태어나 1938년 도쿄제국미술학교를 졸업하고, 1941년 김종찬, 김준, 이중섭, 최재덕 등과 '조선신미술가협회'를 결성하고 1940년대 도쿄와 경성에서 다수 전시회를 개최하였다. 특히 1943년 10월 6~10일 화신 7층 화랑에서 개최된 '이쾌대 유화 발표전'의 방명록에는 임화, 이태준, 오장환, 배정국 등의 서명이 남아 있다(국립현대미술관 기획, 『거장 이쾌대—해방의 대서사』, 돌베개, 2015, 149~151쪽 및 242~243쪽).

39 해방공간에서 조선의 문학, 미술, 음악 등 여러 예술가들이 '통일조직'인 조선문화건설중앙협의회를 조직하고 공동의 실천을 보인 것은 일찍이 지적되었지만(大村益夫, 앞의 글, 101頁), 그 구체적인 양상에 대한 실증은 여전히 부족하다. 해방공간 음악가 조직에 대해서는 노동은, 『김순

에서 활동하고 남로당에 입당하면서 임화와 유대를 깊이 하고 있었던 김순남은,[40] 해방공간에서 '민족적 감성'과 '혁명적 진취성'을 동시에 요청하면서 음악 활동을 실천하였다. 이때 그의 지향을 현실화하는 구체적인 방법 중 하나가 '인민적 토대 위에서' 민족적 감성을 가곡으로 표현하는 것이었다.[41] 그것은 1947년 가곡집 『산유화』의 출판으로 현실화된다.

> 순남의 『산유화』가 출판되엇다. 반가운 일이다. 이 가곡집은 전번 『김소월 시집』이라고 일커러 발표된 소월 시의 5편의 노래 즉 바다·그를 꿈꾼 밤·산유화·잇섯든 마음·초혼으로 되어 잇다. 시인 오장환이가 어느때 "문학지에서 고전을 차즐 수 잇다면 그것은 김소월일 것이다"라고 나에게 말하엿다. 고전이라는 것이 단지 고대예술민을 말함이 아니라 어떤 하나의 예술적 세계가 타(他)에 대한 표현의 규준이 되고 또한 예술적인 감흥과 풍부한 원천을 제공하는 아름다운 지반이 되어서 어떤 유파와 시대와 민족을 넘고가는 전형이 고전이라면 소월의 시는 우리나라의 찻기 어려운 실한 고전의 하나일는지도 모르겟다.[42]

가곡집 출간 당시 김순남은 피신 중이었는데, 서울대 예술학부 교수

<hr />

남」, 낭만음악사, 1992, 73~88쪽; 해방공간 미술가 조직에 대해서는 국립현대미술관 기획, 앞의 책, 359~366쪽.

40 노동은, 위의 책, 83쪽. 1908년생에 태어난 임화와 1917년에 태어난 김순남 사이에는 9살의 나이 차가 존재하는데, 이들이 동보적인 실천을 할 수 있었던 것은, 당대 회고나 증언에 이들과 함께 등장하는 오장환의 역할이 컸을 것으로 추측된다.

41 이경분, 「음악과 시문학, 김순남 가곡 「산유화」와 「진달래꽃」」, 『음악과민족』 41, 민족음악학회, 2011, 22쪽.

42 박은용, 「김순남 가곡집 『산유화』를 보고」, 『자유신문』, 1947.12.17.

였던 테너 박은용은 그의 가곡집에 대한 서평을 발표한다. 그의 서평에서 눈길을 끄는 것은 김순남의 가곡집 출판의 두 계기가 조선근대문학 시집의 재간이라는 물질적 조건과 시인 오장환의 비평적 권유라는 사실이다.[43]

김순남이 1944년에도 오장환의 시집 『헌사』(남만서방, 1939)에 수록된 「상렬喪列」을 가곡으로 발표한 것에서 볼 수 있듯, 두 사람의 교류는 해방 이전 전시기로 거슬러 올라가는데, 박은용의 서평을 통해 오장환의 문학적 실천이 김순남의 음악적 실천과 공명하는 양상을 추측할 수 있다. 1946~1947년 무렵 오장환은 김소월의 시를 다시 읽으면서, 자신의 창작을 반성하고 새로운 갱신을 모색하고 있었다. 특히 그는 김소월이 "아름다운 운율을 창조하여, 가난한 우리의 언어를 살찌게 하였"으며, 그를 "상화와 함께 조선 시문학에서 처음으로 자유롭고 활달한 일상의 우리 용어를 살려 아름다운 생명을 짜낸 시인"으로 평가하면서, '조선어'와 '운율'의 문제에 주목하였다.[44] 김순남의 가곡 〈산유화〉 또한 조선어의 음성적 특징을 감안하여 김소월의 시를 새로이 해석했다는 점에서 오장환의 문제의식과 공명할 수 있었다. 조선적인 새로운 음악을 요청하였던 해방공간 당대에 가곡 〈산유화〉는 기존의 찬송가풍 가곡을 벗어나 "민족적인 가곡의 방향을 명시하였고 비로소 우리음악을 가진 환희를 맛보"도록 하였고 "조선 가곡의 여명"

----

43 이 서평에 등장하는 5편이 수록된 새로 발표(간행)된 『김소월 시집』의 판본은 추적 중이다. 해방 전에 간행된 『소설시초』(박문서관)의 재판이 1946(?)년에 간행되었고(오영식 편저, 앞의 책, 300쪽), 시집의 제목이 유사하다는 점에서 이것으로 추정할 수 있다.

44 오장환, 「소월 시의 특징─시집 『진달래꽃』의 연구」(『조선춘추』, 1947.12), 김재용 편, 『오장환 전집』, 실천문학사, 2002, 531쪽; 최희진, 「오장환 문학의 전위적 시인의식 연구」, 서울대 석사논문, 2015, 164~170쪽.

을 밝혔다는 평을 들었다. 이듬해 그는 오장환의 「양」과 김소월의 「진달래꽃」을 가사로 활용한 가곡들을 발표하였다.[45]

식민지시기 조선문학의 작품집 재간은 문학사적 연속성에 대한 증명이면서도, 동시에 해방공간에서 새로운 비평적 해석과 만나고 여러 분야의 미학적 전위들과 공명하여, 새로운 조선문화를 창조할 계기와 조건이 되었다. 1930년대 말 임화는 새로운 문화의 창조를 위해서는 '전통Tradition'이 필요함을 강조하였다. 그에 따르면 '전통'은 "순전한 여건의 하나인 '유물Übereste'"과 구별되는 것으로, "처음에 그것('전통'—인용자)은 의식하지 아니한 사이에 새 창조 가운데 들어오고, 나중에는 명확히 파악되고 표상 가운데 들어오는 대상"이라고 할 수 있다.[46] 나아가 그는 해방공간 조선문화의 새로운 건설을 위해서는 "고전의 정당한 계승"이 필요하다고 역설하였다.[47] 김순남 역시 조선문화사의 '전통'을 '지양Aufheben'하여 새로운 조선문화의 정체성을 모색하였다. 해방공간에서 김순남은 김소월 뿐 아니라, 오장환, 박찬모, 박노춘, 김태오, 이동규, 박아지, 이주홍, 김북원 등의 시에 곡을 붙였으며, 최석두의 시집 『새벽길』에 발문을 붙이기도 하였다.[48] 이처럼 해방공간에 다시 출간된 조선 근대문학의 작품집이나 시집들은 새로운 문화적 실천

---

45 박은용, 앞의 글: 이경분, 앞의 글, 244~246쪽; 김미옥, 앞의 글, 98쪽.
46 임화, 「신문학사의 방법」(『문학의 논리』, 학예사, 1940), 신두원 외편, 『임화문학예술전집』 3(문학의 논리), 소명출판, 2009, 658쪽.
47 임화, 「조선에 있어 예술적 발전의 새로운 가능성에 관하여─민족문화건설전국회의에서 보고한 연설요지」(『문학』 1, 1946.7), 하정일 외편, 『임화문학예술전집』 5(비평 2), 소명출판, 2009, 437~438쪽. 같은 지면에서 이원조 또한 유물과 전통을 구분하면서 "전통이 생명적이란 의미에서 지나간 시대의 전통을 고수하는 것이 전통을 사랑하는 것이 아니라 새로운 시대의 전통을 수립하는 것이 진실로 전통을 사랑하는 것"이라고 주장하였다. 이원조, 「민족문화건설과 유산계승에 관하여」, 『문학』 1, 1946.7, 123~128쪽; 노동은, 앞의 책, 189·285·455쪽.
48 노동은, 위의 책, 101·233쪽.

을 위한 '전통'으로 기능하였다.

문학과 음악, 두 분야에서 새로운 예술의 계기를 열어갔던 전위들의 행보는, 당대 해방공간 조선의 대중들로부터 넓은 호응을 받았다. 가곡 〈산유화〉는 가곡집에 수록되기 이전인 1946년 9월부터 널리 불리며 조선 대중들의 갈채를 받았다. 또한 1946년 12월 26일에는 조선문학가동맹 서울시지부는 '시와 음악의 밤' 행사를 주최하였고, 정지용, 이병기, 이용악, 오장환, 김광균, 여상현, 설정식 등의 시인과 김순남, 박은용, 한평숙, 강장일 등의 음악가들이 함께 참여하였다.[49] 오장환은 해방공간에서 조선문학가동맹, 조선연극동맹, 조선음악가동맹, 조선미술동맹, 조선영화동맹, 조선사진동맹 등 다양한 문화예술인들이 함께 '인민'을 위한 '남조선의 문화'를 수립해야 할 것을 여러 지면에서 강조하였다.[50] 미학적 전위였던 이들은 정치적 전위로서 '문화공작단'을 편성하여,[51] 해방된 조선의 곳곳을 찾아다니며 '인민대중'과 접속하여 새로운 문화적 가능성을 모색하였다. 해방공간 조선의 전위들에게 예술적 실천이란 미학적 행위를 통해서 세계 자체를 변혁하는 과정[52]을 의미하였다.

....

49 위의 책, 238 · 407 · 401쪽.
50 오장환, 「남조선의 문학예술」(조선인민출판사, 1948.7), 김재용 편, 앞의 책, 2002, 548 · 552쪽.
51 '문화공작단'은 연극, 음악, 영화, 무용예술, 문학가, 미술, 사진 등 8개 분야의 문화인이 함께하는 조직으로 구성되었다. 위의 글, 560쪽. '문화공작단'에 관해서는 조은정, 「해방기 문화공작대의 의제와 성격」, 『상허학보』 41, 상허학회, 2014 참조.
52 크리스토프 멘케, 김동규 역, 『미학적 힘』, 그린비, 2013, 51 · 150~154쪽.

3) 신세대라는 현상과 조선시의 진보 가능성

주로 1905~1915년 사이에 태어나 1930년대에 활발히 활동하였던 조선문학가동맹의 문학자들은 그 이후 세대들을 발굴하고 그들의 발표지면을 제공하고자 하였다. 이 점에서 눈에 띄는 출판물은 『조선시집』(1946년판)이다. 매년 발간된다는 점에서는 중일전쟁기 인문사의 『조선문예연감』 부록 『조선작품연감』을 떠올리게 하지만, 조선문학가동맹 중앙집행위원회 시부 위원회가 편집하여 간행한 이 연간 시집은 다음 세대의 시인들에 보다 무게를 두어 편집하였다.

1946년 2월 조선문학가동맹 결성 당시 시부 위원장은 김기림이었으며,[53] 『조선시집』(1946년판)의 서문은 1946년 12월 15일 시부 위원회의 이름으로 작성이 되었다. 조선문학가동맹은 앞으로 매년 한 권씩의 '연간시집'을 간행할 것이며, "이 시집이 해를 거듭하여 가는 동안에 아름다운 민족시의 건설에 도달되기를 염원하여 간행을 계속할 것이요, 그러한 해가 하로 밧비 오게 하기 위하여 이러한 분노와 투쟁과 보복과 다시 또 투쟁의 노래를 불러 갈 것"임을 다짐하였다. 첫해인 1946년판에는 임화로부터 배인철에 이르는 시인들의 시를 가려서 편집하였다.

『조선시집』(1946년판)은 시부 위원장 김기림과 위원들의 시를 포함하여 1부에 37명, 2부에 11명의 시를 수록하여 모두 48편의 시를 수록하였다.[54] 이 시집에 수록된 48명의 시인 중 해방 전 임화가 편집한

---

53 「조선문학가동맹 위원명부」, 『문학』 1, 1946.7, 153쪽. 시부 위원은 임화, 권환, 정지용, 윤곤강, 이용악, 오장환, 박세영, 김광균, 조벽암이었다.

54 1부는 해방공간 '남'에서 활동한 시인들이며, 2부는 '북'에서 활동한 시인으로 이해할 수 있다.

	1부		2부
권 환★	박석정	유진오	강승한
김광균★	박아지★	이병기	김상오
김광현	배인철	이병철	민병균
김기림★	박찬일	이주홍	박세영★
김동석	상 민	이용악★	백인준
김상원	설정식	이 흡★	안함광
김용호	송완순	조남령	이경희
김철수	송형준	조벽암★	이원우
노천명★	여상현	조영출	이정구★
임 화★	오장환★	조 운	이 찬★
박노춘	윤곤강★	조허림	정국록
박동화	윤복진		
박산운	유종대		

〈표 2〉『조선시집』(1946년판) 목차

『현대조선시인선집』(학예사, 1939)에도 이미 시를 실었던 기성의 시인
(★표시)들은 14명이다. 『조선시집』(1946년판)에 실린 시인의 2/3에 해
당하는 30여 명의 시인은 대개 1940년 이후에 등단한 시인들이었다.
당시 김현경의 연인이었던 배인철은 '흑인시'를 통해 새로운 시를 모
색하고 있었다.

　1939년 조선근대시의 역사를 조망하는 것을 목적으로 편집한 『현
대조선시인선집』에서도 임화는 자신을 비롯한 이전 세대 시인들보다
자신 이후의 '신세대' 시인들에게 더 많은 지면을 할애하였다.[55] 이것

---

55 임화 편, 『현대조선시인선집』, 학예사, 1939, 목차 및 서문 참조. 72명의 시인의 시가 편집된 이
　　선집에서 최남선에서 김기진에 이르는 임화 앞 세대 시인은 18명, 김기림, 정지용을 비롯한 임화
　　자신의 세대는 15명, 김광균과 오장환 등 1930년대 후반에 등단한 신세대 시인은 39명 수록되었
　　다. 『현대조선시인선집』에 관해서는 심선옥, 「1920~30년대 근대시의 정전화 과정」, 『상허학
　　보』 20, 상허학회, 2007, 101~105쪽; 장문석, 「임화와 김기림의 1940년 전후」, 『한국문학과 예
　　술』 12, 숭실대 한국문예연구소, 2013, 64~72쪽 참조.

은 신세대 소설가들에게는 불만을 숨기지 않으면서, 신세대 시인들의 의미는 적극적으로 평가하였던 임화와 김기림의 비평적 진단과 동보적인 것이었다. 『조선시집』(1946년판) 역시 신인들에게 더 많은 지면을 할애하고 있다. 조선문학가동맹의 결성 직후에 간행된 『삼일기념시집』이 대부분 김기림에서 오장환에 이르는 세대의 시인들의 시를 선별한 것이었던 것과는 달리,[56] 『조선시집』(1946년판)은 매년 간행을 목표로 하면서 새로운 시인을 발굴하고 새로운 시를 제시하는 것을 그 목적으로 짐작할 수 있다.

해방공간에서 시인들은 세대감각 위에서 조선근대시의 계승과 진보를 가늠하고 논의하였다. 정치적으로 좌우의 대립이 두드러졌던 해방공간 시인들의 문학적 실천은 '순수서정', '리얼리즘', '모더니즘'의 세 경향으로 분기하는데, 각 경향은 1930년대 '시문학파', 카프, 모더니즘 시인들의 계보 속에 자기를 위치시키고 정치적, 미학적, 인적, 매체적 대립 구도를 형성하고 있었다. 세 경향 중 '순수서정'은 청년문학가협회와 관계했다면, '리얼리즘'과 '모더니즘'은 조선문학가동맹의 실천을 배경으로 하고 있었다.[57] 시집의 이름에서부터 『카프시인집』과의 단속적인 관계를 염두에 두면서 역시 5명의 시인의 시를 수록한 김광현, 김상훈, 이병철, 박산운, 유진오의 공동시집 『전위시

....

[56] 『삼일기념시집』에 관해서는 심선옥, 「해방기 기념시집 연구―'해방'과 '3·1' 표상을 중심으로」, 『민족문학사연구』 54, 민족문학사학회, 2014, 4장 참조.

[57] 유성호, 「해방기 시의 세대론」, 『한국시학연구』 33, 한국시학회, 2012; 유성호, 「해방기 한국 시의 계보학」, 『동아시아문화연구』 57, 한양대 동아시아문화연구소, 2014 참조. '순수서정'의 경향은 『청록집』(1946.8)과 『시문학』(1950.1)을 간행하며 정지용이나 김영랑을 계승하면서 지워갔으며, '리얼리즘'의 경향은 『전위시인집』(1946.10)의 출현을 계기로 '구세대'와 '신세대'가 긴장을 형성하며, '모더니즘'의 경향은 『신시론』(1948.4) 창간호 당시의 다양한 인적, 방법적 결합이 『신시론』 2집(1949.4)을 지나면서 급격하게 감각과 언어 실험으로 미학적 축소를 겪게 된다. 유성호, 「해방기 시의 세대론」(2012) 참조.

인집』(노농사, 1946)에 붙인 오장환의 발문 역시 세대 감각의 문제를 논
제화하였다.

> 여기 내가 소개하는 젊은 시인들은 일본이 식민지정책이 최고의 조건
> 으로 우리의 문화를 말살하려 할 그때에 불운한 성년기를 맞은 청년들이
> 다. 이들 앞에 찾아온 것은 조금도 따뜻하지 않은 학병이요 징용이요 추
> 적의 가시밭길이었으나 그들은 이러한 조건에서도 쉬지 않고 우리의 아
> 름다운 감정과 언어와 사고를 연마하기에 게으르지 않았다. 이것의 결실
> 로 이번 『전위시인집』을 내게 되는 것은 당연한 중에도 당연한 일이며 나
> 하나뿐의 기쁨만이 아니다. 진실로 이들은 우리 시단의 제일선을 찬연히
> 빛나게 하는 존재들로서 그들의 노래는 참으로 솔직하여 우리 선배들이
> 일본 총독의 치하에서 작품활동을 하였을 때처럼 누구의 눈치를 본다거
> 나 같은 말을 둘러 한다거나 하는 일이 없이 일사천리 격으로 나아가는
> 새로운 활기를 가져온 것도 기꺼운 현상의 하나일 것이다.[58]

여기서 오장환은 '우리의 선배' – '나' – '젊은 시인'들이라는 세 세대
에 대한 감각을 드러내고 있다. '선배'들이란 식민지 검열 아래서 창작
활동을 하였던 임화의 세대를 일컬으며, '나'는 1930년대 말 '신세대'
라는 호칭을 얻었던 자신의 세대를 일컬을 것이다. 그리고 '젊은 시인'
들은 태평양전쟁기 학병과 징용의 경험 속에서 성년을 맞이한 자신 다
음 세대를 말한다. 오장환은 유진오와 박산운 등 "약관 시인들의 작품
을 읽고서 되레 나는 넘쳐나는 감격을 걷잡을 수 없"었다고 쓰면서 그

....

[58] 오장환, 「발(跋)」(『전위시인집』, 노농사, 1946.12), 김재용 편, 앞의 책, 464~465쪽.

들의 시에 나타난 "정열과 의지와 박력"을 1920년대 이상화의 시로부터 계보를 구성하고, 이들의 시가 "애상에 근간을 두고 있던 우리 조선 시단에 새로운 건강을 초래할" 것으로 기대하였다.[59]

1960년대 김수영이 해방공간 '마리서사'에 모였던 문학자들로 회고한 김기림, 김광균, 오장환, 이흡, 이시우, 조우식, 이한직, 임호권, 배인철, 김병욱 역시 세 세대의 시인들로 구성되어 있다. 1939년 임화의 분류를 참고하자면 이들은 세대적으로 임화 자신과 같은 세대인 김기림, '신세대' 시인인 김광균, 이흡, 오장환, 이시우, 마지막으로 1940년대에 시인으로 활동을 시작한 조우식, 이한직, 임호권, 배인철, 박인환, 김수영 등이다. 특히 김수영이 제시한 명단은 김기림에서 비롯하여, 김광균, 이흡, 오장환, 이시우 등을 거쳐, 그리고 김병욱, 배인철과 『새로운 도시와 시민들의 합창』(도시문화사, 1949)의 임호권, 박인환, 김수영으로 이어지는 계보를 염두에 둔 것이기도 하다.[60] 위의 『조선시집』(1946년판)에는 시를 싣지 않지만 후일 박인환, 김수영 등과 '신시론' 동인으로 함께 활동하였던 김경린은 1940년대 도쿄에서 VOU 동인으로 활동하며 일본어로 시를 창작하고 발표한 경험이 있었다.[61] 그의 예에서 볼 수 있듯,

....

59 오장환, 「민족주의라는 연막―일련의 시단 비평」, 앞의 책, 473쪽.

60 해방공간 박인환은 동시대 일본 시단의 전후 현실 비판과 새로운 공동체 구상 뿐 아니라 서구의 동시대 시인들을 시적 경향을 참조하면서, 김기림과 오장환으로 대표되는 식민지 조선의 모더니즘을 비판적으로 계승하고자 하였다. 또한 마리서사의 주인에서 『자유신문』 기자로 진신하면서 그는 동남아시아로 시선을 돌려 반제국주의적 국제적 연대라는 새로운 이상을 제시하였다. 최근 방민호는 이러한 점에 주목하여 박인환의 문학사적 위치에 대한 재고를 요청하였다. 그는 박인환이 "해방직전까지 한국 시문학의 전통을 단시간에 섭렵, 소화한 후 당대의 세계사적 현실을 주시하면서 영원한 시를 향해 나아가고자 한, 한국 시의 또 다른 '아폴론'이었다"라고 평가하였다. 방민호, 「박인환 문학의 문학사적 위상―해방과 전후 시단의 '책임 의사'」, 『서정시학』 26-4, 서정시학사, 2016, 258쪽.

61 윤대석, 「기술이냐 윤리냐―일제 말기 김경린의 시와 시론」, 『한국현대문학연구』 50, 한국현대문학회, 2016 참조.

해방공간의 시인들은 조선근대시의 '전통'과 세대적 위치 속에서 자기의 위치를 가늠하는 동시에, 해방 이전 동아시아 이동displacement의 경험과 언어횡단적 문화 실천을 바탕으로 새로운 문학언어를 기획하였다.

1966년 김수영의 회고에서는 김기림에서 비롯되는 '마리서사'의 시인 계보만 등장할 뿐, 해방공간 당대에 존재하였던 이상화와 임화로부터 비롯되는 『전위시인집』의 계보가 삭제되어 있다. 이러한 침묵은 1960년대 반공주의와 검열 때문인 동시에, 미학적 전위에 보다 가까웠던 전자와 정치적 전위에 보다 가까웠던 후자, 두 계보 사이의 '차이' 때문이었을 것이다. 하지만 두 계보가 모두 오장환이라는 공유점을 가지듯, 이들은 '차이'에도 불구하고 조선문학가동맹이라는 맥락을 배경으로 하여 문화적 실천을 수행하였다.

한국전쟁 휴전 이후, 해방공간 '리얼리즘'의 경향이 남한에서 '과잉 망각'되고, '모더니즘'은 모더니즘의 여러 미학적 가능성이 축소된 형태로 주류화하게 되며, '순수서정'의 경향이 한국시문학의 적자로 '과잉 각인'된다.[62] 이런 상황에서 해방공간에서는 좌우 구별이 없었다는 1960년대 김수영의 은근한 자랑은 망각된 조선근대시의 또 다른 전통을 환기하게 된다. 임화나 조선문학가동맹 자체에 대한 직접적인 발화는 어려웠지만, 김수영 자신과 '미묘한' 관계에 있었던 배인철은 『조선시집』(1946년판)에 시를 실은 시인이었고, 그가 죽은 후 오장환은 한 수기를 그에게 바치기도 하였다.[63] 그 점에서 '마리서사'의 김기림과 오

---

62 유성호, 앞의 글(2012), 5장.

63 김수영은 당시 김현경의 연인이었던 배인철을 두고 "말 뼈다귀 같은 정체불명의 엉터리 같은 놈"이라고 부르며, 김현경에게 역정을 부리기도 하였다(김현경, 『김수영의 연인』, 책읽는오두막, 2013, 157쪽). 오장환은 자신의 한 수기를 "1947년 5·1절이 지난 며칠 후 남산 미군 사격장 부근에서 알 수 없는 죽음을 한 시인 배인철 동지에게" 바쳤다(오장환, 「남조선의 문학예술」,(조선인민출판사,

장환, 김병욱에 대한 회고는 망각되고 왜소해진 조선근대시의 '전통'을 재고하며 김수영 자신의 문학사적 위치를 점검하는 행위였다.

4) 정치적 전위, 거리의 민주주의, 그리고 '노래'의 시대

조선문학가동맹은 "민주주의 조선 국가의 건설 없이는 실로 민주주의 문학자도 없는 것"이며 "민주주의적 국가 건설을 위하여는 조선이 세계 민주주의 전선의 일익으로 되어야" 한다고 선언하였으며,[64] 그 보다 일찍 임화는 박헌영의 8월 테제에 공명하며 "현하 문화운동의 근본 과제는 문화상에서 부르주아 민주주의 혁명을 수행하는" 것이라고 주장하였다.[65]

하지만 해방공간의 정치적 정세는 조선문학가동맹의 기대와 달리 점차 악화되었고, 1946년 12월에 서문을 쓴 『조선시집』(1946년판)은 결국 이듬해 3월에서야 간행이 될 수 있었다. 그리고 1947년판은 간행되지 못하였다. 오히려 『조선시집』(1946년판)의 서문에서 진단했듯, 이미 "시는 남조선에 있어서 인젠 완전히 하나의 흉기가 되었고 시인은 방화범과 같은 위험한 인물이 되"어 있었다. 1947년 1월 8일에 시작한 조선문화단체총연맹의 종합예술제 개회식에는 수류탄이 무대로 날아들었고, 이틀

1948.7), 김재용 편, 앞의 책, 547쪽).

64 「제1회전국문학자회 결정서」, 『문학』 1, 1946.7, 86~87쪽. 띄어쓰기는 인용자.

65 임화, 「현하의 정세와 문화운동의 당면임무」(『문화전선』, 1945.11), 하정일 외편, 『임화문학예술전집』 5(비평 2), 소명출판, 2009, 361쪽. 조선공산당의 '8월테제'와 부르주아민주주의혁명의 의의와 한계에 관해서는 서중석, 『한국현대민족운동연구─해방 후 민족국가 건설운동과 통일전선』, 역사비평사, 1991, 231~248쪽; 남로당의 문화 정책과 조선문학가동맹의 문화적 실천에 관한 비판적 검토는 김윤식, 『해방공간 한국 작가의 민족문학 글쓰기론』, 서울대 출판부, 2006, 22~30쪽.

날은 김두한 등이 침입하였다. 또한 같은 해 여름에는 연극동맹 맹원들은 각자의 집에서 경찰의 습격을 받았고, 미술동맹은 미군정청의 불허로 전람회 장소를 구하지 못하였다.[66]

조국의 자유 없이는 시의 자유도 없이 되었고, 시의 자유 없는 또 조국의 자유도 없이 된 오늘, 자유를 달라고 웨치는 인민의 소리를 떠나서 시의 소리가 있을 수도 없이 되었으며 자유를 위하여 흘리는 인민의 피를 떠나서 시가 써질 수도 없이 되었다.[67]

조선문학가동맹의 시부 위원회는 해방공간을 해방이 이루어진 시기가 아니라 싸움이 지속되어야 할 공간으로 판단하며, "인민의 자유와 시인의 자유, 민족의 해방과 시의 해방을 동일시하며, 시가 단순 서정에 머무는 것을 거부"할 수밖에 없었다.[68] 임화 역시 김상훈의 시집에 붙인 「서」를 통해 이와 같은 인식을 드러냈다.

처음으로 불러보는 조국의 이름, 처음으로 나라의 주인이 되자는 조선의 인민들, 밤낮없이 들려오는 그들의 아우성과 발자욱소리, 스스로 싸워서 피 흘리며 그들의 선두에서 걸어오는 영웅들의 모습, 모두가 시고 모두가 노래 아닌 것이 없지 않느냐? 새로운 시대는 온통 이 노래의 시대요

....

66 오장환, 「남조선의 문학예술」(조선인민출판사, 1948.7), 김재용 편, 앞의 책, 552~553쪽 · 590쪽.
67 조선문학가동맹 중앙집행위원회 시부 위원회, 「서」, 『조선시집』(1946년판), 아문각, 1947, 9쪽.
68 박용찬, 「해방기 시문학 매체에 나타난 시적 담론의 특성 연구」, 『어문논총』 47, 한국문학언어학회, 2007, 485쪽. 앞서 오장환이 고평한 해방공간의 '젊은 시인'들은, 식민지 말기에 학병으로 동원되어 총을 들었다가, 해방 직후 조선의 거리로 쏟아져 나와 다시 총을 들었던 해방공간의 청년들과 세대가 일치한다. 이혜령, 「해방(기)—총 든 청년의 나날들」, 『상허학보』 27, 상허학회, 2009, 15~33쪽.

시의 시대인 것이다. 결국 새로운 시대가 시가 되기에는 너무나 큰 감격이라고 느껴진 것은 내가 낡은 시대의 시인인 때문일지도 모르는 것이다. (…중략…) 나는 탄 피부와 두터운 망막을 가진 시인, 정말 굳은 정신과 튼튼한 육체를 가진 시의 탄생을 기대하고 또 확신하고 있었던 것이다. 그리하여 그들과 어깨를 겨눌제 나도 새 시대의 시인이 되리라 혼자 마음 먹었던 것이다. 왜 그러냐 하면 이러한 길은 내 자신을 구원하는 길일 뿐 아니라 조선의 시가 구원되는 위대한 날이 시작되는 때문이다.[69]

김상훈의 시집 『대열』을 위해 쓴 서문에서 임화는 스스로를 낡은 시인으로 겸칭하며, '굳은 정신과 튼튼한 육체를 가진 시의 탄생'을 대망한다. 스스로에 대한 성찰에 근거했을 이러한 인식에 더해서, 임화는 자신이 바라보고 있는 해방공간의 인민들 한 사람, 한 사람의 삶이 시이자 노래일 것이라고 말한다. 그리고 자신이 놓여 있는 해방공간을 "시의 시대"이자 "노래의 시대"로 평한다. 실제로 이 시기는 임화 자신의 시가 김순남의 곡에 실려서 '노래'로 불린 시기였다. 또한 미학적 전위들의 문화적 실천은 그 자체 정치적인 것으로 규정되어서, 미학적 전위들은 정치적 전위로서 역할을 수행하게 되었다.[70] 조선문학가동맹의 문학자들 뿐 아니라, 연극동맹, 사진동맹, 미술동맹의 예술가들 모두 테러의 위험 아래에서 '집회'와 '시위'에 앞장섰으며 음악가 김순남은 '민족적 감성' 뿐 아니라 '혁명적 진취성'을 다룬

69 임화, 「서」, 김상훈, 『대열』, 백우서림, 1947, 8~9쪽.
70 문학자 김태준과 철학자 박치우는 정치적 전위로서 실천의 한 극단을 보여주었다. 윤대석, 「아카데미즘과 현실 사이의 긴장―박치우의 삶과 사상」, 『우리말글』 36, 우리말글학회, 2006; 黃鎬德, 「終りなきパルチザン、国家(知)との戦い―京城帝大生からパルチザンで、金台俊と朴致祐の解放前後」, 徐禎完・増尾伸一郎 編, 『植民地朝鮮と帝国日本』, 勉誠出版, 2010.

음악을 창작하였다.

창작연도	곡명	작사가
1945	자유의 노래	김순남
	건국행진곡	김태오
	농민가	박아지
	우리의 노래	이동규
	독립의 아침	이주홍
	해방의 노래	이주홍
	여자청년동맹가	(미상)
1946	독립동맹환영가	박세영
	농민가	박아지
	우리의 노래	이동규
	남조선 형제여 잊지 말아라	임화
	서반아혁명국제의용군의 노래	임화
	예맹의 노래	임화
	인민항쟁가	임화
	전평의 노래	임화
	기차	(미상)
	우리들의 노래	(미상)
1947	공위환영가	임화
	조선민주애국청년동맹가	임화
	인민유격대의 노래	(미상)

〈표 3〉 월북 이전 김순남 창작 '해방가요' 목록(1945.8.15~1948.7)[71]

해방공간의 정치적 상황은 당대의 형상과 지향을 기동력 있게 표현할 수 있는 예술 장르를 요청하였고, 해방가요는 그러한 요청에 가장 걸맞는 예술 형식이었다. 시와 노래는 다른 양식에 비해 창작 시간이 길지 않기에 현실에 신속히 대응하게 대응할 수 있으며, 집회와 행사

....
71 〈표 3〉의 창작연도, 곡명, 작사가 명단은 노동은, 앞의 책, 389쪽; 김재용 외편, 『임화문학예술전집』
1(시), 소명출판, 2009; 박정선, 「해방가요의 이념과 형식」, 『어문학』 99, 한국어문학회, 2008,
201~202쪽의 정보를 비교하였으며, 각 정보가 충돌하는 경우 박정선의 정리를 존중하였다.

를 통해 동시적이고도 광범위한 보급과 감상이 가능하기 때문에 운동의 목적 달성에 용이하였다.[72] 이 시기 김순남은 특히 임화가 쓴 가사에 곡을 붙인 노래를 다수 작곡하였다.[73] 특히 1946년 10월 '인민항쟁'을 배경으로 한 〈인민항쟁가〉는 열광적인 반응을 얻었다. 임화의 시는 계면조를 활용한 김순남의 곡과 결합하여 '이상적인 혁명송가'가 될 수 있었다. 김순남은 4분의 4박자 첫 마디의 '원수와'에서 '와'의 박자를 길게 잡아서 긴장과 기대를 고조시키고, 이어 4분의 2박자로 진행하여 리듬을 고조하고 마지막 네 마디에서 다시 4분의 4박자로 연대와 투쟁의 결의를 다짐하였다.[74] 당대 오장환은 이 노래에 대해서 "회합이 있을 때마다 수만의 아니 수십만의 군중이 깍지를 끼고 발을 구르며 (…중략…) '원수와 더불어 싸워서 죽은 우리의 죽음을 슬퍼 말아라' 이처럼 시작하는" 노래를 열광적으로 불렀다고 기록하였다.[75]

〈인민항쟁가〉는 임화 자신이 평생에 걸쳐 추구했던 '문학'과 '정치'가 일치한 해방가요라 할 수 있는데, 이를 비롯하여 임화와 김순남의 해방가요들은 "거리의 민주주의"를 대표하는 노래로 '10월 항쟁'을 전후하여 급속도로 전파되었다.[76] 앞서 황석영이 이 노래가 "남녀노소를

....

72 위의 글, 200~201쪽; 해방공간 집회에 있어 '노래'의 역사적 양상과 의미에 관해서는 천정환, 「해방기 서리의 정치와 표상의 생신」, 『성희학보』, 26, 상희학회, 2009, 87·94쪽 참조.
73 김순남이 작곡한 해방가요 이외에도, 월북 이전 임화는 〈해방전사의 노래〉(1945, 안기영 작곡), 〈국군행진곡〉(1945, 미작곡), 〈인민의 소리〉(1945, 미작곡), 〈민청가〉(1946, 정종길 작곡), 〈민전행진곡〉(1946, 공동작사, 이건우 작곡) 등의 가사를 썼다.
74 노동은, 앞의 책, 89~90쪽.
75 오장환, 「민족주의라는 연막―일련의 시단 비평」, 김재용 편, 앞의 책, 471쪽.
76 박정선, 앞의 글, 222~225쪽; 정정연, 「해방공간을 주도했던 음악가―김순남, 현제명」, 『민족음악의 이해』 1, 민족음악연구회, 1990, 171쪽. '거리의 민주주의'라는 표현은 천정환, 앞의 글, 58쪽에서 빌려 왔다.

불문하고 유행가처럼" 퍼져났다고 회고한 것처럼, 당대의 박영근은 "남조선 일대에 획기적인 인민항쟁이 전개되자 〈인민항쟁가〉의 우렁찬 소리는 방방곡곡에 인민과 더불어 전파되어 진정한 민주혁명의 투쟁사에 빛날 기록적인 자취를 남겨 놓았다"고 격찬하였다.[77] 당대 민중들은 자발적으로 거리의 정치에 참가함으로써, 식민지로부터의 '독립' 뿐 아니라 보다 근본적인 의미에서의 '인간 해방'을 경험하고 '민족'을 인지하였던 정치적 주체들이었다.[78] 해방공간 민중들은 '김순남과 임화는 민족의 보배'라고 일컬었으며,[79] 이들의 해방가요를 두루 불렀고 북조선에서는 〈인민항쟁가〉가 한 때 '국가'로 오인될 정도였다. 〈인민항쟁가〉는 한국전쟁 시기까지 널리 불리는데, 앞서 황석영의 기억에서처럼 인공 치하의 학교에서는 교사의 풍금에 맞추어 부르기도 했다. 그리고 남로당 혁명가들은 입산하여 빨치산으로서 무장투쟁을 전개하면서 〈인민항쟁가〉를 불렀고, 이 노래는 휴전 후 '남부군' 최후의 순간까지 대열 속에서 불렀다.[80] 나아가 1952년 김순남의 소련 유학을 전후하여서는 소련의 음악가 아람 하차투리안Aram Il'ich Khachaturian이 김순남과 임화의 공동작품인 〈인민항쟁가〉와 〈조선 파르티잔의 노래〉를 편곡하고 번역하여 자신의 작품집에 수록하였다.[81] 〈인민항쟁가〉를 비롯한

77 박영근, 「음악계 개관」, 김용호 편, 『1947년판 예술연감』, 예술문화사, 1947; 박정선, 위의 글, 220쪽 재인용.

78 천정환, 앞의 글, 95~97쪽.

79 노동은, 앞의 책, 217쪽. 1991년 노동은이 청취한 이태(李泰)의 증언이다. 이태는 당시 임화와 김순남 두 사람이 모두 '예술연맹' 등 여러 조직체의 문화부에서 활동하였고, 둘 다 술을 잘 마셨으며, 전문분야에 특출한 재질로 번뜩였으며, 정치노선을 함께 하여 월북 이후에도 우정을 교감한 것으로 알려졌다. 또한 두 사람 모두 키가 엇비슷하게 작았으나, 여러 점에서 두 사람은 당대 젊은이들의 '우상'이었다고 증언하였다.

80 학교로부터 빨치산에 이르기까지, 해방공간 한반도에서 〈인민항쟁가〉를 불렀던 다양한 주체들과 그 실천에 관해서는 위의 책, 222~224쪽 참조.

81 〈조선 파르티잔의 노래〉는 1948년 8월 21일부터 26일까지 황해도 해주 인민회의당에서 개최된

임화와 김순남의 해방가요는 '만주'와 일본으로도 전파되어 두루 가창되며, 한반도를 넘어 해방공간 동아시아로 확산되었다.[82]

4. '공산주의자' 임화의 '지금시간etztzeit', 4·19

1) 1920년대생 김수영과 '혁명'이라는 기억의 귀환

1950년을 맞이하는 연말 한 모임에서 양병식이 "일구사구년이여 가거라, 밝아오는 일구오공년이여, 우리에게 즐거움과 희망을" 하고 외치자, 김수영이 따라 일어나 "오오 거리는 모든 나의 설움이다"라고 자작시를 읊조린다.[83] 이 시는 『민경』이라는 잡지에 발표된 「거리」라

....

'남조선 인민 대표자회의'의 축하공연 〈산사람들〉(함세덕)의 주제가인 〈파르티잔의 노래(빨치산의 노래)〉(임화 작사, 김순남 작곡)를 가리킨다. 1951년 하차투리안은 〈파르티잔의 노래〉에 화성을 붙여 〈조선 파르티잔의 노래〉로 편곡하였고, 가사를 러시아어로 번역하여 자신의 작품집에 수록하였다. 노동은, 앞의 책, 123·130·133·299쪽.

82　재일본조선민주청년동맹 동경본부문화부(在日本朝鮮人聯盟 中央總本部)에서 간행한 『초등음악 (1, 2학년)』(1947.6)에는 〈해방의 노래〉가 실렸으며, 『초등음악(3,4학년)』(1947.6)에는 〈독립의 아침〉과 〈해방의 노래〉가 실렸다. 또한 재일본조선민주청년동맹 동경본부문화부에서 간행한 『人民解放歌謠集』(1948.7)에는 〈추노가〉, 〈목립의 아침〉, 〈해방의 노래〉, 〈인민항쟁가〉, 〈님조신 헝제여 잊지 말아라〉가 실렸고, 옌볜에서도 그의 작품이 실린 『신작가곡집』(조선출판물공응소, 1952.3)이 간행되었다. 김순남이 작곡한 해방가요의 동아시아 유통에 관해서는 노동은, 앞의 책, 123, 227쪽. 해방 후 일본 도쿄에서 간행된 자이니치 잡지 『民主朝鮮』 33호(1950.7)에 발표된 장두식(張斗植)의 소설 『運命の人々』의 마지막 부분에는 아이들이 〈인민항쟁가〉를 합창하는 장면이 나온다. 〈인민항쟁가〉의 가사 앞부분은 다음과 같이 옮겨져 있다. "怨讐とともに闘って死んだ / 群衆の死を悲しむな"(張斗植, 「運命の人々」, 『民主朝鮮』 33, 1950.7, 126頁) 이 소설은 민동엽 선생님(도쿄대 박사과정)의 도움으로 알게 되었다.

83　최하림, 『김수영 평전』, 실천문학사, 2001, 130쪽.

는 시이지만, 김수영이 발표 매체를 찾지 못해『달나라의 장난』에는 누락된 시이다.[84] 물론 그가 기억을 더듬어 살려둔 앞 부분까지를 포함하면 다소 어조가 달라지지만, 마지막 행만을 살펴봤을 때 그 구절은 1930~1940년대 임화의 시와 상당히 유사하다. "오오!"라는 영탄구는 임화가 시 창작 내내 자주 사용한 구절이었으며, '거리'와 '설움' 역시 그의 시에서 쉽게 발견할 수 있다.[85] 김수영은 임화의 시를 연상하게 하는 자작시를 읊으며 1950년을 맞았으나, 그 이전 그가『새로운 도시와 시민들의 합창』을 간행했을 무렵, 임화와 오장환을 비롯하여 조선문학가동맹의 문학자들이나 음악가 김순남 등은 이미 월북한 상태였다.

한국전쟁이 발발하고 서울이 인민군 치하에 들어갔을 때, 김수영은 다시금 한청빌딩에 자리를 잡은 조선문학가동맹에 출근해야 했다. 그리고 거기에서 김수영은 임화를 다시 만난다.

옛날 문학가동맹이 자리잡고 있었던 한청빌딩 4층으로 이사한 뒤였다. 서기장 자리에는 안회남이 앉아 있었고, 임화, 김남천, 이태준의 모습은 보이지 않았다. 그들은 문학가동맹과는 다른 문화연맹이라는 별개의 단체에 소속된 듯했다. (…중략…) 그날부터 동맹 사무실에서는 매일 소위 사상강좌가 열렸다. 강사는 정치보위부에서 나오기도 하였으나 대개는 북한문화성 부상이라는 김오성을 비롯하여 임화, 김남천 등이 맡았다. 사

84 김수영, 「나의 연애시」(1968),『김수영 전집』 2, 민음사, 2003, 133쪽.
85 '오오'라는 영탄구는 「담-1927」, 「우산받은 요코하마부두」, 「네거리의 순이」, 「해협의 로맨티시즘」, 「현해탄」, 「적」 등 임화의 시 전반에 걸쳐 나타나며, 특히 '네거리' 연작인 「네거리의 순이」와 「다시 네 거리에서」에서 발견할 수 있다.

상강좌가 끝나면 노래를 가르쳤다. 임화 작사 김순남 작곡의 〈붉은 깃발〉이라든지 '원수와 더불어 싸워서 죽은……' 등의 노래였다. 문인들은 그 노래를 배워가지고 어느 날은 가두시위에 나섰다.[86]

『김수영 평전』에서는 이때 김수영 등이 〈인민항쟁가〉를 배운 것으로 나오지만, 사실 그들은 이미 그 노래를 알고 있었던 것으로 보는 것이 보다 자연스럽다. 소설가 황석영이 학교에서 인민군에 관한 노래를 배웠을 그 때, 김수영 역시 매일 문학가동맹에 출근하여 연설을 듣고 〈인민항쟁가〉를 부르며 가두시위에 나서게 된다. 김수영이 의용군에 징집된 것은 1950년 8월이었다. 최하림의 평전은 이러한 일련의 과정을, 김수영이 피동적으로 끌려간 과정으로 묘사한다. 하지만 최근 연구에서는 이와 결을 달리한 해석이 제안되기도 한다.

현재 김수영의 생애사의 핵심은 좌파적 성향이었던 김수영의 좌절이다. 미완의 소설 「의용군」을 픽션이 아닌 수기로 보고자 하는 경향도 그러한 구도에서 가능한 것이다. 의용군에 입대한 주인공이 흠모하는 대상으로 등장하는 '임동은'을 '임화'라고 추측할 수 있는 점은 매우 중요한 것이다. 그리하여 생애사는 김수영은 운명을 꿈꾸었고, 그것을 역사화시키고 서사화시키고 싶었으나, 남은 것은 내면적 고통 뿐이었음을 증명한다. 그 서사화시킬 수 없는 내면적 고통이 그로 하여금 시인이 되도록 했던 것이다.[87]

....

86 최하림, 앞의 책, 141쪽. '원수와 더불어'로 시작하는 곡은 〈인민항쟁가〉이다. 「붉은 깃발」은 〈적기가〉로 이해할 수 있지만, 이 노래는 임화와 김순남의 작품은 아니다.
87 박지영, 「한국 현대시 연구의 성과와 전망―'운명'과 '혁명', 왜 아직도 '임화'와 '김수영'인가?」,

「의용군」의 서두에 등장하는 '임동은'이라는 인물이 무척 매력적으로 그려져 있다는 점, 그리고 현전하는 「의용군」의 서사에서 '자원입대'한 '순오'가 처음에는 공산주의 사회를 흥분에 차서 바라보다가, 여전히 사회주의 실상을 보면서 점점 환멸과 실망을 경험한다는 점, 끝내 김수영이 근대소설로서 「의용군」의 서사를 완성하지 못한 점 등은 위의 판단을 보충하게 된다.[88]

의용군 및 거제포로수용소에서 경험한 사회주의에의 환멸과 직접적인 폭력에의 노출, 그리고 전쟁 후 반공주의의 맥락에서 김수영은 침묵한다. 그리고 이 글의 처음에 인용했던 것처럼 1953년 박헌영과 함께 임화가 숙청되었다는 소식이 휴전 전후 남한 미디어에서도 보도된다. 남한에 알려지지는 않았으나 김순남 또한 이때 함께 숙청이 되는데, 당시 그의 비판자들은 그의 음악이 부르주아적 작법을 따른다고 공격한 동시에, 임화가 쓴 〈인민항쟁가〉의 "원수와 더불어 싸웠나"라는 대목을 두고 "원수와 싸우지 않고, 어떻게 원수와 함께 할 수 있었는가?"라고 비판하기도 하였다.[89] 김수영은 「의용군」 체험을 끝내 장편소설로 서사화하지 못하지만, 이후 그는 시를 발표하기 시작한다. 물론 의용군과 전쟁포로 경험으로 인한 감시의 눈길과 안정적인 직장에 취직할 수 없던 형편 속에서였다. 앞서 김수영이 〈인민항쟁가〉를 불렀다는 고은의 회고는 1960년대 김수영에 관한 것이었는데, 1950년대에도 김수영은 술을 마시면 인민군 노래를 불렀다.

··················
『반교어문연구』 32, 반교어문학회, 2012, 75~76쪽.
88 박지영, 「김수영 시에 나타난 '자기 비하'의 심리학―'레드콤플렉스'를 넘어 '시인' 되기」, 『반교어문연구』 26, 반교어문학회, 2009, 472~479쪽.
89 노동은, 『김순남』, 낭만음악사, 1992, 137쪽.

그는 자유당 욕과 이승만 욕을 퍼붓고 6·25 때 배운 인민군 노래를 목청껏 부른다. 세상 돌아가는데 비교적 민감한 편인 유정이 그런 노래를 부르면 안 된다고 제지한다. 정부 욕도 지나치면 지성인의 태도가 못 된다고 충고한다. 김수영이 퉁명스럽게 맞받는다. "인민군 노래도 못 부르고 정부 욕도 못 한다면, 그럼 유형은 무슨 말을 하겠다는 거요. 불쌍한 문인들 흉이나 보라는 게요. 유 형의 시가 예술지상주의적인 건 순전히 그 조심조심 때문이에요.[90]

만취한 상태에서 부른 인민군 노래는 물론 한국전쟁 시기 직접적인 폭력에 노출된 끔찍한 경험에 따른 트라우마의 발현일 수도 있겠으나, 위의 서술은 김수영에게 인민군 노래는 보다 적극적이며 복합적인 의미를 가졌음을 보여준다. 그는 인민군 노래를 부름으로써 동시대 남한의 반공주의적인 정치적 조건을 함께 비판하였다. 이 점에서 인민군 노래는 1950년대 남한에서는 표상공간에 등재할 수 없는 이들을 환기하는 수단으로 기능하였다.[91] '조심조심'이라는 냉전 검열하 재현의 임계를 넘어서 술에 취해 부르는 '인민군 노래'는, 발화 불가능한 해방공간 전위들의 정치적이며 미학적인 실천의 기억을 현재화하였다.

김수영이 다소 소극적인 형태로나마 월북한 이들에 대해서 공식적인 글을 남길 수 있었던 것은 1960년 4·19혁명의 분위기 속에서였다. 그는 10여 전 월북한 김병욱으로 하여금 '월북'한 문화예술인들

---

90 최하림, 앞의 책, 260~261쪽.
91 '인민군 노래'라고 다소 두루뭉술하게 표현된 노래는 한국전쟁 당시 의용군과 포로수용소에서 배운 노래일 수도 있지만, 동시에 김수영이 그 해방공간에서부터 알고 있던 해방가요를 총칭하는 것일 가능성이 더 높다.

을 환유하도록 하여, 그들에게 발화한다.[92] 이 글에서 김수영은 자신이 그동안 부족한 대로 외국 잡지를 통해서 사회주의 국가들의 시 창작 경향을 살펴오고 있었음을 밝힌다. 그리고 당시 소련의 경우 '중공'이나 '이북'보다는 '작품을 용납할 수 있는 컴퍼스'가 좀 더 넓어진 것은 아닌가 조심스레 추측한다. 그리고 그러한 추측은 이어서 '통일'에 대한 김수영의 담담한 바람으로 이어진다.

(요만한 지식을 가지고 그쪽 사정을 속단하기는 어려우나, 그 밖의 비교적 공정한 입장에서 쓴 논평들을 중심으로 생각해 볼 때) 소련에서는 중공이나 이북에 비해서 비판적인 작품을 용납할 수 있는 컴퍼스가 그전보다 좀 넓어진 것 같은 게 사실인 것 같소, 우리는 이북에서도 하루바삐 그만한 여유가 생기기를 정말 진심으로 기원하고 있소. (…중략…) 사실 4·19 때에 나는 하늘과 땅 사이에서 '통일'을 느꼈소. 이 '느꼈다'는 것은 정말 느껴본 일이 없는 사람이면 그 위대성을 모를 것이오. 그 때는 정말 '남'도 '북'도 없고 '미국'도 '소련'도 아무 두려울 것이 없습니다. 하늘과 땅 사이에 온통 '자유독립' 그뿐입

----

92 김병욱은 박인환, 김경린, 임호권 등과 1948년 『신시론』 1집을 발간하였다. 하지만 김병욱, 김종욱, 임호권 등은 해방공간 김기림의 공동체 의식에 적극적으로 동의하였지만, 김경린, 박인환 등은 이에 비판적이었다. 동인들의 내부갈등은 조선문학가동맹이 주최한 문학의 밤 행사에 참여하는 여부로 불거졌으며 결국 김병욱, 김종욱, 김경희 등은 동인을 탈퇴하였다. 1949년 4월에 간행된 『새로운 도시와 시민들의 합창』에는 김경린, 박인환, 임호권, 김수영, 양병식 등이 참가하였다(엄동섭, 「해방기 시의 모더니즘 지향성 연구」, 중앙대 박사논문, 2007, 51~69쪽). 아울러 엄동섭은 김병욱의 시에 관해 "인민성에 기초한 김기림의 공동체 의식에서 한층 좌편향하여 조선문학가동맹의 문학 이념인 노동 계급에 근접해 있다"고 평하였다(위의 글, 73쪽). 후일 김수영은 「거대한 뿌리」에서 "8·15 후에 김병욱이란 시인은 두 발을 뒤로 꼬고 / 언제나 일본 여자처럼 앉아서 변론을 일삼았지만 / 그는 일본 대학에 다니면서 4년 동안을 제철회사에서 / 노동을 한 강자(強者)다"라고 제시하였다(김수영, 「거대한 뿌리」(1964), 『김수영 전집』 1, 민음사, 2003, 285쪽). 박연희는 이 구절에 주목하여 "'김병욱'은 민족주의 관점에서 배제된 '진보'의 정체성"으로 이해할 수 있다고 평하였다(박연희, 「김수영의 전통 인식과 자유주의 재론—「거대한 뿌리」(1964)를 중심으로」, 『상허학보』 33, 상허학회, 2011, 219쪽, 주 22).

니다. (…중략…) '4월' 이후에 나는 시에 대해서 여러 가지로 생각해 보았소. 늘 반성하고 있는 일이지만 한층 더 심각하게 반성해 보았소. '통일'이 되어도 시 같은 것이 필요할까 하는 문제요. 거기에 대한 대답은 '필요하다'는 것이었소. 우리는 좀 더 좋은 시를 쓰기 위해서도 통일이 되어야겠소.[93]

4·19혁명 직후인 비슷한 시기에 김수영은 시 「허튼소리」(1960)에서 "나는 대한민국에서는 제일이지만 / 이북에 가면야 꼬래비지요"라는 말을 적어두거나, 산문 「시의 '뉴 프런티어'」(1961)에서는 "양심적인 문인들이 6·25 전에 이북으로 넘어간 여건"으로 "우리나라는 지금 시인다운 시인이나 문인다운 문인을 가지고 있지 않다는 것이 나의 지론"임을 밝힌다. 또 다른 산문 「히프레스 문학론」(1964)에서는 35세 이상의 '중류층 독자'들이 한국의 문학을 읽지 않는 것은 "38선 이북으로 올라간 작가들에 대한 향수 같은 것"과 관련되며 "그들은 얼마전까지도 입버릇처럼 '웬만한 사람은 다 넘어갔지, 여기 남은 것은 쭉정이밖에 없어!'"라고 판단한다고 적어두었다.[94]

김수영에게 4·19혁명이란, 해방공간 전위의 실천과 혁명의 기억이 활성화하는 '지금시간Jetztzeit'이었다. 4·19혁명은 '균질적이고 공허한 시간'을 폭파하고, 해방공간 조선문학가동맹을 중심으로 한 전위적 실천과 혁명의 기억들이 섬광처럼 '지금시간'으로 도래하며, 그것은 혁명적 실천으로 이어지게 된다.[95] 이 점에서 김수영에게 4·19혁명이

....

93 김수영, 「저 하늘 열릴 때 – 김병욱 형에게」(1960), 『김수영 전집』 2, 민음사, 2003, 162~163쪽. 『김수영 전집』에 수록된 글을 인용할 때 〈 〉 기호는 ' '로 바꾸어 인용하였다. 이하 동일.

94 김수영, 「허튼소리」(1960.9.25), 『김수영 전집』 1, 민음사, 2003, 202~203쪽; 김수영, 「시의 '뉴 프런티어'」(1961.3), 『김수영 전집』 2, 민음사, 2003, 239쪽; 김수영, 「히프레스 문학론」(1964), 위의 책, 279쪽.

란 자유이자 사상의 열림인 동시에 좌우 문학자들이 소통하였던 해방
공간 전위적 실천의 귀환이었고, 나아가 '통일'로 이어지게 된다. 그는
통일이 '좋은 시'를 쓰기 위한 전제 조건임을 명백히 밝혔다. 그의 언급
은 '조국의 자유'와 '시의 자유'를 동일시했던 『조선시집』(1946년판)의
편집자의 언급이 15년의 시간을 우회하여 남한에 회귀한 것이었다. 나
아가 그는 진정한 시인이란 선천적으로 혁명가임을 강조하면서, 시쓰
기의 전위적 재구성을 위한 몇 가지 방안을 제시한다.

> '시의 무용(無用)'을 실감할 수 있을 때까지 우리들은 우리들을 무(無)
> 로 만드는 운동을 해야 한다. 뉴 프런티어는 그 뒤에 온다. 쉽고도 어려운
> 일이 이것이다. 마치 이북과의 통일이 그러하듯이. 끝으로 나는 이북 작
> 가들의 작품이 한국에서 출판되고 연구되어야 한다고 믿는다. 그리고 이
> 러한 문화사업이야말로 문교당국의 적극적인 후원이 없이는 아니 되고,
> 이러한 문화활동은 한국문화의 폭을 넓히는 것 이상의 커다란 성과를 가
> 지고 오리라고 믿는다. (…중략…) 적어도 해방 이후의 남북을 통합한 문
> 학사에 대한 활발한 재구상쯤 있어야 할 것이 아니겠는가.[96]

　4·19 직후에도 김수영은 김병욱이나 이태준을 넘어서는 문학자들
의 목록을 제시할 수 없었고, 임화의 이름 역시 직접 쓸 수는 없었다.
하지만 '이북 작가'를 거듭 호명하는 이 글에서 김수영은 '통일'과 '시

95　ヴァルター・ベンヤミン, 野村脩 訳, 「歴史哲学テーゼ」, 今村仁司, 『ベンヤミン「歴史哲学テーゼ」精
　　読』, 岩波書店, 2000, 74頁. 발터 벤야민의 '지금시간'에 관해서는 강동원, 「근대적 역사의식 비판―아
　　도르노와 벤야민의 이론을 중심으로」, 고려대 석사논문, 2007, 57~58쪽.
96　김수영, 「시의 '뉴 프런티어'」(1961.3), 앞의 책, 241쪽.

의 전위적 재구성'을 등가로 이해하면서, 문학자의 남북교류를 주장하고 더 나아가 해방 이후 문학사의 재구성을 요청한다. 이러한 제안은 해방공간 그 자신이 목격하였던 조선문학가동맹을 중심으로 한 조선문학의 '전통', 혁명의 표상이었던 임화를 1960년 혁명의 시기에 다시금 부르며, 잊혀진 문학사의 현재성을 강조하는 것이었다.

2) 1930년대생 대학생의 4·19 선언과 임화의 혁명/전향

4·19와 해방공간의 기억이라는 논제는 김수영보다 조금 더 젊은 세대인 1930년대생들에게는 다소 다른 방식으로 기억되었다. 그 방식을 보여주는 한 가지 사례는 서울대 문리과대학 학생들의 4·19 선언이었다.

상아의 진리탑을 박차고 거리에 나선 우리는 질풍과 같은 역사의 조류에 자신을 참여시킴으로써 이성과 진리, 그리고 자유의 대학정신을 현실의 참담한 박토(薄土)에 뿌리려하는 바이다.

오늘의 우리는 자신들의 지성과 양심의 엄숙한 명령으로 하여 사악(邪惡)과 잔학(殘虐)의 현상을 규탄, 광정(匡正)하려는 주체적 판단과 사명감의 발로임을 떳떳이 선명하는 바이다.

우리의 지성은 암담한 이 거리의 현상이 민주와 자유를 위장한 전제주의의 표독한 전횡에 기인한 것임을 단정한다.

무릇 모든 민주주의의 정치사는 자유의 투쟁사다. 그것은 또한 여하한 형태의 전제로 민중 앞에 군림하든 「종이로 만든 호랑이」 같이 헤슬픈 것임을 교시(教示)한다.

① 한국의 일천한 대학사가 적색전제(赤色專制)에의 과감한 투쟁의 거획(巨劃)을 장(掌)하고 있는 데 크나큰 자부를 느끼는 것과 똑같은 논리의 연역(演繹)에서, 민주주의를 위장한 백색전제(白色專制)에의 항의를 가장 높은 영광으로 우리는 자부한다.

근대적 민주주의의 근간은 자유다. 우리에게서 자유는 상실되어가고 있다는 것을, 아니 송두리째 박탈되고 있다는 것을 우리는 이성의 혜안(慧眼)으로 직시한다.

이제 막 자유의 전장엔 불이 붙기 시작했다. 정당히 가져야 할 권리를 탈환하기 위한 자유의 투쟁은 요원(遼原)의 불길처럼 번져가고 있다. 자유의 전역(戰域)은 바야흐로 풍성해 가고 있는 것이다.

민주주의와 민중의 공복(公僕)이며 중립적 권력체인 관료와 경찰은 민주를 위장한 가부장적 전제 권력의 하수인으로 발 벗었다.

민주주의 이념의 최저의 공리(公理)인 선거권마저 권력의 마수 앞에 농단되었다. 언론, 출판, 집회, 결사 및 사상의 자유의 불빛은 무식한 전제 권력의 악랄한 발악으로 하여 깜박이던 빛조차 사라졌다. 긴 칠흑 같은 밤의 계속이다.

나이 어린 학생 김주열의 참혹한 시신을 보라! 그것은 가식 없는 전제주의 전횡의 발가벗은 나상(裸像)밖에 아무것도 아니다.

저들을 보라! 비굴하게도 위하(威嚇)와 폭력으로써 우리들을 대하려 한다. 우리는 백보를 양보하고라도 인간적으로 부르짖어야 할 같은 학구(学究)의 양심을 느낀다.

보라! 우리는 기쁨에 넘쳐 자유의 횃불을 올린다.

② 보라! 우리는 캄캄한 밤의 침묵에 자유의 종을 난타하는 타수(打手)의 일익

(一翼)임을 자랑한다. 일제의 철퇴 아래 미칠 듯 자유를 환호한 나의 아버지 형제들과 같이—.

양심은 부끄럽지 않다. 외롭지도 않다. 영원한 민주주의의 사수파(死守派)는 영광스럽기만 하다.

보라! 현실의 뒷 골목에서 용기 없는 자학을 되씹는 자까지 우리의 대열을 따른다. 나가자! 자유의 비결은 용기일 뿐이다.

우리의 대열은 이성과 양심과 평화, 그리고 자유에의 열렬한 사랑의 대열이다. 모든 법은 우리를 보장한다.

단기 4293년 4월 19일

서울대학교 문리과대학 학생일동[97]

「서울대학교 문리과대학 학생 4·19 선언문」은 4일 19일 서울대 문리대 집회에서 낭독되었다. 이 글의 저자는 당시 정치학과 3학년 이수정李秀正이다. 자신의 회고에 따르면 이 글은 1960년 4월 18일 그의 명륜동 하숙집에서 집필되었고 4월 19일 필사본으로 배포되어 널리 읽혔고 이후 신문, 월간지, 단행본 등 다양한 매체에 게재되었다. 이 글은 북의 '적색전제'와 남의 '백색전제' 모두를 비판하고(①) '공산주의'와 '위장된 민주주의'를 동시에 비판하면서, 진정한 '민주주의'와 '자유'의 길을 선언하고 있다. 이러한 입장은 앞서 4·19혁명을

....

97 「서울대학교 문리과대학 학생 4·19 선언문」(서울대 기록관 및 전자도서관 소장본. http://sdl.snu.ac.kr/DetailView.jsp?uid=100&cid=1501127, 접속: 2016.10.31) 강조 및 번호는 인용자. 저자 이수정도 4·19 당시의 필사본으로 배포된 원본은 가지고 있지 않다. 이 판본은 후일 그가 독립기념관의 요청으로 다시 필사한 것의 사본으로 1996년 8월 20일 서울대 도서관에 기증되었다. 조선일보 월간조선 편, 『한국의 명문—100명의 名士·교사가 뽑은 211개의 수필·논설·선언문·연설문·시·소설』(월간조선 2000년 7월호 특별부록), 조선일보사, 2000에도 수록되었으며, 일부 구절에 출입이 있다.

계기로 해방공간의 문학자들을 떠올리고 '통일'을 떠올리는 김수영의 입장을 유사하다.

이른 1940년생인 이수정은 1960년대의 비평가이자, 1970~2000년대의 한국문학 연구자 및 문학사가로 활동했던 조동일趙東一의 경북고등학교 동기이다. 1939년생인 조동일은 4·19혁명을 맞아 '민족심포지엄'을 기획하였고, '오라 남으로, 가자 북으로, 만나자 판문점에서'라는 구호를 만들었다. 이수정의 선언문이 지향하는 '민주주의'-'자유'-'통일'의 이념형은 조동일의 구호 및 실천과 상보적인 것이었다.[98] 이러한 당대의 실천을 감안하고, 이 글에서 주목하고자 하는 것은 이수정이 1950년대 중·고등학교를 다닌 뒤 대학에 진학해서 4·19 선언문을 작성하기까지 만났던 텍스트들이다.

이수정은 정치학과 학생으로 당시 '이념서클' 신진회에 소속되어 있었다. 1956년 말 서울대 정치학과에서 만들어진 이념 서클 신진회는 하대돈, 류근일, 김형열, 서정균 등이 초기의 구성원이었다. 신진회의 지도교수 민병태는 영국 페이비언협회의 인물이자 노동당 이론가였던 라스키Harold J. Laski를 전공한 정치학자였고, 그의 영향으로 신진회에서는 공산주의와 자본주의의 한계를 동시에 극복할 대안으로 '민주사회주의적 개혁'을 고민하였다. 이들은 라스키, 시드니 웹, 베른슈타인, 네루 등의 저서를 읽고 토론하였다. 또한 이들의 지적 원천에는 동대문 헌책방을 통해 수득한 일본어로 번역된 맑스주의 서적도 존재했다.

---

98 「趙"시인은 시로 말해야" 金"左든 右든 가짜 많아"」, 『중앙일보』, 2002.5.3; 조동일이 이수정의 선언문 집필에 관여하거나 조언했을 가능성도 상당히 높다. 제9회 임화문학심포지움 '임화의 옹호자들과 적대자들'(임화문학연구회, 창비서교빌딩50주년홀, 2016.10.14). 필자의 발표에 대한 염무웅의 토론 중.

『자본론』, 『공산당선언』, 『모순론』, 『실천론』, 『국가와 혁명』 등이 그것이었다. 또한 신진회의 도서 목록에는 해방공간에서 간행된 이론서인 『자본론』(전석담 역, 서울출판사, 1947, 전2권), 그리고 조선문학가동맹에서 활동하였던 김기림의 『시론』(백양당, 1947), 이태준의 『문장강화』(문장사, 1947) 등이 포함되어 있었다.[99] 이러한 예에서 보듯, 이수정을 비롯한 고등학생과 대학생들은 1950년대에 새로 이입된 영문, 혹은 일문으로 쓰인 서구의 이론서뿐 아니라, 당대에 공식적으로 재간행될 수 없던 해방공간의 출판물을 헌책방의 유통망을 통해 찾아 읽었다. 역시 1930년대생인 소설가 남정현은 1950~1960년대를 '고서점의 시대'라고 칭하면서, 자신이 어떤 책을 읽고자 마음을 먹고 정신없이 고서점을 뒤지면 "어딘가에 꼭 있"었다고 회고하였으며 이 점에서 "아무리 혹독한 권력도 우리들의 정신세계의 문을 완전히 닫을 수 없었던 모양"이라고 평하였다.[100]

헌책방을 통한 '지하 독서'의 체험은 「서울대학교 문리과대학 학생 4·19 선언문」에도 그 흔적이 나타난다. "보라! 우리는 캄캄한 밤의 침묵에 자유의 종을 난타하는 타수打手의 일익一翼임을 자랑한다"라는 구절(②)이 그것인데, 이수정의 1년 후배이자 같은 신진회 멤버였던 김정강은 이 구절에서 '캄캄한 밤의 침묵에 자유의 종을 난타하는 타수'라는 표현이 임화의 시에서 빌려온 것으로 기억하였다.[101]

....

99 오제연, 「1960~1971년 대학 학생운동 연구」, 서울대 박사논문, 2014, 62~66쪽. 이후 1957년 류근일의 '필화사건'으로 신진회는 해체되지만, 4·19 이후 다시 활동을 재개한다.
100 남정현·한수영, 앞의 글, 97~98쪽. 김윤식 또한 '물들인 군복'을 입고 '하꼬방' 의식으로 시종하며 수복 후 황량한 서울 거리의 청계천 헌책방에서 서구문학의 일역본을 읽으며 '본능적 젊음'의 순수욕망을 느끼던 50년대 학번 대학생의 초상을 묘사한 바 있다(김윤식, 『내가 살아온 20세기 문학과 사상—갈 수 있고, 가야할 길, 가버린 길』, 문학사상, 2005, 570~573쪽).
101 김정강, 「운동권 전설적 이론가 김정강의 '4·19에서 6·3까지'」, 『신동아』, 2007.6. 이외에도

이수정은 자신의 아버지와 형제 세대가 식민지의 억압 아래 '자유를 환호'하였음을 지적하면서, 그러한 '환호'의 구체적인 형식으로 밤의 침묵 속에서 자유의 종을 난타하는 타수라는 형상을 포착한다. 사실 '어둠'은 1930년대 후반 전시체제기 임화의 시에서 자주 나타나는 심상이며,[102] 어둔 밤과 해방 조선을 대비하고, 자유의 깃발을 들 것을 요청한다는 점에서 그가 작사한 〈해방전사의 노래〉를 떠올릴 수도 있다. 하지만 한 밤에 종을 난타하는 모습에 주목한다면, 1960년 대학생의 선언은 1930년대 말의 시 「밤의 찬가」에 닿게 된다.

나는

태양과 더불어

별들을

낮과 더불어

밤 밤을

사랑하고

한밤중

죽어가는

낡은 세계를 위하여

미칠 듯

조종을

....

여러 인터넷 사이트와 블로그에서 이 선언문을 소개하면서, 이 표현이 임화의 시에서 가져왔다고 지적하지만 그것을 특정하지는 않았다.

102 어두운 (밤의) '침묵'이라는 심상은 「암흑의 정신」, 「지상의 시」, 「지도」 등 해방 전의 시와 「제사」 등 해방 후의 시에도 자주 발견된다.

난타한다

아
역시 나는
밤의 시인이다[103]

「밤의 찬가」는 중일전쟁기인 1939년에 집필된 시이지만, 실제로 발표되어 독자들에게 읽힌 것은 1947년 2월에 간행된 시집 『찬가』(백양당)에 실리면서부터이다.[104] 앞서 신진회 멤버들이 헌책방을 통해 입수한 다른 해방공간의 문학서적들과 비슷한 경로로, 1950년대 일부 대학생들 또한 이 시집에 접근했을 것이다. 해방공간 임화와 조선문학가동맹이 발간했던 서적들은, 그들의 월북과 숙청, 한국전쟁을 겪은 후에도 헌책방으로 통해 유통되면서 1950년대 대학생 지식의 하나의 원천으로 기능하였다. 1953년 처형 후 임화는 '공산주의자'라는 이름으로 남한의 표상공간에서 배제되었지만, 그의 이름은 1950년대 새롭게 이입된 서구 지식과 함께 민주주의의 이름으로 4 · 19혁명으로 귀환하였다.

그런데 이수정의 임화 시 읽기에 어느 정도 오독이 존재하는 것을 확인할 수 있다. 무엇보다 「밤의 찬가」는 해방공간에서 출판된 시집이긴

....

103 임화, 「밤의 찬가」(『찬가』, 백양당, 1947), 김재용 외편, 『임화문학예술전집』 1(시), 소명출판, 2009, 235쪽. 해당 부분을 인용하였다.

104 임화의 시집 『찬가』에는 8 · 15 이후의 작품 15편(제1부) 및 시집 『현해탄』(1938) 이후의 시 7편(제2부)이 실려 있다. 당시 출판된 시집은 공보부에 납본하게 되어 있었는데, 3월 말 시 「깃발을 내리자」가 불온하다는 통보를 받았다. 수도관구 경찰청 사찰과는 발행인이었던 백양당 배정국 사장을 호출하여 시의 삭제를 지시했다. 이후 경찰청은 발행인과 시인을 검찰로 불구속 송치했고, 재판부는 이 시만 삭제하고 출판해도 좋다는 결정을 내렸다. 임헌영, 「문학평론가 임헌영의 필화 70년 (3) 미군정 땐 필화, 북한선 처형 '비극 시인' 임화」, 『경향신문』, 2016.10.19.

하지만, '거리의 민주주의'를 체현한 노래나 시가 아니었다. 선언문에서 이수정은 「밤의 찬가」의 조종弔鐘을 난타하는 타수의 몸짓에서 "일제의 철퇴 아래 미칠 듯 자유를 환호한 나의 아버지 형제"의 모습을 읽어낸다. 하지만 중일전쟁기에 임화는 이미 전향한 상태였다. 카프 해산계를 제출하면서 그는 전향하였고, 이후 전시체제기의 합법적인 발화 공간 안에서 시작 및 비평 활동을 수행하였다. 물론 전향이 그를 온전히 억압하거나 피동적인 존재로 만들었던 것은 아니며, 임화는 '전향을 통해 주체 형성'을 기도하였다.[105] 「밤의 찬가」 역시 시적 주체의 대결의지를 뚜렷이 보여주는데, 이 시에서 시적 주체는 밤에 대한 두려움을 드러내면서도 아침이나 낮보다는 밤의 세계에 머물고자 한다. 그것은 이 시에서 밤은 고통스러운 세계 그 자체를 의미하는 것이면서도 그 공포를 초극하는 존재를 의미하는 것이기 때문이다. 임화는 이 시에서 밤에 대한 긍정과 밤의 의지에 대한 찬미를 통해 고통이 야기한 현존 세계를 긍정하고, 그 세계에서 '가치'를 탐색함으로 고통을 초극하고자 한다.[106]

이렇게 본다면, 임화의 '조종弔鐘'이 선언문의 '자유의 종'으로 바뀐 것은, 그 의미가 다소 평면적으로 이해된 것으로 볼 수 있다. 선언문의 '자유의 종'은 '밤의 침묵'과 명백한 대비를 이루며 선악 이분법으로 회수되기 때문이다. 물론 시와 선언문의 글쓰기 양식style 차이를 고려해야겠으나, 이러한 '평면화'의 효과와 의미에 대해서는 숙고할 필요가 있다. 이 낙차는 자신보다 젊은 1930년대생 대학생들을 바라보던 4·19

....

105 洪宗郁, 『戦時期朝鮮の転向者たち』, 有志舎, 2011, 229~236頁.
106 박정선, 「일제 말기 전시체제기와 임화의 「찬가」 연작」, 『한국시학연구』 22, 한국시학회, 2008, 190~191쪽.

혁명 당시 김수영의 시선과도 공명하기 때문이다. 4·19혁명 당시 김수영의 태도는 과감하면서도 어떤 면에서는 조심스러웠다.

> 그러나 형, 내가 형에게 시에 대한 이야기를 하고 있는 이 자체부터가 벌써 어쩌면 현실에 뒤떨어진 증거인지도 모르겠소. 지금 이곳의 젊은 학생들은 바로 시를 실천하고 있기 때문이오. 그리고 그리고 그들이 실천하는 시가 우리가 논의하는 시보다도 암만해도 먼저 앞서가는 것 같소. 그렇지만 나는 요즈음처럼 뒤따라가는 영광을 느껴본 일도 없을 것이오. 나는 쿠바를 부러워하지 않소. 비록 4월 혁명은 실패로 돌아갔지만 나는 아직도 쿠바를 부러워할 필요가 없소. 왜냐하면 쿠바에서 '카스트로'가 한 사람 있지만 이남에는 2,000명에 가까운 더 젊은 강력한 '카스트로'가 있기 때문이오. 그들은 어느 시기에 가서는 이북이 10시간의 노동을 할 때 반드시 14시간의 노동을 하자고 주장하고 나설 것이오. 그들이 바로 '작열'하고 있는 사람들이오.[107]

김수영은 자신이 논의하고 생각하고 있는 시를, 이미 당대의 20대 젊은이들이 4·19를 계기로 실천하고 살아가고 있음을 적어둔다. 그가 보기에 1960년 당시 대학생들은 정치적 전위였다. 김수영은 스스로 자신이 '후위'에 서 있다고 고백하는데, 오히려 그것을 다행으로 여긴다. 그것은 그가 젊은 이들의 실천='시'에서 카스트로의 모습을 발견했기 때문이다. 그는 이남의 젊은 '카스트로'들이 '이북의 10시간'보다 많은 '이남의 14시간' 노동을 요구하는 것은 아닌가 고민하고 있다.

----

107 김수영, 「저 하늘 열릴 때 – 김병욱 형에게」(1960), 앞의 책, 164~165쪽.

최하림은 『김수영 평전』에서 4·19혁명의 한계에 관해 "이승만과 그 하수인들을 소리 높이 규탄하면서도 구조적 권력에 대한 인식과 규명에는 이렇다 할 말을 하지 않았다. 그 점에서 4·19는 국가와 사회, 문명과 인간존재가 무엇이며 자유민주주의의 원리가 무엇인가를 그들의 사회에 대해 되묻는 60년대 프랑스 학생혁명과는 본질적인 차이가 있었다"[108]라고 평하였다. 물론 4·19혁명이 사회의 '구조'의 규제성에 대한 이론적 고찰이 충분하지 않다는 점도 사실이었지만, 김수영의 시각에서 보자면 타자성에 대한 성찰을 결여한 주체성과 자본주의적인 개발/계발의 무의식 또한 문제였다.[109] 1950년대에 김수영은 '신진회'의 대학생들과 마찬가지로 라스키의 『국가론』을 읽었고, 이를 통해서 그는 민주주의라는 정치체를 불가능하게 하는 자본주의 세계체제에 대해 거리감을 두고 있었다.[110]

민주주의란 정체政體의 성립에 한정되는 성격의 것이 아니라, "인간 자체, 인간의 인간성" 그 자체를 형성하는 것이라는 언급을 떠올린다면,[111] '후위'에 선 김수영이 요청한 것은 민주주의적 인간형 그 자체였다. 해방공간 임화는 "민족형성의 기초인 이 인민전선에 있어 노동계급의 이념은 모든 인민이 자각적으로 결합되는 매개자"라는 논리 속에서

----

108 최하림, 『김수영 평전』, 실천문학사, 2001, 283쪽.
109 권보드래는 '민주화 대 산업화'라는 자연화한 이분법을 재검토하여 '5·16이 돼 버린 4·19'라는 문제틀을 제시하는데(권보드래, 「4·19와 5·16, 자유와 빵의 토포스」, 『상허학보』 30, 상허학회, 2010), 이 점에서 김수영의 문제의식은 곱씹을 만하다. 이후 이수정은 '변절'하여 제5공화국 시기에 정부의 요직을 맡는다.
110 박지영, 「김수영의 전쟁체험과 정치체에 대한 인식의 도정」, 『상허학보』 47, 상허학회, 2016, 262쪽.
111 장-뤽 낭시, 「유한하고 무한한 민주주의」, 조르조 아감벤 외, 김상운 외역, 『민주주의는 죽었는가?』, 난장, 2012, 109쪽. 알랭 바디우 또한 현재의 '민주주의적 인간'이라고 불리는 주체들은 사실상 구두쇠 노인과 탐욕스런 청년의 접붙임일 뿐임을 비판적으로 고찰한다. 알랭 바디우, 「민주주의라는 상징」, 조르조 아감벤 외, 김상운 외역, 위의 책, 2012, 35쪽.

'인민'을 사유의 계기로 제시하였다.[112] 1960년 김수영은 그로부터 한 걸음 더 나아가 "자기 내부의 타자를 부정하고 자기를 부정한 뒤 다시 만들어지는 타자와 모순대립을 품는 자기"[113]로서 민주주의적 인간형의 주체 형성을 기도하였다.

물론 4·19 당시 김수영이 이러한 인식에 도달할 수 있었던 과정과 그 이후 그의 문학적 실천에 대해서는 보다 면밀한 분석과 진단이 필요하다. 하지만 그 주제는 본격적인 김수영론을 필요로 하는 것이기에 선행 연구와 추후의 과제로 미루고,[114] 이 글에서는 '전위'를 자처했던 김수영. 혹은 해방공간에서 '전위'를 자처하던 문학자들과 함께 있었던 김수영이, 어느 새 '후위'를 자처하는 입장으로 옮겨갔음을 지적하고자 한다. 그리고 '후위'됨에 대한 자기인식으로 인해, 그는 자기 안의 타자를 성찰함과 동시에 "적어도 언론자유에 있어서는 '이만하면'이란 중간사는 도저히 있을 수 없다. (…중략…) 창작에 있어서는 1퍼센트가 결한 언론자유는 언론자유가 없다는 말과 마찬가지다"라는 보다 철저한 사회 인식으로 나아간다.[115] 이러한 인식은 역설적으로 '자기 안의 타자'를 발견했기에 가능한 사유라 할 수 있다. 4·19혁명 즈음 김수영은 적과 나, 악과 선의 이분법에서 벗어나서 '자기 안의 타

---

112 임화, 「민족문학의 이념과 문학운동의 사상적 통일을 위하여」,(『문학』 3, 1947.4), 하정일 외편, 『임화문학예술전집』 5(비평 2), 소명출판, 2009, 467쪽; 신승엽, 「김태준과 임화」, 『크리티카』 2, 사피엔스21, 2007, 142~144쪽.

113 捄歌, 윤여일 역, 『다케우지 요시미라는 불음』, 그린비, 2007, 135쪽에서 시노된 두원의 '捄扎'와 다케우치 요시미의 '저항'과 '행동'에 관한 서술을 참조하여 서술하였다.

114 지식사적 측면에서는 1950년대 이후 번역하였던 다양한 서구민주주의와 사상서적의 영향, 그리고 정치체에 대한 김수영의 인식을 떠올릴 수 있을 것이며, 개인의 경험과 관련해서는 전시 폭력과 '(비)전향'이라는 경험이 준 무게감과 그 트라우마의 극복(불)가능성에 대한 발견이 관련될 것이다. 이 문제에 관해서는 박지영(2009), 박지영(2012), 박지영(2016)에 이르는 일련의 논고를 참조할 수 있다.

115 김수영, 「창작 자유의 조건」(1962), 『김수영 전집』 2, 민음사, 2003, 177~178쪽.

자'와 씨름하고 있었다.[116] 그것은 프로문학 초기나 해방공간에서 정
치적 전위를 자처했던 임화가, 전시체제기 전향 속에서 '자기 안의 타
자'를 발견하였던 것을 떠올리게 한다. 카프 해산 후 '전향을 통한 주
체형성'을 기도하고 있던 임화는 다음과 같이 썼다.

> 패배의 이슬이 찬 우리들의 잔등 위에 너의 참혹한 육박이 없었더면,
> 적이여! 어찌 우리들의 가슴 속에 사는 청춘의 정신이 불탔겠는가!
>
> 오오! 사랑스럽기 한이 없는 나의 필생의 동무!
> 적이여! 정말 너는 우리들의 용기다.[117]

전향 후 1930년대 중반 임화에게는 '적'과 '나'가 뒤엉켜 있었고,
그는 뒤엉킴과 갈등 자체를 역사에 참여하는 용기의 근원으로 삼았
다.[118] 이 점을 감안하여 1960년 정치적 전위였던 대학생이 '잘못' 읽

---

116 '자기 안의 타자'에 대한 김수영의 관심과 고투는 1960년 4·19혁명 이후 그의 산문에서는 발견할
수 있는 이중 구도와 관련된다. 당시 김수영의 글에서는 '상대적 완전'으로서 '실천하는 시'와 '절대적
완전'으로서 '논의하는 시'라는 이중 구도를 확인할 수 있다. 최서윤은 이 이중구도를 "절대적 완전(시)
=상대적 완전(혁명)+α(고독)"으로 정리하였다. 4·19혁명 이후 김수영의 문학적 과제로서 '순교'
와 이후 그가 인식과 실천의 분열 속에서 그 과제를 수행하는 양상에 관해서는 최서윤, 「절망의
변증법은 가능한가?-김수영 텍스트의 자유의 시적 효과로서의 '새로움'에 대한 주석」, 『현대문학의
연구』 64, 한국문학연구학회, 2018, 75~102쪽 참조.
117 임화, 「적」(『중앙』, 1936.5), 김재용 외편, 『임화문학예술전집』 1(시), 소명출판, 2009, 142쪽
부분.
118 김윤식은 「적」의 서두에 "너의 적을 사랑하고 너를 미워하는 자를 사랑하라"라는 「복음서」의 구절이
인용되어 있음에 주목하면서, "용케도 이 복음서로 그는 일제말을 견디며 이겨낼 수조차 있었다"고
평하였다(김윤식, 『임화와 신남철-경성제대와 신문학사의 관련 양상』, 역락, 2011, 196쪽). 임화의
이러한 자기인식은 비평사적으로는 맑스의 '리얼리즘의 승리'를 경유하여, '신성한 잉여'에 도달하게
된다. 김동식, 「'리얼리즘의 승리'와 텍스트의 무의식-임화의 '의도와 작품의 낙차와 비평'에 관한
몇 개의 주석」, 『민족문학사연구』 38, 민족문학사학회, 2008 참조.

은 임화의 의미를 곱씹어 볼 필요가 있다. 혁명과 정치적 실천의 앞자리에 섰던 대학생들에게 임화는 〈인민항쟁가〉의 임화이며, 혁명의 가장 완벽한 문학적 기호였던 임화였을 것이다. 하지만 그들이 혁명 직전 발표한 선언문을 통해 "위기의 순간에 섬광과 같은 회상"[119]의 형식으로 붙들었던 임화는 전시체제기 전향자로서의 고뇌와 대결 의지를 가지고 있던 임화였다.

1960년대 대학생들이 이처럼 두 명의 '임화'를 만났던 역사적이고 물질적인 조건은 해방공간 전위적 실천과 출판물 자체가 가진 복합적이며 모순적인 성격 때문일 것이다. 해방공간의 출판물들은 해방 이후 투쟁과 전위적 실천이라는 맥락에서 생산된 것들과 해방 이전 전시기의 '전향'과 억압 속에 쓰였다가 해방을 맞아 뒤늦게 출판된 것들이 혼재하였다. 따라서 해방공간의 정치와 전위의 성격은, 평면적이며 균질적이기 보다는, '전위'와 '후위'의 복합적인 모순과 긴장을 가지고 있었다.[120] 특히 노래와 함께 전개된 해방공간에서의 정치적 실천은 역설적으로 그들의 식민지에서 경험하고 배운 저항과 부정, 실패의 최대치이기도 하였다.[121] 전시기에 전향을 했다가, 해방공간에서 전위적 실천에 앞장섰던 임화의 문학적 실천이 가진 복합성은 해방공

----

119 ヴァルター・ベンヤミン, 野村脩 訳, 「歴史哲学テーゼ」, 今村仁司, 『ベンヤミン「歴史哲学テーゼ」精読』, 岩波書店, 2000, 60頁.

120 해방공간 임화는 한편으로는 혁명을 위해 정치적 전위로서 거리에서는 시를 썼지만, 다른 한 편으로는 죽은 자를 애도하며 '반성과 성찰'의 언어로 시를 썼다. 후자는 전시체제기의 시로 이어지게 된다. 해방공간 임화는 이 두 언어가 서로 대화하도록 하였으며, 이를 통해 해방은 과거를 단절하고 부정하는 사건이 아니라, 과거를 재해석하여 도래할 가능성의 시간으로 재구성된다. 임화가 시집 『찬가』를 편집하면서 해방공간의 시를 1부에 두고, 1930년대 후반 전시체제기의 시를 2부로 둔 것은 이 때문이었다. 이기성, 「'운명'과 '고백' 사이─1930년대 후반에서 해방기까지 임화의 시 쓰기」, 『민족문학사연구』 46, 민족문학사학회, 2011, 279~286쪽.

121 黃鎬德, 앞의 글, 85頁.

간에서 혁명이 가진 복합성을 대표한다.

아도르노는 "자유를 목표로 삼는 철학마저도, 부자유를 끌고 가고 있다. 사유는, 강제와 자의의 변증법을 깨닫는 것에 의해, 그와 같은 사태를 고양한다"라고 언급하였다.[122] 아도르노의 통찰을 존중한다면, '실패'를 끌어안은 '정치적 실천'으로서 임화의 복합성과 모순은 그 자체로 1960년 대학생들의 4·19혁명의 불꽃을 점화한 자원이 되었으며, 나아가 그들이 누락하고 있던 혁명과 민주주의 자체에 대한 성찰을 요청할 수 있었다.[123]

---

122 T. W. アドルノ, 細見和之 他訳, 『否定弁証法講義』, 作品社, 2007, 212頁.

123 이와 같은 김수영의 성찰이 가진 역사적 의의를 정확하게 포착한 문장 중 하나는 백낙청의 「시민문학론」,(1969)이다. 그는 김수영을 두고 "5.16후의 현실을 누구보다 생생하게 살면서 비로소 4·19의 위대성뿐 아니라 그 빈곤을 깨달았고 그러면서도 4·19의 위대한 꿈을 버리지 않는 원숙한 시민의식의 경지에" 도달하였다고 평가하였다(백낙청, 「시민문학론」, 『창작과비평』, 1969.여름, 504쪽). 백낙청의 「시민문학론」은 '진정한 시민'이라는 서구의 이념형과 한국의 역사와 현실 사이의 결락을 긴장감 있게 포착하였다. 하지만 이후 그는 '민족문학론'으로 나아가면서 민족이라는 이념형을 현실로부터 궁구하기 보다는 일종의 신념의 대상으로 정치화하게 된다. 백낙청의 논리적 전회에 대한 비판적 고찰은 강동호, 「민족문학론의 인식 구조—1960~70년대 백낙청의 김수영론에 대한 비판적 독해」, 『인문학연구』 51, 조선대 인문학연구원, 2016, 3장 및 4장 참조. 한국 근대소설사의 측면에서 김수영이 고민하였던 '민주주의'의 문제를 숙려한다면 김원일과 이문구의 소설에 주목할 수 있다. 5.16 이후 4·19혁명이 제도화되면서 민주주의 또한 체제 내부의 것으로 순치된다. 이때 소설가 김원일과 이문구는 한국역사와 현실 속에 실재하는 타자로서 '고아'에 주목함으로써, '민주주의'의 가치를 재구성하고자 하였다(이소영, 「김원일·이문구 소설에 나타난 고아의 형상화 연구—민주주의와의 관련성을 중심으로」, 서울대 석사논문, 2016 참조).

5. 결—실패의 '전통'으로 유비를 탈구축할 수 있는가?

이 글은 1970년대 이전 표상공간에서의 가시화가 불가능했던 조건 속에서 임화는 무엇으로 어떻게 존재했는지, 그의 문학적 실천 중 무엇이 부각되었고 어떻게 기억되었는지라는 문제를 김수영을 사례로 살펴보았다.

1950~1960년대 반공주의와 검열로 인해 월북문인이었던 임화는 합법적인 출판물로서 유통될 수 없었다. 김수영 역시 그가 쓴 글에서 임화를 언급하거나 그에 대한 글을 직접 쓰지는 못하였다. 하지만 그는 만취하면 임화가 작사하고 김순남이 작곡하였던 〈인민항쟁가〉를 부르곤 하였는데, 이 글은 그 노래를 실마리로 하여 임화의 해방공간과 임화의 4·19를 추적하였다.

만취한 상태에서 부른 〈인민항쟁가〉가 환기하는 것은, 임화로 대표되는 월북문인들의 해방공간에서의 전위적 실천이었다. 이것은 김수영이 회고했던 것처럼, '웬만한' 문인은 북으로 가고, 남에 남은 것은 '쭉정이'뿐이라는 인식과 연관되는 것이었다. 해방공간 조선문학가동맹을 중심으로 한 문학자들은 미학적 전위와 정치적 전위로 자신을 규정하면서 해방 이전 조선 근대문학의 '전통'에 기대어 자신들의 문학사적 위치를 가늠하였고, 그 '전통'의 지양을 목표로 하며 김수영 등 새로운 세대의 문학자들과 교류하였다. 또한 해방공간 문학자들은 문학 이외의 음악, 연극, 영화, 사진, 미술 등 인접 분야의 예술가들과 교류하면서 새로운 조선문화의 정체성과 향방을 모색하였다. 하지만 해방공간 정세의 악화 속에서 이들의 미학적 전위로서 이들의 실천은, 정치적 전위로서의 투쟁으로 전화하였다. 임화가 작사하고 김순남이 작곡한 〈인민항쟁가〉는 이 시기 '거리의 민주주의'의 혁명적 실천을 대표하는 해방가요였다.

한국전쟁과 반공주의에 의해 이들에 대한 기억은 봉인되었으나, 1960년 4·19혁명은 해방공간 전위의 실천과 혁명의 기억이 활성화하는 '지금시간Jetztzeit'이었다. 4·19혁명을 계기로 김수영은 월북한 문인들을 떠올리고, 이념적 구별 없이 자유롭게 전위적 실천을 수행하였던 해방공간의 기억을 활성화하며 '통일'을 생각하게 된다. 같은 시기 임화를 비롯한 문학자들을 다른 방식으로 기억한 이들도 존재했는데, 바로 4·19 당시의 대학생들이었다. 이들은 1950년대 헌책방을 통해 해방공간 출판물을 접하였다. 이들은 자신들의 서구적 지식을 기반으로, 해방공간의 출판물을 때로는 정확하게, 때로는 부정확하게 읽었으며 그것을 4·19혁명 당시의 자원으로 삼았다. 이 과정에서 '공산주의'라는 낙인과 함께 한국전쟁 이후 남한의 표상공간에 누락된 임화는, 전향이라는 실패와 변혁의 의지를 동시에 안은 모순적인 형태로 '섬광'과 같이 '민주주의'를 위한 혁명으로 귀환하였다. 김수영은 그 모순에 주목하여, 민주주의에 대한 성찰을 수행하였다.

4·19혁명 직후 1930년대생 소설가 최인훈은 『광장』을 통해 역사의 '현장'인 서구로부터 떨어져 있는 '조선인민'들은 서구에서 있었던 혁명과 민주주의를 '풍문' 혹은 공문으로만 듣고 알게 된다고 지적하였다.[124] 선진적 서구와 후진적 한국의 관계를 위계적인 '유비Analogy'로 이해하는 이러한 사유 형식은, 1920~30년대 백남운, 김태준, 임화,

....

124 최인훈, 『광장』, 정향사, 1961, 153쪽.

최재서로부터 1960년대 최인훈에게 이르기까지 특히 일본을 경유하여 서구의 근대를 학습했던 (후)식민지 지식인들의 것이었다. 이들은 보편으로서의 서구와 후진으로서의 조선 사이의 거리감에 좌절하고, 그것을 유비를 통해 상상적으로 극복하고자 하였으며, 끝내 그 결핍과 거리감을 재확인하고 분열하였다.[125]

하지만 이러한 역사철학과 그 뿌리를 같이 하면서도, 그것만으로 환원될 수 없는 사유의 가능성 또한 존재하였다. 전쟁이 한창이었던 1940년 임화는 '고전'에 대해서 논하며 두 가지 역사의식에 대해서 고민하고 있었다.

그것은 고전의 세계 가운데 표현되는 시간이 연속적인 시간이 아니고 실로 단속적(斷續的)인 시간인 때문이다. 마치 시간을 초월하면서 시간에 예속되어 있는 것과 마찬가지로, 고전은 단속적이면서 연속 되어 있다. 즉 비연속적인 연속! 이것이 고전을 포함하고 있는 예술의 역사의 특수성이다. 그러므로 역사에 있어 기술과 과학이 시간의 연속성의 표현이라면, 예술과 문화는 시간의 비연속성의 표현이라 할 수 있다. 즉 전자는 연속적으로 과거 가운데 있고 후자는 비연속적으로 동일한 과거 가운데 있다. 바꾸어 말하면, 전자는 연속적으로 연속하고, 후자는 비연속적으로 연속한다.[126]

125 김동식, 「1930년대 비평과 주체의 수사학—임화·최재서·김기림의 비평을 중심으로」, 『한국현대문학연구』 24, 한국현대문학회, 2008, 189쪽; 장문석, 「후기식민지라는 물음—최인훈의 『회색의 의자』에 관한 몇 개의 주석」, 『한국학연구』 37, 인하대 한국학연구소, 2015, 58~66쪽.
126 임화, 「고전의 세계—혹은 고전주의적인 심정」(『조광』, 1940.12), 하정일 외편, 앞의 책, 285~286쪽.

임화는 연속적으로 연속하는 기술과 과학의 역사와, 비연속적으로 연속하는 예술과 문화의 역사를 대별하였다. 전자를 두고 역사의 연속성을 구축한 '지배자들의 개선의 행렬'이라고 한다면, 후자를 두고서는 '부정적인' 형태로 주어지는 '동시대 뭇사람의 말하지 못할 고역苦役'의 역사, 혹은 '전율Grauen'이라고 할 수 있을 것이다.[127] 또한 임화는 단속적斷續的인 시간 속에서 비연속적으로 연속하는 '의미와 가치'를 두고 '전통'이라고 명명하였다.[128] 해방공간과 분단을 거쳐 결국 '실패'하였던 임화는, 실패라는 '전통'의 형식으로 4·19혁명에 귀환하였다.[129]

이 점에서 1960년 한국의 4·19혁명에는 서구라는 보편의 유비로만 해명이 되지 않는 역사적 계기 또한 내재하고 있었다. 그것은 해방공간, 갓 식민지에서 벗어난 '조선인민'들과 '전위'들의 혁명적 실천과 실패의 역사였다. 직선적인 형식의 역사로서는 포착이 불가능하지만, 해방공간 '혁명'의 기억은 위기의 순간에 섬광처럼 도래하였다. 또한 '실패'를 품고 있었던 '혁명'은 그 모순적 성격으로 인해 한국의 혁명과 민주주의에 대한 성찰을 요청하였다. 이러한 점을 감안하여, 서구와 한국의 '유비'에 기반한 세계인식을 실패의 역사, 혹은 실패라는 '전통'을 통해 탈구축하는 것은 현재의 과제이다.

....

127 ヴァルター・ベンヤミン, 앞의 글, 62頁.

128 임화, 「고전의 세계-혹은 고전주의적인 심정」(『조광』, 1940.12), 앞의 책, 285·289쪽.

129 이러한 맥락에서 김수영의 「거대한 뿌리」(1964)가 다시금 김병욱을 호명하면서 '전통'론을 제시하고 있다는 점은 주목을 요한다. 시의 첫 연에 등장하는 김병욱은 해방기에 가능했던 리버럴한 정체성의 전형이며, 당대 편만한 민족주의의 이념을 넘어서 전통을 재인식할 실마리를 제공한다. 김수영은 이 시에 제국주의자의 시선에 포착된 19세기 조선의 식민지성과 후진성의 상징을, 당대의 근대화 민족주의에 대한 '반동'으로 제시하며 그것을 '전통'으로 재인식하고자 한다. 그는 자유, 사랑, 혼란 등의 개념을 창안하여 한국적 근대를 문제 삼았다. 「거대한 뿌리」에서 제시된 '전통'은 과거, 현재, 미래가 착종된 혼돈(자유, 사랑) 그 자체였으며, 현실의 위기의식을 자각하는 자기반성의 순간에만 재현될 수 있는 시간성의 형식이었다. 박연희, 「김수영의 전통 인식과 자유주의 재론-「거대한 뿌리」(1964)를 중심으로」, 『상허학보』 33, 상허학회, 2011, 219~237쪽.

참고문헌

기본 자료

국립현대미술관 기획, 『거장 이쾌대−해방의 대서사』, 돌베개, 2015.

김수영, 『김수영 전집』 1·2, 민음사, 2003.

김재용 편, 『오장환 전집』, 실천문학사, 2002.

_____ 외편, 『임화문학예술전집』 1(시), 소명출판, 2009.

박정선 편, 『지상은 언제나 아름답다−임화 산문 선집』, 역락, 2012.

신두원 외편, 『임화문학예술전집』 3(문학의 논리), 소명출판, 2009.

임   화 편, 『현대조선시인선집』, 학예사, 1939.

조선문학가동맹, 『조선시집』(1946년판), 아문각, 1947.

최인훈, 『광장』, 정향사, 1961.

하정일 외편, 『임화문학예술전집』 5(비평 2), 소명출판, 2009.

『문학』, 『자유신문』

「서울대학교 문리과대학 학생 4·19 선언문」(서울대 기록관 및 전자도서관 소장본.
          http://sdl.snu.ac.kr/DetailView.jsp?uid=100&cid=1501127, 접속 :
          2016.10.31)

김정강, 「운동권 전설적 이론가 김정강의 '4·19에서 6·3까지'」, 『신동아』, 2007.6.

김현경, 『김수영의 연인』, 책읽는오두막, 2013.

남정현·한수영, 「환멸의 역사를 넘어서−기억의 편린을 더듬는 한 전후세대 작가의
          시간여행」, 『실천문학』, 2012.여름.

박재영, 「구보와 다섯 자식들의 이야기」, 『구보학보』 10, 구보학회, 2014.

백낙청, 「시민문학론」, 『창작과비평』, 창비, 1969.여름.

오영식 편저, 『해방기(1945~1950) 간행도서 총목록』, 소명출판, 2009.

임헌영, 「[문학평론가 임헌영의 필화 70년](3) 미군정 땐 필화, 북한선 처형 '비극
          시인' 임화」, 『경향신문』, 2016.10.19.

조선일보 월간조선 편, 『한국의 명문−100명의 名士·교사가 뽑은 211개의 수필·
          논설·선언문·연설문·시·소설』(월간조선 2000년 7월호 특별부록), 조

선일보사, 2000.

황석영, 「[황석영이 뽑은 한국 명단편] (11) 지하련 '도정(道程)'下」, 『경향신문』, 2012.2.17.

「趙 "시인은 시로 말해야" 金 "左든 右든 가짜 많아"」, 『중앙일보』, 2002.5.3.

단행본

김윤식, 「임화 연구－비평가론 其七」, 『논문집－인문·사회과학』 4, 서울대 교양과 정부, 1972.

_____, 『한국근대문예비평사연구』, 한얼문고, 1973.

_____, 『내가 살아온 20세기 문학과 사상－갈 수 있고, 가야할 길, 가버린 길』, 문학 사상, 2005.

_____, 『해방공간 한국 작가의 민족문학 글쓰기론』, 서울대 출판부, 2006.

_____, 『백철 연구』, 소명출판, 2007.

_____, 『임화와 신남철－경성제대와 신문학사의 관련 양상』, 역락, 2011.

노동은, 『김순남』, 낭만음악사, 1992.

박대헌, 『한국의 북디자인 100년－1883~1983』, 21세기북스, 2013.

서중석, 『한국현대민족운동연구－해방후 민족국가 건설운동과 통일전선』, 역사비평 사, 1991.

손유경, 『슬픈 사회주의자』, 소명출판, 2016.

신승엽, 「김태준과 임화」, 『크리티카』 2, 사피엔스21, 2007.

임규찬, 「임화와 '임화'－해방 직후 임화의 비평과 민족문학론」, 임화문학연구회 편, 『임화문학연구』 4, 소명출판, 2014.

최하림, 『김수영 평전』, 실천문학사, 2001.

하정일, 「마르크스로의 귀환－임화의 「민족문학의 이념과 문학운동의 사상적 통일을 위하여」를 중심으로」, 임화문학연구회 편, 『임화문학연구』, 소명출판, 2009.

孫歌, 윤여일 역, 『다케우치 요시미라는 물음』, 그린비, 2007.

大村益夫, 「解放後の林和」, 『社会学討究』 13-1, 早稲田大学 社会科学研究所, 1967.6.

波潟剛, 『越境のアヴァンギャルド』, NTT出版, 2005.

洪宗郁, 『戦時期朝鮮の転向者たち』, 有志舎, 2011.

黃鎬德, 「終りなきパルチザン、国家(知)との戦い－京城帝大生からパルチザンで、金台 俊と朴致祐の解放前後」, 徐禎完·増尾伸一郎 編, 『植民地朝鮮と帝国日本』, 勉 誠出版, 2010.

Adorno, T.W., 細見和之 他訳, 『否定弁証法講義』, 作品社, 2007.

_____, 김유동 역, 『미니마 모랄리아』, 길, 2009.

Agamben, Giorgio et al., 김상운 외역, 『민주주의는 죽었는가?』, 난장, 2012.

Benjamin, Walter, 野村脩 訳, 「歴史哲学テーゼ」, 今村仁司, 『ベンヤミン 「歴史哲学テーゼ」精読』, 岩波書店, 2000.

Calinescu, Matei, 이영욱 외역, 『모더니티의 다섯 얼굴』, 시각과언어, 1998.

Menke, Christoph, 김동규 역, 『미학적 힘－미학적 인간학의 근본개념』, 그린비, 2013.

논문

강동원, 「근대적 역사의식 비판－아도르노와 벤야민의 이론을 중심으로」, 고려대 석사논문, 2007.

강동호, 「민족문학론의 인식 구조－1960∼70년대 백낙청의 김수영론에 대한 비판적 독해」, 『인문학연구』 51, 조선대 인문학연구원, 2016.

권보드래, 「4·19와 5·16, 자유와 빵의 토포스」, 『상허학보』 30, 상허학회, 2010.

김동식, 「1930년대 비평과 주체의 수사학－임화·최재서·김기림의 비평을 중심으로」, 『한국현대문학연구』 24, 한국현대문학회, 2008.

_____, 「'리얼리즘의 승리'와 텍스트의 무의식－임화의 「의도와 작품의 낙차와 비평」에 관한 몇 개의 주석」, 『민족문학사연구』 38, 민족문학사학회, 2008.

김미옥, 「김순남」, 『음악과민족』 26, 민족음악학회, 2003.

김윤진, 「해방기 엄흥섭의 언어인식과 공동체의 구상」, 『민족문학사연구』 60, 민족문학사학회, 2016.

김재용, 「임화와 양남수」, 『한국근대문학연구』 2-1, 한국근대문학회, 2001.

박용찬, 「해방기 시문학 매체에 나타난 시적 담론의 특성 연구」, 『어문논총』 47, 한국문학언어학회, 2007.

박연희, 「김수영의 전통 인식과 자유주의 재론－「거대한 뿌리」(1964)를 중심으로」, 『상허학보』 33, 상허학회, 2011.

박정선, 「일제 말기 전시체제기와 임화의 「찬가」 연작」, 『한국시학연구』 22, 한국시학회, 2008.

_____, 「해방가요의 이념과 형식」, 『어문학』 99, 한국어문학회, 2008.

박지영, 「김수영 시에 나타난 '자기 비하'의 심리학－'레드콤플렉스'를 넘어 '시인' 되기」, 『반교어문연구』 26, 반교어문학회, 2009.

_____, 「한국 현대시 연구의 성과와 전망−'운명'과 '혁명', 왜 아직도 '임화'와 '김수영'인가?」, 『비교어문연구』 32, 비교어문학회, 2012.

_____, 「김수영의 전쟁체험과 정치체에 대한 인식의 도정」, 『상허학보』 47, 상허학회, 2016.

박진영, 「중국근대문학 번역의 계보와 역사적 성격」, 『민족문학사연구』 55, 민족문학사학회, 2015.

방민호, 「박인환 문학의 문학사적 위상−해방과 전후 시단의 '책임 의사'」, 『서정시학』 26-4, 서정시학사, 2016.

손유경, 「식민지 조선에서 '전위'가 된다는 것 (1)」, 『한국현대문학연구』 41, 한국현대문학회, 2013.

심선옥, 「1920∼30년대 근대시의 정전화 과정」, 『상허학보』 20, 상허학회, 2007.

_____, 「해방기 기념시집 연구−'해방'과 '3・1' 표상을 중심으로」, 『민족문학사연구』 54, 민족문학사학회, 2014.

엄동섭, 「해방기 시의 모더니즘 지향성 연구」, 중앙대 박사논문, 2007.

오제연, 「1960∼1971년 대학 학생운동 연구」, 서울대 박사논문, 2014.

유성호, 「해방기 시의 세대론」, 『한국시학연구』 33, 한국시학회, 2012.

_____, 「해방기 한국 시의 계보학」, 『동아시아문화연구』 57, 한양대 동아시아문화연구소, 2014.

윤대석, 「아카데미즘과 현실 사이의 긴장−박치우의 삶과 사상」, 『우리말글』 36, 우리말글학회, 2006.

_____, 「기술이냐 윤리냐−일제 말기 김경린의 시와 시론」, 『한국현대문학연구』 50, 한국현대문학회, 2016.

이경분, 「음악과 시문학, 김순남 가곡 「산유화」와 「진달래꽃」」, 『음악과민족』 41, 민족음악학회, 2011.

이기성, 「'운명'과 '고백' 사이−1930년대 후반에서 해방기까지 임화의 시 쓰기」, 『민족문학사연구』 46, 민족문학사학회, 2011.

이봉범, 「잡지 『문장』의 성격과 위상」, 『비교어문연구』 22, 비교어문학회, 2007.

_____, 「1950년대 문화 재편과 검열」, 『한국문학연구』 34, 동국대 한국문학연구소, 2008.

이소영, 「김원일・이문구 소설에 나타난 고아의 형상화 연구−민주주의와의 관련성을 중심으로」, 서울대 석사논문, 2016.

이혜령, 「해방(기)−총 든 청년의 나날들」, 『상허학보』 27, 상허학회, 2009.

장문석, 「임화와 김기림의 1940년 전후」, 『한국문학과 예술』 12, 숭실대 한국문예연구소, 2013.

_____, 「후기식민지라는 물음-최인훈의 『회색의 의자』에 관한 몇 개의 주석」, 『한국학연구』 37, 인하대 한국학연구소, 2015.

_____, 「김태준과 연안행」, 『인문논총』 73-2, 서울대 인문학연구원, 2016.

_____, 「1960~1970년대 일본의 한국문학 연구와 '조선문학의회(朝鮮文学の会)'-오무라 마스오[大村益夫] 교수에게 질문하다」, 『한국학연구』 40, 인하대 한국학연구소, 2016.

정우택, 「해방기 박인환 시의 정치적 아우라와 전향의 반향」, 『반교어문연구』 32, 반교어문학회, 2012.

정정연, 「해방공간을 주도했던 음악가-김순남, 현제명」, 『민족음악의 이해』 1, 민족음악연구회, 1990.

조은정, 「해방기 문화공작대의 의제와 성격」, 『상허학보』 41, 상허학회, 2014.

천정환, 「해방기 거리의 정치와 표상의 생산」, 『상허학보』, 26, 상허학회, 2009.

최병구, 「임화 문화론 연구」, 성균관대 석사논문, 2008.

최서윤, 「이중 언어 세대와 주체의 재정립-박인환의 경우」, 『인문과학연구논총』 40, 명지대 인문과학연구소, 2014.

_____, 「절망의 변증법은 가능한가?-김수영 텍스트의 자유의 시적 효과로서의 '새로움'에 대한 주석」, 『현대문학의연구』 64, 한국문학연구학회, 2018.

최희진, 「오장환 문학의 전위적 시인의식 연구」, 서울대 석사논문, 2015.

필자소개

유승환 劉承桓, Yoo Sunghwan

주변적 존재들의 언어 및 양식과 끊임없이 경합하고 교섭하며 만들어지는 역동적 장으로서의 한국문학에 관심을 가지고 공부하고 있다. 주요 논문으로 「모국어의 심급들, 토대로서의 번역」(2016), 「적색 농민의 글쓰기」(2018) 등이 있다. 6penses@naver.com

이민영 李旼映, Lee Min-yeong

근대 동아시아의 문화접변과 사상사를 바탕으로 한국 근현대 연극사를 연구 중이다. 특히 한국 프롤레타리아 연극사를 새롭게 해석하는 데 관심이 많다. 주요 논문으로 「1920년대 프로희곡과 '감정'의 수행성」(2009), 「프로연극 운동의 또 다른 지층—민병휘와 개성 대중극장」(2014), 「극단 낭만좌, 좌파 연극인들의 존재 방식」(2014), 「프로연극 운동의 방향전환, 극단 신건설」(2015) 등이 있다. npbee@daum.net

가게모토 츠요시 影本剛, KAGEMOTO Tsuyoshi

식민지 조선의 소설들을 읽고 있으며, 어떠한 삶이 상상되었고 어떠한 삶이 실천되었는가에 관심이 있다. 정치보다 훨씬 큰 넓이를 가진 삶의 형상들을 부각하는 연구를 하고 있다. 논문으로 「'부흥'과 '불안'—염상섭 「숙박기」 읽기」(2015), 「'형상'과 '대중화'—30년대 중반 임화 평론 읽기」(2017) 등이 있으며, 이진경의 『불온한 것들의 존재론』(2015)을 일본어로 번역했다. kagemotot@gmail.com

최명석 崔명鳥, Choi Myeongseok

식민지시기 소설에서 우정, 가족애, 사랑, 공포 등 감정의 계기와 자원들이 어떻게 형상화되고 구조화되는지에 관심을 가지고 연구하고 있다. 주요 논문으로 「해방 이후 학병 서사 연구」(2009), 「전향이라는 法, 김남천의 Moral」(2012) 등이 있다. itwasrainy@gmail.com

이소영 李昭映, Lee So-young

역사의 변곡점마다 발생하는 여러 서사 양식의 교섭 양상을 탐색하는 한편으로, 특정한 재현 체계를 작동시키는 인식론의 구조에 관심을 기울이고 있다. 주요 논문으로 「박태순의 (비)문학과 장르 이동 양상」(2017), 「여성의 몸과 노동, 그리고 민주주의—1970년대 수기와 소설에 드러난 정동을 중심으로」(2018) 등이 있다. bambiesyl@gmail.com

최병구 崔竝求, Choi Byoung Goo

식민지 자본주의와 산업 자본주의 시대를 거친 한국의 근대화 과정에서, 자본과 인간이 길항하고 충돌하는 역사를 연구하고 있다. 주요 논문으로 「사회주의 문화담론과 프로문학—신경향파 탄생의 주변(1920~1923)」(2012), 「'신체의 유물론'과 프로문학—1927년『조선지광』의 유물논쟁을 중심으로」(2013) 등이 있다. baius@hanmail.net

배상미 裵相美, Bae Sangmi

식민지 조선의 프롤레타리아 문학을 중심으로 식민지 조선의 문학사를 젠더 관점에서 재구성하는 연구와, 현대 한국사회에서 (성)노동과 젠더의 재현을 분석하는 연구를 하고 있다. 주요 논문으로 「1930년대 전반기 프롤레타리아 문학의 젠더와 한국문학사」(2017), 「위안부 담론의 페미니즘적 전환의 필요성」(2014), 「'여성노동자'라는 새로운 범주설정의 필요성—다큐멘터리 영화〈외박〉을 중심으로」(2014) 등이 있다. sentell@naver.com

허 민 許閔, Heo Min

식민지기 사회주의 문학·문화론에 관한 연구를 주로 했으며, 최근에는 87년 체제와 한국소설의 양식 및 구성 변화의 상관성에 대해 공부를 하고 있다. 주요 논문으로 「1920~30년대 '사회주의 연애' 담론과 프로소설의 재현 양상 연구」(2010), 「『노동해방문학』과 노동 재현의 규율」(2018) 등이 있다. withnovel@naver.com

최은혜 崔銀惠, Choi Eun-hye
조선의 사회주의 문인들이 어떻게 사회주의를 수용하고 미적으로 자기화하려 했는지에 대해 관심을 가지고 있다. 제국과 식민지에서의 사회주의에 대한 전유가 어떻게 유사하고, 또 다른지를 정신사적 측면에서 살펴보려 공부 중이다. 주요 논문으로는 「변혁에의 갈망과 과학적 사회주의의 조우－1920년대 중후반 임화의 평론을 중심으로」(2014), 「생활의 경험과 자기 모색의 글쓰기－최서해의 예술론과 후기 소설 재독」(2018) 등이 있다. sinedoque@naver.com

김민정 金珉廷, Kim Min-jeong
1920~30년대 생활 담론에 나타난 사실주의의 인식을 통해 한국 근대 리얼리즘 문학의 성격을 재탐색하고 있다. 주요 논문으로 「1920년대 『조선농민』 담론 연구」(2010), 「전략의 기표, 웅전의 기의－김남천 창작방법론의 비평적 성격과 리얼리즘론의 의미 고찰」(2017) 등이 있다. tiiong@naver.com

박형진 朴炯振, Park Hyung-Jin
식민지와 해방기에 걸친 한국과 일본의 비평·사상사의 연쇄와 굴절에 관심을 가지고 있다. 비평과 사상사의 문제를 저자 개인에 한정하지 않고 서술하는 것을 목표로 연구하고 있다. 주요 논문으로 「1930년대 아시아적 생산 양식 논쟁과 이청원의 과학적 조선학 연구」(2017), 「침묵에 다가가기－차승기(2016), 『비상시의 문/법－식민지/제국 체제의 삶, 문학, 정치』, 그린비, 383쪽」(2017) 등이 있다. disturbed_xx@hotmail.com

이은지 李銀池, Lee Eunji
1910~1920년대 '자아' 및 '자연' 담론에 관심을 갖고 연구하고 있다. 주요 논문으로 「1920년대 오상순의 예술론과 이상적 공동체상」(2015), 「다이쇼기 '개인' 담론의 지속가능한 발전－염상섭 초기 문학에 나타난 낭만적 아이러니」(2017) 등이 있다. eunji244@snu.ac.kr

김윤진 金潤辰, Kim Yoon-jin
1910년대를 중심으로 공부해 왔으며 주목받지 못한 글을 재조명하는 데 흥미가 있다. 작가의 언어의식, 문체 등에 관심을 두고 한국 근현대소설을 연구하는 중이다. 주요 논문으로 「신소설 서사기법의 구술문화적 특성에 관한 연구」(2015), 「1900~1910년대 소설에 나타난 종결어미 '-ㄴ다'에 대한 고찰」(2017) 등이 있다. 87k@daum.net

장문석 張紋碩, Jang Moon-seok
제국/식민지와 냉전의 너머를 상상했던 동아시아의 사상과 학술의 역사를 비판적으로 재구성하고, 어문생활사와 출판문화사를 매개로 '앎-주체'의 역사를 아래로부터 서술하는 것을 목표로 연구하고 있다. 주요 논문으로 「김태준과 연안행」(2016), 「주변부의 세계사―최인훈의 『태풍』과 원리로서의 아시아」(2017) 등이 있다. imhwa@chol.com

초출일람

1부_ 혁명의 조건과 변혁의 계기

유승환, 「1923년의 최서해-빈민 작가 탄생의 문화사적 배경」, 『한국현대문학연구』 52, 한국현대문학회, 2017.

이민영, 「평양 프로극단의 기억과 공간의 문화정치」, 『한국극예술연구』 50, 한국극예술학회, 2015.

가게모토 츠요시, 「식민지 조선의 또 하나의 프롤레타리아 문학-룸펜프롤레타리아, 농업노동자, 유곽의 여성들」, 『현대문학의 연구』 61, 한국문학연구학회, 2017.

최명석, 「'주의자'와 우정의 향방-1920~1930년대 한국소설에 재현된 우정의 양상」, 『한국근대문학연구』 35, 한국근대문학회, 2017.

이소영, 「1930년대 후반 김남천 소설의 이체異體-「장날」과 「이리」에 나타난 몽타주montage와 구상력構想力을 중심으로」, 『우리말글』 71, 우리말글학회, 2016.

2부_ 혁명의 실천과 진보의 수행

최병구, 「근대 미디어와 사회주의 문화정치」, 『정신문화연구』 40-3, 한국학중앙연구원, 2017.

배상미, 「식민지 조선에서의 콜론타이 논의의 수용과 그 의미」, 『여성문학연구』 33, 한국여성문학학회, 2014.

허 민, 「적대와 연대-1930년대 '활자전선活字戰線'의 구축과 복수의 사회주의」, 『민족문학사연구』 53, 민족문학사학회, 2013.

최은혜, 「저변화된 낭만, 전면화된 사실-1920년대 후반~30년대 중반 임화 평론에 나타난 '낭만성' 재검토」, 『우리문학연구』 51, 우리문학회, 2016.

3부 혁명의 유산과 점화의 가능성

김민정, 「리얼리즘의 강박, 증상으로서의 리얼리티−리얼리즘의 재인식과 전망의 모색」, 『민족문학사연구』 54, 민족문학사학회, 2014.

박형진, 「과학, 모랄, 문학−1930년대 중반 김남천 문학에서의 '침묵'의 문제」, 『상허학보』 48, 상허학회, 2016.

이은지, 「미분微分된 혁명−1930년대 송영 소설에 나타난 혁명관」, 『한국근대문학연구』 29, 한국근대문학회, 2014.

김윤진, 「해방기 엄흥섭의 언어의식과 공동체의 구상」, 『민족문학사연구』 60, 민족문학사학회, 2016.

장문석, 「밤외 침묵과 자유의 타수−김수영의 해방공간과 인화의 4·19」, 『반교어문연구』 44, 반교어문학회, 2016.

찾아보기

신문·잡지

『개벽』　70, 127, 136, 229, 269, 376, 378, 380, 382, 383, 441, 447, 468, 477, 479

『공제』　288

『노동신문』　513

『대중』　228, 229, 263, 288

『동광』　29, 57, 85, 122, 280, 288, 310

『동아일보』　34, 37~40, 42, 44, 46, 48~51, 59, 66, 67, 69, 78~81, 89, 94, 98, 100, 101, 140, 163, 192, 202, 232, 234, 246, 250, 251, 266, 271, 279, 281, 282, 304, 310, 323, 343, 347, 349, 350, 351, 355, 356, 467, 470, 513

『매일신보』　38, 45, 54, 59, 61, 67, 69, 80, 88, 98, 100, 167, 183, 191, 326, 376, 456

『무산자』　219

『문장』　148, 149, 150, 151, 167, 171, 175, 191, 192, 406, 470, 471, 527, 529, 530, 531

『민주조선』　549

『별나라』　350, 465, 466

『북선일일신문』　45, 47, 50

『비판』　136, 217, 228, 229, 231~241, 282, 284, 286~294, 297~301, 305~307, 309~313, 318

『사상운동』　288

『삼천리』　245, 246, 249, 255, 260, 262, 263, 266~268, 275, 288, 297, 447, 452, 456

『시대일보』　38, 48

『신계단』　228~230, 286, 288, 293, 297, 303~307

『신동아』　111, 114, 288, 561

『신생활』　286, 288

『신소년』　465~467

『연극선』　91, 92

『이러타』　228, 230, 288, 303, 306

『전선』　228, 288

『제일선』　288

『조광』　166, 167, 182, 193, 194, 201, 288, 339, 436, 442, 458, 512, 517, 573, 574

『조선문단』　34, 69, 382, 383, 385

『조선문예』　217~219, 221~227, 230, 239, 445

『조선일보』　38, 41, 48~50, 54~56, 69, 76, 78, 82, 83, 85~87, 91, 92, 97, 98, 111, 112, 116, 162, 165, 166, 190, 193, 194, 216, 232, 245, 251~254, 304, 323, 329, 335, 342~348, 350, 355, 366, 402, 403, 415, 426, 431, 466, 514, 527

『조선지광』　136, 138~146, 155, 217, 223, 229, 230, 260, 261, 286, 288, 297, 302, 326, 331, 340, 341, 347, 354, 439, 447, 456

『중앙일보』　80, 87, 89, 343, 560

『중앙』　127, 288, 403, 442, 458, 568

『중외일보』　38, 69, 76, 82~84, 89, 171, 229, 401

『집단』　228, 288

『카톨릭청년』　335

『학지광』　45~47

『한글』　465, 466, 468, 474~476

『혜성』　114, 288

단행본

『1884년의 경제학-철학 수고』 216
『고향』 168
『공산당선언』 561
『광장』 572
『국가와 혁명』 561
『기상도』 529
『낙동강』 529
『단종애사』 335
『모순론』 561
『무화과』 282, 283
『문장강화』 561
『문학과 지성』 514
『문학의 논리』 426, 514, 535
『백록담』 529
『봉화』 503
『붉은사랑』 244, 245, 249~255, 259, 261, 263, 264, 273, 274
『사상과 현실』 529
『산유화』 533
『삼대』 133, 136, 283, 367, 368
『삼일기념시집』 530, 539
『상허문학독본』 529
『새로운 도시와 시민들의 합창』 541, 550, 554
『신문학』 372
『신작가곡집』 549
『실천론』 561
『운현궁의 봄』 335
『인민해방가요집』 549
『인형의 집을 나와서』 111~113
『자본론』 61, 62, 125, 561
『적연』 245
『전위시인집』 539, 540, 542
『조선시집』(1946년판) 537~539, 541~ 544, 556
『조선한문학사』 514
『청춘기』 467
『카프7인시집』 228
『카프시인집』 539
『파경』 467
『프롤레타리아 연애관』 247
『한국문학사』 30, 514
『헌사』 529, 534
『현대조선시인선집』 538
『혜성』 288
『화의 혈』 371

작품명

(ㄱ)
「가을」(유진오) 151
「간도행」(채만식) 111
「경영」(김남천) 148, 149, 409
「계절」(이효석) 127
〈과도기〉(WS연예부) 85
「교대시간」(송영) 450
「귀환일기」(엄흥섭) 468, 469, 483~488, 490~492, 495, 498, 499, 505~508
「ㄱ 뒤의 박승호」(송영) 450
「그믐밤」(최서해) 63
「길 우에서」(김남천) 153
「김강사와 T교수」(유진오) 107
「깨트려지는 홍등」(이효석) 116~118
「꿈과 현실」(엄흥섭) 139

(ㄴ)

「낙동강」(조명희) 139, 146

「남매」(김남천) 161, 167, 398, 402, 529

「넥타이의 침전」(유진오) 144

「노인부」(송영) 146

「녹성당」(김남천) 167, 403~406, 408, 414, 415

「농민의 회계보고」(채만식) 110

〈농촌스케치〉(채만식) 110

「누나의 사건」(김남천) 167, 195

「늘어가는 무리」(송영) 127

「능금나무 그늘」(송영) 442, 445, 458

(ㄷ)

「다섯 해 동안의 조각편지」(송영) 456

「대경성파노라마」(최승일) 220, 221

「덤불 속」(아쿠타가와 류노스케) 167~169, 171, 173~175, 178, 180

「동지」(조명희) 146

(ㄹ)

「레디메이드 인생」(채만식) 114, 115

(ㅁ)

「막사과 야화」(채만식) 120, 121

「먼 동이 틀 때」(최서해) 55

〈메트로폴리스〉(프리츠 랑) 223, 226

「무서운 인상」(최서해) 41, 52

「무자리」(김남천) 167

「물」(김남천) 165, 229, 230, 402

〈미물의 치료〉(마치극장) 84

「미치는 사람」(윤기정) 142

〈민란 전날〉(마치극장) 84

(ㅂ)

「발전」(엄흥섭) 468, 469, 483, 485, 486, 488, 492~508

「밤의 찬가」(임화) 562~564

「백금」(최서해) 58, 61

「부촌」(채만식) 111

「북국사신」(이효석) 120, 121

〈보통벌〉(신세기) 92, 93

「빛속으로」(김사량) 127

(ㅅ)

「삼대의 사랑」(콜론타이) 245~247, 255, 262, 263, 271, 273, 275

「삼면경」(유진오) 143

「삼인행」(박노갑) 150~152, 154

〈서부전선 이상 없다〉(신건설) 77

〈서부전선 이상없다〉(신세기) 92

「서울대학교 문리과대학 학생 4·19 선언문」 559, 561

「석탄 속의 부부들」(송영) 146, 439, 447

「선동자」(송영) 447

「성묘」(송영) 445

「세 사람」(이량) 141, 142

〈세탁쟁이〉(마치극장) 84

「소년행」(김남천) 167

「소년행진곡」(엄흥섭) 465

「소설 쓰지 못하는 소설가」(나카노 시게하루) 409, 410, 414

「솜틀거리에서 나온 소식」(송영) 447, 452

「숙수치마」(송영) 434, 437, 438, 443

「스즈키·미야코야마·야소기마」(나카노 시게하루) 409

「승군」(송영) 445, 452~455

「시골집」(나카노 시게하루) 409, 410

「시대의 진보」(이기영) 143

「신경」(유진오) 148

(ㅇ)

「암소를 팔아서」(채만식) 114

「양」(오장환) 535
「어린 두 딸에게」(김남천) 401~403
「여사무원」(송영) 436~438, 443
〈열에 참가하라〉(신세기) 94
「오월」(김남천) 167
「오전9시」(송영) 450
「오후의 해조」(이효석) 123
「요지경」(김남천) 166
「용광로」(송영) 431, 441
「용신난」(최서해) 56
「우리 오빠와 화로」(임화) 134, 339, 340, 342
「우리들의 사랑」(송영) 450
「이녕」(한설야) 148, 154
「이리」(김남천) 167~169, 171, 172, 181, 182, 184, 185, 187~189, 195, 198~206
「이봄이가기前에!」(송영) 445
「인간희극」(발자크) 165
〈인민항쟁가〉(임화 작사, 심순남 작곡) 517, 518, 520, 521, 546~549, 551, 552, 569, 571, 572
「인왕산」(송영) 442, 458
「인테리와 빈대떡」(채만식) 114
〈일야〉(신세기) 92

(ㅈ)
「자신」(최서해) 45~47
「장날」(김남천) 167~169, 171~175, 178, 180, 181, 185, 189, 195, 198, 199, 203~206
〈장의삼경〉(신세기) 92
「서류」(최시해) 63
〈전선〉(마치극장) 84
「적」(임화) 550, 568
「전아사」(최서해) 57~60, 62~64
「제1장」(나카노 시게하루) 409
「제비」(엄흥섭) 465
「제퇴선」(김남천) 166

「조그마한 기업가」(채만식) 111
〈조선 파르티잔의 노래〉(임화 작사, 김순남 작곡) 548, 549
〈조정안〉(명일극장) 90
「주리야」(이효석) 123, 126
「진달래꽃」(김소월) 535

(ㅊ)
「차중에 나타난 마지막 그림자」(최서해) 41
「처를 때리고」(김남천) 138, 153, 161, 166
「춤추는 남편」(김남천) 166
〈칠월의 기록〉(신세기) 92

(ㅌ)
〈탄갱부〉(마치극장) 84
〈트라크와 선물〉(마치극장) 84

(ㅍ)
「파악」(유진오) 144
「팔려간 몸」(채만식) 114~116
〈페페 르 모코〉(쥘리앙 뒤비비에) 167~169, 171, 172, 181~185, 189, 195, 201, 204
〈평양 삼인남〉(신세기) 93, 94
「포화」(김남천) 167
「프렐류드」(이효석) 122, 123

(ㅎ)
「하나의 조그마한 기록」(나카노 시게하루) 409
〈하차〉(마치극장) 84, 85
「항민」(김남천) 167
「해돋이」(최서해) 59, 71
「해협의 로맨티시즘」(임화) 327, 550
「행진곡」(이효석) 149
「허튼소리」(김수영) 555
「혁명가의 아내」(이광수) 262, 265
「兄」(유진오) 143
〈호신술〉(명일극장) 90

「호외시대」(채만식)　54, 56, 60, 61, 72
〈화〉(명일극장)　90
「화물자동차」(채만식)　114

『『붉은연애』 이상」(도쿠나가 스나오)　247

인명

(ㄱ)

가메이 가츠이치로(龜井勝一郎)　425
강성해(강아영)　48
강영식　39
강영주　515
강주룡　96
고국원　83
고바야시 히데오(小林秀雄)　416～424
구라하라 고레히토(藏原惟人)　106, 108, 120
구보카와 츠루지로(窪川鶴次郎)　416, 417, 420
구연수　92
권애라　66, 67
권태양　96
권환　229, 302, 528, 529, 537, 538
김경린　541, 554
김과진　94
김광균　522, 536, 537, 538, 541
김기림　335, 470, 522, 528, 529, 537, 539, 541,
　542, 554, 561
김기진(김팔봉)　138, 217, 218, 222, 223, 225,
　226, 353, 380～382, 388, 470, 538
김길인　65～72
김남천(김효식)　86, 90, 92～94, 122, 138, 148,
　149, 153, 161～175, 178～182, 184, 187～
　198, 200～206, 214, 216, 218, 226, 228～
　231, 288, 398～409, 414, 415, 424～427,
　520, 522, 523, 528～531, 550
김동인　29, 33, 335, 378, 470
김동환　288, 333, 335, 470
김두용　219

김련춘　92
김명선　83, 85
김명식　66, 299
김병욱　522, 541, 543, 553, 554, 574
김사량　127, 128
김상용　333, 335, 470
김소월　533～535
김수영　512, 516, 517, 519～524, 541～543,
　549～557, 560, 565～568, 570～572, 574
김순남　518, 520, 521, 531～536, 545～552,
　571, 572
김약수　299, 304
김억　245, 248, 251, 255～257, 273, 382, 470
김연만　529
김영팔　214, 222
김오　83
김옥균　146
김온　259
김윤식　30, 133, 168, 344, 345, 353, 409, 514,
　530, 543, 561, 568
김일엽　255
김재찬　311～313
김재철　80
김진호　287
김태준　514, 525, 545, 572
김파우　86, 90
김학석　40, 44
김현　30, 514, 517
김현경　520～522, 531, 538, 542
김화산　140, 460

김희균   39, 40

(ㄴ)

나도향(나빈)   378, 382
나웅   88, 103
나카노 시게하루(中野重治)   108, 115, 408, 409,
   414~416
남궁만   97, 98, 102
남만희   303
노영옥   92

(ㄷ)

다카무레 이쯔에(高群逸枝)   246
도사카 준(戶坂潤)   416, 417, 420~425
도쿠나가 스나오(德永直)   247

(ㄹ)

리스키, 해롤드(Laski, Harold J.)   560, 566

(ㅁ)

마르크스, 칼(Marx, Karl)   61, 62, 107, 129,
   164, 196, 213, 216, 217, 238, 308, 460, 528,
   568
마쓰모토 쿤페이(松本君平)   372
마쓰오 시로(松尾四郎)   244
모리야마 케이(森山啓)   416
모윤숙   333, 335, 470
민병휘   83~87, 103, 263~265, 274, 464

(ㅂ)

박노갑   150, 470
박덕창   298, 299
박동남   96
박만춘   234, 310, 311
박맹   92
박문병   313~315

박산운   538~540
박상엽   45~50, 59
박영호   79, 85
박영화   78
박영희   107, 138, 140, 150, 218, 224, 225, 226,
   380~383, 388
박은용   533~536
박이규   66
박인수   309
박인환   522, 541, 554
박종화(박월탄)   378, 382, 470
박중구   94
박치우   529, 545
박희도   279
발자크, 오노레 드(Balzac, Honoré de)   163~
   165, 168, 192, 194, 202, 367
방인근   382
배인철   521, 522, 537, 541, 542
배정국   529, 532, 563
백기만   382, 470
백남운   311, 312, 572
백대진   374
백철   344~347, 470
벽상초인   96
변기석   92
변기호   89, 94
변효식   88, 92, 94

(ㅅ)

서광제   195, 245, 248, 251~255, 257, 259, 273,
   274
석량송   96
셰익스피어, 윌리암(Shakespeare, William)
   164, 192
송만   280~282
송봉우   267~269, 287, 297
송영   90, 127, 141, 146, 218, 226, 325, 430~434,

436, 439, 441~462, 466, 470, 528~530
스탕달(Stendhal)　528
신고송　85, 87, 103
신흥우　66

(ㅇ)

아도르노, 테오도어(Adorno, Theodor)　531,
　570
아마카스 세키스케(甘粕石介)　425
아쿠타가와 류노스케(芥川龍之介)　167, 171,
　178, 180, 181, 197
아키타 우자쿠(秋田雨雀)　247, 302
안막　76, 82, 218, 226, 353
안석주(안석영)　222, 226
안재홍　232, 297~299, 524
안회남　141, 520, 522, 528, 529, 531, 550
야마가와 기구에(山川菊)　247
양건식(양백화)　382, 470
엄흥섭　139, 464~470, 474~483, 487, 488,
　490~493, 495~497, 499, 500, 503~508,
　528, 529
에이젠슈테인, 세르게이(Eisenstein, Sergei M.)
　172, 195~197
여운형　524
염무웅　517, 560
염상섭　66, 116, 117, 132, 133, 281~283, 367,
　378, 379, 381~387, 396, 427, 470, 528, 530
오무라 마스오(大村益夫)　514
오장환　520, 522, 528~542, 544, 547, 550
오카 구니오(岡邦雄)　416
유진오(兪鎭午)　107, 143~145, 148, 151, 166,
　464
유진오(兪鎭五)　538~540
유진희　230, 303
윤기정　142, 218, 220, 223, 226, 470
윤기환　297
이갑기　107, 302

이관엽　78, 84, 88, 89, 94
이광수　51, 246, 262, 265, 297, 335~378, 381,
　382, 470
이극로　476, 488
이기영　143, 168, 470, 528, 530
이덕요　255, 268, 269
이라문　88
이량　141
이무영　164, 470
이상재　66, 294
이상화　121, 381, 382, 470, 541, 542
이석진　97
이선근　67
이성국　96
이소웅　92
이수정　559~564, 566
이승준　279
이시우　522, 541
이여성　309, 532
이익상(성해)　382
이종　70~72
이주홍　236, 466, 467, 535, 538, 546
이쾌대　532
이태준　470, 513, 529, 532, 550, 556, 561
이한직　522, 541
이해조　371
이효석　109, 114, 116~123, 125~127, 149,
　464, 528, 530
이흡　470, 522, 541
이희승　473, 474, 524
인정식　313~315
임동남　92
임수영　96
임유　92, 94
임정화　92, 94, 97, 98
임호권　522, 541, 554
임화(임인식, 성아)　107, 134, 136, 165, 168,
　206, 214~218, 222~227, 229, 230, 237,

238, 240, 241, 288, 305, 322~347, 349~
353, 355~357, 366, 402, 403, 426, 430, 431,
466, 470, 474, 475, 512~522, 524~526,
528~533, 535, 537~552, 556, 557, 561~
564, 566~574

(ㅈ)

장경섭　78
장덕수　40, 66, 279
장두식　549
전명숙　92
전창국　37, 40, 44
정달현　100
정동호　297~299
정마리아　67
정백　304
정운영　304
정윤시　69
정인덕　39, 40
정인섭　329
정종명　48, 67
정지용　66, 68, 335, 470, 528~530, 536~539
정칠성　249~251, 259~266, 274
정태신　66
정하보　88
조경옥　42~44
조동일　560
조명희　139, 146, 382, 528~530
조우식　522, 541
조주남　88, 94
주달수　92
주영애(주인석)　48, 49
주요한　335
주일수　221
진일완　37, 40, 50

(ㅊ)

채만식　107~116, 119~122, 127, 470~472,
474
채필연　235
최광천　83
최남선　205, 335, 538
최독견　222, 470
최서해(최학송)　29~39, 41, 43~57, 59~65,
67~73, 222, 378, 382~384, 528, 530
최승만(극웅)　374
최승일　214, 220~222, 226
최인호　92
최인훈　572, 573
최재서　514, 532, 572
최죽촌　96~98
최태홍　83, 94
최하림　519, 520, 522, 523, 549, 551, 553, 566
최현배　524

(ㅋ)

카스트로, 피델(Castro, Fidel)　565
콜론타이, 알렉산드라(Kollontai, Aleksandra)
244~253, 255~259, 262~265, 270, 271,
273~275, 524

(ㅍ)

파농, 프란츠(Fanon, Frantz)　108, 128

(ㅎ)

하야시 후사오(林房雄)　246
하이데거, 마르틴(Heidegger, Martin)　395
하차투리안, 아람(Khachaturian, Aram Il'ich)
548, 549
한설야　140, 141, 148, 282, 304, 467, 528, 530
한재덕(한택호)　76, 78, 82~84, 86, 94
한호　94
한효　83, 87, 90, 97, 100, 102

한홍수　311, 312
함세덕　520, 549
허정숙　125, 255, 266, 268, 271
허헌　291, 294
현미산(현연진)　83
현진건　382, 470

현철　376, 377
홍백후　67
홍효민　470, 474, 475
황만봉　78
황석영　518, 547, 548, 551
히라바야시 타이코(平林たい子)　246

항목

(ㄱ)

가두극장　76
가부장제　256, 262, 263, 265, 275
가정　70, 142, 145, 254, 256, 271, 272, 275, 459
간도　34, 41, 111
감정　60, 65, 73, 122, 123, 126, 133, 136, 138, 139, 154~157, 196, 197, 219, 221, 222, 224, 226, 273, 325, 327, 343~346, 350, 352, 411~414, 419, 454, 540
강릉청년회　69
개성　76, 78, 83, 84, 87, 464
개성좌　87
개화파　146
건설출판사　528~530
건흥구락부　38
검열　38, 77~79, 89, 93, 94, 218, 225, 231, 250, 269, 283, 411, 412, 513, 515, 516, 540, 542, 553, 571
게니아니즘(ゲニアイズム)　248, 250
경성　34, 38, 49, 65, 66, 68~70, 72, 76, 78, 80, 88, 97, 102, 214, 218, 221, 222, 239, 437, 516, 532
경성고학당　70~72
계급　108, 137, 138, 259, 279, 306, 316, 331, 346, 390, 419, 436, 466
공동전선　305, 329, 526, 527, 530
공우회　95, 96

공통적인 것(commune)　134, 135
공황　258, 273
광주학생사건　295
교양　32, 34, 36, 45, 50~53, 55~59, 61, 63~65, 70~73, 227, 419
교육　33, 51, 57, 71, 133, 478, 507
구상력　161, 191~194, 201~203
군산　38, 43
근대의 초극론　425
근우회　249, 296, 300
기독교청년회　38
기림리　88, 98, 100~102
기억　45, 76, 90, 96, 104, 228, 247, 279, 345, 402, 413, 424, 477, 488, 498, 500, 512, 516, 518, 520~522, 548~550, 553, 555, 557, 561, 571, 572, 574
김윤식 사회장　279

(ㄴ)

나남 나일청년회　47, 48
나프　247
낙산　516
낭만　121, 238, 322, 323, 325~328, 337, 338, 344, 346, 349, 351, 352, 355~357, 365
낭만정신론　323~328, 338, 347, 349, 356
내용과 형식　347, 353, 375, 377, 381, 384, 390
노동자 거리　82, 100

노동자 자립극단　102, 103
노동자극단　98, 102, 103
노동조　41~43
농민문학　282
농업노동자　106, 108~114

(ㄷ)

대구　76, 78, 80, 249, 484
대구소년회　38
대중　56, 200, 218, 220, 223, 224, 226, 227, 229,
　　　230, 232, 236, 240, 248, 286, 291, 292, 295
　　　~297, 301, 305, 306, 345, 350, 403, 423,
　　　520, 536
대중극장　76, 83~85
대중지성　35, 53
대중화 논쟁　217, 225, 329, 347
대창고무공장　100
데쿠파주　200~203
도쿄　127, 128, 249, 412, 532, 541, 549
동경 유학생　45~47
동명극장　87
동반자　92, 106, 107, 282
동아시아　285, 315, 525, 530, 531, 549
동양론　425
동지사　85
동지애(camaraderie)　72, 134~136, 145,
　　　146, 150, 317, 442

(ㄹ)

라프　323, 353
레닌　122, 165, 200, 323
룸펜프롤레타리아　106~109, 121, 126~129
리얼리티　363, 366, 369, 371, 375, 377, 379,
　　　382~385, 388~391, 413, 423

(ㅁ)

마리서사　522, 523, 524, 541, 542

마산구락부　38
마치극장　76~78, 80~84, 86~88, 95, 101~
　　　104
만주　146, 178, 299, 518, 525, 530, 549
메가폰　77, 88, 91, 100
명일극장　80, 86~91, 94, 95, 100, 102, 103
명일극장(경성)　80
모더니즘　163, 166, 222, 336, 363~366, 539,
　　　541, 542
모랄　187, 395, 422~425
몽마르트　523~525
몽타주(montage)　161, 171~174, 177, 179,
　　　180, 195, 197, 198, 200, 201
무산자극장　76~78
무산자동맹회　296
무학(無學)　33
문예서클　84, 97
문해력　503
미디어　52, 53, 115, 191, 214~217, 220, 224,
　　　226, 227, 234, 236~239, 258, 411, 513, 527
민립대학기성회　40, 44

(ㅂ)

반봉건성　313, 314
방언　471~473, 475, 483, 486~488, 493, 496,
　　　507
백계 러시아　122
백선행기념관　101
백양당　526, 528~530, 561, 563
버라이어티　92
본능　424, 432, 433, 442, 443, 458~460, 462
봉산탄광　89, 90
부녀강화회　48
부산　43, 80, 486, 487, 490
북풍회　287, 296
불어　123, 124
비-전위　120, 122

비판사 287
빈민 29~31, 33, 36, 53, 55~58, 61~65, 67, 68, 70, 71, 73, 121
빈민의 교양 35, 53~56, 63, 65
삐라 123, 497, 518

(ㅅ)

사설학술강습회 40
사실 33, 42, 50, 115, 163, 164, 168, 185, 192, 204, 215, 233, 236, 239, 284, 307, 323, 324, 327, 330, 339, 345, 351, 371, 373, 375, 377, 389, 406, 414, 415, 425, 431, 467, 499, 500, 506, 522, 526, 534, 554, 566
사실주의(리얼리즘) 323, 349, 352~354, 356, 365, 368, 372, 373, 388, 391
사회주의 30, 35, 62, 72, 120, 135~138, 197, 221, 227, 232, 240, 246, 258, 262, 264, 265, 269, 270, 275, 277~279, 281~288, 293, 294, 301~303, 313, 316, 317, 319, 336, 357, 363, 364, 381, 389, 417, 552
사회주의 리얼리즘 165, 196, 323, 324, 328, 352, 355, 357, 363, 366, 367, 370, 381, 389, 390, 416, 417
산신문극 92
상해임시정부 39
상해파 279
생활 64, 143, 144, 163, 168, 337, 380~390, 410~412, 419, 420, 426, 434, 443, 444, 461, 516
생활문학론 380, 381
서울 34, 56, 57, 63, 110, 111, 114, 117, 123, 139, 144, 145, 182, 184, 185, 201, 294, 483, 484, 495~497, 507, 517, 525, 550, 561
서평양 개발사업 100, 101
서평양청년회 101
성도덕 260, 265, 267, 270, 271
세창고무공장 100
소년 167

소련 109, 120~122, 129, 196, 197, 285, 548, 554
소비에트 195, 197, 244, 280, 305, 389
소비에트 영화 이론가 195, 196
소설 쓰지 못하는 소설가 401, 403, 408
수원 78
슈프레히콜(Sprechchor) 92, 94
시간 179, 200, 233, 286, 406, 415, 424, 446, 448, 454, 458, 459, 569, 573
시조부흥운동 335
신간회 40, 227, 249, 261, 279, 282, 283, 293~302, 318
신건설 77, 88, 92, 93, 97
신건설사 사건 94
신경향파 380~384
신념 140, 141, 143~146, 149, 153, 157, 477, 570
신생활사 그룹 279
신세기 80, 87, 91~97, 101~103
신여성 270
신예술좌 80, 95~102, 104
신우조(新又組) 34, 41~45, 50, 51
신의주 78~80
신진회 560, 561, 563, 566
신흥영화동맹 82
실패 78, 101, 134, 146, 197, 220, 285, 431, 449, 452, 461, 462, 565, 569~572, 574
심퍼사이저(sympathizer) 133, 283

(ㅇ)

아시아적 생산양식 308, 309, 311, 312, 315
야학 35, 39, 54, 70, 316
양말직공노조 89
엠엘(ML) 296, 313
엡윗청년회 38, 66, 67
연극 83, 90, 91, 93, 95, 96, 98, 169, 218, 220, 222, 223, 226, 227, 230, 239, 240, 515, 516,

519, 536, 571

연극공장　76

연극대중화론　78, 92

연극동맹　82, 83, 103, 544, 545

연극서클　83～86, 95～98, 102, 103

연대　111, 114, 119, 134, 135, 137, 150, 156, 277, 278, 284, 287, 296, 300, 317, 406, 488, 495, 499, 500, 504, 527

연애　59, 139, 157, 221, 245～247, 249, 252, 256, 258, 259, 263～265, 268, 270, 272, 274, 317, 432, 445, 446

영화　169～174, 177, 181, 183, 184, 187, 188, 191, 192, 194～196, 200, 203, 204, 215, 218, 220, 222～224, 227, 230, 237, 239, 240, 515, 516, 531, 532, 536, 571

예술운동의 볼셰비키화　120, 282

오시아게(押上)　127

외로움　134, 143, 158, 520

용산철도공장　65, 68

우정　132～137, 139, 142, 145～147, 150, 153 ～155, 157, 158, 548

울진청년회　38

원산　43, 49, 78, 79, 85

원산노동연합회　85

원산총파업　79, 83, 85

유곽　106, 109, 111, 114～119

유랑　34, 110, 111, 121

유물론연구회　416

유비　165, 571～573, 574

을밀대　96

응징사동맹　499, 500, 502, 503

이동극장　86～88, 103

이동식소형극장　77, 87

인문사　532, 537

인천　38, 43, 80, 88

인칭적 연대　483, 486, 488, 490, 493, 495, 507

일본　85, 108, 110, 111, 117, 120, 127, 147, 168, 218, 224, 226, 229, 235, 244～250, 252,

270, 273, 285, 302, 308, 311, 313, 315, 332, 368, 372, 373, 381, 396, 398, 416, 417, 424, 487, 488, 491, 493, 494, 496, 500, 502, 504, 506, 507, 515, 519, 522～525, 532, 540, 549, 573

일상　55, 81, 82, 102, 103, 179, 183, 214, 408, 410, 414, 438, 445, 446, 451, 457, 534

일화　340, 446, 450, 451, 454～456, 461, 462, 516

(ㅈ)

자기애　141, 145, 155

자립극단　86, 88, 98, 103

자립연극　103

자연주의　225, 367, 373～375, 379, 381, 417

재일본조선민주청년동맹 동경본부문화부　549

재현　56, 132, 135, 136, 139～141, 146, 155, 169, 194, 204, 220, 231, 232, 238, 239, 250, 283, 293, 313, 365, 366, 377, 379, 388, 390, 396, 402, 404, 516, 553, 574

적대　138, 277, 278, 284, 287, 296, 300, 317

전라도　110, 112, 114

전시변혁　527

전위　108, 109, 113, 122～126, 162, 163, 229, 340, 402, 523～525, 531, 555, 557, 567, 569, 571, 574

전재동포수용소　483, 486, 494, 496

전통　63, 368, 420, 492, 526, 527, 530, 531, 535, 536, 541～543, 571, 574

전향　94, 122, 136, 143, 147, 149, 150, 152, 155, 397～400, 409, 410, 411, 413, 414, 417, 420, 423, 425, 427, 527, 557, 564, 568, 569, 572

전향문학　149, 390, 410, 416, 422

정우회　296, 412

정치적인 것　134, 545

조선공산당　136, 249, 279, 285, 287, 288, 301, 317, 543

조선노동공제회　66

조선노동당 296

조선노동총동맹 83

조선문학가동맹 519, 520, 524~528, 530~
532, 536, 537, 539, 542, 543~545, 550,
554, 555, 557, 561, 563, 571

조선문학자대회 526

조선사상범보호관찰령 397

조선어학회 465~468, 471, 476, 478, 480, 527

조선여자고학생 상조회 46, 48~51, 67

조선지광사 229, 303, 304

조선청년총동맹 296, 300

조선프롤레타리아예술단체협의회 82

종로 중앙 기독교청년회 38

주의자 117, 132, 133, 135~143, 145, 146, 149,
150, 155, 157, 158, 230, 433, 435, 442~445

주체 33, 35, 36, 65, 68, 73, 82, 95, 96, 104, 107,
112, 128, 156, 202, 224, 237~239, 256,
258, 265, 275, 365, 386, 395, 396, 413, 416,
419, 426, 427, 446, 451, 468, 516, 525, 528,
548, 564, 567

중국 311, 313, 315

중앙기독교청년회 56

중앙인서관 464~467

중일전쟁 147, 149, 189, 234, 527, 529~532,
537, 563, 564

지금시간 555, 556, 572

지식 32, 34~36, 45, 50~53, 55, 56, 58~60,
62~65, 67~72, 229, 230, 284, 287, 293,
299, 313, 317, 318, 412, 554, 563

지하청년회 38

진남정구락부 38

(ㅊ)

천도교 230, 288, 293, 300~307, 318

철원 48

청년회 40, 41, 56

청복극장 76

청중 37~39, 50, 66, 68

청진 43, 45, 48~50, 117

춘추극장 80

치안유지법 136, 285, 397

친밀권 497~500, 505~508

친밀함(intimacy) 135

침묵 161, 289, 395, 396, 398, 399, 403, 408,
414, 415, 424, 425, 513, 516, 542, 552, 562

(ㅋ)

카프(KAPF, 조선프롤레타리아예술가동맹)
13~15, 77~79, 82, 83, 85, 86, 88~90,
92, 101, 103, 106~108, 109, 112, 113, 119,
120, 122, 126, 127, 162, 167, 169, 190, 193,
195, 200, 204, 206, 213, 214, 217, 218, 222,
223, 226~228, 230, 245, 248, 263, 282,
288, 322~324, 326~329, 336, 341, 347,
355, 367, 369, 370, 380, 381, 384, 385, 398,
400, 401, 404, 433, 452, 460, 464, 465, 527,
530, 539, 564, 568

코론타이즘(Kollontaism) 125, 126

코민테른(Comintern) 189, 261, 280, 285,
295, 296, 308

코프 조선협의회 85

코프(KOPF) 409

(ㅌ)

태양극장 80

토론회 37~39, 41, 44, 45, 51, 65, 67~69, 71

토지조사사업 110, 310, 313~315

(ㅍ)

파괴의 정념 199, 200

평양 76, 78, 80~83, 86~91, 93, 95~104, 117,
404, 405, 408, 518

평양고무공장 동맹파업 86, 87, 90, 96

평양노동연맹 89

평양면옥노조 89

평양적색노조   100
평양차지인조합   101
평원고무공장   96
평화고무공장   100, 101
풍자극   90
프로-자립극단   88
프로트   78, 84, 85, 102, 103
프롤레타리아 리얼리즘   282, 430, 431
프롤레타리아(트)   127, 343, 344, 346, 380, 413
프롤레타리아극장   77～79, 80, 84

(ㅎ)

학예사   466, 514, 529, 530
한글   467, 477, 497, 500, 502～504, 507
한글 배우기   501
한글맞춤법통일안   469, 470
한성도서주식회사   80, 288
함흥   78, 80, 87
해방가요   526, 546～549, 553, 572
해외에서   88, 91, 269
해주극장   89, 90, 91
혁명 주체   108
혁명적 낭만주의   323, 355
현해탄   327, 490, 497, 516, 529

형제   142, 520, 562, 564
형평사   296, 300
혼혈   128, 182
(후)식민지   573
화요회   296
환멸   148, 150, 404, 497, 552
활자전선   277, 284, 287, 290, 292, 294, 300, 301, 318
회관(會館)의 지식   35, 56, 64, 65
회령   32, 34～37, 39～42, 44, 45, 50～52, 67～69
회령청년회   37～41, 44, 45, 50, 51, 53
(후)식민지   573
후카가와(深川)   127
휘문고보   66, 67
희망   72, 231, 336, 492, 512, 549

12월 테제   261, 280, 295, 296, 308
3·1극장   86
3·1운동   35, 51, 58, 278, 279
4·19혁명   516, 553, 555, 559, 560, 563～568, 570, 572, 574
MS극예술연구좌   79
WS연예부   85
YMCA   66